聽濤館文存

湖南省文史研究馆馆员文库

陈书良 著

民主与建设出版社
·北京·

© 民主与建设出版社，2022

图书在版编目（CIP）数据

听涛馆文存 / 陈书良著. --北京：民主与建设出
版社，2022.11
　ISBN 978-7-5139-3887-7

　Ⅰ.①听… 　Ⅱ.①陈… 　Ⅲ.①文艺－作品综合集－中
国－当代 　Ⅳ.①I217.1

　中国版本图书馆CIP数据核字（2022）第121309号

听涛馆文存
TINGTAOGUAN WENCUN

著　　者　陈书良
责任编辑　胡　萍　宁莲佳
装帧设计　谢俊平
出版发行　民主与建设出版社有限责任公司
电　　话　（010）59417747　59419778
社　　址　北京市海淀区西三环中路10号望海楼E座7层
邮　　编　100142
印　　刷　三河市天润建兴印务有限公司
版　　次　2022年11月第1版
印　　次　2022年11月第1次印刷
开　　本　710毫米×1000毫米　1/16
印　　张　32
字　　数　480千字
书　　号　ISBN 978-7-5139-3887-7
定　　价　108.00元

注：如有印、装质量问题，请与出版社联系。

且欣各自有平生

唐翼明

逆忆 2002 年 7 月，书良兄到台湾来讲学，我们相见于台北重庆路武汉大学校友会。我自 1981 年 3 月赴美留学，后来又执教台湾，这是二十多年来与书良兄第一次重逢，欣喜之情实非言语可以形容。次日，书良兄送我一首《临江仙》，词曰：

忆昔珞珈山下路，黄昏同学偕行。樱花纷坠暗无声，诗书灯火梦，渭北江东情。

倦老刘琨天外客，相逢执手堪惊。淡然荣辱话平生。一杯将进酒，万里班马鸣。

我即步韵和之，词曰：

踏遍东西南北路，珞珈犹记同行。樱花树下接歌声，当年豪放意，岂减祖刘情。

海外无端长作客，华颠相见堪惊。且欣各自有平生。举头天宇阔，潇洒听鹰鸣。

次年我自台湾政治大学退休，决定回武汉定居。没想到连行李都还没有安顿好，就接到书良兄一个电话，命令我为他即将出版的新书《六朝那些人儿》作序，而且急如星火，限期完稿，无奈我只得衔枚疾走，终于将"露布"交稿。这当然是二十年前的旧事了。

　　2021 年岁暮，书良兄来电，告知湖南省文史馆要为他出版学术选集，又嘱我写序。这当然是好事，而且是令我这个武汉文史馆馆员羡慕的好事。虽然我琐务缠身，但这是不能"婉拒"的，不唯不能，我也不愿。

　　我和书良兄是一九七八届武汉大学中文系研究生院的同学，入学后又分配在同一间寝室，而且是上下铺。所以不但同学，而且同班；不但同班，而且同房；不但同房，而且同床。这样的朋友你一辈子能有几个？他要你作序，你还能不作？

　　我们那一届研究生，即所谓改革开放后的首届研究生——其实也是中华人民共和国成立后的第一届正式的研究生，大多经历坎坷，几乎每一个人都有一段不平凡的遭遇。十年"大风暴"把这些人打落在海底，积压在淤泥下，此时居然时来运转，真所谓"沉渣泛起"，而且泛到海面上，突然见到蔚蓝的天空，耀眼的阳光，其欣喜感奋为何如？所以也都人人有点自豪，有点抱负，且相当关心国家大事，虽不敢说"以天下兴亡为己任"，但"挽斯文于不坠""发潜德之幽光"的书生意气是有的。我说"当年豪放意，岂减祖刘情"，其实并不怎样夸张。

　　我们那时在武汉攻读的专业是魏晋南北朝隋唐文学，全班一共九个人：我、何念龙、毛庆、陈书良、傅生文、李中华、易中天、马承武、张金海。除生文兄过早地过劳而卒以外，其余同学或博导，或所长，或主任，皆各有建树。尤其是中天兄，一夕之间，暴得大名，时谚竟有"嫁人当嫁易中天"之语，已可入现代版之《语林》或《世说新语》矣。我在海外闻之，亦不禁为之莞尔。所以我和书良词中所说的"且欣各自有平生"，看来也不算夸张。

　　我记得当时书良和中天的指导教授是吴林伯先生，毛庆和中华的指导教授是刘禹昌先生，承武和金海的指导教授是王启兴先生，我、念龙、生文的指导教授则是胡国瑞先生。吴林伯先生是《文心雕龙》专家，年轻时曾师从国学大师马一浮，所以书良兄和中天兄也可说是马一浮先生的再传弟子。书良兄的伯外祖父刘永济先生也是一代国学名家，尤擅诗词。在武大中文系任教数十年，我的指导教授胡国瑞先生即永济先生弟子。书良兄的表兄陈贻焮先生是北大博导、唐诗权威。记得当年陈贻焮先生来武汉大学讲学，曾题句"词林自有三珠树，留取琼枝待翠翎"，对书良兄、亚林兄和我加以勉励。所以书良兄不论家学还是师承都是根底深厚的，非泛泛之辈可以比拟。

书良兄应属湖湘世家子弟，其母系是直隶总督刘长佑、两江总督刘坤一之嫡裔，其父系是山东巡抚陈士杰之嫡裔。记得早几年书良兄整理之《刘长佑集》出版，风景如画的新宁县举办了盛大的首发式，我应邀出席，感慨斯地也斯人也，有一种儒雅渊深之气。书良兄则生于贫困，长于忧患，全无纨绔习气，谢家子弟之资质兼之青灯孤诣之服劳，是其成功之关捩也。

书良兄一生勤奋，学术著作与整理古籍均称丰硕。其中如《六朝人物》《湖南文学史》《姜白石词笺注》等脍炙人口，风行海内，因鸿雁分飞，我大多未能拜读。此次编印文集，限于篇幅，遗珠之憾应该是会有的；不过据他说，从近四十种专著中选出九种，每种又加以节录，我想纵然未能窥测全豹，起码对后学者是会有"导夫先路"的作用的。总之，为馆员编印文集，是对馆员一生学术成就的总结和褒扬，也是对文史馆力量的检阅。看来在这方面湖南又走在湖北前面了。

书良兄令我为《听涛馆文存》作序，我信笔所之，竟写成了这个样子。这可以叫作"序"吗？想想也没有什么不可以。在序中忆交情、述往事，本也是古已有之的，并非我的发明。而未具体论及本书者，一方面是我未及拜读全稿，不好佛头着粪、唐突西施；另一方面是觉得无须为读者越俎代庖，"桃李不言，下自成蹊"，好书自有人赏，何须我来饶舌？不知能得书良兄的首肯否？

2021 年 12 月于汉上

目
录

甲编

学术专著

《听涛馆〈文心雕龙〉释名》（节选）

　　此书原稿系陈书良武汉大学硕士学位论文，由吴林伯教授指导。后2006年6月日本福冈大学将其收入"中国学研究"丛刊，书名《听涛馆〈文心雕龙〉释名》，由日本福冈中国书店出版发行。2007年9月，由湖南人民出版社增订出版，由同门师友、北京语言大学教授方铭作序，责任编辑许久文。此书对《文心雕龙》175条词语，按系统排列，以文学方面的意义为主，逐一疏释。后2017年6月又由作家出版社出版。此处选《前言》《气》《风》《文》，以见一斑，亦可见出书良《文心雕龙》研究的新见。文本依据湖南人民出版社本。

前 言

一

刘勰（465—520），字彦和，东莞郡莒人。约在齐和帝中兴二年（502），写成了《文心雕龙》。（用刘毓崧之说）

《文心雕龙》是中国古代文论中体系最完整、结构最严密的一部专著，是中国文学批评史上巍然屹立的高峰。一千四百多年来，它像一座神秘的宝山，散发着绚烂的光芒。很多人研究它、探索它，从它那儿开发艺术宝藏。清人黄叔琳曾赞叹说："刘舍人《文心雕龙》一书，盖艺苑之秘宝也！"（黄叔琳《文心雕龙》序）

今天，为创造灿烂的新文化，仍然需要我们用科学方法从丰富的民族文化遗产中提炼有益的营养，《文心雕龙》也仍然是等待我们开采的艺苑秘宝。

《文心雕龙》之所以称"秘"，明人张之象说过几句很中肯的话，此书"纲举目张，枝分派别，假譬取象，变化不穷"（张之象刻本《文心雕龙》序）。枝派多，像一条条纵横交错的岔路；譬象杂，如一块块字迹难辨的路碑。其中，《文心雕龙》多变、繁杂的术语成了探索者前进路上很大的障碍。

近半个世纪以来，通过历次的《文心雕龙》学术讨论，人们认识到理论研究工作最大的困难之一，就在于确定专门名词的特定含义；反之，对术语的理解模糊和不统一，是很多问题纠缠不清的症结。虽说黄叔琳、李详、黄侃、范文澜、刘永济、杨明照、詹锳诸家在注释方面做了大量的工作，但多重典实，间涉语辞，究亦寥寥。少数学者曾致力研究术语，如陆侃如先生就写过《〈文心雕龙〉术语初探》。但此初探只收集了十几个常见词，对于《文心雕龙》的研究来说，显然是很不够的。总之，前人所做出的成绩还远远不是这个领域内研究任务的结束。况学问者，天下之公；见解者，人心之异。基于这一考虑，我对《文心雕龙》的词语进行了初步的探讨。

二

《文心雕龙》的文学术语不易被准确理解有五个原因。而在这五个方面，各家校注又存在着不少问题。

第一，一词多义。同一个专门名词不仅在不同的学者那里时常具有迥然异趣的意蕴，就是在同一人笔下也往往会出现不同含义。这种情况几乎为任何理论著作所难免。正如马克思在《资本论》中所说："把一个专门名词用在不同意义上是容易引起误会的，但没有一种科学能把这个缺陷完全免掉。把高级数学和低级数学比较看看。"由于古代汉语一词多义的特点，同语异义的专门名词在《文心雕龙》中更触目皆是。如"体"字，本来有"形体"的意义。《附会》以人体比文章："情志为神明，事义为骨髓，辞采为肌肤，宫商为声气。"神明、骨髓、肌肤、声气统归"体"管。所以《宗经》的"体有六义"之"体"就包括了情志、事义、辞采、宫商，是大共名。根据《墨子·经上》"体，分于兼（全体）也"的说法，刘勰又将"体"分指情志等。如《宗经》"体约而不芜"之"体"即指文辞，《体性》"数穷八体"之"体"则指"情志"类的个人风格。另外，"体"也在不同的场合，代表体裁、体统、篇体等。对此，有些人不能正确认识、灵活对待，有时在同一篇论文中，引《文心雕龙》甲语用甲义，释《文心雕龙》乙语亦拘于甲义。这样，往往其说难圆，谬误百出。

第二，不习惯于刘勰的造词法。魏晋时，文学取得了独立的地位，文学现象大量涌现，这对于当时相对贫乏的术语是一个冲击。刘勰为完成《文心雕龙》这样一部巨著，有时他用前代经籍中的现成词汇而注入新义。如"神思"，出于曹植《宝刀赋》"澄神思而造象"，原意指一般想象。而《文心雕龙》中却专指艺术想象。有时他自创新词。如"骨"，就用来指事义，亦即题材和逻辑。有时他还将两个词拼在一起，熔铸成一种新意。如"风骨"就表示一种激情和事义密切结合的刚性美的风格。"情志"就表示互相渗透的思想和感情，体现了刘勰将传统的"言志"说和"缘情"说的错误偏见批判地糅合在一起的正确观点。此外，他还"近取诸身，远取诸物"，用人体图解法和工艺取譬法创造了大量的系统化的文学术语。（说详有关条目）如果不理解刘勰的造词法，也就弄不懂《文心雕龙》的词语。

第三，《文心雕龙》是用骈体写作，而骈体要求避重，往往换字。如《情采》："夫能设模以位理，拟地以置心。"显然，"心"即"理"，之所以重句换字，是因为骈体所要求。但这么一来，读者容易产生捉摸不定的感觉。

第四，当时高门世族说话都经常用典，有所谓"才语"（《南史·宋彭城王义康传》），流弊自然很多。《文心雕龙》虽不涉险涩，但毕竟是一千四百多年前的著作，其中有些词语，现在已经僵死。如《才略》"孙楚缀思，每直置以疏通"中之"直置"一词，范文澜先生认为："直置不可解，置或指之误欤？"杨明照先生认为："按直置二字当乙，始能与下句循规相对。"其实，"直置"是六朝时人的词语，意思是直率。如庾肩吾《书品·宗炳》："量其直置孤梗，是灵运之流。"《宋书·谢方明传》："谢方明可谓名家驹，直置便自是台鼎人。"江淹也有"直置忌所宰，萧散得遗虑"的诗句。这样"历史的误会"在一部《文心雕龙》中还屡屡发生。

第五，版本不善，字句脱误而引起错解。张之象说："是书世乏善本，伪舛特甚。"（张刻本序）如《养气》"战代枝诈"，有些版本作"技诈"。其实吴林伯先生《〈文心雕龙〉义疏》指出，"枝诈"是形容文辞的诡诈，非误。按《周易·系辞上》："中心疑者其辞枝。"《礼记·表记》："天下无道，则言有枝叶。"枝，树枝，喻言辞的分散，诡伪。刘勰屡用之与其他字联组成词。如"辞多枝杂"（《诔碑》）、"辞忌枝碎"（《论说》）皆是。（参看附录拙撰《〈文心雕龙〉校注辨正》《〈文心雕龙〉篇次原貌考》）

以上种种，大都是"非旧诂雅义所能赅，亦非八家派古文所习见"，这是《文心雕龙》释词的困难，也说明了《文心雕龙》术语探讨工作的必要性。

三

为了避免"人微言轻"之弊，为了取得读者的信赖，下面，我谨将自己写作的态度和方法作些介绍。

首先，本书力求突出文学术语的系统性。《文心雕龙》是对齐代以前文学理论批评的一次大型总结，同时也是对齐代以前文学创作实践经验的一次系统探讨。沈约曾赞叹《文心雕龙》"深得文理"，章学诚也说"《文心雕龙》体大而思精"；无疑，刘勰惨淡经营时，胸中是有着宏大的文学理论体系的。我们要注意不能孤立地、分割地看这些术语，而应该从系统化上找联系，弄清它们的来龙去脉。张之象说"枝分派别"，也就是看到了《文心雕龙》有枝有派。我们探讨《文心雕龙》术语，像在一顷碧绿的瓜田里收瓜，不能东摘一个，西摘一个，而要顺藤摸瓜。这个藤，就是刘勰的文艺思想体系。本书在词语排列顺序上几经考虑，力求反映这一体系。所收词语都是按性质分单元，在每一单元内，排列上又照顾字面上的相同。如"道"这一单元内，就有道、道心、天道、神道、神理、神教、天命、太极等词目。"才"这一单元内，就有才、性、才性、才思、才情、才分、才力、通才、分、器分、气、德等词目。在单元的排列上，也尽可能反映出刘勰的文学思想体系。如先是"道"单元，后是"才"单元，其次是"心"单元与"物"单元、"文"单元对举。接下去，就按刘勰的"三准论"的脉络，排列了"志""风""体"等单元。这样做的目的，是企图既利于检索，又便于通读。刘勰在《文心雕龙》中大量地、灵活地运用了文学术语，其区分之细微，其系统之周密，远远超过了陆机等前辈文论家。正像他在《附会》中说的："众理虽繁，而无倒置之乖；群言虽多，而无棼丝之乱。"这当然是本书的志向和追求，然而以浅陋之才，事草创之业，肯定是未尽如人意的。

其次，本书企图突破传统"小学"局限于"旧诂雅义"的狭隘圈子，突出"论"字。我们是力求从三个方面的比较来论释的。一是将《文心雕龙》词语同前代典籍中的相同词语比较，看看刘勰从前人那儿承继了什么，又添加了什么新的内容。因为《文心雕龙》绝不是越世高谈，突如其来，而是有所继承和发展的。例如解释"道"单元各词，我们就分别从《论语》《周易》《尚书》中找到出处，通过比较，看出刘勰是在不违背前列出处本义的基础上立论的，从而也就认识到刘勰的道的基本色彩是儒道（尽管在《文心雕龙》中意义偏重于"文"），任何不顾本义，在佛典中寻找只言片语，从而得出《文心雕龙》之道是佛道的做法都是不严肃的。二是将《文心雕龙》词语与和其同时的典籍的词语比较，看出词语的时代烙印。例如"通变"一词。我们发现当时文坛有股"新变"的文学潮流。"新变"一词屡见于《南齐书·文学传论》《梁书·庾肩吾传》《南史·徐摛传》等。通过这些论述与作品互证，我们弄清了所谓"新变"一方面对东晋以来长期统治文坛的玄言、哲理文学提出革新要求，特别是对诗歌的声律作出新的探索，是适应文学发展的形势的；另一方面新变"不相祖述"，不要继承传统，其结果只能将文学引入"龌龊于偏解，矜激乎一致"（《通变》）的形式主义歧路。由此可知，刘勰的"通变"说具有一定程度的朴素的辩证观点，对文学发展规律的认识是正确的。三是将《文心雕龙》词语与现代的相同的文学术语比较，看出其影响和演变。例如"风格"一词在《文心雕龙》中是风范的意思，现在的含义却截然不同了。当然，以上是总括而言，每个词语不一定都从这三方面比较。

最后，《文心雕龙》一书现在见到的注本有十多个，近年来论文也多不胜数，对一个词语就有三四个或者五六个异议。如果我们拉杂凑合，而不去判定是非，显然不是科学的态度。本书尽量做到实事求是，慎重折衡。如有旧说可采，决不一味盲从；如要直抒己见，决不臆逞自恣。例如《章句》"四字密而不促，六字格而非缓"之"格"，范文澜《注》引《说文》解格为宽，杨明照《校注》又以为是裕字的形误，也解为宽。本书从《广韵》《礼记》的出处，论到《文心雕龙》的语义，又下索到"格律诗"之"格"，认为是"局板、约束"的意思。（说详"格"条）总之，想尽量做到理证兼赅，义据精深。阮元《经义述闻序》谈到校注释义工作的最高境界是："使古圣贤见之，必解颐曰：'吾言固如是。数千年误解之，今得明矣。'"对于这，笔者是深感腹笥太俭、笔墨拮据的。

此外，一千四百多年前的刘勰不可能不受时代和阶级的局限，因而《文心雕龙》也必然存在一些错误和偏颇之处。对此，本书亦尽可能予以指出。

四

这里，还要将编写中有关事项作一些必要的说明。

（1）本书所收词语计标目175条，按系统排列，以便检索。

（2）本书词语每一义前都有语译。然以今语译古词，亦难免有竭其千虑、终隔一指之患。

（3）本书所收词语为文学术语，但由于汉语一词多义的特点，有些词语兼有其他含义，为利于鉴别，一并列释。但解释以文学方面的意义为主。

（4）本着科学、认真的态度，本书在解释词语时，只就《文心雕龙》而深入。一则用西方文论的术语来套，容易把具有民族特色的繁多的各具深刻含义的艺术概念简单化，甚至会强不同以为同。二则《文心雕龙》以后文论浩如烟海，同一词语义各所指，故释义只限《文心雕龙》一书。

（5）本书直接采用了前人对《文心雕龙》的疏释成果，为节省篇幅，除与管见相牾者外，一般不标举。然创业难而因仍易，饮水思源，敬意永驻。

（6）本书所引句例，均引自黄叔琳校本。词语在《文心雕龙》中出现的计数，订正于王利器先生《文心雕龙新书·通检》。

五

我在少年时，在长辈的指导下粗读过《文心雕龙》，但大多是只识其句读，不解其义蕴。1978年，有幸进武汉大学，从导师吴林伯先生学习《文心雕龙》，逐渐坚定了继承朴学的意愿。在学习过程中，我尝试着进行了术语资料的积累，吸取了前人的研究成果，间亦出以陋见，写成了本书初稿。在写作过程中，北京王利器先生进行了大量的指导工作。以后，本书的一些成果陆续在《中华文史论丛》、《古代文学理论研究丛刊》和日本九州大学《中国文学论集》上发表。然而由于研究课题和范围的转移，特别是五年前从科研岗位转到教学岗位，我的《文心雕龙》术语研究也搁置了下来。这一搁就是十余年，去年秋天访问日本，经常与日本同道讨论《文心雕龙》，于是"龙性难驯"的我又寻出旧稿，拾遗补阙，订正伪讹，终成此稿，然后深信"行成于思毁于随"也。

书后附录四则。一为《扪虱雕龙》，有益于探觅部分术语的清谈源头；二为《〈文心雕龙〉风格论初探》，原发表在日本九州大学学报，有益于了解刘勰的文学理论体系；三为《〈文心雕龙〉篇次原貌考》，原发表在《中华文史论丛》，是一己之见，然窃以为关系到刘勰的文学理论体系；四为《〈文心雕龙〉校注辨正》，系据黄叔琳本会雠各家的一些浅见，亦曾为《中华文史论丛》所连载，现一并附录，供读者参阅。

湖南人民出版社许久文先生是我数十年的学术挚友，也是我好几本书的老责编，晨昏请益，商酌古今，使我进入如饮醇酒般感情微醺的境地，呜呼！悠悠苍天，曷有极乎？

陈书良

2007 年春月于长沙听涛馆

第三单元　气

二十一、气　64 处

1.（"血气""素气""精气"同）生理的血气，引申为人的气质

钻砺过分，则神疲而气衰。（《养气》）

气衰者虑密以伤神。（《养气》）

《管子·心术下》："气者，身之充也。"房玄龄注："气以实身，故曰身之充也。"人身之气，原是自然物质，后注入精神因素，引申指气质。如《列子·汤问》："汝志疆而气弱。"张湛注："气谓质性。"据郭沫若《青铜时代·宋钘尹文遗著考》，宋、尹提出过"养气"的问题。以后，孟子亦倡"养气"。他说："我知言，我善养吾浩然之气。"但孟子所说的气主要指个人的道德修养，跟文学还没有直接的关系。汉王充《论衡·自纪》云："乃作养性之书，凡十六篇，养气自守。"并且，王充《论衡·率性》认为："禀气有厚泊，故性有善恶。"把气视为先天禀赋的基因与构成性格内容的根本要素。王充的自然元气论，对后世有很

大的影响，魏晋六朝时文人大多认识到生理的气质对文章的影响。曹丕《与吴质书》云："仲宣续自善于辞赋，惜其体弱，不足起其文。"沈约《宋书·谢灵运传论》云："子建、仲宣以气质为体，并标能擅美，独映当时。"刘勰的"气"，有时也单指"气质"。

2.（"意气"同）心理的志气，精神世界

方其搦翰，气倍辞前。（《神思》）

诗总六义，风冠其首。斯乃化感之本源，志气之符契也。（《风骨》）

《国语·楚语》韦昭注："气，志气也。"《庄子·人间世》："且德厚信矼，未达人气。"人气即人情。"气"在古代作为一个哲学的基本概念，用来指相对于外在世界的人的内心世界。人的内心世界往往包括人的气质和思想。而思想在整个内心世界中是起决定作用的。《孟子·公孙丑上》即云："夫志，气之帅也。"曹丕在《典论·论文》中明确将"气"导入文论："文以气为主，气之清浊有体，不可力强而致。譬诸音乐，曲度虽均，节奏同检，至于引气不齐，巧拙有素，虽在父兄，不能以移子弟。""文以气为主"亦即文章主要表现作者自我的精神世界。刘勰沿用。而且，他往往"志""气"并举。如"志感丝篁，气变金石""至于文举之荐祢衡，气扬采飞；孔明之辞后主，志尽文畅"。

3.（"辞气"同）作品的文气，亦即风格

故能气往轹古，辞来切今。（《辨骚》）

思不环周，索莫乏气，则无风之验也。（《风骨》）

钟嵘《诗品·袁嘏》："我诗有生气。"气指文气。《六朝画论》中也往往用"气"来说明画的风格，如谢赫《古画品录·序》评卫协。刘勰云："颇得壮气。"他认为，血气、志气、文气表现在作品中，就成了作品的文气。文气相当于气韵、语言风格，是作家气质和思想在创作对象上的情绪投影，它是作家在文章中自然流露出来的为他个人所独有的特征。血气、志气、文气都是构成风格的主观因素的要素。三者的关系是"气以实志，志以定言"。血气充实了志气，而志气又影响着文气。

总之，刘勰集"养气"说和"文气"说之大成，创造了含义非常丰富的

"气"。《文心雕龙》之"气"，虽有时义有偏重，但多数是以上三层意思的混合。刘勰认为有下列因素影响"气"：

（1）时代。如《时序》论建安时代说："观其时文，雅好慷慨，良由世积乱离，风衰俗怨，并志深而笔长，故梗概而多气也。"

（2）地理。《典论·论文》："徐幹时有齐气。"李善注："言齐俗文体舒缓，而徐幹亦有斯累。"《文心雕龙》引了《典论》语。

（3）个性。如《诸子》云："列子气伟而采奇。"

刘勰强调"重气"。《风骨》云："夫翬翟备色，而翾翥百步，肌丰而力沈也。……文章才力，有似于此。若风骨乏采，则鸷集翰林；采乏风骨，则雉窜文囿。唯藻耀而高翔，固文笔之鸣凤也。"风骨，是文章刚性美风格的最高典范。彦和认识到"气是风骨之本"，这是他的卓见。康德《纯粹理性批判》认为形体或精神的雄伟是造成作品刚性美的原因，彦和的"重气"即相当于康德的"精神雄伟"。他早看到了作家因性格的偏向而导致作品呈刚或呈柔。

4. 人或物的气力

鹰隼乏采，而翰飞戾天，骨劲而气猛也。（《风骨》）

《吕氏春秋·审时》："其气章。"注："气，力也。"

5. 人或物的气概

若夫臧洪歃辞，气截云蜺。（《祝盟》）

至如气貌山海，体势宫殿。（《夸饰》）

6. 音节声气

总赵代之音，撮齐楚之气。（《乐府》）

沈约《宋书·谢灵运传论》："虽清辞丽曲，时发乎篇；而芜音累气，固亦多矣。"气亦指音节声气。

7. 自然界的气候、气氛

天高气清，阴沉之志远。（《物色》）

宋玉《九辨》："悲哉秋之为气也。"

二十二、秀气　1处

生理的血气，素质

精理为文，秀气成采。(《征圣》)

古人认为天地的元气体现为金、木、水、火、土五行，而构成人的气则特别优秀，故称为"秀气"。

二十三、血气　2处

气质

才力居中，肇自血气。(《体性》)

《管子·禁藏》："食饮足以和血气。"

二十四、精气　1处

生理的血气，气质

于是精气内销，有似尾闾之波。(《养气》)

《素问·通评虚实论》："精气夺，则虚。"《论衡·论死》："人之所以生者，精气也。"精气指生理的血气。

二十五、素气　1处

生理的血气

玄神宜宝，素气资养。(《养气》)

素气即元气，即生理的血气。

二十六、辞气　6处

语言风格

法家辞气，体乏弘润。(《封禅》)

及后汉鲁丕，辞气质素。(《议对》)

《论语·泰伯》："出辞气，斯远鄙倍矣。"又《史记·鲁仲连传》："辞气不悖。"辞气犹语气，即语言风格。彦和认为文章的语言是受作家的个人风格所支配、影响的。参见前"气"条第3义。

二十七、德　44处

1. 作用、功用

文之为德也大矣，与天地并生者何哉？（《原道》）

先秦经籍多称"文德"。《尚书·大禹谟》《诗·江汉》《论语·季氏》《左传》《易》等均有记载，多指政治教化，与军旅征伐对言。如《左传·襄公八年》："小国无文德而有武功。"非为彦和所本。故范注引《易·小畜·大象》"君子以懿文德"是不适宜的。章太炎《国故论衡》谓"文德"是作者内德和文章互为表里，亦非彦和所本。按《原道》"文之为德"之"德"不必附会经典。"文德"即文章的功用。马融《琴德》、刘伶《酒德颂》、韩婴《韩诗外传》举"鸡有五德"，用法皆同。稍后，简文帝《昭明太子集序》云："窃以文之为义，大哉远矣！"亦与之大旨相同。

2. 德行

观器必也正名，审用贵乎盛德。（《铭箴》）

铭实表器，箴惟德轨。（同上）

《易·乾·文言》："君子进德修业。"德指德行。

3. 善的、美的（语言）

空戏滑稽，德音大坏。（《谐隐》）

《诗·邶风·谷风》："德音莫违，及尔同死。"朱注："德音，美誉也。"

第八单元　风

五十一、风　80处

1.《诗经》"六义"之一

摛风裁兴，藻辞谲喻。（《宗经》）

岂不以风通而赋同，比显而兴隐哉？（《比兴》）

《毛诗序》云："故诗有六义焉：一曰风，二曰赋，三曰比，四曰兴，五曰雅，六曰颂。"风指国风。

2. 作品中的激情，亦即作品的感染力

故文能宗经，体有六义……二则风清而不杂……（《宗经》）

是以迢怅述情，必始乎风。（《风骨》）

关于"风"，刘勰有如下观点。

（1）风是"化感之本源，志气之符契"。一则认识到风是作品的艺术感染力。"化感"一词本于秦汉儒家诗论的传统说法，即诗歌具有"上以风化下，下以风刺上"的风教作用。此处借以强调作品对人的陶冶感化作用。二则认为风是作者"志气"在作品中的外观。气指内涵，风指外发。气指其未动，风指其已动。如作家意气豪放，则作品生气勃勃，感染力强。所谓"意气骏爽，则文风清焉"。反之，"思不环周，索莫乏气，则无风之验也"。

（2）风与情均指激情，但也有微别。情指作家而言，风指作品而言。情无所谓倾向性，而风因作品涉及具体事物而带倾向性。所以说，"深乎风者，述情必显"。

由上可知，风的精神基础是情志，风和情志同属《附会》篇以人体设譬的"神明"一类，意为作品的激情，或者说作品的艺术感染力。

3. 风气、民俗

江左篇制，溺乎玄风。（《明诗》）

良由世积乱离，风衰俗怨。（《时序》）

《正字通》："上行下效谓风。"

4. 歌

匹夫庶妇，讴吟土风。（《乐府》）

《论衡·明雩》："风乎舞雩，风，歌也。"

5. 教化

彰善瘅恶，树之风声。（《史传》）

《尚书·毕命》："树之风声。"孔安国传："立其善风，扬其善声。"

6. 自然界的风

甘雨和风，是生黍稷。（《祝盟》）

优文封策，则气含风雨之润。（《诏策》）

五十二、骨　15处

1. 核心

吹毛取瑕，次骨为戾。（《奏启》）

遂使繁华损枝，膏腴害骨，无贵风轨，莫益劝戒。（《诠赋》）

《灵枢·经脉》："骨为干。"骨是人体的核心主干，刘勰引申指文章的核心。

2. 文章的题材和逻辑（事义）所表现出的说服力

是以怊怅述情，必始乎风；沈吟铺辞，莫先于骨。故辞之待骨，如体之树骸；情之含风，犹形之包气。结言端直，则文骨成焉；意气骏爽，则文风生焉。（《风骨》）

《附会》云："情志为神明，事义为骨髓，辞采为肌肤，宫商为声气。"骨即事义所表现出的说服力。只有高度提炼题材和推理，文字才会简洁。所以说："练于骨者，析辞必精。"相反，"若瘠义肥辞，繁杂失统，则无骨之征也"。事义是骨的物质基础。

3. 骨气、高古的气质

然抗辞书衅，嶷然露骨矣。（《檄移》）

树骨于训典之区，选言于宏富之路。（《封禅》）

袁宏《三国名臣序赞》："邈哉崔生，体正心直，天骨疏朗，墙宇高嶷。"天骨，指忠直敢言的骨气。

五十三、风骨　5处

具有感染力和说服力的刚性美的风格

捶字坚而难移，结响凝而不滞，此风骨之力也。（《风骨》）

若风骨乏采，则鸷集翰林；采乏风骨，则雉窜文囿。（《风骨》）

骨，原指骨相。《史记·淮阴侯列传》："贵贱在于骨法，忧喜在于容色。"风，原指人的精神状态。如《晋书》说王济"俊爽有风姿"、庾亮"风情都雅"等。"风骨"联词，最初指人的风神骨相。如《世说新语·赏誉篇》注引王韶之《晋安帝纪》："（王）羲之风骨清举"；《宋书·武帝纪》："刘裕风骨不恒，盖人杰也"。这里，"风骨"兼指人的内在的精神面貌和外在的体格形貌两方面。南齐谢赫《古画品录》用于评画，如评曹不兴画，云："观其风骨，名岂虚哉！"意为一种气韵生动遒劲的风格。以后，逐渐有人用于品评文章。如《魏书·祖莹传》："文章须自出机杼，成一家风骨。"所以，钟嵘《诗品》用它来品诗，彦和也用它来论文。

《文心雕龙》"风骨"一词，既承继了传统的观念，属于风格的范畴，又被赋予了丰富的新义。

历来，对"风骨"的解说是众说纷纭的。黄侃《札记》主"文意文辞"说，提出"风即文意，骨即文辞"。刘永济《校释》主"情思事义"说，云："风者，运行流荡之物，以喻文之情思也。……骨者，树立结构之物，以喻文之事义也。"较黄说合理一些。罗根泽先生和詹锳先生认为风骨是一种风格，詹锳《刘勰与文心雕龙》认为"风骨是一种刚性美的风格"。吴师《义疏》主"作用"说，认为风骨是"譬喻情志在作品方面的作用"。此外，尚有傅庚生先生的"想象作用"

说，牟世金先生的"总要求"说，等等。

我认为，前人的说法都有可采，但都不够圆满。《札记》分指意、辞，《校释》拘于三准，把风和骨拆开来，认为这是两个不容调和、绝对对立的概念，有片面之嫌。而詹说和牟说则失之笼统。

风骨，意为激情和事义的互相渗透体，亦即作品感染力和说服力结合的体现。这样渗透结合的结果，当然表现为"力""猛""健""峻""清""明"，当然"捶字坚而难移，结响凝而不滞"。这也就是文章风格刚性美的特征。彦和是这样描述这种刚性美的："刚健既实，辉光乃新。其为文用，譬征鸟之使翼也。"文章具有"风骨"这样的刚性美，就像鸟儿插上了雄健有力的飞翅一样。这是一种动的美，力的美。

造成风格刚性美的原因是什么呢？纪昀指出过："气为风骨之本。"这是有见地的。但是，并非一切气都能使作品具有风骨。《文镜秘府论》云："魁张奇伟，阐耀威灵，纵气凌人，扬声骇物，宏壮之道也。"只有标志着作家精神雄健、胸怀壮美的骏爽之气才可能使作品具有风骨的刚性美。康德在《纯粹理性批判》中认为作品刚性美是形体的雄伟或是精神的雄伟的体现。其实，刘彦和早看到了精神雄伟是造成具有"风骨"刚性美的原因。《风骨》引述了曹丕、刘桢的议论后，说："笔墨之性，殆不可胜，并重气之旨也。"作家往往因性格的偏向而导致作品呈刚或呈柔。如曹操的作品之所以具有"风骨"美，正是因为他"重气"，亦即"精神雄健"。

刘勰从多样化的风格中提出"风骨"作为刚性美的典范，是含有针砭时弊的用意的。《隋书·经籍志·集部后论》云："永嘉已后，玄风既扇，辞多平淡，文寡风力，降及江东，不胜其弊。"刘勰指出，弊病的原因，正是缺乏"风骨"："若风骨乏采，则鸷集翰林；采乏风骨，则雉窜文囿。唯藻耀而高翔，固文笔之鸣凤也。"一方面抨击了柔靡文风，另一方面承认了风骨美的粗糙，从而提出了文章的理想的美学境地。这种观点在钟嵘《诗品序》中也得到了反映："干之以风力，润之以丹彩，使味之者无极，闻之者动心，是诗之至也。"

刘勰以后，文学批评所艳称的"建安风骨""汉魏风骨"，仍然是从刚性美的角度而言的，所以，我们要将"风骨"视为具有感染力和说服力的刚性美的风格典范。

五十四、风力　5处

即风骨

相如赋仙，气号凌云，蔚为辞宗，乃其风力遒也。（《风骨》）

蔚彼风力，严此骨鲠。才锋峻立，符采克炳。（《风骨》）

《宋书·孔觊传》："觊少骨梗有风力，以是非为己任。"风力，原指风骨与魄力。钟嵘《诗品序》云："建安风力尽矣。""干之以风力，润之以丹彩。"风是风骨，力是飞扬有力。刘勰用指文辞的风骨笔力。

五十五、风辞　1处

具有风骨刚性美的文章辞采

若骨采未圆，风辞未练。（《风骨》）

吴师《义疏·风骨》云："辞采必有风骨，故言辞采而连及风骨。"骨采即风辞，互文见义。

五十六、风格　2处

1. 诗文的风标格范

亦各有美，风格存焉。（《议对》）

《晋书·和峤传》："少有风格。"《世说新语·德行篇》："风格峻整。"风格，原指人的风标格范，后用于文论。《颜氏家训·文章》："古人之文，宏才逸气，体度风格，去今实远。但缉缀疏朴，未为密致耳。"彦和袭用，指诗文的风标格范。

2. 风教法则

虽诗书雅言，风格训世，事必宜广，文亦过焉。（《夸饰》）

冯本"格"作"俗"，非。此句在《夸饰》中，应当是指文章而言。且"风格"与"诗书"对举。

五十七、风流　4 处

1. 才调（有文才的人物）

揄扬风流，亦彼时之汉武也。（《时序》）

虽滔滔风流，而大浇文意。（《才略》）

《三国志·蜀书·刘琰传》："以其宗姓，有风流，善谈论，厚亲待之。"《世说新语·品藻》："韩康伯门庭萧寂，居然有名士风流。"风流，指才调，引申指有才情的人物。如《诗品·谢瞻》："才力苦弱，故务其清浅，殊得风流媚趣。"

2. 风气流运到

兴发皇世，风流二南。（《明诗》）

《汉书·叙传·述孔乐志第二》："风流民化。"颜师古注："言上风既流，下人则化也。"

五十八、风轨　2 处

风范

无贵风轨，莫益劝戒。（《诠赋》）

必使理有典刑，辞有风轨。（《奏启》）

袁宏《三国名臣序赞》："若夫出处有道，名体不滞，风轨德音，为世作范，不可废也。"风轨，指风范。

五十九、风矩　1 处

风教规则

章以造阙，风矩应明；表以致禁，骨采宜耀。（《章表》）

六十、风采　8 处

文采、风致

夫子风采，溢于格言。（《征圣》）

言以散郁陶，托风采。（《书记》）

《汉书·霍光传》："初辅幼主，政自己出，天下想闻其风采。"风采，原指风度神采，后逐渐用指文采。如《宋书·刘秀之传》："秀之野率无风采，而心力坚正。"《文心雕龙》用指作品所表现出来的作者的文采、风致。

六十一、骨鲠　6 处

1. 喻事义（题材逻辑）所体现的说服力

蔚彼风力，严此骨鲠。（《风骨》）

葛洪《抱朴子·辞义》："属笔之家，亦各有病。……其浅者，则患乎妍而无据，证援不给，皮肤鲜泽，而骨鲠迥弱也。"刘彦和用喻作品的事义。参看前"骨"条第3义。

2. 骨气

陈琳之檄豫州，壮有骨鲠。（《檄移》）

《汉书·杜钦传》："朝无骨骾之臣。"颜师古注："骾亦鲠字。"

六十二、骨髓　5 处

核心

洞性灵之奥区，极文章之骨髓者也。（《宗经》）

辞为肤根，志实骨髓。（《体性》）

《战国策·魏策》："太后之德王也，深于骨髓。"骨髓，引申为核心。刘勰认为文章的核心问题是情志，是内容。

六十三、骨采　2 处

具有风骨刚性美的文章辞采

章以造阙，风矩应明；表以致禁，骨采宜耀。（《章表》）

若骨采未圆，风辞未练。（《风骨》）

骨采、风辞互文见义，参看"风辞"条。

六十四、事义　3处

文章的题材和逻辑

此欲夸其威而饰其事，义暌剌也。（《夸饰》）

风雅序人，事兼变正；颂主告神，义必纯美。（《颂赞》）

必以情志为神明，事义为骨髓，辞采为肌肤，宫商为声气。（《附会》）

钟嵘《诗品序》："词既失高，则宜加事义；虽谢天才，且表学问，亦一理乎！"又《梁书·文学传》："词采妍富，事义毕举。"事指文章中运用的具体事实或描述的具体事件，义指文章中论述的道理或包含的逻辑。事、义均来源于现实，而又经过作家的加工提炼。事、义可以合用，也可以对举。合用的事义是事与义的统一体。

第九单元　文

六十五、文　412处

1. 文学作品或文章

昔子政品文，诗与歌别。（《乐府》）

文之制体，大小殊功。（《神思》）

《论语·八佾》："文献不足故也。"皇疏："文，文章也。""文"是散文、韵文之通称。

2. 讲究音节、声韵的作品

夫裁文匠笔，篇有大小。（《章句》）

今之常言，有文有笔。（《总术》）

《南史·颜延之传》："竣得臣笔，测得臣文。"古时有文、笔之别，彦和认为有韵者为文，无韵者为笔。详见"笔"条。

3. 花纹色彩

文虽新而有质，色虽糅而有本。（《诠赋》）

饰羽尚画，文绣鞶帨。（《序志》）

《山海经·海内西经》："开明北有文玉树。"注："文玉树，五采玉树也。"原意是自然美的花纹色彩，后引申为一般花纹色彩。

4. 人为美的作品的文采、华美

何弄文而失质乎？（《颂赞》）

轻靡者，浮文弱植，缥缈附俗者也。（《体性》）

《论语·雍也》："文质彬彬。"皇疏："文，华也。"《广雅·释诂二》："文，饰也。"郑玄《礼记·乐记注》："文犹美也。"文是采饰、华丽的意思。刘勰用于文论，是与质对立的美学概念。详见"质"条第 1 义。

5. 作品的艺术形式

夫水性虚而沦漪结，木体实而花萼振，文附质也。虎豹无文，则鞹同犬羊，犀兕有皮，而色资丹漆，质待文也。（《情采》）

使文不灭质，博不溺心。（《情采》）

在此二处"文"指形式，与质对举。详见"质"条第 2 义。

6. 文化，学术

人文之元，肇自太极。（《原道》）

唐虞之文，其鼎盛乎！（《时序》）

《论语·述而》："子以四教，文、行、忠、信。""文"是文化的总称。古代指诗、书、礼、乐。

7. 人为美的声音

二曰声文，五音是也。（《情采》）

六则文丽而不淫。（《宗经》）

《毛诗序》云："情发于声，声成文谓之音。"文，指宫、商、角、徵、羽五声之调。

8. 文字

故文反正为乏。（《定势》）

颉以苑囿奇文，异体相资。（《练字》）

《左传·昭公元年》："于文，皿虫为蛊。"注："文，字也。"

9. 文治、礼法

计武功，述文德。（《封禅》）

文武之术，左右惟宜。（《程器》）

《荀子·礼论》："文之至也。"注："文，谓法度也。"《韩非子·解老》："国家必有文武，官治必有赏罚。"文指文治、礼法，与武功对言。

六十六、质　34处

1. 质朴、朴素

是以九代咏歌，志合文则。黄歌断竹，质之至也。（《通变》）

《孝经》垂典，丧言不文，故知君子常言，未尝质也。（《情采》）

历来《文心雕龙》研究者，将文、质分指形式和内容，这是不符合刘勰原意的。其一，《文心雕龙》的文质源于《论语·雍也》："子曰，质胜文则野，文胜质则史。文质彬彬，然后君子。"何晏《集解》："包曰：野，如野人，言鄙略也。史者，文多而质少。彬彬，文质相半之貌。"邢昺疏："此章明君子也。……文质彬彬然后君子者，彬彬，文质相半之貌，言文华、质朴相半，彬彬然，然后可为君子也。"知此处的文、质是文华和质朴意，同属君子的外在形式。又《论语·颜渊》也提到文质："棘子成曰：'君子质而已矣，何以文为？'子贡曰：'……文犹质也，质犹文也；虎豹之鞟犹犬羊之鞟。'"何晏《集解》："孔曰：'……虎豹与犬羊别，正以毛文异耳。今使文、质同者，何以别虎豹与犬羊邪？'"孔安国、何晏仍将文、质理解为形式上的文华与质朴。另外，《韩非子·难言》云："捷敏辩给，繁于文采，则见以为史；殊释文学，以质信言，则见以为鄙。"梁启雄《韩子浅解》："质性即质朴无文之意。"可见《韩非子》的文、质也是对形式而言。

魏晋间文质亦理解为形式上的文华和质朴，如《全晋文》卷一一三范頵《请采录陈寿三国志表》："虽文艳不如相如，而质直过之，愿垂采录。"

萧梁时对文质的解释略有不同。皇侃《论语义疏》曰："质，实也。胜，多也。文，华也。言若实多而文饰少，则如野人。野人鄙略，大朴也。"又曰："史，记书史也。史书多虚华无实，妄语欺诈。言人若为事多饰少实，则如书史也。"皇侃除继承了文华、质朴之解外，还把质与真、质与实联系起来。刘勰的文、质，大多指作品形式上的文华与质朴，但也有两处指形式与内容，表现了对词语理解的时代痕迹。

其二，质字原意是事物未经雕饰，如器具的毛坯、绘画的底子。按《说文解字》："模，木素也。"段注："素，犹质也。以木为质，未雕饰，如瓦器之坯然。"又《仪礼·乡射礼》："凡侯，天子熊侯白质，诸侯麋侯赤质。"郑玄注："白质、赤质皆谓采其地。"质，是素色底子，它有质朴、朴素之意，又有内在本体之意。按《易·贲》："上九：白贲，无咎。"王弼注："处饰之终，饰终反素，故在其质素，不劳文饰而无咎也。"有素色才有彩色，彩色涂多了，就会返回素色。根据这一道理，魏晋六朝流行的看法是：事物由简至繁，文章应该由质朴趋向藻饰。如曹植《前录序》云："君子之作也……质素也如秋蓬，摛藻也如春葩。"陆机《文赋》云："碑披文以相质。"《世说新语·文学》注引檀道鸾《续晋阳秋》云："逮乎西朝之末，潘、陆之徒，虽时有质文，而宗归不异也。"钟嵘《诗品》云："情兼雅怨，体被文质，粲溢今古，卓尔不群。"萧统《文选序》云："若夫椎轮为大辂之始，大辂宁有椎轮之质？增冰为积水所成，积水曾微增冰之凛。何哉？盖踵其事而增华，变其本而加厉；物既有之，文亦宜然；随时变改，难可详悉。"在以上文例中，文、质都明显地属于形式的范畴。

其三，《文心雕龙》中与"文"相对的"质"，除第2义两例外，全属形式范畴。如"墨翟随巢，意显而语质""观王绾之奏勋德，辞质而义近""及后汉鲁丕，辞气质素""或全任质素，或杂用文绮""夫三皇辞质，心绝于道华"。显然，刘勰承继了汉儒对《论语》"文""质"的诠释和历代文论对"文""质"的理解。当然，语言风格与内容是有密切关联的。提倡质朴的语言风格者往往同时强调内容的充实和真实，而醉心于华艳的文辞，常常是为了掩盖内容的空虚苍白。但是，语言风格毕竟是属外部的、形式的概念，绝不能将文、质视为形式与内容。

综上所述，文和质是文章形式的华美与朴素，是对立统一的文学概念，同是"采"的内涵。

老庄是否定文采的。《庄子·胠箧篇》："灭文章，散五采，胶离朱之目，而天下始人含其明矣。"与此相反，孔子是重文采的，他说过："言之无文，行而不远。"《论语·季氏》："不学诗，无以言。"《论语·宪问》云："子曰：为命，裨谌草创之，世叔讨论之，行人子羽修饰之，东里子产润色之。"孔子认为写一个"命令"都要再三修改润色，使之文采焕然。刘勰出于儒家的"重文"思想，对文风总的要求是文质彬彬，即要文华与质素恰到好处地结合。

要着重指出的是，刘勰所处的南朝，追求文藻的形式主义文风越来越严重。诚如隋李谔《上隋高帝革文华书》云："江左齐梁，其弊弥甚。贵贱贤愚，唯务吟咏。……竞一韵之奇，争一字之巧，连篇累牍，不出月露之形；积案盈箱，唯是风云之状。"刘勰坚决反对这种文风，提出"文质附乎性情"。只要性情真挚，不无病呻吟，文质相杂，当然会恰到好处。这是刘勰的高屋建瓴之处。

2. 内容

夫水性虚而沦漪结，木体实而花萼振，文附质也。虎豹无文，则鞟同犬羊，犀兕有皮，而色资丹漆，质待文也。（《情采》）

使文不灭质，博不溺心。（《情采》）

此三处"质"喻作者的性情，"文"喻文辞，质、文应理解为内容与形式。"质"作内容源于"质"字有本体之意。详见前 1 义。

3. 质地

金玉殊质，而皆宝也。（《才略》）

梗楠其质，豫章其干。（《程器》）

《礼记·乐记》："大圭不琢，美其质也。"质指质地。

4. 人质，引申为身

仲宣委质于汉南。（《时序》）

公幹徇质于海隅。（《时序》）

《左传·隐公三年》："故周郑交质。王子狐为质于郑，郑公子忽为质于周。"

5. 艺术作品的单一性

文虽杂而有质，色虽揉而有本。（《诠赋》依王利器《文心雕龙新书》）

关于艺术结构问题，刘勰认为，艺术作品必须首尾一贯、表里一致，使所有的描写围绕着共同的主旨，不允许越出题外。他认为"一物携二，莫不解体"，"绳墨以外，美材既斫"。这就是作品的单一性，即"质"。但是，艺术作品又必须具有复杂性和变化性，用多种艺术形式表现丰富的意蕴。这就是作品的复杂性，即"杂"。文章有了复杂性，就能避免单调、贫乏。

刘勰认为，好的艺术作品，单一性和复杂性是统一的："杂而不越"，"驱万涂于同归，贞百虑于一致"，在杂多中体现和谐，更好地体现主题。

六十七、文章　26处

1. 典章制度

唐虞文章，则焕乎始盛。（《原道》）

经也者，恒久之至道，不刊之鸿教也。故象天地，效鬼神，参物序，制人纪，洞性灵之奥区，极文章之骨髓者也。（《宗经》）

《论语·泰伯》："子曰：'大哉，尧之为君也……焕乎其有文章。'"朱熹注："文章，礼乐法度也。"

2. 德行

夫子文章，可得而闻，则圣人之情，见乎文辞矣。（《征圣》）

《论语·公冶长》："夫子之文章，可得而闻也。"朱熹注："文章，德之见乎外者，威仪文辞皆是也。"

3. 文辞、作品的泛称

性灵熔匠，文章奥府。（《宗经》）

凡大体文章，类多枝派。（《附会》）

《史记·儒林列传》："文章尔雅，训辞深厚。"即今所谓"文章""作品"的意思。

4. 文章的文采、声律

书契断决以象夬，文章昭晰以象离。（《征圣》）

圣贤书辞，总称文章，非采而何？（《情采》）

《楚辞·九章·橘颂》："青黄杂糅，文章烂兮。"《考工记》："画缋之事，……青与赤谓之文，赤与白谓之章。"所以，"文章"的本义即文采。又《说文解字》："文，错画也，象交文"；"章，乐竟为一章，从音从十。会意，十，数之终也"。所以，文章兼指文藻声律。

六十八、格言　1处

法言

夫子风采，溢于格言。（《征圣》）

《文选·潘岳·闲居赋》注引《论语比考谶》："格言成法，亦可以次序也。"又《孔子家语·五仪解》："口不吐训格之言。"注："格，法也。"

六十九、笔　66处

1. 写字的工具

茂先摇笔而散珠。（《时序》）

亦笔端之良工也。（《才略》）

《说文解字》中释"笔"："聿，所以书也。"

2. 文才

故后进锐笔，怯于争锋。（《物色》）

鸿风懿采，短笔敢陈。（《时序》）

《南史·谢朓传》："会稽孔觊，粗有才笔，未为时知。"笔指文才。

3. 无韵的文章

夫奏之为笔，固以明允笃诚为本。（《奏启》）

颜延年以为笔之为体，言之文也。（《总术》）

《礼记·曲礼》："史载笔。"《汉书·楼护传》："长安号曰：谷子云笔札。"知官牍史册文章，古称为笔。《晋书·蔡谟传》："文笔议论，有集行于世。"《南史·颜延之传》："竣得臣笔，测得臣文。"东晋以后，文笔始分。颜延年将文章分为言、笔、文三类。从文采方面来说，笔居于言、文之中。范晔《后汉书》则以为无韵曰笔，有韵曰文。刘勰不同意颜说而主范说。

刘勰对文笔的区分体现在《文心雕龙》上篇的篇次安排上。由第六到第十五，以明诗、乐府、诠赋、颂赞、祝盟、铭箴、诔碑、哀悼、杂文、谐隐诸篇相次，是有韵之文；由第十六到第二十五，以史传、诸子、论说、诏策、檄移、封禅、章表、奏启、议对、书记诸篇相次，是无韵之笔。这种区分在当时很盛行，对后世亦有影响。惜我国古籍散佚太多，缺乏旁证。但王利器先生《文心雕龙新书·序录》补证了几例。

（1）《文镜秘府论》西卷《文笔十病得失》引《文笔式》："制作之道，唯笔与文。文者，诗、赋、铭、颂、箴、赞、吊、诔等是也；笔者，诏、策、移、檄、章、奏、书、启等也。即而言之，韵者为文，非韵者为笔。"《文镜秘府论》成于公元 800 年左右，所引《文笔式》当更早，大约是接近刘勰时代文笔盛行时的小册子。

（2）日本沙门了尊《悉昙轮略图抄》七引《口游》①："诗赋铭颂箴赞吊诔谓之文，诏策檄移章奏书启谓之笔。"从了尊《自序》知为公元 1286 年所作。

（3）日本《二中历》十二《书体历·文笔》："文：诗、赋、铭、颂、箴、赞、吊、诔。笔：诏、策、移、檄、章、奏、书、启。今案有韵为文，非韵为笔。"《二中历》于元德二年称"今上"，则为公元 1330 年前后作。

可见，以有韵无韵区分文笔是刘勰当时及以后的一种观点。其实，这种看法

---

① 文献残缺，故以"□"代缺失的字。

略显片面。梁元帝《金楼子·立言》："笔，退则非谓成篇，进则不云取义，神其巧惠，笔端而已。至如文者，惟须绮縠纷披，宫徵靡曼，唇吻遒会，情灵摇荡。"萧氏于文笔辨析最昭。第一，文、笔非有韵无韵问题。抒情文章叫文，论事说理的应用文章叫笔。第二，笔亦属文学范围。因为它虽不要求声律藻采，也还要"神其巧惠"，要讲究艺术。《金楼子》的文、笔之分是符合魏晋文学的发展客观情况的。

七十、身文　2 处

自身的文采，即语言

酬酢以为宾荣，吐纳而成身文。（《明诗》）

言既身文，信亦邦瑞。（《书记》）

《左传·僖公二十四年》："言，身之文也。"语言是自身的文采。刘勰袭用《左传》的观点。

七十一、文艺　2 处

文章之事

是以吐纳文艺，务在节宣。（《养气》）

昔庾元规才华清英，勋庸有声，故文艺不称。（《程器》）

《逸周书·官人解》："有隐于文艺者，有隐于廉勇者。"文艺，指文章方面的事情。

七十二、文情　4 处

作品的文辞和内容

苑囿文情，故日新殊致。（《杂文》）

是以将阅文情，先标六观。（《知音》）

《南史·江德藻传》："弟从简，少有文情。"《齐书·王僧虔传》："与袁淑、谢庄善，淑叹为文情鸿丽。"《世说新语·文学》："孙子荆除妇服，作诗以示王武子。王曰：'未知文生于情，情生于文？览之凄然，增伉俪之重。'"文情，原指文采和感情，《文心雕龙》指作品的文辞与情思。

七十三、文体　9处

1. 作品风格

才性异区，文体繁诡。（《体性》）

势流不反，则文体遂弊。（《定势》）

中古时文论家常用"文体"指风格。如钟嵘《诗品》卷中："文体省静，殆无长语。"又："观休文众制，五言最优，详其文体，察其余论，固知宪章鲍明远也。"

2. 文章

况文体多术，共相弥纶。（《总术》）

巧者回运，弥缝文体，将令数句之外，得一字之助矣。（《章句》）

贾谊《新书·道术》："动有文体，谓之礼。"又《诗品序》："观斯数家，皆就谈文体，而不显优劣。"文体即文章。

七十四、文采　7处

1. 错综华丽的色彩

盖贵器用而兼文采也。（《程器》）

《庄子·马蹄》："五色不乱，孰为文采。"文采指花纹色彩。

2. 辞采

情理设位，文采行乎其中。（《熔裁》）

主佐合德，文采必霸。（《事类》）

《韩非子·难言》："捷敏辩给，繁于文采，则见以为史。"又《诗品序》："所以谓篇章之珠泽，文采之邓林。"文采即辞采。

七十五、文思　4处

作文时的思路

是以陶钧文思，贵在虚静。（《神思》）

若乃山林皋壤，实文思之奥府。（《物色》）

《尚书·尧典》："钦明文思安安。"马融曰："经天纬地谓之文，道德纯备谓之思。"蔡传："文，文章也。思，意思也。"后引申为作文时的思路。

七十六、文理　12处

1. 文章条理

义既极乎性情，辞亦匠于文理。（《宗经》）

谓总文理，统首尾，定与夺，合涯际。（《附会》）

《礼记·三年问》："一使足以成文理，则释之矣。"孙希旦集解："文，谓文章；理，谓条理。"又《世说新语·赏誉》："殷中军与人书，道谢万：'文理转遒，成殊不易。'"又《宋书·颜延之传·庭诰》："文理精出。"《南史·萧子恪传》："其年葬简皇后，使制哀策，文理哀切。"

2. 礼仪

周监二代，文理弥盛。（《章表》）

自商已下，文理允备。（《颂赞》）

《荀子·礼论》："文理繁，情用省，是礼之隆也。"注："文理，谓威仪。"文理指礼法的条理。

七十七、文教　1处

礼乐教化

孔融之守北海，文教丽而罕于理，乃治体乖也。（《诏策》）

《书·禹贡》："三百里揆文教。"孔安国传："揆，度也。度王者文教而行之。"文教指礼乐教化。

七十八、文意 4 处

文章的旨意

通乎尔雅，则文意晓然。（《宗经》）

泛议文意，往往间出。（《序志》）

《汉书·王莽传》："文意甚害。"文意指文章旨意。

七十九、文翰 2 处

应用文章

文翰献替，事斯见矣。（《章表》）

三代政暇，文翰颇疏。（《书记》）

《三国志·吴志·孙贲传》裴松之注引《孙惠别传》："惠文翰凡数十首。"又《世说新语·文学》注引《晋安帝纪》："玄文翰之美，高于一世。"文翰指文章。《文心雕龙》中偏重指公文书札一类应用文章。

八十、文明 4 处

光明而有文采

诗云为章于天，谓文明也。（《章表》）

并文明自天，缉熙景祚。（《时序》）

《易·乾卦·文言》："见龙在田，天下文明。"孔颖达疏："天下文明者，阳气在田，始生万物，故天下有文章而光明也。"文明是光明而有文采意。

八十一、文律 1 处

作文的法式

文律运周，日新其业。（《通变》）

陆机《文赋》："普辞条与文律。"辞条、文律均指作文的法式。刘勰袭用。

《六朝人物》（节选）

　　此书原系由中华书局傅璇琮先生 1988 年组稿、约稿，作为"大文学史观丛书"之一，书名《六朝烟水》，8 万字，由现代出版社于 1990 年 2 月出版。后加以增订至 15 万字，书名《六朝如梦鸟空啼》，于 2000 年 8 月由岳麓书社出版。因广大读者谬赏，2011 年加以修订，责任编辑马美著，书名《六朝旧事随流水》，仍由岳麓书社出版发行。后民主与建设出版社又于 2014 年以《陈书良说六朝》的书名出版过此书。这以后书良以人物为线索，从内容到形式都作了较大增订，特别是摆落旧说，加强了自己见解的阐述，更名为《六朝人物》，30 万字，由天地出版社于 2018 年 8 月出版，加强了学术性的思辨，授权高高国际发行，承读者垂青，以后逐年加印，已逾十次，印数达 4 万。其中单独篇章，亦多为各种出版物所摘载。此处选载《维摩诘与竺佛图澄、傅大士》《王导》《谢安》《顾恺之与张僧繇》四篇，文本依天地出版社本。

维摩诘与竺佛图澄、傅大士

水中之月，了不可取。虚空其心，寥廓无主。锦幪鸟爪，独行绝侣。刀齐尺梁，扇迷陈语。丹青圣容，何往何所。

——李白《志公画赞》

1. 玉人顾影

维摩诘是大乘佛经里的人物，竺佛图澄（232—348）是西晋现实社会中的人物，傅大士（497—569）则是齐梁陈现实社会中的人物，本是风马牛不相及。但是考究其行止，一虚一实，相映成趣；一里一外，互相发明。因此合而叙之。

维摩诘见于《维摩诘经》，应该说，他是一个外国人，而不是六朝人物。但是诚如米芾《答刘巨清》云："世人都服似维摩，不知六朝居士衣。"我认为，维摩诘是六朝士人仪表美的理想典范，或者用通俗的话来说是精神领袖。至于其显示化身，则篇末拈出竺佛图澄和傅大士连带及之。因此，说六朝人物先说维摩诘。

爱美是人类的天性。《论语·八佾》就记录了子夏谈到人体及绘画之美，虽然没有注明描写的性别，但细玩"巧笑倩兮"之类，应该是针对女性而言。以后，关于女性美的描写，在文学作品中层出不穷，而关于男性美的记述甚为少见，至魏晋六朝风气骤然加盛。就是妇女，也一扫从前的矜持含蓄，公然主动地欣赏男色。《世说新语·容止》就记载"潘岳妙有姿容，好神情，少时挟弹出洛阳道，妇人遇者，莫不连手共萦之""以果掷之满车"。挟带弹弓想必是当时时尚男人的扮酷，洛阳道是当时有名的繁华通衢，妇人们手牵手围着他，投以瓜果，上演的当然是追星剧。相反，同样才情出众但其貌"绝丑"的诗人左思，想学潘岳的模样招摇过市，却被"群妪齐共乱唾之"，狼狈地抱头而归。当时的士大夫更注意仪表之美。《世说新语·容止》有曹操"自以形陋"，因而要崔季珪代见匈奴使事。据《魏略》介绍，崔季珪"声姿高畅，眉目疏朗"，应该是一个美男子。曹操举以自代，显然是一种爱美心理的表现。《世说新语》中关于仪表的品目比比皆是。这些品目的共同特点是以美如自然景物的外观体现出人的高妙的内在智慧和品格，用语玄虚优美，既能表达脱俗的风度，也能体现外貌的漂亮。例如：

> 有人叹王恭形茂者，云："濯濯如春月柳。"
>
> 时人目夏侯太初"朗朗如日月之入怀"，李安国"颓唐如玉山之将崩"。
>
> （嵇康）肃肃如松下风，高而徐引。
>
> 有人语王戎曰："嵇延祖卓卓如野鹤之在鸡群。"
>
> 海西时，诸公每朝，朝堂犹暗，唯会稽王来，轩轩如朝霞举。
>
> （以上均见《世说新语·容止》）

> 卞令目叔向："朗朗如百间屋。"
>
> 王公目太尉："岩岩清峙，壁立千仞。"
>
> （以上均见《世说新语·赏誉》）

《六朝事迹编类》卷一也记载：

> 齐武帝时殿下柳木，蜀郡所献，条如丝缕。帝曰："此柳风流可爱，似张绪少年时。"

这样的评议，充分表达了当时士人所追求的内在的、本质的、脱俗的审美理想，适应了门阀士族们的贵族气派。但是，剥开这些山光水色、清辞丽句织成的光环，我们看到的实际上只是一种病态美。当然，魏晋六朝也有人欣赏"鬓如反猬皮，眉如紫石棱"（见《世说新语·容止》）那样的阳刚美，也有人认为"楂梨橘柚，各有其美"（见《世说新语·品藻》），但风靡一时的成为那个时代的审美主流的仍是瘦削、苍白、摇摇欲坠的病态美。《世说新语·轻诋》云："旧目韩康伯：将肘无风骨。""将肘"，现已无法解释。"风骨"为魏晋六朝时品目人物所常用，应释为风神骨相。如《世说新语·赏誉》注引王韶之《晋安帝纪》"（王）羲之风骨清举"，《宋书·武帝纪》"刘裕风骨不恒，盖人杰也"，当为人物刚性美的风神骨相。参照前引《世说新语·轻诋》注引《说林》"韩康伯似肉鸭"，可知当时鄙视肥壮而欣赏瘦削的身材。《世说新语·言语》记载仆射周顗"雍容好仪形，诣王公（导），初下车，隐数人，王公含笑看之"。古字"隐"与"檼"通。《说文》曰："檼，有所依也。从受工，读与隐同。"据此，"隐数人"，即依恃数人的扶持而行。周顗并非脚有残疾或不会走路，不过是追求病态以示身份而已。沈约身体很不好，据说他每天只能吃一箸饭，六月天还要戴棉帽、温火炉，不然就会病倒。（见唐冯贽《云仙杂记》卷四，又卷五）在《与徐勉书》中，他自己也承认：

> 外观傍览，尚似全人，而形骸力用，不相综摄，常须过自束持，方可僶俛。解衣一卧，支体不复相关。……百日数旬，革带常应移孔；以手握臂，率计月小半分。

也就是说，从外面看来，自己还保持了完全的人形，但身体各个部分很难协调。解衣睡下，肢体就像散了架一样。过不了几十天，皮带就要移孔，臂膀就又细小了半分。真是瘦得可怜！然而世人偏赞美为"沈腰"，"一时以风流见称，而肌腰清癯，时语沈郎腰瘦"（见《法喜志》）。

不仅如此，苍白的面容也在社会上大受欢迎。据《晋书·王衍传》记载，大清谈家王衍常用白玉柄麈尾，他的手和玉柄一样白皙温润，有一种病态美。《世说新语·容止》说何晏"美姿仪，面至白。魏明帝疑其傅粉。正夏月，与热汤饼。既啖，大汗出，以朱衣自拭，色转皎然"。还是这个何晏，"动静粉白不去手，行步顾影"。他还"好服妇人之服"。宋孝武帝刘骏一上台就在百官中挑选了四个标致的任侍中，作为御前侍奉的"花瓶"。首先选中的就是美貌的谢庄。有一年春节，群臣上朝贺年，此时纷纷扬扬下起雪来，片片雪花犹如银蝶翩翩起舞。谢庄恰巧因事下殿，回来后雪花满衣，就更像那"肌肤若冰雪，绰约若处子"的藐姑射仙人了。宋孝武帝大为欣赏，命群臣各赋诗纪盛。无疑，欣赏的正是谢庄的女性美。这种风气一直延续到齐梁，且有变本加厉之势。《颜氏家训·勉学篇》云："梁朝全盛之时，贵游子弟……无不熏衣剃面，傅粉施朱……从容出入，望若神仙。"

男子们欣羡女性美，也就产生了令人作呕的娈童诗，如梁刘遵《繁华应令》：

可怜周小童，微笑摘兰丛。鲜肤胜粉白，慢脸若桃红。挟弹雕陵下，垂钓莲叶东。腕动飘香麝，衣轻任好风。幸承拂枕选，得奉画堂中。金屏障翠被，蓝帊覆熏笼。本欲伤轻薄，含辞羞自通。剪袖恩虽重，残桃爱未终。蛾眉讵须嫉，新妆递入宫。

一个少年，竟然像姑娘一样肤白颊红，爱好、服饰也等同女性，并且连姑娘也嫉妒他的美丽，这哪里还像一个健康的男子呢？这样的"美"的形象，在宫体诗中还大量存在。如晋张翰《周小史》、梁刘永《咏繁华》、刘孝绰《小儿采菱》、昭明太子《伍嵩》等，对男色绘声绘色，极力描述，酣畅淋漓。正是当时的时代心理，产生了这些后来为文学史家所费解的怪现象。最啧啧称怪的是有"玉人"之誉的卫玠之死。卫玠生得白皙羸弱，据刘孝标注引《卫玠别传》云："龆龀时，乘白羊车于洛阳市上，咸曰：'谁家璧人？'""璧人"即玉人，貌美体弱是其特征。如卢纶《偶逢姚校书凭附书达河南郑推官因以戏赠》云："若问玉人殊易识，莲花府里最清羸。"可惜这样的尤物却不禁看，《世说新语·容止》云：

卫玠从豫章至下都，人久闻其名，观者如堵墙。玠先有羸疾，体不堪劳，遂成病而死。时人谓"看杀卫玠"。

宋代杨修之《卫玠台》诗云："年少才非洗马才，珠光碎后玉光埋。江南第一风流者，无复羊车过旧街。"就是咏叹此事。然而毋庸讳言，欣赏一个垂危的病人的美，观众的心理当然也是病态的。

在这样的一种病态的审美观念的支配下，男色猖獗成为时代特色。《南史·长沙宣武王传》载，王韶还在幼童时就是庾信的性奴，衣食住行都需要庾信供给。来客人时，还得担任招待。后来王韶长大做了郢州刺史，庾信经过郢州，王韶对他很冷淡。庾信恼羞成怒，于是借酒撒疯，掀翻酒席，踏上王韶的床榻，瞪着王韶说："你今天的样子与从前大不相同了！"满座宾客哗然。

看来庾信这位在中国文学史上很有名的作家，在玩弄男色上也是高手，且由爱不成而平添仇恨，以至于人前失态，这是很令人惊骇遗憾的。另据《南史·谢惠连传》记载，天才诗人谢惠连沉溺于南风之中，即使守父丧期间也不安分，以致在三十七岁时便魂逐风流，英年早逝了。《南史·王僧达传》还记载王僧达私幸族侄王确，后来王确为躲避王僧达的纠缠要远往永嘉，王僧达因爱转恨，竟偷偷在王确的出入路上挖一个大坑，企图诱其跌入而活埋之。还是其弟王僧虔知道了，才制止了这一出荒谬透顶的悲剧。

悲剧的产生有一个过程，而且有它的生长土壤。也就是说，审美情趣与生活情趣是紧紧相连的。建安时，人们追求铁马金戈、马革裹尸的英雄式生活，当然欣赏"秋风萧瑟，洪波涌起"的沧海（曹操《观沧海》），欣赏"仰手接飞猱，俯身散马蹄"的武士（曹植《白马篇》），甚至不愿意忍气吞声修筑长城，而宁肯战死于疆场。从黄巾起义前后起，整个社会日渐动荡，战祸不已，疾疫流行。正始以后，加上统治集团内部的倾轧争夺，更是危机四伏。只要我们结合《三国志》、《晋书》、南北史、《世说新语》的大量有关记载，就可以看到，处在那个刀光剑影、动乱频繁的黑暗的血腥年代，相当一部分士人朝不虑夕，不愿在礼法的约束下窒息，于是就拼命追逐衣食之乐，享受床笫之欢。阮籍、谢混之流"去巾帻，脱衣服，露丑恶，同禽兽"（《世说新语·德行》注引王隐《晋书》），"晋惠帝元康中，贵游子弟相与为散发保身之饮，对弄婢妾"（《宋书·五行志》），均属此类。他们生活的环境，是轻歌曼舞、灯红酒绿的温柔乡，诚如梁杨曒《咏舞》所云：

折腰送余曲，敛袖待新歌。嚬容生翠羽，曼睇出横波。

他们"肌脆骨柔""体羸气弱"，到了梁、陈时，有些士大夫甚至不能骑马，有位建康令王复，见到马嘶喷跳跃，竟然周身震栗，说了一句"千古奇谈"：

正是虎，何故名为马乎？（《世说新语》注引王隐《晋书》）

追逐养尊处优的欢乐、肉欲的横流及男欢女爱，必然养成孱弱萎靡、轻佻放荡的生活情趣。在这样的生活土壤中，讲究一种病态的女性化的仪表美，也就必然酿成世风了。

2. 辩才称病

魏晋六朝士人心目中的仪表美，尽管用珍禽佳卉、奇山丽水来比况，但实质上是一种病态美。那么他们究竟以谁为审美理想的标准呢？有没有一个理想人物，以其内在的神品、外在的风貌吸引着、感召着他们，使他们如痴如狂地效仿呢？当然，文字证据是阙如的。但是，综合考察这一时代的文化艺术，我认为，此人就是维摩诘。

维摩诘是梵文的音译，简称"维摩"，意译"净名"或"无垢"。《维摩诘经》中说他是古印度毗耶离城中一位大乘居士，和释迦牟尼同时，是佛典中一位现身说法、辩才无碍的人物。他所讲的佛理，不仅压倒二乘，也高于其他一切"出家"的大乘菩萨，甚至不亚于佛的水平。他的神通之大，连诸佛菩萨都要受他的三昧力的调动。于是，流传华夏以后，他的智慧辩才就使得当时具有高度"凤慧""捷悟"的玄学家们望尘莫及；他的放荡秽行，也使自命清高、蔑视礼法之士艳羡不已，自感弗如。

《维摩诘经》又名《不可思议解脱经》，汉献帝末年由支谦翻译而流行中国，六朝时共有六个译本，是大乘佛教的重要经典。该经是一部"弹偏斥小""叹大褒圆""耻小慕大""回小向大"的佛典，共有十四品，每一品皆详述菩萨和罗汉的优美趣事。

维摩以生病为缘，广为大众说法，释迦牟尼想差遣舍利弗等诸罗汉、菩萨前去探病，而他们自觉对佛法体征不够，怯于维摩的智慧和机锋，拒往探病，"是以五百声闻，咸辞问疾；八千菩萨，莫能造命。弥勒居一生之地，服其悬解；文殊是众佛之师，谢其真入"，纷纷以令人捧腹的理由推托。

天女散花，借天花乱坠、花瓣沾衣的优雅故事，揭示男女无定相，可以相互转换，破除二乘人对法的执着。

在维摩丈室中，诸罗汉、菩萨们无有坐处，维摩谈笑风生，大显神通，向灯王佛遥借宝座，宣扬大乘佛教广狭相容、芥子纳须弥的解说法门，精妙绝伦的比喻、玲珑纤透的智慧令人拍案叫绝。

维摩与智慧第一的文殊菩萨畅论不二法门，文殊妙语连珠，维摩以默然回应，令文殊不禁叹道："善哉！善哉！乃至无有文字语言，是真入不二法门。"

…………

全经情节丰富，充满戏剧色彩。

指维摩诘为六朝士人心目中的仪表美的标准是笔者的首倡。个人忖端日久，认为此说内、外证据均不缺乏。

首先，从绘画作品来看，当时的清谈名士与维摩诘的形象是非常相似的。维摩诘走进中国的时候正当魏晋，假若他有感觉的话，一定会觉得如鱼得水，周围的环境竟然表现出高度的兼容。最直观的是在仪表方面。维摩诘的尊容如何？其最早最权威的画像是东晋大画家顾恺之在建康瓦官寺所作的维摩诘居士图。唐代大诗人杜甫二十岁时游江宁，瞻仰了这幅杰作，叹为"虎头金粟影，神妙独难忘"。虎头，是顾恺之的小名。金粟，指号称"金粟如来"的维摩诘。可惜杜甫只是赞赏画艺神妙，没有具体描述维摩的容貌。但是当时的人物画风尚清赢。被谢赫《古画品录》列为第一的陆探微的人物画风格是"秀骨清像，似觉生动，令人懔懔若对神明"。大画家顾恺之更是"刻削为容仪"。这些，都符合佛经上维摩诘"清赢"的特征。现存除敦煌唐人画本和云冈北魏石刻外，晋画维摩诘已不可得见。苏轼《凤翔八观》之五是咏天柱寺之维摩像，是像为唐杨惠之塑，现已无存。苏诗云："今观古塑维摩像，病骨磊嵬如枯龟。"可知维摩的形象是瘦骨嶙峋，形容枯槁。从传世唐代孙位《竹林七贤图》残卷来看，其中阮籍的神情举止就与苏轼诗所述维摩像及敦煌莫高窟第 103 窟东壁盛唐维摩像很相似。他们都手执麈尾，席地而坐，披衣缓带，那病态的身躯，那摆脱世俗的潇洒风度，那辩才无碍的智慧神情，完全体现了门阀士族的审美理想。

其次，当时确实卷起过一阵"维摩诘热"。僧肇大师因阅读本经而发心出家，东晋殷浩则以本经为日课。史载梁武帝时有云光法师于雨花台讲经，感得天雨赐花，天厨献食。这显然是维摩故事的翻版。王国维先生指出："佛教之东，适值吾国思想凋敝之后。当此之时，学者见之，如饥者之得食，渴者之得饮。担簦访道者，接武于葱岭之道；翻经译论者，云集于南北之都。"（王国维《论近年之学术界》）从吴支谦到东晋鸠摩罗什，约一百五十年间至少出现了五个译本和一个合本，出版的热度当然反映了社会的需要。时论以为此经是"先哲之格言，弘道之宏标"，有人将其同《楞伽》《圆觉》并称为"禅门三经"，可见《维摩诘经》确是一部很受社会重视和欢迎的佛经。此经文笔之空灵，文辞之精美，在内典中是罕与其匹的。它不但为高僧大德、帝王贵族所尊崇，尤其对士大夫阶层影响巨大，"净名""无垢""天女散花"是诗赋中最爱用的典故，谢灵运还写过《维摩诘经中十譬赞》八首，对《维摩诘经》中用过的聚沫泡合、焰、芭蕉、聚幻、梦、影响合、浮云、电等八个譬喻加以礼赞，表现了这位天才诗人研习此经的心得。至于《维摩诘经》所云"乃至无有文字语言，是真入不二法门"，不仅说出了作家在创作中深切体验过的一种苦恼，更启迪了中国诗论的顿悟之说。鲁迅先生指出，南北朝时期，士人都有三种小玩意儿，其中之一就是《维摩诘经》。关于"维摩诘热"的温度之高，择二例可说明。一是东晋大诗人谢灵运的髭须长得很秀美，谢临刑问斩时，甚至提出将自己的髭须施舍给南海祇洹寺作维摩诘像躯之髭，这真是虔诚的贡献！二是唐张彦远《历代名画记》记述，相传东晋兴宁中瓦官寺重修就绪，僧众设会，请朝贤"鸣刹注钱"（捐钱为古刹重振名声）。诸人所捐没有超过十万钱的。轮到年仅二十岁的顾恺之，他就在本子上注明捐钱百万。后来寺众请他兑现了账，他叫他们准备一面粉壁，于是闭户绝往来一月余，作壁画《维摩诘居士像》一幅，"工毕，将欲点眸子，乃谓寺僧曰：'第一日观者请施十万，第二日观者可五万，第三日可任例责施。'及开户，光照一寺，施者填咽，俄而得百万钱"。当然，这说明了顾恺之的画艺之精，但也从侧面反映了群众对维摩诘狂热的崇拜和欢迎。前一例谢灵运是名人，大知识分子；后一例是普通民众，上下同是五体投地，则维摩威望可想而知。

最后，也是最本质的一点，即所谓"魏晋风度"完全效仿维摩诘居士其人其事。应该说依照佛理传统的观点，同是修行，出家与在家是有高下之分的。北魏吉迦夜、昙曜共译之《杂宝藏经》就载有难陀王与那迦斯那共论缘：

王复问言：出家在家，何者得道？斯那答言：二俱得道。王复问言：若俱得道，何必出家？斯那答言：譬如去此三千余里，若遣少健，乘马赍粮，捉于器仗，得速达不？王答言：得。斯那复言：若遣老人，乘于疲马，复无粮食，为可达不？王言：纵令贵粮，犹恐不达，况无粮也。斯那言：出家得道，喻如少壮；在家得道，如彼老人。

在他们看来，在家修道，事倍功半，远不及出家。然而奇怪的是，在家居士维摩诘却全然不顾此一规律而大放异彩。《维摩诘经·弟子品》中公然声称"汝等便发阿耨多罗三藐三菩提心，是即出家"，换句话说，只要保持一颗学佛之心就是出家，不必拘泥于古佛青灯的形式，从根本上抹杀了"在家"与"出家"的界限。就这方面，维摩诘本人就率先垂范。在生活行为上，他有妻名无垢，子名善思，女名月上。他居住在大城闹市，而不是僻野荒寺；他"虽为白衣，奉持沙门"；"虽获俗利，不以喜悦"；"虽有妻子妇"，"常修梵行"；虽"现视严身，被服饮食，内常如禅"；"若在博弈戏乐，辄以度人"；"入诸淫种，除其欲怒；入诸酒会，能立其志"。他结交权臣后妃，参与宫廷政治；在生活上积累无数的财富，鲜衣美食，淫欲游戏，无所不为。也就是说，维摩诘的实际活动和全部表现，是十足的世俗贵族式的生活，然而他的动机、他的目的、他的精神境界却比出家的菩萨们更高超。用我们的眼光看，他能够为自己的任何卑鄙无耻的世俗行径找到神圣不可亵渎的理论借口，也可以在神圣不可亵渎的理论指导下干出最卑鄙无耻的世俗行径。这种种放荡的秽行，当然会使当时以疏狂自许、蔑视礼法之士艳羡之，窃喜之，心驰神往。于是维摩诘的"清羸示病之容，隐几忘言之状"就征服了魏晋六朝士人的心灵。他们奉维摩诘为楷模，甚至认为"高士必在于纵心调畅。沙门虽云俗外，反更束于教，非情性自得之谓也"（《世说新语·轻诋》），拥护这位"富贵菩萨"远远胜过拥护出家菩萨了。

印度佛教把逃避现实世界的希望寄于彼岸来生，主张禁欲苦行。《杂阿含经》载佛祖告诉比丘说，河边有一只乌龟，有野狗想吃它，它将头尾四肢缩藏于壳内，野狗无奈，只好又饿又乏地嗔恚而去。而魔王波旬也像野狗一样窥伺着人们，等待人们"眼着于色，耳闻声，鼻嗅香，舌尝味，身着触，意念法"，便好乘虚而入。所以，人们要像乌龟一样地藏起欲念。（《法苑珠林》卷三十四《摄念篇》二十八引）在这种痛苦、消极的禁欲主义人生哲学的支配下，佛教标榜

"四谛"，讲究静坐苦修。这对于受苦受难的下层人民来说，是一剂麻痹精神的鸦片。但是，锦衣玉食的六朝士大夫对此却难以接受：彼岸天国虽具诱惑力，而禅修之道又视为畏途。他们沉浸于"艳舞时移节，新歌屡上弦"（庾肩吾《侍宴宣猷堂应令》），迷恋于"欢乐夜方静，翠帐垂沉沉"（谢朓《夜听妓》），是不甘于古佛青灯、布衣蔬食、禅坐诵经的。而《维摩诘经·弟子品》借舍利弗的口说：往昔时候，我曾在林中清静处静坐，修习在一棵树下。这时，维摩诘走来对我说："嗨，舍利弗，不要认定你这样才是静坐。所谓静坐，不就是不在三界之中表现打坐的姿势，也不在心中生出打坐的意念吗？只要不舍弃佛道的精神，能够道俗一观，立身处世表现得与凡夫无异，也就是静坐了。"《维摩诘经》委婉地否定了在森林幽谷中禅坐苦修的方式，提出了"宴坐"，即无论在任何环境下静坐，只要不显露自己的身与心就行的新方式，从而改变了过去印度瑜伽与禅一定要把身心系在某一固定坚实对象上的机械方式，使禅定行卧自由，变得舒适多了。维摩居士更一改早期佛教经院学究式刻板枯燥、令人昏昏欲睡的谈经演法，代之以随机应变、妙语连珠的应答艺术。这种表现悟性的对话艺术与清谈融合，对士大夫尤其是富有艺术修养的文人很有诱惑力。于是，他们东施效颦，学着维摩诘那"清羸示病"的模样和那侃侃议论的风度，一拥而上，走维摩居士的道路，企图花天酒地地走到西方乐土。

　　有些学者认为魏晋南北朝的佛像雕塑是魏晋风度的体现，认为云冈佛像的面貌恰好是地上君主的忠实写照，连脸上脚上的痣也相吻合。《魏书·释老志》记载了一桩奇闻："是年诏有司为石像，令如帝身。既成，颜上足下各有黑石，冥同帝体上下黑子。"我以为，佛画佛雕自然是人间形体、面相、神情的写照，也自然体现了时代的风貌，这当然是"君权神授"的最好证明。依他们看来，魏晋风度是因，佛像形貌是果。但是，维摩诘与魏晋风度，特别是与魏晋六朝病态的仪表美之间的因果关系却恰恰相反：维摩是因，魏晋六朝士人仪表美的追求是果。《维摩诘经》在三国吴已有支谦译本，梵本当流行更早。据玄奘《大唐西域记·卷第七》记载，在古老的印度，早就有维摩诘的遗迹和传说。不是魏晋六朝士人赋予了维摩诘以清瘦的病躯、玄妙的辩才、鲜美的衣食、淫靡的生活，而是这位在家居士的固有的种种外在、内在的特点激起了魏晋六朝士人无限的爱慕和崇拜，激起了他们"不如饮美酒，被服纨与素"的共鸣，激起了他们"昼短苦夜长，何不秉烛游"的纵乐、堕落。同时，他的"称病"引起了整整一代文士的"无病呻吟"，使得他们在仪表上效仿"清羸示病之容"，形成了一代仪表美的标准。

十年前，我曾西游印度，在古乐缭绕的巍峨寺庙踯躅流连，我想找到一尊维摩的塑像，或是一点关于维摩的书籍、画图，乃至关于维摩的流传口耳的只言片语，结果是大失所望。看来他的家乡已经彻底忘记了他。而他在魏晋六朝的华夏大地，却曾是何等疯魔啊！

3. 汉化的洋菩萨

魏晋六朝士人关于仪表美标准的选择是独具只眼的，病态是其形式，维摩诘才是其灵魂。那么，这种仪表美具有什么思想意义？或者说，具有怎样的美学深度呢？

我认为，首先，它反映了在人的觉醒的思潮冲击下，特定时代、环境里产生的处世（注意！不是出世，也不是入世）哲学。魏晋六朝关于仪表美的品目表面看来似乎非常颓唐、消极、荒诞，深藏着的恰恰是它的反面，是对人生价值的珍视，对短暂生命的留恋。魏晋六朝是一个黑暗的时代，王朝不断更迭，政治斗争尖锐，整个社会长期处于无休止的战祸、饥荒、疾疫、动乱之中，经常是"白骨蔽野，百无一存"，"道路断绝，千里无烟"。同时，这也是一个人才大量夭折的时代。门阀士族的名士们一批又一批地被杀戮，其中就有嵇康、何晏、郭象、潘岳、谢灵运、鲍照、傅亮等第一流的思想家、学问家和文学家。尤其是梁代的"侯景之乱"，虽仅仅四年，但使江南繁华都城成了一片废墟，锦衣玉食惯了的文人因屠杀和饥饿而死者达十之八九，"中原冠带随晋渡江者百家……至是，在都者覆灭略尽"（颜之推《观我生赋》自注）。士大夫生活在这种既富贵淫靡而又杀机四伏的境地中，"但恐须臾间，魂气随风飘"（阮籍《咏怀》），当然更加珍视自己的血肉之躯，在涂脂抹粉中糅掺着对饱受残酷政治迫害的痛楚的抚爱。

　　然而这种思潮在仪表美上面的表现，却采取了一种前所未有的、独特的方式，这就是维摩诘式。简而言之，就是以"清赢示病之容"面对龌龊凶险之世。《维摩诘经》之所以受到朝野僧俗的普遍欢迎，与本经的内容有密切关系。它告诉佛徒应该如何把处世间当作出世间，因而创造了维摩诘式的在家菩萨。例如，"佛国""净土"是大乘佛教设计的一个精神王国，信仰和修习佛教的最后目的就是进入这样一个王国。但"佛国""净土"究竟在哪里呢？《维摩诘经》的开篇第一章《佛国品》云："蚑行喘息人物之土，则是菩萨佛国。"本经的重点，不在于如何到达彼岸净土，而着重于如何把秽恶之土视为佛国乐园。这样的理论，极大地安慰了受难的魏晋六朝士人，他们当然引以为同调。魏晋六朝士人不习惯于考虑恢宏的国事，却常常在内心调节感情的平衡，过多地琢磨远祸全身之道；他们醉心于佛学的玄旨奥理，却讨厌苦行的清规戒律。《维摩诘经》的理论正迎合了他们这种复杂、矛盾的心理，于是，他们从维摩诘的形象中寻找美的享受和悲哀的解脱，于是，维摩诘居士那鲜美飘动的衣饰，那飘逸自得的神情，那秀骨清像的病躯，都成了应付四周惊恐、阴冷、血肉淋漓的现实的干城之具。这种曲折而强烈的感情就是魏晋六朝仪表病态美的内在的深刻的一面。

　　维摩诘不仅影响了一代士人，而且影响了佛教高僧。姚秦高僧僧肇曾为此经削发出家，另一位高僧僧叡自叙"予始发心，启蒙于此，讽咏研求，以为喉衿"（《毗摩罗诘提经义疏序》），把它当作佛教理论的启蒙读物。据说后秦时的高僧鸠摩罗什在草堂寺讲经，正当后秦王姚兴和大臣们肃静地听讲时，罗什突然尘心大动，跳下讲台，向姚兴说，我看见两个小孩子爬上我的肩膀，我需要女人。于是姚兴赐给了他一个宫女，不久果然生下了一对胖小子。罗什曾为《维摩诘经》译文作注，于此经用力最勤。他的举动无疑也是受了这位风流菩萨的影响。应该说，唐以后"顿悟"派禅宗（南禅宗）的肇源者是维摩诘。关于这种文化对时代心理状态的"遗传"作用，显然还有待进行深入研究。

　　至于维摩在文学史上的影响，则更发人深省。在人的觉醒的思潮冲击之下，两汉神学目的论和谶纬宿命论的神秘迷雾被驱散了。为什么不能产生一种健康的审美情趣呢？为什么刚健悲壮的建安风骨不能贯彻始终呢？我以为，就是因为维摩诘这位"富贵菩萨"的介入。正是这个原因，在新思潮的冲击、神学迷雾解散的"大好形势"下，在六朝中国这块土地上，产生了病态的审美情趣，进而唯美文学、宫体文学、山水文学空前炽盛，其间脉络，是皎然可睹的。

其次，则是表现了华夏文化积淀深沉的"定力"。考察《世说新语》和《晋书》等典籍中关于仪表美的品目，考察魏晋六朝的壁画石雕，我以为当时的仪表美是有自己的民族特色的。《世说新语·排调》云：

> 康僧渊目深而鼻高，王丞相每调之。僧渊曰："鼻者面之山，目者面之渊。山不高则不灵，渊不深则不清。"

李详曰："梁简文《谢安吉公主饷胡子一头启》'山高水深，宛在其貌'。即用僧渊此事。胡子者，胡奴也，僧渊本胡人。"僧渊是外国人，从王丞相"每调之"来看，晋人对于人物之相貌，并不欣赏外国人高鼻深目。维摩诘本是印度菩萨，见于画面的，如南北朝的云冈第一、二、七洞的维摩，龙门宾阳洞中洞正面上部右面的维摩，天龙山第三洞东壁南端的维摩，从南北朝到隋唐则有莫高窟画维摩六十多幅。这些维摩诘都汉服衣冠，强支病体，做答文殊问难论辩姿势。特别的是这些画中的维摩都手持麈尾。麈尾则绝对不是天竺故物，它是魏晋清谈家手执的一种道具，宋代以后逐渐失传。据说麈是一种大鹿，麈尾摇动，可以指挥鹿群行向。麈尾取义于此，盖有领袖群伦之义。魏晋时必须是清谈名士才有执麈尾的资格，所谓"毫际起风流"。给维摩诘以麈尾，一方面说明清谈家承认其领袖权，另一方面说明这位居士已完全中国化了。

事实的确如此。我们考察莫高窟中的维摩诘四周的其他菩萨，都充斥着印度佛教艺术那种接吻、扭腰、乳部突出、性的刺激、过大的动作姿态等。唯独维摩诘例外。这正是由于维摩诘其人其事征服了魏晋士人的心，而在魏晋士人膜拜、赞颂的过程中，历史主义的华夏传统又战胜了反理性和神秘迷狂。不仅如此，具有较高思辨能力和文化修养的魏晋六朝士大夫文人，还从维摩诘身上选择了那些与传统文化（如玄学）较契合，较适宜于中国文人士大夫心理结构与人生观的文化因素，塑造了一个新的、中国式的佛教——禅宗。洋菩萨维摩诘走进中国，形象却完全汉化了！

4. 一个洋菩萨

在现实社会中，西晋高僧竺佛图澄可以说是维摩诘的翻版。

西域竺佛图澄，本姓帛氏，以姓氏论，他极有可能是龟兹人。佛图澄九岁在乌苌国出家，清真务学，两度到罽宾学法，西域人都称他已经得道。晋怀帝永嘉四年（310）来到洛阳，时年已七十九岁。他能诵经数百万言，善解文义，虽未读中原儒史，而诸学士与他论辩疑滞，都不能难住他。他知见超群、学识渊博并热忱讲导，有天竺、康居名僧佛调、须菩提等不远数万里足涉流沙来从他受学。中国名德如释道安、竺法雅等，也跋涉山川来听他讲说。《高僧传》说佛图澄门下受业追随的常有数百，前后门徒几及一万，堪称盛况空前，庶几可以类比维摩。

佛图澄的学说虽阙诸典籍，但从他的弟子如释道安、竺法汰等的理论造诣来推测佛图澄的学问，一定是很高超的。尤其是释道安，博学多才，通经明理。其所注佛经典雅渊富，妙尽深旨。其撰《综理众经目录》一卷，被后人称为《道安录》或《安录》，这是中国第一部佛经目录学的著作。《高僧传》说，道安初到洛阳，入中寺遇佛图澄，澄一见大加赏识，相语终日。僧众见道安其貌不扬，疑惑不解。佛图澄将道安收为学生，说："此人远识，非尔等可比。"后来，佛图澄每次讲经后，就安排道安复讲。众人纷纷提出责难，道安挫锐解纷，行有余力，四座震惊，可见佛图澄对道安慧眼相识，授以心传。《魏书·释老志》说，道安所证的经义和后来罗什译出的经旨符合，因而使佛法大显于中土。这也足以证明，佛图澄是佛学的一代宗师。

《维摩诘经》中说维摩神通广大，能凭空向灯王佛遥借宝座，连诸佛菩萨都要受他的三昧力的调动。而《高僧传》中叙述佛图澄的神通事迹颇多，说他志弘大法，善诵神咒，能役使鬼神，彻见千里外事，又能预知吉凶，兼善医术，起死回生，为人所崇拜。简直是维摩转世！

维摩诘结交权臣后妃，参与宫廷政治，以处世间为出世间，"蚑行喘息人物之土，则是菩萨佛国"。佛图澄在这一方面更是出奇地相似。

佛图澄到了洛阳之后，本想在洛阳建立寺院，适值刘曜攻陷洛阳，地方扰乱，因而潜居草野。永嘉六年（312）二月，石勒屯兵葛陂，准备南攻建业。这时佛图澄因石勒大将郭黑略的关系，会见了一代枭雄石勒。

石勒，字世龙，上党武乡（今属山西）羯族人。石勒出身奴隶，深目高鼻，强悍健硕，视贵族如仇雠，开始以"十八骑"纵横天下，曾一举攻下邺城，杀死了所有逃到邺城的世家大族，使西晋贵族闻风胆寒。其后为刘渊大将，率领十万铁骑，打败了东海王司马越率领的二十万晋军主力，司马越忧愤而死。西晋又以大名士王衍为统帅，又被石勒骑兵击溃，将晋军团团围住后，用箭射杀，被围者无一幸免。襄阳王司马范、任城王司马济以及太尉王衍等众多王公大臣在被俘后全部遇害。晋朝将军何伦、李恽听说司马越死了，就同司马越的妃子裴氏以及世子司马毗撤出洛阳，石勒又将他们全部追杀。这样，西晋的军事力量实际上全部丧于石勒之手。大兴二年（319），石勒终于建立了后赵，控制了黄河流域大部分土地，基本统一了北方。咸和五年（330），石勒称帝。因此，对于中原的士族来说，石勒是杀人不眨眼的魔王。

然而，佛图澄一域外老僧，竟能游走于钢刀斧镬之前，竟能相机弘法行善，将处世间变为出世间！

世间凡事都有缘分，石勒虽以杀戮起家，但一见佛图澄即感觉投缘，且由投缘而礼敬之。这当然是咄咄怪事，但历史演进并不排斥怪事。石勒称帝后，对佛图澄更加恭敬，有事必咨而后行。佛图澄劝石勒少行杀戮，当时将被杀戮的人，十有八九经佛图澄的劝解而获免。俗语云"救人一命，胜造七级浮屠"，佛图澄能在石勒的刀下救出许多生命，真是无量功德！

咸和八年（333），石勒逝，子石弘即位。不久，石勒从子石虎废石弘，自称天王，迁都于邺。石虎生性荒淫残忍，是一个有名的暴君。然而奇怪的是，石虎对佛图澄却奉若神明。石虎命令司空李农每日前往佛图澄处问候起居，太子诸公每隔五日去拜见。佛图澄平日穿绫锦，乘雕辇，过着富贵的生活。朝会的日子，只要佛图澄来，太监叫一声"大和尚到"，群臣都要起立，常侍以下帮忙抬轿，太子诸公扶着佛图澄上殿。

石虎的尚书张离、张良家富奉佛，各自修造了巍峨的宝塔。佛图澄指斥他们贪含积聚，早晚将会受到现实的罪罚，还祈求什么福报。他对石虎说："暴虐恣意，杀害非罪，虽复倾财事法，无解殃祸。"由此可知佛图澄注重从厉行慈济方面感化石虎。

佛图澄还充分利用这样的大环境，在后赵推行佛教，所经州郡，建立佛寺计八百九十三所，较之唐代诗人杜牧慨叹的"南朝四百八十寺，多少楼台烟雨中"要多得多！永和十四年（348），佛图澄卒于邺宫寺，年一百一十七岁。

从另一个角度来看，佛图澄也可以说是一个"政治和尚"，而且，以后这种和尚代不乏人。如南朝梁高僧宝志，又称"志公"，《南史》说他常常被发徒跣，语默不伦，身披锦袍，饮食同于凡俗。每当他游行街市时，锡杖上都悬挂剪刀一把、尺一支和麈尾扇一柄。本文前引李白《志公画赞》描述的就是此公。如果要溯其根源，都可以从《维摩诘经》中找到答案，"入诸淫种，除其欲怒；入诸酒会，能立其志"，佛图澄以及志公之流就是维摩经义活生生的体现。

维摩诘，魏晋六朝士人痴狂效仿的精神领袖。

5. 一个中国菩萨——傅弘

在现实社会中，南齐平民傅弘（傅大士）可以说是维摩诘的翻版。傅弘虽然不是文人雅士，然而其以寺门外人修维摩行，在中国的维摩禅演绎史上却是一个关键性人物。

傅弘之生平资料仅见于唐进士楼颖编录徐陵书傅大士碑文以及唐元积《还珠留书记》。南怀瑾先生既内外典均精，又勤于钩沉辑佚，其《禅话》有"南朝的奇人奇事——中国维摩禅大师傅大士"一节，对傅弘作了最详尽的介绍。

傅弘，浙江东阳郡义乌县双林乡人，父名傅宣慈，母王氏。傅弘生于齐建武四年（497），十六岁时，娶刘妙光为妻，生二子，一名普建，一名普成。他在二十四岁时，和乡人一起捕鱼，捕到鱼后，他又把鱼笼沉入水中，一边祷祝着说："去者适，止者留。"任由鱼儿"两便"，人皆笑其愚。这时候达摩尚在印度，没有来中国。

后来，从印度来的高僧嵩头陀（亦叫达摩，不知是否即禅宗初祖）点化傅弘，教他临水观影，他看见自己的头上有圆光宝盖等禅瑞现象，因此而顿悟前缘。他笑着对嵩头陀说："炉鞴之所多钝铁，良医之门多病人。度生为急，何思彼乐乎？"从此，傅弘就和妻子在松山"躬耕而居之"，白天耕作，夜里修行佛事，这样修炼苦行了七年。"四众常集"，听他讲论佛法。郡守认为他有妖言惑众的嫌疑，就将他拘囚。他在狱中几十天，不饮不食，使人愈加钦仰，郡守只好放了他。还山以后，愈加精进，远近的人都称他为"傅大士"（大士，亦即俗称菩萨），都来师事他。从此，他经常开建供养布施的法会。

为了设大法会来供养诸佛和大众，傅大士施舍了自己的田地产业。在大荒之年，为了办赈济，他甚至劝导妻子，发愿卖身救助会费。他作偈说："舍抱现天心，倾资为善会。愿度群生尽，俱翔三界外。归投无上士，仰恩普令盖。"当时，有一位出家的和尚慧集，听了大士讲解无上菩提的大道，自愿列为弟子。

陈天嘉二年（561），傅大士在定中感应到过去的七佛和他同在，释迦在前，维摩在后。陈太建元年（569）大士示疾，作《还源诗》十二章，入于寂灭，世寿七十三岁。

南怀瑾先生指出："当时江左的偏安局面，有他（傅大士）的德行，作为平民大众安度乱离的屏障，其功实有多者。""如傅大士者，实亦旷代一人。齐、梁之间禅宗的兴起，受其影响最大，而形成唐、宋禅宗的作略，除了以达摩禅为主体之外，便是志公的大乘禅、傅大士的维摩禅。"

我揣摩南先生的精义妙语，傅大士作为维摩禅的初期代表，而对后世施以大影响，其荦荦大者有二。

一是他始终以居士身而作世出世间的千秋事业。有一日，大士朝见梁武帝，披衲衣（僧衣）、顶冠（道冠）、靸屦（儒屦）。帝问："是僧耶？"大士以手指冠。帝曰："是道耶？"大士以手指靸屦。帝曰："是俗耶？"大士以手指衲衣。傅大士的"现身说法"，以道冠、僧服、儒屦的表象，表示中国禅的法相，是以"儒行为基，道学为首，佛法为中心"的真正精神。以后唐、宋中国禅的禅趣，实际上都是维摩这种以居士身修禅行的大智慧。

二是充分汲取了魏晋以来清谈辩论的营养。维摩诘当然既可以谈笑风生、天花乱坠，也可以以默然应对文殊的妙语，"乃至无有文字语言，是真入不二法门"。傅大士深得维摩教旨。有一次梁武帝自讲《般若经》，"公卿连席，貂绂满座。特为大士别设一榻，四人侍接"。刘中丞问大士："何以不臣天子，不友诸侯？"大士答："敬中无敬性，不敬无不敬心。"梁武帝讲毕，所有王公都请大众诵经，唯有大士默然不语。人问其故，大士便说："语默皆佛事。"昭明太子问："何不议论？"大士答："当知所说非长、非短、非广、非狭、非有边、非无边，如如正理，夫复何言。"更妙的是，有一次梁武帝请大士讲《金刚经》，才升座，以尺挥案一下，便下座。武帝愕然。志公说："陛下会么？"帝曰："不会。"志公曰："大士讲经竟。"真是不着一字尽得风流。像这样"直指人心，见性成佛"的语录，潇洒诙谐，信手拈来，深得魏晋清谈之妙谛，又开启了唐、宋以后中国禅的"机锋""转语"。

总之，傅大士不现出家相，特立独行维摩大士的路线，在中国禅的演绎史上贡献甚巨，是一位关键性的人物。

王　导

> 松栝凌寒，挂钟阜、玉龙千尺。记那日，永嘉南渡，蒋陵萧瑟。群帝翱翔骑白凤，江山缟素舳棱碧。趿麻鞋、血泪洒冰天，新亭客。
>
> ——吴伟业《满江红·白门感旧》

1. 五马浮渡江，一马化为龙

316年10月，长安陷落，极其腐朽的西晋政权在匈奴的打击下灭亡了。然而，以前已南渡的琅琊王司马睿却在建康重建晋政权，史称东晋。东晋在青山绿水的江南绵延了一百零三年，并形成了六朝"四十余帝三百秋"的"功名事迹"（李白《金陵歌送别范宣》），在保存和继承中国传统文化方面有着巨大的历史功绩。其中重要原因之一，就是王导的作用。

王导（276—339），字茂弘，琅琊临沂（今山东临沂）人。据说，王导的祖先是春秋时周灵王的太子晋，其子宗敬为司徒，人称"王家"，于是以"王"为姓氏，代代相传，历代都有显要，如秦时王翦、王贲父子，横扫六国，战功赫赫。到汉代大司空王吉，迁移到临沂，成了琅琊王氏的始祖。当然，这都是久远难稽的尘封的历史了。

王导的从祖父王祥、祖父王览，则是临沂琅琊王氏子孙引以为荣的两位知名的历史人物。

东汉时临沂城北的一个小村里住着一户王姓人家，主人王融，娶妻薛氏，生一子叫王祥。薛氏死后，王融又娶朱氏做继室，朱氏生一子叫王览。朱氏为人刻薄狠毒，视王祥为眼中钉肉中刺，动辄非打即骂。王祥却百般忍受，对继母非常孝顺。一个夏夜，雷电交加，狂风暴雨。朱氏想到园子中的李树，已经果实满枝，不能让暴雨给损坏了，立即叫王祥去园子里看守，不准有一点损失。瓢泼大雨下个不停，结满果实的李树在暴雨中摇曳不止。王祥心急如焚，跪在李树下，泪水和着雨水潸然流下，祈求苍天保佑。说来也怪，很快就风停雨止，树上的李子一个也没有掉下来。还有，一个天寒地冻的三九天，朱氏忽然叫王祥弄活鱼来吃。无奈冰封河面，无法捕鱼。为了满足继母的愿望，王祥来到村前的河边，脱去衣裳，毅然卧在河冰面上，用自己的体温融化了坚冰。他的行为感动了上苍，鲤鱼从河里跳出冰面。这就是后来元儒郭巨敬编录的《二十四孝图》中"卧冰求鲤"故事的由来。王览并没有因为王祥是其同父异母的兄弟，也没有因为母亲对王祥不好，就歧视王祥。相反，他对哥哥王祥非常友爱和尊重。王览比王祥小二十岁，每当母亲打骂王祥时，他总是一边哭泣，一边抱着母亲，苦苦哀求不要打骂哥哥。后来，狠毒的朱氏想除掉王祥，端了一杯毒酒给王祥。朱氏的企图被兄弟二人看穿，二人都争着要喝这杯毒酒。朱氏恐怕自己的儿子王览被毒死，便把毒酒泼在地上。由于王览心地善良和对哥哥王祥的诚挚友爱，被列为元儒郭巨敬编录的《二十四悌图》之一。从此，他们居住的村子就叫孝友村，村前的河就叫孝感河。后来，王祥由刺史的佐吏升到司空、太尉，最后拜为太保，封为公爵。王览入晋后，也官至光禄大夫。其子王裁，也就是王导的父亲，做过镇军司马一类的官。

王导就出生在这样的钟鸣鼎食之家、诗礼簪缨之族。他少年时就"有风鉴，识量清远"。当时社会上很流行"品目"（对人物的品评），在他十四岁的时候，有位陈留高士张公看到他，感到十分惊奇，对他的叔伯哥哥王敦说："此儿容貌志气，将相之器也。"后来，年轻的王导在东海王司马越府中做军事幕僚。

西晋末年，乱象纷呈。与西晋统治者加速腐朽形成鲜明对照的是匈奴贵族刘渊的崛起。刘渊幼时以"任子"（人质）身份住在洛阳，得以交游汉族士人，读过《诗》《书》，也读过《史记》《汉书》《孙吴兵法》。他曾对同学说："我每看到《汉书》，常常遗憾随何、陆贾两个名士没有武略和将才，也鄙薄周勃和灌婴这两个武将没有治国的文才。"刘渊认为"随陆无武，绛灌无文"是很可惜的，因此立志文武双全。他一边读书，一边学武，终于学识卓荦，武艺超群，当上了北部都尉。由于他轻财好施，待人诚恳，赏罚分明，匈奴五部中的豪杰都投奔他，幽州、冀州一些儒生名士也不远千里到他那里访问交游。刘渊成了匈奴五部的实力派。

永兴元年（304），刘渊在左国城起兵反晋，他打出尊汉的旗号，自称汉王，建立汉国政权，以推翻司马氏的统治为号召，胡汉各族许多人归服了他，力量很快壮大起来。特别是王弥与羯人石勒率军投附以后，汉国势力迅速发展到今山东、河北等地，晋军屡战屡败。西晋的灭亡已是指日可待了。

当时，西晋的王公大臣们犹如即将溃堤之蚁，纷纷寻求退路。既然匈奴的铁蹄不可避免地将要蹂躏长安的宫殿城阙，既然粗野的狄羯不可避免地将会践踏名士的衣冠，那么什么地方能够延续晋室的国祚？什么地方能够保全家族的高贵和荣耀呢？

这里需要插入申明一下：以上两个问题的提出，绝不是千年以后文人的臆想和演绎。对于第一个问题，只要将时间推后一点，就能看到，西晋建兴四年（316），京师长安被围，城中断粮，外无救援，人自相食。十七岁的愍帝司马邺口含玉璧，袒露臂膀，乘羊车出城投降。次年，太守宋哲奉愍帝命从北方逃奔江东，传愍帝诏书，司马邺说自己"幽塞穷城，忧虑万端，恐一旦崩溃"，命琅琊王司马睿继摄大位，"时据旧都，修复陵庙，以雪大耻"。足见当时上层有关人士在危急存亡之秋考虑到了国统的承继。对于第二个问题，则必须看到，到了西晋末年，士族逐渐淡化了忠君报国的思想成分，转而重视家族荣誉与社会地位，强调孝悌之道。诚如近人余嘉锡《世说新语笺疏》指出："魏晋士大夫止知有家，不知有国。故奉亲思孝，或有其人；杀身成仁，徒闻其语。"正由于此，当年王导南渡时，请郭璞卜筮，卦成，郭璞说："吉，无不利。淮水绝，王氏灭。"不提国运否泰，只说家族吉凶，未尝没有迎合王导求得士族之安的心理。

再回到这两个问题的本身。问题的答案只有一个：江东。在北方匈奴强大的压力下，西晋的有识之士都瞩目于草长莺飞的烟雨江南。这里相对于"白骨涂地"战乱频繁的鼎沸中原，还是一片较安定较富庶的温柔山水；更何况有长江天堑，滚滚波涛可以阻隔胆怯的噩梦，寻求偏安的喘息。于是，西晋"八王之乱"时，最后掌握实权的东海王越看到北方局势恶化，策划在江南留下退路，在永嘉元年（307）七月，任命司马睿为安东将军，都督扬州诸军事，进驻建康。不久，又署为都督扬、江、湘、交、广五州诸军事，成为江南地区最高统治者。应该说，此举圆满地解决了上面提出的两个问题，而且开辟了汉族统治者的三百年南朝之治，在保存和继承汉魏以前中国传统文化方面有着巨大的历史功绩。

视野广阔，不拘泥于眼前，投一子而局面一新。无疑，这是一着高棋。

然而，前台的主角司马睿除性情宽厚外，实在是一个庸才。其祖父司马伷，父亲司马觐都不曾建树功业，又是远支，在皇室中的地位并不显要。不仅如此，此人的出身亦大有问题。

早在曹魏时期，太傅司马懿辅政。当时民间流传着一本谶书《玄石图》，里面有"牛继马后"的话。司马懿为此非常忌恨姓牛的人。在他的部下中姓牛的只有将军牛金。于是司马懿特地设计了一把酒壶，转动壶口能倒出两种不同的酒，请牛金喝酒，毒杀了牛金。当时，司马懿以为消除了"牛继马后"的隐患。他无论如何也想不到，他的孙子琅琊王司马觐的妃子夏侯氏与一个姓牛的小吏私通，而且还生下一个男孩，就是司马睿。（妃通小吏牛氏事，《晋书·元帝纪》

未云其名，唯《建康实录》卷五作"牛钦"。）再到后来，司马睿建立了东晋王朝，形式上虽然仍是司马氏的天下，实际上却是牛氏的后人做皇帝。人算不如天算，这一点更是司马懿始料不及的。

像司马睿这样的庸人是不可能下出拓展江东这样的高棋的。

古来的历史学家，包括现代史学大师陈寅恪等，都把这"中兴之功"归于王导。他们的依据主要是《晋书·元帝纪》："永嘉初，（元帝）用王导计，始镇建邺。"《世说新语·言语》注引邓粲《晋纪》："导与元帝有布衣之好，知中国将乱，劝帝渡江，求为安东司马，政皆决之，号仲父。晋中兴之功，导实居其首。"

我以为，王导于南渡之事起了重大作用，有"中兴之功"是毫无疑义的，但他并非南渡的决策者，只有说动庸人司马睿南移，并且讨得当时的政治强人司马越决定让司马睿南移，才能谈得上"中兴之功"。"王导说"有失之简略之嫌。

事实上，匈奴兵锋日逼，晋室势如累卵，有识之士争谋退路。东晋人裴启《语林》就记载了永嘉初年王旷到王敦家里商量"天下大乱"的对策，这时恰好王敦和王导诸人"闭户共为谋身之计"，不接见王旷。吃了闭门羹的王旷从墙壁上的小孔中看到众人谋议，就假作要告官。后来王导他们迎王旷进屋，王旷就贡献了"江左之策"。按裴启《语林》写于晋哀帝隆和时，离所记事一百年左右，人物、地点、细节都有，应该可信。但是，"王旷建言说"只是说明了南渡经过了很多有识之士的反复谋划，并没有说明如何让司马越拍板的这样一个关捩。也就是说，王旷、王导诸人与司马越之间还缺乏一个关系链。

北京大学田余庆先生在《东晋门阀政治》中提到一个新观点，从繁杂的典籍中抓住了《晋书·东海王越传》所透露的大可玩味的信息："初，元帝镇建邺，裴妃之意也，帝深德之。"裴妃是司马越的妃子，屡见于《东海王越传》，其兄裴盾为徐州刺史时，曾与时任安东将军监徐州诸军事的司马睿共事。裴妃的另一个哥哥裴邵则与王导"相与为深交"，事见《晋书·裴楷传》。那么，裴妃一头与司马睿、王导集团相交甚深，另一头又是司马越的宠妃，她力主此事或赞同王导的计划，利用自己的身份，让执政的司马越拍板此一计划，是完全合情合理的，这样一来，司马越—裴妃—裴邵、裴盾—王导等—司马睿的关系链也就畅通了。所以，事后晋元帝司马睿"深德之"，将自己的第三个儿子给东海王当世子，亦透露了裴妃对于东晋帝业的作用。我认为，田余庆先生对《晋书》的这种抉微，丰富了"用王导计"的简略提法，最接近真实的历史。由于裴妃的居中牵线，王导以参东海王越军事、为琅邪王司马睿的关键地位主谋其事，南渡之举才得以实施和成功。

琅邪王司马睿南渡以后，西晋王朝风雨飘摇，每况愈下。永嘉四年（310），刘渊病死，子刘聪即位。永嘉五年（311），刘聪派石勒歼灭晋军主力十余万于苦县宁平城，俘杀了太尉王衍等。同年刘聪又派刘曜率兵攻入洛阳，俘虏了晋怀帝，又焚烧洛阳宫室，发掘晋朝陵墓，前后屠杀晋朝王公百姓六万余人。这一历史事件因发生在晋怀帝永嘉年间（307—313），历史上称为"永嘉之乱"。

晋怀帝被俘后，刘曜又攻入关中，同样大肆烧杀。后因缺乏粮食，掳走了八万多人，退出长安。西晋官吏又拥立司马邺为帝。建兴四年（316），刘曜再度攻下长安，西晋遂告灭亡。庆幸的是，先此西晋王朝的几支帝室，琅邪王睿、彭城王雄、西阳王羕、南顿王宗、汝南王祐已南渡江南，因而得以苟延。当时童谣云："五马浮渡江，一马化为龙。"就是指司马睿等诸王仓皇过江之事。公元317年，喘息未定的司马睿在烟雨迷蒙的江南建立东晋，以儒雅的王导为谋主，使晋朝保有了中国的半壁江山。

2. 所谓"江南文化士族"

江左草创，情况颇为可怜，史称府库所藏布帛，不过四千匹。石勒是消灭西晋王朝的元凶，当年宗室四十八王逃出洛阳，全部被石勒追上杀死，而东晋朝廷悬赏"有斩石勒首者，赏布千匹"，赏赐之吝，亦可折射当时财用何其困乏乃尔。《晋书·谢安传》说："司马睿渡江之初，公私窘罄，每得一豘，以为珍膳。"换句话说，过惯锦衣玉食生活的晋朝皇室连吃顿猪肉都困难，其狼狈处境可以想见。就在这时，出现了"禁脔"一词。宋张敦颐《六朝事迹编类》卷一说："帝性简俭……初拜贵人，有司请市雀钗，帝以烦费不许。所幸郑夫人衣无文彩。"皇帝没有钱，妃嫔们也只能黯然失色了。《六朝事迹编类》卷五还说，有段时期元帝喜欢饮酒，王导因而奏谏，于是元帝覆杯于池中以为诫。宋诗人杨修之《覆杯池》诗云："金杯覆处旧池枯，此后还曾一醉无。东晋中兴股肱力，元皇亦学管夷吾。"就是歌咏此事。《建康实录》卷七说，元帝登基后，想在建康营造宫室。为图节俭，王导指着正对建康城南门的牛首山双峰，对皇帝说："姑且借用为现成的双阙吧。"元帝竟也同意了，大有当年曹孟德"望梅止渴"的意味。北宋诗人杨修之《天阙山》诗云："牛头天际碧凝岚，王导无稽示安谈。"根本没有领会到王导的良苦用心。对比后来谢安掇唆孝武帝修造华丽宫室，王、谢优劣立判，当然这是后话了。可幸的是三吴（会稽、吴郡、吴兴）物产丰富，未受战乱破坏，经济文化发达。更兼江南"千岩竞秀，万壑争流，草木蒙笼其上，若云兴霞蔚"（《世说新语·文学》），佳山丽水以其特有的高妙内蕴抚慰着北来的惊弓之鸟，秦淮烟月风情万种的媚笑化解了中原士族们在政治暴烈下变得僵硬的脸。终于，在王、谢、庾、桓四大士族势力平衡下，东晋王朝在美丽富饶的江南延续着偏安的局面。不断有不愿意屈服在非汉族统治之下的士族和民众从北方逃来，他们或只身渡江，或兄弟并肩，或父子相伴，或举族而迁。于是，东晋王朝在北方移民比较集中的地方设立跟他们的北方家乡同名的州、郡、县，习惯上称为"筑巢引凤"，设立了侨州、侨郡、侨县，安置北方流民。比如豫州、徐州、兖州就是这种情况，这些州的辖区与西晋完全是两码事。无疑，这是一个聪明之举。王导还建议司马睿"收其贤人君子，与之图事"。司马睿从议，以渤海刁协、颍川庾亮等百余人为掾属，称为"百六掾"，这批北来士族成为东晋政权依靠的主要力量。据颜之推《观我生赋》自注，中原士族随晋元帝渡江的有百家，因此江东有《百家谱》。这些过江士族称为侨姓，其中王、谢、袁、萧是望族；而东南原有士族称为吴姓，其中朱、张、顾、陆是望族。

一般认为，东晋政治是西晋政治的延续，劫后余生的东晋政权继承了西晋所有的腐朽。首先是用人，"举贤不出士族，用法不及权贵"，大族人可以做大官，做大官可以横行不法。这当然是不争的历史事实。然而，人们往往忽视了士族本身的变化，忽视了江南文化士族的出现。当时的江南文化士族，郁郁乎文，真可说是"前无古人，后无来者"，这既是魏晋以来的士族传统的变迁，又对以后江南地区的文化产生了深远的影响，是中国历史上一道奇特的风景线。

人所共知，魏晋南北朝是我国历史上一个大动荡、大分裂的时期，同时也是民间交流与融合最为频繁的时期。我认为，也是南北士族交流、融合的时期。江南文化士族正是在南北士族交流、融合的基础上产生的。西晋灭吴以后，"王濬楼船下益州，金陵王气黯然收"，江南的豪族士大夫被西晋统治者看作"亡国之余"，朝中无人，失去了过去拥有的政治特权。陆机《荐贺循、郭讷表》里说，扬州士人现在还没有人做到郎官，荆州和江南士人做京官的一个也没有。于是，他们曾屡次起兵反晋。当时江南流行的"局缩肉，数横目，中国当败吴当复"的童谣（见《晋书·五行志》），正是江南豪族政治要求的反映。西晋末年北方大乱，江南豪族徘徊观望，企图待机而动。所以司马睿进驻江南月余，当地士人竟没有一个去见这位新来的统治者。三十七年前吴亡的惨痛，孙皓出降的羞辱，使他们对"落难司马"抱着不合作的态度。他们称北人为"伧父"，就连北方人说话，他们也认为"语音亦楚"，是"伧楚"之音。如《世说新语·豪爽》云：

> 王大将军年少时，旧有田舍名，语音亦楚。

王敦为北人，"田舍"即今所说"乡巴佬"，语意当然充满鄙夷。当时，中原冠带擅长用抑扬顿挫的纯正北方话朗读诗文，称为"洛下书生咏"，风靡一时，甚至谢安因患鼻疾而略嫌沉闷的腔调也变得魅力十足，有人"掩鼻以学之"。后世遂有"此时高味共谁论，拥鼻吟诗空伫立"（韩偓《雨》）之类的咏叹。有些三吴子弟慕其风流，也竞相模仿，北语于是成为官场和上层社会交际的通行语言。然而江南士族却不买账。顾恺之是无锡人，有人问他为何不作洛生咏，他却说："何至作老婢声！"对北人的抵触情绪溢于言表。

南人鄙视北人，北人对南人亦颇轻视。须知所谓东晋，是后人为了方便区分在洛阳的那个晋朝而称，实则当年司马氏政权从北到南都只叫"晋"。这表示建康司马始终认为自己是正统的北方政权，朝廷上下始终认为"籍贯"在北方，身份始终比南人高一等。《世说新语·简傲》载陆机兄弟去谒见刘道真，刘道真"初无他言，唯问东吴有长柄壶卢，卿得种来不"，刘道真见了陆机兄弟半天不理，后来实在不说不行，就问了句：东吴有长柄壶卢，你们哥俩会种吗？这是讽刺人家只配干粗活。《三国志·关羽传》载北人关羽称吴人为"貉子"，对吴语颇为厌恶。《世说新语·轻诋》云：

> 支道林入东，见王子猷兄弟。还，人问："见诸王何如？"答曰："见一群白颈乌，但闻唤哑哑声。"

王氏子弟多服乌衣白领，所谓"乌衣子弟"，因此被支道林比作"白颈乌"。王子猷兄弟是在吴地生长的北方人，想必日常多操吴语，竟受到刻薄的嘲笑，则在北人眼中，地道的江南人地位更为低下了。正是外来统治者与当地士民的离心，成了南渡的司马氏政权安身立足的最大危险。

这时，延续晋王朝国祚的使命历史性地落在了王导的肩上。王导属于中国历史上那种心系家国、戮力勤王、意图恢复、奋不顾身的人物。《晋书》记载，建业（建邺，因避司马邺讳，东晋改称"建业"，亦称"建康"）城南劳劳山上有临沧观，有亭七间，名曰新亭。面临长江，风景绝佳。王导每与群僚往游，设宴共饮。有一次，周顗饮了数杯，不由得悲从中来，凄然叹息："风景不殊，举目有江河之异。"意思是说现在虽然风景也很好，但以前面对黄河，现在却面对长江了，景色相似，家园不同。众人听了，都相顾流泪。正所谓"满目江山异洛阳，北人怀土泪千行"。唯独王导慷慨激昂，举杯说道："我辈聚首一方，应共戮力王室，克复神州，奈何颓然不振，徒作楚囚对泣呢？""楚囚"原指春秋时被俘到晋国的楚人钟仪，后来用以指处境窘迫的人。王导用自己坚定的态度，激励大家，稳定江东人心，也表现出自己卓绝的领袖气质。

王导清楚地意识到东晋政权所面临局面的严重性。他知道，南方强宗大族如吴郡顾氏、陆氏，义兴周氏等，都是拥有部曲、极具实力的大地主，要使南迁的政权在江南生存下去，除非得到江南士族的支持。于是他策划，借秋季修禊之会，与部下皆跨骏马，拥从司马睿坐着人抬的"肩舆"招摇过市，浩浩荡荡，整齐严肃，惊动江南的豪门大族。修禊是古代迷信习俗，即于阴历三月上旬的巳日，或在秋季，至水边嬉游，以消除不祥。查《通鉴》所记"禊祭"正在本年秋，其时司马睿刚刚过江。王导实际上是要向吴人展现那种龙旗仪仗雍容大气的帝王风范。果然，吴人见了，相率称赞。可巧江南名士顾荣、纪瞻等亦在江乘（县城，在句容县北六十里）修禊，见到此等气派，也觉倾心，不由得望尘下拜。司马睿下车答礼，毫无骄容，益令顾荣、纪瞻等心悦诚服。回到府第，王导劝司马睿说："吴中物望，莫如顾荣、贺循，宜首先汲引，维系人心，二人肯来，外此无虑不至了。"司马睿采纳了王导的建议，就派遣王导前往礼聘贺循、顾荣，二人非常高兴地应命，随王导进见司马睿。司马睿起座相迎，殷勤款待，立即授予二人官职，所有军府之事，无不与谋。顾荣与贺循转相引荐，纪瞻、周玘、卞壶、张闿等江南名流接踵而至，英才济济，会聚一堂，吴中幕僚，从此强盛。

为联络南方士族，王导自己常常说吴语。前引《世说新语·轻诋》载支道林听王子猷兄弟说吴语，讥为哑哑鸟唤，已可见王氏家族日常语言之变。《世说新语·排调》就记载：

> 刘真长始见王丞相，时盛暑之月，丞相以腹熨弹棋局，曰："何乃渹！"（刘注云："吴人以冷为渹。"）刘既出，人问："见王公云何。"刘曰："未见他异，唯闻作吴语耳。"

渹，读"若轰"，吴地方言。"何乃渹"就是"好凉哟"。刘尹是北人，听到同样是北人的丞相说吴语，大不以为然。《语林》说："真长云：'丞相何奇？止能作吴语及细唾也。'"其实，王导不仅能作吴语，还学说蛮语。《世说新语·政事》说，建兴三年（315），王导拜为扬州刺史，至任所，宾客数百人前来祝贺，热闹非常。这时，王导看见角落处站着几个胡僧，跟别人都说不上话，就过去弹着响指招呼说："兰阇，兰阇！"众胡僧都高兴地笑了。根据《世说新语笺疏》的解释，"兰阇"是胡语中的褒义词，即能于喧闹中保持清静之意。王导的言外之意是，诸位高僧正在这里禅定修省，我怎敢贸然打扰呀！因此胡僧皆大欢喜。可见，王导学说各种语言，是为了更好地接近当地各阶层士绅，做好团结工作。

王导还曾向南方士族陆玩请婚。陆玩辞谢说，小山上长不了大树，香草臭草不能放在一起。南方士族拒绝和北方士族通婚，表面上是谦逊，实际上也是轻视北方士族。陆玩曾在王导家吃了北方食品酪而得病，写信给王导说："我虽然是吴人，却差一点做了伧鬼！"这都说明南北士族的界限很分明。北方士族的政治地位比南方士族高，进驻江南后，南方士族并不心服。王导决心打破南北士族的界限，他向晋元帝分析形势，坚决主张擢用江南士族中的优秀人物，使之成为东晋政权的一个构成部分。在他的建议下，晋元帝任用了顾荣、贺循、纪瞻、周玘等人做官。对于那些原本对司马氏政权充满疑忌的江东人杰，王导以诚相待，或登门造访，或邀来私邸谈心，向他们剖析时局，解释新政权欲与江南士人共处的愿望。《世说新语·雅量》说，许璪、顾和在王丞相府中做从事的时候，与王导关系很融洽。一次谈谑到深夜，王导邀二人在相府同眠。许璪上床后便鼾声大作，而顾和辗转不能入睡，直到天亮。第二天，有客人来访，王导指着床帐对客人说："此中亦难得眠处。"既调侃了顾和的拘谨，也说明了自己作为丞相欲以天下为己任的艰难，亦庄亦谐，体现了与南方士人的融洽。他还非常器重尚书左仆射、江东名士周顗。有一次，他躺在床榻上，头枕着周顗的膝盖，用手指着周顗的肚子问："这里面有什么东西呢？"

周顗回答说："这里面空洞无物，不过，足以容纳王卿这样的人几百个。"

王导听了并不恼，反而快活地笑了。周顗又在王导的座位上高声吟唱。王导问："周卿要学嵇康、阮籍吗？"

周顗笑着说："顗怎敢近舍明公，远学嵇、阮呢？"

"精诚所至，金石为开。"王导的坦荡、热忱和耐心终于消释了江南士人心中的芥蒂和郁积已久的怨气，使这些胸怀大志腹有良谋的江南才俊尽释前嫌，乐意与司马氏政权合作。如羯人石勒兵临淮颍，准备南犯时，江南士人纪瞻感于晋室的知遇之恩，挺身而出，率部拼死击退了石勒，使东晋政权度过了南渡后的第一次劫难。学术界认为，江南士人归心之日也正是晋室由危转安之时，南渡士人与江南士族立即开始联手对付江淮烽火。这无疑是不易之论。然而，我更认为，南人与北人关系的融合和和谐是产生江南文化士族的前提及基础，而王导是促进这种融合和和谐的首功之臣。

要做南北名士的融合工作，自己本身必须是士族，是名士。西晋末年庐江陈敏曾乘中原之乱，据有江东，但基业未定，便告败亡。原因正在于他是"仓部令史，七第顽冗，六品下才"（见《晋书·华谭传》），不是士族。对于江东士族来说，他们宁可拥护与自己阶级出身相同的司马氏立国于孙吴旧境，也不愿看到陈敏这种下吏在孙吴旧境称王。琅琊王氏恰恰是中原的高等士族。王导具有一种严谨而潇洒的政治家风度，他幽默随和，善于待人接物，往往一个手势、一句俏皮话，就能使整个气氛活跃起来。即使一向关系疏淡的人，只要与他一接触，马上就会被他的语言、风度吸引，从而迅速拉近距离。谢安小时候曾见过他，终身都留下了美好的回忆。王导既是日理万机的政治家，又是衣冠磊落、风度翩翩的名士，他还是数一数二的清谈名胜（"名胜"是当时对清谈名人的尊称）。《艺文类聚》卷六十九收有王导撰《麈尾铭》云："道无常贵，所适惟理。谁谓质卑，御于君子。拂秽清暑，虚心以俟。"其对于麈尾这一清谈家的风流雅器大加礼赞。永嘉之乱后，京洛玄学、士族精英人物悉数南移，清谈之风也随之南渡江左。当时无论南迁的士族名士抑或吴地豪族，都崇尚谈玄。王导作为侨人之精神领袖，常通过清谈来增强南北士族的融合。《世说新语·文学》载：

王丞相过江左，止道声无哀乐、养生、言尽意三理而已。然宛转关生，无所不入。

又载：

殷中军为庾公长史，下都，王丞相为之集，桓公、王长史、王蓝田、谢镇西并在。丞相自起解帐带麈尾，语殷曰："身今日当与君共谈析理。"既共清言，遂达三更。丞相与殷共相往返，其余诸贤，略无所关。既彼我相尽，丞相乃叹曰："向来语，乃竟未知理源所归。至于辞喻不相负，正始之音，正当尔耳！"

这是两条王导在江东提倡清谈的材料，后一条尤其重要。"王丞相为之集"，说明王导是这次盛会的发起者和组织者。"自起解帐带麈尾"等，说明作为主人，王导相当重视其事。殷浩是王导选定的清谈对手，桓温、王濛、王述、谢尚则是陪客，旁听者当然还有南北名士。至于这次清谈盛会的效果，王导用了"正始之音"来赞美，"正始之音"令人想到强盛的统一的中国的盛况，这当然是南北名士都热切向往的。

南北士族的融合，特别是各自所拥有的文化的融合，历史性地在江南土地上铸成了一次文化能量集中释放的机会！

魏晋六朝江南文化士族的出现，带来了千年江南文人文化的繁富！

唐人刘禹锡诗云："朱雀桥边野草花，乌衣巷口夕阳斜。旧时王谢堂前燕，飞入寻常百姓家。"江南文化士族无疑是以王、谢家族为代表，而琅琊王氏是两晋南朝时期影响最大、最具代表性的文化士族。王氏自汉代登上历史舞台，家族势力日渐强大，特别是自西晋开始兴盛，历东晋南朝，经十数代人，三百余年冠冕未绝，其流风余韵还延续到隋唐之世，真不愧为中古第一豪门。其特点荦荦大者有三。其一，他们整个家族拥有较高的文化教养，政治家、诗人、书法家、学问家、艺术家代不乏人，即使政治军事家，也是学者型的。王筠在《与诸儿书》中，不无自豪地说："非有七叶之中，名德重光，爵位相继，人人有集，如吾门世者也。"侍中王僧虔曾自诩："王家门中，优者则龙凤，劣者犹虎豹。"（《南史·王僧虔传》）中原战乱，迫使大批士人举族迁居江南避难，于颠沛流离之中，他们把东汉魏晋养成的老庄玄风，悉数从北方移入江南。这就是文化思想史上所艳称的"玄风南渡"。而江南有的是潋滟清流空蒙山色，有的是渊博学者锦绣才子，南渡的玄风立即和佛学融合在一起，在"毫际起风流"的挥麈大战中，文化能量集中释放，变成了江南士林的新的"清谈"主题和精神生活基础。它在作为士阶级文人的主导思想文化南移"重建"的同时，"催生"了江南文化士族。换言之，南渡以后，王氏家族吸取了江南士族的阴柔秀美文采风流，与自己原有的凛冽风骨英雄情怀相结合，成了新兴的文化士族。不是吗？大家都知道，拥有王羲之、王献之父子"书圣"，王家的书法在中国文化史上堪称辉煌，但如果没有永嘉恓恓惶惶的南渡，如果王氏仍然住在琅琊临沂（今山东临沂），就没有以后的华丽家族、文采风流，没有以鹅换书的佳话，没有飘如游龙、矫若惊鸿的游丝草书，没有后世词人低吟浅唱的"王谢堂前双燕子，乌衣巷口曾相识"了。

刘师培《中国中古文学史讲义》第五课指出："自江左以来，其文学之士，大抵出于世族。"陈寅恪《隋唐制度渊源略论稿》也说过："魏晋南北朝之学术、宗教皆与家教、地域两点不可分离。"无论文化修养还是社会地位，都保证了江南文化士族子弟必定以"文化贵族"的形象出现。按之史实，刘说是不谬的。据台湾学者毛汉光《两晋南北朝士族政治之研究》的统计，自东晋肇始至陈亡期间一至五品官员数量，王氏共一百七十一人，谢氏共七十人。即以刘说"文学之士"来考察，琅琊王氏可称为一个文学士族。王氏人物多擅文事，如王导孙王珣以"才学文章"为晋孝武帝所赏识，《晋书·王导传》说："（珣）梦人以大笔如椽与之，既觉，语人云：'此当有大手笔事。'俄而帝崩，哀册谥议，皆珣所草。"王羲之也有文学才能，他在会稽与孙绰、李充、许珣等人交游，"皆以文义冠世"，曾宴集兰亭赋诗，他自己则挥笔写下了一篇精妙绝伦的《兰亭集序》。进入南朝，王氏尚文之风更盛，特别是齐代的王融，永明九年（491）参与齐武帝芳林园游宴，作《曲水诗序》，"当时称之"，并很快传到北魏。后齐竟陵王萧子良召融入幕，"融文辞捷速，有所造作，援笔可待，子良特相友好"（《南史》）。王籍，"为诗慕谢灵运……时人咸谓康乐之有王籍，如仲尼之有丘明，老聃之有严周"（《晋书·王弘传》）。王规，有文才，梁武帝命群臣赋诗，"规援笔立奏，其文又美，武帝嘉焉，即日授侍中"（《晋书·王昙首传》）。王筠，七岁能作文，"年十六，为《芍药赋》，其辞甚美"。当时的文坛领袖沈约"每见筠文咨嗟，尝谓曰：'昔蔡伯喈见王仲宣，称曰王公之孙，吾家书籍悉当相与。仆虽不敏，请附斯言。自谢朓诸贤零落，平生意好殆绝，不谓疲暮复逢于君。'"沈约又对梁武帝"言晚来名家无先筠者"，称其"文章之美，可谓后来独步"。则王氏家族文采风流，称得上家风鼎盛、世代相传。

其二，王导首创的江南文化士族，必然有一种文化精神感召后世，必然用"雅道相传"的名士家风维系家族，与政治分庭抗礼。琅琊王氏兴自汉代，具有深厚的儒学文化背景，是礼法世家。其代表人物大多既怀抱入世之心，积极进取，又能够随时顺命，善于随机应变，趋利避害，与时推移。如西晋时期王氏的主要代表人物王衍终日清谈，博取大名。其女为愍怀太子妃，贾后废太子，他立刻请求离婚。八王乱起，王衍虽"居宰辅之重，不以经国为念，而思自全之计"。他看到异族内进，中原难保，于是以弟王澄为荆州刺史，族弟王敦为青州刺史，并说："荆州有江汉之固，青州有负海之险，卿二人在外，而吾留此，足以为三窟矣。"他为家族计，确可谓不遗余力。东晋前期，琅琊王氏宗族势力达于极盛，王导、王敦辅助司马睿团结南北士族，共建江东政权，从而形成了"王与马，共天下"的局面。在民族危亡的时代背景下，王导的殚精竭虑，承续华夏传统文化，可称为"民族之大英雄"。不过，就其与司马氏皇权利害关系而言，在东晋政局基本稳定后，王氏代表人物仍然以家族利益为本位，并很快与晋朝发生冲突。当司马睿有意地任用刘隗、刁协，以图限制王导时，执掌军政大权的王敦便先后两次起兵，以"清君侧"为名，一度还攻克建康，毋庸讳言，其目的在于代晋自立。在这一事变中，王导的态度虽较隐晦，还每天率子侄到殿前待罪，但其内心是偏袒王敦的。后来，尽管王敦兵败被诛，但由于王导居中协调，王氏家族的势头虽被抑制，但根基未受到根本破坏，其地位也得以维持。以王氏为榜样，江南文化士族子弟都极为珍视、竭力护持家族的势力，将其视为高贵血统的象征和标记。他们认为，自己的名士家风、文采风流是世世代代形成的，而不是哪一个皇帝加封的。因此，对于两晋南朝频繁的改朝换代和帝王陵替，他们以老庄的超然心态漠然处之，认为不过是"将一家物与一家"，无动于衷。他们关心的是家族的延续，而不是朝廷的兴衰。所以，后世有些人曾戏言，在江南文化士族子弟中，要找到三五个忠臣不易，要找到三五打孝子不难！国难当头，需要披挂上马到江淮鏖兵时，王谢的子孙不是考虑到国家的需要，而是想到家族的荣誉。如果仗打赢了，他们固然为家族增添了光彩；如果仗打输了，江山易色，乌衣子弟一样地可以吟风弄月，啸傲东山，自然会有新主来致礼诚邀，文采风流一样可以演绎下去。

其三，王导首创的江南文化士族一般强调文化传家，重视子弟的文化教育，重文轻武。这一点与以前中原士族注重做官和土著的江南士族注重积财迥然不同。《南史·王僧虔传》说王僧虔写诫子书，比较系统地说明了读书的作用和王氏的治学传统。他说，有的人贵为三公，但很少有人知道他，相反，布衣寒素之人，卿相倒很尊敬他。有的父子贵贱悬殊，兄弟名声大相径庭。何以会有贵而无闻，贫而名显呢？何以父子兄弟地位迥异呢？原因就在于读不读书。《南史·王筠传》说王筠要求弟子"仰观堂构，思各努力"，认为有文化，代代有文章传世，才是王氏的家风。江南文化士族大都重视家学教育，家族的学术传授也很普遍。如王融的母亲是临川太守谢惠宣的女儿，性敦敏，从小教王融书学；何承天的母亲是徐广的姐姐，聪明博学，"故承天幼渐训义"；顾越"家传儒学，并专门教授"。另外，从一些流传的家诫、家训类的文章，也可看到江南文化士族的特点，如徐勉的《诫子书》、王筠的《与诸儿书》、萧纲的《诫当阳公大心书》、颜延之的《庭诰》、颜之推的《颜氏家训》等，这些文章从不同的方面对子女进行正面的教育，被后人视为家教的规范，在人才的成长、培养中起了积极的作用。

王导首创的江南文化士族，应该是历史学、社会学、谱学和人类学十分重视的对象，可惜一直没有引起学术界足够的重视。从中国历史来看，可以相当肯定地说，还没有哪一个时期像魏晋六朝那样出现过文化士族；从中国现在任何一个区域来看，可以相当肯定地说，还没有哪一个区域能够像江南那样曾经生活过如此集中、悠久、庞大的文化士族群。永嘉年间中原大乱，江南呈偏安之势，有了那么一大批北来的士族，加上江南原有的士族，那就蔚为大观了。最著名的有王、谢、顾、陆、沈、张、袁、徐、何、江、庾等十几个姓氏，他们子弟中思想学术、文化艺术人才荟萃，名家辈出，构成了魏晋六朝江南天宇上灿烂的星空。江南历代人文之盛，是与这些强大的文化士族的存在分不开的。诚如杜佑在叙述江南地域文化时所说："永嘉之后，帝室东迁，衣冠避难，多所萃止，艺文儒术，斯之为盛。今虽间阎贱品，处力役之际，吟咏不辍，盖颜、谢、徐、庾之风扇焉。"（《通典》卷一百八十二）一千多年过去了，我们仍然能清楚地感受到文化士族的精神基因在发挥作用，江南文化士族也永远是江南文人的光荣的梦忆。

3. 镇之以静的"愦愦之政"

南渡之初，人心尚未稳定，前骑都尉桓彝，亦投奔建业，见司马睿孱弱，退语周顗道："我以中州多故，来此求全，而单弱如此，将何以济？"周顗听了，也未免唏嘘。等到桓彝去拜见丞相王导，与王导谈论时事，王导口讲指画，议论风生，顿时令桓彝心悦诚服，于是他对周顗说："江左有管夷吾，我不必再担忧了。"管夷吾即管仲，春秋时贤臣，富于谋略，辅佐齐桓公成就霸业。的确，司马睿由于一向缺少才能和声望，从移镇建业到建立东晋，都依靠王导的支持。借用一副旧日戏台对联：一部西游全凭大圣翻跟斗，半场三国多赖孔明用计谋。王导是东晋王朝的首任宰相，司马睿病死后，又经历明帝、成帝两朝，皆为佐命辅政之重臣，是东晋政权的实际创造者和管理者。从一定角度来看，谣谚"王与马，共天下"正是当时东晋政治格局的真实反映。

东晋王朝内外交困，北方面临异族入侵，南方隐伏士族争权，主政的难度是很大的，而丞相王导"阿衡三世，务在清静，使朝野倾心"。人谓其为"愦愦之政"，愦，糊涂也。应该说，王导的施政方略直接吸取了江南名士顾和的经验。

《晋书·顾和传》说，东晋建国之初，各地豪强猖獗。有一次，石头城官仓一万斛稻米被盗，窃贼都是豪强出身的将领。当局不敢查问，却把看守仓库的仓吏活活打死交差了事。不久，王导派八部从事巡视各郡县，从事们回京后纷纷向王导汇报郡县长官的得失，唯独顾和一言不发。王导问："你听到了什么？"顾和对曰："明公作辅，宁使网漏吞舟，何缘采听风闻，以为察察之政？"王导闻之大加赞赏，诸从事面面相觑，莫名其妙。察察，意为明察秋毫，其对立面当然是愦愦。当时确实有不少人怀疑乃至反对王导的"愦愦之政"，如庾亮以风格峻整出名，一年夏天，王导至石头城看望他，见他正在处理政务，王导说天气太热，办事可稍微简要些，庾亮却反唇相讥道："公之遗事，天下亦未以为允。"责难之意，溢于言表。按之史实，其实王导并非识见糊涂，而是善于为政，善于在特殊的时势下争取达到最好的结果。《世说新语·政事》记载，王导在晚年自叹曰："人言我愦愦，后人当思此愦愦。"可见他对自己的主政能力与效果是十分自信的。

首先，王导在处世上，随势沉浮，不计名位。司马睿建朝之前，王导就与他"雅相器重，契同友执"（《晋书·王导传》）。元帝还是琅琊王时，曾对王导说："卿是我的萧何。"王导却答道："大王要建立不世的功勋，一统天下，需要管仲、乐毅那样的人才，区区国臣怎能比拟前人。"王导从兄王敦因军功被封为镇东大将军，都督江、扬、荆、湘、交、广六州诸军事，领江州刺史，封汉安侯。

当时，江东一带，内依王导，外恃王敦，王氏势力达到极盛。以至元帝登基之日，百官依次俯伏，山呼万岁之后，元帝毕恭毕敬地对王导说："仲父，我一个人坐那个位子，心中忐忑，请你跟我一道儿上去好不好？"他命王导同升御床，以酬谢开国之功勋。然而王导辞谢说："如果太阳与天下万物等同，怎么能俯照苍生！"当时朝野都称之为"仲父"，对他十分尊重。

建朝后，元帝为了削弱王氏的势力，任用善于逢迎的刘隗和酗酒放肆的刁协作为心腹。同时，暗中作军事布置，名为讨胡，实则防备王敦。另外，对王导也有些疏远。对于晋元帝这种变化，王导尚能保持常态，士族一般都同情他，刘隗、刁协反而陷于孤立。在上游手握重兵的王敦则愤愤不平，酒后常吟魏武帝《短歌行》："老骥伏枥，志在千里。烈士暮年，壮心不已。"边唱边用铁如意击打茶壶为节拍，茶壶边都被打成缺口了。永昌元年（322），王敦以讨伐刘、刁奸佞为名，在武昌举兵二十万，阴谋篡夺。事前，他请郭璞卜卦，郭璞告以"无成"。王敦大怒，斩杀郭璞而大举起兵。元帝闻王敦兵将至，命戴渊、刘隗领兵保卫都城建康。刁协惊恐万状，上奏元帝，请"尽诛王氏"，先诛杀王导等族众，杜绝内应，再以兵迎击王敦。王导为了求得元帝的宽容，率领从弟中领军王遂、左卫将军王廙、侍中王侃及诸宗族二十余人，每天凌晨待罪于宫门外。这当然是一场迫不得已的作秀，但旧日之情，诚挚之心，加上周顗等人的说情，终于感动了司马睿，不忍心"尽诛王氏"，才使这个著名的江南文化士族免于一场大难，得以瓜瓞绵延。（当然，如果当时"尽诛王氏"，恐怕东晋王朝的末日也就不远了。司马睿的"仁慈"实在是聪明之举。）不仅如此，元帝还放心地还给王导朝服，走下御座亲执王导之手说："朕方欲寄卿重命，何烦多言。"于是下诏书任命王导为前锋大都督，征讨王敦乱军。

后来朝廷兵败，王敦把持朝政，诛杀大臣，益发作威作福。元帝积郁成疾，卧床不起，弥留之际，又嘱授遗诏，令王导辅佐太子继位。

明帝即位之后，依然重用王导。一个偶然的机会，王导得悉王敦即将再次作乱之阴谋，权衡利害，分析形势以后，他毫不迟疑，立即禀告明帝，加以戒备。《六朝事迹编类》卷一说，王敦举兵内向后，明帝乘巴滇骏马，趁夜秘密观察王敦的营垒。王敦梦见在自己的营垒上有太阳照耀，醒而大惊，说："此必鲜卑奴来！"因为明帝的母亲是鲜卑人，明帝须发金黄，故王敦称他"鲜卑奴"。这也说明王敦起兵，心理压力极大，以致身心交瘁。未几，王敦病倒在乱军之中。王导提议"不如诈称敦死，嫁罪钱凤，方足振作士气，免生畏心"。于是，率子弟为王敦举哀丧，并命令尚书省颁诏讨伐乱军。这样，诏书传到乱军，王敦非常懊恼，怒侵病体，不能支持，仆倒在地，越宿即死。乱军不久即败，叛乱平息。晋明帝司马绍在如何处置王彬等人的诏书中，褒扬王导说："司徒导以大义灭亲，犹将百世宥之……"既而再叙前勋，升王导为太保，兼领司徒。

应该说，王导在这一非常事件中使出了极其高明的手段。第一，首先将叛乱的消息禀告了明帝，从而巩固了自己的地位，避免了政敌的借机攻击。第二，王敦当然是怀有不臣之心的。据《魏书·司马睿传》载，王敦此次起兵时，"清君侧"的口实已不存在，部下钱凤请示王敦："事克之日，天子云何？"王敦答复："尚未南郊，何为天子？"古时天子登基，都必须南郊祭祖，晋明帝还没有来得及举行南郊祭祀，也就是说，他根本不承认晋明帝，起兵的目的就是废帝。这一点王导当然心知肚明，但他料知王敦的力量还不足以代晋自立，于是机智地抓住王敦重病于军中这一偶发事件，诈称敦死，嫁罪钱凤，巧妙地将叛乱罪从王敦身上解除，保护了王氏家族。第三，从某种角度来看，王导实际上是运用了心理战，沉重地打击了王敦，从而使叛军军心涣散。牺牲王敦，以换得王氏家族的平安。我以为，这些分析都可以说是王导"愦愦之政"的"偶尔露峥嵘"。

其次，王导在处事上，策略灵活，政令宽和。诚如《晋书·庾亮传》所说："时王导辅政，主幼时艰，务存大纲，不拘细目。"换句话说，即是求得大的原则上的一致，在小的枝节方面，只要不妨碍大局，则睁一只眼闭一只眼。东晋初年，江东豪族多为私家佃客藏匿户口，不向国家纳税服役。王导一般不加追究，从而赢得了世家大族的普遍好感。他甚至常常不打开文书就签字画押。《世说新语·政事》注引徐广《历纪》云："导阿衡三世，经纶夷险，政务宽恕，事从简易，故垂遗爱之誉也。"当时东晋外有强敌压境，内有南北士族之间、士族与士族之间、庶族与士族之间种种微妙复杂有时甚至是激烈的矛盾，当务之急是社会局势的稳定。后来的事实证明，他的为政方针是正确的，相反，观之东晋一朝，凡是为政苛刻、躁动之时，都出了乱子。

326年，明帝暴病身亡，年仅二十七岁。王导、庾亮等七大臣并受遗诏辅佐太子。太子司马衍即位，是为成帝，年仅五岁，不能亲政，于是尊母后庾氏为皇太后，垂帘听政。庾亮是太后亲兄，太后十分倚重，王导又素尚宽和，遇事退让，所以军国重事，全归庾亮一人裁决。

在这样的背景下，发生了苏峻之乱，在王导的灵活处置下，东晋这艘艟舰才不致颠覆。

历阳内史苏峻讨王敦之乱有功，威望素著，兼之甲仗精锐，招纳亡命之徒，渐渐轻视朝廷，肆意忿言。庾亮专擅国政，本来就褊狭，闻此当然忌惮，因此一方面调前将军温峤为江州都督，据守武昌，又调王舒为会稽内史，以为后援。另一方面加固石头城，作为防备。这一系列的军事调动当然使苏峻警觉。此外，庾亮还准备修建江北涂塘，以防胡寇入侵。这样一来又使豫州刺史祖约产生疑心，遂与苏峻密谋抗命，互通消息。庾亮察知后，认为苏峻、祖约二人勾连，必为祸乱，拟下诏书征苏峻入朝，以便控制。当时有识之士如丹阳尹阮孚就私下对人说："江东创业未久，主幼时艰，庾亮轻躁，德信未孚，恐祸乱又将发作了。"

司徒王导劝阻庾亮，说："苏峻好猜疑，必不肯奉诏，不若姑示包容，待后再议。"另一佐命大臣卞壶亦支持王导意见，建议说："（苏）峻外拥强兵，逼近京邑，一旦有变，朝发夕至，现在都下空虚，还请审慎为是。"庾亮根本不听，还召集群臣扬言："苏峻狼子野心，终必作乱。今日颁诏征峻，即使彼不顺命，为祸尚浅；若再经岁月，势且益大，就难以控制了。这就像汉朝时的七国一样，削亦反，不削亦反。"

苏峻得到消息后，遣使入朝与庾亮婉商，又上表请求到青州界。表文有这样的话："昔明皇帝亲执臣手，使臣北讨胡虏，今中原未靖，臣何敢自安？乞补青州界一荒郡，使臣得效鹰犬之劳，不胜万幸。"

应该说，事情发展至此，还是可以挽回的。但庾亮置之不理，反而急催苏峻入都，以致酿成叛乱。苏峻因求得到一荒郡，尚不见许，就对朝廷使者说，台下

（庾亮）说我欲反，我怎得再活呢？"我宁山头望廷尉，不能廷尉望山头！"于是，苏峻联合祖约，起兵共讨庾亮。

庾亮本来就兵微将寡，当然不经一打。第二年春天，庾亮战败，逃到浔阳。苏峻攻破建康，朝廷百官四处逃散，王导却急驰入宫，抱着幼小的皇帝，出登太极前殿，与近侍大臣陆晔共登御床，将士站立两旁，簇拥护卫。因为苏峻素来敬服王导，不敢加害，才得避过乱兵之祸。

苏峻之乱平息以后，京师曾经战火，城垣残破，国库空虚，较之王敦乱时更为凄惨。于是许多人建议迁都，有的主张迁到豫章（今江西南昌），有的主张迁到会稽（今浙江绍兴）。对此，王导一方面大力提倡节俭。《晋书·王导传》云："导简素寡欲，仓无储谷，衣不重帛。"《晋书·王导传》又云：

> 时帑藏空竭，库中惟有练数千端，鬻之不售，而国用不给。导患之，乃与朝贤俱制练布单衣。于是士人翕然竞服之，练遂踊贵。

练是粗葛布，一开始士人耻于穿着，由于王导提倡并带头服用，于是练价升高，缓解了国家的财政困难。另一方面，王导认为建康龙盘虎踞，自古就是帝王之都，诸葛亮所谓"钟山龙盘，石头虎踞，确是帝王之宅"，不必为一时的残破而迁都，关键是要发展生产。而且，北方胡人虎视眈眈，迁都等于示弱。当年在匈奴的打击下，西晋局势一溃千里，而立都建康，表明了狼狈退到江南的司马氏政权的立国底线。都城绝对不可以一迁再迁，否则后果不堪设想。王导提出基本方针："镇之以静，群情自安。"他力排众议，一锤定音，坚持不迁都。此后，南朝宋、齐、梁、陈的都城都定在建康，才有六代繁华、秦淮之胜。应该说，王导还是有贡献的。

据陈寅恪《述东晋王导之功业》一文载，广州河南敦和乡客村曾发掘一晋墓，有砖铭云：

> 永嘉世，天下灾。但江南，皆康平。
>
> 永嘉世，九州空。余吴土，盛且丰。
>
> 永嘉世，九州荒。余广州，平且康。

这就说明了，东晋开南朝三百余年局面，民族得以独立，文化得以续延，长江流域得以开发，王导作为主政者厥功甚伟，这是不言自明的。

谢 安

五马南浮一化龙，谢安入相此山空。不知携妓重来日，几树莺啼谷口风。

——胡曾《东山》

1. 东山携妓

唐代大诗人李白诗云："但用东山谢安石，为君谈笑静胡沙。"东晋成帝咸康五年（339）王导逝世，后二十年谢安辅政。谢安是一代风流人物，为政"弘以大纲，不存细察"，尤其是经历了东晋王朝命运攸关的淝水之战，历来被认为并肩王导，"兴灭国，继绝世"，功业千秋，人品亦千秋。

我以为，这实在是历史的误会。谢安其人，功业还需斟酌品评，人品却十分巧伪矫情。

谢安（320—385）字安石，出身于陈郡阳夏谢氏士族高门。他的父亲谢裒，官至太常卿。伯父谢鲲，放浪形骸，是中朝"八达"之一，用现在的话来说，是玄学界的八大天王之一。不过，东晋初年陈郡谢氏尚无名望，《世说新语·方正》载谢裒曾求诸葛恢小女为婚，因琅琊诸葛是望族，随元帝渡江，地位亲显，诸葛恢竟拒绝与陈郡谢氏通婚。还有一次，一群男人聚饮时，谢安的弟弟谢万当众寻找小便器，阮裕见了，竟不屑地斥为："新出门户，笃而无礼。"可见直到东晋中期，谢氏在旧族眼中还不是一等旺族。

俗话说：三岁看八十。谢安幼时即有佳名。他四岁时，桓温的父亲、大名士桓彝来谢家做客，一见谢安就赞叹道："此儿风神秀彻，后当不减王东海！"王东海指西晋东海太守王承，史称"渡江名臣王导、卫玠、周顗、庾亮之徒皆出其下，为中兴第一"，并且极有风度。东汉时评论人看"骨相"，魏晋时评论人重"风神"，"风神秀彻"当然是极佳的品评。鲁迅辑录《古小说钩沉》里还记载了一个故事。据说谢安幼时美誉远播，远在北方的鲜卑少年慕容垂极为神往，就派人给谢安送去一对白狼眊。所谓白狼眊，就是用白狼的毛做成的饰物，一般都安在长矛上。慕容垂是后来雄踞一方的燕国统帅，当时才七岁，而谢安十三岁。"英雄出少年""英雄总相惜"，此之谓也。

历史上王、谢并称，王导比谢安大四十四岁，在王导去世前几年，谢安曾经去拜访他。接谈之下，王丞相对这个十几岁的青年大为欣赏。《世说新语·文学》记载，支道林、谢安、王濛等人一次以《庄子·渔父》为题清谈，支道林先讲，"作七百许语，叙致精丽，才藻奇拔，众咸称善"。等大家都谈过之后，谢安则向支道林粗略发难，他"自叙其意，作万余语，才峰秀逸，既自难干，加意气拟托，萧然自得，四座莫不厌心"。的确，青年谢安相貌俊雅，神情深沉，思路敏捷，风度潇洒，是清谈名胜，工诗文，擅行书，很快就名动江南，成了时人追捧的偶像。

然而，时尚的偶像难免染上时人的通病，在具有中国古代特色的由隐入仕的问题上表现得尤为明显。三国时期著名政治家、军事家诸葛亮隐居南阳卧龙岗时，"好为《梁父吟》""每自比于管仲、乐毅"（《三国志·诸葛亮传》），终为刘备所赏识。刘备三顾茅庐时，诸葛亮在著名的《隆中对》中，精辟地纵论天下大势，定出鼎足三分的策略，划定了三国时期基本的政治格局。以后，又运用他纵横捭阖的才智，建立了盖世的功业。然而，东晋士人们不注意诸葛亮的粗茶淡饭、躬耕陇亩，也不折服他"鞠躬尽瘁，死而后已"的神人共泣的对蜀汉的忠诚，而只是将他的隐与仕，看作人生的手段与目的。这样一来，相当一部分士人就以隐居为养望，为蓄势，当国家处于危急存亡之秋，他们风花雪月，尽情享受人生，不顾社稷安危；故作清高而生活空虚腐朽；沽名钓誉，借以抬高身价；做官的时机一旦成熟，却又扭捏作态，装扮出无可奈何的样子。这样假隐居之士、真名利之徒的嘴脸，稍后的南朝文士孔稚珪在《北山移文》中就淋漓尽致地加以了讥讽和揭露："使我高霞孤映，明月独举，青松落阴，白云谁侣？"此处且不赘述。

谢安瞄准了会稽东山，作为自己隐居蓄势之地。

当时的会稽郡，包括现在的杭州、绍兴、宁波一带，此地山水绝佳。著名画家顾恺之以艺术家的眼光考究一番后，回京后叹为观止："千岩竞秀，万壑争流，草木蒙笼其上，……若云兴霞蔚。"（《世说新语·言语》）书法家王献之从会稽过，亦称："从山阴道上行，山川自相映发，使人应接不暇。"（《世说新语·言语》）会稽的首府是山阴（今绍兴），东山则在山阴东南，此地林木繁茂，清泉蜿蜒，波光粼粼的曹娥江从山前流过，景色幽美。当时北敌压境，庙堂风雨，谢安却"与王羲之及高阳许询、桑门支遁游处，出则渔弋山水，入则言咏属文"（《晋书·谢安传》）。他在东山还养有绝色的家妓，整天莺歌燕舞，鬓影衣香，不知胡然为天胡然为地。诚如李白诗云："谢公东山三十春，傲然携妓出风尘。"昔人还绘有《东山携妓图》以纪其盛。无疑，这种名士风流是颇令后世的封建文人神往的。李白、苏轼、辛弃疾这些旷代才人都为此写了很多赞美诗篇，王安石甚至在走访谢安遗迹半山谢安墩后，颇为荣幸地写了一首《谢安墩》诗说："我名公字偶相同，我屋公墩在眼中。公去我来墩属我，不应墩姓尚随公。"向前代政治家，一寄千古渴慕。

关于谢安高卧东山的优游岁月，《世说新语》中记述有许多的片段。《世说新语·雅量》说，有一次，谢安与孙绰、王羲之诸人舟游海上，时值浪涌风起，大家都要回船靠岸。这时谢安却"貌闲意悦"，只顾吟啸，命舟子继续往前驶船。愈往前划，愈浪涛汹涌，小船颠簸不止，孙、王诸人惊恐万状，"皆喧动不坐"。谢安见了，轻轻一笑说："你们这样害怕，那就驶回岸边去吧！"众人如遇大赦一样，赶忙呼叫回船。通过这一次海上遇险，谢安博得了"足以镇安朝野"的美誉。人们深信，以谢安这样遇事不惊、沉着冷静的气度，完全能够镇抚朝廷上下。后来李白还写诗赞叹道："安石泛溟渤，独啸长风还。逸韵动海上，高情出人间。"《晋书·谢安传》说，有一次，谢安邀友人共往临安山中，他坐在一间石房子里，面对深谷，闭目遐想，然后叹息说："如此境界，与伯夷相差又有多远呢？"

本来就"少有佳名"，再加上三番五次地作秀，长期蓄势，为谢安取得了极高的声名。《世说新语·赏誉》云：

王右军语刘尹：“故当共推安石。”刘尹曰：“若安石东山志立，当与天下共推之。”

好一个“当与天下共推之”！当时，朝野上下都喧腾起一派“安石不肯出，将如苍生何”的呼声，仿佛谢安就是彼时彼国彼民的救世主。谢安俊雅的容貌和潇洒的风度，很快就使他成了那个时代魅力无穷的偶像。谓予妄言，择二例可说明。其一，谢安患有鼻炎，说话吟诗的声音都不清亮，而时人则称美为“洛生咏”，大家都以捏着鼻子吟诗为时尚，后来文学史上也多了“拥鼻”的典故。唐代诗人杜牧《折菊》“雨中衣半湿，拥鼻自知心”，就记述了这种名士风流。其二，据说，有一次有一穷同乡因经商不善，潦倒不堪，向谢安辞行。谢安有心赠他些银两，又怕伤了他面子，于是就问他还有什么能换钱之物。此人说，家当仅有五万把根本卖不出去的蒲葵扇。谢安略作思忖，说道：“我试试帮你推销如何？”就从中随意拿了一把。平时与名流们交谈时，谢安总是手持这把蒲葵扇，轻轻拂动，真名士，自风流。于是人们纷纷效仿，在当地居然掀起了一股蒲葵扇抢购风，那个穷老乡的五万把扇子不久就倾销一空了。这就是“新会蒲葵”的故事。一直到清末民初，“新会蒲葵”年产一亿柄以上，是个很响亮的品牌，当然谢安可以算是最早的产品代言人了。

世间就有这样的怪事：有些东西，你尽力追求，尚且难以得到，而推辞和躲避反而让它向你靠拢，甚至如影相随。谢安就是这样。起初司徒府征辟为“佐著作郎”，他以疾辞；扬州刺史庾冰以谢安有重名，屡次命郡县官往逼，谢安不得已才赴召，但是月余就告归；又拜尚书郎，亦不就任；吏部尚书范汪举荐他为吏部郎，又上书拒绝。因此，朝中有关官员上奏皇帝：谢安屡不就征，性情乖僻，应终身监视，不得录用。对此，谢安“晏然不屑”，索性栖迟东山，放情丘壑。

难道面对名利，谢安真的心如古井了吗？其实，横亘在谢安内心的问题，不是出不出山，而是什么时候出山。《世说新语·排调》说，谢安隐居东山时，一次兄弟聚会，除他还是布衣之外，其他兄弟都仕禄轩冕，声势“倾动”。相比之下，谢安显得十分寒酸。他的夫人便指着那些做官的兄弟，用话激他说：“大丈夫难道不应该这样吗？”谢安于是用手捏着鼻子，半真半假地说：“我恐怕也难免走这条路子了。"道出了他隐藏在内心深处的秘密。《世说新语》还记载，谢安东山隐居时曾"戒约"子侄曰："子弟亦何豫人事，而正欲使其佳?"子侄们一时弄不懂他的语意，只有侄儿谢玄答道："譬如芝兰玉树，欲使其生于庭阶耳。"谢安听了很高兴。谢安、谢玄的叔侄对语，素以意味深远难解。谢玄理解伯父的"佳"字，意思是说，既然是芝兰玉树，就要争取生长在庭阶，让主人能闻其芳香、睹其美姿，而不应像《琴操》中记述的孔子所见的"隐谷之中，见香兰独茂"一样。这显然不是一个决心长隐者的心态。事实上，其弟谢万为吴兴太守时，时谢安三十七八岁，就随弟从行，对谢万的公务常有匡正。这也可以视为对自己行政才能的历练。总之，谢安并非真的不想做官，而是要做大官，一再拒绝征辟，不过是自高标置、抬高身价的一种手段。所谓"玉在匣中求善价"，当养望蓄势到一定程度，他才会考虑出山。只有会稽王司马昱（后来的简文帝）看到谢安携妓出游，窥知其情欲尚存，一语道破说："安石与人同乐，必肯与人同忧。"果然，等到谢万因战败而被废为庶人，谢氏门第减色时，四十多岁的谢安终于决定变节出山了。正巧征西大将军桓温上表皇帝请求辟谢安为征西司马，这个职务是个军内职务，相当于幕僚长的角色，谢安正中下怀，就此结束了东山高卧，至都中，转至江陵桓温军中。后来，唐代诗人胡曾作《东山》诗叹道：

> 五马南浮一化龙，谢安入相此山空。
>
> 不知携妓重来日，几树莺啼谷口风。

作秀再如何出色，行伪再如何巧妙，总是难以掩尽世人耳目的。不待后世写《北山移文》，当时总会有明眼人，不失时机地送上识破机关的棒喝，就像《三国演义》中，庞统行连环计，瞒过了曹营中的文武百僚，却在江边被阚泽说破一样。

《世说新语·排调》说，谢安出任桓温司马，官员们都到新亭来送行。其中中丞高灵借着三分酒醉，大声抢白谢安道："朝廷多次征召，你都高卧东山，不肯出来做官，以致造成'安石不肯出，将如苍生何'的舆论。现在，你终于出来做官了，不知苍生又将如君何?"这番"醉话"无异于醉八仙拳，连出两手，风生水起。一拳打中谢安忸怩作态，高自位置；又一拳欲打出徒负虚名的伪君子的原形：真货假货还得走着瞧，到时候名不副实，"苍生又将如君何"，百姓又拿你怎么办呢？

《世说新语·排调》还记述了一则郝隆的讥刺。谢安在桓温手下任司马时，有一次有人送桓温药草，其中有种药草叫远志。据《尔雅·释草》，远志又名"葽绕"或"棘蒬"，多年生草本植物，叶线形，夏秋开紫花，形如蒿根，性温味苦，可以入药。古代称其根部为"远志"，其叶部为"小草"。当时桓温拿起一株远志，有意无意地问谢安道："远志又叫小草，本是一种东西，为什么会有两种叫法呢？"谢安一时语塞。参军郝隆时在座，便接口说："这很好理解，所谓处则为远志，出则为小草。"这是一个令人绝倒的回答，表面上他是在解释这种药草有两种叫法的原因：根"处"于地下，名远志；叶"出"于地上，名小草。实际上，却是用"出"与"处"比喻人的生活道路。古代隐士又称"处士"。谢安幽处东山，常以大济天下自诩，"志"不可谓不"远"，而一旦出来做了桓温的司马，仰人鼻息，唯命是听，也不过是小草一株罢了。郝隆的话绵里藏针，使谢安"深有愧色"。桓温当然听出了他的弦外之音，见状便打圆场说："郝参军并无恶意，这样解释也觉别致。"

然而，"出"与"处"情形是完全不一样的。此前的大名士殷浩，亦以隐谋进，出仕前先"在墓所几十年"，骗取了很高的声名，"于时朝野以拟管、葛，起不起，以卜江左兴亡"（《世说新语·赏誉》）。殷浩后出任扬州刺史，朝廷原意是希望借重其大才，求得与上游桓温势力的平衡，谁知他畏桓如虎，毫无作为。其后又北伐兵败，贻害百姓。最后被废为庶人，整天对着天，画写"咄咄怪事"。应该说，谢安非殷浩所能望项背。对于巧伪功夫极深的谢安来说，"出"后当然还会遇到严酷的考验，要通过这些考验，既要靠才干、学问、追求、手段，也要靠机遇和运气，淝水之战就将他推到了功业的顶点。

2. 淝水之战

淝水之战是秦晋在太元八年（383）秋的一场大决战。关于这场战争的性质，我以为具有两重性，既可说是统一战争，又可说是民族入侵战争，详见下篇分析，此处不拟申述，只就谢安而论。历来认为淝水之战的胜利是谢安的巅峰之作，历艰危而不改风度，"谈笑静胡沙"，运筹帷幄，延续晋室，流芳百世。

我以为，这实在是一个误识。谢安非但不是淝水之战的首功之臣，而且其作用是极其有限的。

（1）战前形势及东线淮南大战

东晋政权建立（317）后，与北方少数民族政权处于对立地位，晋廷有志之士，欲收复北方半壁山河，常谋北伐。后面将叙及，在谢安当政前从祖逖到桓温先后六人进行过八次北伐，因各种原因，北伐胜少败多，损兵折将，消耗了东晋大量人力物力。而北朝秦王苻坚荡平西北后，国势强大，威声大振，凡东夷西羌诸多国家联翩入贡，外交使节盈庭。苻坚免不得骄侈起来，欲图统一，经略江南，于是对东晋形成严重威胁。东晋朝廷得报，下诏书命内外诸臣，整顿防务。孝武帝又下诏求良将捍御北方。尚书仆射谢安亲自揭榜，推荐其兄之子谢玄。谢玄既是一代清谈名士，也是勇猛善战的青年将领，号称"谢家宝树"。当时谢玄担任征西司马兼南郡相，相当于太守职级，晋升谢玄，"内举不避亲"，这当然是英明的决定，连政敌郗超都认为是得人之举。孝武帝于是加封谢安侍中，令其都督扬、豫、徐、兖、青五州军事，又授谢玄领兖州刺史，临督统辖江北。谢玄到任后，面对前秦的兵锋威胁，他的首要任务就是组建新军。

西晋末年，北方人民流离失所，成为流民，大部分南迁。往南迁移最便捷路线是从泗水、淮河流域南下，经兖州、广陵渡津口（今镇江），到达东晋的北府区域。而北府从津口到晋陵（今江苏常州）一带地广人稀，宜于屯居，对于在胡骑追逼下仓皇南行，而且想着有朝一日重返故园的北方流民来说，是既安全又便捷的地方。这里可以吸引流民，而流民既可以屯田生产，也可以组成军队。正如桓温所说的"京口酒可饮，箕可用，兵可使"。谢玄出镇广陵后，集合一部分以前本属北府，后来分散开来，处于独立、半独立状态的江淮宿将和流民武装，征发一部分过淮流民予以充实而成军，时称"北府兵"。其中刘牢之、何谦、田洛都是智勇双全的良将。因为北府兵将是流民，习战有素，且思念故土，热望恢复，所以成了一支当时战斗力最强的劲旅，而且以后对内对外发挥了重大作用，对东晋、刘宋政局产生了深远的影响。

晋秦东线淮南大战可以说是淝水之战的前奏。

太元三年（378）四月，即建北府兵半年后，苻坚依彭超的计谋，派西线苻丕大军压境，牵制荆州军，而派彭超、俱难、毛盛率十二万大军直扑淮南，企图攻破广陵，数日后即可到达建康。太元四年（379）五月，秦兵攻拔淮南重镇盱眙，随即将北府将领、刺史田洛团团围困在三阿。三阿离广陵百里，晋廷大震，临江列戍。谢安遣征虏将军谢石沿江设防。当时彭超等率十四万大军意欲乘胜破广陵而取建康，东线战事对晋军十分不利。这时谢玄当机立断，率三万北府兵北上救三阿。彭超派骑兵前来阻击，北府兵闪亮登场，初试身手，在白马塘西与秦骑将都颜大战，阵斩都颜。谢玄挺进三阿，与十余万人秦军展开激战，结果以少克众，大败秦军。彭超退保盱眙。谢玄合田洛率五万北府兵反攻盱眙，又败彭超，彭退守淮阴。北府将刘牢之攻破淮河上的浮航，北府将诸葛侃攻破其运舰，焚其淮桥，晋秦双方展开决战，晋军阵斩秦将邵保，彭超只得退屯淮河以北。谢玄率军乘胜猛追，再战于君川，秦军复大败，彭超带几个亲随逃归，后畏罪自杀。

这次晋秦淮南大战，北府兵以五万之众，四战四胜，所向披靡，消灭秦军十余万，仗打得很坚决，充分显示了谢玄的军事指挥才能，以及北府兵的强悍善战。应该说，淮南之捷与谢安是无涉的。三万北府兵击救三阿是谢玄的决断，三追三胜也是转瞬万变的临阵指挥，从现存史籍上找不到只字片语提及谢安的调动或安排。

淮南之战使秦军士气受挫，而晋军士气则大受鼓舞，使东晋朝野看到了以少胜多的可能。没有淮南之战的告捷，就没有以后淝水之战的胜利。

（2）淝水之战的过程

淝水之战是秦晋在太元八年（383）秋的一场大决战。

此前两三年，苻坚就决心伐晋，他大会群臣，当面宣谕："今四方略定，只有东南一隅，未沾王化。今略计吾士卒可得九十七万，吾欲自将以讨之，何如？"

有的官员，尤其是慕容垂、姚苌等鲜卑、羌人将领，顺着苻坚的口气，说伐晋易如反掌。但是有几个人却坚持异议。尚书左仆射权翼说："谢安、桓冲都是江表伟人，君臣和睦，内外同心，伐晋难以成功。"太子左卫率石越认为天象、地利、人和都不在秦这一方。苻坚的弟弟、重臣阳平公苻融也劝苻坚不要伐晋，并且说："不赞成伐晋的都是忠臣，希望陛下听他们的话。"

苻坚却决心一统天下。他用武王伐纣不顾天象不利而得胜的故事驳石越的天时说，又引夫差、孙皓的江湖之险的不可恃来驳石越的地利说，自豪地说："以我之众旅，投鞭于江，足断其流！"诚如唐人胡曾《东晋》诗云："何事苻坚太相小，欲投鞭策过江来。"他既没有看到晋君并不像殷纣、夫差、孙皓那样淫虐无道，民心尽失，一打即亡，作为地道北人更没有看见过长江的滚滚洪流。他的结论是："我有百万强兵，乘连战连捷的声势，攻一个将亡之国，有何难哉！"

苻坚认为不值得反驳东晋的"内外同心"问题，而这一问题却提前向他警示了。他从有利北方士兵健康角度考虑，计划避开南方炎热期，太元八年（383）入秋后才发动战争，在冬季决战。但他想不到的是，晋大将桓冲却于五月在襄阳方面主动地大举进攻。在北方人最怕的炎热潮湿的夏季，晋军攻占两个县城，打败援救武当的一支人马。攻势到七月中结束，桓冲军安全撤退，没有让秦军占到便宜。这是桓冲在淝水之战前夕为了减轻建康压力而采取的一次大规模策应行动，声援了东线的谢家北府兵，使苻坚南侵之师顾此失彼，疲于奔命。事实说明，权翼所说东晋"内外同心"，彼此呼应，是有一定根据的。很明显，谢安并没有规划或左右这一军事行动。

八月上旬，苻坚命阳平公苻融率张蚝、慕容垂等领步骑二十五万人为前锋，命羌族将军姚苌都督益、梁诸军事，把西线托付给这位其实最不可靠的人。然后，在凉风拂地、玉露横天的中秋，大军从长安出发。全军步兵六十多万人，骑兵二十七万人，运输的船只上万，可谓浩浩荡荡。但是他的兵力很分散，西面从今四川省、重庆市起，向东铺开，直到今安徽省中部；南北则旗鼓相望，前后千里。大军行达项城（今河南沈丘），凉州兵才到咸阳，幽、冀二州的兵才到彭城，蜀汉兵才开始顺流东下。只有阳平公苻融等军约三十万人到了颍口，即颍水进入淮河之口，在今安徽颍上县东南。需要指出的是，苻秦号称"百万大军"，而参加淝水之战的部队实际上只有苻融所部三十万人，约当全军三分之一。

东晋江淮各军飞报建康，孝武帝急命尚书仆射谢石为征虏将军兼征讨大都督，并授徐、兖二州刺史谢玄为前锋都督，与谢安之子辅国将军谢琰、西中郎将桓尹等，督众八万，出御秦军。又使龙骧将军胡彬带水军五千人，往援寿阳。这里要注意两点：一是军事调派出于孝武帝的决策；二是双方使用兵力，晋军八万，秦军约三十万。应该说，形势是严峻的，胜利的天平还是偏向秦军一方的。

谢玄受命出师，颇感惶惑，于是进见谢安请示。谢安神色自若，只说了一声"已另有圣旨"，便不开口了。谢玄不敢再问，出来后请别人去问。谢安不谈军事，只命安排车辆，到郊外别墅游览，大会亲友，谢玄也只得跟去。谢安还拉着谢玄下棋。谢玄的棋艺本来比谢安高，这天心不在焉，下了数局，少胜多负。偏谢安强令续弈，直至傍晚，方才撤盘。整个游览过程中，谢安绝口不谈军事。历来论者认为，谢安运筹帷幄，临危不乱，才有淝水之捷。我以为此说大误。谢玄是主持军事的前军都督，如果说谢安真有"庙算"，应该告知谢玄，至少也要像《三国演义》中的诸葛亮一样，授予其临事开封的"锦囊"。而《晋书》及《世说新语》等典籍都没有谢安向谢玄面授机宜的记载，他也没有预示以后战事的演变，可知谢安在战争即将打响时并无"庙算"。既没有计划，怎么可能整日游玩、下棋呢？这只能解释为谢安具有超强的作秀能力。

过了一天，桓冲不计与谢安的嫌隙，从大局考虑，怕建康兵力不足，要派三千精锐东下支援。三千兵力虽然单薄，但对于防务虚空的京城，确实可能加强拱卫，以备敌方奇袭。这时谢安又一次"作秀"，他在毫无预备措施的情况下，却坚决拒绝，说朝廷不缺兵甲，西藩应该留着防敌。桓冲内心焦急，对幕僚叹道："谢安石能做宰相，但不谙军事，他尽派些没有经过风浪的年轻人去御强敌，这不问可知，我辈都将沦入敌手了！"应该说，桓冲的话有错误，他低估了北府青年将领的作战能力，但是说谢安石不谙军事，也还是有正确的一面的。

十月，秦军攻破战略要地寿阳（今安徽寿县），控制了洛涧，并将东晋援兵胡彬军围困在硖石。苻坚得知前方战事进展顺利，当即兴冲冲亲率八千铁骑，日夜兼程赶至寿阳与苻融会合，指挥战役。苻坚以为晋军已被吓破了胆，竟派朱序至谢石军营劝降。这是一着昏招儿。朱序本是东晋襄阳太守，城破被俘，虽然后来受了秦的官职，但一直是身在曹营心在汉。这下逮住机会，他便将秦军的全部虚实告诉了谢石、谢玄，并出主意说："如等秦军百万之众全部可达，诚不可敌。应该趁他军力尚未集中时，从速进攻。若得败秦前锋，余众夺气，将不战自溃了。"

谢石听说秦王苻坚已到寿阳，有些胆怯，打算坚守勿动。谢玄却赞成朱序的建议，力主速击。

于是，谢玄派遣北府悍将刘牢之，率精骑五千，解救被围在硖石的田洛，晋军行到洛涧，得知前秦将领梁成早已据山涧之险，布置五万军队正等待晋军。

硖石在洛涧的后面，洛涧两岸峭壁如削，淮水奔涌，云烟缭绕，形势险恶。俗话说：两强相遇勇者胜，刘牢之一往无前，直赴洛涧，挥军渡水，进攻数量上十倍于己之敌，斩杀秦将梁成。秦军奔逃，无路可走，溃散的步兵、骑兵都只有浮水求生一途，结果溺死、被杀的超一万五千人。晋军初战告捷，士气大振。谢石的胆子也壮了，于是传令拔寨，水陆并进。首战告捷的原因有三：一是朱序的建议，二是谢玄的决断，三是刘牢之的英勇。谢安是无涉其功的。

苻坚得到前锋溃败的情报，大吃一惊，赶紧登上寿阳城楼察看。他们远望晋军一队队严整地开来，不禁暗暗吃惊。再向东北隅的八公山眺望，将繁盛的林木看作了布满山上的千军万马。苻坚愕然对苻融道："这也是劲敌哩，怎么说他弱国？""八公山上，草木皆兵"，究其原因，是因为苻坚是北人，对江南初冬林木犹然繁茂缺乏认识，加之前锋失利，所以疑惧丛生了。晋军取得了心理战的胜利。显然，这绝不是谢安布置"疑兵"所致。

谢玄率八万北府兵完成了集结，屯扎在淝水以东，展开全线反攻的态势。秦军则直逼淝水，在西岸严阵以待。从兵力对比上说，前秦军队二十多万人，晋军八万人，决战胜利的天平似乎仍然偏向前秦。这时候，谢玄凸显出了优秀指挥员的气质和才华。淝水即今东淝河，它从合肥向西北流入寿阳，再由西北流经八公山而入淮河。谢玄也到了淝水河边，见对岸尽是秦军，心生一计，即派人向苻坚传话，说："阁下现在紧逼淝水列阵，难道打算打持久战吗？如果把阵形略向后移，让晋军渡河，一决胜负，岂不更好？"秦军众将都不同意后退，苻坚却说："只要略为后退，等他渡到半途，用铁骑压着他打，没有不胜之理。"此计本来不错，按《纲合编·周纪》云：

> 初，宋襄欲霸诸侯，与楚战。宋人既成列，楚人未既济。公子目夷曰："彼众我寡，及其未既济也，请击之。"公曰："不可。君子不困人于危。"既济而未成列，又以告。公曰："未可。"既陈而后击之，宋师败绩。

熟谙汉籍的苻坚当很熟悉春秋宋楚之战，他不取宋襄公的虚仁假义以致败绩，而肯定地吸取了公子目夷的意见。于是其与苻融商量后，下令后撤。然而苻坚的决定犯了两个致命的错误。一是忽略了大部队的"势"与"时间差"的问题，"谢玄之计"则正是利用其后撤之"势"，打一个"时间差"。试想二十几万人（三十万人已经损失了一万五千人）的队伍，云集着氐人、汉人、鲜卑人、乌桓人等各族军人，语言的沟通就是一个大问题，苻融发出的命令很可能要先翻译成不同的语言才能下达。这样一来，前面后退，后面尚不知情，进退失据，一下子失去了进攻的态势。二是没有警惕内部有奸细。正当阵脚混乱之际，朱序等人在阵后大叫："秦兵败了！"听到的秦兵便大起恐慌，争先恐后乱逃起来。中间的部队见前后都在退却，也跟着乱奔；前面后退的部队见后面已乱，以为后面遭到袭击，更加乱作一团。这时胜利的天平已不可逆转地倾向了晋军。

过河的晋军，却坚决按谢玄的指挥，一面用强弓硬箭，射向秦兵，一面猛虎般地向前冲锋。阳平公苻融原本还想喝令士卒收住脚步，但自己却因马匹跌翻，被晋兵杀死。晋军乘胜追击，冲过寿阳，直到三十里外的青冈，方才收兵。朱序等都自拔归晋。晋军收复寿阳，缴获苻坚乘坐的云母车及大批器械物资。

秦兵乱逃，自相践踏者不可胜数。逃生的秦兵胆战心惊，听见风声鹤唳，都以为是追兵赶来，一路上饿死冻死者不计其数。苻坚身中流矢，奔逃中且泣且语："我今还有何面目再治天下？"他沿途收容散兵，到洛阳时才集合了十多万人，其中还包括一些尚未赶到的后续部队。

上述淝水之战的过程均根据《晋书》等典籍陈述，从中看不到谢安的任何调度。事实上，远在建康的谢安也无法对瞬息万变的战场做出机动灵活的指挥。平心而论，淝水之战的首功之臣是谢玄。

（3）战后种种

晋军捷报传到建康时，巧伪的谢安又"秀"了一把。据《世说新语》记载，其时他正在与宾客下棋，他看过捷报，随手就放在榻旁，依旧下棋。客人却耐不住，问是什么消息，谢安随口答道："小儿辈已经破贼！"其实，他内心激动异常，以致回到内室时，跨过门槛，把屐齿折断，竟不曾觉得。揆之常情常理，破贼告捷是大好事，"漫卷诗书喜欲狂"是真情宣泄，佯装无所谓，不过是赚取"风度""雅量"等时评罢了。更妙的是，这种作秀竟赢取了千古喝彩。如南宋词人张炎《忆王孙·谢安棋墅》就写道："争棋赌墅意欣然，心似游丝扬碧天。只为当时一著玄。笑苻坚，百万军声屐齿前。"

有一点我觉得颇为奇怪，后世乃至现在一般论调都认为谢安是淝水之战的首功之臣，但当时却颇有异论，这一点竟为论者所忽视。据说淝水之战后，朝廷里谗毁谢安的谣言迭起。有一次，江州刺史同时也是大音乐家桓伊在向皇帝献艺时，为谢安抱不平，特地演唱了曹植的《怨诗》：

> 为君既不易，为臣良独难。忠信事不显，乃有见疑患。周旦佐文武，金滕功不刊。推心辅王政，二叔反流言……

歌声苍凉，谢安为之动容，他对桓伊说："您这么做真是不容易！"当时皇帝也听出了弦外之音。后来北宋王安石借此咏怀谢安，感叹自己的遭遇："谢公陈迹自难追，山月淮云祇往时。一去可怜终不返，暮年垂泪对桓伊。"淝水之战后，朝廷宣布有大功的尚书仆射谢石晋升为尚书令，谢玄升前将军、假节，唯独不赏赐谢安。直到谢安死后两月始"论淮淝之功"（见《晋书·孝武帝纪》），谢安追晋为庐陵郡公，谢石为南康公，谢玄为康乐公，谢琰为望蔡公。这就是所谓一门四公，时距淝战之捷已近两年了。《晋书》卷九十一《徐邈传》云："及谢安薨，论者或有异同。"可见谢安死后，烦言尚在传播，可惜"异同"的内容失传。最值得注意的是，据《南齐书》卷二十二《豫章文献王萧嶷传》，沈约曾谓谢安"有碑无文"，以为是由于"时无丽藻"。但我认为东晋文士如云，以没有好文章来解释谢安有碑无文的原因，恐不符合实际，更合理的解释应是托词。唐代李绰《尚书故实》也说："东晋谢太傅墓碑，但树贞石，初无文字，盖重难制述之意也。"所谓"重难制述"，是说谢安生前处境困难，其事难以用言词表述。李说多少吐露了此中讯息。我以为，"论者或有异同"也好，"重难制述"也好，肯定都牵涉到如何评价谢安在淝水之战的作用。"古人冷淡今人笑，湖水年年到旧痕"，这是颇令人发出千古浩叹的。

3. 用巧伪与忍耐赢得政治斗争

谢安堪称政治斗争的高手，他在东晋朝主要对手有二：前期为桓温，后期为司马道子。对前者谢安完胜，对后者谢安能明哲保身。

东晋政权是典型的门阀政治，在建国一百零三年中，基本上为王、庾、桓、谢四大高门轮流执政，谢安是在王、庾两大家族衰落后，桓氏家族兴起，桓温执掌朝政前夕出仕的。

现在很多人认为，在反对桓温篡位这一关键问题上，二王（王坦之、王彪之）起了重要作用，而谢安在紧要时刻起的作用最大。我认为，这也属于不顾事实的误识。与桓温篡位斗争最坚决、起的作用最大的是二王，而在斗争后最大的受益者却是谢安。

谢安四十一岁时出任桓温府司马，本来以他的才情声望，此前也拒绝过，此后也必会遇到可就的更重要的职位，他之所以偏就此职，可能主要是考虑当时桓温势倾朝野，顺其征请不至于一开始就与之对立，而且以后也有利于提升。应该说，谢安的算计十分精到，以后他出任吴兴太守，入辅侍中，升吏部尚书，一路仕途顺利，都没有受到来自桓温集团的阻挠。

桓温因西征和北伐之功，威权无比，对晋鼎渐有非分之想。依参军郗超献计，桓温废帝另立，又诛杀废帝三子及妃嫔，合族诛杀殷、庾两族的政敌，加紧了篡位夺权的步伐。

与桓温篡夺作斗争，关系晋室危亡的最重要的事件有二。一是新即位的简文帝未满一年即得重病，临驾崩时命草拟遗诏，使大司马桓温依周公居摄故事，并且说小皇帝如可辅则最佳，如不可辅，则可由桓自取。这草诏颁将出去，被郎中王坦之接着，他看了后便立即入内，在简文帝榻前将草诏撕作碎片。坦之说："天下乃宣帝元帝的天下，陛下怎得私相授受呢?"简文帝于是使王坦之改诏道："家国事一禀大司马，如诸葛武侯、王丞相（王导）故事。"又由群臣合议，由尚书仆射王彪之为首，奉十岁的太子司马昌明即帝位，是为孝武帝。桓温本以为简文帝会传位给自己，或依周公居摄，但均未得逞。他大失所望，十分恼恶地给弟弟桓冲写信说："遗诏但使我依武侯王公故事哩!"这当然是二王反对桓温篡位的果断之举。而谢安则并未参与其事。

二是桓温重病，但还想荣膺九锡。所谓九锡，即古代帝王赐给有大功或有权势的诸侯大臣的九种物品，代表皇帝对于臣下的最高奖赏。春秋以来，凡权臣篡位之前，都先欲得赐九锡。曹操、司马懿和司马昭都是如此。为此桓温特遣人入都请求。谢安、王坦之未敢断然拒绝，逐日拖延，至桓温再三催促，只好要吏部郎袁宏准备草诏。袁宏有文才，挥笔即就。《晋书·王彪之传》说："谢安见其文，又频使宏改之，宏遂逡巡其事。"偏偏谢安吹毛求疵，屡次要袁宏修改，至月尚未定稿。袁宏私下请教仆射王彪之，究竟如何修改。彪之说："如卿大才，何烦修饰，这是谢尚书故意如此，他知道桓公病势日增，料必不久，所以借此迁延时日罢了!"袁宏这才如梦方醒。桓温未得如愿，当然恼羞成怒，不久即病疾而死。可见在这一次晋廷生死存亡之秋的政治决斗中，王谢联手粉碎了桓温的阴谋。

桓温死后，桓冲尚能顾全大局，晋室转危为安。进王坦之为尚书令，谢安为仆射，两人同心辅政。第二年，王坦之出督徐、兖，命谢安总掌中书。太元元年（376），进谢安为中书监、录尚书事。至此，谢安大权独揽，成了与桓温政治斗争中最大的既得利益者。

孝武帝名曜，字昌明，他是简文帝第三子。据说简文帝时流传谶语："晋祚尽昌明。"后李太后有身孕时，梦见神人对她说道："汝生男，宜字昌明。"后来李太后生下孩子时，刚刚是黎明时分，所以将儿子取名曜，字昌明。及至名字取定后，简文帝想起了流言，不觉暗自流泪。孝武帝天性懦弱，幼年即位，处境是很悲哀的。无所作为，是因为身不由己。在成年以前，朝政是由嫂子帮他拿主意的。成年以后，连老婆都是谢安帮他定的，纯属政治婚姻，而且老婆还是一个母老虎。于是，他只得将朝政交给权臣谢安和司马道子，日夜沉溺在醉乡。谢安曾经问他："请陛下揣测一下，驴子像什么东西？"他醉眼蒙眬地回答："它的头可能像猪吧。"其实他并不是真正糊涂，而是内心十分痛苦。有一天晚上他在宫苑赏花，看到天上流星掠过，就端起酒杯向流星敬酒，自言自语："飞星飞星，敬你一杯酒。古今帝王都与你一样，转瞬即逝。人人都喊我万岁，可万岁天子世上哪里有？"听到的人都潸然泪下。

谢安后期的政治斗争对手是晋孝武帝之弟琅琊王司马道子。谢安的女婿王国宝是王坦之的儿子，自以为出身名门，应在吏部任职，然而谢安讨厌其为人，不愿引荐，只让他任尚书郎，王国宝因此怨恨谢安。恰巧王国宝有表妹嫁给司马道子做王妃，因此王国宝借此交结司马道子，说谢安的坏话。司马道子原本就以自己为孝武帝之弟而自傲，喜好弄权，又被奸邪之人挑拨煽动，因而与太保谢安隔阂渐深。

谢安内外交困，想远祸全身，因此呈上奏章，请求乘前秦苻坚失败之机，开拓中原地区。继而，谢安又上疏，请求亲自出征北伐。孝武帝见他请求坚决，只得同意，将中枢领导权交司马道子，进谢安为都督扬、江、荆、司、豫、徐、兖、青、冀、幽、并、宁、益、雍、梁十五州军事，加黄钺。所谓黄钺，就是以皇帝名义赐给的黄色的斧钺，表示将帅出征时的一种仪仗，具有"生杀"大权。

这时谢安六十六岁了，垂暮之年，又是远祸之举，他还不忘秀上一把。一方面，他仿照诸葛丞相北伐之举，出镇广陵之步丘，筑了一个小城叫新城，做出进军中原的态势。另一方面，他在始宁建造庄园，将家小举室而迁，整治航海船具，表示北方粗定之后，他还会回家过隐居生活。无疑，这场表演又赢得了朝野上下的一片喝彩。

据《晋书·谢安传》说，谢安病重回建康，当车辆将进入乌衣巷边的西州门时，谢安"怅然"说："从前桓温在世时，我常害怕不能全身。有一天忽然梦见乘坐在桓温的车子上，经过十六里，见到一只白鸡，梦就醒了。现在想来，乘坐桓温的车子，就是取代他的职位。十六里，到现在刚好十六年。白鸡主酉，今年太岁在酉，我恐怕不能活多久了。"俗话说：人之将死，其言也善。谢安的疾笃说梦，隐约吐露了他的隐忧和图谋。

不久，谢安病逝，朝廷按非常礼仪安葬，这时候又滑稽地追录淝水之功，追赠谢安为庐陵公。对于谢安来说，可谓善保其身，备极哀荣了。

谢安一生功成名就，该得到的都得到了，享受了"人生的盛宴"。而且，因为他表现得那么儒雅风流，引起了一代又一代文人才士的艳羡，甚至有人认为"中原耆旧余开府，江左英雄只谢安"（清严虞惇《钟山怀古》）。北宋苏轼《水调歌头》极为概括地写道：

安石在东海，从事鬓惊秋。中年亲友难别，丝竹缓离愁。一日功成名遂，准拟东还海道，扶病入西州。雅志困轩冕，遗恨寄沧洲。

苏东坡才气纵横，此词用事使典都能够在《晋书·谢安传》《世说新语》等典籍中找到出处，但"准拟"云云有些想当然，"遗恨寄沧洲"却流于空泛，谢安"遗恨"何在呢？实在是莫知所云了。

顾恺之与张僧繇

何年顾虎头，满壁画瀛州。赤日石林气，青天江海流。

——杜甫《题玄武禅师屋壁》

1. 虎头金粟影，神妙独难忘

中国绘画进入魏晋六朝，简直像发生了一场剧烈、深远的地震！这时期的绘画，从动的行为的描摹，深入静的精神的刻画。人物画名家辈出，山水画独立成科，花鸟画开始起步，构成立体的中国艺术美的因素之一的题款也开始出现在顾恺之等人的画卷上。此外，在技术上，从彩绘到白描，从壁画到纸画，从巨幅到扇面……这时突然一股脑涌现出大量令人欣喜的革命和革新！同时，一大批理论著作也登上了中国古代文艺理论的殿堂。顾恺之的传神论，宗炳、王微的山水画论，谢赫、姚最的绘画品评，如里程碑似的矗立在中国绘画史的崎岖道路上。

前卫的理论又反射到作品上。其中，顾恺之与张僧繇是同样杰出而画风又截然不同的两位大师。

顾恺之（约348—409），字长康，小字虎头，生于晋陵无锡，出身士族，与上层社会名流桓温、桓玄等过从密切，晚年曾任散骑常侍。他是东晋最伟大的一位画家，也是早期的绘画理论家。

顾恺之的绘画注重表现人物精神面貌，尤其重视眼神的描绘。据《世说新语》、《历代名画记》以及《太平御览》等记载，他作画数年不点眼睛，人问其故，他回答："哪可点睛，点睛便语。"又说："四体妍蚩，本无关于妙处；传神写照，正在阿堵中。"他认为绘画中人物形体的美丑对绘画的意义不是最紧要的，而传神的关键是描绘眼睛，眼睛能让画中人物鲜活起来。在绘制表现竹林七贤中，他体会到"手挥五弦易，目送归鸿难"。在准备绘制生有目疾的殷仲堪肖像时，他也对如何表现对象的眼睛提出了高妙的处理方法。同时他也擅长以绘画艺术的语言来着意刻画对象的心理特征与精神风貌，他画过大量同时代人物的肖像，都能悉心体验，以微小的细节衬托出人物的个性、风貌。如他画裴楷像时，在面颊上加了三根毫毛，顿时神采殊胜；又曾有意识地将谢鲲画在山岩的环境中，用以衬托人物气质。现在，我们从仅存的三件摹本《女史箴图》《洛神赋图》《列女仁智图》中，可以感受到顾恺之将"传神写照"发挥到完美无缺的境界。

在顾恺之的作品中，最为知名的则是在瓦官寺绘制的维摩诘壁画。相传瓦官寺（在今江苏南京）初建时，慧方和尚请朝士捐钱，士大夫落笔没有超过十万钱的，顾恺之却写上百万钱。大家知道他并不富有，以为不会真的拿出来。不料他要求寺里拨借一间屋子，并空出一面墙壁，每天到屋里关上门画画。一个多月后，画的维摩诘像只需要点眼睛了。这时他告诉慧方：第一天来看的要布施十万钱，第二天五万，第三天起照常例。开门后，光彩夺目，看客云集，没有多少时候，就收到了百万钱。这故事见于张彦远《历代名画记》引的《京师寺记》。元黄之在《瓦官寺维摩诘画像碑》中指出这幅维摩诘像的形象特征是"目若将视，眉如忽颦，口无言而似言，鬓不动而疑动"。张彦远曾借用《庄子》的"清羸示病之容，隐几忘言之状"来加以概括。这正是探究玄理，又在追求恬淡寂寞的胜流名士的真实写照，是一代名流的概括，这种表现内心恬淡的心理刻画和秀骨清像的类型描写是时代的特征，也是时代的产物。难怪几百年后，杜甫见到此画还赞叹道："虎头金粟影，神妙独难忘！"

2. 痴癖

魏晋六朝士人留给后世印象最深刻的，莫过于他们所特有的才情风貌了。其中，一些人的癖好极具特点，充满了"六朝人物"的强烈魅力。只要翻阅《晋书》《南史》《宋书》《南齐书》《梁书》《陈书》《世说新语》，就不难发现，魏晋六朝士人的癖好花样百出且惊世骇俗。如著名书法家王羲之长子子献对俗务漠不关心，而对自然山水却充满喜悦，尤其醉心于猗猗摇曳的绿竹，自诉"何可一日无此君"，人称"竹癖"。此外，王济有"马癖"，和峤有"钱癖"，杜预有"《左传》癖"。这是以"癖"名而见之于典籍的。癖者，《辞海》解释为"积久成习的嗜好"。那么，魏晋六朝士人有这种积习者就举不胜举了。如嵇康喜欢锻铁，夏天盛暑时，引渠水环绕庭院，他则在柳树下挥锤打铁，邻里中有谁看上了他打造的农具，尽可以拿走；何晏好穿妇人的衣服，"胡粉饰貌，搔头弄姿"（《晋书·何晏传》）；王粲生前喜欢听驴子叫，他死之后，魏文帝到坟上去凭吊，让手下人各学一声驴叫以表哀悼，墓地上一时"驴声"大作（《世说新语·伤逝》）；晋文帝喜欢察看鼠迹，床榻上的灰尘不能让人擦去，只要看到上面增添了老鼠行走的新爪迹，当天他的心情就特别舒畅；王子敬兄弟喜欢穿高齿的木屐；谢玄"好著紫罗香囊，垂覆手"（《世说新语·假谲》）；宗炳喜欢躺着观画，名曰"卧游"。种种奇好怪癖，不一而足，构成了魏晋六朝三四百年奇异的社会生活风景线。

顾恺之无疑是一个有鲜明癖好的人，不过，此公之癖是"痴癖"。《晋书》本传说他时有"三绝"之称：才绝、画绝、痴绝。才绝，当指他博学有才气，钟嵘《诗品》称恺之善诗，"文虽不多，气调警拔"。画绝极好理解，前文已介绍，顾恺之是六朝第一流的大画家。谢安说："顾长康画，有苍生来所无。"他还是中国绘画史上伟大的理论家，以三篇画论奠定了中国画论的基础。痴绝，则指他因醉心艺术而疏于世故，有痴癖。

顾恺之痴癖的故事是很多的。他的住所就在瓦官寺附近，后世称为"顾楼街"。据说，他为了专心作画，特地住在楼上，平时把楼梯抽去，经日不下楼。《晋书》说，恺之每次食甘蔗，都是自尾部嚼到根部。别人怪问，他却说："我这种吃法，越吃越甜，叫'渐入佳境'。"

别人知道他痴，都喜欢捉弄他。如恺之自以为有先贤风范，常自吟咏。有一次与谢瞻邻居，一天夜里，皓月当空，恺之对月吟诗。谢瞻在房子里听一首赞赏一句，恺之颇为得意。时间长了，谢瞻感到累了，要去睡觉，就叫仆人代赞，而恺之不觉，打起精神吟诵，直至天明也没发觉谢瞻已悄悄溜走了。

顾恺之有不少好画，放在一个小柜橱里。他一次出游，将那个画橱橱门贴上封条，寄放在好友桓玄家里。不料桓玄爱画心切，又贪心，竟启封后把画偷走了。后来，顾恺之取回，启封开橱后发觉自己心爱的画没了，而橱门上的封条却完好无损，他不急、不怒、不气，也不责怪桓玄，竟说："妙画通灵，变化而去，如人之登仙矣！"人们听了，都取笑他太痴。

还有一次，一位朋友想与他开个玩笑，就悄悄地对他讲了个"秘密"：一只蝉整日在树上鸣叫，它的天敌挺多，但哪个也发现不了它。原来是树上有一种神奇的叶子，不论是蝉还是人，只要躲到这种叶子后边，别人就看不到了。顾恺之听了，信以为真，因为他就特别烦别人总是追着他。他想，如果能得到那片神奇的树叶，让自己隐藏起来，那该有多好。桓玄知道恺之的想法后，笑得前俯后仰。他到顾恺之家里，故作郑重地送给他一片柳叶，骗他说这就是蝉赖以翳身躲藏的神叶，带在身上可以自隐。恺之轻易地就相信了。当他将柳叶举到眼前时，桓玄便大呼小叫，说看不见恺之了，还故意装着旁若无人的样子对着他小解。恺之还以为他真的看不见自己，愈加珍视那片柳叶。当然，这一次又是痴名远扬，人们都笑他是个才子加傻子。

还有，顾恺之爱上一个女子，"挑之弗从"，很伤心，就绘了她的像，用针去钉画中人的心，以为"画能通神"，那个女子会心痛的。

显然，顾恺之在种种世事上的痴绝，正说明了他以全部精力投入了艺术追求。绘画如何臻于妙境，如何"传神写照"，时时困扰着他。有这样的艺术追求的人，怎么不会痴痴呆呆地遗落世事呢？

魏晋六朝当然是一个文学艺术空前繁荣的时期，然而要形成这种繁荣局面，需要有一批热爱生活、醉心艺术、执着追求的文学家和艺术家。需要专注一物，心无旁骛，如痴如醉，醉心要醉成癖好，方有可能进入审美的境界。毋庸讳言，顾恺之以巨大的实力和魅力，统治着六朝画坛。

3. 蓬门今始为君开

本来顾恺之、谢赫等提出的"传神"，是专指当时肖像画和人物故事画中对象的精神气质和风韵而言，可是宗炳等人将"神"扩展到山水画、花鸟画等各个领域，其内涵亦主亦客，缥缈恍惚，不可捉摸，令人感到十分神秘而又十分亲切，有如春江月夜，花树朦胧。至此，中国画已变得"神乎其技"了！魏晋六朝的画家们用自己的睿智、才华和胆识，用自己的彩笔蘸着心血汗水，在中国这块观念文化的王国筑成了一座座雄关重镇。在它们的庇护下，我们的民族艺术繁衍生息，我们的民族感情"其乐也融融"！

然而，别人要打进来，固非易事；自己想走出去，也举步维艰。这些雄关重镇从一方面来说是固若金汤，而从另一方面来说，则是关塞重重了。

前334年，亚历山大饮马印度河，鼙鼓震动了中国西陲，以印度河上游犍陀罗地区为代表的佛教美术在远征军的冲击下迅速希腊化，并且，作为佛教的先行者，渗透到了华夏腹地，敲响了中国艺术家的柴扉。当时西僧如迦佛陀、摩罗菩提、吉底俱等，都精绘佛画，他们都先后挟笔东游，来到中土。

对于这充满异国情调的外来文化，有没有人应声而起，"蓬门今始为君开"呢？翻检尘封的典籍，我们要感谢唐人许嵩，在他写的《建康实录》中提到了一个闪光的名字——张僧繇，记录了张僧繇的不朽业绩。诚然，张僧繇在中国绘画史上声名赫赫，史书画籍都不乏记述，所谓"张（僧繇）得其肉，陆（探微）得其骨，顾（恺之）得其神"。并且《历代名画记》将他与顾恺之、陆探微、吴道子并称为"画家四祖"，甚至唐代还有"凡人间藏蓄，必当有顾、陆、张、吴著名卷轴，方可言有图画"的说法，但是，人们大多称道张的"张家样"和疏体画，而忽略了他的凹凸画法。只有《建康实录》记叙了这一凝聚了千古浩叹的"壮举"：

一乘寺，梁邵陵王纶造，寺门遍画凹凸花，称张僧繇手迹，其花乃天竺遗法，朱及青绿所成，远望眼晕如凹凸，就视即平。世咸异之，乃名凹凸寺。

从上引可以看出，张僧繇所作具有强烈的透视感。此外，唐人张鷟《朝野佥载》也说："润州兴国寺，苦鸠鸽栖梁上秽污尊容，僧繇乃东壁上画一鹰，西壁上画一鹞，皆侧首向檐外看，自是鸠鸽等不复敢来。"又《历代名画记》说，张僧繇在金陵安乐寺画了四条白龙，不点眼睛，说："点睛即飞去。"大家以为荒诞，坚持要张点睛。僧繇刚点睛二龙，"须臾，雷电破壁，两龙乘云腾去上天，二龙未点眼者见在"。画龙破壁而飞当属子虚乌有，但可以参证这位怪杰画作极富立体感，别有渊源，与中国传统花鸟技法异趣。

4. 隔代的嘉惠

张僧繇，吴中（今江苏苏州）人，梁武帝时画家，据唐张彦远《历代名画记》所载，天监（502—519）中为武陵王（萧纪）国侍郎，直秘阁知画事，历右将军、吴兴太守。按照《南史》及《梁书》的体例，官至太守者当为列传，而二书均无传，他大约不会是右将军、吴兴太守，张彦远恐怕弄错了。

《历代名画记》又云："武帝崇饰佛寺，多命僧繇画之。"这是为许多典籍所印证的。如《贞观公私画史》记载：

晋瓦官寺，有顾恺之、张僧繇画壁，在江宁。

梁惠聚寺，张僧繇画，在江陵。

梁延祚寺，张僧繇画，在江陵。

梁高座寺，张僧繇画，在江宁。

梁开善寺，张僧繇画，在江宁。

梁天皇寺，张僧繇、解倩画，在江陵。

隋净域寺，张僧繇画，自江外移来，亦有孙尚子画，在长安。

《历代名画记》还记载有定水寺、天宫寺、甘露寺等寺庙有张僧繇画。又《南史·梁武帝诸子传》记载，梁武帝最爱第八子萧纪，曾派萧纪西镇巴蜀，"太清（547—549）初，帝思之，使善画者张僧繇至蜀，图其状"。画像传呈到建康，由于张僧繇画得精妙传神，武帝就像面对着爱子一样。如此看来，张僧繇应该是梁武帝的御用画家，太清初，他大约六十岁了，仍然是武帝的御用画家。

张僧繇既"天才横溢""思若涌泉"，又"手不释笔，俾昼作夜，未尝倦怠"。他的绘画艺术是在继承传统艺术和借鉴外来形式的基础上发展起来的。在六朝画坛的衮衮诸公中，只有张僧繇采撷了西方透视法的他山之石。姚最《续画品》说张僧繇画的人物"奇形异貌，殊方夷夏，实参其妙"。所谓"妙"处，大可玩味。

为什么张僧繇能够接受西洋画法呢？

除了他的卓识、天才以外，其交游也是一个极其重要的原因。从张僧繇作品的画题中可以看到，有描绘胡僧、番奴形象的《扫象图》，也有属于肖像画的《维摩诘图》《二胡僧图》，可见张僧繇与外国僧侣来往频繁，并且有意撷取其"奇形异貌""诡状殊形"来丰富自己的艺术形象。在这个基础上，他学习并掌握立体透视法是很自然的。关于张僧繇笔下外国人之精妙，唐代著名诗人刘长卿《张僧繇画僧记》记叙了一个故事：张僧繇曾经画了天竺二胡僧图，因为侯景之乱，图幅被割裂为二，唐右常侍陆坚得到了其中的一个胡僧，陆坚非常珍视此画。后来陆得了重病，梦见那个画中胡僧告诉他："我有同侣，离散很久了，现在他在洛阳李姓人家。如果您想法让我们重合，一定用法力帮助您。"陆坚于是千方百计找到洛阳李家，果然藏有另一胡僧图像，陆以重金购之，将二画弥合，他的病就好了。这个故事生动地说明了张僧繇画的外国人肖像是形神兼备的，而且在当时颇有影响。

据《六朝事迹编类》卷九载梅挚《亭记》说，梁天监中，有个叫昙隐的胡僧住在建业蒋山，当时山中乏水。有一次，有位庞眉叟对他说："我是山龙，知法师口渴，办成此事不难。"于是忽闻丝竹之声，俄而出现了一泓碧水。这泉水一清、二冷、三香、四柔、五甘、六净、七不饐、八蠲疴，人称"八功德水"。后来有位西僧云游到此，说："本域八池已失其一，似竭彼盈此也。"南宋诗人曾极曾作《八功德水》以咏其事："数斛供厨替八珍，穿松漱石莹心神。中涵百衲烟霞色，不染齐梁歌舞尘。"我认为，张僧繇就像那位庞眉叟，引进了西方清甘的艺术之泉。

可惜，人们并没有给予张僧繇的引进之功以应有评价。千余年来，观念文化根深蒂固的中国画坛啧啧乐道的是他的"张家样"和疏体画法。所谓"张家样"，指张僧繇所画人物形体丰满，面圆而多肉，但又与唐代样式的肥胖健硕有别。在张家样之前，一直流行陆探微式的瘦骨清样，张僧繇"得其肉"变之为"面短而艳"（米芾《画史》）。以后唐代"画圣"吴道子得其精微，发扬光大。所谓"疏体画法"，张彦远指出："张僧繇点、曳、斫、拂，依卫夫人《笔阵图》。一点一画，别是一巧，钩戟利剑森森然。""离披点画，时见缺落，此虽笔不周而意周也。"张怀瓘赞叹说："（僧繇）笔才一二，而像已应焉。"历来都认为，张僧繇独具风格的疏体画法突破了从顾恺之、陆探微以来以密体画法为唯一技法的局面，为我国绘画艺术奠定了疏与密两种基本表现手法的基石。至于他的凹凸画法，则遭到了历史的冷落。张氏以后，竟成绝响，再也无人问津。虽然唐代以后中国画的"石分三面"受到了隔代的嘉惠，但是对此人们却不作盘根究底的研究。

5. 千古的冷落

柴扉依然关闭了。

不仅如此，"爱国心"强烈的人们还加筑堤防，保护"国粹"。

我认为，这是张僧繇的悲剧，也是历史的一个遗憾。其形成原因有以下数端。

一曰观念美术的局限。中国是一个观念美术大大强盛于写实美术的国家。与别国文明从一开始便是写实性的美术不同，中国绘画起源于观念。从仰韶彩陶到商周青铜器，蕴含在抽象图纹中的，只是神秘或神圣的观念。如 1978 年在河南临汝县出土的一件仰韶文化时期的彩绘陶缸，上面绘有鹳鱼石斧。为什么把这几种形象组合在一起呢？有人认为石斧代表这个地方原始民族所崇拜的徽号，白鹳则是一种性情温驯，能给人类带来吉利、祥瑞的益鸟，它嘴里衔着一条大鱼是面向石斧奉献祭品。有人认为这些图案与图腾崇拜有关。众说纷纭，莫衷一是，才悟新解，旋又生疑，充分展示了艺术符号作为原始艺术的魅力。以后，虽然发展到写实图纹，但绘画形象本身的感染力尚未得到有意识的开拓，当人们创作或感受一幅画时，并不是着眼于形象的绘画，而是更多地注意到它的宗教性、政治性、伦理性意义。因此中国传统美学以为"夫言，心声也。书，心画也""画之为说，亦心画也"。现存的四川成都凤凰山画像砖和长沙马王堆帛画、洛阳卜千秋墓室画都说明了这一点。诚如《宣和画谱·花鸟叙论》所云："花之于牡丹芍药，禽之于鸾凤孔翠，必使之富贵；而松竹梅菊，鸥鹭雁鹜，必见之幽闲；至于鹤之轩昂，鹰隼之击搏，杨柳梧桐之扶疏风流，乔松古柏之岁寒磊落，展张于图绘，有以兴起人之意者，率能夺造化而移精神，遐想若登临览物之有得也。"不管是"以形写神"的"神"也好，"自娱畅神"的"神"也好，都是一种观念上的意绪、精神、风姿，适合了中国人观念美术的心理，当然奉之若金科玉律了。反之，西方民族在脱离蒙昧状态后，其注意力转向光影、色彩、焦距透视等现象的物理性真实描绘。张僧繇所引进的凹凸画法，用纯客观的立体透视方法模仿自然，在中国人眼中，就觉得等而下之，耻为之继了。

二曰崇尚简约的绘画审美观的扼杀。简约是中国文人画的一大特征。也许由华夏民族的民族性所决定，中国古代哲学思想是崇尚简约的。儒家要求人们"温良恭俭让"，刘宝楠《论语正义》云："俭，约也。"《礼记·经解》引孔子云："广博易良，乐教也。"孔颖达云："简易良善，使人从化，是易良。"可知儒家教化为主简约。老、庄进而讲究"绝圣弃知""为道日损"，于一片空白中去领略"无状之状，无象之象"，这当然是简约到极点了。禅宗则主张"静穆"，以少胜多，以少答为答，以不出言为"不二法门"。这正是禅宗的机锋之一。在这个问题上，可以说是"红花绿叶白莲藕，三教原是一家人"了。

儒、释、道三家哲学思想都崇尚简约，必然促进了古代文艺简约风格的形成。《乐记·乐论》首先提出"大乐必易，大礼必简"，认为至乐是淡泊平和的。魏晋六朝时，刘勰在《文心雕龙·物色》中已经提出了"以少总多，情貌无遗"，要求以精练的笔墨概括丰富的内容。绘画作为一种艺术形式，与音乐、文学等姊妹艺术一样，也深深为简约所激动。绘画是通过线条、色彩等艺术手段来反映生活、表达作者的思想感情的。不管画幅多大，线条和色彩总是有限的，很难完全地、准确地穷尽生活内容，并把主体的情感和审美理想完全表达出来。对画家来说，线条、色彩等必不可少的表达手段，同时又妨碍了画家的尽达情意，因此中国画家们在深深的创作苦恼中，干脆主动抛弃一些线条和色彩，返璞归真，用简练的笔墨表达出无穷的意境。实境是有限的，虚境才是无限的，虚实结合，才是意境构成的整体。在这种美学思想的指导下，张僧繇创造的"离披点画，时见缺落，此虽笔不周而意周"的疏体画法当然大受欢迎。陆探微甚至创造一笔画，连绵不断。宗炳继之，曾作《一笔画百事图》，后来开辟了中国文人画"简笔墨戏"的新天地，并由此而生发出水墨韵味、干笔勾勒等许多中国后期绘画理论的普遍法规。唐代大画家李公麟在《宣和画谱》中就感叹说："笔愈简而气愈壮，景愈少而意愈长也。"这种绘画思想与审美理想与立体透视画法是扞格不入的，无怪乎张僧繇以后，凹凸画法"天荒地老无人识"了。

三曰书法艺术的作用。书法晚生于绘画，却早熟于绘画，魏晋时，已形成了我国书法史上的第一座高峰。书法对绘画的影响是极其明显的。一是六书中的象形文字有如绘画，人们以为书画产生的初期"同体未分"。二是使用的工具——毛笔和水墨相同，人们以为"书画同法"。基于书画同源同法的认识，谢赫六法中提出"骨法用笔"，正说明了绘画自觉地向书法艺术"寻根"。从书法角度来看，结众画为一字，叫结体，结体讲"计白当黑"；结众字而成篇，叫章法，章法讲"分间布白"。书法家认为黑是字，白也是字；有字的地方固然重要，无字的地方更为重要。古人论书云："书在有笔墨处，书之妙在无笔墨处。有处仅存迹象，无处乃传神韵。"绘画不是主张"传神"吗？书法的实践正无异于神明的示范。正如有的学者所说，正因为这完美而早熟的书法，以其感召力，荒废了绘画通向真正写实的道路；以其威慑力，堵塞了绘画通向绝对抽象的道路。

在书法艺术的反馈作用下，人们对于张僧繇，往往称道他的"点、曳、斫、拂"得力于卫夫人《笔阵图》，是书法艺术在绘画艺术上创造性的运用，而对其引进西方透视立体画法的惊神泣鬼的壮举，则冷漠地视而不见，不多言及。

四曰诗歌的作用。中国是诗的国度。"悲落叶于劲秋，喜柔条于芳春。心懔懔以怀霜，志眇眇而临云"，似乎已经成了我们民族共同的感情。而对于中国画来说，题款（当然大多是诗）、书法、绘画、金石是一个综合的立体的美的几个侧面，"诗是无形画，画是有形诗"，绘画必然受到诗歌的内在的牵引。中国诗歌强调意境和神韵，总是着眼于表现主体精神，而对于客体面目的写实描摹却往往不屑一顾。中国的绘画正是在诗歌的巨大磁场里，随着意境、神韵而转动，放弃了对自己独有的绘画语言（线条、色彩）的探索。这是中国画传统性魅力之所在，也是中国画劣根性之所在。六朝时，顾恺之提出"以形写神"，认为"画'手挥五弦'易，'目送归鸿'难"；宗炳主张"自娱畅神"；到后来宋代苏东坡甚至说"论画以形似，见与儿童邻"。我认为，这种审美认识，造成了六朝人对张僧繇凹凸画法的轻视。

五曰南方文化基因的影响。我认为，在先秦，南方文艺与北方文艺存在着浪漫与写实的对比，南方画家和中原画家在创作理论及方法上是大相径庭的。请看下面两段材料：

客有为齐君画者，问之画孰最难者，曰："犬马难。""孰易者？"曰："鬼魅最易。夫犬马人所知也，旦暮罄于前，不可类也，故难。鬼魅无形，无形者不罄于前，故易也。"（《韩非子·外储说》）

齐起九重之台，国中有能画者则赐之钱。狂卒敬君居常饥寒，其妻端正。敬君工画，贪赐画钱，去家日久，思念其妇，遂画其像，向之喜笑。（《说苑》）

齐国的画家畅论写生之难易；敬君想念其妻，竟然画出惟妙惟肖的肖像，我们从中不难窥悟到战国时北方的绘画理论和方法。南方的绘画却与此截然不同。虽然文字材料缺乏，但我们从现在能看到的两幅楚画——长沙缯书和凤夔人物画，仍能强烈地感受到浪漫思潮的冲击。尤其是凤夔人物画：一个用墨线勾画的长裙细腰女子亭亭玉立，上面还有一凤一夔，似乎做角斗之状。此画从长沙楚墓中出土后，释家蜂起，莫衷一是，简直成了斯芬克斯的面容之谜，诱人幻想，令人寻思，充满了巫风，挟带着鬼气，这才是十足的浪漫主义！

　　魏晋六朝中吴、东晋及宋、齐、梁、陈都定都于江南，在文化传统上，必然受南方文化的影响至深。在南方这片神奇的土地上升腾而起的文化观念，必然轻视透视立体画法这样的工细的写实美术。

　　以上，我们探讨了张僧繇引进凹凸法遭到历史冷落之原因。需要指出的是，第一，张僧繇是一个特立独行的画家。《历代名画记》说，武帝要张僧繇在江陵天皇寺柏堂画卢舍那佛像，而张画了佛像，还画了仲尼十哲像。"武帝怪问，释门内如何画孔圣，僧繇曰：'后当赖此耳。'及后周灭佛法，焚天下寺塔，独以此殿有宣尼像，乃不令毁拆。"我认为这个故事不在于说明张僧繇明悉身后事，料事如神，而在于说明他儒佛同崇，有自己独特的见解。第二，六朝画坛的榜样是影响深远的。虽然气宇恢宏的唐代人对西域画家尉迟父子采取了热情欢迎的态度，但越到后来，六朝的遗传基因越表现出来，明清人对外来艺术却是防范和排斥的。邹一桂非难西画"笔法全无，虽工亦匠，故不入画品"；赵之谦把西洋红引进中国画，结果受到人们的冷诮。一代又一代的画家，用牛车将中国画这位国粹先生越拉越远，这难道不足以发人深思吗？

　　悲乎哉，张僧繇！悲乎哉，丹青之殇！

《竹林悲风：嵇康传》（节选）

　　2017 年 6 月，书良荣幸地受命撰写《嵇康传》，这是国家重点文化工程"中国历史文化名人传"丛书之一。此书的写作颇具难度，原因有二：一者足资利用的文献资料很有限，二者虽然有《嵇康集》行世，但对其解读需要学术功力。书良将田野踏勘和典籍爬疏相结合，充分利用自己四十年来对魏晋史籍的掌握，完成了此一课题，得到党圣元、白烨等学术主审的首肯，党圣元认为："这部传记在适当地体现文学性的同时，更注意思想文化解析，没有过于虚构想象，不以编故事、讲逸闻趣事取胜，从而增加了该著的学术思想含量，体现出学者书写传记的特色。"2019 年 9 月，该书由作家出版社出版，责任编辑田一秀，在北京亦召开了发布会。此处选载《第二章　身世飘零》《第六章　交游种种》《第十一章　余音袅袅》三章。

第二章　身世飘零

一、出身

《晋书·嵇康传》云：

嵇康字叔夜，谯国铚人也。其先姓奚，会稽上虞人，以避怨，徙焉。铚有嵇山，家于其侧，因而命氏。

这是关于嵇康来历的最权威的说法。是说嵇康的祖先原本姓奚，会稽人。后来为了躲避仇怨，背井离乡，渡过长江，千里跋涉，辗转迁徙到谯郡铚县。他们安居的地方有座嵇山，嵇康的祖先于是将姓氏由"奚"改为了"嵇"。同样的说法还载于《元和郡县志·亳州·临涣县》："临涣县本汉铚县，属沛郡，后汉属沛国，魏属谯郡。嵇山在县西三十里，晋嵇康家于铚嵇山之下，因改姓嵇氏。"至于上虞奚姓的来历如何？嵇姓与嵇山有何关系？同样语焉不详。可知《元和郡县志》抄录了《晋书》本传，不过坐实了嵇山的位置而已。

《晋书》是唐房玄龄等奉敕修撰的官史，其材料当然广索博取前代的典籍。其中现已残缺的王隐《晋书》在这个问题上有些新材料。按王隐是晋人，只晚于嵇康百把年。王著现已不可得见，《世说新语·德行》注引云：

嵇本姓奚，其先避怨，徙上虞，移谯国铚县，以出自会稽，取国一支，音同本奚焉。

根据明代学者方以智的解读，嵇康的家族源远流长，其祖先奚姓，本是夏朝车正奚仲之后，住在上虞，后因避仇迁移到铚县的。

至于改为嵇姓，不是先有山，后有姓，不是粗略地理解为居处有嵇山，于是指山为姓；而是表示了奚姓迁徙者对故乡的纪念，先造姓，再名山。这种故土之恋是那么深沉，他们甚至不惜新造一个字，而且以此为姓，世世代代传下去。诚如《世说新语·德行》注引《魏志·王粲传注》所云，奚氏为了记住原住地会稽，"改为嵇氏，取稽字之上，加山以为姓，盖以志其本也"。就是说，取稽字的上半部分，加上山，就成了嵇字，奚家人就以嵇名山，也以嵇为姓。

然而问题又来了，《说文》上没有这个字。《说文》全称《说文解字》，许慎撰于汉和帝永元十二年（100）到安帝建光元年（121），收字9353个，另有重文（异体字）1163个，共10516字。对此，奚氏人气魄十足，没有就创造！于是，中国文字多了这一个"嵇"字。还是明代学者方以智博学，他发现了这一问题，在《通雅》中他下了一句断语："《说文》嵇字，乃因嵇氏而新附者。"后来，清代学者许嘉德在《文选笔记》的按语中阐述了这一观点：

> 古无嵇字。《玉篇》云："嵇，山名。"《广韵》："嵇，亦姓，出谯郡，音奚。"皆因叔夜上世改姓，独制此字，因以名山也。今《说文新附》徐氏增嵇字，云："山名，从山，稽省声。"又云："奚氏避难，特造此字，非古。"

我们据此可知，嵇康本姓奚，会稽人，由会稽迁谯郡，因奚姓源于稽，故取会稽的稽字上半部，去日加山为嵇，而称"嵇氏"。嵇氏尊夏朝的季杼为始姐。以上也是我认可的一种说法。

另一种说法是，嵇姓是禹的后代。根据《元和姓纂》所记载，夏禹死后，葬在会稽山，夏帝少康即位后，又将庶子季杼封在会稽，主持禹的祭祀。季杼的子孙遂称为"会稽氏"。到了西汉初年，会稽氏迁往谯郡的嵇山，即现在的安徽省亳州，就以嵇山的嵇作为姓，称"嵇氏"。

以上两种说法虽稍有出入，但嵇源于稽则是一致的。嵇氏后裔尊季杼为始祖也是一致的。

在我们对嵇氏渊源的考索中出现的嵇山，也有必要加以辨析。

与嵇康有关的嵇山有两处，其一在河南省修武县，其二在安徽省宿县。

修武说晚出。顺治《河南通志》云："嵇山在修武县西北五十里，晋嵇康尝居其下。"在同书的《怀庆府》条目中又记载："嵇山在修武县西北三十五里，晋嵇康家居焉，亦名秋山。《寰宇记》：'山阳城北有秋山，即晋嵇康园宅。'"修武嵇山还有炉灶、淬剑池、七贤乡等名胜，显然此嵇山是以后山阳好事者比照嵇康故事而附会的。

宿县说则古籍载之班班。最可信的是与嵇康相距不久的北魏郦道元的《水经注·淮水》："又东迳嵇山北，嵇氏故居。嵇康本姓奚，会稽人也。先人自会稽迁于谯之铚县，改为嵇氏，取稽字之上以为姓，盖志本也。《嵇氏谱》曰：'谯有嵇山，家于其侧，遂以为氏。'"应该指出的是，《水经注》年代较早远，向为严谨可靠的学术著作，其中有关方位、距离等问题，大多是郦道元亲身踏勘所得。此外，如此条中所引《嵇氏谱》现虽散佚不传，郦道元时当可得见，故郦氏引之为证。《嵇氏谱》的成书年代应当更接近嵇康。

宿县的嵇山是一座低矮的岩石小山，虽然比不得江南上虞山水那样轻灵秀丽妩媚悱恻，但以其坦诚朴质，默默抚慰着因避仇而南来的嵇氏受伤的灵魂。

嵇康就出生、成长在宿县嵇山之下。诚如元王沂在《题胡济川嵇康床琴图》中所歌咏的：

先生家何在，昔在稽山阴。方床日谦息，上有焦桐琴。流目视宇宙，何人知此心？

方床憩息，桐琴寄意，这是典型的山居生活。也可能出于避仇的考虑，嵇氏一支深潜不露，在很长时间里都安心于做普通的寻常人家，没有出过什么显达的人物和事迹，嵇康的哥哥嵇喜在《嵇康传》中述及先人，也仅用"家世儒学"来闪烁其词。不过，及至嵇康的父亲嵇昭，总算是在史料中有明确记载的人物。

嵇昭，字子远，曾经担任过督军粮、治书侍御史一职。治书侍御史在魏晋时期属于中下层官吏，此职执掌律令，负责监察弹劾，有时也被派驻地方掌控相应事务，嵇昭便是以治书侍御史的身份负责在军中督办军粮。此虽官卑职小，俸禄只有六百石左右，但三国时期战事频仍，俗话说"兵马未动，粮草先行"，军粮是战事顺利进行的重要保障，而且掌握一定的经济利益。嵇昭能担任这一官职，想来也是曹氏集团对其能力、品行的信任和肯定。

嵇昭的仕途并不显赫，在当时只能算得上是普通的士大夫家庭，根据《晋书》记载，治书侍御史掌管奏劾和律令，对文化有一定要求，结合嵇喜在《嵇康传》中的夫子自道"家世儒学"，嵇昭是个中下层儒吏是可以肯定的。这一点在嵇康的命名上亦可以看出来。

　　嵇康生于魏黄初四年，即 223 年。屈原《离骚》一开始就说："皇览揆余初度兮，肇锡余以嘉名。名余曰正则兮，字余曰灵均。"足见古人在为晚辈取名字时，表达了自己的愿望和信仰。嵇康，名康，字叔夜。按《尔雅·释诂》："康，安也。"又《谥法》："渊源流通曰康，温柔好乐曰康，安乐抚民曰康。"此名寄托了其父母希望儿子一生安乐的心愿。《论语·微子》曰："周有八士：伯达、伯适、仲突、仲忽、叔夜、叔夏、季随、季騧。"嵇康的名、字都出自儒家经典《论语》《尔雅》，表现了嵇昭以儒学为宗尚，也证明了嵇喜所说"家世儒学"洵非虚语。

　　我们第一章就名曰"凶险时世"，嵇康的时代战乱瘟疫，天灾人祸，人命危浅，见惯了死亡枕藉，见惯了生离死别。可以推想，《晋书》本传寥寥三字"康早孤"，透露出嵇康承受了多少悲惨的幼年记忆啊。后来，嵇康身系冤狱时，曾在《幽愤诗》中回忆幼年生活：

嗟余薄祜，少遭不造。哀茕靡识，越在襁褓。

　　诗中说，可叹我薄命少福，很幼小的时候就遭遇家庭不幸，失去了父亲。那个时候我还在襁褓之中，小小年纪甚至不懂得什么是忧伤孤独。可见嵇康尚在襁褓之中，还没有来得及记住父亲的音容笑貌，便永远失去了父亲的呵护疼爱。嵇昭的去世是由于战乱还是瘟疫，没有典籍说明；不过，幼年早孤是这个凶险时世司空见惯的现象。拿竹林七贤来说，除嵇康襁褓丧父外，阮籍是三岁丧父，山涛也是幼年失父。这一幕幕人间惨剧共同构成了那个时代悲怆的基调。

　　幼年丧父之哀痛，对于每个人都是刻骨铭心的。稍晚于嵇康的李密刚出生六个月，父亲就去世了；又过了四年，母亲又改嫁了，只能与祖母相依为命。后来，李密在千古名篇《陈情表》中刻画自己的幼年，留下了椎心泣血的八个字："茕茕孑立，形影相吊。"嵇康的回忆则显得更加深沉："哀茕靡识。"甚至连哀伤孤独都不知道的时候，悲惨的命运就已将自己笼罩了。"哀茕靡识"这四个字的力度是很大的，是古往今来的早孤者要用一生来体味的。

二、少年意气

对于中国古代家庭来说，父亲的去世无异于顶梁柱的倾倒，接下来大多是家庭的坍塌或解体。嵇氏一脉危如丝缕而尚存者，是因为嵇康幸运地有一位好母亲和两个好兄长。

嵇康的母亲孙氏，性格温柔而坚韧。在最困难的时期，她强忍着丧夫之痛，守节育子，顽强地支撑起这个濒临倾斜倒塌的家庭。

关于嵇康的哥哥，现在留下名字的只有嵇喜一位，其实，嵇康应该有两位哥哥，他与嵇喜上面还有一位长兄。我们的理由如下。

其一，嵇康字叔夜，按照古代传统取名"伯仲叔季"的次序规则，嵇康是老三，上面应该还有伯兄和仲兄。

其二，嵇康《与山巨源绝交书》云："吾新失母兄之欢，意常凄切。"而陆侃如先生《中古文学系年》定《与山巨源绝交书》的写作时间在魏景元二年（261），嵇康时年三十八岁。据此可知他有一位哥哥在他三十八岁时或以前的时间已经去世。这位哥哥显然不是指嵇喜。因为《世说新语·雅量》注引《文士传》说，嵇康临死前与亲族诀别，"康颜色不变，问其兄曰：'向以琴来不耶？'"等问答，表明嵇康死时（景元三年），还有一"兄"在世，此"兄"当然不是指《与山巨源绝交书》"吾新失母兄之欢"之"兄"，而所指应是仲兄嵇喜。这从嵇喜在嵇康死后仍然在世可以证明。《晋书》卷三十八《齐王传》记载，当齐王攸"居文帝丧，哀毁过礼"时，司马嵇喜进谏，齐王攸还曾对左右感叹："嵇司马将令我不忘居丧之节，得存区区之身耳。"这里所说文帝是指魏大将军司马昭，他死后被晋朝追尊为文帝。司马昭死于咸熙元年，即嵇康被杀后一年，据此可断定嵇喜向齐王攸进谏之事应在嵇康被杀一年后的咸熙元年。这也有力地说明了嵇康悼念之"兄"不是嵇喜，而是另有所指。

其三，《思亲诗》就是嵇康怀念母亲和这位长兄而作的一首七言骚体诗，诗中说，"嗟母兄兮永潜藏，想形容兮内摧伤（嗟叹我的母亲和长兄啊，永远在地下深藏；我想着他们的容貌，五内摧伤）""念畴昔兮母兄在，心逸豫兮寿四海

（回想母亲和长兄都健在的日子，我的心情轻松愉快，志在四海）"。

其四，明嘉靖《湖州琏市嵇氏宗谱》中将这个兄长错修为弟，名叔良。后湖州分支《无锡嵇氏宗谱》修正为长兄，其年龄比嵇康约大二十岁。这些都说明，嵇康有一个长兄是确凿无疑的。

对于嵇康的成长，他的两个兄长尤其是不知名的大哥，付出了极大的心血。大哥比嵇康年长很多，父亲去世以后，他用自己宽厚的臂膀支撑起这个并不宽裕的家庭，同母亲一道抚养两个幼小的弟弟，扮演了亦兄亦父的角色。虽然他是一个平凡的人，姓名早已湮没在苍茫的历史尘埃之中，当年却用深深的慈爱，给嵇康早孤的幼年带来莫大的温暖和慰藉。因此在嵇康的心目中，他是伟大的，是堪与母亲比肩的。嵇康在《答二郭》诗中曾深情地慨叹：

昔蒙父兄祚，少得离负荷。因疏遂成懒，寝迹北山阿。

需要指出的是，嵇康幼年丧父，这里的"父兄"主要应指他的长兄。古语云：长兄如父。嵇康的长兄秉承父亲的遗志，坚强地承担起养育家庭的重任，使幼小的嵇康得以免除生活的各种负荷。虽然家境并不富裕，嵇康却由于母亲和长兄的娇宠，渐渐养成了疏懒散漫、放荡不羁的性格，安居在这静谧的嵇山。大概是怜悯嵇康褓褓丧父，母兄对小嵇康疼爱有加，几乎到了溺爱的程度。嵇康后来还满怀深情地回忆起自己苦涩而甜蜜的童年："母兄鞠育，有慈无威。恃爱肆姐，不训不师。"肆姐，就是娇纵的意思。诗句是说，母亲和兄长竭尽心力把我抚养长大，他们是那么地疼惜怜爱我，丝毫没有长辈的威严，也没有对我严加管束和教导。因此，我从小便养成了骄纵任性的性格。对于一个人来说，对他影响最大的人，往往沉沦无名，后世难以钩稽。正是由于长兄的慈爱，嵇康在诗文中多次将他与母亲、父亲并称，曰"父兄"，曰"母兄"，使他成为自己生命中最重要的人物之一。

嵇康的仲兄便是嵇喜，字公穆，年龄与嵇康相近。嵇喜早年即以秀才的身份从军，颇有用世之心。嵇康却冷眼仕途，敝屣功名。两兄弟的志向虽然不尽相同，但情感融洽，亲密无间。嵇喜性情忠厚，且十分疼爱他的弟弟，即使后来嵇康的好友吕安、阮籍等对他多有嘲讽，他也毫不在意。最早的《嵇康传》存于

《魏志·王粲传》注中，就是嵇喜写的，而且极有可能是嵇康被害后写的，字里行间，透出自豪和怜惜。因传文简练，谨移录如次：

　　家世儒学，少有俊才，旷迈不群，高亮任性，不修名誉，宽简有大量。学不师授，博洽多闻，长而好老、庄之业，恬静无欲。性好服食，常采御上药。善属文论，弹琴咏诗，自足于怀抱之中。以为神仙者，禀之自然，非积学所致。至于导养得理，以尽性命，若安期生、彭祖之伦，可以善求而得也，著《养生篇》。知自厚者，所以丧其所生，其求益者，必失其性。超然独达，遂放世事，纵意于尘埃之表。撰录上古以来圣贤、隐逸、遁心、遗名者，集为传赞，自混沌至于管宁，凡百一十有九人，盖求之于宇宙之内，而发之乎千载之外者矣。故世人莫得而名焉。

这既是嵇康生平的信史，又是兄弟深厚情谊的确证。

嵇康在二十岁迁居山阳之前，都是在嵇山山居，由母亲和两个兄长抚育教导他。这个阶段人生最重要的事情就是学习，嵇康天资聪颖，"少有俊才，旷迈不群"（嵇喜《嵇康传》），很小就显露出与常人不同的夙慧来，读书学习方面也焕发异彩。嵇喜说他"学不师授"，我理解为并非不承认或者不重视师授，而是因家贫无法延师课读，而由他的母亲担负起"画荻教子"的重任。这也是历史上贫寒的读书人家常见的现象，后来的范仲淹、欧阳修亦然。这当然不是一件好事。《荀子·儒效篇》云："有师法者，人之大宝也；无师法者，人之大殃也。"清儒皮锡瑞《经学历史》评述说："汉人最重师法。师之所传，弟之所受，一字毋敢出入。"嵇康当然与同时代少年王弼深厚的家学渊源和钟会优越的家庭教育根本不能相比，"学不师授"毕竟是少年嵇康的伤心事。

自汉武帝罢黜百家、独尊儒术以来，儒家思想逐渐发展成为中国古代思想文化的主流。汉末虽然思想文化空前活跃，儒学大厦风雨飘摇，但由于传统根深蒂固，儒学仍是一般士人文化学习的必修的主要内容。嵇喜在《嵇康传》中夫子自道"家世儒学"，表示嵇氏家族虽然声名不显，父辈早逝，却还是坚守研习儒学的传统。《晋书》本传说他"博览无不该通，长好老庄"，玩其语意，应该说年幼的嵇康最初学习的是一些基本的儒家经典，如《诗》《书》《礼》《论语》

等，长大了才学习老庄之学。嵇康天资聪颖，母兄又谆谆善诱，他在儒学方面是基础坚实的，其诗文对儒典融会出入，运用圆熟，有的直接引用经书，有的化用经语，有的使用相关儒典。例如，其早期作品中"乐云乐云，钟鼓云乎哉"（《声无哀乐论》），直接引用《论语·阳货》"子曰：礼云礼云，玉帛云乎哉？乐云乐云，钟鼓云乎哉"；"是故国史明政教之得失，审国风之盛衰，吟咏情性，以讽其上"（《声无哀乐论》），是化用《毛诗序》"国史明乎得失之迹，伤人伦之废，哀刑政之苛，吟咏情性，以风其上，达于事变而怀其旧俗者也"；"是以伯夷以之廉，颜回以之仁，比干以之忠"（《琴赋》），所说伯夷、颜回、比干，都是儒家所推崇的圣贤人物。他的儿子嵇绍《赵至叙》说嵇康曾多次到洛阳太学抄写"石经古文"，嵇康所抄应该主要指《尚书》和《春秋》这两部正始年间用三体书写并镌刻于石板的经书。以后他还著有《春秋左氏传音》，专门为儒家经典之一《春秋左氏传》注音。无疑，这些都需要深厚的儒学功底，这些都反映出其少年时接受过良好的儒学启蒙教育，以后又刻苦地攻读过儒学经典。

然而，奇怪的是，嵇康本人对自己曾研读儒典却讳莫如深。他在《与山巨源绝交书》中宣称自己"少加孤露，母兄见骄，不涉经学"。亦即是说，由于从小丧父，母亲和兄长娇惯纵容，自己根本就没有涉猎过儒学。他还堂而皇之地提出："非汤武而薄周孔""越名教而任自然"。再明白不过地对儒学嗤之以鼻。为什么会这样呢？我认为其原因有二。一方面，《与山巨源绝交书》是嵇康为了拒绝山涛推荐任官而作，壮怀激烈，难免情带极端，语涉夸张。就像此文声言绝交，而临刑时又将儿子托孤给山涛一样，"此一时彼一时也"。另一方面，主要是对司马氏统治下现实社会儒家思想日趋虚伪腐朽的抨击与抗争。当年，嵇康的千古知音鲁迅亦对孔子大不敬，口口声声"砸碎孔家店"，甚至说是从儒学经典中只看到"杀人"二字。其实，鲁迅对儒家经典亦是有坚实的功底和卓出的造诣的，我们只要看看他的《汉文学史纲要》，就可以知道他对儒家经典何等熟悉。他们这样做，不过是以荒诞来对抗荒诞，以极端来否定极端罢了。

不管怎样说，嵇康自幼即对儒学不感兴趣，则是可以肯定的。他一生中保持浓厚兴趣的学问是与儒家大相径庭的道家。中国的道家以老子、庄子为代表，又称为"老庄之学"。嵇喜《嵇康传》所谓"长而好老、庄之业，恬静无欲"。与积极进取的儒家不同，道家主张抱朴守拙，少私寡欲、返璞归真，为心灵寻得一个纤尘无染的精神家园。据司马迁《史记》所载，老子，姓李名耳，字聃，曾为周守藏室之史，他充分利用典籍、文献，纂辑古代的格言遗训，用以阐述自己的学术思想。《庄子·天运篇》说孔子到老子处求教，老子对他说："子来乎？吾闻子，北方之贤者也。"隐然以南方之贤者自居，与孔子分庭抗礼。《史记·老子列传》说，孔子见老子后，回去对弟子们说："鸟，吾知其能飞；鱼，吾知其能游；兽，吾知其能走。走者可以为罔，游者可以为纶，飞者可以为矰。至于龙，吾不能知，其乘风云而上天。吾今日见老子，其犹龙邪！"大赞老子道法高深。老子骑青牛过函谷关，关令尹喜见紫气东来，知有圣贤过往，请求老子留下点什么。老子于是写了《道德经》给尹喜，然后才骑牛出关西去。《道德经》仅五千言，"道可道，非常道；名可名，非常名"，精金美玉，无一字可删，无一字可易，使嵇康十分倾倒。其中以婴儿喻道，又使嵇康对胎息之术更加向往。

庄子姓庄名周，宋国蒙人。他一生淡泊名利，仅仅做过宋国漆园小吏。当时楚威王听说庄子是贤才，就派了两个大夫去邀请他出任宰相。庄子正在濮河边钓鱼，头也不回地问道："我听说楚国有只神龟，死了已经三千年了，楚王用锦缎包好放在竹匣中，珍藏在庙堂里。你们说这只神龟是宁愿死去留下骨头让人们珍藏呢？还是宁愿活着在烂泥中摇尾巴呢？"

两个大夫齐声说："情愿活着在烂泥中摇尾巴。"

庄子说："那就请你们回去吧，我要在烂泥里摇尾巴呢。"

庄子一生宁愿"曳尾于涂中"以求得自由；将来的嵇康也安于锻铁、灌园的平民生活而不做庙堂之供。

《庄子》一书行文汪洋恣肆，机趣横生。《逍遥游》《人间世》《德充符》《大宗师》诸篇，基本上是用几个幻想出来的故事组成的。在庄子的生花妙笔下，蝉、斑鸠、小雀、虾蟆等都会说话辩论；他言大则有若北冥之鱼，语小则有若蜗角之国，证久则大椿冥灵，喻短则蟪蛄朝菌。这种浪漫情调显然和《论语》《孟子》等儒典的平实风格是不同的。"子不语怪、力、乱、神。"《庄子》却与之相反，谈神说仙，灵光四射：

> 藐姑射之山，有神人居焉，肌肤若冰雪，绰约若处子，不食五谷，吸风饮露，乘云气，御飞龙，而游乎四海之外。其神凝，使物不疵疠而年谷熟。（《逍遥游》）

这是一个何等妩媚而神秘的境界啊！少年嵇康被牢牢地吸引住了，放下书卷，他又望着黝黑的嵇山出神：山里面真有神仙高人吗？如果有的话，我一定要去拜访，要去追随……这是源于内心最深处的契合，这是灵魂最高尚的感动，恰如早春的细雨滴落在回春的大地，又恰如朦胧的月光透过树枝抚摸着睡梦中的雏鸟，那么清新舒畅，沁人心扉。

嵇康在《与山巨源绝交书》中生动地描写了老庄对其性格的形成和人生的影响：

> 又纵逸来久，情意傲散，简与礼相背，懒与慢相成，而为侪类见宽，不攻其过。又读《庄》《老》，重增其放，故使荣进之心日颓，任实之情转笃。此犹禽鹿，少见驯育，则服从教制；长而见羁，则狂顾顿缨，赴蹈汤火；虽饰以金镳，飨以嘉肴，愈思长林而志在丰草也。

他说，由于长时间放纵自己散漫安逸的天性，致使性情意志孤傲涣散。简慢的习气是与严肃的礼仪相违背的，而懒散则与怠慢相为表里。好在亲友们宽容宠纵，并没有计较我的过错。后来读了《庄子》《老子》，更加助长了我的狂放，于是追求荣华仕进的热情一天比一天衰颓，而率真放任的本性一天比一天诚笃。这就好比习惯了自由无拘的野鹿一样，如果从小就捕捉来加以驯服豢养，那么就会服从主人的管教约束。而如果长大以后才加以束缚，那野鹿便一定会疯狂地四面张望、乱蹦乱跳，企图挣脱羁绊它的绳索，哪怕是赴汤蹈火也毫不顾忌。即使给它套上金做的笼头，喂给它最精美的食物，它也还是越发思念向往茂密的丛林和丰美的绿草。嵇康想：现实中如果被人"饰以金镳，飨以嘉肴"，这和《庄子》中说到的楚国的供鱼有什么不同呢？

如果说，最初邂逅《老子》《庄子》爱不释手，只是朦胧中与自己率性而为的性格相契合，那么随着年岁的增长，随着对周围现实的观察，嵇康越来越被老庄深奥的处世哲学所吸引，所折服，也越来越自觉地用老庄之道来引导自己的人生选择。嵇喜在《嵇康传》中说嵇康"学不师授"，是说嵇康没有受到多少正规系统的教育，自学成才。而嵇康自己则宣称："老子、庄周，吾之师也。"（《与山巨源绝交书》）承认老子、庄子这两位先哲是自己大写的人生向导。当不少士人在儒家思想影响下一拥而上、奔走仕途时，嵇康则在老庄思想的浸染下渐行渐远，越来越向慕顺应本性和自由放达的本真生活，越来越愤世嫉俗。应该说，他以后所撰写的一些论文如《明胆论》《养生论》《声无哀乐论》等，都表现了他服膺老庄之学的一片赤诚。

张波《嵇康》（陕西师范大学出版社 2017 年版）对嵇康诗文中广泛引用老、庄作过梳理。先看嵇康引用《老子》的语句，诸如：《六言·知慧用有为》诗中"法令滋章寇生"句源自《老子》第十八章"智慧出，有大伪"与第五十七章的"法令滋彰，盗贼多有"。"镇之以静自正"句源自《老子》第五十七章"我好静而民自正"。《赠秀才诗》中"人生寿促，天长地久"句源自《老子》第七章"天长地久"。《释私论》中"及吾无身，吾又何患"句源自《老子》第十三章"吾所以有大患者，为吾有身，及吾无身，吾有何患"。"措善之情，其所以病也。唯病病，是以不病"句源自《老子》第七十一章"夫唯病病，是以不病"。《难宅无吉凶摄生论》中"百姓谓之自然，而不知所以然"句源自《老子》第十七章"功成事遂，百姓皆谓我自然"。《养生论》中"清虚静泰，少私寡欲"句源于《老子》第十九章"见素抱朴，少私寡欲"。《答难养生论》中"慎微如著，独行众妙之门"源自《老子》第一章"玄之又玄，众妙之门"。"明白四达，而无执无为"句源自《老子》第十章"明白四达，能无为乎"。《卜疑》中"方而不制，廉而不割。超世独步，怀玉被褐"源自《老子》第五十八章"圣人方而不割，廉而不刿"与第七十章"圣人被褐怀玉"。

引用庄子的语句，诸如：《赠秀才诗》组诗中"嘉彼钓叟，得鱼忘筌"句源自《庄子·外物》"筌者所以在鱼，得鱼而忘筌"。"流俗难悟，逐物不还"句源自《庄子·天下》"逐万物而不返"。"万物为一，四海同宅"句源自《庄子·齐物论》"天地与我并生，而万物与我为一"。"安能服御，劳形苦心"句源自《庄子·渔父》"苦心劳形以危其真"。《幽愤诗》中"古人有言，善莫近名"句源自《庄子·养生主》"为善无近名，为恶无近刑"。《重作四言诗》中"遇过而悔，当不自得"句源自《庄子·大宗师》"过而弗悔，当而不自得也"。《答二郭》中"至人存诸己"句源自《庄子·人间世》"古之至人，先存诸己而后存诸人"。《难宅无吉凶摄生论》中"非故隐之，彼非所明"句源自《庄子·齐物论》"彼非所明而明之"。"得无似蟪蛄之议冰耶"句源自《庄子·逍遥游》"蟪蛄不知春秋"与《秋水》"夏虫不可语于冰者"。"智之所知，未若所不知者众也"句源自《庄子·秋水》"计人之所知，不若其所不知"。《养生论》中"和理日济，同乎大顺"句源自《庄子·天地》"是谓玄德，同乎大顺"。《答难养生论》中"圣人不得已而临天下"句源自《庄子·在宥》"君子不得已而临莅天下"。"不以荣华肆志，不以隐约趋俗"句源自《庄子·缮性》"不为轩冕肆志，不为穷约趋俗"。"以其所重而要所轻"句源自《庄子·让王》"其所用者重，而所要者轻也"。"修身以明污，显智以惊愚"句源自《庄子·山木》"饰知以惊愚，修身以明污"。"俯仰之间，已再抚宇宙之外者"句源自《庄子·在宥》"其疾俯仰之间而再抚四海之外者"。"朝菌无以知晦朔"句源自《庄子·逍遥游》"朝菌不知晦朔"。"得志者，非轩冕也"句源自《庄子·缮性》"古之所谓得志者，非轩冕之谓也"。"去累除害，与彼更生"句源自《庄子·达生》"无累则正平，正平则与彼更生"。《声无哀乐论》中"岂复知吹万不同，而使其自己哉"句源自《庄子·齐物论》"夫吹万不同，而使其自己也"。"吾谓能反三隅者，得意而忘言"句源自《庄子·外物》"言者所以在意，得意而忘言"。《与山巨源绝交书》中"恐足下羞疱人之独割，引尸祝以自助"句源自《庄子·逍遥游》"庖人虽不治庖，尸祝不越樽俎而代之矣"。

此外，嵇康还在诗文中广泛吸取《庄子》中的寓言故事。诸如：嵇康诗歌中说"郢人逝矣，谁与尽言""郢人忽已逝，匠石寝不言""郢人审匠石，钟子识伯牙""郢人既没，谁为吾质"等，实为化用《庄子·徐无鬼》中郢人垩慢，匠石挥斧的故事。"斥鷃擅蒿林，仰笑神凤飞"则化用了《庄子·逍遥游》中斥鷃笑大鹏的寓言。"泽雉虽饥，不愿园林"化用了《庄子·养生主》中"泽雉十步一啄，百步一饮，不蕲畜乎樊中"的寓言。

由此可见，嵇康对老、庄典籍是十分熟稔的，而且理解很深刻，这对嵇康的思想、兴趣与名士风度的形成都起了重要的作用。

本真生活当然率性而为，然而嵇康并非甘心情愿做只会读书的书呆子。青少年时期的嵇康才华横溢，有很多自己的兴趣爱好，其中最让他醉心的大概便是音乐了。他说自己"少好音声，长而玩之"（嵇康《琴赋序》）。的确，潭鱼跃浪，隔叶鸣莺，大自然那些铿锵空灵的音符、优美飘忽的旋律，让澄澈的童心体会到一种若有所悟而又难以言传的美妙感觉。年幼的时候，嵇康只能陶醉于大自然的天籁和他人的音乐之中，等到稍稍长大，他就迫不及待地"玩之"了。

嵇康的"玩之"，指的是玩琴。嵇康是魏晋第一流的音乐家，嵇康一生的音乐成就分演奏和创作，都与琴密切相关。这里所说的琴是古琴。

古琴，亦称"瑶琴""玉琴""七弦琴"，为中国最古老的弹拨乐器之一。古琴是在孔子时期就已经盛行的乐器，至今已有四千余年历史了。唐代诗人刘长卿所谓"泠泠七弦上，静听松风寒。古调虽自爱，今人多不弹。"（《听弹琴》）历史上俞伯牙与钟子期高山流水觅知音、司马相如与卓文君弄曲《凤求凰》、诸葛亮抚琴空城退敌，都是指的这种古琴。抚琴被列为"四艺"之首，是古代文人雅士的必习之技。嵇康认为，在众多的乐器中，以琴的品性为最佳，琴音也最为清逸，这是因为良琴材质与制作都是特殊的。做琴的材料首选为梧桐佳木，这是木材中的佼佼者，生长在高峻的山崖之上，面向北斗星，蕴含天地之醇和灵气，吸纳日月之光辉。《晋书·嵇康传》说嵇康"弹琴咏诗，自足于怀"；他在《与山巨源绝交书》中自述："浊酒一杯，弹琴一曲，志愿毕矣！"直到临刑问斩，还索琴而弹，足见琴在嵇康生活中的重要性。

青少年时期的嵇康有时夜晚焚香，独坐抚琴，泠泠七根琴弦，手指轻轻拨动，空灵的音符便缓缓飘逸而出，荡漾而去，将自己的情思寄托于辽远的星云。有时他出外游玩，也背负琴囊，逸兴飞扬之际，在绿茵上席地而坐，目送飞鸿，手抚七弦，让清越的琴声随着松风壑韵，飘荡在青山绿水之间。嵇康抚琴当然是极美的图画，东晋大画家顾恺之就画过嵇康"目送飞鸿手挥五弦像，世共贵之，谓以风韵可想见也"。宋代宋祁还据此作过《嵇中散画像诗》,其中有句云:"凝眉逐层蔼,俯手散余清。霄迴心逾远,徽迁曲暗成。"再现了嵇康抚琴的千古风神。

书画练习应该也是在这一时期走进了嵇康的生活。据传嵇康书法"精光照人,气格凌云"(唐窦臮《述书赋》),唐代张彦远编撰的《法书要录》里,嵇康被评为"天下草书第二"。嵇康也擅长绘画,所画《巢由洗耳图》和《狮子击象图》著录于张彦远《历代名画记》。无疑,书画也是少年嵇康"学不师授"、自学勤学的内容之一。

三、美男子、伟丈夫

闲云潭影日悠悠,物换星移几度秋。嵇山几度风雪裹,几度花鸟喧,嵇康也成长为一个美男子、伟丈夫。

《世说新语·容止》记载说:"嵇康身长七尺八寸,风姿特秀。见者叹曰:萧萧肃肃,爽朗清举。"或云:"肃肃如松下风,高而徐引。"魏晋时七尺八寸,约相当于现在的一米八八,非常魁梧伟岸,而且容姿清秀爽朗,见过的人都感叹他风神潇洒,就像高山上缓缓吹过松林的肃肃清风。他的朋友山涛则说:"嵇叔夜之为人,其醉也,傀俄若玉山之将崩。"嵇康的醺醺醉态也是美的,高大白皙的身躯摇摇晃晃,就像玉山将要倾倒一样。

《世说新语·容止》还说,嵇康去世后,他的儿子嵇绍也出落得一表人才。有人对王戎说:"嵇绍卓卓如野鹤之在鸡群。"王戎说:"你还没有见过他父亲呢!"言下之意是嵇绍还比不上乃父,可见嵇康之美在当时为人所称道。又按《梁书·伏曼容传》:"曼容素美风采,明帝恒以方嵇叔夜,使吴人陆探微画叔夜像以赐之。"此事发生在一百多年后的刘宋,明帝以为伏曼容姿容可比嵇康,竟然命令名画家陆探微画了一幅嵇康像赐伏,可见嵇康之美亦颇为后世所肯定。

需要指出的是,存在的几条关于嵇康容貌的记载多是从风度、气质着眼的,从单纯的人体美的角度来看,嵇康则应该是不合时宜的。换言之,嵇康用自己特有的伟丽,对抗着荒唐的病态的社会。

关于这个问题，我在数年前出版的《六朝人物》中做过探讨，简言之，为什么说嵇康之美是不合时宜的呢？当时的时尚究竟如何呢？

爱美是人类的天性。《论语·八佾》就记录了子夏谈到人体及绘画之美，虽然没有注明描写的性别，但细玩"巧笑倩兮"之类，应该是指女性而言。以后，关于女性美的描写，在文学作品中层出不穷，而关于男性美的记述甚为少见。至魏晋六朝风气骤然加盛。就是妇女，也一扫从前的矜持含蓄，公然主动地欣赏男色。《世说新语·容止》就记载"潘岳妙有姿容，好神情，少时挟弹出洛阳道，妇人遇者，莫不连手共萦之"，"以果掷之满车"。相反，同样才情出众但其貌"绝丑"的诗人左思，想学潘岳的模样招摇过市，却被"群妪齐共乱唾之"，狼狈地抱头而归。《世说新语》中关于仪表的品目比比皆是。这些品目的共同特点是以美如自然景物的外观体现出人的高妙的内在智慧和品格，用语玄虚优美，既能表达脱俗的风度，也能体现外貌的漂亮。如有人叹王恭形茂者，云："濯濯如春月柳。"时人目夏侯太初"朗朗如日月之入怀"，李安国"颓唐如玉山之将崩"。

这样的评议，充分表达了当时士人所追求的内在的、本质的、脱俗的审美理想，适应了门阀世族们的贵族气派。但是，剥开这些山光水色、清辞丽句织成的光环，我们看到的风靡一时的成为那个时代的审美主流的仍是瘦削、苍白、摇摇欲坠的病态美。沈约身体很不好，据说他每天只能吃一箸饭，六月天还要戴棉帽、温火炉，不然就会病倒。（见唐冯贽《云仙杂记》卷四，又卷五）在《与徐勉书》中，他自己也承认：

外观傍览，尚似全人，而形骸力用，不相综摄，常须过自束持，方可僶俛。解衣一卧，支体不复相关。……百日数旬，革带常应移孔；以手握臂，率计月小半分。

然而世人偏赞美为"沈腰"，"一时以风流见称，而肌腰清癯，时语沈郎腰瘦"。（见《法喜志》）

不仅如此，苍白的面容也在社会上大受欢迎。据《晋书·王衍传》记载，大清谈家王衍常用白玉柄麈尾，他的手和玉柄一样白皙温润，有一种病态美。何晏是嵇康的学术前辈，《世说新语·容止》说何晏"美姿仪，面至白。魏明帝疑其傅粉。正夏月，与热汤饼。既啖，大汗出，以朱衣自拭，色转皎然"。还是这个何晏，"动静粉白不去手，行步顾影"。他还"好服妇人之服"。男性崇尚女性美这种风气一直延续到齐梁，且有变本加厉之势。《颜氏家训·勉学篇》云："梁朝全盛之时，贵游子弟无不熏衣剃面，傅粉施朱，……从容出入，望若神仙。"

无疑，这样的世风是病态的，然而病态的产生有一个过程，而且有它的生长土壤；也就是说，审美情趣与生活情趣是紧紧相连的。从黄巾起义前后起，整个社会日渐动荡，战祸不已，疾疫流行。正始以后，加上统治集团内部的倾轧争夺，更是危机四伏。只要我们结合《三国志》、《晋书》、南北史、《世说新语》的大量有关记载，就可以看到，处在那个刀光剑影、动乱频繁的黑暗的血腥年代，相当一部分士人朝不虑夕，不愿在礼法的约束下窒息，于是就拼命追逐衣食之乐，享受床笫之欢。阮籍、谢混之流"去巾帻，脱衣服，露丑恶，同禽兽"（《世说新语》注引王隐《晋书》）；"晋惠帝元康中，贵游子弟相与为散发裸身之饮，对弄婢妾"（《宋书·五行志》），均属此类。他们生活的环境，是轻歌曼舞、灯红酒绿的温柔乡，诚如何晏《言志诗》后半所云：

> 愿为浮萍草，托身寄清池。且以乐今日，其后非所知。

他们"肌脆骨柔""体羸气弱"，到了梁、陈时，有些士大夫甚至不能骑马，有位建康令王复，见到马嘶喷跳跃，竟然周身震栗，说了一句"千古奇谈"：

> 正是虎，何故名为马乎？（《世说新语》注引王隐《晋书》）

追逐养尊处优的欢乐、肉欲横流及男欢女爱，必然养成孱弱萎靡、轻佻放荡的生活情趣。在这样的生活土壤中，讲究一种病态的女性化的仪表美，也就必然酿成世风了。

嵇康愤世嫉俗，"一生力与命相持"，在容貌审美上也与世风大异其趣。《嵇康别传》中有一段专门写其容貌：

> 康长七尺八寸，伟容色，土木形骸，不加饰厉，而龙章凤姿，天质自然，正尔在群形之中，便自知非常之器。

嵇康虽然在学术上佩服何晏，但在容止方面却与"傅粉何郎"完全相反，他对待自己的形貌就像对待土木一样，自自然然，一点也不上心。即便如此，也掩盖不住他那如龙凤般出众脱俗的风姿神采，哪怕是淹没在人群之中，也能让人一眼辨认出来，显得那么卓尔不群，气宇轩昂。正如前引《世说新语·容止》所记载其醉态"傀俄若玉山之将崩"，身躯摇摇晃晃，不衫不履，煽情得很，这是出自天然、不加修饰的美。

这种美当然与虚饰浮华的世风格格不合，然而却为识者所激赏，其中亦不乏异性知音。据《竹林七贤传》记载，当年，山涛与嵇康、阮籍两人只见一面就情投意合，契若金兰。惹得山妻韩氏生疑，便问山涛此二人有何等魔力。山涛于是将嵇康和阮籍的情况向她介绍，说："眼下可以作为我的朋友的，只有这两人了。"

韩氏一听，也想见识见识，便说："春秋时僖负羁的妻子也曾亲自观察过狐偃、赵衰，我也想看看嵇康、阮籍，可以吗？"

山涛和妻子是伉俪情深的，就找了个机会，把嵇康和阮籍请到家中，准备了酒菜招待，三人作竟夕之谈。韩氏即在隔壁凿穿了一个洞偷窥，不想目之所注为之吸引，"达旦忘返"，窥视了一个晚上。第二日，等嵇康和阮籍走后，山涛便问妻子："你觉得这二人怎么样？"

韩氏说："你的才智情趣可比他们差远了，只能以见识气度与他们交朋友。"

山涛听了，非但没有生气，反而极表赞同，点头称是。

更妙的是，《太平御览》卷五百九十六还记载了袁宏妻李氏写的《吊嵇中散文》，追踪伟丈夫嵇康的高范，寄托了自己的一往情深：

……故彼嵇中散之为人，可谓命世之杰矣！观其德行奇伟，风韵劭邈，有似明月之映幽夜，清风之过松林也。……慨达人之获讥，悼高范之莫全，凌清风以三叹，抚兹子而怅焉！

如此异性知己的表白文字，堂而皇之地公之于众，只有在思想解放的魏晋才做得出来，从这点也可以看出美男子嵇康吸引力之巨了！

四、嵇喜从军

嵇山的山居生活是平静而自在的。在母亲与长兄的庇护下，嵇康每日里阅读自己喜好的书籍，在老庄营造的仙境里让灵魂逍遥游。有时携琴出游，与哥哥嵇喜在山野间弹琴起舞。有时友朋小聚，兴来泼墨缣素，怡情书画，笔起墨落，精彩立现，嵇喜和郭秀才兄弟等几个朋友则在一旁拍手叫好。这样的日子，物质生活虽然窘困，精神上却是充实而快乐的。如果可以，嵇康真想一直都这样过下去。而就在他快满二十岁的时候，平地一声雷，打破了嵇家平静的生活：嵇喜要从军了！

嵇喜虽然与嵇康亲密无间，但个性却迥然不同。嵇康沉酣庄老，淡泊恬静，而嵇喜则服膺儒学，向往用世。嵇喜还很年轻的时候，就因学识出众被当地官员推举为秀才，迈出了为官从政的第一步。按秀才是汉魏时荐举科目之一，地位比较高，人数也不多，与后来明清时州县学府中生员称为秀才不同。据《北堂书钞》引《晋令》，汉魏时的秀才可直接授官。嵇喜此次以秀才身份从军，是入镇北将军幕府。彼时吕昭为镇北将军，都督河北诸军务，领冀州刺史，对嵇喜非常赏识，吕昭的儿子吕巽、吕安兄弟亦与嵇氏兄弟是朋友。平时嵇喜就不甘待在闭塞的家乡优游卒岁，逢此良机，希冀大展宏图，于是决定离家从军。

有些人片面地解读阮籍对嵇康、嵇喜分别施以青、白眼，片面地解读吕安对嵇喜"凡鸟"的题门，肤浅地分析嵇康的临刑托孤，总是认为嵇喜是个庸俗的利禄之徒。其实从《晋书》等典籍所记载的嵇喜的言行来看，嵇喜是一个正直的儒者，他对弟弟嵇康也满怀深厚的情谊。对于嵇喜而言，学而优则仕，这不过是一个正常的抉择罢了。而对于嵇康来说，从小丧父，长兄在外挣钱养家，本来就只有仲兄与自己嬉戏游玩，如影随形，他是多么依恋哥哥嵇喜啊！如今这唯一的伙伴即将离他远去，未来的日子将是无边的孤独，感伤交织着不舍涌上心头，他一口气写了十八首四言诗来赠别嵇喜，抒情言志。

这组诗把庄子宁静淡泊的人生境界和美学情趣融入诗中，同时借鉴《诗经》重章叠句的手法，杂用比兴，回环复沓。诗是写给嵇喜的，当然描绘了假想的军营生活；而诗中的人物形象，更多地带有作者自身的理想化的痕迹，带有嵇康兄弟以往的诗化的嵇山生活。在嵇康的原作面前，再好的演绎也是笨拙的饶舌，因此以下我们转译其中的三首诗，以体会嵇康那如明月般净洁、如流水般澄澈的心灵。

　　鸳鸯于飞，肃肃其羽。朝游高原，夕宿兰渚。邕邕和鸣，顾眄俦侣。俯仰慷慨，优游容与。（《赠兄秀才入军·其一》）

　　一对美丽的鸳鸯相逐飞翔，轻快地拍击着翅膀，发出肃肃的声响。它们邕邕鸣唱，声音美妙地应和交织，那么和谐自然。偶尔回视身边的伴侣，一个眼神便知道彼此的心境，那么情投意合。鸳鸯就这样彼此相依相守，怡然自得，优哉游哉。我们兄弟朝夕相处，不就像这对双栖双飞、鸣声相和的鸳鸯吗？而现在却不得不面对分离的命运，多么使人黯然神伤啊！

　　良马既闲，丽服有晖。左揽繁弱，右接忘归。风驰电逝，蹑景追飞。凌厉中原，顾盼生姿。（《赠兄秀才入军·其九》）

　　此诗展开了想象的翅膀，嵇喜骑着训练有素的良马，穿着华美的戎装，奔驰在辽阔的旷野之中。他左手持弓（繁弱，古之良弓），右手搭箭（忘归，古之利箭），策马疾驰，如风似电，甚至可以追得上地上一闪而过的光影，赶得上天空倏忽而逝的飞鸟。举手投足，左右环顾，以凌厉的姿态驰骋中原，建功立业。嵇康用自己的神思妙想建构嵇喜军营生活美好的意象，用这些美好的意象祝福仲兄军旅舒畅如意。

　　息徒兰圃，秣马华山。流磻平皋，垂纶长川。目送归鸿，手挥五弦。俯仰自得，游心太玄。嘉彼钓叟，得鱼忘筌。郢人逝矣，谁与尽言？（《赠兄秀才入军·其十四》）

　　这一首诗的表层意思，是想象嵇喜在行军休息时领略山水之趣的情景，深层意思是写出自己所向往的游乐于天地自然之道而忘怀人世的境界。部队在散发幽香的兰圃旁边歇息，在长满花草的山坡上喂养战马。在沼泽边上，有的士卒兴致勃勃地将拴在丝绳上的石箭镞奋力投向鸟儿，在天空中划过一条迅疾流利的弧线。有的士卒则凝神屏息，静静注视着垂在河水中的钓鱼丝线。在这样难得的行军间隙，嵇喜是那样的气度不俗，也许他像平时那样，静静地目送着归鸿向西山缓缓飞去。他摆开心爱的五弦琴，手指在琴面上轻轻挥弹，清扬的琴音从纤细的琴弦上涓涓流淌出来。他还像以往和兄弟在一起一样，一俯一仰之间，那么悠然自得，在太玄的境界畅游，心神是那么的逍遥洒脱。《庄子·外物》中不是说过吗，鱼篓是用来捕鱼的，得了鱼也就不记得鱼篓了。兔网是用来捕兔的，捉到兔子以后，兔网就无关紧要了。《庄子·徐无鬼》记载，有个叫匠石的人，能挥斧如风，把别人鼻尖上一点点白粉削得干干净净，但是只有郢地的一个人敢于让他削，郢人死了，匠石之技便再无演试的机会了。嵇喜离去了，我失去了知己，还能与谁一起尽情畅言呢？……

只可惜，"道不同，不相与谋"，嵇喜去意已决，看到嵇康的赠别诗后，嵇喜作了四首答诗，申述了自己积极入世的人生志向，也安慰了痴情的兄弟：

达人与物化，无俗不可安。都邑可优游，何必栖山原？（《秀才答四首》之三）

诗中直白地说，通达事理的人顺应大自然的规律，任何世俗变化都可以不变而安然处之。都市中也可以悠游自在地生活，又何必一定要栖身于山野呢？都邑和山原，入仕与隐居，嵇喜坚定地做出了人生抉择。

"郢人逝矣，谁与尽言？"嵇康向命运发问，充满了无奈和感伤。殊不知冥冥中，命运虽然让他如同知己的兄弟离开，却又将会让他得到一些如同兄弟的知己……

第六章　交游种种

一个人，只要不幼年夭折，其一生总会有交游，不过是数量之多少，品类之良莠不同而已。然而，视交游如性命，最后能以交游名垂青史者，我认为只有以嵇康为首的竹林七贤。如建安七子、唐宋八大家之类，实在是后人所并列同标；如唐之初唐四杰、明之四大才子之类，所垂名的主要内容却又是诗歌或绘画，并不是像竹林七贤这样以交游、以意气相投而啸傲青史。

正始九年（248）前后，洛京政局空前紧张而诡异，"山雨欲来风满楼"，阮籍、山涛等一些有识见的名士纷纷退隐山林，远离政治。敏感的嵇康于是辞去了中散大夫一职，挈妇将雏，一路北上，回到阔别数年的山阳旧居。他在诗歌中说

"详观凌世务，屯险多忧虞""鸾凤避蔚罗，远托昆仑墟"。以后，他如同候鸟，不时地往来洛京、山阳，两地栖息。

果然，第二年亦即嘉平元年（249），司马懿发动高平陵政变，诛杀曹爽、何晏、邓飏、丁谧等人，并夷其三族，朝政大权完全由司马氏集团掌握。司马氏集团高祭名教，以杀戮来维持统治，一时有"名士减半"之叹。

嵇康的交游就折射出政局的白衣苍狗。

一、竹林七贤

竹林七贤的名称及早期的竹林之游，我们已在第四章《迁居山阳》中有过介绍，"竹林七贤"一词极具风流浪漫色彩，几乎成了清谈、隐居、避世、饮酒、放达等的代名词。竹林名士高举"越名教而任自然"的大旗，在理论上和行为上两方面弄潮时代，砥柱中流。其中嵇康以其反对司马氏集团的鲜明立场，反对儒家学说的坚决态度，长于辩难的才干，成了竹林七贤的当然领袖。而阮籍以其才学、声望成为竹林七贤的又一面旗帜。阮咸、王戎因阮籍而入竹林之游，向秀、山涛因嵇康而入竹林之游，刘伶则与嵇、阮二人相遇，欣然神会，携手入林。因此，阮、山、向、刘、咸、王六人是嵇康的重要交游。

1. 七贤众生相

有人打过一个比喻：竹林七贤就像在悬崖隙缝里生长的瘦弱青松，躯干虬曲，高高依偎，在寒风严霜里显得低了头、弯了腰，然而坚强地生存下来，岁寒心不改，依然是株株青松。

阮籍，字嗣宗，陈留尉氏（今河南尉氏）人。其父阮瑀是"建安七子"之一，曹操的很多文告书檄都出自其手，所以曹丕称他"书记翩翩"。可惜阮瑀去世时，阮籍才三岁。他幼习六经，有济世志。因政治黑暗，于是寄情山水，纵酒昏酣，不与世事。他著有《大人先生传》《达庄论》，对名教礼法进行了辛辣的讽刺和猛烈的批判。阮籍大嵇康十三岁。《世说新语·简傲》注引《晋百官名》云："嵇喜字公穆，历扬州刺史，康兄也。阮籍遭丧，往吊之。籍能为青白眼，见凡俗之士，以白眼对之。及喜往，籍不哭，见其白眼，喜不怿而退。康闻之，乃赍酒挟琴而造之，遂相与善。"据此，可知嵇康是主动去认识阮籍的。阮籍晚年郁郁寡欢，在好友嵇康遇害的第二年，也厌厌抱病而殁。

山涛，字巨源，河内怀（今河南武陟西南）人。他性好老庄，与嵇康、阮籍结识较早，相交甚深。由于他兼具名士声望和从政能力，仕途顺达，位至三公。他和司马懿的妻子有中表之亲，虽很受司马氏的信任，但又不失为一正派人物。后来做到吏部尚书，对所举荐的人物"各为题目"（分别作出品评），再为上奏。他的评语精彩中肯，时称"山公启事"。这一点主要得力于他有远见卓识。《世说新语·方正》注引《魏志·王粲传》注说，毌丘俭谋反，嵇康原打算响应，就征询山涛，山涛坚决表示："不可。"后来毌丘俭兵败，嵇康幸免于难。山涛的生活以节俭著称。后来谢安曾以此为题问大家：以前晋武帝每次赏赐东西给山涛，量总是很少。这是为什么呢？谢玄回答得很妙："这应是由于受赐的人要求不多，才使赏赐的人不觉得给少了。"山涛能够全身以终，就是得益于小心谨慎。山涛除吏部郎，举嵇康代己，嵇康写信与他绝交。据《白氏六帖事类集》卷六，嵇康后来罹难临刑时，却对儿子嵇绍说："山公在，汝不孤矣。"郑重向老朋友托孤，可见嵇康对于山涛的人品是肯定的。

刘伶，字伯伦，沛国（今安徽沛县）人。他虽容貌丑陋，但深通老、庄之道。一生以酒为命，不以生死为念。阮籍借酒发泄内心的愤懑，刘伶则更多地考虑如何以酒来逃避黑暗的现实。所以，阮籍醉酒是佯狂，刘伶却是真醉。在醉乡，他可以放纵任怀，可以忘却人世间的一切利害和烦恼。他唯一的传世之作是《酒德颂》，是他超然万物、独立乱世个性的自我表白。他所塑造的那位"惟酒是务""幕天席地，纵意所如"的大人先生，正是竹林诸友行为玄学的代表。南朝诗人颜延之《刘参军》云：

刘伶善闭关，怀情灭闻见。鼓钟不足欢，荣色岂能眩。韬精日沉饮，谁知非荒宴？颂酒虽短章，深衷自此见。

揭示了这种如癫似狂的醉酒行为的玄学本质。

阮咸，字仲容，阮籍的侄儿。他当然是通过阮籍认识嵇康并入林的。他精通音律，妙解丝竹，不拘礼法，曾与姑母家一鲜卑族婢女私下相好，生下一胡儿。

虽官至散骑侍郎，却全然不理政事，尸位素餐而已。他是以饮酒和音乐两大支柱来支撑人生的。他饮酒大酣时，甚至"人猪共饮"。嵇康擅抚琴，阮咸则善弹琵琶，都是魏晋第一流的演奏家。他弹的是一种长颈琵琶，后来人们就叫这种长颈琵琶为"阮咸"。

向秀，字子期，河内怀人。他与吕安是嵇康最早的朋友，三人性格却不相同。《向秀别传》说："嵇康傲世不羁，安放逸迈俗，而秀雅好读书。"嵇康会打铁，向秀常手拉风箱，做嵇的助手。有时他也帮助吕安灌园种菜。向秀在竹林名士中独树一帜，他甘于淡泊，中和平静，以一种随遇而安的恬静和自娱自乐的达观心态面对黑暗龌龊的现实。嵇康死后，向秀到洛阳做了个闲官。司马昭看到他冷言问道："听说足下有高隐之志，怎么会屈身此地呢？"向秀只得说："以为巢父、许由等对尧不够了解，不值得去效仿。"这是把司马昭捧作尧，司马昭听了自然满意。向秀这种向权奸屈节的话，嵇康是绝对不肯说的。向秀的保身大概得益于他对庄子思想的深刻领悟。《晋书·向秀传》说："庄周著内外数十篇，历世才士虽有观者，莫适论其旨统也。秀乃为之隐解，发明奇趣，振起玄风。读之者超然心悟，莫不自足一时也。"由于向秀精研《庄子》，著有《庄子注》，嵇康、吕安读后惊叹道："庄周不死矣！"向秀开创了一代研读《庄子》的风气，其"生化之本"及"无心任自然"等重要的玄学观点，对后世影响很大，使《老子》、《周易》和《庄子》并列"三玄"，对玄学的发展有承先启后的重大贡献。

王戎，字濬冲，琅琊临沂（今山东临沂）人，出身世族。他虽然身材矮小，但神采清秀，英气逼人，颇具名士魅力。据说他六七岁时，在宣武场上观戏，猛兽忽然在槛中惊起，吼声震天。众人皆惊惧奔跑，唯王戎独立不动，神色自若。还有一次，他与同伴在路边玩耍时，见一李树结满了果实。同伴都奔去抢摘，只有他不为所动，说："树在路边，结了果实却没有被人摘光，那一定是苦李。"后来一尝，果然如此。阮籍认识王戎的父亲王浑，从而结识了比他小二十岁的王戎。王戎十五岁时，阮籍发觉他谈吐不凡，见识远在其父王浑之上，就与其结为忘年交。《世说新语·简傲》注引《竹林七贤论》说，阮籍与王浑同为尚书郎时，阮籍每次拜访王浑，刚坐下便说："与你说话，不如与你儿子阿戎清谈。"于是进去找王戎，每次都谈到傍晚日落才回。大概是因为阮籍的介绍，王戎得以跻身于竹林名士之列。他是清谈名胜，擅长挥麈论辩，往往机锋潜伏，颇多隽语，深得玄学言约旨远之要义。但他在生活中却孜孜为利，将钱财看得很重。他到处购置田园、水碓，还常执牙筹，亲自算账。王戎仕途数经坎坷，后虽位至三公，仍追念竹林之游。

2. 生命的长度和密度

竹林名士相聚的地点在山阳，时间在魏末正始、嘉平之间，相聚后主要的事情便是肆意畅饮。当时司马昭权势益盛，阴谋篡窃，剪除异己。《晋书·阮籍传》说："魏晋之际，天下多故，名士少有全者。"嘉平之后，竹林名士各奔前程，结局非常不一样。嵇康龙性难驯，反抗司马氏而被杀；阮籍韬精酣饮，委蛇自晦；向秀逊辞屈迹，以求避祸；山涛、王戎依附司马，坐致通显；刘伶、阮咸与政治关系较疏，而心绪接近阮籍；尽管他们的政治态度及以后应付环境的方法不同，但在山阳聚饮时，都我行我素，坚持自己的行为方式，且都以谈玄酣饮相友好，这当然是一段美好的人生岁月。

山涛酒量很大，"饮酒至八斗方醉"（《晋书·山涛传》）。阮籍听说步兵营有人善酿酒，就求为校尉，"纵酒昏酣，遗落世事"（《魏书·王粲传》注引《魏氏春秋》）。阮籍邻家有美妇人"当垆酤酒"，他与王戎便常到妇家饮酒，阮籍喝醉之后，就在美妇人身边睡觉，以致引起她丈夫的怀疑，有人责备他不合礼教，他反而说："礼岂为我辈所设也！"刘伶喝酒更加狂放，喝至高兴处，衣服裤子全脱光。有人忍不住好笑。刘伶说："你们笑什么？我是把天地当作房屋，把居室当作衣裤，你们怎么都钻到我的裤中来了？"（《世说新语·任诞》）刘伶喝酒太多以致病了，其妻哭着劝他不要再饮酒，刘伶要妻子准备酒肉，他要敬祝鬼神，自誓断酒。然后他跪着说："天生刘伶，以酒为名。一饮一斛，五斗解醒。妇人之言，慎不可听。"说完又饮酒吃肉酪酊大醉。阮咸与酒友们以大瓮盛酒，围坐畅饮，有时群猪上来争饮，人猪共食，阮咸也不在乎。（《世说新语·任诞》）向秀与吕安在山阳以灌园所得，供酒食之资。嵇康是竹林派中唯一服药而又饮酒较少者，但他醉时，也"傀俄若玉山之将崩"（《世说新语·容止》），高大白皙的身躯摇摇晃晃，煽情得很！

在这以前，人们虽然也饮酒，但由于文学尚未独立，酒也没有被当作手段似的大量酣饮，所以酒与文人并没有特别的因缘。汉末，随着文学逐渐独立，名士纵酒者日多。如孔融经常感叹："坐上客常满，尊中酒不空，吾无忧矣！"甚至写有《难曹公表制酒禁书》为饮酒辩护，措辞激昂，终致弃市。八俊之一的刘表，专为饮酒做了三种酒爵，大号七升，中号六升，小号五升；客如醉酒卧地，就用带针的棒子去刺，看其是否真醉（见《全三国文》卷八魏文帝《典论·酒诲》），如果是伪醉，则拉起来罚饮。但在一定程度上，酒还没有成为他们生活的全部，还没有成为他们的最主要的特征。只有在竹林七贤的酣饮论道之后，酒才成为文学"永恒的主题"，酒也才成为封建文人的标志。

因为竹林名士的文辞谈笑、举手投足都带有浓郁的酒香，我们尽可以对他们追谥为"饮酒派"；然而，"痛饮狂歌空度日，飞扬跋扈为谁雄"，竹林名士纵酒的目的何在呢？

如果说，正始名士服药的目的是追求生命的长度，是为了长寿；那么，竹林名士饮酒的目的则是追求生命的密度，是为了享乐。在人类社会发展史上，饮酒与宴乐从来都是联系在一起的，商纣造酒池肉林，就是一个说明，曹植《与吴质书》更直率地宣称饮宴弦乐为"大丈夫之乐"：

愿举太山以为肉，倾东海以为酒，伐云梦之竹以为笛，斩泗滨之梓以为筝。食若填巨壑，饮若灌漏卮；其乐固难量，岂非大丈夫之乐哉！

但是，考察竹林名士的酣饮，透过一派杯觥交错、长啸高谈，我们见到的只是一种巨大的悲哀。魏晋时儒学独尊的地位已经崩溃，儒教礼制逐渐解体，这种思想的解放的局面带来了人的觉醒。人们意识到自身的存在价值，就愈益热恋宝贵的生命，而愈益感受死亡的悲哀。死到底是什么？至今仍是一个千古之谜。因为任何其他的人生难题，都可以通过科学的不断进步获得解决，而我们却无法让死者复生，回答人类关于死的疑问。六朝知识分子对此亦陷入深深的思虑之中。魏晋六朝名士们是深情与智慧兼具的。他们的深情偏重于悲哀，嵇康《琴赋》

说："称其材干，则以危苦为上；赋其声音，则以悲哀为主；美其感化，则以垂涕为贵。"而这种悲哀总是与人生、生死的思考相交织，从而达到哲理的高层。这种对生死问题的思虑，在正始名士则体现为服散修炼，祈求生命的长度上。然而道教的服食求仙，并不能使所有的名士都接受。曹操说："痛哉世人，见欺神仙。"（《善哉行》）曹植说："苦辛何虑思，天命信可疑。虚无求列仙，松子久吾欺。"（《赠白马王彪》）又作《辩道论》，大骂方士。向秀就对嵇康说过，人说导养得理，可以活到几百岁到几千岁；这种说法如果可信的话，应该就有这样的人，但"此人何在？目未之见。"（向秀《难嵇叔夜养生论》）对服食求仙的怀疑，促使人们转换思考的角度。《列子》是晋人所伪托，《杨朱篇》中有段话，可视为时人对生死问题的反思：

杨朱曰：百年，寿之大齐，得百年者，千无一焉。设有一者，孩抱以逮昏老，几居其半矣；夜眠之所弭，昼觉之所遗，又几居其半矣；痛疾哀苦，亡失忧惧，又几居其半矣；量十数年之中，逌然而自得亡介焉之虑者，亦亡一时之中尔。则人之生也奚为哉？奚乐哉？为美厚尔，为声色尔。

显然，这种反思是成熟而痛苦的。这时，佛教已在中土传播，佛理也逐渐与玄学相融合。竺佛图澄的高足释道安《二教论》云："寿夭由因，修短在业。佛法以有生为空幻，故忘身以济物；道法以吾我为真实，故服饵以养生。"佛教承认人的肉体是迟早会死亡的，但学佛可使灵魂超度，从而给自己提出了一个"必聚必合"的希望和信仰，减轻了对死亡的恐惧感。这一套神不灭的报应说，给予当时的世人对于生命的无常以一种心理上的解脱，迎合了他们的需要。前已叙说，"富贵菩萨"维摩诘那智慧的神情、绝妙的辩才、飘逸的风姿、鲜美的服饰、珍贵的酒食使魏晋以来无数士人为之倾倒。我认为，这种倾倒就自竹林名士始。

在"服食求神仙，多为药所误"的教训面前，在佛学思想的影响下，竹林名士采取了"不如饮美酒，被服纨与素"的态度。他们诅咒服食求仙；"春酿煎松叶，秋杯浸菊花。相逢宁可醉，定不学丹砂！"（范云《赠学仙者诗》）他们放弃了对生命长度的追求，转而追求生命的密度。需要指出的是，这种追求的悲观情绪大大超过了服药派。张翰放荡不羁，有人问他，你难道不为身后的名声着想？张答道："使我有身后名，不如即时一杯酒。"（《世说新语·任诞》）刘伶常常乘着鹿车，携着一壶酒，使人荷锸跟随，说："死便掘地以埋，土木形骸，遨游一世。"（《世说新语·文学》注引）毕卓说："一手持蟹螯，一手持酒杯，拍浮酒池中，便足了一生！"（《世说新语·任诞》）既然无论贤愚善恶、无论贵贱美丑都难免一死，那么还有什么必要计较事业声名呢？还有什么理由来控制、压抑血肉之躯的欲望呢？因此，竹林名士饮酒是为了享乐，其享乐观又由惨痛的教训和悲哀的理论积淀而成。

3. 远祸全身

饮酒的目的之二是远祸全身。这也是竹林之游的政治背景。曹魏王朝末期，统治阶级内部由尖锐的争夺权力的斗争，演绎成恐怖性的大屠杀。魏明帝曹叡死时年仅三十五岁，承继帝位的曹芳年仅八岁；于是，曹叡不得不将政权委托给曹爽和司马懿共同掌管。曹爽是曹魏的宗室，而司马懿是干练于军事的重臣，二人间即展开明争暗斗。嘉平元年（249），司马懿终于以阴谋狡诈战胜曹爽，把曹爽兄弟和其统治集团的诸名士何晏、丁谧、李胜、毕轨、桓范等诛灭三族。造就名士辉煌的第一个峥嵘绚烂的清谈高峰转眼间成为历史陈迹。后来司马懿的儿子司马师继续掌权。在曹爽事件中幸免于难的夏侯玄从此"不交人事，不畜笔研"，尽量避免触犯司马氏；但司马师心狠手辣，于正元元年（254）又诛灭了在政治上和他对立的名士夏侯玄、李丰、许允等。这一系列的事件造成了名士的厄运，时有"名士减半"之叹。司马氏一方面大肆屠杀在政治上异己的名士，另一方面高祭名教来作为其政治号召。对此，竹林名士极力发挥道家崇尚自然的学说，以抗击司马氏集团所提倡的虚伪的名教；同时，在政治上各以不同的方式拒绝与司马氏合作（当然，这种抵抗并不是企图从根本上动摇封建制度）。所谓"各以不同的方式"，主要根源于七贤的性格差异。如嵇康最富于儒者之刚，所谓"龙性谁能驯"。他本来就与曹魏有姻亲关系，在感情上偏向魏室，对司马氏集团疾恶如仇，断然不与之合作。他在许多论文中，以精练名理的精神，阐发自然的意义，从理论上给予虚伪致命摧击。他在《难自然好学论》中十分大胆地说，古代天子宣明政教的地方是停放灵柩的房屋，背诵诗文的话语像鬼叫的声音，"六经"圣典是一些荒秽之物，仁义道德臭不可闻。读经念书会使人变成歪斜眼，学习揖让之礼会使人变成驼背，穿上礼服会使人腿肚子抽筋，议论礼仪典章会使人长蛀牙，所以应该把这一切统统扔掉。在《与山巨源绝交书》中更是公开地宣告和司马氏政权决裂。时任选曹郎的好友山涛调任散骑常侍，想把自己腾出来的官缺给嵇康，试图以此缓和嵇康与司马氏集团的关系。但与邪恶势力水火不相容的嵇康感觉受到了莫大的侮辱，他把禄位看作腐臭的死鼠，借以表示对当时政权的对立的态度。他以放任自然的情调，数举"七不堪"，对照地描绘出官场生活之龌龊而不可忍耐，这实际上是对司马氏政权的嘲讽奚落。他所谓"二不可"，则是公开承认自己"非汤武而薄周孔"，对司马氏政权进行无情的正面攻击。本来，嵇康并不在乎为这样一桩小事便大张旗鼓地宣称与好友决绝，他是要借此表明自己的志趣和政治见解，刚烈地宣示与司马氏政权对立的立场。而且用对好友的恶骂来为好友"撇清"，使之不至于受自己连累。（后来嵇康临刑托孤山涛，可见对山涛的人品还是肯定的。）比较而言，阮籍则处事委婉、含蓄得多。

说到阮籍与嵇康性格的差异，最能体现这种差异的是如何应付钟会。钟会是什么人呢？钟会是一个惯于惹是生非的人。他是魏太尉钟繇之子，从司马懿父子征讨毌丘俭、诸葛诞等有功，视为腹心，少年得志，趾高气扬。罗贯中《三国演义》描写他与邓艾"二士争功"，应该还是有一些性格根据的。他想找阮籍的碴儿，多次就当时的政治形势等问题询问阮籍的意见，阮籍总是烂醉如泥，不能回答他的问题，使得他无从下手，最后只得作罢，两不相犯。就像《杂阿含经》中那只乌龟，将头尾四肢缩藏于壳内，野狗只好又饿又乏地嗔恚而去。

嵇康则不同。有一天，钟会又带着几个人来到嵇康住的地方，嵇康正在一棵大柳树下打铁。嵇康既不停下手中的活计，又不与钟会打招呼，完全不理睬钟会。过了一会儿，钟会怏怏离去。嵇康才开口问道："何所闻而来，何所见而去？"钟会回答说："闻所闻而来，见所见而去。"于是，他对嵇康怀恨在心，多次在司马昭面前说嵇康的坏话。不久，碰上嵇康好友吕安的哥哥吕巽奸淫吕安的妻子，吕巽恶人先告状，反诬吕安不孝。书生气十足的嵇康却为吕安辩诬。吕巽与钟会相互勾结，沆瀣一气，极力撺掇司马昭把吕安与嵇康双双杀害。

当时的形势确实如《晋书》所言"天下多故，名士少有全者"，所以竹林名士常常深切地怀抱着忧生念乱之情，并时刻警惕着如何周密地隐蔽自己。阮籍《咏怀》其十一就反映了作者意识到自己生活在一个危机四伏的环境里的极端苦闷和压抑的情绪：

一日复一夕，一夕复一朝，颜色改平常，精神自损消。胸中怀汤火，变化故相招。万事无穷极，知谋苦不饶。但恐须臾间，魂气随风飘。终身履薄冰，谁知我心焦。

末两句说，我一生如同在薄冰上行走，时时有丧命的危险，谁知道我心中的焦虑呢？远祸全身的企望，溢于言表。

竹林名士认为，要远祸全身，办法有两个。一是慎言。王戎说，与嵇康一起居住山阳二十年，从没有见过嵇康对事对人有喜怒之色。嵇康可说够谨慎了。而嵇康却说："阮嗣宗口不论人过，吾每师之而未能及。"（嵇康《与山巨源绝交书》）则阮籍的小心可想而知。当时有人甚至写了一篇《不用舌论》，说一则道理玄妙，不可言传；二则"祸言相寻"，只缘开口，所以只好卷舌不用了（《全晋文》卷一百零七张韩《不用舌论》）。二是纵酒。用酒作慢形之具，借酒装糊涂，来躲避政治上的迫害和人事上的纠纷。对于竹林名士饮酒的心理，梁沈约《七贤论》有极精审的分析。他逐一考察了嵇康、阮籍、刘伶等在司马氏暴政下进退两难的状况，指出："故毁形废礼，以秽其德；崎岖人世，仅然后全。……慢形之具，非酒莫可。故引满终日，陶瓦尽年。"

借酒远祸最成功的莫过于阮籍。

阮籍青年时应该是个踌躇满志的英俊人物，本传说"籍本有济世志"，"容貌瑰杰"，"志气宏放，傲然独得"，但言之不详。

阮籍曾登上广武山。这里属河南河阴，东连荥泽，西接汜水，有两个小山头，东面的叫东广武，西面的叫西广武，两山相距约两百米，其间隔一涧。汉四年（前203），刘邦与项羽各据一山，两军对峙。当时项羽做了一个高腿的俎（放祭品的器物），把刘邦的父亲刘太公绑在俎上，放置高处，让汉军可以望见。

项羽告诉刘邦说："你现在如果不快快投降，我就烹杀太公！"打不赢人家，就要杀人家父亲，凶神恶煞，真是一派"霸王"腔！而刘邦又痞又赖，不吃他那套，当下笑嘻嘻地回答："我与你都是楚怀王的臣子，当年怀王说：'你们约为兄弟。'所以我的父亲就是你的父亲。你如果一定要烹杀你的父亲，则请你分给我一杯羹！"有匹夫之勇，同时又兼有妇人之仁的项羽又气又恼，无计可施，只得作罢。

阮籍登临楚汉相争时的古战场，凭吊刘项对语处，喟然长叹："时无英雄，使竖子成名！"

这是一句千古名言。这里先解释一下，所谓竖子，就是小子，对人轻蔑的称呼。当年范增帮助项羽设下鸿门宴，请刘邦赴会，要杀刘邦。项羽却迟迟不忍下手，让刘邦走脱，气得范增恨恨地骂道："竖子不足与谋（这小子真不配和他谋事）！"细加推究，对阮籍的话可以有三种解释。

第一，项羽虽然"力拔山兮气盖世"，但匹夫之勇，妇人之仁，算不得英雄；而刘邦这个竖子，却靠无赖成就声名。

第二，刘邦、项羽之流都是竖子，当时根本没有真正的英雄，因此让刘、项浪得虚名。

第三，刘、项都是英雄，可惜俱往矣，现在自己周围却都是些竖子。

不管哪种解释在文义上都通，都能见出阮籍以孤高自许，宏图壮志，眼空无物！我认为，揆之以当时的语境，慷慨生悲，阮籍表达的应该是第三种解释。

晋王朝是靠不光彩的手段夺取天下的，司马氏集团是极其残暴黑暗的政权。当年司马懿处置曹爽一党，手段极其残忍。《晋书》卷一《宣帝纪》云："诛曹爽之际，支党皆夷及三族，男女无少长、姑姊妹女子之适人者，皆杀之。""高平陵事件"实则是一场大屠杀。魏元帝咸熙二年（265）八月，司马昭病死，其子司马炎嗣为相国、晋王。但只过了四个月，这位年仅二十岁（虚岁）的晋王，还等不及过年，就逼与自己同龄的魏元帝曹奂"禅"位，然后他又废曹做陈留王，自己登基称帝，立国为晋。又追尊司马懿为宣皇帝，司马师为景皇帝，司马昭为文皇帝，从此，魏国告亡，晋朝开始了。这是司马祖孙三代四人欺人孤儿寡母的结果，胜之不武，丝毫不值得夸耀。在阮籍的年代，司马氏集团高祭名教，以杀戮来维持统治，因此，阮籍发出"时无英雄，使竖子成名"的叹喟是一点也不奇怪的。

作为目空一世的英雄人物，阮籍可以说是有胆有识的。《晋书·阮籍传》说："籍又能为青白眼。"所谓青眼，就是眼睛正视，眼珠在中间，表示对人尊重或喜爱。所谓白眼，就是眼睛向上或向旁边看，现出眼白，表示轻视或憎恶。鲁迅在《魏晋风度及文章与药及酒之关系》中说："白眼大概是看不到眸子，恐怕练习很久才能够。青眼我会装，白眼我却装不好。"阮籍平生最憎恶礼俗之士，对那些标榜名教的司马氏集团的走狗是不屑正眼视之的。他嘲名士，愚礼法，白眼向人斜，尤其鄙视那些假仁假义之徒，将他们比喻成"处裈中，逃乎深缝，匿乎坏絮"，"行不敢离缝际，动不敢出裈裆"的虱子。发出了"炎丘火流，焦邑灭都，群虱死于裈中而不能出"的诅咒（见《大人先生传》）。有一次嵇喜来访，阮籍看不起这种俗人，当然白眼应对，嵇喜自觉没趣，于是告退。他的弟弟嵇康闻知后，就带上古琴与酒造访。阮籍与嵇康一见如故，觉得挺投缘的，"乃见青眼"。试想一个人如果对周围龌龊的人事一概以白眼蔑之，以真我面对现实，这该需要多大的勇气啊！顺便说一下，由于阮籍的"青白眼"，从此中国词典里有了"垂青""青盼"等词，也就产生了"途穷反遭俗眼白，世上未有如公贫"（杜甫《丹青引·赠曹将军霸》）、"马氏识君眉最白，阮公留我眼长青"（许浑《下第贻友人》）等参透世情、脍炙人口的诗句。

阮籍的有胆识从下面的一桩事情也可看出。他年轻时曾担任尚书郎一类小吏，后因病退养。等到大将军曹爽辅政，召阮籍为参军，阮借口生病而婉辞，隐居到乡下。这时，曹魏与司马氏的斗争日趋激烈，曹爽哪里是阴谋家司马懿的对手？一年后，司马懿和他儿子司马师趁魏帝和大将军曹爽到洛阳城南高平陵祭祀魏明帝陵墓之机，突然关闭城门，发动政变，迫使曹爽交出兵权，然后杀掉曹爽及其党羽。从此，魏国政权落到司马氏手中。阮籍当然是厌憎司马氏的，但如果这之前他给曹爽当参军的话，这场屠杀是在劫难逃的。因此，大家都佩服他的远见卓识。他就像一个围棋高手，在黑白棋势难分高下时，算计出对方的几步、十几步，甚至几十步应对，从而给自己投下赌注。后来，为应付险恶的政治环境，他变得"发言玄妙，口不臧否人物"，与世事保持一种若即若离的状态。他原本喜欢饮酒，这时更将酒作为逃避政治斗争、远祸全身的手段。司马昭的亲信钟会多次找阮籍谈论时事，企图借机陷害，也都被阮籍用长醉的办法应付过去。即使万一说错了话，也可以借醉求得谅解。司马昭为儿子司马炎求婚于阮籍，阮籍不愿，又不能明拒，于是就接连沉醉六十日不醒，使求婚者没有机会提出，只好作罢。司马昭要进爵晋王，加九锡之礼，他的亲信让阮籍写劝进文章。阮籍也借醉拖延，等到使者为取表章把他叫醒，他才写了一篇文辞清丽的空话敷衍了事。当然，像这样的空话，嵇康是宁死而不为的。诚如胡仔《苕溪渔隐丛话》引《石林诗话》云：

> 晋人多言饮酒，有至沉醉者。此未必意真在酒。盖时方艰难，人各惧祸，惟托于醉，可以粗远世故。盖陈平、曹参以来用此策。《汉书》记陈平于刘吕未判之际，日饮醇酒戏妇人，是岂真好饮邪？曹参虽与此异，然方欲解秦之烦苛，付之清净，以酒杜人，是亦一术。不然，如蒯通辈无事而献说者，且将日走其门矣。流传至嵇、阮、刘伶之徒，遂全欲用此为保身之计。此意惟颜延年知之，故《五君咏》云："刘伶善闭关，怀情灭闻见。韬精日沉饮，谁知非荒宴。"如是饮者未必剧饮，醉者未必真醉也。

以酒避祸确实是有些效果的，运用成功者除上面述及的阮籍外，见诸史籍的六朝名士还有阮裕、顾荣、谢朏等。不过，纵酒的竹林名士的内心是极其痛苦的。阮籍常常随意驾车出游，前面没有路了，就痛哭而返（《晋书·阮籍传》）。刘伶触怒了别人，那个人揎衣将袖想斗殴，刘伶却和颜悦色地说："鸡肋岂足以当尊拳。"（《世说新语·文学》注）这种变态的行为，应该都视为正直而聪明的知识分子在险恶的处境下委曲求全的悲凉心理的流露。然而，纵酒并未能帮助竹林七贤逃脱礼法的大网。嵇康弃首，广陵曲散，向秀遂应本郡计入洛，王戎、山涛等人也俯首入仕，那酩酊后的自由境界也就灰飞烟灭，只剩下当年聚饮的黄公酒垆独对斜阳。

4. 酩酊中的超越

饮酒的第三个目的是自我超越，取得一个物我两忘的自然境界。王忱曾感叹说："三日不饮酒，觉形神不复相亲。"王荟说："酒正自引人著胜地。"王蕴说："酒正使人自远。"（均见于《世说新语·任诞》）这就透露了此中消息。什么是形神相亲、人人自远的胜地呢？

我认为，魏晋以后，特别是正始以后，思想文化形态上发生了诸家思想的多元融会和每家思想的多向演化。儒、释、道三家思想在彼此的击撞冲突中寻找契合点，以道化儒，出儒入道，援道入佛。庄子以为："古之真人，不知说生，不知恶死，其出不诉，其入不距，翛然而往，翛然而来而已矣。"佛说以为："若能空虚其怀，冥心真境。"道家的本无之义与佛家超越感觉的真实而去把握永恒虚寂的涅槃境界原来就存在某种微妙的联系。同时，士林中的高蹈之风助长了人们超尘脱俗的精神追求，援道入佛使"无为"之说与般若精义妙相契合，从理论上将人们，特别是从事文学创作的知识分子导向一种永恒的宁静和无所滞碍的空灵境界。竹林名士大多是文学之士，他们对"真"境的追求是必然的。然而，这种境界平时却不易达到；因为一个人无论怎样避世，到底免不了世情的牵累，很难真正做到"空虚其怀"。只有在饮酒中，在酩酊大醉中，在酒精的兴奋作用下，才能醺醺然于冥想中产生一种超脱现实的幻觉，做出惊世骇俗的举动，达到"真"的境界。从这个意义上说，酒是竹林名士追求超越的意境美的渡舟。刘伶曾写有《酒德颂》，文中虚拟了一位嗜酒怪诞的大人先生，实则是作者的自我写照，称酒后的妙处是"兀然而醉，豁尔而醒，静听不闻雷霆之声，熟视不见泰山之形，不觉寒暑之切肌，利欲之感情，俯观万物之扰扰，如江汉之载浮萍"。无疑，这种物我两忘的境界正是文学创作所需要的心境。从竹林名士起，酒就与文学结下了不解之缘。酒徒非名士，有之；名士非酒徒，似颇罕见。以后，"李白斗酒诗百篇""一曲新词酒一杯"等，也就不足为奇了。

5. 嵇康的领袖地位

竹林七贤之所以能够"组合成军"，竹林之游之所以能够出现在山阳，嵇康是精神领袖是其重要原因。我们试看以下几条较早的"七贤"记载：

康寓居河内之山阳县，与之游者，未尝见其有喜愠之色。与陈留阮籍、河内山涛、河南向秀、籍兄子咸、琅邪王戎、沛人刘伶相与友善，游于竹林，号为七贤。（《魏氏春秋》）

康寓居河内之山阳，与河内向秀相友善，游于竹林。（《魏氏春秋》）

谯郡嵇康，与阮籍、阮咸、山涛、向秀、王戎、刘伶友善，号竹林七贤。（《魏纪》）

这些叙述皆是以嵇康领起，再叙"与之游"者，主次地位十分分明。后世的典籍如唐房玄龄等撰《晋书》、宋司马光撰《资治通鉴》在叙及竹林七贤时都接受了以嵇康领起、再叙其余这样一种叙述方式。这些，都明白无误地说明了嵇康在竹林名士中的领袖地位。

然而，嵇康在七贤中年龄非最长、官职非最高，为什么会公认其为七贤之领袖呢？我认为原因之荦荦大者有二。

其一，嵇康既讲究服食，又引入庄学开拓了谈玄，特别是他在山阳竹林聚饮，在继承正始玄学的基础上，从理论和行为两个方面发展了玄学，形成竹林玄学。他的玄学成就高出侪辈，而且"龙章凤质"，相貌伟丽，具有感召力。诚如刘宋颜延之《五君咏》所咏叹："中散不偶世，本自餐霞人。形解验默仙，吐论知凝神。立俗迕流议，寻山洽隐沦。鸾翮有时铩，龙性谁能驯？"

其二，嵇康再明白不过地打出"越名教而任自然"的旗号，公开蔑视礼教、鄙薄世俗，毫无顾忌，别人没有这个胆量！于是，竹林名士都热切地向往与他同游，以与他同游为幸，都视山阳聚饮为记载着他们生命的欢乐和意义的难忘岁月。嵇康是他们的领袖人物，嵇被杀害后，阮籍于次年即抑郁而亡。向秀被迫入仕前，特地探望了嵇康的山阳旧居。当时正值寒冬，林木萧瑟，斜阳惨淡，忽然传来邻人吹笛的声音，若断若续，如泣如诉，于是勾起了他对昔日朋友们欢乐游宴的似水流年的美好追忆。在百感交集下，写下了著名的《思旧赋》。赋的结尾云：

悼嵇生之永辞兮，顾日影而弹琴。托运遇于领会兮，寄余命于寸阴。听鸣笛之慷慨兮，妙声绝而复寻。停驾言其将迈兮，遂援翰而写心。

后来"山阳闻笛"成了追思好友的著名典故，如"纵有邻人解吹笛，山阳旧侣更谁过"（刘禹锡《伤愚溪》）、"掩泪山阳宅，生涯此路穷"（武元衡《经严秘校维故宅》）、"何须更赋山阳笛，寒月沉西水向东"（许浑《同韦少尹伤故卫尉李少卿》）之类皆是。《世说新语·伤逝》记载了王戎当了尚书令后，"著公服，乘轺车，经黄公酒垆下过"，回忆往事，睹物思人，对后车的人感叹说："吾昔与嵇叔夜、阮嗣宗酣饮于此垆，竹林之游，亦预其末。自嵇生夭、阮公亡以来，便为时所羁绁。今日视此虽近，邈若山河。""视此虽近，邈若山河"八字的力度是极度深沉的，对领袖人物的凭吊，对近况的凄伤，对往事的依恋，都寄寓在这深深的叹息之中。

二、孙登、王烈

《晋书》卷九十四有《孙登传》，卷四十九《嵇康传》中记载有王烈事迹。孙登和王烈都是嵇康仰慕、追寻的世外高人。

我们在第四章《迁居山阳》中简叙过孙登，《晋书》本传介绍很精到，兹转录如次：

孙登，字公和，汲郡共人。登无家属，于郡北山为土窟居之。夏则编草为裳，冬则被发自覆。好读《易》，抚一弦琴，见者皆亲乐之。性无恚怒，人或投诸水中，欲观其怒，登既出，便大笑。时时游人间，所经家或设衣食者，一无所受辞，去皆舍弃。尝住宜阳山，有作炭人见之，知非常人，与语，登亦不应。……嵇康又从之游三年，问其所图，终不答，康每叹息。将别，谓曰："先生竟无言乎？"登乃曰："子识火乎？火生而有光，而不用其光，果在于用光。人生而有才，而不用其才，而果在于用才。故用光在乎得薪，所以保其耀；用才在乎识真，所以全其年。今子才多识寡，难乎免于今之世矣！子无求乎？"康不能用，果遭非命。乃作《幽愤诗》曰："昔惭柳下，今愧孙登。"或谓登以魏晋去就，易生嫌疑，故或嘿者也。竟不知所终。

此外，《水经·清水》注引袁宏《竹林名士传》、《世说新语·简傲》注引《文士传》、《魏志·王粲传》注引《嵇康别传》、《魏志·王粲传》注引《晋阳秋》都有类似的记载。综观上引，我认为有三点值得注意。

其一，嵇康追随孙登三年，而孙登三年不发一言。这一点诸典籍记载无异。对于心高气傲的嵇康来说，豪掷三年春秋，孙肯定有值得付出之处。对于不吭一声的孙登来说，他就是在观察，在反复斟酌自己的结论。

其二，嵇康辞去，孙登赠言，语言虽少而嵇康终生铭记，故《幽愤诗》有"昔惭柳下，今愧孙登"之语，临终犹忆，当然刻骨铭心。这一点诸典籍亦无异。

其三，孙登赠言记载长短不一，长者见上引《晋书》有近百字，短者如《晋阳秋》，仅"惜哉"二字。我认为《魏志·王粲传》注引《嵇康别传》所载最精彩：

> 君性烈而才隽，其能免乎？

对照《晋书·阮籍传》，阮籍曾受命寻访孙登，"籍尝于苏门山遇孙登，与商略终古及栖神导气之术，登皆不应。籍因长啸而退，至半岭，闻有声若鸾凤之音，响乎岩谷，乃登之啸也"。孙登对嵇、阮态度不同。对阮籍自始至终不发一言，而对嵇康却有以上劝诫。正是由于嵇的"才隽"引孙深爱，而嵇的"性烈"，又让孙预见而为之隐忧。

王烈是嵇康在苏门山遇到的另一位世外高人。据东晋葛洪《神仙传》，王烈字长休，邯郸人，年轻时曾做过太学生，博学多才。后隐居太行山，采药服食，与嵇康交往时据说已经三百三十八岁了，仍然容光焕发，身手矫健。王烈常常与人谈论经典，十分中肯。嵇康一见，当然欣然随他入山修行：

> 康又遇王烈，共入山。烈尝得石髓如饴，即自服半，余半与康，皆凝而为石。又于石室中见一卷素书，遽呼康往取，辄不复见。烈乃叹曰："叔夜志趣非常，而辄不遇，命也！"

王烈发现了石髓，他自己能服之如饴，等嵇康品尝时，又全部变成了坚硬的岩石。还有，王烈发现有一石室，内藏一卷绢书，带嵇康去找却又寻不着石室了。他归结为嵇康与成仙无缘。

对此，北宋才子苏东坡信以为真，他在《志林》中慨叹："神仙要有定分，不可力求。退之有言：我宁诘曲自世间，安能从汝巢神仙？"我却认为，以上两事都极不靠谱，多半是王烈装神弄鬼，故弄玄虚；后世以嵇康遭遇证之，推波助澜，遂成悬疑了。

《嵇中散集》卷一有《游仙诗》一首，诗云：

遥望山上松，隆冬郁青葱。自遇一何高，独立迥无双。愿想游其下，蹊路绝不通。王乔弃我去，乘云驾六龙。飘飘戏玄圃，黄老路相逢。授我自然道，旷若发童蒙。采药钟山隅，服食改姿容。蝉蜕弃秽累，结友家板桐。临觞奏九韶，雅歌何邕邕。长与俗人别，谁能睹其踪。

发自赤诚，寄托了作者对于神仙的殷切渴慕，应该是与孙登、王烈交游期间的作品。

三、赵至

如果用现代语汇来描述，赵至应该算是嵇康的"粉丝"——"嵇粉"。

赵至在《晋书》第九十二卷有传。赵至，字景真，代郡（今山西阳高）人，寓居在河内缑氏县（今河南偃师市）。赵家原本是代郡望族，后来战乱流离，到缑氏后已沦落为士家了。

所谓士家，亦即兵户。依魏晋兵制，士家地位低下，子弟世代为兵，不能转行改业，女儿也只能与士家婚配，如士丁逃亡，家属要受到严酷的惩罚。士家未征召入伍时，从事屯田，称为"田兵"。士只有建立军功，得到朝廷特殊允许，才能改变身份。

赵至虽然处境恶劣低下，但他未坠青云之志。在他十三岁时，新任缑氏县令到县上任，鸣锣开道，场面威严。当时赵母带他看罢热闹回家，感慨家道中落，于是问赵至将来能不能像那个县令一样光宗耀祖，改换门庭。母亲的话给了赵至很大的刺激，他立志发愤读书，摆脱卑贱的士家身份。有一天，他在私塾上学，听到窗外老父亲叱牛耕田，难过得大哭起来。老师很奇怪，询问原因。赵至说："我年纪尚幼，不能奉养双亲，还让父亲劳苦不已！"

赵至十四岁的时候，离家到洛阳的太学游学，学习内容之一是观读或摹写石经。

所谓石经，乃经书的权威版本。古代儒家典籍在传抄过程中，产生了不少异文，有的还以讹传讹。为了便于士子研习儒典，朝廷命人将认可的定本刻在石板上，放置于太学中，供来自全国各地的士子传抄学习或以之校订各地的抄本。这种刻在古板上的经文便称为"石经"。最早的石经为熹平年间所刻，由当时最负盛名的书法家蔡邕书丹，这就是史所艳称的熹平石经。魏正始年间，朝廷再次主持开刻石经，史称正始石经。正始石经正文用古文、隶书、篆书等三种字体刻成，故又称"三体石经"。石经是朝廷钦定的版本，具有权威性，同时经文由书法家书写再镌刻，观赏性颇高，因此前来洛京太学摹写石经的人络绎不绝。十四岁的赵至正是在这里邂逅了著名学者嵇康，拉开了他千里寻师的序幕。

关于这一段翰墨因缘，《世说新语·言语》注引有嵇康的儿子嵇绍所写《赵至叙》，这是可信度极高的材料：

（赵至）年十四，入太学观。时先君在学，写石经古文，事讫去，遂随车问先君姓名。先君曰："年少何以问我？"至曰："观君风器非常，故问耳。"先君具告之。至年十五，阳病，数数狂走五里三里，为家追得，又灸身体十数处。年十六，遂亡命，径至洛阳求索先君，不得。至邺，……先君到邺，至具道太学中事，便逐先君归山阳经年。

嵇绍的文章真实地再现了当日情景。嵇康正在太学里专心致志地摹写石经，稚嫩的赵至在旁边观看，如醉如痴。等到嵇康写完了最后一个字，赵至终于忍不住，小心翼翼地上前去请问姓名。嵇康见他年纪幼小，饶有兴致地反问道："你这么小的年龄，为什么要询问我的姓名呢？"赵至回答道："我看公器宇非凡，所以动问。"于是，两人结识了。

赵至得知眼前这位写经人就是如雷贯耳的嵇康，暗暗下定决心要拜嵇康为师。他听说嵇康的故居在山阳，小小年纪历尽辛苦，一路寻到山阳，可惜嵇康又离乡远游。赵至回到家后，母亲见征丁年龄迫近，害怕他涉嫌逃亡，就禁止他的外出。不得已，赵至只得装疯出走，可是每次刚离家几里地，又被追了回来。

为了摆脱士家的桎梏，赵至不断寻机外出求学。功夫不负有心人，赵至十六岁时，在邺城终于又与嵇康相遇。当时，嵇康正准备返回山阳旧居，赵至岂肯放过机会，竟一路追随到山阳。从此，赵至在嵇康身边学习，并改名为赵浚，字允元，表示新生活的开始。在嵇康的指教下，赵至学业精进，文名日著。

嵇康被害后，赵至几经辗转，到辽西上报户籍定居，终于摆脱士家桎梏。太康年间，他被举为良吏推荐到洛阳任职，这时才得知母亲早已亡故。想到奉养母亲的愿望再也不能实现了，赵至悲痛欲绝，呕血而亡。这年他才三十七岁。

嵇康曾经对赵至作过一"品目"："卿头小而锐，瞳子白黑分明，视瞻停谛，有白起风。"按《北堂书钞》一百一十五引曹植《相人论》云："平原君曰：'渑池之会，臣察武安君，小头而面锐，瞳子白黑分明，视瞻不转。'"魏晋时人喜欢互相品目，嵇康认为赵至像秦国的大将白起，有异相，也表示预料他会有出息。

四、吕巽与吕安

吕巽、吕安兄弟是镇北将军吕昭的儿子，两兄弟都是嵇康结识较早的好友。

吕安系庶出。《隋书·经籍志》云："又有魏征士《吕安集》二卷，录一卷，亡。"现只存其《髑髅赋》与《与嵇茂齐书》。关于吕安，我们在第四章《迁居山阳》中已有叙述，其与嵇康的交集，在第八章《广陵绝响》中还将作详论，此处恕不赘言。

吕巽是吕昭长子，巽字长悌，司马昭很宠信他，任他为相国掾。吕巽当然是一个小人，干宝《晋纪》云：

嵇康谯人，吕安东平人，与阮籍、山涛及兄巽友善。康有潜遁之志，不能被褐怀宝，矜才而上人。安，巽庶弟，俊才，妻美，巽使妇人醉而幸之，丑恶发露，巽病之，反告安谤己。巽于钟会有宠，太祖遂徙安边郡，在路遗书与康："昔李叟入秦，及关而叹"云云。太祖恶之，追收下狱，康理之，俱死。

身为兄长的吕巽诱奸弟媳，吕安当然大怒，对嵇康表示要告到官府。嵇康为了维护吕安的声誉，努力从中斡旋。

吕巽为了不被告到官府，对嵇康信誓旦旦地表示一定痛改前非。吕安亦听从嵇康的建议，决定不再追究。本以为一场家庭纠纷就此可以平息，孰料此时已投靠司马昭的吕巽出尔反尔，恶人先告状，向当局诬告吕安"不孝"，殴打母亲，于是，酿成惊天惨祸。关于此事的演变，我们在第八章将详细分析，此处仅就吕巽与嵇康的交集叙述。

嵇康为吕巽的卑鄙行径所激怒，写了一篇《与吕长悌绝交书》。嵇康说："今都获罪，吾为负之。吾之负都，由足下之负吾也。"阿都是吕安的小名。嵇康说，现在阿都竟然被判罪流放，这是我辜负了他。我之所以辜负阿都，是因为你背信弃义，辜负了我。现在我满怀惆怅，还有何话说？既然事情已经到了这种地步，我也无心再和你做朋友了！古代的君子，即便绝交，也不出恶言。从此我们一刀两断，再不往来。

嵇康因吕巽失信的错愕、震惊、失望，自己有负吕安的内疚、自责、悔恨，都在这篇三百言的短文中和盘托出，斩钉截铁。嵇康一生中写过两篇绝交书，都是千古名篇。然而写给山涛的信长篇宏论，洋洋洒洒。此篇却三言两语，"复何言哉"。对于嵇康，无话可说，才是真真正正的绝交。

五、钟会

钟会是个名人，《晋书》有传，而且只要读过《三国演义》的人，都知道第一百一十八回《哭祖庙一王死孝 入西川二士争功》，"二士"之一就是钟会。

钟会是个世家子弟，其父钟繇是东汉著名大书法家，字元常，颍川长社（今河南许昌长葛）人，魏文帝曹丕时官至太尉，转封平阳乡侯，与华歆、王朗并为三公，明帝即位后，又迁官太傅，进封定陵侯。钟繇是楷书的创始人，被后世称为"楷书鼻祖"，影响深远。钟会，字士季，黄初六年（225）出生，比嵇康年幼两岁。

钟会事功甚伟，他在魏国官居要职，是三国后期魏国重要的策臣和谋士，制订伐蜀计划并参与灭蜀之战的儒将。当然，他也继承家学，是魏晋第一流的书法家。

钟会自幼才华横溢，上至皇帝，下至群臣都对他非常赏识。五岁时，蒋济就赞叹他"非常人也"。在随司马师征讨毌丘俭期间，钟会典知机密。又为司马昭献策阻止了魏帝曹髦的夺权企图。平定诸葛诞叛乱时，钟会屡出奇谋，被人比作西汉谋士张良。后迁司隶校尉，朝廷大小事钟会无不插手，包括我们在第八章要详叙的杀害名士嵇康、吕安。

景元年间，钟会独力支持司马昭的伐蜀计划，从而被任命为镇西将军、假节都督关中诸军事，主持伐蜀事宜。景元四年（263），钟会与邓艾参与灭蜀之战。此后钟会与蜀汉降将姜维共谋，图谋反叛，因部下兵变而死，时年四十岁。

在钟会身上，有很多优秀出众的资质，也有阴暗、卑劣的品质。不幸的是，在和嵇康的交集中，阴暗、卑劣的品质主导了钟会的行为。

钟会从小就善于揣摩上面的心理，善于伪装以迎合上意。他十三岁时，钟繇带钟毓、钟会弟兄去见魏文帝曹丕，钟毓紧张得全身流汗，钟会却神色轻松。文帝问钟毓："你怎么出了那么多汗啊?"钟毓说："陛下天威，臣战战兢兢，汗如雨下。"曹丕转头又问钟会："你怎么不出汗呢?"钟会学着他大哥的口气说："陛下天威，臣战战兢兢，汗不敢出。"曹丕听了，哈哈大笑。钟会就是这样善于伪装，善于表演。

钟会与嵇康一生中只有两次交集，而且面对面的交集只有一次。

第一次是钟会投书。

《世说新语·文学》云："钟会撰《四本论》，始毕，甚欲使嵇公一见。置怀中，既定，畏其难，怀不敢出，于户外遥掷，便回急走。"事情发生在正始后期，嵇康挥麈河洛，才名倾动朝野，其时钟会刚刚脱稿《四本论》，颇为自得，怀揣书稿去见嵇康，临门却隔墙掷书而归。钟会这样做，我认为有三个原因。

其一，当然是请教。其时嵇康已然是学术界的"大佬"，钟会不过是新锐。登门礼敬，亦是常理。

其二，表示钟会胆怯。汉末以来，才性问题一直是士林比较关注的问题。才主要是指人的才华能力，性主要指人的道德品行。所谓四本，是指才和性的四种关系，即才性同、才性异、才性合、才性离。钟会是主张才性合的代表人物，他总结当时的各家观点，又在此基础上引申发挥，撰就《四本论》。这篇文章现已亡佚，但钟会持才性合的观点则是确然无疑的。而嵇康虽然没有直接关于才性之辨的论著，但他写了《明胆论》，论述智慧和胆量之间相互制约的关系，从中可以推测，在才性之辨的论题上，嵇康应当是才性离一派。钟会可能是担心自己的文章会遭到嵇康的当面驳斥而"掷书而归"。这种逃避，反映了钟会对嵇康心存忌惮。

其三，钟会生性争强好胜，将自己的新著送给嵇康看，也有一点示强、挑战的意味。

对于这本隔墙掷落的著作，嵇康是否读过、读后看法如何，没有历史记载，我们不得而知。

对比前文所叙赵至千里寻师，我们可以得出这样的结论：对于钟会来说，这次拜访是不愉快的，由于意识到自己的忌惮以及弱势，甚至本能地产生了敌意。当然，对于钟会的敌意，嵇康是一无所知的。

嵇康与钟会的第二次交集颇富戏剧色彩，时当甘露三年（258）诸葛诞叛乱被司马昭镇压不久。嵇康已辞去中散大夫，身为曹魏姻亲的嵇康虽不热衷仕进，但眼见司马氏一次次用鲜血铺就篡权之路，又一次次用礼法来欺瞒天下，他那疾恶如仇的儒者之刚，只能宣泄在锻铁扬槌之中。而钟会却彻底投靠了司马氏。典午之变后，钟会获赐爵关内侯，此后又在司马氏剪除异己的征伐中屡出奇谋，人称"张良再世"。由于在平定诸葛诞叛乱中立功最大，迁任司隶校尉，甚得司马昭宠信，但凡朝廷大小事，官吏任免，钟会多有插手。然而，时代崇尚玄学清谈，钟会既要当朝臣大将，也要成为清谈名士，所以他不耻到牢狱，想与身陷缧绁的名士领袖夏侯玄套近乎，以实现多年来与夏侯玄结交的夙愿。所以他在志得意满之际，也突然造访嵇康。

这次的钟会当然不是当年在嵇康家围墙外徘徊良久而不敢叩门、最后掷书而去的小青年了。他在十余骑衣着鲜丽的随从侍拥下，马蹄得得来到了嵇康的锻铁工坊。这是一次居高临下的造访，准确地说是驾临。

当钟会一行趾高气扬地在大柳树下拴好马鞭到工坊时，衣衫破旧的向秀正蹲在地上拉风箱，嵇康旁若无人，挥汗如雨地叮叮当当"扬槌"打铁，好像没有看到有贵客来临一样。

钟会本以为嵇康会诚惶诚恐、热情接待的，如此冷遇，让他在众人面前丢尽了颜面。他勉强在旁边站了一会儿，没趣地转身离去。

这时，一直沉默不语的嵇康瞟了一眼，突然发话了："何所闻而来，何所见而去？"

这句话没头没脑，但又蕴含机锋。嵇康指出，其一，你来是衔命而来，去则有所复命。其二，自己不惮公开"何"，你去向主子禀报好了，我不怕！八百年后明朝的李贽读懂了嵇康的机锋："方其扬槌不顾之时，目中无钟久矣，其爱恶喜怒，为何如者？"（《初潭集》）

钟会是何等聪明之人，对此难堪尴尬的场面，他抛下一句冷冰冰的回答，扭头跨身上马，愤愤而去："闻所闻而来，见所见而去。"

钟会的回答也藏有机锋。其一，我坐实了"何"的内容。其二，我将向上面有所复命，你等着吧！

这就是嵇、钟一生中仅仅交谈的两句话，都记载在《世说新语·简傲》和《晋书》本传等典籍中。

嘉平以后，为了进一步受到司马氏的宠信，钟会常常想方设法地打探士人尤其是名士领袖对时政的看法，然后密报，对于那些对司马氏心怀不满的士人，便寻找机会加以陷害。他几次试探阮籍，阮籍都有意将自己灌得酩酊大醉，从而避免在钟会面前留下把柄。嵇康那两句看似没头没脑的质问，正是对钟会构害士人、告密献宠的丑恶品行的嘲讽。

第二次交集对心胸狭窄的钟会来说，让他深深记住了嵇康这个曹魏旧臣、没落姻亲。自己的欲望是以后如何抓住他的把柄，让他低下名士高傲的头颅，为今天给自己的冷遇付出代价。

对于嵇康来说，他始终是坦坦荡荡、自自然然的。诚如明代思想家李贽《初潭集》所说："方其扬槌不顾之时，目中无钟久矣，其爱恶喜怒，为何如者？"然而，嵇康一定想不到，当年那个隔墙掷书的士子、今日这个观看锻铁的官吏，就被这么两句话得罪了，日后竟然会加倍残忍地报复，成为自己走向生命终点的重要推手。

六、阮侃

阮侃，字德如，又号东野子。据《世说新语·贤媛》注引《陈留志名》："阮共，字伯彦，尉氏人，……仕魏至卫尉卿。少子侃，字德如，有俊才，而饬以名理，风仪雅润，与嵇康为友，仕至河内太守。"故知其为尉氏人，阮共的儿子，曾做过河内太守。他撰有《诗音》，《经典释文·叙录》有记载。

嵇康与阮侃交游应在居住山阳时，但时间不长，阮侃就去东野了。从《嵇中散集》来看，嵇、阮有两个交集点。

一是与阮侃就宅与养生关系的论辩。阮侃平时颇好养生、本草之学，他撰写了《宅无吉凶摄生论》，认为养生和住宅之间并无必然联系，各种疾病是侵扰人的健康的主要原因，养生首在少私寡欲，防患疾病，而不应求之于毫不相关的宅。作为好友同时又堪称养生专家的嵇康对此却不认同，随即撰写了《难宅无吉凶摄生论》与其论战。我们在第七章《玄海探骊》将对此文评介，此处不赘言。

二是阮侃要离开山阳远去东野（颍川），嵇康送别后"含哀还旧庐，感切伤心肝"，深感知音难得，"郢人忽已逝，匠石寝不言"，依依惜别，写了《与阮德如诗》一首。此诗语言质朴，情真意切，将对友谊的珍视、对离别的哀伤、对好友的牵挂融为一体，读来悱恻动人。诗的结尾说：

生生在豫积，勿以怵自宽。南土旱不凉，祛计宜早完。君其爱德素，行路慎风寒。自力致所怀，临文情辛酸。

嵇康提醒好友，养生贵在防范祸患，不要自我放纵。你要去的南方气候干燥又不凉爽，如果有所打算，应该早下决断。希望你爱惜修炼得来的德行，一路小心风寒。我只有把自己的牵挂思念都倾注在这首诗中，掷笔怅望去路，满腹苦涩与辛酸无法排遣！

阮侃读到这首赠别诗后十分感动，写了两首长诗答嵇康，诗存于《嵇中散集》卷一。对于嵇康的劝勉，阮侃表示"庶保吾子言，养真以全生。东野多所患，暂住不久停"。足见两人相知之深、相慰之切。

《嵇中散集》中还有一首《酒会诗》，写朋友相聚，弦歌交作，开怀畅饮。

诗末云：

斯会岂不乐，恨无东野子。酒中念幽人，守故弥终始。但当体七弦，寄心在知己。

写自己饮乐之际，想到了远在东野的好友阮侃，相思陡生，只能寄情于琴弦了。

七、袁准

袁准，字孝尼，陈郡扶乐（今河南省太康县）人。其父袁涣，曾任魏郎中令。孝尼为人正直，有隽才，以儒学知名，尝注《仪礼·丧服经》一卷、《袁子正论》十九卷、《正书》二十五卷、《集》二卷。他"不耻下问，唯恐人之不胜己。以世事多险，故常恬退而不敢求进"。孝尼性情恬淡，所以与嵇康、阮籍都是好朋友。阮籍常常在他家中作竟夕之饮。司马昭要阮籍写劝进文，派人找阮籍，结果前一天阮籍在袁孝尼家酣饮，沉醉未醒。被人唤醒后，他就在袁家的木札上草撰劝进文。

袁孝尼也擅弹古琴。他曾请求嵇康传授《广陵散》而嵇康吝惜，没有传授给他。后来嵇康临刑时，还以此为憾事。

第十一章　余音袅袅

据《晋书·嵇康传》云："（嵇康死后）海内之士，莫不痛之。帝寻悟而恨焉。"海内之士的悲痛应该是事实，因为人们不仅仅是为嵇康的冤死而痛惜，更是为在暴政之裹胁下自己的无助而伤痛。而司马昭的悔悟则不可信了，这要么是司马昭为收买人心而作秀，要么是后世史家的曲笔示好。广陵曲散，余音袅袅。人们甚至不愿意相信嵇康已经永远离去的事实，传说嵇康被害后尸解成仙了。顾恺之《嵇康赞》就说："南海太守鲍靓，通灵士也。东海徐宁师之。宁夜闻静室有琴声，怪其妙而问焉。靓曰：'嵇叔夜。'宁曰：'嵇临命东市，何得在兹？'

靓曰：'叔夜迹示终而实尸解。'"龚璛《七贤诗·嵇中散集》也说："已矣广陵散，尸解亦何益？"

"嵇康死而清议绝。"嵇康遇害，在某种程度上标志着一个时代的结束。敢与司马氏对抗的士林集团土崩瓦解，中国历史进入了晋朝的时代。这当然是魏晋易代之际的时代悲剧。

斯人已逝，玉山崩颓，凤凰飞远，只留给后人一个凄美而又肃穆的背影。

一、广陵散未绝

嵇康临刑时，顾日影而弹琴，曲终音息，嵇康长叹道："袁孝尼尝请学此散，吾靳固不与，《广陵散》于今绝矣！"语毕，就死，世皆痛惜。

幸运的是，《广陵散》并没有失传。很多典籍都记载，经袁孝尼"窃学""补记"，这支浸透着嵇康心血的千古名曲终于流传了下来。

袁准，字孝尼，前文已有介绍，此人以世事多艰险之故，一生隐居著书。曾为《周易》《周礼》《诗经》等作传，发掘其中的微言大义。他与嵇康、阮籍都是朋友，阮籍常在袁准家饮酒，夙夜不归。

史籍上有关《广陵散》的记载不绝如缕。《琴史》曾记载陈拙历经波折求学《广陵散》的故事。陈拙是晚唐的著名琴师，当初为了学习《广陵散》，曾向前辈琴师孙希裕请教，谁知孙希裕勃然大怒，说："这种有伤国体、有违风化的曲子你也学？"陈拙只好转而向隐居泰山的道士梅复元求教，终于学得这首"凌凌有兵戈气"的曲子。

据《紫阳琴书》的记载，《广陵散》在两宋时期极为流行，差不多所有的琴家都会弹奏这首曲子，以至于引起大学者、理学家朱熹的极大不满，指责《广陵散》"其声最不和平，有臣凌君之意"。在崇尚三纲五常、推崇君君臣臣父父子子的朱熹看来，"臣凌君"自然是大逆不道了。明代的大学士、《元史》的编撰者宋濂曾为一本叫《太古遗音》的琴书写跋，在跋中借题发挥，说《广陵散》有"愤怒躁急"之情绪，并讥刺道："不可为训，宁可为法乎？"直言《广陵散》不当流传于世。

看来，即使历代当政者和卫道士都想摧毁《广陵散》，但《广陵散》却显示出强大的生命力，它是我国现存古代琴曲中唯一具有征战杀伐之气、具有强烈反抗意识的乐曲，和中华民族的精神一脉相承，是会永久流传的。

老百姓喜欢才子英雄胜过帝王将相，嵇康死后不久嵇康的集子大概就搜罗成书，在南梁时有十卷。在隋时有十三卷，《隋书·经籍志》上记载"魏中散大夫《嵇康集》十三卷（梁十五卷，录一卷）"。在唐代时又有十五卷，《旧唐书·经籍志》上记载"《嵇康集》十五卷"。关于到唐代时《嵇康集》的卷数反而增多的原因，鲁迅曾在其校注的《嵇康集》序中解释道："魏中散大夫《嵇康集》在梁有十五卷，《录》一卷。至隋佚两卷。唐世复出，而失其《录》。"鲁迅认为是之前佚失的到唐代又找到了。到了宋代变为十卷，并且从宋以后到今天都是十卷。《宋史·卷二百八·艺文志》里说"《嵇康集》十卷"。关于从十五卷到十卷的原因，主要是散失，其中既有卷数的散失，也有每篇卷数的减少。东晋孙盛《魏氏春秋》里说"康所著文论六七万言，皆为世所玩咏"，现在《嵇康集》中除了不是嵇康所作的附文之外，大概有三万字，所以从整体的字数上来讲也是遗失了很多的，不过，加上嵇康的《圣贤高士传》和《春秋左氏传》音佚文大概七千字，嵇康的作品还是有一半流传下来了。在元代《文献通考》上记载"《嵇康集》十卷"。明代，版本较多，有明嘉靖四年黄省曾刻本、明万历中新安程荣校刊本、明万历天启间新安汪氏刊本、明张燮刊本等。但是在这些本子中又以黄省曾本为代表，黄省曾刻本共有四十七首诗、一篇赋、两篇书、两篇杂著、九篇论、一篇箴和一篇家戒。总共有十卷、六十三篇，《四库全书》所收的就是这个本子。

鲁迅也曾为《嵇康集》的校注花费了不少心血，他是据《嵇康集》在梁、隋、唐、宋、明朝代的卷数异同和版本的优劣，最终决定以吴宽抄本与黄省曾刻本互相补正来作为底本，又广泛地采用古注、类书、总集等一切相关资料，非常严谨。

二、风流云散

嵇康被害，竹林名士集团亦风流云散。

阮籍是竹林名士的又一位领袖。

阮籍一生遭际堪伤，何曾好几次劝司马氏杀阮籍，阮总是以"言皆玄远，未尝臧否人物"和醉酒来涉险过关。阮籍没有嵇康那样峻烈的性格，也不可能像嵇康那样，横眉冷对权奸如钟会。于是，为苟全性命于乱世，他应命出任司马氏的从事中郎、散骑常侍，在云谲波诡的官场，虚与委蛇，极力周旋，"在朝不任职，容迹而已"。阮籍原本是一个有良知的名士，试读其《咏怀诗》八十二首，忧伤魏祚的消亡、嫉恨奸佞的逞虐、恐惧命运的无常浸透了字里行间。阮籍活得很累！

景元四年（263）十月，皇帝曹奂被迫再次下诏，晋大将军司马昭为相国，封晋公。司马昭又是假装固辞不就。其时司徒郑冲率百官极力劝进，并一致确定由阮籍来写《劝进表》。阮籍当然不愿意写这样的文章，于是跑到袁孝尼家里，又把自己喝得酩酊大醉，想以此推托。不料郑冲亲自前来，叫醒阮籍催稿。阮籍无奈，只得带着酒意伏案疾书，写了那篇颇受争议的《为郑冲劝晋王笺》，亦简称《劝进表》。

在这《劝进表》中，阮籍称赞司马昭可与伊尹、周公、齐桓公、晋文公相媲美，最后还写"临沧州而谢支伯，登箕山而揖许由"，似乎曹魏让出帝位和司马氏接受"禅让"是一桩仁政佳话。其所用典故繁多而贴切，辞藻雅正而清壮。司马昭览之大悦，愉快地接受了封爵。郑冲等一班臣僚都惊呼为"神笔"。

阮籍却为此大病了一场。这一年冬天，阮籍就在痛苦、失望、忧郁和自责中离开了人世，时年五十四岁。

后之学者认为，"籍虽浮沉于魏、晋之间，其人品远逊嵇康"。（赵绍祖《读书偶记》）"籍与嵇康，当时一流人物也，何礼法疾籍如仇，昭则每为保护，康徒以钟会片言，遂不免耶？至《劝进表》之文，真情乃见。"（张燧《千百年眼》）应该都是的论。阮籍关键时刻违心地站对了队，于是保命成功。

向秀是嵇康和吕安最要好的朋友，他聆听了嵇康的广陵绝响，目睹了两个好友处刑的惨烈情景，他震惊，他哀痛，然而为了卑微的生命，他选择了屈从。就在嵇康被害不久后，河内郡推荐向秀到洛阳接受朝廷的任命，他不得已踏上了去洛阳的官道。

在这次应征途中，向秀深深陷入对好友被害的悲恸之中，悲情难禁，特意绕道过嵇康的山阳旧居。

故居尚存，斯人长逝。而斜阳外不远处又传来哀楚幽怨的笛声，向秀闻笛思旧，回忆起和嵇康、吕安一起锻铁、灌园的日子，回忆起朋友们在竹林的契阔谈讌，心中无限惆怅，写下了感人至深的《思旧赋》：

余与嵇康、吕安，居止接近，其人并有不羁之才。然嵇志远而疏，吕心旷而放，其后各以事见法。嵇博综技艺，于丝竹特妙。临当就命，顾视日影，索琴而弹之。余逝将西迈，经其旧庐。于是日薄虞渊，寒冰凄然。邻人有吹笛者，发声寥亮。追思曩昔游宴之好，感音而叹，故作赋云：

将命适于远京兮，遂旋反而北徂。济黄河以泛舟兮，经山阳之旧居。瞻旷野之萧条兮，息余驾乎城隅。践二子之遗迹兮，历穷巷之空庐。叹黍离之愍周兮，悲麦秀于殷墟。惟古昔以怀今兮，心徘徊以踌躇。栋宇存而弗毁兮，形神逝其焉如。昔李斯之受罪兮，叹黄犬而长吟。悼嵇生之永辞兮，顾日影而弹琴。托运遇于领会兮，寄余命于寸阴。听鸣笛之慷慨兮，妙声绝而复寻。停驾言其将迈兮，遂援翰而写心。

这是一篇深情之作。因为碍于时局，不能尽意明言，所以"刚开头却又煞了尾"（鲁迅《为了忘却的记念》），遂成就一篇遗恨绵绵、余韵悠悠的悼友名文。

尽管向秀忘不了山阳的那一片竹林，但他的仕途却非常顺利。由散骑侍郎转黄门侍郎，又升为散骑常侍，"入则规谏过失，备皇帝顾问，出则骑马散从"，深得司马氏信任。但向秀经历了嵇、吕事件的大悲大痛之后，大彻大悟，以朝市为"大隐"，"在朝不任职，容迹而已"。他原本就是一个学者，入晋后更将全部精力投入学术研究，为《庄子》作注时，越发"发明奇趣，振起玄风"。在嵇康被害后十年，向秀亦在忧郁中撒手人寰，享年四十五岁。一部《庄子注》，还有

《秋水》《至乐》两篇没有注完。

阮咸入晋后做了一个小官，越发放纵任性，狂荡不羁。除了山涛、向秀等几个好友，别人都不理解他，也不喜欢他。后人有一首诗描写阮咸：八斗才粮抛子建，一方灵宝掷桓玄。家叔哭穷却谁笑，正是阮咸急挥鞭。小颈秀项可青睐，大名高声皆白眼。我欲邀卿常漫舞，青丝白发老人间。

自从嵇康被害以后，刘伶酒喝得更多了。王戎推举他做建威参军，他在任上依然我行我素，终日与酒为伍，不久就去职了，索性在洛阳开了一家小酒店，每日烂醉如泥。

王戎倒是官越做越大，从侍中做到中书令，又转为司徒，像先前的山涛一样，位列"三公"。

永宁二年（302），六十八岁的王戎着公服，乘轺车，经过黄公酒垆，想起当年竹林朋友的纵饮，感慨万端，回头对坐在车后的人说："吾昔与嵇叔夜、阮嗣宗共酣饮于此垆，竹林之游，亦预其末。自嵇生夭、阮公亡以来，便为时所羁绁。今日视此虽近，邈若山河。"四年后，王戎死于战乱。他是竹林七贤中最后辞世的。

不能不说山涛。由于嵇康《与山巨源绝交书》脍炙人口，流传天下，后来又成为千古名篇，因此山涛在当世遭人讥刺，后世被人误解。然而，山涛忍辱负重，他深深知道，他与别人不同，挚友嵇康临刑将幼子托付给他，他的担子有多重。他体察好友托孤的惨淡用心，视嵇绍如同己出，对其百般关爱，真正使嵇绍不感到孤苦无助。他倾自己的学识教诲嵇绍，使嵇绍成为一个正直的有学问的人，并不失时机地引荐他走上仕途。可以说，山涛很好地完成了好友的遗托，是嵇康的生死之交。

太康初，山涛迁右仆射，加光禄大夫、侍中，后又拜司徒。他虽居高位，爵同千乘，却依然清淡寡欲，贞慎俭约，不畜嫔媵，所得禄赐俸秩，皆散之亲故。太康四年，山涛辞世，时年七十九岁。听说他身后仅有旧房屋十间，子孙众多，容纳不下，晋帝司马炎又专门为他家建了房子。

三、钟会之死

在嵇康被害事件中，钟会是罪恶的幕后推手，堪称杀人不见血的阴谋家。

景元四年（263），也就是嵇康被害的当年年底，司马昭起兵十八万伐蜀，令征西将军邓艾率兵三万，自狄道攻蜀大将军姜维于沓中；雍州刺史诸葛绪率兵三万，自祁山绝姜维后路；镇西将军钟会率主力十余万，自骆谷袭汉中，直趋成都。

姜维得知魏军钟会部已入汉中后，急忙摆脱率先来袭的邓艾，退守剑阁。奉命阻截的诸葛绪差了一天，未能阻截姜维。钟会玩弄阴谋，趁机诬告，将诸葛绪收押治罪，其所属部队改由自己统领，与姜维在剑阁对峙。

这时，邓艾趁机率精锐南出剑阁二百多里，进入蜀军没有设防的阴平，攀小道，奇袭江油，一鼓作气逼近成都。

蜀后主惊慌失措，自缚到军前，向邓艾请降，并诏令前方主帅姜维降魏。于是，姜维无奈只好投降钟会。蜀国至此灭亡。

平蜀后，钟会自恃功高，遂潜谋叛逆。因邓艾文武兼备，又握有精兵，是其心腹之患，便密报司马昭，说邓想要谋反。钟会又派人截获了邓艾发往洛阳的文书，再施展自己的书法功夫，模仿邓艾笔迹，另外写了一篇辞令悖傲、妄自尊大的文书。司马昭看完后大怒，立刻命令将邓艾槛车押解回朝后杀害。

除掉邓艾后，邓艾所部精锐也归钟会统率，钟自以为天下无敌，于是和姜维商议，假造废黜司马昭的太后遗诏，准备杀掉被扣押的不服的魏军将领，然后攻取洛阳，以为"一旦天下可定也"。不料，司马昭已对其戒备，亲率十万大军，采取了防范措施。消息走漏，魏军官兵鼓噪反抗，围攻钟会营帐。一场激战后，钟会及数百亲信被当场杀死，姜维被分尸。

钟会终年四十岁。《三国演义》有诗称他"髫年称早慧，曾作秘书郎。妙计倾司马，当时号子房"，钟会文韬武略，当然是一个干才。但他也是一个阴谋家，两面三刀，总是算计别人。天日昭昭！当年他诬告嵇康有不臣之心，参与谋反，后来他自己倒是真正怀有"不可复为人下"之心，真正计除同僚，起事谋反，到头来落了个惨死他乡、身败名裂的下场。

四、嵇喜和嵇绍

嵇康的仲兄嵇喜忠厚老实，做事踏实。嵇康被害后，嵇喜主持，在赵至等弟子的帮助下，给嵇康收了尸，入了殓。不敢办丧礼，急忙扶柩运回老家谯国铚县，葬于嵇山之东。

嵇喜是有文才的，现存诗作《答嵇康诗》四首就文采斐然，我们在第二章《身世飘零》中已有介绍。嵇康亡故后，嵇喜撰有《嵇康传》，这是一篇带有墓志铭性质的短文，笔墨间满蘸兄弟情谊，有痛惜，有骄傲，有追忆，字里行间，真情流溢。

家世儒学，少有俊才，旷迈不群，高亮任性，不修名誉，宽简有大量。学不师授，博洽多闻，长而好老、庄之业，恬静无欲。性好服食，常采御上药。善属文论，弹琴咏诗，自足于怀抱之中。以为神仙者，禀之自然，非积学所致。至于导养得理，以尽性命，若安期生、彭祖之伦，可以善求而得也。著《养生篇》。知自厚者，所以丧其所生，其求益者，必失其性。超然独达，遂放世事，纵意于尘埃之表。撰录上古以来圣贤、隐逸、遁心、遗名者，集为传赞，自混沌至于管宁，凡百一十有九人，盖求之于宇宙之内，而发之乎千载之外者矣。故世人莫得而名焉。

其中"知自厚者"五句是说，嵇康知道自我夸耀的人会因此而失去自己的生命，那些不断追求完美的人一定会失去他们的本性，只有超然处之才可以世事通达，于是就放旷于世事，任意而为。这样的句子又要大胆，又要满怀感情，也只有嵇喜才写得出来。所以后世都认为嵇喜的《嵇康别传》是信史。

嵇喜担任过司马、江夏太守、徐州刺史、扬州刺史、太仆、宗正卿等官职。司马是相府的高级幕僚，俸禄一千石，六品官。刺史俸禄二千石，为地方最高长官，五品官。太仆、宗正卿均为皇室内官，三品官。太仆掌管皇室的交通工具，宗正卿负责皇室的事务，名籍图牒等，多由皇族成员担任。《晋书·齐王司马攸传》记载司马昭去世后，司马攸悲痛绝食，嵇喜劝其进食，并亲自喂食。由此可见，入晋后嵇喜深受司马氏的信任，仕途颇为顺畅。

嵇康有一子一女，幼子名嵇绍。《晋书·嵇绍传》记载"十岁而孤"，可知嵇康临刑时，将只有十岁的嵇绍托付给山涛照料，并对流泪的儿子说："山公在，汝不孤矣！"

嵇康之所以交给山涛托孤的重任，是因为其一，他与山涛交情最笃。其二，山涛为人正直，不贪财，不好色，能够教育嵇绍成为有良好品格的人。其三，嵇康知道已经进入了晋朝的新时代，山涛是晋室干练的重臣，有条件抚育嵇绍成长。这当然是作为父亲的惨淡苦心。

山涛果然不负好友之托。等到嵇绍成人后，山涛直接向武帝司马炎举荐，说："《康诰》有言'父子罪不相及'。嵇绍贤侔却缺，宜加旌命，请为秘书郎。"晋武帝原本就非常器重山涛，就说："如卿所言，乃堪为丞，何但郎也。"于是发出征诏，任命嵇绍为秘书丞。

当嵇绍向山涛询问是否该出来做官时，山涛说道："我已经为你考虑很久了！天地之间，四时变化，尚且有消长更替，何况人事，哪有一成不变的呢？"应该说，山涛的考虑是体察了嵇康的用心的。

嵇康相貌伟丽，"龙章凤姿，天质自然"。儿子嵇绍当然也相貌出众，不同流俗。晋人戴逵《竹林七贤论》记载，嵇绍来到洛阳，有人见了后对王戎说："昨天在大庭广众中见到嵇绍，有种昂昂然野鹤独立在鸡群中的感觉。"王戎长叹一声说："那你是没有见过他的父亲啊！""鹤立鸡群"这个成语的语源就出在嵇绍。

嵇绍不仅继承了嵇康"龙章凤姿"的外貌，更重要的是他也有乃父那种"威武不能屈，富贵不能淫，贫贱不能移"的儒者之刚。元康初年，嵇绍任给事黄门侍郎。当时外戚贾谧年纪轻轻就身居侍中高位，气焰熏天，以致潘岳、杜斌等人拼命巴结，望尘而拜。而贾谧请求与嵇绍交好，嵇绍却不理睬，风骨凛然。

还有一次，嵇绍到齐王冏那里请示公务，赶上齐王正召开宴会，董艾对齐王说："嵇绍善丝竹，可命他弹琴助兴。"司马冏也正有此意，就命设琴，请嵇绍演奏。可嵇绍不同意。他庄重地说："主持政事的君王应该讲究礼仪，端正秩序。

我今天穿着整齐的礼服来拜见君王，怎么能让我做这些乐工的事呢？如果我身着便服，参加私人宴会，那倒不敢推辞了。"嵇绍大义凛然，一身正气，倒是使齐王和权贵们汗颜了。

后来，嵇绍累迁汝阴太守、给事黄门侍郎、散骑常侍、侍中，被封弋阳子。永兴元年，河间王与成都王起兵叛变，京城告急。东海王司马越挟持惠帝司马衷北征成都王司马颖，嵇绍也随惠帝同行。不料司马越大军在荡阴战败，兵败如山倒，百官及侍卫人员各自保命，纷纷溃逃，只有嵇绍"俨然端冕，以身捍卫"。这时，叛军接近銮驾，飞箭如雨，嵇绍护伏在惠帝的身上，用身体挡住了雨一般的箭矢，一时间，鲜红的血液，喷洒在惠帝的御衣上，留下了一片片殷红的血迹。嵇绍倒在了血泊之中。自己的父亲被司马昭残杀，嵇绍却为保护司马昭的后人而死。天道轮回，何以至此？

事后，晋惠帝转危为安，左右要清洗御衣。惠帝说："此嵇侍中血，勿去。"算是讲了一句天良未泯的话。

"嵇侍中血"也成为中国历史上赞美孤忠风骨的著名典故。约一千年后，南宋忠臣文天祥就义前，被元兵囚一土室，写下了流传千古的《正气歌》，中有句云：

时穷节乃见，一一垂丹青。在齐太史简，在晋董狐笔，在秦张良椎，在汉苏武节。为严将军头，为嵇侍中血，为张睢阳齿，为颜常山舌……是气所磅礴，凛烈万古存。当其贯日月，生死安足论！

嵇绍在《晋书》中有传。他和乃父前后辉映史册。一个临刑抚琴，另一个飞身挡箭。一个是为朋友，另一个是为国君。面对死亡，都一样忠勇，一样淡定。他们的生命结束，都给后世留下了深深的叹息和思考。

五、异代知音

有句俗话说得好：盖棺论定。嵇康被害以后，喧嚣渐息，进入近代以来人们逐渐认识到，嵇康"思想并不精密，却将玄学用文章与行为表达出来"（汤用彤《魏晋玄学论稿》）。嵇康的影响不仅在于他的玄学理论，更多地在于他的人格魅力。于是，嵇康伟丽脱俗的仪表、潇洒出尘的风度、疾恶如仇的性格、悲壮跌宕的命运、气势如虹的论辩、博综众艺的才能等，使其殁后直至今天受到人们普遍的尊重和敬仰。嵇康早已成为中国传统士人风骨的象征，成为后世之人心目中一座永恒的雕像。

在魏晋南北朝时期，嵇康的人格风度就为世所推重乃至崇拜，他是正面评价最热烈的人物。这个时期的一些重要文史典籍如《世说新语》、《世说新语》刘孝标注、臧荣绪《晋书》、《颜氏家训》、《文心雕龙》、孙盛《魏氏春秋》、袁宏《竹林名士传》都有记载。这个时期的一些重要作家纷纷在作品中表示了对嵇康的追慕。如向秀《思旧赋》回忆了嵇康"志远而疏"的风范；东晋谢万《八贤论》把嵇康与屈原、贾谊并称；孙绰《道贤论》则把佛教高僧帛法祖比作嵇康；目录学家、文学家李充《九贤论》将嵇康与郭泰、陈藩等大名士并称；南朝宋颜延之《五君咏》将竹林七贤中山涛、王戎剔除，高度评价嵇康"龙性谁能驯"；袁宏妻李充《吊嵇中散》、江淹《恨赋》、沈约《七贤论》、庾肩吾《赋得嵇叔夜》、庾信《奉和赵王隐士》等都对嵇康的志向、德行、气节、人格反复吟咏，赞叹备至。此外，南京西善桥宫山墓出土的南朝时期的七贤砖画，将春秋时的高士荣启期与竹林七贤并列，画中嵇康头梳双髻，赤足，坐于豹皮褥上，正怡然自得地弹琴。这是嵇康形象的最早的艺术化的定型。

在隋唐宋元明清漫长的历史时期中，嵇康依然是士人传颂或评价的对象，而且这些赞颂和评价还有深化的趋向。

唐修《晋书》广泛吸收和筛选前人记载，其《嵇康列传》形成了当时最为详细的嵇康事迹记述。在对嵇康的性格描述上，有些不同前人的提法，如"恬静寡欲，含垢匿瑕，宽简有大量"，把嵇康宽宏、自然的美质更准确地表现出来。唐王维《与魏居士书》云："降及嵇康，亦云'顿缨狂顾，逾思长林而忆丰草'。'顿缨狂顾'，岂与俯受维絷有异乎？长林丰草，岂与官署门栏有异乎？"宋黄庭坚《书嵇叔夜诗与侄榎》认为，嵇康诗"豪壮清丽，无一点尘俗气，凡学作诗者，不可不成诵在心，想见其人。虽沉于世故者，然而揽其余芳，便可扑去面上三斗俗尘矣，何况探其意味者耶"。从嵇康的诗风逆探人品，赞赏其诗清新脱俗。

明王士禛《古夫于亭杂录》云："'手挥五弦，目送归鸿'，妙在象外。"揭示出嵇康诗文中的美学命题。

至于诗人、词人在作品中描摹嵇康不屈的身影，以寄托自己的千古渴慕，更是比比皆是。如唐杜甫在多首诗中颂扬嵇康，《入衡州》诗宣称："我师嵇叔夜，世贤张子房。"宋李清照《咏史》云："两汉本继绍，新室如赘疣。所以嵇中散，至死薄殷周。"歌颂嵇康，暗讽司马氏的篡逆行径，以寄自己的忠国之慨。值得注意的是，明清时期出现了大量的《嵇康集》刻本，较著者如吴宽、程荣、黄省曾、张溥、王士贤等，均进行了重辑或刊刻。

降及近代，嵇康仍受到人们的普遍关注，其中鲁迅可以算得上嵇康的千古知音。

鲁迅自1913年至1935年，陆续校勘《嵇康集》十余次，长达二十三年。鲁迅用娟秀的楷书亲笔抄本三种，亲笔校勘本五种，另有《嵇康集》校文十二页，还有《嵇康集考》《嵇中散集考》《嵇康集逸文》等手稿。在鲁迅整理的众多古籍中，《嵇康集》是他花费精力最大的一种。可以想见，鲁迅对嵇康倾注了多么深的感情。

由于对社会的感触相似，个人性情、精神品质等各方面又产生了深度的契合，鲁迅对嵇康的理解是很深刻的，得出的结论也往往迥于前人，影响深远。除前面已介绍过的鲁迅对嵇康《难自然好学论》《管蔡论》《与山巨源绝交书》的理解以外，鲁迅的《汉文学史纲要》也受到嵇康《声无哀乐论》的影响，认为嵇康之理"并通于文章"，并以嵇康的理论驳斥那些把《诗经·郑风》当作淫诗的冬烘先生"自心不净，则外物随之"。又在《为了忘却的记念》文末联想到向秀悼念嵇康的《思旧赋》，说："年轻时读向子期《思旧赋》，很怪他为什么只有寥寥的几行，刚开头却又煞了尾。然而，现在我懂得了。"他还在《魏晋风度及文章与药及酒之关系》中解读嵇康看似矛盾的行为：

但我看他做给他的儿子看的《家诫》——当嵇康被杀时，其子方十岁，算来当他做这篇文章的时候，他的儿子是未满十岁的——就觉得宛然是两个人。他在《家诫》中教他的儿子做人要小心，还有一条一条的教训。……这是，因为他们生于乱世，不得已，才有这样的行为。并非他们的本态。但又于此可见魏晋的破坏礼教者，实在是相信礼教到固执之极的。

值得注意的是，鲁迅在 1932 年（恰在用力整理《嵇康集》的期间）写过一首七绝《答客诮》，诗云："无情未必真豪杰，怜子如何不丈夫？知否兴风狂啸者，回眸时看小於菟。"此诗鲁迅自己说是"戏作"，我认为也是对嵇康作《家诫》的解读，与上引文章所叙是互为内外的。

需要指出的是，鲁迅对于嵇康，并非单纯的肤浅的崇古之情。正是在长达二十几年历经十数校而浸淫于这位命运艰危、心灵卓绝的古代贤哲的精神世界中，深刻领悟其诗文，鲁迅才顿有知音、知己和大获吾心之感动。鲁迅由起初的师事于太炎先生，并因此而追踪嵇康，仿佛是因为一种生命的神秘机缘。而由于这种生命的机缘而激发和形成的一种独特的精神氛围，这就是我们感受得到的雅琴独奏，古今同调，冥思幽人，寄心知己了。

鲁迅与嵇康得以为千古知音，嵇康之幸欤？鲁迅之幸欤？

《江湖：南宋"体制外"平民诗人研究》
（节选）

　　20世纪90年代后期，书良因中华书局《姜白石词笺注》之约，而研究姜白石词，进而大量阅读南宋诸小集，在此基础上有所感悟，撰写了《南宋江湖诗派与儒商思潮》，2004年由甘肃文化出版社出版。后随着研究的深入，书良又调整研究角度，对书稿进行了较大的增订，更名为《江湖：南宋"体制外"平民诗人研究》，计15万字，于2013年由中国国际广播出版社出版，责任编辑杜春梅，首都师范大学赵敏俐教授作序。赵敏俐认为："书良先生有深厚的学术功底，论从史出，言必有据，颇有乾嘉之风。他沉潜于此项研究多年，挖掘和梳理了很多不易得见的材料，从而显示了此书在学术上的厚重。全书语言精练，文笔优雅而又不乏深度。每章以诗偈作结，明显受到了陈寅恪《柳如是传》之影响。其诗偈用集句形式，又可见其读书之广，诗学修养之深。"此书从内容到写法都有一些出新之处，此处选辑《楔子》《第一章　艰难时世》《第二章　江湖游士》《第四章　书商陈起》《第七章　江湖入元》，当可见该书特色之一斑。

楔　子

本书所要关注的是八百年前生活在烟水江南的一群中下层社会的知识分子。

他们生活的时间段是南宋中后期，亦即十二三世纪之间的约一百年间。

在他们之前，中国的诗人文化其实是一种"官僚文化"。屈原当过左徒，诗名前有"三闾大夫"的官家标记。其后汉代传名诗人李陵、苏武都是大官。魏晋时一流的诗人"建安七子"都是官吏，首领人物三曹父子更是以九五之尊擅吟咏之雅。稍后有"竹林七贤"，"嵇中散"（嵇康）、"阮步兵"（阮籍）等全部都是钟鼎簪缨之族。两晋以"衣冠"标榜，一流诗人中只有左思、陶渊明官运最不济，左为秘书郎，陶只担任过彭泽令。唐代的一流诗人大都是官场人物，"王右丞"（王维）、"李供奉"（李白）、"杜工部"（杜甫）、"高常侍"（高适）、"岑嘉州"（岑参）、"柳柳州"（柳宗元）都是以官位或任职地留名。此外，韩愈做过侍郎，白居易官至尚书，杜牧做过刺史，元稹更是同中书门下平章事。只有李贺，只任过奉礼郎，二十七岁就去世了。李商隐素称潦倒，只做过县尉、判官一类从吏。北宋时期欧阳修、王安石、苏轼都是大官，"苏门四学士"也都做过郎官、编修一类清职。北南宋之交，范成大、尤袤、杨万里、陆游所谓"南宋四大家"都是担任过中央或地方的中级官吏。以上当然可以称为"官僚文化"或"体制内"诗人。而本书所要关注的南宋诗人都是幕僚、庶民甚至商人、贩夫走卒，其中有些人连士大夫都够不上，饥寒常伴，潦倒一生，甚至死后殡葬难措，国家大事当然更不予与闻，似乎可以称为"平民文化"或"体制外"诗人。而就是他们，撑起了南宋中后期诗国的一片天宇。

他们是永嘉四灵以及稍后的江湖诗派。一个文学群体（永嘉四灵）紧接着一个文学流派（江湖诗派），首尾相接，艺术渊源一致，社会地位相当。他们就是本书的主角——江湖。南宋中后期诗国是他们的天下。

好大的一片江湖！

本书名曰"江湖",当然是借用黄庭坚《寄黄几复》名联："桃李春风一杯酒,江湖夜雨十年灯。"厥义有二焉。其一,当然是概括所论主角永嘉四灵以及江湖诗派而言之。其二,则相对于"庙堂""朝廷"而言。如北宋范仲淹《岳阳楼记》云:"居庙堂之高,则忧其民;处江湖之远,则忧其君。"后句中的"江湖"即指远贬在外或归隐于野。即如黄庭坚"桃李春风一杯酒,江湖烟雨十年灯",下句中的"江湖"显然亦指远离朝廷,在四方各地漂泊流浪。由此来看江湖谪宦、江湖游士、江湖诗客、江湖商贾、江湖艺人、江湖郎中、江湖豪侠……应当说指的都是游离于各自体制以外的少数个体。但到南宋时义偏文学,陡然队伍增大,蔚然成风,并且结社结盟,江湖诗人形成一个庞大的队伍正式登上诗坛,却因其特殊的社会条件和种种历史缘由使然。

江湖之兴也,大约从宋宁宗嘉定二年(1209)起始,是年陆游卒,代表南宋诗歌创作最高成就的"南宋四大家"或"中兴四大家"都已去世;而这时徐照、徐玑、翁卷、赵师秀等四个流连在永嘉的秀山丽水间的朋友迭相唱和,经大儒叶适揄扬而大放异彩。四灵凋落后,体制以外的平民诗人反而越来越多,中经宋理宗宝庆初(1225)江湖诗祸,一介怀揣算盘、奔走于西湖市肆的书商的"出格"行为,牵连一大帮热爱诗歌的平民有些还是"短衣朋友""作奸犯科",被卷入政治旋涡,以江湖而波撼庙堂,引起朝、野各阶层人士的关注和震惊;一直活动到宋端宗景炎元年(1276),是年蒙元铁蹄攻入临安,南宋王朝名存实亡,诗风才又开始发生较大变化。

江湖夜雨十年灯!

我认为,无论永嘉四灵抑或江湖诗派,当时的政府所给予这些体制以外的平民诗人的是一种生杀予夺的重压,这些诗人的心灵创伤不仅来自生活贫困所受到的世人的白眼,而更主要的是来自这一时期和社会的令人窒息的压力。在这样的困境、窘态之下,他们歌哭吟笑,相濡以沫,日益壮大诗友队伍,直至笼罩着整个南宋中后期诗坛,这在中国古代文学史上应该是独一无二的。同时,大量体制以外的平民诗人的出现和活跃,增加了文人与底层社会、商业意识、市民文化接触的机会,诗人从中吸取了新的审美趣味和表现手法,他们毫不在意典雅的"象牙塔"，大胆地在创作中多用俗字、俗句、俗韵、俗典、俗意，从而体现了文学思想演变过程中迅速崛起的世俗化、通俗化倾向，它说明了一个即将出现的潮流——市民文学很快就要到来了。

几十年来，我都是从事古代人物及作品的研究。林语堂先生在其杰作《苏东坡传》中说过一句很深刻的话："认不认识一个人不在于和他同一年代，这是共鸣了解的问题。毕竟我们只认识自己真正了解的人，而且只对自己真正喜欢的人才能充分了解。"（《苏东坡传》第一章）对此，我是深为折服的。因为比较起周围那些用虚伪和谎言层层包裹的人，古人还好理解得多。有正史、有笔记野史，更重要的是有他们所写的诗文可供揣摩研读。日子长了，就像和他们朝夕晤对一样。就这样，近几年的花朝月夕风雪雨霜我都是和永嘉四灵以及江湖诗人们一起度过的。

"永嘉四灵"是徐照、徐玑、翁卷、赵师秀这四位诗人的合称。徐照字道晖，一字灵晖，自号山民；徐玑字文渊，一字致中，号灵渊；翁卷字续古，又字灵舒；赵师秀字紫芝，号天乐，又号灵秀。四人字号中都有一个"灵"字，他们又都是永嘉（今浙江温州）人，所以得名"永嘉四灵"。

四灵反对江西诗派的"资书以为诗"，造成了"厌傍江西篱落"的风气。同时代人赵汝回在《瓜庐诗序》中强调"水心先生（叶适）既啧啧叹赏之，于是四灵天下莫不闻"。可见四灵在当时声威之显赫。然而奇怪的是，随着南宋残梦的结束，四灵却成了历代鞭挞的对象，诸如"间架太狭，学问太浅"之类的指摘不绝于耳。甚至有现代学者刻薄地讥其为杜甫笔下的"白小群分命，天然二寸鱼"，细小微末，合起来才凑得成一条性命（见钱锺书《宋诗选注》）。其实，说这话的大师自己的诗又怎么赶得上四灵呢？真可谓"轻薄为文哂未休"！

至于绵延于南宋中后期的江湖诗派，则是一个以刘克庄为领袖、以杭州书商陈起为声气联络、以当时的江湖游士为主体的庞大的诗人群体。

江湖诗派有代表性的诗人是刘过、敖陶孙、姜夔、戴复古、高翥、刘克庄、叶绍翁、利登、乐雷发、黄文雷等。据考证，隶属江湖诗派的诗人有一百三十八人之多，是有宋一代参与人数最多的一个诗歌流派，就连声威显赫的江西诗派都难望其项背。(见附录) 然而奇怪的是，千年来没有哪一个宋代的诗派，像江湖诗派一样受到的差不多都是冷嘲热骂，几乎没有称许和赞扬。尤为奇怪者，对于江湖派单个的代表诗人如刘克庄、刘过、姜夔、敖陶孙、戴复古、叶绍翁、乐雷发、黄文雷等，历代评论家都不吝"跌宕纵横""才气豪放""风骨遒道""雄浑"等赞许，如：

南宋人诗，放翁、诚斋、后村三家相当。(清·叶矫然《龙性堂诗话》续集)

石屏诗心思力量，皆非晚宋人所有，以其寿长入晚宋，屈为晚宋之冠。(陈衍《宋诗精华录》卷四)

余于南渡后诗，自陆放翁之外，最喜姜夔尧章。(王士禛《香祖笔记》卷九)

(乐雷发诗) 雄深老健，突兀自放，南渡后诗家罕此标格。(曹庭栋《宋百家诗存》卷十八)

但是一提到江湖诗派，却众口一词曰："诗格卑靡。"这方面的批评以宋末元初的方回尤为严厉苛刻：

近世诗学许浑、姚合，虽不读书之人，皆能为五七言。无风云月露烟霞、花柳松竹、莺燕鸥鹭、琴棋书画、鼓笛舟车、酒徒剑客、渔翁樵叟、僧寺道观、歌楼舞榭，则不能成诗。而务谀大官，互称道号，以诗为干谒乞觅之资。败军之将、亡国之相，尊美之如太公望、郭汾阳，刊梓流行，丑状莫掩。呜呼，江湖之弊，一至于此! (《送胡植芸北行序》)

窃以为方回是失之偏颇的，治文学史者应该明辨"时运交移"与"质文代变"的关系。《文心雕龙·时序》云："故知歌谣文理，与世推移，风动于上，而波震于下者也。"又说："文变染乎世情，兴废系乎时序，原始以要终，虽百世可知也。"时代的推迁、政治的嬗变，必将影响作家的情感与文学的盛衰。反过来说，审视传统文化的标准应当依时而异，尊重历史，"英雄莫论出身低"嘛。清代学者翁方纲《石洲诗话》卷四云："当时书坊陈起刻《江湖小集》，自是南渡诗人一段结构，正何必定求如东都大篇，反致力不逮耶?"倒是较为客观而深刻，发人深省。

黄山谷诗云："古人冷淡今人笑，湖水年年到旧痕。"(《徐孺子祠堂》) 四十年前，我负笈武昌时，导师吴林伯教授常对我说："历史老人是不会和世人去争论谁对谁错的，他只是静静地在一旁等待，等待着今天的现实变为历史。"我觉得吴先生的话实在是山谷诗句的最好诠释。我案头案脚摞积的那些永嘉四灵与江湖诗人的诗集、笔记，静静地待在那里，有些还承垢蒙尘，从某种意义上来说，算不算是在"等待"呢？对古人古籍，信矣当慎乎其言也！

自20世纪80年代以来，研究宋诗者日众，对四灵、江湖这些平民诗人的评价也越来越接近客观。其中如张宏生教授之考证诗祸，吕肖奂教授之辨析体派，皆能义理兼赅，新见迭出，成一家之言。《文心雕龙·序志》云："有同乎旧谈者，非雷同也，势自不可异也。有异乎前论者，非苟异也，理自不可同也。"近年来我遍阅南宋诸小集，上溯"江西"诗文，旁窥宋代经济思想史，仰屋而思，时获新悟，本彦和异同之论，不得不发，"岂好辩哉，不得已也"。鄙意认为南宋"体制外"平民诗人的研究价值荦荦大者有以下两端。

一曰体现了特定的时代风貌。清代诗人蒋士铨云："宋人生唐后，开辟真难为。"（《忠雅堂诗集》卷十三《辨诗》）这当然是一句大实话，唐诗如同一座巍巍高山，任何山峰、树木想要走出它的阴影都洵非易事。后人怎么办呢？只有求变求新一途。《文心雕龙·通变》云："文律运周，日新其业。变则其久，通则不乏。"萧子显《南齐书·文学传论》就说过："若无新变，不能代雄。"意思是说，如果不求新、不求变，就不能开一代文风。"江西"之于唐诗，"四灵"之于"江西"，江湖之于"江西""四灵"，演绎的精神都是新变。天意高难问，人间要好诗！由此来看，当杨万里、陆游等大师纷纷谢世以后，在东南半壁的残山剩水中，永嘉四灵与江湖诗人留下了慷慨的别调和凄凉的余韵，他们是笼罩南宋中后期诗坛的主要力量，承担了反映南宋中后期政治社会生活的历史责任。所以元刘埙说："（永嘉四灵）贵精不求多，得意不恋事，可艳可淡，可巧可拙，众复趋之。"（《隐居通议·刘五渊评论》）清纪昀说："（江湖诗派）流波推荡，唱和相仍，终南宋之世，不出此派。"（《四库全书总目提要·梅屋集提要》）

不读四灵、江湖，就不能了解中后期南宋！

二曰是文化活动与商业运作互动的典型史例。四灵、江湖这些平民诗人作为那个特定时代的产物，作为那个特定群体的心灵活动，它与南宋中后期抬头的儒商思潮互为表里，商业运作是其赖以对抗官僚体制，使其产生、发展的重要的原动力。"上面"没有拨给"专款"，就通过自己的努力将作品转化为金钱。这在整个中国文化史上，都是极为罕见的典型史例，堪称"前无古人，后乏来者"。我认为，当代那些抱定崇高的目标，四望无援，靠自己的力量艰难跋涉的出版商庶几近之。正是基于这种认识，窃以为这些平民诗人的种种偏见畸行应该有另一种评价标准，四灵、江湖应该有其特殊的认识价值。

然知难行难，研究价值如斯，研究目的肯定是没有达到的。"却顾所来径，苍苍横翠微。"这本小书也可看作我研读南宋诸小集的笔记，腹笥浅陋，缺点难免。是耶非耶，得失心知。博雅君子，幸垂教之。楔子稿竟说偈云：

四灵清淡后村骄，白石吹香过断桥。

唤起江湖千古事，听涛馆外雨潇潇。

注：徐照、徐玑、翁卷、赵师秀号"永嘉四灵"，刘克庄号后村居士，姜夔号白石道人，皆为江湖诗人。

附录：按清纪昀等《四库全书总目》卷187《江湖小集提要》《江湖小集》95卷。旧本题宋陈起编。起字宗之，钱塘人，开书肆于睦亲坊，亦号陈道人。今所传宋本诸书，称临安陈道人家开雕者，皆所刻也。是集所录凡62家：洪迈2卷，僧绍嵩7卷，叶绍翁1卷，严粲1卷，毛珝1卷，邓林1卷，胡仲参1卷，陈鉴之1卷，徐集孙1卷，陈允平1卷，张至龙1卷，杜旟1卷，李龏3卷，施枢2卷，何应龙1卷，沈说1卷，王同祖1卷，陈起1卷，吴仲孚1卷，刘翼1卷，朱继芳2卷，林尚仁1卷，陈必复1卷，斯植2卷，刘过1卷，叶茵5卷，高似孙1卷，敖陶孙2卷、附诗评，朱南杰1卷，余观复1卷，王琮1卷，刘仙伦1卷，黄文雷1卷，姚镛1卷，俞桂3卷，薛嵎1卷，姜夔1卷，周文璞3卷，危稹1卷，罗与之2卷，赵希璐（左木）1卷，黄大受1卷，吴汝戈1卷，赵崇鉘1卷，葛天民1卷，张弋1卷，邹登龙1卷，吴渊2卷，宋伯仁1卷，薛师石1卷、附诸跋及墓志，高九万1卷，许棐4卷，戴复古4卷，利登1卷，李涛1卷，乐雷发 4 卷，张蕴 1 卷，刘翰 1 卷，张良臣 1 卷，葛起耕 1 卷，武衍 2 卷，林同 1 卷。内惟姚镛、周文璞、吴渊、许棐 4 家有赋及杂文，余皆诗也。（下引方回《瀛奎律髓》之《落梅》评语，此略）今此本无刘克庄《南岳稿》，且弥远死于绍定六年，而此本诸集多载端平、淳祐、宝祐纪年，反在其后。又张端义《贵耳集》自称其《挽周晋仙》诗载《江湖集》中，而此本无端义诗。（下引周密《齐东野语》卷 16《诗道否泰》语注曰：案此说与方回所记小异，未详孰是。）而此本无曾极诗，亦无赵师秀诗。且洪迈、姜夔皆孝宗时人，而迈及吴渊位皆通显，尤不应列之江湖。疑原本残阙，后人掇拾补缀，已非陈起之旧矣。宋末诗格卑靡，所录不必尽工。然南渡后，诗家姓氏不显者多，赖是书以传，其掇拾之功亦不可没矣。

又同上卷 187《江湖后集提要》《江湖后集》24 卷。宋陈起编。案起以刻《江湖集》得名，然其书刻非一时，版非一律。故诸家所藏如黄俞邰、来彝尊、曹栋、吴焯及花谿徐氏、花山马氏诸本，少或 26 家，多至 64 家，辗转传钞，真赝错杂，莫详孰为原本。今检《永乐大典》所载，有《江湖集》，有《江湖前集》，有《江湖后集》，有《江湖续集》，有《中兴江湖集》诸名，其接次刊刻之迹，略可考见。以世传《江湖集》本互校，其人为前集所未有者，凡巩丰、周弼、刘子澄、林逢吉、林表民、周端臣、赵汝鐩、郑清之、赵汝绩、赵妆回、赵庚夫、葛起文、赵崇嶓、张榘、姚宽、罗椅、林昉、戴埴、林希逸、张炜，万俟绍之、储泳、朱复之、李时可、盛烈、史卫卿、胡仲弓、曾由基、王谌、李自中、董杞、陈宗远、黄敏求、程炎子、刘植、张绍文、章采、章粲、盛世宗、程垣、王志道、萧澥、萧元之、邓允端、徐从善、高吉、释圆悟、释永颐凡 48 人。考林逢吉即林表民之字，盖前后刊版所题偶异，实得 47 人。又诗余 2 家，为吴仲方、张辑，共 49 人。有其人已见前集而诗前集所未载者，凡敖陶孙、李龏、周文雷、周文璞、叶茵、张蕴、俞桂、武衍、胡仲参、姚镛、戴复古、危稹、徐集孙、朱继芳，陈必复，释斯植及起所自作，共 17 人。惟是当时所分诸集，大抵皆同时之人，随得随刊，稍成卷帙，即别立一名以售。其分隶本无义例，故往往一人之诗而散见于数集之内。如一复其旧次，转嫌割裂参差，难于寻检。谨校验前集，删除重复，其余诸集，悉以人标目，以诗系人，合为一编，统名之曰《江湖后集》，庶条理分明，篇什完具，俾宋季诗人姓名篇什湮没不彰者，一一复显于此日，亦谈艺之家见所未见者矣。

又据牛鸿恩《永嘉四灵与江湖诗派选集》，近年有学者重检《永乐大典》残卷，发现《永乐大典》引录不同名称的江湖集共有8种，除上引《四库全书总目》提到的五种，尚有《江湖前贤小集》、《江湖前贤小集拾遗》和《江湖诗集》3种（或说所引江湖集名多达9种，但未列集名）。此8种江湖集著录108位诗人作品，与四库本《江湖小集》《江湖后集》对照，漏收的诗人为36位，漏收的作品为173篇。此36人为：《江湖集》18人：赵与时、刘克庄、卢祖皋、陈造、静斋（张敏则？）、李镈、郑克己、杨万里、曾几、赵希枊（左人）、周孚、来梓、徐文卿、黄简、张韩伯（按《江湖小集》有张弋，弋旧名奕，字韩伯，当即此人，然则36人当为35人）、史文卿、周师成（尚有钱塘徐氏、大梁李氏、天台徐氏因名字不详未计入）；《中兴江湖集》7人：赵善扛、方惟深、翁卷、李泳、牛士良、曾巩、赵师秀（尚有蒲阳柯氏、大梁李氏）；《江湖前集》3人：陈翊、郑侠、郭世模（尚有李泳，已见上集）；《江湖后集》2人：宋自逊、李时；《江湖续集》4人：董国材、萧立之，冯时行、周密；《江湖前贤小集》1人：李工侍；《江湖前贤小集拾遗》1人：邵伯温。

第一章　艰难时世

一

960年，后周殿前都点检赵匡胤在开封东北四十里的陈桥驿组织兵变，黄袍加身，代周自立，建立了北宋王朝。此后的一百多年，虽然已无复"汉唐威仪"，却也是宋王朝比较"承平"的岁月。直到1126年，亦即宋钦宗靖康二年三月，金兀术的拐子铁骑踏碎了东京的暮春残梦，将徽、钦二帝俘虏北上，康王赵构仓促出逃，"泥马渡江"，惊魂甫定，在草长莺飞的临安（杭州）建立了南宋王朝。这段历史，也就是岳武穆《满江红》中所慨叹的"靖康耻，犹未雪；臣子恨，何时灭"。

"山外青山楼外楼，西湖歌舞几时休？"水软山青的江南以其特有的旖旎风情抚慰着北来君臣受伤的灵魂。应该承认，在南宋统治的一百五十年间，赵宋统治者虽然目的是巩固封建王朝的统治，维护封建统治阶级的既得利益，但客观上也使江南人民免遭战乱，有相对稳定的环境来从事农业、手工业的生产，从而江南经济得到了进一步的开发。同时，由于定都临安，赵匡胤的不肖子孙们将腐化享乐的东京做派移植到烟雨迷蒙的江南，与此间本来就风流儒雅的民风相融合，更刺激了长江中下游城市的繁华。尤其是首都临安，取代了开封的地位，巍峨的殿宇相连，繁荣的道路纵横，成为天下第一大城市。一方面，当时大旅行家马可·波罗从意大利威尼斯来到东方，他亲自领略了杭州的风采之后，便以极大的热情赞美这个"堪为世界城市之冠"的"天城"，称为"令人心旷神怡醺醺欲醉"的人间天堂。（见《马可·波罗游记》第七十六章）另一方面，南宋政权偏安一隅，半壁江山，又是中国历史上最孱弱的中央政权。钱锺书的《宋诗选注》对北宋、南宋曾有过八尺方床与行军帆布床的妙喻。南宋的北面开始是面对金军的虎视，后来又遭遇蒙古铁骑的侵凌，始终是寝食不安，依靠长江这脆弱的防线来维持偏安一隅的局面，在"行军帆布床"上若断若续着惊悸的梦魇。江湖诗人曾极《古龙屏风》七绝云：

乘云游雾过江东，绘事当年笑叶公。

可恨横空千丈势，剪裁今入小屏风。

题下自注："宣和旧物，高宗携之渡江，后坏烂，宫官惜之，剪裁背成屏风，立殿上。"此诗系于《金陵百咏》，当是作者游金陵行宫的写实诗。北宋时具有"横空千丈势"的一条龙，到了南宋，经剪裁而蜷缩在狭小的屏风上。这件事极具象征意义，使人想到了北宋覆亡、南渡的高宗建立了一个缩手缩脚偏处江左的南宋小朝廷。尤其是在1141年，南宋与金签订妥协的"绍兴和议"，高宗向金称臣奉表，受金封为皇帝。宋金两国东以淮水为界，西以大散关为界。宋割唐、邓二州及商、秦的一半给金，且每年向金贡银二十五万两、绢二十五万匹。刘克庄《戊辰即事》以冷语嘲讽云："诗人安得有青衫？今岁和戎百万缣。从此西湖休插柳，剩栽桑树养吴蚕。"付出这样巨大的代价之后，宋与金才能勉强维持近半个世纪的相对稳定的局面，宋统治者才能"百年歌舞""百年沉醉"于水光潋滟的西子湖畔。至于北伐中原、收复故地，也就变成了五彩迷乱的凄然梦幻。据说高宗五十六岁时将皇位禅让给孝宗赵伯琮，自己做了逍遥的太上皇。孝宗开头还想有所作为，常常在他面前力陈恢复中原的大计，他却一瓢冷水泼了过去，说："大哥！等老者百岁以后，你再去研究这个大计划吧！"于是，南宋君臣多纵情于西湖山水，但求被暖风吹醉，蜷缩在"行军帆布床"上。这一时期也是永嘉四灵大放异彩的时期。

宁宗在南宋诸帝中应该算是励精图治的了，在其恢复祖宗帝业的梦想支撑下，开禧二年（1206）权臣韩侂胄主持了北伐。

开禧北伐大抵是一次条件不成熟的轻率之举。由于南宋未能使国政一新，以致旧弊未除，新弊又加。例如，南宋与金和议后，对军制未做彻底改革，军队人数也未能有效裁减，战斗力很差。可是百姓因供应军队赋役，负担却比以前增加了许多，因此怨声载道。

开禧北伐的核心人物韩侂胄是北宋名臣韩琦的曾孙，但他与老成持重的乃祖大异其趣，平日一贯专横，所信任者中阿谀奉承之辈颇多，有"由窦尚书、屈膝执政"之讥。他为了实现执掌朝纲的野心，曾诬告儒臣赵汝愚、朱熹等图谋不轨，残酷迫害理学学者，牵连学者达五十九人。此次韩侂胄为了动员社会各界一起准备北伐，曾努力改善自己同文人士大夫们之间的关系，但成效不佳，当时的有名望者多拒绝与韩侂胄合作。例如，韩侂胄派人召王阮，王阮义正词严："失身匪人，为万世笑。"韩氏派人找楼钥，楼氏子弟惧祸，劝楼钥去见韩，楼钥却拿出《颜氏家训》，训诫子弟不要坏长辈名节。类似事例颇多，杨万里、叶适等均拒绝与韩氏合作。当然，有些较正派的抗战派官员如辛弃疾、薛叔似等因渴望恢复中原，接受了韩氏及朝廷的委任，但这种人在士大夫名流中毕竟只是少数。

因而开禧北伐之前，民心不抟，士大夫们的心也不齐。兵不精，财也不充，出兵的条件是很不成熟的。

然而，韩侂胄却急于建立功业。出使金朝的使者回来，向他误报说金朝"赤地千里，斗米万钱，与鞑为仇，却有内变"，他便信以为真。开禧二年（1206）五月，宋宁宗终于在他的力促下下诏北伐。北伐兵分东、中、西三路，开始时是顺利的，先后攻占泗州、新息县、褒信县、虹县。但之后便接连败绩。特别是东路宿州一战，主将郭倬为逃活命，竟将部将田俊迈执送金军，使宋军蒙受奇耻大辱。金军随即发动全面反攻，先后夺占宋淮南、荆湖、川陕的大片土地，宋军败局已定。

这时，朝中的反韩力量已在另一权奸、礼部侍郎史弥远和韩的宿敌、宁宗皇后杨氏的联络下纠集起来，开禧三年（1207）十一月，其假借宁宗旨意，刺杀了韩侂胄。于是政局骤变，主和派占了上风。宋朝便加紧向金朝乞和，结果屈辱地答应了金朝的条件：世为伯（金）侄（宋）之国，增岁币为银、绢各三十万（两、匹），赔款白银三百万两，更令朝野切齿的是，竟然将倡议北伐的韩侂胄、苏师旦的人头函献金朝。

　　自古和戎有大权，未闻函首可安边。

　　生灵肝脑空涂地，祖父冤仇共戴天。

这首充满悲愤与不满的绝句乃是出自当时一位江湖诗人的手笔。开禧北伐以宋朝严重受挫而宣告结束，自此南宋财政的溃败已成无法挽回之势，诗歌的主旋律也一变四灵时期的散淡平缓为激越悲怆。

由于辖地日蹙，土地兼并日趋严重，租税负担不合理，因而阶级矛盾与社会动乱也不断加剧。诚如词人辛弃疾任湖南转运判官时，给宋孝宗上书所云：

　　州以趣办财赋为急，县有残民害物之政而州不敢问；县以并缘科敛为急，吏有残民害物之状而县不敢问；吏以取乞货赂为急，豪民大姓有残民害物之罪而吏不敢问。

这样一来，百姓当然处于水深火热之中，于是农民大规模地逃走深山，耕地荒废，国力大为削弱，江湖诗人乐雷发的《逃户》生动地记述了南宋中后期的农民被迫逃亡及逃走后土地被充公的凄凉景象：

> 租帖名犹在，何人纳税钱。烧侵无主墓，地占没官田。边国干戈满，蛮州瘴疠偏。不知携老稚，何处就丰年。

虽然逃避了租税，却土地已失，四顾茫然，不知道携带老小投奔什么地方去谋食，当时的社会破败可想而知。积贫积弱的南宋王朝就这样在风雨飘摇中走到尽头。在元军大规模的攻势下，南宋军队节节败退，皇帝一逃再逃。1279 年，元军围攻宋少帝避难处广东厓山，朝臣陆秀夫背负皇帝投海自尽，南宋王朝至此灭亡。

中国历史上几次出现这样的情况：政治上分崩离析、经济上惨遭破坏、人民颠沛流离的时代，反而催长出思想的腾飞和文化的灿烂。战国时代如此，魏晋南北朝如此，南宋也是如此。与政治、军事的一败涂地形成极大反差的是，南宋一百五十年间，封建文化得到了长足的持续发展。

谈到这一百五十年的文化，真可以说是郁郁乎文，皇皇大观！在哲学领域，经北宋周敦颐及程颢、程颐兄弟奠基的理学，进入了吕祖谦、朱熹、陆九渊、张栻的时代，这些巨子将其发扬光大，从世界观的高度，论证了封建纲常名教的合理性和永恒性，变成了一种以儒家学说为中心，兼容佛、道两家的新形式的儒学，以后历元、明、清三代一直是我国占统治地位的思想。与此相呼应的是，石破天惊，南宋区区之地，却出现了三百六十余所书院，占两宋书院总和的百分之七八十，数量上达到空前的地步，质量上也造就了中国书院教育史上空前的辉煌。在绘画领域，这是李唐、刘松年、马远、夏圭的时代，画风也由北宋的雄壮浑厚转化为空灵雅秀，宫廷画与士夫画争奇斗妍，各擅胜场。在文艺领域，在商业繁荣的刺激下，勾栏瓦肆大量出现，杂剧在其间热热闹闹地上演着，一种新兴的民间艺术样式——说话也蓬勃发展，在此基础上市人小说也就应运而生。在文学史上独领风骚的宋词进入了辛弃疾时代，辛弃疾、刘克庄、张孝祥、陈亮等凭借勃勃的爱国义愤，吞吐宇宙，评骘千古，将苏轼开创的豪放词派发挥得淋漓尽致。

至于南宋诗歌，虽承苏轼、黄庭坚之余绪，但先是陆游、范成大、杨万里、尤袤并称"中兴四大家"，卓然挺出，让苏、黄不得专美于前；以后随着陆游的谢世，"永嘉四灵"打破短暂岑寂后，为诗坛注入一股清新的空气。稍后，江湖诗派更以磅礴之势激荡着宋朝风雨飘摇的江南半壁。

这是一个具有冲突与转折鲜明特征的时代。国学大师王国维云："天水一朝人智之活动与文化之多方面，前之汉唐，后之元朝，皆所不逮也。"（王国维《宋代之金石学》）国学大师陈寅恪亦云："华夏民族之文化，历数千载之演进，造极于赵宋之世。"（陈寅恪《金明馆丛稿二编·宋史职官志考证序》）这些议论所指为宋朝，并非专指南宋。总之，这是一个文化史上绚丽的时代，各方面的成就云蒸霞蔚，辉煌壮丽。

在这样的历史土壤上，就产生、发展了本书所要研究的"四灵"、江湖等"体制外"的平民诗人。

二

《文心雕龙·时序》云："故知歌谣文理，与世推移，风动于上，而波震于下者也。"诗歌谣谚的思想感情，是随着时代的变革而推移的，就像风在河面上刮着，河里便波涛汹涌。我以为，在研究南宋四灵、江湖等"体制外"的平民诗人及其主体江湖游士之前，应该先叙述当时的士风及社会生活特点。因为无论是平民诗人抑或是江湖游士，从某种意义上说，都是当时的士风及社会生活特点的产物。简言之，当时的士风及社会生活有两个主要特点。

其一，与北宋时相比较，南宋人最显著的特点是与收复失地、忧患国运掺和在一起的爱国主义情结。不管是声名赫赫的"中兴四大家"，还是本书所研究的永嘉四灵与处于中下层社会的江湖诗人，都一致地（或多或少，当然因人而异）为民族的耻辱而悲愤，为祖国的苦难而呼喊，反映了南宋一代人民坚决反抗侵略的意志和要求。这种情绪是当时社会生活的主导，表现于诗歌方面，一则仇恨金人侵犯中原及荼毒沦陷区人民的罪行，渴望收复失地。如陆游斥责金入侵者是狐兔豺狼。在《题海首座侠客像》诗中写道："赵魏胡尘千丈黄，遗民膏血饱豺狼。"《纵笔》诗中也写道："故国吾宗庙，群胡我寇雠。但应坚此念，宁假用它谋。"他斥责榨取遗民膏血以自肥的侵略者，表示了与敌人势不两立的坚定立场。对沦陷区人民，诗人们则寄予无限关切和同情，如范成大《州桥》云：

> 州桥南北是天街，父老年年等驾回。
>
> 忍泪失声询使者：几时真有六军来？

显然，诗中虚拟的问使场景，真实地反映了沦陷区父老被奴役、被践踏的悲惨命运。又如江湖诗人戴复古《江阴浮远堂》云：

> 横冈下瞰大江流，浮远堂前万里愁。
>
> 最苦无山遮望眼，淮南极目尽神州。

极目远望，一无阻隔，呈现在视野之内的全都是被金人侵占的神州大地，真可谓万里江山"万里愁"。诗中对国家的衰败，对南宋后期的政治局势，寄托了深切的感伤凄怆。二则对统治集团的腐朽无能的投降政策及其醉生梦死的生活表示极大的愤慨。如刘克庄《军中乐》：

> 行营面面设刁斗，帐门深深万人守。将军贵重不据鞍，夜夜发兵防隘口。自言虏畏不敢犯，射麋捕鹿来行酒，更阑酒醒山月落，彩缣百段支女乐。谁知营中血战人，无钱得合金疮药！

一边是边城守将的寻欢作乐，一边是受伤战士无药治创，如此边防焉能保国卫民？诗人通过鲜明的对比，对黑暗的社会现实进行了无情的谴责和揭露。三则抒发诗人自己为国立功的壮志和收复国土的决心。如江湖诗人乐雷发的《乌乌歌》结尾长歌咏志：

> 有金须碎作仆姑，有铁须铸作蒺藜。我当赠君以湛卢青萍之剑，君当报我以太乙白鹊之旗。好杀贼奴取金印，何用区区章句为？死诸葛兮能走仲达，非孔子兮孰却莱夷？噫！歌乌乌兮使我不怡，莫读书，成书痴！

"乌乌"即"呜呜"，可能是秦地的古歌曲名。在继金而起的蒙古铁骑的逼迫下，作者感到南宋已岌岌可危，因此他掷书而起，激愤地要焚《离骚经》，劈《太极图》，投笔从戎，以救国家燃眉之急。

总之，进入南宋时期以后，国运急转直下，士风为之一变，社会生活特点亦为之一变，爱国主义成为时代的最强音。无论是"中兴四大家"，还是"永嘉四灵"、江湖诗人，忧国爱国的脉动一以贯之。

其二，重文。唐代科举虽一年一次，但每次不过取数十人。宋代科举采用弥封、誊录、贡院集中评卷的制度，虽然三年一次，但一次录取的进士常达三四百人，有时甚至一千多人，超过唐代十倍。这样就使得天下士子皓首穷经，死生不顾。宋朝文官有优厚的俸给，在离职时还可以用领宫观使的名义支取半俸，武官则只能望洋兴叹。宋太祖曾说宰相须用读书人，其实何止宰相，就是主兵的枢密使、理财的三司使乃至下面的州郡长官，几乎都是文人担任。宋真宗还写有《劝学诗》："富家不用买良田，书中自有千钟粟。安居不用架高堂，书中自有黄金屋。出门莫恨无人随，书中车马多如簇。娶妻莫恨无良媒，书中自有颜如玉。男儿欲遂平生志，六经勤向窗前读。"抓住士人心理，宣传鼓动，一时间天下竞奔仕途，真是"郁郁乎文哉"！进入南宋以后，重文之风愈盛。我们只要看一看在南宋灭亡在即的多事之秋，军国大事举凡召开军事会议、制定战略战术、调动兵马等都由文天祥担当，而文天祥是一纯粹的文吏，其余当可想而知。至于考试，北宋进行了制度改革，唐代那种推荐与考试相结合的方法被摒弃，而代之以"过硬"的糊名卷试，闭院阅卷，一扫唐代"走后门"的流弊。当时俗谚有"惟有糊名公道在，孤寒宜向此中求"之誉（见《中兴圣政》卷二八）。到了南宋，上有政策，下有对策，这种制度弊端迭出。或考官泄露题目，或考生内外作弊，"不学之流，往往中第"，"才者或反见遗"（《宋史·选举志》）。这样一来，士子为了争取榜上有名，又拾起了唐人的故技，多方结交名公贵人，向他们投献诗文，叫作干谒。西湖之畔、杭城内外，士子们常常袖诗怀文，风尘仆仆，奔走豪门，不以为耻。当然，其弊端也是显而易见的，本书第二章将作详细申述。有趣的是，"三十年河东，三十年河西"。北宋人所短，亦是其长处；南宋人所长，亦是其短处。北宋人为了应付严格的科举考试，注重做学问，书本知识丰富，生活情趣也较为高雅，但多不谙世情，生活面狭窄，眼光短促，有"头巾气"，气魄也欠恢宏。一遇大事，往往很难制定有效的切实可行的对策，而多只会喋喋不休地议论。所谓"乾坤误落腐儒手，但遣空言当汗马；西晋风流绝可愁，怅望千秋共潇洒"（程自修《痛哭》）。"宋人议论未定，兵已渡河"，这是后人对他们的尖锐讽刺。南宋人为结交名人，求官乞财，必须游走干谒。这就使得他们阅历丰富，世态洞悉，人情练达，经济务实，这倒是多少有些符合"读万卷书，行万里路"的古训了。然而媚俗、趋利等弊病也就腐蚀着士人脊骨，造就了一代世风，"白头还对短灯檠"（苏轼《侄安节远来夜坐》）变成了"笑尔随群走干谒"（周弼《戴式之垂访村居》）。这究竟是时代的悲剧，还是士子的与时俱进呢?

三

讲到干谒之风，讲到与此相关的江湖游士及平民诗人，就必须先探讨其哲学基础。

无疑，理学在宋代是占据统治地位的，关于这一点，理学经师历朝不乏且为数众多的高官可以证明，那棋布狭隘疆土上的三百六十余所书院可以证明，如象山书院那样只准许礼拜陆九渊而其他人不得入祀的极端做法可以证明。然而，就在朱熹们竭力宣扬"存天理、灭人欲"的性命之学的同时，"异端邪说"也悄然滋生。

早在北宋仁宗后期，蔡襄就讲过，士大夫们求财利之心甚切，往往一面做官，一面经商，毫无廉耻。苏轼在金陵曾对王安石讲："今之君子，争减半年磨勘，虽杀人亦为之。"二程弟子游酢上书论"天下之患，莫大于士大夫无耻"。"锥刀之末将尽争之，虽杀人而谋其身，可为也；迷国以成其私，可为也。"南渡后，士子逐利之风越来越烈。大理学家朱熹请著名学者陆九渊到白鹿洞书院讲学，陆九渊以"君子喻于义，小人喻于利"为题，激情地讲道："今人只读书，便是利，如取解后又要得官，得官后又要改官，自少至老，自顶至踵，无非为利。"他问在场的学子："难道这种风气是正常的吗?"他的话竟感动得听讲的人热泪直流，朱熹也盛赞他的话"切中学者隐微深痼之病"。理学家黄震上书言四大时弊，其中也有"士大夫无耻"一条。"士大夫无耻"的代表人物，有替长官揩须的丁谓，有公开声称"笑骂还他笑骂，好官我须为之"的邓绾，有甘心为秦桧做庄客的徐宗说，有学狗叫的赵师睪，至于为谋官而献媚、为避祸而屈膝者，更是不胜枚举。理学家们提出"存天理，去人欲"，首先就是针对这些人的。然而，这些"异端邪说"到了南宋，从遮掩吞吐变得声势炽烈，竟极大地动摇了理学圣殿的柱础。

诚然，理学强调三纲五常，有利于封建王朝的统治，因此受到了南宋王朝的扶植与提倡。但是，南宋偏居江南，北临强敌，想要维持统治，增强国家经济、军事实力，抗击外侮，恢复中原，靠空谈性命是不行的。因此在一部分爱国的、关心国事的士大夫中就逐渐产生了反对空谈性命的功利之学，应和着抗金救国的时代巨潮轰鸣激荡。甚至连南宋最高统治者孝宗皇帝也为之所动，他从晋室南渡找到历史教训说：

今士大夫微有西晋风，岂知《周礼》与《易》言理财，周公、孔子未尝不以理财为务。且不独此，士大夫讳言恢复，不知其家有田百亩，内五十亩为人所据，亦投牒理索否？士大夫于家事则知之，至于国事则讳之，何哉？（《续资治通鉴》卷一四九）

可见作为最高统治者，在提倡理学的同时，也需要一定的功利主义、经世致用之学来维持、加强自己的统治。所以南宋时在科举考试中，也要考政治、经济、军事方面的内容，要求士子对这些时务之学提出自己的见解。此外，由于宋代的生产力较唐代有更大的发展，生产上专业化分工扩大，产品的商品化程度大为提高，进入南宋以后，经济重心南移，工商业的兴旺和货币经济的空前繁荣使得一些作坊主成了"富工"，他们与富商大贾一起，构成扩大了的"富人"队伍。这些"富人"有的还读一些圣贤之书，用儒家理念规导自己的经营活动，因此深得时人称赞。如宋代王明清撰《摭青杂说》记述了在东京最著名的酒楼樊楼侧边一个茶肆主人拾金不昧的故事。故事结尾，失主李氏要将遗失的数十两黄金分一半给茶肆主人，以示谢意。茶肆主人正色回答说：

官人想亦读书，何不知人如此？义利之分，古人所重，小人若重利轻义，则匿而不告，官人将如何？又不可以官法相加，所以然者，常恐有愧于心故耳。

一番话掷地作金石声，说得围观的五六十人皆以手加额，发出叹息。无疑，这种商人的精神风貌是超越前代的。

宋代以前不准商人子弟参加科举考试，宋代取消禁令，不仅允许商人子弟参加科举考试，而且允许商人中"有奇才异行、卓然不群"者应试，《夷坚丁志》等典籍中就有姓名坐实的记载。还有，宋代以前规定商人只许着皂白二色的衣服，宋太宗时解除了此项歧视性的限制，进而明申"今后富商大贾乘马，漆素鞍者勿禁"。甚至朝廷还公开卖官鬻爵，让商人能花银子走上仕途，改变社会地位。

南宋承北宋重商余绪，时商人、富人不仅受人尊重，而且可以自由地出入仕途。如建安人叶德孚买田贩茶，后获得"乡荐"，取得参加省试的资格，娶宗室女，授将仕郎（见洪迈《夷坚志》卷六）。饶州鄱阳士人黄安道应举累试不中，改行成为"贾客"，后又预乡荐，参加礼部试，终于登第（见洪迈《夷坚志》卷十六）。一些士大夫、贵族也从本身利益出发，与商人通婚联姻，《宋文鉴》卷六十一记载了丁骘上奏抨击新科进士论财娶妻，说："市井驵侩，出捐千金，则贸贸而来，安以就之。"可知新科进士被商人招为女婿者不在少数，是当时的社会世相。洪迈还记述了大臣与商人联姻的事实，如宰相留正、吏部侍郎诸葛廷与泉州商人王元懋结为姻家，外戚刘美与茶商马季良结为姻家，等等。

其实，早在北宋时期，公开明确地反抑商言论就出现了。著名政治家范仲淹写了《四民诗》，士、农、工、商各一首。在《商》诗中，他为商人鸣不平道："吾商则何罪，君子耻为邻？"并为商人辩白，指出那种认为商人败坏社会风气的做法是不对的，真正败坏社会风气的是权贵。北宋末、南宋初人郑至道提出百姓自古即分为士、农、工、商四民，士以读书明理管事为业，农以耕为业，工以制作器物为业，商以贸通有无为业，"此四者皆百姓之本业"。只有四民之外不务正业者，才应称为"浮浪游手之民"。他的话使商人重新回到士、农、工、商四民之中。商为四民之一，这原本是早期儒家的观点，后世的儒者接受了管商学派的重本抑末观点，竟把自家经典中商为四民之一的话淡忘了。南宋思想家叶适也是依据儒家经典的话为根据反对抑商，他说："四民交致其用，而后治化兴，抑末厚本，非正论也。"（《习学记言序目》）讲"抑末厚本"是歪论，这恐怕只有宋人才敢讲，这是一方面。另一方面，宋代商业较前代有较大发展，在市场方面可称得上发生了革命性变化，但是总的来说，商人还没有控制生产，他们的经济实力远没有达到左右整个社会的地步。宋代工商业者的人数在全部社会人口中所占比重是不大的，汴京号称居民百万家，而工商、服务业者加在一起不过一万五千余户，比在京的八品官员数量还要少。工商业者虽有时可以议政，但是他们在管理国家、城市等方面仍处于完全无权的地位。官方之所以允许一些人替商人说话，并不是畏惧商人的势力，而是想利用他们的力量。总之，既然朝野上下对功利之行都转变了观念，那么功利之学的有关著作当然就受到了士人的欢迎。

南宋功利之学的代表人物主要是永康学派的陈亮和永嘉学派的叶适。他们都兴起于浙江，因此都被称为"浙学"。而在当时，浙学是功利之学的同义语。一方面，浙江是当时经济最为发达的地区，特别是商品经济甚为发达。浙东和浙西两路十五州的人口，几乎占南宋总人口的一半。不少地主兼营商业，形成了一个没有特权的兼营商业的庶族地主阶层。他们当然要求社会安定，追求经济繁荣，希望国家富强。这些是功利之学勃兴的经济与阶级的基础。另一方面，首都临安就在浙江。在这里，不仅麇集着醉生梦死、苟安享乐的贵族、官僚，而且聚集着十数万计的莘莘学子，他们可称天下读书种子的精华；更重要的是一批忧国忧民、志在匡复的人士也在此集结，力图有所作为，推动南宋政权以实现雪耻图强的抱负。抗金派与妥协投降派、爱国派与卖国派在此进行着激烈、持续的斗争。而功利之学的突出的时代内容正是抗金雪耻、富国强兵。

窃以为，正是永嘉学派的泰斗叶适，对"四灵"、江湖等"体制外"的平民诗人施加了巨大的思想影响。

叶适（1150—1223），字正则，温州永嘉人。因原籍处州龙泉，自称"龙泉叶适"，又因晚年在永嘉城外水心村居住讲学，所以人称"水心先生"。这是一位出身贫寒的爱国知识分子，二十八岁擢进士第二，历仕孝宗、光宗、宁宗三朝。《宋史·儒林传·叶适》说他"志意慷慨，雅以经济自负"。他曾多次上书，力主抗金，反对屈辱求和。后在韩侂胄北伐失败、金兵直闯淮南、江南为之震动的紧急情势下，临危受命，任知建康府兼沿江制置使，保卫江防。由于他采用了正确的战略战术，屡败金军，赢得了江淮保卫战的胜利。后来他被投降派排挤，夺职后回永嘉讲学、著书，终于成为与朱熹、陆九渊二派鼎足而三的功利学派的巨子。

叶适是永嘉学派的代表人物和集大成者。他提倡功利，反对空谈性命，认为构成自然界的主要形态是以"五行""八卦"为标志的各种物质，而"仁""义"必须表现于功利。叶适的学术思想汪洋恣肆，对孔子以外的古今百家，他都予以批判，对道统传授说反对尤烈；他认定《十翼》非孔子所作，指责理学家的"无极""太极"说。在宇宙观上，他认为道不能离开天地和器物而独存，因而具有唯物主义倾向。（见《宋元学案·水心学案》全谢山按语）其著作有《水心文集》及《习学记言序目》等。

探讨南宋平民诗人的哲学基础，我之所以在林立的两宋思想家中将眼光集中于水心先生，是因为其内证与外证均较然可睹。

先说外证。人所共知，"永嘉四灵"（徐照、徐玑、翁卷和赵师秀）是与江湖诗派瓜葛极为密切的一个文学群体，其中赵师秀曾遭"江湖诗祸"，《永乐大典》引录《中兴江湖集》也收有赵师秀、翁卷诗，以致有人认为四灵与江湖二者实一。对此，本人的观点在第五章将会申述，这里只是肯定二者瓜葛极为密切。而四灵之崛起，正是由于叶适的提倡。四灵在理论上无所建树，全靠叶适的阐幽发微。叶适不仅搞哲学，同时也是宋儒里对诗文最讲究的人。他也写诗，其七绝《锄荒》云："锄荒培薄寺东隈，一种风光百样栽。谁妒眼中无俗物，前花开遍后花开。"写得理趣盎然，被广为传诵，字里行间亦可见其爱护风雅、扶持后学的长者情怀。叶适曾编选《四灵诗选》，由陈起雕版发行。嘉定四年，徐照病殁，叶适满怀感情地为其写墓志铭，盛称其能合"唐人之精"，即载于《水心文集》卷十七的《徐道晖墓志铭》。其后徐玑亦病殁，叶适又写了《徐文渊墓志铭》，长歌当哭，一唱三叹，载于《水心文集》卷二十一。韩淲《涧泉集》卷八《昌甫题徐仙民诗集，因和韵两篇》云："眇眇三灵见，萧萧一叶知。"自注"三灵"指徐照以外的那三个人，"一叶"即指叶适，可见叶适对"四灵"的知遇。关于叶适和"四灵"的关系，下面这些资料可见端倪：

> 唐风不竞，派沿江西，此道蚀灭尽矣。永嘉徐照、翁卷、徐玑、赵师秀乃始以开元、元和作者自期，冶择淬炼，字字玉响，杂之姚、贾中，人不能辨也。水

心先生既啧啧叹赏之，于是四灵天下莫不闻。（宋赵汝回《瓜庐诗序》）

水心之门，赵师秀紫芝、徐照道晖、玑致中、翁卷灵舒，工为唐律，专以贾岛、姚合、刘得仁为法……水心广纳后辈，颇加称奖，其详见徐道晖墓志。（宋吴子良《林下偶谈》卷四《四灵诗》）

水心翁以抉云汉、分天章之才，未尝轻可一世，乃于四灵若自以为不及者，何耶？此即昌黎之于东野，六一之于宛陵也。惟其富赡雄伟，欲为清空而不可得，一旦见之，若厌膏粱而甘藜藿，故不觉有契于心耳。（宋周密《浩然斋雅谈》卷上）

上引资料都是同时人所写，有力地证明了叶适对"四灵"的提携和奖掖，这种知遇当时人就比美为韩愈提携孟郊、欧阳修赏识梅圣俞。

至于叶适与江湖诗派的直接关联，应该也是较密切的，谨择二端以说明。一是前已叙及叶适编选《四灵诗选》，刊刻这本书的书商陈起，恰是江湖干将。按同是江湖诗人的许棐《跋四灵诗选》云："兰田种种玉，檐林片片香。然玉不择则不纯，香不简则不妙，水心所以选四灵诗也。……斯五百篇出自天成，归于神识，多而不滥，玉之纯、香之妙者欤！芸居（陈起）不私宝，刊遗天下，后世学者，爱之重之。"这段话清楚地说明了叶适与江湖诗人陈起在编辑出版方面的合作。一是叶适曾为江湖派主将刘克庄诗卷作跋，青眼有加：

刘潜夫年甚少，刻琢精丽，语特惊俗，不甘为雁行比也。今四灵丧其三矣……而潜夫思益新，句愈工，涉历老练，布置阔远，建大将旗鼓，非子孰当？……而进于古人不已，参《雅》《颂》，轶《风》《骚》可也，何必四灵哉！（《题刘潜夫南岳诗稿》）

吴子良《林下偶谈》卷四云："此跋既出，为唐律者颇怨。而后人不知，反以为水心崇尚晚唐者，误也。"我以为吴说极可玩味，它透露了两个信息。其一，叶适认为刘克庄超过了四灵，这也可以理解为叶适觉得四灵的境界过于狭小，因而为四灵的追随者所怨。（四灵提倡学习晚唐姚、贾的五律，当时称为"为唐律者"。）其二，叶适的跋在当时产生了不小的影响。吴子良是叶适门人，《林下偶谈》中对江湖多褒扬之词，这当然也折映了叶适的态度。

此外，叶适后来在《王木叔诗序》中也说："木叔不喜唐诗，谓其格卑而气弱。近岁唐诗方盛行，闻者皆以为疑。夫争妍斗巧，极外物之变态，唐人所长也。"文中的"唐诗"，指的就是学习姚贾"晚唐体"的"四灵体"。这当然说明了叶适看到了四灵的缺点，从而态度发生了微妙的转变，向江湖诗派倾斜了。

正因为叶适与四灵、江湖诗派联系密切，所以叶适的思想特别是他的经济思想极大地影响了四灵、江湖这些"体制外"的平民诗人。这也是二者关系的内证。

叶适广泛地探讨过多方面的经济问题。在对各种经济问题的探讨中，他都对有关的、被人们长期奉为神圣不可侵犯的传统观念进行了公开的、直接的驳斥。如他宣扬功利主义，反对贵义贱利；反对美化井田制和复井田的主张；尤其是他主张"保富"，"扶持商贾"，肯定对其间杂有不少商人的平民诗人影响至深。

宋代庶民地主地位的上升及工商业的增长，使得反映他们要求的"保富"论在思想界声誉鹊起；与此同时，土地和财富兼并的发展，不断加剧着社会矛盾，又促使抑兼并的呼声甚嚣尘上。叶适是宋代最为旗帜鲜明地反对抑兼并思想的学者，他很重视民，尤其重视富民。他认为富人的作用是巨大的。他说："富人者，州县之本，上下之所赖也。""富人为天子养小民，又供上用，虽厚取赢以自封殖，计其勤劳亦略相当矣。"（叶适《民事下》）在他看来，富人有功于国家，有益于社会，是社会的中坚力量。

基于这一认识，叶适主张"扶持商贾"，反对"重本抑末"。"重本抑末"论源于先秦，是封建正统经济思想的主要教条之一，它对后世经济和经济思想的发展有极大的压制、束缚作用。叶适以前尽管有人曾对此思想进行过修正或正面强调作为末的工商业的重要性，但是还没有人公开对此观点表示异议。叶适则不然，他在《习学记言序目》中对此进行了最勇敢的挑战：

按《书》"懋迁有无化居"，周讯而不征，春秋通商惠工，皆以国家之力扶持商贾，流通货币。故子产拒韩宣子一环不与，今其词尚存也。汉高帝始行困辱商人之策，至武帝乃有算船告缗之令，盐铁榷酤之入，极于平准，取天下百货自居之。夫四民交致其用而后治化兴，抑末厚本，非正论也。使其果出于厚本而抑末，虽偏，尚有义。若后世但夺之以自利，则何名为抑？恐此意，（司马）迁亦未知也。

叶适认为，抑末厚本并非古圣先王留下的什么正论，只有四民（士、农、工、商）各尽其用，互相交换、协调发展，才能实现"治化兴"。至于后世的抑末，实际上是封建国家夺民间之"末"，而自为"末"以取利。这对于"重义轻利"的理学当然是致命的打击，对社会的影响也是巨大的。南宋末年岳珂《桯史》卷二说，一个富翁对想发财的穷书生说："大凡致富之道，当先须去其五贼，五贼不除，富不可致。"穷书生请教"五贼"是什么，富翁说："即世间之所谓仁、义、礼、智、信是也。"我认为这个小故事完全可以视为叶适思想的社会影响。可以想象得到，在西湖万人海书肆卖书的书商陈起们，在临安大街小巷奔走干谒以诗求利的士人们，不论是面对着自己已经拥有的财富，还是苦苦追求着梦想的财富，对叶适的高论都应该由衷拥护，更何况水心先生是他们所景仰的提携"四灵"、奖掖后村的前辈呢？

这样，一旦经济和文化都突破原来的瓶颈，便会产生种种新鲜的东西。"重利轻义"作为与中国传统文化大相径庭的一条具有原则意义的价值取向，"重末"则是与中国传统社会观念异趣的一条根本性经济政策；文化精神和经济政策在"轻义""重末"这一点上发生谐振共鸣，其结果是一方面使商品经济在南宋得到了长足的发展，另一方面使文化领域出现了新的气象。从思想发展史的角度来看，我认为这种谐振共鸣可以称为"儒商互补思潮"，或简称"儒商思潮"。需要说明的是，一般认为，儒商指在儒家理念规导下进行商品的经营活动的商人，亦即在商儒作用下从商人阶层分离出来的知识分子。而本书所谓"儒商思潮"，则意在儒与商两方面的相互作用。

邱绍雄在《中国古代白话商贾小说精选》（广东人民出版社2000年版）前言中指出，在中国传统文化结构中，人们常说"儒道互补"，也就是说儒家入世，道家出世，各有特点，可以相互补充。如李白在积极进取、踌躇满志时以"但用东山谢安石，为君谈笑静胡沙"（《永王东巡歌》）自勉自励，而困顿失意、彷徨苦闷时又以"俱怀逸兴壮思飞，欲上青天揽明月"（《宣州谢朓楼饯别校书叔云》）来寻求解脱。但是在义利理欲观上，儒道是不能互补的。不仅儒道不能互补，而且作为中国传统文化主体的儒、释、道三家都不能互补。因为儒、道、释三家在义利理欲观上是完全一致的，所谓"红花绿叶白莲藕，三教原是一家人"：儒家从"重义"出发宣扬"轻利"，"重本抑末"，而道家的体道寡欲，佛家的无欲、去欲、以欲念为万恶之源则恰好与儒家的观点如出一辙。这种倾向长时期左右了中国社会的进程，积极影响是显而易见的，如"贫贱不能移，富贵不能淫，威武不能屈"之类；消极影响也无可讳言，那就是不仅阻碍了生产力的发展，而且成了中国传统文化精神的弊端。我认为，南宋的江湖游士们在人生追求上呈现出多元化的取向，在义利理欲观上大胆地与传统文化精神唱对台戏，他们公然在"好义"之外追求"好财"，在举业受阻的情势下，转而从商从医从卜从艺，或是卖书卖画，力图使自己的精神产品具有商品价值。他们在义利理欲观上并没有采用传统的儒道互补，而是采用时兴的儒商互补。亦即追逐不到功名，则放下仁、义、礼、智、信，去追逐金钱，在南宋大地上掀起了一股儒商思潮。应该说，这是一个很值得研究的问题。

本章稿竟，谨集江湖诗句作偈云：

倚遍南楼更鹤楼（戴复古），淮南极目尽神州（戴复古）。

西湖多少闲春水（邓林），王谢千年有旧游（刘克庄）。

注：集句出处依次为戴复古《鄂渚烟波亭》、戴复古《江阴浮远堂》、邓林《西湖》、刘克庄《冶城》。

第二章　江湖游士

一

要研究四灵、江湖等"体制外"的平民诗人，必须先叙及其社会基础——江湖游士。

江湖游士是南宋的特产。

我认为江湖游士的"江湖"一词不是地理学上"江"（长江）与"湖"（洞庭湖）的专有名，而是具有特定的文化意义的大共名。按《庄子·逍遥游》云："今子有五石之瓠，何不虑以为大樽而浮乎江湖，而忧其瓠落无所容？"庄子对惠施说，为什么不将这只大葫芦挖空做一只腰舟，而浮游于浩瀚的江湖呢？"江湖"因庄子的运用显然带有道家自远自放的文化意义。这种带有道家色彩的词汇在民间社会衍化，到范仲淹《岳阳楼记》"处江湖之远"，便形成了与专制朝廷的庙堂政治相对的江湖文化。"游士"一词出于《战国策·魏策一》："是故天下之游士，莫不日夜扼腕、瞋目、切齿，以言从之便，以说人主。"原指战国时代四方奔走、从事游说活动的人。然而，南宋拾起历史的成词，缀为"江湖游士"，则赋予了特定的含义。

有宋一代是著名的重文的时代。前已叙及，国家礼遇文官，也鼓励士子走应试从官的道路，学校之设遍天下。唐代科举虽每年一次，每次录取却不过数十人。而宋代科举三年一次，一次录取少则数百人，多则千人以上，大大超过了唐代。然而宋代的科举制度为了强调公平，较之唐代严密了许多。首先，考官要在考试之前数十天就进入考场，不许回家，谓之"锁院"。考题则要在锁院期间拟出，以便严格保密。其次，考卷在评判期间要将考生姓名、籍贯等封住，以防考官知晓，谓之"弥封"。为了防止考官从笔迹上认出考生是谁，又规定每份考卷须另找人誊抄，谓之"誊录"。此外，宋廷还规定了考卷须经初评、复评、三评三级评审程序，增大了作弊的难度。

宋代科举制度虽很严密，但上有政策，下有对策，总有空子可钻，尤其是到了南宋中后期则积弊日甚，其突出表现在三个方面。

一是主司之弊。据《宋史·选举志》记载，"场室士子日盛，卷轴如山，有司不能遍睹"。换言之，有些士子考了也是白考，试卷根本没有经过考官审阅。这还是客观原因所致，有司有意作弊则更令人扼腕。按《宋史·选举志》载宁宗嘉泰元年（1201）起居舍人章良能呈报主司三弊：

一曰沮抑词赋太甚，既暗削分数，又多置下陈。二曰假借《春秋》太过，诸处解榜，多置首选。三曰国史、实录等书禁民私藏，惟公卿子弟因父兄得以窃窥，冒禁传写，而有司乃取本朝故事，藏匿本末，发为策问，寒士无由尽知。

到理宗时奸弊愈盛，"有司命题苟简，或执偏见臆说，互相背驰，或发策用事讹舛。故士子眩惑，莫知适从，才者或反见遗。所取之士既不精，数年之后，复俾之主文，是非颠倒愈甚，时谓之'谬种流传'。复容情任意，不学之流，往往中第"。以后绍定二年（1229）、绍定四年（1301）又不断有人上书皇帝，极言有司之弊，均见《宋史·选举志》。这样一来，当然产生了优劣颠倒的不平现象，当然"姜夔刘过竟何为？空向江湖老布衣"（乐雷发《题许介之誉文堂》）了。

二是考生之弊。据《宋史·选举志》载，宋代考生之弊大凡有五："曰传义，曰换卷，曰易号，曰卷子出外，曰誊录灭裂。"南宋绍定元年（1228），有人议论举人应试程文雷同，甚至达到一字不差的程度，究其弊端有二："一则考官受赂，或授暗记，或与全篇，一家分传誊写；一则老儒卖文场屋，一人传十，十人传百，考官不暇参稽。"这里说的是全国性的进士考试，至于州郡试院作弊则更加猖獗了。据载，南宋度宗初年，有司鉴于雷同假手之弊，其原主要由于隔日开试，州郡试院继烛达旦，有些考生待到第二天辰、巳时还没有出院，这样不仅可以惠不能文之人，也足以害能文之士；于是恢复旧制，改为连试三日，并且加强监督巡视之责，注重复试。这也从反面说明了改制以前雷同假手作弊之剧。

三是权贵的干预。这是造成宋代科举之弊的另一个严重的原因。伟大诗人陆游的落榜就是一例。《宋史》本传云：

（游）年十二能诗文。荫补登仕郎，锁厅荐送第一，秦桧孙埙适居其次。桧怒，至罪有司。明年试礼部，主司复置游前列。桧显黜之，由是为所嫉。桧死，始赴福州宁德簿。

由于奸相秦桧对科举考试的干预和破坏，陆游一直屈居下僚，直至宋孝宗即位，才迁枢密院编修官。后经史浩、黄祖舜力荐，遂赐进士出身。像陆游这样杰出的旷代奇才，科举之路尚且如此穷塞舛厄，不正说明了权贵干预之弊吗？

正是由于南宋科场存在以上种种痼疾，"奸弊愈滋"，因此"不学之流，往往中第", "才者或反见遗"。只有弄明白这一点，才能读懂江湖诗人那看似恬淡的眼神中隐藏着的巨大悲哀，才能理解为什么英才荦卓如刘过、姜夔、戴复古辈穷困潦倒、布衣终生；才学俱秀的乐雷发考了一辈子举，也只是靠了弟子姚勉登科高中、上书让第，才讨得一个翰林馆职。于是，在大批屡试不第的士子中，有些人灰心丧气，颓唐自放，正如北宋才子柳永吟唱的那样："黄金榜上，偶失龙头望。明代暂遗贤，如何向？未遂风云便，争不恣狂荡？何须论得丧。才子词人，自是白衣卿相。"（《鹤冲天》）成天到烟花巷中倚红偎翠。有些人折而他业，有条件者用积攒下来的银两做本钱，如下章所叙陈起们经营商业，还有些人或做教馆先生，或做医师术士，或投身于勾栏瓦舍做书会先生。

据周密《武林旧事》记载，当时临安"说话"勾栏中光"讲史""说经浑经""小说"三类就有著名书会先生九十二人。当时人罗烨认为，其中一些人的学识和艺术素养已经达到了相当高的水平：

> 非庸常浅识之流，有博览该通之理。幼习《太平广记》，长攻历代史书。烟粉奇传，素蕴胸次之间；风月须知，只在唇吻之上。《夷坚志》无有不览，《琇莹集》所载皆通。……论才词有欧、苏、黄、陈佳句，说古诗是李、杜、韩、柳篇章。（《醉翁谈录·小说开辟》）

无疑，这些书会先生都是由士子转业。他们的去处是勾栏瓦舍。所谓勾栏，指三面有围栏的舞台。所谓瓦舍，又称瓦子、瓦市，据说系取像瓦一样"易聚易散"之义。据《西湖老人繁胜录》记载瓦市："南瓦、中瓦、大瓦、北瓦、蒲桥瓦。惟北瓦大，有勾栏一十三座。"临安城外还"有二十座瓦子"。每个瓦子包含勾栏多座。都市的勾栏瓦舍，还拓展到中小城镇的众多地方。粗略计算，书会先生应该有数千人之多，可见当时士子队伍分流之一斑。陆游《小舟游近村舍舟步归》"身后是非谁管得，满村听说蔡中郎"，刘克庄《田舍即事》其九"儿女相携看市优，纵谈楚汉割鸿沟。山河不暇为渠惜，听到虞姬直是愁"，就生动地记叙了活跃在南宋城乡的"说话""市优"。

综上所述，有很多人在科举无望和经济拮据的双重压力下，干脆放弃举业，自处"江湖之远"。于是就产生了一批"江湖游士"，或称"游士"。

二

游士是南宋中后期形成的一个特殊的社会阶层，他们虽然属于士、农、工、商四民中的士阶层，但大多白衣终生，少数人虽浮沉下吏，也是生活潦倒。刘克庄《赠高九万并寄孙季蕃二首》云：

行世有千首，买山无一钱。

紫髯长拂地，白眼冷看天。

贫无立锥之地还要维持精神贵族的形象，可以想见江湖游士的风貌和生活境况。由于游士没有稳定的收入，生计困顿，无法养家糊口，所以在这个阶层中盛行干谒之风。所谓"儒衣历多难，陋巷困箪瓢。无地可躬耕，无才仕王朝。一饥驱我来，骑驴吟灞桥"（戴复古《都中抒怀呈滕仁伯秘监》）。因为自己命运多舛，衣食无谋，在饥饿的驱使下来干谒，而在外表上却"骑驴吟灞桥，"扭捏作秀。下章要详叙的永嘉四灵中的二灵徐玑有《见杨诚斋》，记叙自己拜谒曾任宝谟阁直学士的大诗人杨万里的情况：

名高身又贵，自住小村深。清得门如水，贫惟带有金。养生非药饵，常语尽规箴。四海为儒者，相逢问信音。

按方回《瀛奎律髓》卷四十二评此诗是标题为《投杨诚斋》，"投"有投刺拜谒意。第六句"规箴"，应当是聆听杨万里的教诲。无疑，这是一首干谒诗。

其实，干谒也是有很多辛酸艰苦的。徐照写有一首《寄翁灵舒》，向同病相怜的翁卷吐露了个中辛酸，中有句云："帝陌喧车马，王门守虎貔。"写达官显宦门卫凶猛森严，自己望门而怯。另一首五古《畏虎》中表达得更具体："侯门无罴虎，进者何趔趄？主人畏客来，有甚虎与罴？"可想当时的干谒者为见权贵一面，受了多少肮脏气。

如果运气不错的话，干谒还真能带来意外的收获。方回《瀛奎律髓》卷二十云：

盖江湖游士，多以星命相卜，挟中朝尺书，奔走闽台郡县糊口耳。庆元、嘉定以来，乃有诗人为谒客者，龙洲刘过改之之徒不一人，石屏亦其一也。相率成风，至不务举子业，干求一二要路之书为介，谓之"阔匾"，副以诗篇，动获数千缗，以至万缗。如壶山宋谦父自逊，一谒贾似道，获楮币二十万缗，以造华居是也。钱塘湖山，此曹什佰为群……往往雌黄士大夫，口吻可畏，至于望门倒屣。

同样是奔走于权门豪右，但唐代李白、杜甫辈是希图"识荆"，博取功名，一展抱负，所谓"申管晏之谈，谋帝王之术"；而南宋中后期的游士们则大多是追求衣食住房之类生活的基本需求，所谓"糊口走四方，白头无伴侣"（戴复古《祝二严》）。而且，游士们使用的又是被传统思想所不容的非正常手段——干谒乞食。这种非高尚、非优雅的生活方式和人生追求当然受到当时尤其是后世士大夫的鄙视，在这样的"尘容俗状"上生发出的诗歌当然遭到士大夫的猛烈抨击。如清钱谦益就尖刻地嘲讽："彼其尘容俗状，填塞于肠胃，而发作于语言文字之间，欲其为清新高雅之诗，如鹤鸣而鸾啸也，其可几乎？"（《牧斋初学集》卷三十三《王德操诗集序》）

"姜夔刘过竟何为？空向江湖老布衣。"（乐雷发《题许介之誉文堂》）这当然是时代的不幸。但我认为，对游士这样一个复杂的社会群体，假如我们换一个角度审视分析，也许就会感到钱谦益等的批评有失公允，就会得出一些新的认识。

首先，作为"处江湖之远"的才士，纵然满腹济国经纶，对国事却只能采取言论上的介入和心理上的关注。（而且，有时候言论上的介入会招致杀身之祸。）作为知识分子，游士们当然忧心日非的国事。在野学子是游士阶层的中坚，俗称游学之士或江湖学子。方回《瀛奎律髓》卷二十"钱塘湖山，此辈什佰为群……往往雌黄士大夫，口吻可畏"云云，记录了当时聚集在临安的游学之士的声势。宋人罗大经《鹤林玉露》就记载了当时对在野学子有"有发头陀寺，无官御史台"的说法。意思是说，要想做"无官御史台"，干预政治，"言侍从之所不敢言，攻台谏之所不敢攻"，必须先做"有发头陀寺"，亦即不奢侈，不多欲，生活清苦。这当然从一个侧面反映了江湖学子对政治和时局的关心。

南宋游学之士或江湖学子积极参与政治是十分著名的。南宋学生干政比北宋更加经常化，几乎每次大的政治风波都有学生介入，卷入的人数也颇为可观。例如，绍熙五年（1194），已退位的宋孝宗病重，大臣们纷纷要求宋光宗去探望宋孝宗，宋光宗为皇后、宦官所阻，迟迟不去。这时便有太学生汪安仁、陈肖说等二百余人联名上书，吁请宋光宗探视宋孝宗。庆元元年（1195）赵汝愚外贬，不少太学生上书请留赵汝愚，其中杨宏中、周瑞朝等六人最突出，因而遭到残酷迫害，被时人誉为"庆元六君子"。淳祐四年（1244）太学生一百四十四人，武学生六十七人，京学生九十四人，宗学生三十四人相继上书批评权相史嵩之误国，形成了一次规模较大的学潮。淳祐十一年（1251），朝廷以杭州游士"植党挠官府之政，扣阍揽黜陟之权"，下令逐游士。游士们写诗作文，比之为秦朝的逐客、坑儒，强烈抗议。宋理宗开庆元年（1259），太学生陈宜中等六人上书抨击时政，批评权相丁大全误国，也遭受迫害，时人誉为"开庆六君子"。景定五年（1264）反对回买公田的政治浪潮，学生参加的人数也较多。太学、武学、京庠都有学生投入其间，形成另一次学潮。此后南宋临近灭亡时，学生运动更是如火如荼，与军民抗战彼此呼应。至于南宋学生褒贬某位大臣，个别学生上书、写诗议政更是难以枚举。其间，这种积极干政的倾向还酿成了宋理宗宝庆元年（1225）的"江湖诗祸"。

无疑，"江湖诗祸"是一桩严重的文字狱，而且自始至终是一桩冤案。（无论其无辜性，还是遭受打击的力度和广度，都超过了历来人们津津乐道的北宋苏东坡的"乌台诗案"。）然而，它却表现了江湖诗人难得的一种儒者之刚；更重要的是，它有力地说明了江湖诗人与时政的密切关系。

诗祸的起因应该是和西子湖畔的诗人们了不相干的。宋宁宗亲生儿子于嘉定十三年（1220）死去，宋宁宗又别无亲子，为了防备万一，宋宁宗只得在侄子辈的宗族中选了沂王之子作为养子，这就是赵竑（原名赵贵和）。当时宰相史弥远独揽朝政大权，南宋政局动荡不安。史弥远是宋孝宗时的宰相史浩之子。他在策划诛杀韩侂胄后，地位迅速上升，嘉定元年（1208）就升任宰相兼枢密使。终宋宁宗之世一直位兼宰相、枢密使双重要职，操纵着朝政大权。像韩侂胄专权时期那样，宰执、侍从、台谏、帅守，都由史弥远引荐的人担任，别人莫敢奈何。史弥远专权同韩侂胄专权的不同之处，主要是韩侂胄曾做出抗金姿态，宣布剥夺汉奸秦桧的王爵和赠谥。而史弥远一上台，即宣布恢复秦桧的王爵、赠谥。因此，史弥远专权的性质比韩侂胄专权更加反动。他"决事于房闼，操权于床笫"，执政择易制之人，台谏用慎默之士，对不同意见一概加以压制，形成了士大夫以言为讳、钳口成习的局面。当时的演唱艺人演了一出讽刺戏，一人手执一块石头，用大钻猛钻，钻了好久钻不进去。另一个人拍他的头说："汝不去钻弥远，却来钻弥坚，可知道钻不入也。"一时杭州城轰动，这两个艺人因此得罪史弥远，被治罪流放。

皇子赵竑对史弥远强烈不满，希望来日践登大位后整饬朝纲。有一次，他一边在书案上书写史弥远的劣行，一边喃喃自语："弥远当决配八千里！"还有一次，他指着壁上地图的琼、崖一带对宫人们说："吾他日得志，置史弥远于此。"他没有想到的是，阴险的史弥远早就买通了自己身边的一个侍琴美人作为耳目，自己的一举一动早已在史弥远的监视之中。到了宋宁宗去世时，史弥远一手遮天，胁迫杨皇后另立一位皇侄赵贵诚（后改名昀）为新皇帝（宋理宗）。将原先的皇子赵竑封为济阳郡王，令他出居湖州。

史弥远的倒行逆施使全国哗然。不久，愤愤不平的湖州太学生潘壬等在湖州起兵，打出拥护赵竑做皇帝的旗号，将仓皇之中逃入水窦中的济王找出，逼迫他即皇帝位。赵竑知道潘壬等成不了大事，就偷偷派人去临安向朝廷告变。后来朝廷兵到，潘壬部随即被剿灭。

史弥远原本对赵竑就十分忌恨，这次当然必欲置其于死地而后快。于是，他诈称济王有病，命亲信带着医生赶到湖州，矫旨逼迫济王自缢。为了掩人耳目，对外便说济王死于疾病。

当时朝野为之震动，掀起了声讨史弥远的高潮。一些富有正义感的朝臣如魏了翁、真德秀、胡梦昱等纷纷上言，申辩济王的冤情，指出史弥远专权给国家造成的威胁。对此，史弥远准备采取铁腕镇压的手段，当然首先要找帮凶，士大夫大多横眉拒之，这时一个知县梁成大出现了，"日坐茶肆中"，毁谤"真德秀乃真小人，魏了翁乃伪君子"。杭州的游学之士非常气愤，叫他"大字旁宜添一点"，改其名为"梁成犬"。史弥远却命梁成大为监察御史，唆使他与言官李知孝、莫泽对反对派罗织罪名，进行弹劾，被时人目为"三凶"。结果，真、魏诸人都先后遭到贬谪和迫害，一时"名人贤士，排斥殆尽"。

史弥远色厉内荏，他在严厉打击政敌的同时，又十分害怕异己的意见，因而要加强思想控制。不幸的是，这次政治事件竟然波及了文坛。以下两则文字都出自同时人之手，心有余悸地记录了"江湖诗祸"，应该是可信的：

渡江以来，诗祸殆绝，唯宝、绍间，《中兴江湖集》出，刘潜夫诗云："不是朱三能跋扈，只缘郑五欠经纶。"又云："东风谬掌花权柄，却忌孤高不主张。"敖器之诗云："梧桐秋雨何王府，杨柳春风彼相桥。"曾景建诗云："九十日春晴景少，一千年事乱时多。"当国者见而恶之，并行贬斥。景建，布衣也，临川人，竟谪春陵，死焉。（宋罗大经《鹤林玉露·乙编》卷四《诗祸》）

宝庆间，李知孝为言官，与曾极景建有隙，每欲寻衅以报之。适极有春诗云："九十日春晴景少，百千年事乱时多。"刊之《江湖集》中；因复改刘子翚《汴京纪事》一联为极诗，云："秋雨梧桐皇子宅，春风杨柳相公桥。"初，刘诗云："夜月池台王傅宅，春风杨柳太师桥。"今所改句，以为指巴陵及史丞相。及刘潜夫《黄巢战场》诗云："未必朱三能跋扈，都缘郑五欠经纶。"遂皆指为谤讪，押归听读。同时被累者，如敖陶孙、周文璞、赵师秀，及刊诗陈起，皆不得免焉。于是江湖以诗为讳者两年。其后史卫王之子宅之、婿赵汝楳，颇喜谈诗，引致黄简、黄中、吴仲孚诸人。洎赵崇龢进《明堂礼成》诗二十韵，于是诗道复昌矣。（宋周密《齐东野语》卷十六《诗道否泰》）

厘清繁乱的头绪，事件的原委经过大约是这样的：宋宁宗、宋理宗之世，与江南一带大多数布衣诗人关系不错的书商陈起，搜集江湖布衣的诗作，辑刻成书名曰《江湖集》，分《前集》《后集》《续集》，陆续发行于世。纪昀在《四库全书总目》卷一八七《江湖后集提要》中说："惟是当时所分诸集，大抵皆同时之人，随得随刊，稍成卷帙，即别立一名以售。其分隶本无义例，故往往一人之诗而散见于数集之内。"宋陈振孙《直斋书录解题》卷十五云："（《江湖集》）书坊巧为射利，未可以责备也。"陈起自己也能作诗，辑刻《江湖集》，可谓既有社会效益，又有经济效益，没想到却招致了著名的"江湖诗案"。言官李知孝与诗人曾极有私仇，就向朝廷揭露说，新近临安府书棚刊出的诗集《江湖集》内有影射史弥远阴谋废立及逼死济阳郡王的诗句。权相史弥远为寻把柄以钳制朝野之口，正中下怀，于是一班小人寻章摘句，极尽影射罗织、嫁祸于人之能事，从《江湖集》内寻找"罪证"。这类诗句如刘克庄《黄巢战场》中的"未必朱三能跋扈，都缘郑五欠经纶"一联，被说成借古讽今，抨击史弥远专横跋扈，惋惜赵竑缺少谋略；刘克庄《落梅》中的"东风谬掌花权柄，却忌孤高不主张"一联，被说成嘲笑史弥远擅权；曾极《春》中的"九十日春晴景少，百千年事乱时多"一联，被说成对史弥远的黑暗统治给国家和社会造成的危害的揭露；书商陈起（也有人说是敖陶孙或曾极）写的"秋雨梧桐皇子府，春风杨柳相公桥"一联，被说成表达对志得意满的史弥远的讽刺和对贬居湖州的赵竑的同情。《江湖集》所选诗作多来自民间，正是社会舆论的一种反映。史弥远做贼心虚，尤其忌讳、害怕社会舆论，可以想象得到，当时史弥远的帮凶们是如何费尽心机去笺注这些诗句的，结果罗织成了"影射时政"的"谤讪罪"，《江湖集》被宣布为非法，毁板并禁止发行，与此案有关的刘克庄、曾极、敖陶孙、周文璞、赵师秀等人均遭到严厉制裁，其中被处罚最重的就是此书的刊印者陈起和曾极，他们被黥面流放到边远地区，而且曾极死于贬所春陵（今湖南宁远）。同时，宣布实行诗禁。一时文网高张，南宋诗坛万马齐喑，变得死一般沉寂。

从某种意义上说，文字狱是中国源远流长的劣根痼疾。从秦始皇焚书坑儒开始，历代统治者对思想文化都有着一根敏感的神经，瓜瓞绵绵，在神州大地上不断上演着类似的悲剧。南宋以前有，南宋以后也有。然而，需要指出的是，相对历史上其他文字狱，"江湖诗祸"却是一桩不折不扣的冤狱。因为如果真的是写诗攻击史弥远，还存在一个正义还是非正义的问题；而江湖诗人则纯粹是无辜罹难。按刘克庄的《黄巢战场》大约写于1219年以前，而其《落梅》则可以肯定写于嘉定十三年（1220）奉祠家居时。此外，曾极的《春》诗是作者少年时作。以上三诗与1225年发生的废立之事了不相涉。陈起的那一联诗句虽不可推求写作年代，但是《江湖集》绝对在济王被缢死以前就已上市，亦即在1225年正月以前就已上市；如果将书商组稿、编辑、雕版及印刷所占用的时间综合计算，则无论如何都来不及反映史弥远废立与赵竑被害等一系列重大事变。因此，我们可以肯定"江湖诗祸"是史弥远及其帮凶为了政治斗争的需要而肆意诬陷而造成的冤案，其目的在于箝天下人之口。按刘克庄的《落梅》诗曰：

一片能教一断肠，可堪平砌更堆墙。飘如迁客来过岭，坠似骚人去赴湘。乱点莓苔多莫数，偶粘衣袖久犹香。东风谬掌花权柄，却忌孤高不主张。

确是一首上好的咏梅诗，一句"一片能教一断肠"，就一下子把人带入了落梅的意境之中。刘克庄"文名久著，史学尤精"，博学则多思，忧国忧民。这首诗寄情于物，借物咏志，正表现了诗人感怀时不我济的自怜自叹。有牢骚未必是对具体的人事有所影射，但也被指为谤讪。十年后，刘克庄到宋庵游玩，怒放的梅花勾起了他痛苦的回忆，写有《病后访梅九绝》，其一云：

梦得因桃数左迁，长源为柳忤当权。

幸然不识桃并柳，却被梅花累十年。

原注："邺侯咏柳云青青东门柳，岁晏必憔悴。杨国忠以为讥己。"刘克庄说自己因咏梅罹祸，和刘禹锡写桃花、李泌歌杨柳致罪一样，都是冤哉枉也。其九云：

菊得陶翁名愈重，莲因周子品尤尊。

从来谁判梅公案，断自孤山迄后村。

自负地将自己的爱梅花与陶渊明的爱菊花、周敦颐的爱莲花相提并论。他在《贺新郎·宋庵访梅》中也悲愤地呼喊："老子平生无他过，为梅花受取风流罪。"朱继芳在写给陈起之子的五律《赠续芸》中也说："科斗三生债，蟫鱼再世冤。"都是对"江湖诗祸"痛定思痛之作，足证"江湖诗祸"是一起旷世奇冤。

当然，我们说刘克庄、曾极、陈起等江湖诗人无辜罹祸，并不排除他们在史弥远乱国问题上反对、激愤甚至抗拒的政治态度，而恰恰能说明江湖诗派的发展在客观上总是应和着时代的脉搏而跳动的。难能可贵的是，面对残酷打压，江湖诗人们并未就此屈服封笔，相反是屡压屡起。如因咏梅得祸的刘克庄从此一发而不可收，一生写了一百三十多首咏梅诗词。这种以梅花品格自励、自尊、自重、自强的内心世界，现在窥探，也足令人动容。

平心而论，连自己的生存饱暖都岌岌可危，对国事除了哀痛与无奈以外，还能要求他们什么呢？所以，我们读到诸如"空余壮心在，灯下看吴钩"（薛嵎《除夜苦雨》）、"北固怀人频对酒，中原在望莫登楼"（刘过《登多景楼》）、"面前不着淮山碍，望到中原天尽头"（刘仙伦《题张仲隆快目楼壁》）、"北望中原青一发，凄其四岳正尘昏"（姚镛《题衡岳》）、"江左于今成乐土，新亭垂泪亦无人"（曾极《新亭》）等江湖诸诗时，感受到的是一种"位卑未敢忘忧国"的怦然心动。而且，这种处江湖之远的忧国忧民，更多的不是抒发沙场点兵的壮举和陈述收复失地的方略，而是如实记录了社会底层人物对危如累卵的国事不甘袖手又无所措手的焦急和忧虑，以及对急转直下的时势对家庭与个人生活带来的影响的担心。这些诗作唯其具有普通百姓的色彩，才显示出特殊的风味和价值。这种风味就是平民意识，这种价值就是时代的平民心声。

三

其次，江湖诗人的谋生手段——干谒，亦含有时代的、社会的合理成分。

江湖游士一般都乐于在城市居住，尽量保持士大夫的做派，过着自命风雅的日子，所谓"借得城居一丈宽，五车书向腹中安。声华馥似当风桂，气味清于著露兰"（许棐《赠叶靖逸》）。然而，"长安居，大不易"。南宋商品经济的发展，使游士们难以安贫乐道，产生了强烈的物欲。他们之中的少数有条件者如陈起转为经商，为财富放手一搏。像小说中的王文甫那样"不免弃了文章事业，习了祖上生涯，不得其名，也得其利"（《欢喜冤家·李月仙割爱救亲夫》）。而大多数游士却进退失据，他们手中没有包括劳动力在内的一般商品，没有占有生产资料，因而生活十分清苦。诚如危稹《上隆兴赵帅》所说"我生兀兀钻蠹简，不肯低头植资产。缀名虎榜二十年，依旧酸寒广文饭"，戴复古《家居复有江湖之兴》所说"寒儒家舍只寻常，破纸窗边折竹床"，刘克庄《岁晚书事十首》所说"窗下老儒衣露肘，挑灯自拣一年诗"。面对咄咄逼人的生活压力，他们唯一可行的便是"卖诗"。戴复古曾搜集千百家古书,他自称:"胸中无千百字书,如商贾乏资本,不能致奇货。"(《宋诗钞·石屏诗钞序》)这句奇语当然有所指,是比喻之词,但其中流露的商品意识、学问与金钱的转换意识却是确凿无疑的。

据一些笔记、小说记载,宋时"卖文""卖诗"的现象已屡见不鲜。如临安五间楼前坐铺的"卖酸文"的李济就是"一个酸溜溜的卖诗才"(元杂剧《青衫泪》)。所谓"卖酸文",就是依靠机敏智慧,针砭时弊,制造笑料,以文字的样式出售给市民,鬻钱以糊口。据洪迈《夷坚志》,在东京有某秀才以卖诗为生,市民要他以"浪花"为题作绝句,而且限定以"红"字为韵。这秀才感到窘困,便向市民推荐南熏门外的王学士,王问清要求,一挥而就:

> 一江秋水浸寒空,渔笛无端弄晚风。
>
> 万里波心谁折得?夕阳影里碎残红。

当时南宋的仇万顷曾经立牌卖诗,每首标价三十文,承诺笔不停挥,停笔罚钱十五文。一富家做棺材,以此题材买诗,仇疾书道:

> 梓人斫削象纹衫,作就神仙换骨函。
>
> 储向明窗三百日,这回抽出心也甘。

又有一妇人以白扇为题,并以"红"字限韵,仇万顷写道:

> 常在佳人掌握中,静待明月动时风。
>
> 有时半掩佯羞面,微露胭脂一点红。

还有一妇人以芦雁笺纸求诗,仇即以此生发,信笔书云:

> 六七叶芦秋水里,两三个雁夕阳边。
>
> 青天万里浑无碍,冲破寒塘一抹烟。

一刺绣女子以针为题,限"羹"字为韵,来向仇买诗。绣花针与羹相去甚远,此诗难度颇大。仇不假思索书云:

> 一寸钢针铁制成,绮罗丛里度平生。
>
> 若教稚子敲成钓,钓得鲜鱼便作羹。

可见卖诗者要根据买主的不同职业、不同性别、不同需要,凭借自己广博的学养和敏锐的才情,才能应付自如,使作诗商业化。事实上,有贸易的甲、乙方，有流通货币，这是不折不扣的知识商品化交易。

除开社会上已存在的"卖酸文""卖酸诗"的现象，当时与文学密切相关的姊妹艺术——"说话"方兴未艾。这门技艺从其诞生的那一天起，便是一种精神商品：听众付出一定酬银，以换取精神的愉悦与寄托；艺人凭着引人入胜的叙说，收取一定的报酬，以维持自己的生活。"说话"这种极强烈的商业功利色彩肯定给予了江湖游士诸多启发，更何况"说话"脚本的创作就不乏江湖文士的参与，更何况宋自逊上谒贾似道"获楮币二十万缗以造华居"的事实如仙山琼阁般散发出无穷吸力，使人目醉神迷。于是，公开以诗篇换取金钱的呼唤在江湖诗集中此起彼伏。其中，包括用诗歌干谒乞取金钱，如"书生不愿悬金印，只觅扬州骑鹤钱"（刘过《上袁文昌知平江》）、"更得赵侯钱买屋，便哦诗句谢山神"（危稹《上隆兴赵帅》）、"此行一句直万钱，十句唾手腰可缠。归来卸却扬州鹤，推敲调度权架阁"（盛烈《送黄吟隐游吴门》）、"野人何得以诗鸣，落魄骑驴走帝京。白发半头惊岁月，虚名一日动公卿"（戴复古《春日二首》其一）。这种知识商品化也包括让书棚将自己的诗集刊印出售以获利，如"七十老翁头雪白，落在江湖卖诗册"（戴复古《市舶提举管仲登饮于万贡堂有诗》）、"朝士时将馀俸赠，铺家传得近诗刊"（许棐《赠叶靖逸》）等，不一而足。然而"江湖如许阔，无地著诗流"（胡仲弓《送罗去华》），"江湖路远总风波"（陈必复《江湖》），"平生最识江湖味，听得秋声忆故乡"（姜夔《湖上寓居杂咏》），以诗换钱谈何容易！作为士人，无所成就而沦落江湖，内心是非常苦闷的。他们常常和着血泪吞下干谒无门的悲哀和干谒无成的失望，他们的诗歌真实地记录下了这一特殊阶层的特殊情感。戴复古所谓"梦中亦役役，人生良鲜欢"（《梦中亦役役》），自己一生奔走生计，已成天涯倦旅。罗与之《商歌》其一云：

　　东风满天地，贫家独无春。

　　负薪花下过，燕语似讥人。

这是一首描写春天的诗，而题名《商歌》，"商"在五音里却象征萧瑟的秋天，可知作者有意承继春秋宁戚《商歌》的自鸣不平的传统，按成公绥《啸赋》云"动商则秋霖春降"，庾信《和庾四》云"无妨对春日，怀抱只言秋"，可为本诗注脚。身为读书人，面对东风袅袅、花香鸟语的美丽春光，却过着贫穷负薪的生活，听到声声燕语，都觉得像是讥笑自己。布衣寒士窘迫的心境真是被刻画得入木三分！

"姜夔刘过竟何为？空向江湖老布衣。"姜夔、刘过的经历确实是江湖游士的缩影。

刘过，字改之，号龙洲道人，吉州太和人。他生当宋、金对峙的时代，像大多数知识分子一样，他终身都怀抱恢复中原的政治理想；而与一般人不同的是，由于他"博学经史百氏之文，通古今治乱之略，至于论兵，尤善陈利害"（元殷奎《昆山复刘改之先生墓事状》），所以"以功业自许"，功名欲十分强烈。"上书欲谒平章去，光范门前肯自媒。"（刘过《谒易司谏》）在这种欲望的支持下，他"尘埃破帽倦骑驴，一雨穷途快有余"（刘过《呈李漕》），开始了漫长的干谒之路，足迹遍于江西、湖南、湖北、安徽、江苏、浙江，"以布衣慷慨游历兵间，不忘恢复，伏阙上书，指陈无顾忌，有国士之风"（邵晋涵《龙洲道人诗集序》）。他的上书现已失传，据说其中分析了边庭障堠、战守形势，谓中原可以一战而取。然而被人讥为"附合时局，大言以俸功名"（纪昀《龙洲集提要》）。其间，韩侂胄原本想用他出使金国，也因有人谗言他出言轻率而作罢。所以他风尘仆仆，拿着诗稿到处干谒，凄凄惶惶，布衣终生。据吕大中《宋诗人刘君墓碑》云：

有生而穷者，有死而穷者。借车载家，寒驴破帽，此生而穷也。耒阳荒土，采石孤坟，此死而穷也。龙洲刘先生讳过，字改之，家徒壁立，无担石储，此所谓生而穷者。冢芜岩隈，荒草延蔓，此所谓死而穷者。先生何穷之至是哉！

吕大中是南宋人，他说的话应该可信，既"生而穷"，复"死而穷"，刘过的一生可以说是够凄惨的了。

姜夔的命运则比刘过要好一些。姜夔，字尧章，饶州鄱阳人，父亲曾在湖北汉阳做官。父亲病逝后，少年的姜夔不得已依姐姐在汉阳居住。成年后，姜夔冲击科举失败，无奈出游扬州，旅食江淮，走上了干谒的道路。幸运的是，在他三十余岁时，结识了湖南诗人萧德藻。萧氏很赏识姜夔的才华，并把侄女嫁给他。

随后姜夔乃依靠萧家寓居湖州（今浙江吴兴）约十年之久。在萧的介绍下，姜夔不断外出干谒，其友人陈造《次姜尧章饯徐南卿韵二首》其一云："姜郎未仕不求田，倚赖生涯九万笺。稇载珠玑肯分我？北关当有合肥船。"无疑，这是一种清客的生涯。在他近四十岁时，又有幸结识了世家贵胄张鉴。张鉴是南宋大将张俊的诸孙，在杭州、无锡等地都有田宅，曾想出资为姜夔买官爵，被姜夔婉拒。姜夔称他与张鉴交谊最深，"十年相处，情甚骨肉"（《姜尧章自叙》）。大致他长期寓居西湖，如孤云野鹤往来于江浙诸地，主要靠张鉴资助。

需要指出的是，姜夔并不甘为清客，其间他也力求为世所用。四十三岁时，他曾向朝廷上《大乐议》《琴瑟考古图》，希能获得识拔，但未能如愿。两年后，他又再上《圣宋铙歌鼓吹十二章》，获诏允许破格参加进士考试，可惜仍未考中。经此两度挫折，他从此绝意仕进，布衣终生。及至张鉴病故，他更贫无所依，辗转漂泊，慨叹着"万里乾坤，百年身世，唯有此情苦"（姜夔《玲珑四犯》），最后卒于杭州。幸得友人捐助，才葬于马塍。

刘过、姜夔的这种生活方式自然遭到了历代士大夫的鄙夷和抨击，并且这种鄙夷和抨击往往牵扯上他们的诗歌。如：

近世为诗者……是以为游走乞食之具，而诗道丧矣。（方回《滕元秀诗集序》）

（刘过诗）外强中干，多谒客气。（方回《滕元秀诗集序》）

刘过改之《龙洲集》，叫嚣排突，纯是子路冠雄鸡，佩豭豚气象，风雅扫地。（王士禛《带经堂诗话》卷十）

石屏此诗，前六句尽佳，尾句不称，乃止于诉穷乞怜而已。求尺书，干钱物，谒客声气。江湖间人皆学此等衰意思，所以令人厌之。（方回《瀛奎律髓》卷十三戴复古《岁暮呈真翰林》评语）

这些鄙夷和抨击其核心当然都是指向游士们非优雅、非高尚的谋生手段。士大夫们认为，一个人如果说着英雄的豪言壮语或是吟唱着隐士的清雅情怀，却过着游走乞食的谒客生活，那么一定是个冒牌的英雄或乔装的隐士。然而，我认为，这些貌似正人君子的言论却恰恰忽视了游士的形成是历史使然、社会使然这样一个基本事实。毋庸讳言，南宋平民诗人由于强烈的商业功利色彩，过分考虑投谒对象的需求，导致诗人主体意识的削弱，而在一定程度上使诗歌呈现一种干求乞食的"衰意思"。但是，南宋平民诗人写奔走干谒的游士生活和情感，带着殷切的希望，发语诚恳，言为心声，这正是他们诗作的真处，是它的生命之所在。这是士大夫兼官僚的上层文人不曾也无法涉及的，应该是平民诗作中最具风采的部分。若是他们的诗作没有这种俗气，那就不是活生生的平民诗人了。更重要的是，身处困境而四顾无援的游士们终于意识到精神产品的价值，手中的诗稿可以换来衣食钱财，用今天的眼光审视，江湖游士们之所为分明凸显出艺术市场价值规律的支配。张宏生说：

> 这种情形，反映出日渐发达的商品经济对读书人的影响。如果与许多反映市民意识的话本小说中鼓吹发财致富，追逐物质享受的描写比观，真是若合符契。再者，江湖谒客以诗游谒江湖，靠投献诗作来换得达官贵人的资助，使得原来被孔子认为"可以兴，可以观，可以群，可以怨。迩之事父，远之事君"的诗变成了具体的谋生手段，这也是一个不小的变化。它意味着诗歌由对政治的依附，转为兼对经济的依附；诗歌在客观上进入了市场，也就出现了诗人有作为一个职业而独立存在的可能。（《十三世纪的诗坛劲军——谈南宋江湖诗派》）

我认为，张说公允精审，对于理解江湖诗人是极有启迪的。在南宋的中后期，出现了一批职业诗人，他们能够用诗歌维持自己的生活（尽管这种生活非常艰难、苦涩，有时甚至屈辱），毕竟是前无古人的创举。这以后几十年、几百年，甚至现当代，真正意义上的经济独立的职业诗人出现了没有呢？如果答案是否定的话，那么我们为什么又苛求、取笑八百年前南宋平民诗人迈出的"第一步"呢？

本章稿竟，谨集取江湖诗句杂以唐句作偈云：

落魄江湖载酒行（杜牧），凄其四岳正尘昏（姚镛）。

忧时元是诗人职（刘克庄），自披风帽过临平（高翥）。

注：集句出处依次为杜牧《遣怀》、姚镛《题衡岳》、刘克庄《次韵瘦使左史中书行部》、高翥《过临平》。

第四章 书商陈起

一

从诗派发展的运作形式看，推动江湖诗派产生、发展还有一个前无古人后乏来者的动力，那就是商业运作；而与文化密切相关的印刷出版业在宋代获得了长足的进步，对江湖诗派影响甚巨。

自唐代发明雕版印刷技术以后，中国书籍结束了仅靠手工抄写的历史，经过五代的陶冶发展，运用雕版印刷技术大批量地印制纸优墨香、装潢考究的图书，成了宋代出版业的一大特色。这一点在苏轼《李氏山房藏书记》中得到了极好的印证：

> 余犹及见老儒先生，自言其少时欲求《史记》《汉书》而不可得，幸而得之，皆手自书，日夜诵读，惟恐不及。近岁市人转相摹刻诸子百家之书，日传万纸，学者之于书，多且易致如此。

谈到宋代印刷出版业的成就，那真正是石破天惊，皇皇大观！且不说中国人引以为豪的古代四大发明之一的活字印刷术始于宋代，宋版书数量之巨亦令人瞠目。如宋初编成四部大书，即《太平御览》《太平广记》《文苑英华》《册府元龟》，共计三千五百多卷，在宋代都曾刊印。官方还先后将《史记》《汉书》《三国志》《新唐书》《资治通鉴》等刻板印刷，它们总共也达数千卷。此外，宋代还刊印了许多大部头的佛道经典、医书、农书、地理书等。印刷者则大体可分为官府印制、私人印制和团体印制三类。所谓官府印制系指中央及州县衙门与各级教育主司所刻书，其中国子监印本简称"监本"，历代都认为是宋版书的上上精品；所谓团体印制系指包括佛寺道观、书院和家族公社所刻书；所谓私人印制系指家室和坊肆所刻书。宋室南渡以后，因大量雕版毁于汴京，为文化传承需要，客观上需要大量刻书以作补充，所以以临安为中心的出版事业尤为兴盛。这时由于政府对印刷出版的政策有所放宽，社会文化进一步普及，而私刻中的书棚、书坊由于经营灵活，敏感性强，富有特色，深受读者欢迎，因而发展很快，在印制三大类中加大了比重，在社会文化结构中起到不可取代的作用。宋徽宗时供职翰林图画院的画家张择端曾以汴河为中心，创作了传世名作《清明上河图》，以生花妙笔描绘了北宋晚期汴京舟车如织、百业兴旺的繁华景象，其中在鳞次栉比的街面店铺中，有一家书坊正在经营，这是极为难得的原始记录，虽然描绘的是东京景象，但可想见临安书坊风貌之一斑。当时印卖图书的坊肆名目繁多，或曰书林，或曰书坊，或曰书堂，或曰书铺，或曰书棚，或曰书籍铺，或曰经籍铺，等等。据王国维《两浙古刊本考》，临安书坊著名者有猫儿街河东岸开笺纸马铺钟家，刻有《文选五臣注》等；中瓦南街东荣六郎书籍铺，刻有葛洪《抱朴子》等；大庙前尹家书籍铺，刻有李复言《续幽明录》与《箧中集》等；钱塘门里车桥南大街郭宅经铺，刻有《寒山诗》等；众安桥南街东贾官人经书铺，刻有《妙法莲华经》等佛典；棚前南街西王念三郎经坊，刻有《金刚经》等；中瓦子张家，刻有《大唐三藏取经诗话》等平话小说等；再就是本书所叙述的睦亲坊陈宅经籍铺，主要刊刻中晚唐诗集，计百余种，时有"诗刊欲遍唐"之誉。

这些书铺具有很强的品牌意识，在临安书业中享有很高的威信，如现存辽宁省图书馆的荣六郎书籍铺刻《抱朴子》。此铺所刻晋代葛洪撰《抱朴子》内篇二十卷，字用欧体，半叶十五竹，行二十八字，卷末刻有五行"广告词"：

旧日东京大相国寺东荣六郎家，见寄居临安府中瓦南街东，开印输经史书籍铺，今将京师旧本《抱朴子内篇》校正刊行，的无一字差讹，请四方收书好事君子，幸赐藻鉴。绍兴壬申岁六月旦日。

广告告诉人们，本店历史悠久，专营经史，质量可靠，欢迎各方惠顾。从遗存的这些书铺所贩卖的书籍来看，都有品牌的标明，如"临安府棚北大街睦亲坊南陈解元宅书籍铺""临安府经籍铺尹家刊行"等，各地书商、书贩、好书者蜂拥而聚，多是慕这些名铺的大名而来。宋时书坊的经营已形成相当规模，许道和《历代刻书概况》（印刷工业出版社1991年版）据引《麻沙刘氏族谱》，描述南宋建阳刘氏三桂堂"曾聘有从事校勘加工工作的编辑，经部八人，史部六人，还雇有专事印刷的工人十六人"。可见有些书坊从编辑到印刷、销售各个环节都齐备，而且编辑按业务区分门类，已具有出版社的雏形。

因为选题和编辑工作是印刷出版全过程中的极其重要的环节，而这些工作需要有较高水平的知识分子担任，所以投身印刷出版业就成了江湖游士弃举业谋生的重要选择。据张宏生《宋诗：融通与开拓》考证，其时临安还有文士陈思者，张著引《咸淳临安志·国朝进士表》，陈思曾为宁宗嘉定元年特奏名第一人。按南宋的特奏名是照顾性的特恩，其中大部分人都不可能出官，因此后来陈思也投身商海，做了一名书商。足见由儒生而滞为游士，由游士而转入商人且为书商者当不在少数。这些人参与经营活动，多能凭着知识分子的敏感，及时观察社会的需求，配合社会的文化动向和作者的写作特长制定经营策略，有时还能为自己服膺的政治主张服务。如淳熙年间进士须加试骑射，书坊立即刊出《增广射谱》七卷，以供士子之需。开禧年间，韩侂胄提出北伐，朝野震动，建安书商魏仲举很快从各种书籍中摘取有关战伐的材料，编成《三国六朝五代纪年总辨》二十八卷，提供给各界参考。更为重要的是，文士转为儒商后，其经营活动虽以逐利为目的，但难免在经营活动中体现出个人的追求、喜好和兴趣，因而自觉不自觉地对文化风气产生影响。如陈起书坊之刻唐诗，陈思书坊之刻学术著作，李复言书坊之刻小说等，皆属此类。当时临安呈畸形繁荣，人口达到一百多万，店铺林立，每天通过钱塘江、长江、运河及海上航路载运各种货物来到临安的船只不计其数，临安取代了北宋汴京开封的位置，成了当时全国最大的商业城市，所谓"夜市三更灿烂，楼台之灯火；春风万井喧阗，帘幕之笙歌"。为了商业税收的需要，政府让工商业者按行业组织成"行""团"，按行团设簿籍，登记资产，分摊税役。据《西湖老人繁胜录》记载，当时临安市场有四百四十行之多。于是，书坊也就成了儒商聚集的行团。在这样的时代历史背景下，书商陈起承担了江湖诗派产生、发展的商业运作。

二

清纪昀《四库全书总目提要·梅屋集提要》云："（江湖诗派）大抵以赵紫

芝等为矩矱，以高翥等为羽翼……以书贾陈起为声气之联络……以刘克庄为领袖……而流波推荡，唱和相仍，终南宋之世，不出此派。"担负江湖诗派声气联络任务的是杭州书商陈起。本书之所以在永嘉四灵和江湖诗派之间辟专章叙述陈起，其原因亦在于此。陈起不仅出版了《四灵诗选》，而且经常在桐阴吟社、西湖诗社等团体中与朋友们一起酬唱，将江湖诗人们的作品加以编选、包装，"随得随刊"，一批又一批地推向社会。在"江湖诗祸"中，他又首当其冲地"坐流配"，担当了"领袖"的责任。俗话说：时势造英雄。陈起就是南宋诗坛应运而生的英雄。他首刻《江湖集》，以后复刻、续刻的各种江湖诗集，不管是他亲力亲为，还是经他策划或署他姓名，都使得江湖诗与他的名字紧密联系在一起。没有他编撰江湖诸集，这一大批平民诗人恐怕难以留下姓名和作品，也不会有这么一个叫江湖派的诗人群体的命名。在一部中国文学史上，由一个商人组织和开启一个文学流派恐怕是绝无仅有的。这一点，应该是当年陈起自己始料未及的。

陈起，字宗之，号芸居，又号陈道人，钱塘人，居住在睦亲坊。从俞桂《寄陈芸居》"生长京华地，衣冠东晋人"看来，他的父辈应是汴京衣冠之族，靖康之变后南迁临安。他是诗人，又是一位出版商，与江湖间诗人有广泛交往。书商的社会地位虽然在宋代有所提高，但是仍处四民之末，所以陈起无论在正史抑或府县志中均没有完整的传记材料，我们只能从他的《芸居乙稿》和历代诗话札记及时人与他的酬答文字中钩稽一二。

关于陈起的生卒年，我认为陈起生于孝宗淳熙六年（1179）前后，理宗淳祐十一年（1251）尚健在，宝祐五年（1257）已不在人世，活了七十余岁。按陈起集中有《安晚先生贶以丹剂四种古调谢之》，主旨是对安晚先生送药表示感谢。安晚是郑清之晚年的自号，郑清之曾在理宗朝任丞相。该诗有句云："陈子一亩宫，居来七十年。"明确说明自己是古稀之年。淳祐九年（1249）他又作有《寿大丞相安晚先生》，有句云："鲰生戴厚恩，一诗何能酬。拟办八千首，从今岁岁投。"主旨还是对送药致谢。而他在淳祐六年（1246）所作《寿侍读节使郑少师》则没有出现宋临安府陈宅书籍铺刻本谢翁的内容，可见郑安晚送药当在淳祐八年至九年（1248—1249）。据此上推七十年，则可知陈起生于孝宗淳熙六年

（1179）前后。元方回《瀛奎律髓》卷四十二录有刘克庄《赠陈起》，方回注云："此所谓卖书陈彦才，亦曰陈道人。……予及识此老，屡造其肆。"同卷还录有赵师秀《赠卖书陈秀才》，方回又注曰："陈起，字宗之，睦亲坊卖书开肆。予丁未至行在所，至辛亥年凡五年，犹识其人，且识其子。今近四十年，肆毁人亡，不可见矣。"方回生于宋理宗宝庆三年（1227），曾寓居杭州三桥旅舍，其时尚未入元，注文中所言丁未为理宗淳祐七年（1247），"辛亥"为淳祐十一年（1251），正是前叙安晚赠药前后，当时方回才二十岁出头，所以说自己"及识此老"。应该说这是两段极为可贵的亲历资料，说明陈起在淳祐十一年尚健在。陈起的卒年应在宝祐四年、五年（1256—1257）之间。张宏生指出："张至龙《雪林删馀序》云：'芸居先生就《摘稿》中拈出律绝各数首，名曰《删馀》。'末署'宝祐第三春'。而李龏《汉阳端平诗隽序》则云：'（予）摘其坦然者，兼集外所得者近二百首，目曰《端平诗集》，俾万人海中续芸书塾入梓流行。'末署'宝祐丁巳'（宝祐五年）。宝祐三年（1255）陈起还为张至龙删诗刊刻，而至宝祐五年（1257）陈起之子续芸已经成为书塾的主人，可见陈起卒于这两年间。"（见张宏生《宋诗：融通与开拓》第八章第二节）张说义长，且与拙引方回亲历资料相合，所以陈起应生于1179年，卒于1255年至1257年之间，年寿在七十六岁以上。

与上文叙及的陈思一样，陈起亦应有过功名，时人称他为"陈解元"，危稹就有诗《赠陈解元》，应非虚泛溢美之称，疑其在科举乡试中得过头名。曹庭栋《宋百家诗存》陈起小传言其"宁宗时乡贡第一，时称陈解元"，此后丁丙《武林坊巷志》据引，应该是有所根据的。按徐从善《呈芸居》句云："何似谋清隐，湖山风月林。"曰"清隐"，当然意有所指。又按朱继芳《挽芸居》云："兰阁人亡后，寒林月上时。十年青史梦，只有老天知。""兰阁"云云，窃以为与陈思《小字录》前的结衔"成忠郎缉熙殿国史实录院秘书省探访"类似，属于政府文字机关的虚职。二诗似可为曹氏陈起小传参证。当时很多江湖游士（其中亦有浮沉下吏者）为生活所迫，走上了经商或行医的道路。陈起应该也隶身于游士阶层。今人周宝荣《宋代出版史研究》第二章第三节云："其子续芸，深受他的影响，喜爱读书，曾应乡试发解，人称陈解元。"我认为周说是沿袭叶德辉之误。按叶德辉《书林清话》云："据宋李恭选周弼《汶阳诗隽》序，以称陈解元书籍铺、经籍铺者，属之起之子续芸；因推知单称陈道人、陈宅书籍铺、经籍铺者属之起。"我认为叶说有孤文单证之嫌。因为陈起父子在相当一段时期是共同经营书铺的，陈起书坊早已成为临安书棚名铺，续芸在父亲去世后无须更改店名；而且遍检南宋诸小集，找不到任何续芸中解的旁证。反倒是危稹有《赠书肆陈解元》等作，足可证明"陈解元"是指陈起。

至于陈起书坊的名称，张宏生《宋诗：融通与开拓》第八章第二节云："开书肆于临安府棚北大街，名之曰芸居楼或万人海。"显然，张之"万人海"说是根据陈鉴之《古诗四首奉寄陈宗之兼简敖臞翁》"君隐万人海，啸咏足胜流"。我认为张说是欠妥当的。按"万人海"语出苏轼诗句"惟有王城最堪隐，万人如海一身藏"，不过是京城热闹处的代称而已，如果将其取作店名就不伦不类了。李龏《汶阳端平诗隽序》云："（予）摘其坦然者，兼集外所得者近二百首，目曰《端平诗隽》，俾万人海中续芸陈君书塾入梓流行。"细玩语意，"万人海"犹如说闹市中，亦可能是书坊行团所在的地名，类似近现代北京的琉璃厂，而不是其中的店坊名。陈起的店名应以他在自己所刻书的末页十八字为准，即"临安府棚北大街睦亲坊南陈解元宅书籍铺"（见纪昀《四库全书·江湖后集郑清之上》）。南宋临安的名牌铺号很多，仅吴自牧《梦粱录》卷十三铺席一目就记下了一百余家出名的店铺，书店类有"保佑坊张官人诸史子文籍铺"，没有陈起的书肆。这当然可能是吴自牧的漏录，但也说明陈起店铺的规模还不是特大一类。

"官河深水绿悠悠，门外梧桐数叶秋。"（叶绍翁《赠陈宗之》）陈起的书坊在棚北大街，面对棚桥下清波涟涟的官河，门前种有刺桐树，闹中取静，环境很幽雅。后诗祸事发，书肆荒废。平反后，陈起又重建芸居楼。当时大词人吴文英《丹凤吟·赋陈宗之芸居楼》描绘了芸居如画的景物：

丽景长安人海，避影繁华，结庐深寂。灯窗雪户，光映夜寒东壁。心凋鬓改，镂冰刻水，缥简离离，风签索索。怕遣花虫蠹粉，自采秋芸熏架，香泛纤碧。　更上新梯窈窕，暮山澹著城外色。旧雨江湖远，问桐阴门巷，燕曾相识。

吟壶天小，不觉翠蓬云隔。桂斧月宫三万手，计元和通籍。软红满路，谁聘幽素客。

梦窗充分发挥了工笔重彩的特点，从入夜写到夜深，又写到天明；从外观写到室内，又写到远景，再现了这位杰出书商藏书、读书、雕书、售书的雅居，使读者感受到氤氲其间的书香墨韵。

"诗思闲逾健，仪容老更清。"（周端臣《挽芸居二首》）"气貌老成闻见熟，江湖指作定南针。"（叶茵《赠陈芸居》）陈起看起来老于世故，形貌应该属清瘦一类。"能书能画又能诗，除却芸窗别数谁？只是霜毫冰蚕纸，才经拈起便新奇。"（许棐《赠芸窗》）陈起似乎多才多艺，诗书画皆有可观。按许棐《赠陈宗之》"六月长安热似焚，廛中清趣总输君。买书人散桐阴晚，卧看风行水上文"、危稹《赠书肆陈解元》"兀坐书林自切磋，阅人应似阅书多。未知买得君书去，不负君书人几何"、蒋廷玉《赠陈宗之》"经营一室面清波，不是儒衣不见过。南渡好诗都刻尽，中朝名士与交多。分甘书史窝中老，兴在江湖醉后歌。门外今年桐又长，不知堪系我船么"、陈鉴之《古诗四首奉寄陈宗之兼简敖臞翁》"君隐万人海，啸咏足胜流"，都活现了当年在杭州市廛中，一位趣味非同流俗、志存高远的书商形象。陈起自己有《夜诵》七绝云："父子跏趺绝似僧，青灯一盏夜三更。读残戴记儿将倦，山栗旋煨仍擘灯。"按"跏趺"指佛教徒盘腿打坐，苏轼《将往终南和子由见寄》云"终朝危坐学僧跏，闭门不出间履凫"，此诗应视为这位书商与儿子闭门枯坐、挑灯夜读真实生活的记录。他一生勤勉，以读诗、写诗、选诗、刊诗为人生至乐，顽强地与困扰自身的疾病抗争。他在七绝《消遣》中自道：

夜雨生寒换夹衣，形臞貌悴叹衰迟。

病中何物能消遣？一榻揩摩十载诗。

当然，陈起所"揩摩"者，包含推敲自己的诗作，也包含评选、编辑别人的诗作。按郑斯立《赠陈宗之》云：

诵其所为诗，刻苦雕肺肝。陶韦淡不俗，郊岛深以艰。君勇欲兼之，日夜吟辛酸。

可见他是一个书卷气很重的好学深思的人。他著有《芸居乙稿》《芸居遗诗》各一卷，分别载于《江湖小集》《江湖后集》。其中有不少佳作，如《夜过西湖》："鹊巢犹挂三更月，渔板惊回一片鸥。吟得诗成无笔写，蘸他春水画船头。"笔致空灵，深得晚唐家数。又如《湖上即事》：

> 波光山色两盈盈，短策青鞋信意行。荠草烟开遥认鹭，柳条春早未藏莺。谁家艳饮歌初歇，有客孤舟笛再横。风景无穷吟莫尽，且将酩酊乐浮生。

通篇用赋体，排比有序，层次清晰；首联叙事，概括介绍游山玩水之事。中二联用写意笔法描画了沿湖上下的物态人情，分别从视觉与听觉两面写出，一热一冷，构成对照。尾联抒情，以饮酒作乐将笔墨宕开。

陈起《芸隐提管诗来依韵奉答》其二云："我诗如折桐，经霜为一空。尚可亲时髦，托根日华宫。"看来他对自己的诗才是颇为自负的。《泛湖纪所遇》就是这样一首才气横溢的七古。此诗记述作者泛舟西湖参加诗会时，邂逅一位极具风韵的女子，由此而引发勃勃情动：

> 六桥莺花春色浓，十年情绪药囊中。笔床茶灶尘土积，为君拂拭临东风。可笑衰翁不自忖，少年场中分险韵。画舸轻移柳绕迎，侈此清游逢道韫。铢衣飘飘凌绿波，翡翠压领描新荷。雍容肯就文字饮，乌丝细染还轻哦。一杯绝类阳关酒，流水高山意何厚。曲未终兮袂已扬，一目归鸦噪栖柳。

全诗十六句，四句一转韵。"一杯"四句写一起抚琴的喜悦和对方别去的惆怅。胡俊林先生对此诗评价十分中肯："众所周知，宋诗中基本上是不表现爱情生活的，除了偶尔提到姬妾和妓女外，诗中一般不谈女子。陈起以七古的样式，生动活泼地抒发对泛湖所碰到的可引为知音、知己的一位女子的好感，坦诚直率地说出她对自己的情绪所带来的微妙影响，明显地不同于传统文人士大夫的意识、情趣和做法，呈现出世俗的风貌和市民的气息。"

值得注意的是，他的《芸居乙稿》和《芸居遗诗》都收录一首七绝，乙稿题为《买花》，遗诗题为《早起》：

> 今早神清觉步轻，杖藜聊复到前庭。
>
> 市声亦有关情处，买得秋花插小瓶。

窃以为，第三句大可玩味，论者就认为，这就明显有别于山水情怀与林泉意趣，而初现一种关注市场的商人眼光与市民意识（见许总《宋诗史》，重庆出版社 1992 年版）。其实，这正体现了这一批平民诗人的创作宗旨，而与江西大异其趣。

关于陈起与江湖诗派的关系，宋罗大经、陈振孙、周密，元方回等皆有记述，清朱彝尊《信天巢遗稿序》云：

当宋嘉定间，东南诗人集于临安茶寮酒市，多所题咏，于是书坊取南渡后江湖之士以诗驰誉者，刊为《江湖集》。至宝庆初，李知孝为言官，见之弹事，于是刘克庄潜夫、敖陶孙器之、赵师秀紫芝、曾极景建、周文璞晋仙，一时同获罪，而刊诗陈起亦不免焉。

这段话当然说的是"江湖诗祸"，本书在第二章已有叙述，此则清楚地说明了江湖游士借《江湖集》立名，而《江湖集》为陈起所冠名。按胡仲参《夜坐与伯氏苇航对床阅江湖诗偶成一首》句云"几上江湖诗一卷，窗前灯火夜三更"，可知"江湖诗"当时在社会上就喊得颇为响亮。事实上，陈起推出《江湖集》，并一再复刻，当然有营利目的；而此书有利益空间，亦折射出受到社会欢迎。那么，其时陈起有何寓意呢？当然"江湖"一词含义丰富，其源出《庄子·逍遥游》，后衍化为民间社会的江湖文化，与封建专制的庙堂政治相对；"江湖"亦可指隐士的居处。《南史·隐逸传上》"或遁迹江湖之上"为其所本。但我认为陈起以"江湖"名集，还含有位卑忧国之意。范仲淹《岳阳楼记》就说过："居庙堂之高，则忧其民；处江湖之远，则忧其君。"先贤的这种思想不仅是他名集的依据，同时也规导着他及江湖诗人的言行。

江湖诗祸给江湖诗人以巨大的打击，《江湖集》被劈板，陈起被黥面流放到边远地区。过了几年，事情平息后，他便又回到临安，重操刻书旧业，并且还在继续刊刻江湖诗人的作品。许棐《梅屋集》自题云："右甲辰一春诗，诗共四十余篇，寻求芸居吟友印可。棐皇恐。"甲辰为淳祐四年，后来许棐亡故，陈起作《挽梅屋》诗：

桐阴吟社忆当年，别后攀梅结数椽。

　　湖海有声推逸韵，弓旌不至叹遗贤。

　　儿收残稿能传业，自志平生不愧天。

　　航便双鱼无复得，夹山西望泪潺潺。

　　回忆与老友的深厚情谊，表示了自己以刊刻江湖诸集为终身事业的决心，不久他终于将《梅屋稿》刊印行世，实现了自己的诺言。其时他已体弱多病，很多朋友都赠以丹药，也就在这时青年方回还造访过他们父子。这里需要说明的是，奸相史弥远死后，政局随之扭转，真德秀一派当权，《江湖集》一案得到平反，江湖派诗人扬眉吐气。人们想把《江湖集》重新刻印，然而此时陈起已经垂暮，续芸勇敢地继承父志，承担了这个责任。但是由于原板已毁，该书最初收了哪些诗已不大清楚，于是，《江湖小集》《江湖前集》《江湖后集》《江湖续集》《中兴江湖集》等二十余种版本纷纷问世。肯定地说，这些版本和原刻本都有出入，究竟哪个版本接近原刻？具体到作家的收录和作品的取舍有哪些不同？哪些是续芸所刻，哪些又是其他书商冒名为之？"最是楚宫泯灭处，舟人指点到今疑"，这已经成为千古之谜了。

三

　　陈起"巧为射利"（陈振孙语，见《直斋书录解题》卷十五），他的商业运作在江湖诗派的声气联络方面发挥了巨大的作用。

　　"良田书满屋，乐事酒盈觞。字画堪追晋，诗刊欲遍唐。"（周端臣《挽芸居二首》）陈起的书铺刊刻了许多中晚唐诗人的作品，迎合了当时江湖诗人的审美心理，满足了他们的学习需要。同时他也刊刻了好几种江湖诗集，他因此获罪后，儿子又继续刊刻江湖诗集，所谓"芸叶一窗千古在，好将事业付佳儿"（黄文雷《挽芸居》），"芸居老衣钵，付与宁馨儿"（胡仲弓《为续芸赋》），可见他们父子完全是将此作为一项事业来投入的。开书铺当然要讲求利润、要卖书，然而陈起与江湖诗人既是老板与作者的关系，又是同道关系，这样就使得他的经营方式增加了人性化的色彩。具体表现一是经常与作者诗酒酬酢。如周端臣《奉谢芸居清供之招》云："……呼童张樽罍，芳醪启春瓮。乃约屏膻荤，初筵俱清供。珠樱映翠荚，光色交浮动。……列品不自珍，而与朋友共。"描写了陈起招赴果蔬清宴、宾主融融之乐。此外，很多诗友对陈起有"惠药""惠糟蟹新酒""馈食且复招饮"之事，而陈起也常常回谢诗友，如许棐《宗之惠梅窠水玉笺》、俞桂《谢芸居惠歙石广香》都记述了陈起赠物的殷殷之谊。当然陈起与江湖文士最主要的交往还是商讨诗文，"长安道上细哦诗，如此相知更有谁"（黄文雷《挽芸居》）、"忆君同在孤山下，商略春风弄笔时"（许棐《宗之惠梅窠水玉笺》）已清楚地说明与这位书肆老板同道切磋的情况；陈起《适安夜访读静佳诗卷》就生动地记述了这种受益兼及身心："情同义合亦前缘，得此兰交慰晚年。旋爇古香延夜月，试他新茗瀹秋泉。君停逸驾谈何爽，客寄吟编句极圆。可惜病翁初止酒，不能共醉桂花前。"又《史记送刘后村刘秘监兼致欲见之忱》：

忆昔西湖滨，别语请教条。嘱以马迁史，文贵细字雕。名言犹在耳，堤柳凡几凋。

陈起就出版事请教当时的大文人刘克庄，刘克庄则对于刊刻《史记》的版式字号提出了己见。无疑，这种交往对于提高刊书的品位和质量是极有裨益的。与作者倾心结交的结果是一大群江湖诗人聚集在陈起周围。查陈起所编的《南宋六十家小集》，六十位诗人中，有十八位和他有唱酬，足见他在当时的号召力和凝聚力。

二是时常向作者赠书。如他有感于刘克庄当年对于刊刻《史记》的建议，后来得到一部蜀刻《史记》，就没有忘记持赠刘克庄（见陈起《史记送刘后村刘秘监兼致欲见之忱》）。又如朱继芳《桃源罢官芸居以唐诗拙作赠别》云："自作还相送，唐诗结伴来。"说陈起除了持送所刊刻的自己的诗集外，还赠送唐人诗集。再如许棐有《陈宗之叠寄书籍小诗以谢》云："君有新刊须寄我，我逢佳处必思君。"看来许棐是陈起书铺固定联络的重点读者了。

三是允许赊书。按赊销之道北宋即已有之，《文献通考》卷二十载苏轼说："商贾之事，曲折难行。其买也先期而与钱，其卖也后期而取直，多方相济，委曲相通，倍称之息，由此而得。"这里苏东坡说了两种经营方式：一是先付款，包买；二是先交货，赊销。陈起是深谙赊销之道的。黄简《秋怀寄陈宗之》"独愧陈徵士，赊书不问金"，更直言"赊书"。

四是可以借书。如俞桂《谢芸居惠歙石广香》"邺侯架中三万签，半是生平未曾见。一痴容借印疑似，留客谈玄坐忘倦"、张弋《夏日从陈宗之借书偶成》"案上书堆满，多应借得归"、赵师秀《赠陈宗之》"最感书烧尽，时容借检寻"、杜耒《赠陈宗之》"成卷好诗人借看，盈壶名酒母先尝"，都肯定了陈起书铺的这种类似图书馆、资料室的借阅功能。"钱塘书肆陈起宗之能诗，凡江湖诗人皆与之善，宗之刊《江湖集》以售。"（方回《瀛奎律髓》卷二十）因此，陈起的书铺实际上成了江湖诗人的重要活动中心，陈起在自己巧妙地营造出的融融睦睦的气氛中，组稿、约稿、审稿、印书、售书，完成了从诗人到编辑到出版商的角色转换。

宋代较有规模的书店都兼有编辑出版、印刷和门市发行的功能，有些店主请有刻工雕版，还请有学识水平较高但又场屋困踬的士子编选书籍，小说《儒林外史》中的"选家"马二先生就是此类人物。无疑，当年陈起的书肆应该是较有规模的店铺，纪昀《四库全书总目提要·江湖小集提要》云："今所传宋本诸书，称临安陈道人家开雕者，皆（陈起）所刻也。"不过因为店主是位诗人，编选诗集就不用请马二先生了。据现存陈刻《韦苏州集》《唐女郎鱼玄机诗集》等，陈刻唐诗每半页十行，行十八字，版心有字数及刻工姓名，字画瘦健，迹近欧体，神姿幽逸，是宋版书中的上品，可以看出编辑者的心血、功力。刊印同时代诗人的诗集则存在一个组稿、约稿的问题，需要指出的是，陈起约稿一般都不找达官贵人，而是找下层普通士子，也就是后来被称为"江湖诗人"的游士们。这当然是身为书商的交游面所限制，但联系到他"市声亦有关情处，买得秋花插小瓶"（《买花》）的诗歌创作追求，以及他坚持以"江湖"名集，屡挫屡起，完全有理由相信其中有信念的支持。关于陈起组稿、约稿的例证很多，如赵师秀《赠陈宗之》云："每留名士饮，屡索老夫吟。"危稹《赠书肆陈解元》云："刚被旁人去饶舌，刺桐花下客求诗。"黄文雷《看云小集》自序云："芸居见索，倒箧出之，料简仅止此。自《昭君曲》而上，盖经先生印正云。"许棐《梅屋四稿》自跋云："右甲辰一春诗，诗共四五十篇，录求芸居吟友印可。"张至龙

《雪林删馀序》云："予自髫龀癖吟，所积稿四十年，凡删改者数四。比承芸居先生又为摘为小编，特不过十四之一耳。……予遂再浼芸居先生就摘稿中拈出律绝各数首，名曰《删馀》。"以上所引，所谓"见索"云云，其实都类似于现在出版社的组稿约稿。在同时其他一些作家的集子里，可以看到与陈起的交游；今存陈起诗作中，也记载着他与四十多位诗友的酬唱。在他所编的《南宋六十家小集》中，六十位诗人中就有十八位和他有唱酬，亦即他可以直接向这些诗人约稿。江湖诗人黄顺之形容陈起求诗索吟为"贪诗疑有债，阅世欲无人"（《赠陈宗之》）。稿子收集来后，陈起进行了认真的审读和编辑工作。叶茵《赠陈芸居》："得书爱与世人读，选句长教野客吟。""选句"当然是指编辑工作。陈起在《题西窗食芹稿》一诗中自道其艰辛云：

> 曾味西窗稿，经年齿颊清。
>
> 细评何物似？碧涧一杯羹。

他说自己审读吟友的诗作，就像饮啜碧涧之水制作的饮品，齿颊清芳。显然，陈起在编辑中带有自己的审美观，带有对晚唐韵味的追求，以上所引"印正""印可""摘为小编""拈出"云云，都应该是陈起根据自己的艺术趣味所进行的规导和影响，其中不排除陈起的加工甚至再创作。这样，在陈起的周围就聚集了一大群江湖诗人，这就是纪昀所说的"以书贾陈起为声气之联络"（《梅屋集提要》）。

钩稽当时的典籍，可以看出陈起的编辑活动场所有二，一是他自己的睦亲坊书铺，亦即"芸居"。"芸居"不仅是陈起的号，而且是陈起留饮、索吟、容借等活动的地址。我认为，芸居分前后二貌。诗祸前的芸居环境是很优美的。文字记载如"门对官河水，檐依绿树阴"（赵师秀《赠陈宗之》）、"对河却见桐阴合，隔壁应闻芸叶香"（杜耒《赠陈宗之》）、"桐阴覆月色，静夜独往还"（郑斯立《赠陈宗之》）等，看来，芸居门对清粼河水，桐荫蔽空，景色十分宜人。诗祸平反后，"心雕鬓改"的陈起从流放地回到临安，复出重操旧业，那时他声誉极高，"江湖指作定南针"（叶茵《赠陈芸居》），书肆亦重建，由平房变成高楼。据夏承焘《唐宋词人年谱·吴梦窗系年》考证，淳祐十一年（1251），吴文英初交陈起，写作了《丹凤吟·赋陈宗之芸居楼》，词中再现了"桐阴门巷"，却有了"更上新梯窈窕，暮山澹著城外色"的具体新居描写，词见前引，不赘录。二是诗社活动。永嘉多的是青山秀水、精致园林，江湖诗人经常组织诗社活动，唱和吟咏。前引王绰《薛瓜庐墓志铭》中有关叙述可见一斑。在陈起及其诗友的诗歌中屡屡提到"桐阴诗社"，有学者认为芸居即桐阴诗社的活动地址（见胡俊林《永嘉四灵暨江湖派诗传》，吉林人民出版社 2000 年版，第 69 页）。不错，确实有些诗中可以看出吟唱活动在芸居，如周端臣《挽芸居二首》云"良田书满屋，乐事酒盈觞"，其中"乐事"也多半是诗社活动，然而诗社的活动方式、地点应该不是固定不变的。陈起有《挽梅屋》诗哀悼诗社吟友许棐，中云："桐阴吟社忆当年，别后攀梅结数椽。"按天启《海盐县图经》卷十三《人物志》载，许棐，字忱夫，海盐人，隐居秦溪，于水南种梅数十树，构屋读书，因自号梅屋。细玩陈起诗意，当年桐阴诗社应该也到过梅屋活动。另外，薛师石有瓜庐，景色幽美，王绰《薛瓜庐墓志铭》也记录了诗友在瓜庐的吟事。这些地方应该都是陈起的编辑活动场所。

应该说，陈起的出版事业取得了很大的成功。陈起曾刻印刘克庄的《南岳稿》，据林希逸《后村先生刘公行状》载："时《南岳稿》《游幕笺奏》初出，家有其书。"陈起推出的图书发行量之大、影响面之广可以想见。

然而作为一个书商，编辑诗集毕竟不仅仅是艺术劳动或学术劳动，很重要的一方面是功利追求。要注解陈起书肆的"巧为射利"，从江湖诗作及笔记钩稽，有三点给人印象颇深。

其一，出于商业目的有时妨害编书体例。由于南宋江湖诗集是陈起所刻最丰富而情况最复杂的一类书，所以他编辑出版的各种江湖诗集在收录范围和体例上不十分严格。纪昀《四库全书总目·江湖后集提要》云：

> 惟是当时所分诸集，大抵皆同时之人，随得随刊，稍成卷帙，即别立一名以售。其分隶本无义例，故往往一人之诗，而散见于数集之内。

如南宋末陈振孙所见《江湖集》九卷（这应该是陈起原刊本），陈振孙对此集收录北宋人方惟深和南宋官员晁公武的作品深感不满，认为收录诗人并不尽当。这就使得后人不能将《江湖集》是否收录来作为判定江湖诗人的依据，这样一来，不仅江湖诗派阵营模糊，而且对各种版本的江湖诗集的判定亦疑义丛生。

其二，陈起从流放地回到临安重操刻书旧业后，和其子马上重刻《江湖集》。我认为，除了坚持江湖精神外，逐利也是一重要目的。按杨万里《诚斋集》卷八十三《杉溪集后序》回忆有人因刻印当时遭禁的苏东坡、黄山谷的诗文以谋利的情况，云："是时，书肆畏罪，坡、谷二书皆毁其板，独一贵戚家刻印印之，率黄金斤易坡文十。盖其禁愈急，其文愈贵也。"作为一个老书商，陈起应该是非常清楚禁急文贵的道理的。

其三，陈起在资金周转上极有可能采取一种类似"寄销"的手段，只有待诗册售出，作者才能得利。按许棐《赠叶靖逸》云"朝士时将余俸赠，铺家传得近诗刊"，视新诗印成上架为利好消息；戴复古《市舶提举管仲登饮于万贡堂有诗》云"七十老翁头雪白，落在江湖卖诗册"，承认自己也参与了商业运作。这些都隐约地透露出"寄销"的消息，因史乘阙如，姑发其端，以俟来哲之教。

四

关于陈起的作用，张宏生指出，在中国古代文学中，流派的产生有着多种多样的原因，但以一个书商之力就能促使一个流派的形成，还是不多见的。张还谈到明代嘉靖年间翻刻旧籍之风与复古运动、清代乾嘉之际刻书业与乾嘉学派等文学现象。我认为，这就是工商业对文学的推动作用。无疑，陈起是一位杰出的弄潮儿。江湖诗派以后，还没有哪一个文学流派像这样依靠商业运作造就。我想这极可能与南宋工商业的长足发展及中国社会发展史缺少资本主义阶段有关，这里就不作申论了。

至于各种版本的《江湖集》，将南宋中后期众多诗家尤其是很多名不见经传的小家作品汇集起来，对于了解南宋中后期的社会历史极具史料价值。当时人韩淲《〈江湖集〉钱塘刊近人诗》赞曰：

雕残沈谢陶居首，披剥韦陈杜不卑。

谁把中兴后收拾，自应江左久参差。

这给予了极高的评价。诚如纪昀《四库全书总目提要·江湖小集提要》云："宋末诗格卑靡，所录不必尽工。然南渡后，诗家姓氏不显者多，赖是书以传，其撷拾之功亦不可没矣。"翁方纲《石洲诗话》卷四亦云："当时书坊陈起刻《江湖小集》，自是南渡诗人一段结构。"无疑，"江湖"诸集是研究江湖诗派的重要原始资料。而默默逝去八个世纪的书商陈起不仅功不可没，而且是最值得研究的关捩性人物。

陈起之读书、卖书、借书之举和写诗、约诗、刊诗之为，使他的声名满载江湖。他病故后，很多江湖诗人都写诗缅怀，周端臣有《挽芸居二首》，其一云：

天地英灵在，江湖名姓香。良田书满屋，乐事酒盈觞。字画堪追晋，诗刊欲遍唐。音容今已矣，老我倍凄凉。

回顾陈起一生行事和业绩，恰如其分，字字坚实，我认为抵得上一篇墓志铭。

本章稿竟，谨集取江湖诗句作偈云：

两山风雨故留寒（卢祖皋），听得秋声忆故乡（姜夔）。

落在江湖卖诗册（戴复古），铺家传得近诗刊（许棐）。

注：集句出处依次为卢祖皋《玉堂有感》、姜夔《湖上寓居杂咏》、戴复古《市舶提举管仲登饮于万贡堂有诗》、许棐《赠叶靖逸》。

第七章　江湖入元

1269 年，北漠的蒙古贵族忽必烈继承汗位后，经过周密准备，重兵全面南侵。1276 年，蒙古骑兵打进临安城，宋太后遣使奉玺以降，蒙军进而在 1279 年灭掉崖山行朝，绵延三百年国祚的宋王朝结束，而代之以大一统的元帝国。

这当然是一场天崩地裂的残酷的巨变。在血与火的洗礼中，社会由宋入元，生活在赤县神州的人们也由宋入元。于是，一些江湖诗人如薛嵎、陈允平、方回、周密等也就成了遗民诗人。所谓"遗民"，依照归庄在《历代遗民录序》的说法是："凡怀道抱德不用于世者，皆谓之逸民；而遗民则惟在废兴之际，以为此前朝之所遗也。"（《归元恭文续钞》卷一）因此遗民特指怀恋故国而不愿与新朝合作者。

宋末元初遗民诗人极多。按明人程敏政曾辑有《宋遗民录》，以王炎午（鼎翁）、谢翱（皋羽）、唐珏（玉潜）三人为主，并附有张毅父、方凤、吴思齐、龚开、汪元量、梁栋、郑思肖、林景熙等八人的事迹、著述以及后人追悼之作。其实宋代遗民诗人远远不止此数，后来朱明德又撰《广宋遗民录》，将宋遗民扩大到四百余人之多。今人吕肖奂《宋诗体派论》则说遗民诗人有一百多人，可谓蔚为大观。需要指出的是，江湖诗派是南宋中后期的主流诗派，承担了反映南宋中后期政治、社会、生活的历史责任。虽然历来对江湖诗人的认定，主要看其是否入录陈起所编诸种江湖诗集，但对江湖诗风的界定似不应如此简单。所谓"流波推荡，唱和相仍，终南宋之世，不出此派"（《四库全书总目提要·梅屋集提要》）。我认为，唯其江湖诗派是当时的主流诗派，时人中崇尚、追随、效仿者当不在少数，至少不会限定入录江湖诗集的那些诗人。正是这些江湖诗人与其追随、效仿者一起，造就了风靡一代的江湖诗风。那么，根据方勇《南宋遗民诗人群体活动年表》（见方勇《南宋遗民诗人群体研究》，人民出版社 2011 年版）宋恭帝德祐二年（1276），宋亡，是年柴望 65 岁，家铉翁 64 岁，许月卿 61 岁，舒岳祥 58 岁，方逢辰 56 岁，马廷鸾、龚开 55 岁，王应麟 54 岁，谢枋得 51 岁，牟巘 50 岁，刘辰翁 46 岁，金履祥 45 岁，刘庄孙、刘汝钧 43 岁，吴思齐、王英孙 39 岁，赵文 38 岁，方凤、刘埙、连文凤 37 岁，郑思肖 36 岁，林景熙、梁栋、魏新之 35 岁，戴表元、刘应龟、孙潼发、陈普 33 岁，赵必𤩰 32 岁，仇远、邓牧、唐珏 30 岁，白珽、张炎 29 岁，谢翱、吴澄 28 岁，王炎午 25 岁，熊禾 24 岁，宋无 17 岁，黄景昌、汪炎昶 16 岁，以上诸人都已成年，诗风当在南宋末期已定型，尽管他们的姓名没有被列入江湖诸集，应该说还是江湖诗派大旗下的文人。

既然如此，那么值得追索的是，江湖诗风，亦即一定历史时期诗歌创作的倾向，入元后是否戛然而止，或者说遭遇到什么样的命运呢？

一

虽然元朝统一中国使整个国家版图空前扩大，使原来分散的各民族政权统一起来，各民族、各地区之间的生产、物资、文化等交流得到进一步加强，从而具有伟大的历史意义。但是，用历史唯物主义的眼光考察，蒙古贵族出于掠夺的目的出发南侵，大量残杀人民，毁灭城市，使整个社会生产力遭受了严重摧残，这是一场旨在掠夺的、扩张的非正义性的侵略战争。无疑，江湖诗人从刘过、刘克庄到由宋入元的薛嵎、陈允平、方回、周密等，那种强烈的爱国忠君情感，那种反暴御侮、自励自强的精神内核，是中华民族文明的最优秀的传统。

然而，一个不争的事实是，入元以后，江湖旗号即委地弃尘，江湖诗派即戛然而止。而这些，都不能用江湖诗人留存不多来作出合理的解释。

我认为，导致江湖诗派终结的原因大致有以下两点。

一是文化意义上的"江湖"的消失。本书第二章已论及，"江湖"原本带有道家自远自放的文化意义，到范仲淹《岳阳楼记》"居庙堂之高，则忧其民；处江湖之远，则忧其君"，便形成了与专制朝廷的庙堂政治相对的江湖文化。换言之，江湖与庙堂是对立的，有庙堂才有江湖。

宋元陵替，天崩地裂。不仅刀兵火焚，死亡枕藉，而且是一个少数民族政权在历史上第一次对汉族政权的全面代替。当时士人对此的心灵感应，当然也是异常残酷的。他们在饱尝兵火流离之后，被蒙元统治阶级作为一整个阶层加以抛弃，民族歧视的屈辱和社会地位的沦丧、功业幻梦的破灭、人格形象的扭曲，使他们痛定思痛，不能自已。如郑思肖在宋亡后将自己的居室题额为"本穴世家"，因为将"本"下的"十"字移入"穴"字中间，便成"大宋世家"。他长期客居苏州城南报国寺，坐卧不北向，岁时伏腊则南向哭拜。甚至听到北语即掩耳，以示决绝。他多才多艺，平生善画兰，入元后画兰不画土，人问其故，答曰："地为番人夺去，汝犹不知耶？"（郑思肖画兰）郑思肖一生著作颇丰，在他晚年将自南宋灭亡后的四十年间的所有作品（诗歌二百五十首、杂文四篇、自序五篇）整理为一部《心史》。迫于当时的政治环境，郑思肖自知无法刊印，于是将自己心血的结晶装入一个大铁盒之中，刻上"大宋孤臣郑思肖百拜封"后，藏于苏州承天寺的眢井之中。1638年，郑思肖的《心史》终于重见天日，此时已是大明帝国风雨飘摇之时了。还有谢翱，宋亡后"遇谈胜国事，辄悲鸣烦促，涕泗潸然下"（宋濂《谢翱传》）。他的诗文仿效陶渊明，书甲子而不书年号，如他与方凤等人所撰的《金华游录》，完成于元世祖至元二十六年（1289），而纪年则仅写"己丑"。他还打算仿司马迁《秦楚之际月表》为天下忠义之士立传，只纪月，不纪年，以表示天下无正统。试想没有了土地，兰花还能存活吗？没有了正统，天下还有岁月吗？同样的道理，没有了庙堂，江湖还有什么存在的意义呢？所谓"没有了庙堂"，是指没有这些遗民心目中认可的政权。诚如郑思肖《德祐六年岁旦歌》云："痛忆我君我父母，眼中不识天下人。不变不变不不变，万挫以死无二心。"又《题郑子封书塾》云："此世只除君父外，不曾重受别人恩。"可知他们将元朝及元朝人物视为无物。在此我不想贬议他们的歧见和偏识，我只是觉得，对于一个历经磨难的民族，没有南宋孤忠们这种文化传承的薪火精神，我们或许早已不复今日了。

二是诗人们生活环境的恶变。"一从鼙鼓起烟尘，十士相逢八九贫。"（方回《十月六日小酌以自宝此身方有寿分韵得身字》）南宋的亡国对于知识分子来说当然是一场浩劫，由于蒙古族的俘获物即为私有的传统政策，以及元军将士的轻儒意识，在战争进程中及江南基本平定后的十数年间，有大批知识分子被俘为奴。《续资治通鉴》卷一百七十六载，景定二年（1261）四月，元军一次便在奴隶中清点出儒士数千人；《元史·世祖本纪》载，世祖多次"敕南儒为人掠卖者，官赎为民"。方夔《诸生多以船夫入监房》云："年来士子多差役，隶籍盐场与锦坊。"汪元量《隆州》云："水程何日到瓜州，谩说儒家冠九流。已与官船充水手，更从廷尉望山头。"按谢枋得《叠山集》卷二《送方伯载归三山序》中借"滑稽之雄"之口说："我大元制典，人有十等。一官二吏，先之者，贵之也，贵之者，谓有益于国也；七匠八民，九儒十丐，后之者，贱之也，贱之者，谓无益于国也。"郑思肖《心史·大义略叙》也有"鞑法：一官、二吏、三僧、四道、五医、六工、七猎、八民、九儒、十丐"的记载，可见宋亡后儒士命运之一斑。林景熙《南山有孤树》云：

> 南山有孤树，寒乌夜绕之。惊秋啼眇眇，风挠无宁枝。托身未得所，振羽将逝兹。高飞犯霜露，卑飞触茅茨。乾坤岂不容？顾影空自疑。徘徊向残月，欲堕已复支。

高、卑不就，乾坤不容，托身无处，顾影自伤，反映出当时知识分子那种悲伤、孤独、茫然的心态。除开上述的战时为奴以外，文人们还有一些不测之灾。如元世祖至元十五年（1278），江湖诗人陈允平即以图谋恢复旧朝之嫌入狱，后虽释放，但已若惊弓之鸟了。于是当世变之际，诗人们大多选择了隐居，以渔、樵自谋口实。还有些人或遁入空门，以古佛青灯为伴；或游于方外，以青山白云为友，以独特的形式表示反抗的情绪。加之元朝多年不开科取士，士大夫进取无门。按自汉代举行贤良方正科考试、隋唐建立科举制度以来，凡天下士子无不竞奔于这条"唯一正道"之上，以便光宗耀祖，实现他们梦寐中的人生价值。然而，转眼狂风卷席，这场幻梦被蒙古铁骑踩得粉碎，他们正常入仕的道路完全被挡住了，诚如江湖诗人薛嵎所云："听残寒夜雨，灰尽壮年心。"（《寄宋希仁兄弟》）"青灯对黄册，销尽几英雄？"（《省试舟中》）忧世愤时之情，时时现于诗中。刘辰翁《捉拍丑奴儿·有感》亦云："世事莫寻思，待说来，天也应悲。百年已是中年后，西州垂泪，东山携手，几个斜晖。也莫苦吟诗，苦吟诗，待有谁知？多少不是无才气，文时不遇，武时不遇，更说今时。"按《文选·张衡·思玄赋·注》，西汉颜泗三朝不遇，慨然而叹曰："文帝好文，而臣好武；至景帝好美，而臣貌丑；陛下即位，好少而臣已老。"在这里，刘辰翁已将自己命运的乖厄归之于时代了。

像这样从生活环境到个人处境都发生至巨的恶变，还怎么保持干谒的生活方式呢？江湖诗派本来就是具有这样特殊的不高尚的生活方式的诗人群体，所谓"笑尔随群走干谒"（周弼《戴式之垂访村居》），什佰为伍、袖诗怀文奔走于临安城的豪门贵宅；现在去除了特定的生活环境，去除了特定的生活方式，当然也就不会产生为这种环境和方式所需要的作品了。

二

在这里，我感兴趣的倒不是江湖的终结，而是入元后江湖对文坛的影响。江湖诗人还在，江湖诸集还在，能无视于江湖吗？因为任何一个时代的文风、文学现象都不是越世高谈，突如其来，必然有新变，亦有因袭。这也就是《文心雕龙》所谓"体有因革"，所谓"通变"。况且江湖领袖刘克庄早就垂教曰："自《国风》、《骚》、《选》、《玉台》、胡部至于唐宋，其变多矣。然变者，诗之体制也，历千年万世而不变者，人之情性也。"（刘克庄《跋何谦诗》）"人之情性"当然也包含了江湖诗风。

窃以为，元代的诗社、词社的繁荣明显受了江湖诗派群体活动的影响。

"当宋嘉定间，东南诗人集于临安茶寮、酒市，多所题咏。"（朱彝尊《信天巢遗稿序》）"钱塘湖山，此曹什佰为群。"（方回《瀛奎律髓》卷二十）江湖诗人的群体活动是非常突出的。如第四章所叙及的陈宅经籍铺、梅屋、瓜庐就是这样的集会场所，经常有一大群江湖诗人聚集在这里谈诗论文，陈起所编各种诗集中屡屡可见他们群体活动的踪迹。如陈起《挽梅屋》"桐阴吟社忆当年，别后攀梅结数椽"，张侃《客有诵唐诗者又有诵江西诗者因再用斜川九日韵》"投身入诗社，被褐生光荣。党同伐异说，初非出本情"。又如前引王绰《薛瓜庐墓志铭》所载诗友讨论，都传达出当年那种融融睦睦的诗社气氛。

有趣的是，诗人们的这种活动入元后非但没有消歇，反而发扬踔厉起来。按黄溍《方先生诗集序》云，宋亡后诗人们虽散居四野，但时相往还，"于残山剩水间，握手歔欷，低回而不忍去"。

如至元十六年（1279），崖山兵败，陆秀夫负宋幼帝蹈海死，陈则翁"奉宋主龙牌，朝夕哭奠，日与林德旸、裴季昌、林旻渊、曹许山辈，以诗文往来，私相痛悼。作为诗歌，离黍之悲，溢于言外"（《清颍—源集》卷一《陈则翁传》）。如林景熙就写有《题陆大参秀夫广陵牡丹诗卷后》云："南海英魂叫不醒，旧题重展墨香凝。当时京洛花无主，犹有春风寄广陵。"可见当时诗文感时之一斑。

又如元至元二十七年（1290）冬，谢翱与吴恩齐、冯桂芳、翁衡同登桐庐西台绝顶，祭酒恸哭，乃以竹如意击石，复作楚歌，声震林木。歌竟，竹石俱碎。四个人都写有诗记事。此事一石激起千层浪，江南诗坛纷纷响应。诚如钱谦益说的：“皋羽之恸西台……如穷冬冱寒，风高气慄，悲噎怒号，万籁杂作，古今之诗莫变于此时，亦莫盛于此时。”（《牧斋有学集》卷十八《胡致果诗序》）

再如至元二十五年（1288），汪元量从大都返回杭州，他创立了诗社，与诗友流连唱和，所谓“偶携降帜立诗坛，剪烛西窗共笑欢”（汪元量《答林石田见访有诗相劳》）。而据其所作《暗香》小序“对花泫然”云云，可知他们分韵赋咏意在发抒亡国之悲。

按我国文人结社之风，最早可以追溯到魏晋时期曹魏文人集团和“竹林七贤”的交游活动，而东晋王羲之辈兰亭雅集，“一觞一咏”，流风千载。至于诗社的正式诞生则不会晚于晚唐。现有典籍可考者，南宋末年，临安之诗社似只有西湖诗社和西湖吟社两家。吴自牧《梦粱录》卷十九亦云：“文士有西湖诗社，此乃行都缙绅之士及四方流寓儒人，寄兴适情赋咏。”然而一到宋元之际，诗社、词社如雨后春笋，大量涌现，在中国文学史上造成了前所未见的奇观。其中较著者有如杭城的清吟社、白云社、孤山社、武林社、武林九友会和西湖社等诗社，浙江有月洞吟社、山阴诗社、越中诗社、雪川吟社、汐社、月泉吟社，江西有青山社、明远诗社、香林诗社，湖南有平江九老诗会，以及浙江庆元遗民群一月一集的唱酬会、江西富州人熊升等创办的诗社、江西丰城人甘杲等结成的诗社、广东东莞人赵必豫等经常聚集唱和的吟社，等等。（见方勇《南宋遗民诗人群体研究》第二章）林林总总，不一而是。作者也交互渗透，没有严格的组织。至于这些诗社的活动内容，当然是传统的互相比赛诗才，切磋诗艺，裁定名次、品评优劣，有时候还要刊刻专题诗集，如谢翱《天地间集》、杜本《谷音》、孟宗宝《洞霄诗集》等。其中如至元二十四年（1287）月泉吟社以“春日田园杂兴”为题的赛诗活动，就在参加的两千多人中选出前六十人，予以物质奖励，并汇刻其诗。然而，在这些热热闹闹的文学活动中，诗人们始终挥之不去的是兴亡之感，诚如何梦桂《汐社诗集序》吐露的起社初衷：

海朝为潮，夕为汐，两名也。汐社以偏名何？志感也。社期于信，而又适居时之穷，与人之衰暮偶，而犹薪以自立者，视汐虽逮暮夜而不爽其期，若有信然者类。此谢君皋羽所以盟社之微意也。……潮以朝盈，汐不以夕亏，君有取诸此，固将以信夫盟，抑以为夫人之衰颓穷塞，卒至陆沉而不能自拔以死者之深悲也。

显然，何梦桂所言"志感"，亦即记录下朝代陵替的冲击，正反映了宋元之际蜂起的诗社所共有的时代特色。

我认为，造成这个时期诗社畸形繁荣的原因有二。一是劫后余生的诗人们感到"乾坤岂不容，顾影空自疑"（林景熙《南山有孤树》），十分孤独与惊悸，于是借文会与诗友互通款曲，稍释郁结，通过这些社团活动进行交流，以便在险恶的政治环境里寻求精神支持。所谓"湖海论交无久近，相逢同是汉遗民"（何文季《寄彭府教》）；所谓"侘傺幽忧，不能自释，故发而为世外放旷之谈，古初荒远之论"（《四库全书总目提要》卷一百六十五《伯牙琴》提要）。如文天祥兵败被执，谢翱遂陷入了极度的悲痛和孤独之中，但又"悲不敢泣"（《登西台恸哭记》），只得压抑悲愤，踯躅于残山剩水之间。后来他实在忍无可忍，需要把久经压抑的胸中悲愤彻底宣泄出来。于是，谢翱间道从广东潮阳来到吴越一带，因为这里聚集着许多和他一样怀宋恶元的遗民故老，他们得以携手"徬徨山泽，长往不返，怀贤愤世，郁忧之意，一吐于词"（储巏《晞发集引》）。因此，谢翱又组织了汐社，当时流落东南的大批遗民诗人都成了汐社的成员。二是江湖诗派群体活动的影响。正是当年西子湖畔的江湖诗人的琴樽笔砚舞影歌尘，激起了宋元之际的诗人们的追慕与效仿；正是江湖诗派的流波所及，带来了宋元之际文人结社百派争流的局面。如周密，名列《江湖续集》，作为江湖诗人，结社吟诗是他们的日常功课，前引《梦粱录》卷十九关于西湖诗社的记载已反映了其文化氛围。周密在《蘋洲渔笛谱》卷一《采绿吟》词小序记叙其中的一次酬唱活动云：

甲子（景定五年，1264）夏，霞翁（杨缵）会吟社诸友，逃暑于西湖之环碧。琴尊笔研，短蒻练巾，放舟于荷深柳密间。舞影歌尘，远谢耳目，酒酣，采莲叶，探题赋词。

国亡在即，而这些诗人却放舟赏荷，诗酒风流。而宋亡以后，还是这位江湖诗人周密，诗社雅集却成了这些遗民诗人抒发亡国之恨的最佳平台。元世祖至元二十三年（1286），周密邀居游于杭的徐天祐、王沂孙、戴表元、仇远、白珽、屠约、张樗、曹良史等十四人宴集杨氏池堂，"坐中之壮者茫然以思，长者愀然以悲"，"公瑾（周密）遂取十四韵析为之筹，使在者人探而赋之，不至者授之所探而徵之，得其韵为古体诗若干言，得其韵为近体诗若干言"，皆"寓遗黎之痛"，从而借诗酒吟咏，充分宣泄了胸中充塞的民族悲愤之气。（见《剡源戴先生文集》卷十《杨氏池堂宴集诗序》）

三

本书第五章在分析江湖与"四灵""江西"的关系时，就指出爱国忧时是江湖诗作的重要内容，诚如江湖主将刘克庄所云："忧时元是诗人职，莫怪吟中感慨多。"（《有感》）在经历了宋元陵替的巨变后，正是出于炽热的爱国义愤，使江湖余子及其追随者，自然而然地加入了遗民诗人的队伍。

黄宗羲《谢皋羽年谱游录注序》云："故文章之盛，莫盛于亡宋之日。"宋末遗民诗繁盛的局面确实是史无前例的，遗民诗人有姓名及作品流传者不下百家，诗人们以不同的方式方法记录了宋元易代这场天翻地覆的大动荡，并且抒发了他们纷繁复杂的感情。如汪元量，因为身为宫廷琴师，目睹了宋朝灭亡、后宫北迁的具体过程，成为宋元政权交接这一重大历史事件的第一见证人。他用大量的组诗记录、描述了亲历亲见的各种事件，较著者如《醉歌》十首、《湖州歌》九十八首、《越州歌》二十首、《贾魏公出师》、《鲁港败北》、《北征》等。如《醉歌》前五首记录了吕文焕苦守襄阳而援兵不至，以致发展到"淮襄州郡尽归降，鼙鼓喧天入古杭"，"侍臣已写归降表，臣妾金名谢道清"，五首诗简洁地记录了元兵入侵、南宋归降的整个过程，可称南宋亡国史。后五首则记录了元兵进入"古杭"后的表现及各方面的反应。如他挥泪和血，将批判的矛头直指国母谢道清：

淮襄州郡尽归降，鼙鼓喧天入古杭。

国母已无心听政，书生空有泪成行。（其三）

乱点连声杀六更，荧荧庭燎待天明。

侍臣已写归降表，臣妾佥名谢道清。（其五）

因此，汪元量《增订湖山类稿》评为"此十歌真江南野史"。纪昀《四库全书总目提要》卷一六五亦云："其诗多慷慨悲歌，有故宫黍离之感。於宋末之事，皆可据以征信。"俞德邻亦有五言古诗《京口遣怀呈张彦明刘伯宣郎中并诸友一百韵》，也真实叙述了南宋的亡国经过。又如谢枋得在家乡组织抗元失败之后，隐居于福建建阳，以卖卜教书为生。他的老师留梦炎降元后曾劝他出来做官，他曾作《却聘书》斥曰："江南无人才，未有如今日之可耻！"至元二十五年（1288），福建行省参政将他强行押解北上去大都，谢枋得即行绝食，表示"惟愿速死"。临行前，师友们从江西、福建各地纷纷赶来，隆重聚会，慷慨送别。谢枋得为答谢众人，赋诗一首云：

雪中松柏愈青青，扶植纲常在此行。天下久无龚胜洁，人间何独伯夷清。义高便觉生堪舍，礼重方知死甚轻。南八男儿终不屈，皇天上帝眼分明！

大有"风萧萧兮易水寒"之意，于是，魏天应、蔡正孙、王奕、毛靖可、叶爱梅、游古意、陈达翁、王济源、张子惠等，或和或赠，既激发谢枋得，又勉励自己，纷纷写诗，多至"盈几"。后来，谢枋得一路绝食，慷慨赴死，最终实践了自己的诺言。这些诗歌通过叙事、抒情，让后人目睹亡国的惨痛现实，感受刻骨铭心的亡国悲痛，更让后人领略到坚毅不屈的民族气节、矢志不移的坚定信念，使人"为之骨立"（周方《书汪水云诗后》）。无疑，其爱国忧时的内核是与刘过、刘克庄、乐雷发等江湖诗人一脉相承的。

前人多注意到，遗民诗派的形成，是由于政治形势的巨变，而不像其他体派主要是顺应诗歌艺术自身发展的要求而促成的，因此多对其民族气节大加肯定的同时，认为不必探讨其艺术方面的"细枝末节"。然而，我认为这种看法具有片面性，尤其是对于"体有因革"方面。遗民诗派的总的艺术倾向不是向典雅一面发展，而是向通俗一面发展，而这恰恰是江湖入元的影响。

关于遗民诗派受到了江湖诗派的影响，前人多有见于此。如梁昆《宋诗派别论·晚宋派》谈及遗民诗人的总体变化，则云：

> 大抵诸公初年牵入江湖，溯洄晚唐。及宋亡，山河变色，天地震动，于是忧悲移人，丧乱警目，而发口搁笔，默思动怀，皆与江湖异矣。然其余习犹未脱尽。

承认遗民诗人大多带有江湖胎记，无疑是极有见地的。然而"余习"究竟指什么？梁氏并未明言。至于对具体的遗民诗人的江湖影响，前人亦有所论：

> （文天祥）大抵《指南录》以前之作，气息近江湖。（梁昆《宋诗派别论》）

> （汪元量）从全部作品看来，他也是学江湖派的，虽然有时借用些黄庭坚陈师道的成句。（钱锺书《宋诗选注》）

> （真山民）弹江湖派的旧调。（钱锺书《宋诗选注》）

> （许月卿）实则气息近江湖，去李杜体格过远。（梁昆《宋诗派别论》）

> （方凤）观凤所作，则似初由江湖派之径，而竟主乎唐人也。（梁昆《宋诗派别论》）

我认为，上引诸说均有见地，然均嫌语焉不详。本书第六章论及江湖的整体特色为一"俗"字，而遗民诗歌大体质朴浅易，正是保持了江湖诗派向通俗白话发展的特色。谨举以下数诗可窥一斑：

> 未暝先啼草际萤，石桥暗度晚花风。归鸦不带残阳老，留得林梢一抹红。（真山民《晚步》）

> 吕将军在守襄阳，十载襄阳铁脊梁。望断援兵无信息，声声骂杀贾平章。（汪元量《醉歌》其一）

> 伯颜丞相吕将军，收了江南不杀人。昨日太皇请茶饭，满朝朱紫尽降臣。（同上其十）

> 终不求人更赏音，只当仰面看山林。一双闲手无聊赖，满地斜阳是此心。（郑思肖《伯牙绝弦图》）

只要将这些七绝与刘克庄、戴复古的一些七绝相较，就可见出风味相近，朴素生动，平易近人，只是这些遗民诗更口语化罢了。这是七绝，律诗亦然。如萧立之，这是钱锺书先生十分赞赏的遗民诗人，甚至认为其艺术造诣超过了谢翱、真山民等人，其五律《茶陵道中》云：

山深迷落日，一径窅无涯。老屋茅生菌，饥年竹有花。西来无道路，南去亦尘沙。独立苍茫外，吾生何处家！

仍然走的是江湖那种平淡灵巧、浅易滑熟的一路。因此，我认为所谓"余习"，所谓"江湖派之径"，具体就是"俗"的整体特色，就是诗歌"俗化"的发展方向。

对于宋末遗民诗，历来都是非常推崇的。就连对江湖诗派深恶痛绝的钱谦益也说："宋之亡也，其诗称盛。……古今之诗，莫变于此时，亦莫盛于此时……考诸当日之诗，则其人犹存，其事犹在，残篇啮翰，与金匮石室之书，并悬日月。"（《胡致果诗序》）对此，本书不拟赘述，而谨申述两点，以作终篇之论。

其一，遗民诗无论其思想性，还是艺术特色，都受到江湖诗派至深的影响，在某种程度上可以视为江湖诗的延伸。

其二，遗民诗派只热闹了几十年，风流云散，随着赵孟頫的北上，以京师为中心的元代诗坛立即弥漫了"风流儒雅"的平和诗风。从这一点来说，遗民诗作又可视为江湖诗风的绝响。

本章稿竟，谨集取江湖诗句作偈云：

笠泽茫茫雁影微（姜夔），轩辕龙去眇难追（黄大受）。

西风战舰成何事（刘过），只有诗人一舸归（姜夔）。

注：集句出处依次为姜夔《除夜自石湖归苕溪》、黄大受《江行万里图》、刘过《登多景楼》、姜夔《除夜自石湖归苕溪》。

《唐伯虎画传》（节选）

　　1993 年，书良在陕西旅游出版社出版了《唐伯虎传》，以后随着对明代绘画史和唐氏诗文的研究，不断增强论述内容，遂于 2002 年由台北桂冠图书公司出版《唐伯虎评传》，责任编辑林良雅。这以后中南大学出版社于 2011 年推出《陈书良说唐伯虎》，天地出版社于 2019 年推出《唐伯虎画传：他在繁华中独自前行》，文本都依据桂冠版《唐伯虎评传》，只是增加了大量彩页图片。此处选载《第一章　唐解元》《第二章　少年意气》《第五章　桃花坞》。文本依据天地出版社本。

第一章　唐解元

我问你是谁？你原来是我；我本不认你，你却要认我。噫！我少不得你，你却少得我；你我百年后，有你没了我。

——《伯虎自赞》

林语堂先生在他的杰作《苏东坡传》中曾精辟地说过："认不认识一个人不在于和他同一年代，这是共鸣了解的问题。毕竟我们只认识自己真正了解的人，而且只对自己真正喜欢的人才能充分了解。"我以为，这段话完全适合我对唐伯虎的认识。我总觉得，较之周围那些用虚伪和谎言层层包裹的人，五百多年前的唐伯虎还容易了解得多。当然，这是在我通读了他的六卷诗文集，并尽可能多地欣赏了他的绘画、书法及印章之后达成的认识。当然，这种认识有感性成分、理性成分，还有一些很微妙的属于精神层面的东西。其实，类似的认识古人早已说过。稍晚于唐伯虎的晚明文坛领袖袁中郎就说：

吴人有唐子畏者，才子也；以文名，亦不专以文名。余为吴令，虽不同时，是亦当写治生帖子者矣。余昔未治其人，而今治其文。大都子畏诗文，不足以尽子畏，而可以见子畏。（袁宏道《唐伯虎全集序》）

"治生"是流传于晚明的下属对上司的自称，帖子即现今的名片。当时担任吴县县令的袁中郎向往着携带治生帖子去拜访唐伯虎，当然觉得伯虎是一个真切的活生生的存在。他承认这种感觉从唐伯虎的诗文来，语句中流露出但恨生不同时的遗憾。明末还有一位雷起剑，他在暮春时节与朋友泛舟横塘，在野水杂树间发现了唐伯虎的葬地，牛羊践踏，满目荒凉。雷起剑不禁凄然而叹：

是朋友之罪也！千载下读伯虎之文者皆其友，何必时与并乎？（见《苏州府志》）

于是他与几个朋友集资修建了唐伯虎墓、祠，并且"勒石以遗千古之有心者"。好一个"千载下读伯虎之文者皆其友"！事实上，搜寻杰出的古人的诗文去读的人，当然希冀与古之贤哲英豪为友；而一旦读了其诗其文，就更觉得其人可亲可敬，可歌可泣，栩栩如生，呼之欲出了。这就叫作"神交古人"。我曾为自己的书斋"听涛馆"自撰过一副联语："镇日观书，历万里关河，千秋人物；片时倚枕，对一窗残月，四壁虫声。"也是在做神交古人的梦呓。

我觉得唐伯虎独特的人格比任何一位明代文人都突出，在整个中国封建文人长长的队列中，也是给人印象最深刻、最能引起写作冲动的。究其原因，主要有三。其一，他才气过人，风流倜傥，放浪形骸，诗酒自娱，自称"江南第一风流才子"。他的诗名风采，丹青墨色，照耀江南，人人仰慕。在此基础上形成的大量传说，无异于给这位才子笼罩了瑰丽的光环。诸如评话有《唐解元一笑姻缘》，弹词有《笑中缘》、吴信天《三笑》、曹春江《九美图》，小说有冯梦龙《警世通言》卷二十六《唐解元一笑姻缘》，杂剧有孟称舜《花前一笑》、卓人月《花舫缘》、史槃《苏台奇遘》等，更有电影《三笑》，曾一度风靡海峡两岸。幼年的我就是首先在这些通俗作品中接触到这位江南才子的。在这些作品中，同样是追求幸福的爱情，唐伯虎不像以前《西厢记》中的张生那样，借住西厢，赠诗酬简，望梅止渴，遮遮掩掩，而是"色胆包天"，主动出击，积极追求，即使采取反常悖俗的手段也在所不辞，甚至认为越反常悖俗，越能显示才子特殊的本色。尽管这些通俗作品失之无据，甚至荒诞不经，但是较之文人的之乎者也，它们反而是符合唐伯虎精神风貌的。有一次，他在一幅陶穀画像上题诗云：

一宿因缘逆旅中，短词聊以识泥鸿。

当时我做陶承旨，何必樽前面发红。

"陶承旨"即陶穀，字秀实，五代周、北宋时曾任翰林学士、尚书等职。他仕北周时，曾使南唐，态度威严。中书侍郎韩熙载使歌伎秦弱兰诱之，共枕席时陶作《好春光》词赠秦：

好姻缘，恶姻缘，奈何天。才得邮亭一夜眠，别神仙。　　琵琶拨尽相思调，知音少。待得鸾胶续断弦，是何年？（见《玉壶清语》）

这就是伯虎诗所谓的"短词"。次日，南唐设宴，筵上歌唱此词，陶穀大为惭愧。伯虎诗即写其事。末两句是说：当时换成我是陶穀，在筵席上听到密赠秦弱兰的词被唱出来，我才不会因为羞惭而脸红哩。十足的明代才子的情趣！十足的明代才子的胆量！具有以往的封建文人所没有的一种特殊的个性魅力和艺术风情。

其二，在唐伯虎身上，传说与实际存在着巨大的反差。唐伯虎虽然诗画全才，风流跌宕，但一生坎坷，令人同情。他有过三娶。先是原配夫人徐氏，徐氏亡故后继娶，后会试时牵涉科场舞弊案被革，续弦弃他而去，再娶沈氏。他对早亡的徐氏感情很深，作《伤内》诗："抚景念畴昔，肝裂魂魄扬。"而对沈氏伉俪甚笃，《感怀》诗云："镜里形骸春共老，灯前夫妇月同圆。"这说明伯虎并不是只会在女人身上用功夫的风流才子，更没有在拥有"八美"之后再娶秋香那样的"无边艳福"。最无根据的是"三笑"故事中的卖身为奴。唐伯虎卒于嘉靖二年（1523），而华鸿山（华太师）系嘉靖五年（1526）进士，唐伯虎怎么可能死后几十年再进华府做书童呢？至于秋香，原型是成化年间南京名妓林奴儿，年龄比唐伯虎还大十几岁，很难想象两人之间可能会产生风流韵事了。事实上，唐伯虎后半生的生活很困难，他曾作诗纪实："十朝风雨苦昏迷，八口妻孥并告饥。信是老天真戏我，无人来买扇头诗。"他筑室苏州金阊门外的桃花坞中，以卖画为生，这种状况一直持续到去世。唐伯虎晚年颓然自放之际，曾经说过一句很凄伤而深刻的话：

后人知我不在此！（《明史》本传）

他似乎已经预见到这种后世传说与实际情况的巨大反差了。这当然是一场悲剧。我今天看待那些缤纷林总的传说，就如同当年雷起剑他们泛舟横塘，见到唐伯虎墓地为杂树所蔽、牛羊践踏一样，感到"是朋友之罪也"！这种感觉很容易升华为写作冲动。

其三，中国有句俗话："盖棺论定。"意思是说，人的一生就像一出戏，只有落幕后才能判断这出戏的好坏。然而，细细想来也不尽然。唐伯虎已经"盖棺"了近五百年，涉及他的各种文字热热哄哄喧闹了近五百年。"论定"了没有呢？况且，长期以来，人品、艺品的平衡木让艺术家走得太累，裁判员的心理负担也实在太重。我认为，唐伯虎的可贵之处在于遭受许多困苦坎坷而潇洒依旧，他留给后世的不是辛酸的眼泪，而是俊逸的微笑，一个索性从人品、艺品的平衡木上跳下来，醉卧在桃花坞中的真正艺术家的微笑。人民爱他，是因为他吃苦吃得太多，却带给大家巨大的欢乐。他好像参透了佛门"四圣谛"之一的"八苦"，诸如生苦、老苦、病苦、死苦、怨憎会苦、爱别离苦、求不得苦、五盛阴苦，离苦得乐，折射出一种睿智之光。这种唐伯虎风情充满了禅学的魅力。我认为，这种风情具有类似"乐圣"贝多芬那种动人的本质。贝多芬一生历尽磨难，辛勤创作，奉献给人们大量优美绝伦的乐曲，然而他早已双耳失聪，听不到令人陶醉的音符和雷鸣般的掌声了。他说："在天堂，我能听到一切声音。"多少有点认命的意味，心灵倒分外平静。唐解元的微笑就具有这样一种醇美的内涵。

唐寅，字伯虎，又字子畏，生于明宪宗成化六年（1470）二月初四，死于明世宗嘉靖二年（1523）十二月初二。他生活的这半个世纪是明王朝由兴盛走向衰败的转变时期。明代到了中叶弘治（孝宗）、正德（武宗）时期，社会情况发生了显著变化。一方面，土地高度集中，大贵族、大官僚、大宦官等统治集团穷奢极欲，搜括无度，广大人民破家失业，颠沛流离，全国各地不断地爆发大规模的农民起义；地方贵族藩王时起叛乱，外族侵犯频繁，明王朝的统治发生了严重的危机。另一方面，流民大量流入城市，也为城市工商业的发展提供了大量劳动力。在农业衰退的同时，手工业、商业的发展却非常迅速，为"异端"思想的蜂起，为文学艺术的繁荣提供了充分的物质条件。唐伯虎出生于商人家庭，早年随周臣学画，才气过人，与祝允明、文徵明、徐祯卿结交，有"吴中四子"之称。二十九岁时考中应天府（今南京）乡试第一（解元），少年科第，春风得意，不料在后一年的北京会试中，受江阴富家子弟徐经科场舞弊案的牵连而下狱，被革黜功名，发往浙江为吏。唐伯虎遭此打击后，遂绝意仕进，致力于绘事，放浪山水，终于贫病而死。因此，研究唐伯虎的一生就等于研究明代文人的心路历程，对于了解当时的江南才子群以及后来被腰斩的同样是苏州才子的文坛怪杰金圣叹是颇有裨益的。

轻柔悠扬，潇洒倜傥，放浪不驯，艳情漫漫，当然是让统治阶级的卫道士们皱眉头的。相反，人们似乎很喜欢唐伯虎，亲亲热热叫他唐解元。在他死后修葺了桃花庵，在他曾经读书的魁星阁上塑像纪念，还将一些风物名胜附会上他的传说，如邓尉山香雪海是唐伯虎《红梅图》碎片所化，苏州茶水炉的产生也与唐伯虎有关；更有意思的是，编造出许许多多的风流艳事，演唱着，传播着，安慰艺术家寂寞而清贫的灵魂。

唐伯虎具有非凡的天分，他似乎毫无畏惧。在进京会试，触犯了规矩，被免去功名后，他叹道："寒山一片，空老莺花，宁特功名足千古哉？"从此以后，他干脆隐居草堂，和妓女为伍，与和尚说禅，过着自由自在的生活。他的诗词坦率地袒露个性，没有任何羞答答的遮掩。他再明白不过地打起及时行乐的旗帜：

> 人生七十古来少，前除幼年后除老。
>
> 中间光景不多时，又有炎霜与烦恼。
>
> 花前月下得高歌，急须满把金樽倒。
>
> 世人钱多赚不尽，朝里官多做不了。
>
> 官大钱多心转忧，落得自家头白早。
>
> 春夏秋冬撚指间，钟送黄昏鸡报晓。
>
> 请君细点眼前人，一年一度埋芳草。
>
> 草里高低多少坟，一年一半无人扫。（《一世歌》）

诗中说，请你细细将熟识的人点检一遍，就会发现每年都有些人死去了，进而请你留意坟山的坟墓，每年都有一些无人打扫，因为这些坟主的后人也死去了。冷峻的眼光、诚实的情感加上幽默的语言，对热衷于科举功名的人无异于一剂清醒剂。作为才子，唐伯虎对达官贵人，则保持着一身傲骨。有一次，少傅王守溪寿诞，饮宴文士，席间充斥着阿谀奉承之作，唐伯虎却呈上了这样一首寿诗：

> 绿蓑烟雨江南客，白发文章阁下臣。
>
> 同在太平天子世，一双空手掌丝纶。

首两句将自己与王少傅作对比，一为江湖散人，一为朝廷官吏。然而，自己不也是万丈才华、满腹经纶吗？同样处于"太平天子"之世，王少傅却主掌着朝廷诏令的撰写。第三句转得十分有力，略带嘲讽地提到"太平天子世"，但又似褒实贬，点到即止，将一个空有报国之志、治世之才的书生傲兀、落寞、不平的神情惟妙惟肖地表达了出来。或有评此诗"肆慢不恭"，但历来老百姓喜欢他推崇他，原因恐怕也正在此。在唐伯虎辈生活的 16 世纪里，才子渴望自由的个性，往往表现为放诞不羁、率性而为的人生态度和厌弃功名、追求自适的人生理想。这种个性，不能不和传统的儒家道德、正常的社会秩序、社会规范发生剧烈的冲突。尤其是当文人才子那种桀骜不驯的个性，受到科举制度或官僚制度的压抑或摧残时，他们胸中汹涌澎湃、抑郁不平的情感，常常借助一些悖俗反常的行为加以发泄。他们认定社会是荒唐的——或许只有用荒唐去对抗荒唐，才能摆脱荒唐，超越荒唐。

此外，唐伯虎还是明代第一流的大画家，与沈周、文徵明、仇英合称"明四家"。他的画犹如书法中的"王字"（王羲之）一般被称为"唐画"，为当时藏家所追逐，为后代画家所宗法。他和仇英都从师周臣。周臣，字舜卿，号东村，是苏州地区有名的画家，擅画人物山水，从南宋刘李马夏的传统中承继了笔墨和造型的方法，同时也承继了重视主题表现的思想，功力很深，称雄于时。唐伯虎文化修养较丰富，经历坎坷，见闻广博，具有很高的描绘客观事物的能力，因而意境的创造也更为丰富。他的取材范围比较广，形式、技法也更多样；他不仅擅长山水人物，在写意花鸟方面也有独到之处。风格严谨，意境深远，而又行墨自然，雅俗共赏……所有这些方面，不仅超越了周臣，也为其他吴门画家所不及。因而唐伯虎的画名与文名相得益彰，求他画的人很多，据说他实在应接不暇时就请老师代笔，故很多相传为唐寅的画实际上是周臣画的。唐伯虎的书法主要学赵孟頫，并能自出机杼，结体俊逸挺秀，妩媚多姿，行笔娴熟稳健，是典型的文人字的家数，与他的画又互相辉映，在有明一代是第一流的，极为后世所重。值得一提的是，唐伯虎还是著名的清谈客，也是大旅行家。一则受科场之狱的打击，二则是绘事的需要，他"放浪远游祝融、匡庐、天台、武夷，观海于东南，浮洞庭、彭蠡"。他善于理解佛家哲理，经常与和尚交往，他喜欢把佛典注入自己的诗文中。他根据《金刚经》四句偈"一切有为法，如梦幻泡影，如露亦如电，应作如是观"，自号六如居士。他总结自己是"前程两袖黄金泪，公案三生白骨禅"。运用《楞严经》中的观点看待坎坷的人生，到头来还是白骨狼藉，功名利禄又算得了什么呢？他还仗着一支生花妙笔，为姑苏寒山寺募求铸钟经费撰写文告。

然而就是这样一位多才多艺、博雅渊深的唐伯虎，满怀对封建统治的反抗情绪和以卖艺为生自食其力的自豪感宣告：

> 不炼金丹不坐禅，不为商贾不耕田。
>
> 闲来写就青山卖，不使人间造孽钱。（《言志》）

并且，还在自己的图章上镌刻上"江南第一风流才子"！真可谓"前无古人"！

在摩挲民族古籍的生涯中，我发现，唐伯虎像苏东坡、徐青藤、郑板桥等人一样，是中国历史上为数不多的具有多面性天才的人物，他们所走过的生活道路虽然不尽相同，但基本上都是一些未能见容于当世的狷介疏检之士。他们有才气，有正气，有骨气。他们的感情和理智经常失去平衡，大都招致物议甚至牵陷灾狱，然而他们才华盖世，都是历史上少见的诗、书、画通才。文学艺术发展史上已有不少事例证明，某些作家的艺术创造力往往得力于他们的反常性格，长时期的精神压抑有可能促使他们更专笃地致力于艺术上的追求，而真正的艺术成就却时常属于那些迹近异端的浪子。无疑，这样的灵魂永远魅力四射，是我们民族文化史上值得自豪的至宝！老百姓爱才子英雄，胜过爱帝王将相，这就是为什么今天人们还津津乐道唐伯虎的故事、粉墨皮黄敷演着唐伯虎的传奇乃至笔者不自量力地撰写本书的动机。清代西堂老人尤侗（1618—1704），康熙帝称为"老名士"，作了首《桃花坞》，真正写出了唐伯虎的精神：

> 桃花坞，中有狂生唐伯虎。
>
> 狂生自谓我非狂，直是牢骚不堪吐。
>
> 渐离筑，祢衡鼓，世上英雄本无主。
>
> 梧枝旅霜真可怜，两袖黄金泪如雨。
>
> 江南才子足风流，留取图书照千古。
>
> 且痛饮，毋自苦。

君不见可中亭下张秀才，朱衣金目天魔舞。

我认为，写此书，资料缺乏固然是一大困难，最困难的还是要写出他的精神来！"丹青难写是精神。"拙作所要追求的也正在此。

第二章　少年意气

落魄迂疏不事家，郎君性气属豪华。

高楼大叫秋觞月，深幄微酣夜拥花。

——文徵明《简子畏》

世间乐土是吴中，中有阊门更擅雄。

——《阊门即事》

如果沿长江顺流而下，由京口（镇江）再折入江南运河，东绕太湖，就来到了苏州府。这里春秋时即为名城，隋置苏州，宋升为平江府，元时改为平江路，在唐伯虎时代则叫苏州府了。此地素称水乡，河道纵横，密如蛛网。较远的太湖、阳澄湖、金鸡湖、黄天荡等，像颗颗晶莹的明珠，镶嵌在广袤的绿野；而环城的大运河和里城河，又如两条翠带，围裹着全城。城内河流纵横，桥梁栉比。据清《吴县志》记载，城厢内外共有桥310座，再加近郊的649座，合计有桥近千座。桥下之水与太湖之水息息相通，因而都是富有生气的活水。民居则临河依水，粉墙照影，蠡窗映波，形成了"人家尽枕河"的一大特色。唐代诗人李绅诗云："烟水吴都郡，阊门驾碧流。绿杨浅深巷，青翰往来舟。"诗中所说的阊门，是苏州城内最繁华的所在，堪称商业的"白金"地带。唐伯虎就出生在阊门内皋桥南吴趋里。后来，他曾有一首诗对故园作过描绘："世间乐土是吴中，中有阊门更擅雄。翠袖三千楼上下，黄金百万水西东。五更市卖何曾绝，四远方言总不同。若使画师描作画，画师应道画难工。"使人可以想见伯虎故里的昔日繁华。

苏州在春秋时是吴国国都。当时吴国和越国连年大战，越王勾践利用计谋卑怯称臣，进献越国的美女西施，诱使吴王夫差日夜荒淫，自己则卧薪尝胆，发愤图强，十年后终于卷土重来，灭掉了吴国。这样一来，人们似乎又忘记了"春秋无义战"，褒越贬吴，勾践的首府会稽，一直被称颂为"报仇雪耻之乡"，而苏州则成了有名的"亡国亡君之地"了。于是在口诛笔伐之下，文弱宁静似乎成了苏州的固性，绵绵千年，遭人鄙薄。余秋雨先生对此有过十分精彩的描写：

> 苏州缺少金陵王气。这里没有森然殿阙，只有园林。这里摆不开战场，徒造了几座城门。这里的曲巷通不过堂皇的官轿，这里的民风不崇拜肃杀的禁令。这里的流水太清，这里的桃花太艳，这里的弹唱有点撩人。这里的小食太甜，这里的女人太俏，这里的茶馆太多，这里的书肆太密，这里的书法过于流丽，这里的绘画不够苍凉遒劲，这里的诗歌缺少易水壮士低哑的喉音。（余秋雨《白发苏州》，知识出版社《文化苦旅》）

总之，苏州有的只是繁华。从社会发展史的角度看，苏州的这种繁华与丝织业是密不可分的，明人所辑《醒世恒言》中对嘉靖年间苏州府属吴江县盛泽镇的繁华面貌有如下的描绘："镇上居民稠广……俱以蚕丝为业，……络纬机杼之声，通宵彻夜，那市上两岸绸丝牙行，约有千百余家。远近村坊织成绸匹，俱到此上市，四方商贾来收买的，蜂攒蚁集。"当时，苏州是全国丝织业的中心，也是全国最繁荣富庶的城市之一。唐伯虎曾作有《姑苏杂咏》四首，就是专咏苏州繁华的，其二云：

> 长洲茂苑古通津，风土清嘉百姓驯。
>
> 小巷十家三酒店，豪门五日一尝新。
>
> 市河到处堪摇橹，街巷通宵不绝人。
>
> 四百万粮充岁办，供输何处似吴民。

五、六句写城市河汊中往来着大大小小的船只，大街小巷，热热闹闹，通宵不绝人行。末二句说，每年向朝廷进贡四百万担粮食，天下有哪个地方像吴民这样承负着沉重的赋税呢？

苏州经济的繁荣也必然影响文艺的发展，并且自三国、东晋以来，江南就一直是文人荟萃之乡。要罗列自古及明与苏州有关的文人，那将是一份长长的名单。如果说到绘画，南宋时都城在临安（杭州），画院人才济济，临安距苏州也不远。元代的几位最著名的山水画家，如黄公望是常熟人；倪瓒是无锡人；王蒙是湖州人；吴镇是嘉兴人；朱德润先落籍在苏州，再迁居昆山，都生活在这山明水秀的太湖附近。到明代，苏州地区渐渐成了江南文艺的中心。明初活跃着以杨维桢、高启为首的一大批诗人，在中国近古文学史上写下了光辉的一页。到15世纪中叶以后，画家以沈周为首，加上文徵明、唐寅、仇英，被后世称为"明四家"。差不多同时生活在苏州的有成就的画家还有周臣、陈淳、钱谷、陆治、陆师道等。文学家和书法家有吴宽、祝允明、王宠、徐昌谷、都穆等，而唐寅、文徵明、祝允明、徐祯卿被称为"吴中四子"，闻名遐迩。这时的苏州文人大多是诗、书、画的通才，他们经常在名园游艇或是在青楼酒馆中举行文艺性的集会，有时几个人合作一幅画，有时观摩佳作，互相题跋，有时限韵分题举行诗社，伴随着这些活动的往往是酣饮和丝竹，艺术家们或纵谈，或沉思，或狂放，或自语，寻求着艺术的灵感，有声有色地活动在古城苏州的艺坛上。这真是群星灿烂、辉映天宇的时代！另外，到了明代，苏州一改绵延千年的文弱宁静，开始躁动起来了，并且不躁动则已，一躁动则变得风骨坚挺，带有强烈的叛逆色彩。

14世纪后半叶明王朝建立以后，苏州地区由于曾是张士诚的根据地，所以明统治者对之实行高压政策，课以全国最高的税率，徙富裕之民充实京师地区，又以各种借口处死了活跃在苏州地区的高启、杨基、徐贲、张羽等文坛领袖。然而统治者的暴行和控制似乎对苏州只起了逆反作用；加之苏州的工商业发展到明代，形成了一个新的强大的经济力量，资本主义因素显著增长以后，就和封建势力产生了尖锐的矛盾。于是，对于以皇帝和宦官为首的明朝统治者的严酷压制，柔婉的苏州人一改积习，"触底反弹"，采取了激烈的反抗。

唐伯虎似乎得风气之先，他自称"江南第一风流才子"，视名教理学如敝屣，也不干什么正事，更冷眼讥贬朝廷官吏，风流落拓，高高傲傲，手把酒壶，躲在桃花丛中做一个名教叛逆，做一个风流浪子，做一个真正的艺术家！不仅唐伯虎，他的朋友也大多不把科举课程放在眼里，而是研习对于举业"无用"的古文辞。值得一提的是，在16世纪的中国，学习古文辞已成为一种全社会性的风气，但萍末之风，却起于 15 世纪后半叶的成化、弘治年间，就起于此时的苏州。此风的提倡者，便是唐伯虎的挚友祝允明。祝允明不仅自己力攻古文辞，而且吸引了不少志同道合者，其中有都穆、文徵明、唐寅、杨循吉、徐祯卿、张灵等人，苏州的文风一时变得强劲起来。

知识分子历来都是最敏感的先行者，这以后，对于遥远京城的腐败政治，苏州人越来越"捣蛋"，简直把昔日的文弱宁静一扫而光。唐伯虎殁后一百二十年，即万历二十九年（1601），苏州爆发了以织工葛成为首的苏州人民反对税使孙隆的斗争风暴。这一次的斗争参加者包括各阶层市民，规模宏伟，组织严密。"千人奋挺出，万人夹道看"，踏平了税署，惩治了酷吏。后来斗争虽然被明王朝残酷镇压下去，但苏州织工暴动无疑是明朝末年最卓越的一次反矿监、税使的斗争。葛成在牢中度过了十二个春秋，不屈不挠，最后从容殉难，深受苏州人民敬仰，后人都称呼他为葛将军。又过了二十多年，东林党人反对宦官权奸魏忠贤，朝廷特务在苏州逮捕东林党人周顺昌时，遭到苏州市民的强烈反对。素称文雅的苏州人民斗争矛头直指"九千岁"，数万市民冲进官府，殴打校尉，不畏流血，呐喊冲击，振聋发聩。在魏忠贤身败被戮后，苏州人民将这次反对阉党而壮烈牺牲的五位普通市民埋葬在虎丘山脚下，安享姑苏特有的湖光岚色，并且立碑纪念。张溥写的《五人墓碑记》详记其事，后编选入《古文观止》，流传甚广。明代戏曲家李玉写的《清忠谱》传奇，对五义士的斗争事迹也有形象的描绘。再往后来，明末清初的金圣叹，一肚皮不合时宜，勃发儒者之刚，拍案而起，写《哭庙文》，参与抗粮哭庙，以致被"腰斩于吴门"，算是给苏州人涂抹上了最后的刚烈的一笔。

唐伯虎就生长在这样的时代，生长在这样的土地上。

二

怅怅莫怪少时年，百丈游丝易惹牵……杜曲梨花杯上雪，灞陵芳草梦中烟。

——《怅怅诗》

明宪宗成化六年（1470）二月初四，苏州阊门内皋桥南吴趋里一家唐姓市民家庭里，一个男婴呱呱坠地。因为是寅年所生，按中国古时以天干地支及十二生肖纪年的历法，属虎，所以名"寅"，字"伯虎"。后来，又因"虎"而更字"子畏"。苏州旧有盘、阊、胥、葑、娄、相六门，而阊门最繁华，俗称金阊门、银胥门。阊门是苏州西城门，据交通要津，真是"银烛金钗楼上下，燕樯蜀柁水西东。万方珍货街充集，四牡皇华日会同"，市面繁荣，店铺栉比。伯虎的父亲唐广德，便在这繁华之地开着一家酒肆，以此养活一家老小。在《与文徵明书》中伯虎说"计仆少年，居身屠酤，鼓刀涤血，获奉吾卿周旋"，就是他童年生活环境的真实写照。

唐姓不是苏州的大姓，也没有什么显赫之辈。唐家世居吴趋坊，五代行善积德，邻里称赞。然而福祉似乎并没有降临这个积善之家，唐家人丁不兴旺。从伯虎的曾祖父直到父亲，都是单传，无有支庶。到唐广德，娶妻邱氏，生下二子一女。唐寅是长子，三娶而生有女，许配王氏子。弟弟叫唐申，字子重，生于成化十二年（1476），小伯虎六岁，亦有"佳士"名，娶姚氏，生子名长民，却于正德三年（1508）秋天病卒，其时伯虎才三十八岁。妹妹则出嫁后遇到不善良的丈夫，很早就亡故了。唐家在苏州没有显达关照，加之人丁不旺，当然家产也不会丰厚了。

伯虎相貌英俊，天资聪颖，是唐家的白眉。他的朋友、曾任吏部尚书的杨一清写诗赠他，有"丰姿楚楚玉同温"之句，可以想见伯虎生得十分俊俏儒雅。这里需要说明的是，俗传的《三笑姻缘》《八美图》等弹词，因为唐伯虎自称"六如居士"就妄自猜测，硬派唐伯虎是位"六指翁"，说他左手大拇指上长着一个枝指，并且在寻芳猎艳、偎红倚翠的当儿，还全仗着这个枝指做他的才子招牌，有的地方还全仗它做护身符，解了急难，还成全了好事。这简直可笑之至，也无聊之至。所谓"六如居士"，是因为伯虎中年后信佛，《金刚经》云："如梦幻泡影，如露亦如电。"伯虎觉得人世间的功名富贵就像梦、幻、泡、影、露、电这六件东西一样空洞缥缈，故自号"六如居士"。至于枝指，倒是《明史》记载祝允明生枝指，故取名枝山。弹词作者将它移派伯虎，真正是张冠李戴了。

唐家家道小康，开酒店的小业主也就是中等人家的生活水平。唐广德为人豪爽，爱喝酒，但身体不好。对于伯虎三兄妹，唐广德最喜爱小女儿，直到自己缠绵病榻，垂死之际，还对小女儿放心不下。

如果说，唐广德最喜爱小女儿，那么他对长子伯虎则寄托了改换门第的希望。明代科举制度的一个重要特点，是学校和科举更紧密地结合，科举必由学校，进学校成了科举的必由之路。这样，就给普通市民提供了进入政权的机会。唐伯虎的祖上从没有出过读书人，现在家庭薄有积蓄，伯虎又天资聪颖，于是唐广德便把希望寄托在伯虎身上，指望到这一代能够出个儒官，光宗耀祖。因此，他花钱请了举业师来教唐伯虎。由于全家指望唐寅读书做官，所以伯虎得以"不问生产"，"闭门读书，与世若隔，一声清磬，半盏寒灯，便作阇黎境界，此外更无所求也"。这段话当然是伯虎回忆自己幼年读书的专心，但是可以看出唐家清寒的家境和虔诚的期待。

对于一个天才少年来说，读书无异于开拓了一个新天地，这是一个何等绚丽、何等神奇、何等辉煌的天地啊！酣酒的喧哗、狼藉的杯盘、粗俗的谈论都一扫而空，而代之以淡淡的书香、深沉的思考和韵味悠长的吟咏，伯虎整个灵魂都被吸引了。日后，他曾写有《闻读书声》：

公子归来夜雪埋，儿童灯火小茅斋。

人家不必论贫富，才有读书声便佳。

这也可以看作他自己苦学少年时的真实思想记录。他就像后来在"项脊轩"中"盱衡天下"的少年归有光一样，似乎也不怎么把天下放在眼里。伯虎整日读书写字，甚至不能辨识门外的街道里巷。成化二十一年（1485）左右，十五六岁的唐伯虎参加府学生员考试，"童髫中科第一，四海惊称之"，初次引起了世人的注意。明代的学校有两种：国学和府、州、县学。国学是中央一级的学校，府、州、县学是地方学校。凡经过本省各级考试录入府、州、县学的，通称生员，俗称秀才，这是功名的起点。伯虎考入了府学，也就进入了举人、进士的养成所。在这里，他可以受到科举课程的训练，然后去应乡试、会试。在一般人看来，当然是一个大的胜利，当然"惊称之"了。然而伯虎的父亲却不然，据伯虎的密友祝允明后来为他写的墓志铭记载，对于伯虎的勤学，其父唐广德说了一句极其深刻的话："这个孩子日后一定能成名，但是恐怕难以成家立业啊！"我认为，除了中国俗话说的"知子莫若父"的道理以外，这个酒店主应该是有较高明的悟性和洞察力的。

无疑，唐伯虎继承了他父亲的悟性和洞察力，这位文化很低的酒店老头的智慧潜伏在血液里，后来在儿子身上开出了奇花异果。此外，伯虎还遗传到祖、父们对酒的喜好。他一生迷花迷酒，直到后来贫病交加时，还自我安慰说：

高情自信能忘我，隐者何妨独洁身。

无所不知方是富，有衣典酒未为贫。（《效白太傅自咏》）

末两句说，学识渊博才是真正的富裕，只要剩有衣衫能典卖换酒喝也就不叫作贫穷了。揶揄调侃而又略带自负，字里行间透出一派醺醺的酒气！

伯虎不仅一生喜好喝酒，而且因酒而结下文缘和画缘。旧时苏州金阊门一带的酒店大都临河而筑，正确点说是店门在街上，小楼则是架在湖口的大河上。房屋下面架空，可以系船或作船坞。店堂内有一个窟窿，沿着一条窄窄的石磴走下去，可以从浸泡在河里的一个扁圆形的篾篓里拿出活鱼，制肴下酒。定好下酒鱼后，即可从一架吱嘎作响的木扶梯上楼。窗楼外水光山色，风帆点点，青山隐隐，野鸭惊飞，极具江南的文化情调。据说，后来做过温州太守的苏州名士文林常常到唐广德的店中喝酒。据《明史》说，文林是文天祥的后代。据王世贞所作《文先生传》说，文林的先代文俊卿在元朝曾做过佩金虎符镇守武昌的都元帅。到文林的祖父，被招赘入吴，才成为吴人。文林在一觞一饮之间，发现了唐广德让大少爷唐寅一心念书的良苦用心，更惊异地发现了唐寅竟是一个天才少年！于是文林诚挚地让唐寅与自己的儿子文璧交游，又介绍唐寅向自己的朋友周臣学习绘画，一遇上斯文朋友的应酬场合，就叫唐寅也来参加。

一个人的成功与否当然与他的天赋有关，而天赋与识拔之间又存在着谜一样的关系，这是让数千年来中国士人掩卷困惑、关注、痛苦、喜悦的不变的主题。因此，钟子期死而俞伯牙砸琴断弦，终身不再奏曲；诸葛亮去世而李严认为自己不会再获重用，终于自刎。因此，韩退之极其沉痛而深刻地说："世有伯乐，然后有千里马。千里马常有，而伯乐不常有。"这句话竟然使千百年来中国士人唏嘘感叹，铭刻在心。现在，命运使唐伯虎认识了文林，也就认识了文林的儿子文璧，文林的朋友周臣、沈周等，使他走出了酒店狭隘的生活圈，走进了苏州文人——而且是第一流文人的交际圈。

文璧，字徵明，以后就用徵明为名，改字徵仲，号衡山。他与伯虎同年。文徵明天资聪颖，后来也成了名闻天下的诗、文、书、画全才；此外，他性情刚直纯正，不慕荣利，终生不狎妓。据说唐伯虎与祝枝山想对文徵明开个玩笑，一天邀文徵明同游竹堂寺，伯虎先悄悄嘱咐邻寺路旁的妓女："这次同来的文君，在青楼中素称豪侠，但性情难以接近，你好好下功夫，我们再赏赐你。"妓女点头答应了。于是，到了那日，伯虎三人途经妓家时，妓女对文徵明百般挑逗，缠住文徵明不放，聪明的文徵明只是遗憾地说："你们两位在与我开玩笑！"说罢挣脱了妓女的纠缠，大笑着与伯虎、枝山告辞。

还有一次，伯虎见徵明对声色不感兴趣，就与朋友们在石湖泛舟纵饮，预先叫来妓女，隐藏在船舱中，徵明不知底细，上船后与他们饮酒谈笑。酒到半酣，伯虎脱下帽子，解开衣服，高声唱歌，又叫出妓女："快给文先生敬酒！"文徵明大吃一惊，想告辞，但又四顾湖水茫茫，而几个妓女又围了上来，纠缠不休。徵明大叫着，急得要往水里跳。幸亏湖上划来了一只舴艋小舟，徵明叫过来，跳了过去，算是逃过了这一劫。

就是这样两个性情截然不同的人，竟成了终生不渝的莫逆之交。伯虎敏感自傲，徵明醇厚谦恭；伯虎脱略大度，徵明谨言慎行。两人在文学上同称"吴中四才子"，在绘画上同列"吴门四大家"，极得相辅相成之妙旨。他们长大后，伯虎曾在给徵明的一封情词恳切的信中说："寅往往因口舌而触忤权贵，往往因纵酒而遭受处罚，往往因沉溺声色花鸟而蒙犯罪责。徵仲无论是遇到权贵也好，饮酒也好，声色也好，花鸟也好，都淡泊无心，而有自己的主意在其中。虽然他眼前有千万变化，但他身上却有着不可动摇的东西。"最后，伯虎下一结论：

昔项橐七岁而为孔子师，颜、路长孔子十岁；寅长徵仲十阅月，愿例孔子以徵仲为师，非词伏也，盖心伏也。诗与画，寅得与徵仲争衡；至其学行，寅将捧面而走矣。（《唐伯虎全集》卷五《又与徵仲书》）

"捧面而走"，就是羞愧地逃跑，说得十分客观而冷静。所以后来袁中郎评这封信："真心实话，谁谓子畏狂徒者哉？"徵明对伯虎也很佩服。《唐伯虎轶事》介绍了一则笑话：

> 有吴士游外郡，遇一缙绅先生，问金阊写生，孰为擅场。答以文徵仲。又问文所服膺何人，曰"唐子畏也"。缙绅首肯，曰："良然。尝见文先生私篆，云'维唐寅吾以降'。"闻者掩口。

"维唐寅吾以降"是"维庚寅吾以降"的误读。这是屈原《离骚》中的一句。因文徵明生于明成化六年，是庚寅年，故用此句来刻成闲章。这当然是一个令人捧腹的笑话，但文徵明佩服唐伯虎在当时应该是尽人皆知的事实。

文徵明的绘画老师是大名鼎鼎的沈周，世称"沈、文"。唐伯虎的绘画老师则是周臣。周臣（？—1535），字舜卿，号东村。他的老师是陈暹，曾入宫廷。周臣画宗南宋，和沈周取法"元四家"的路数不同。一般文人并不怎么推重周臣，这是一种门户之见。周臣的山水、人物画，技巧熟练，功力深邃，与同样师法南宋人的"浙派"诸名家相比，实有过之而无不及。唐伯虎师承周臣的画派，山水、人物、仕女、花鸟无所不工，不但扩大了老师的门庭，而且都能自出新意。王穉登《吴郡丹青志》评论道："唐寅画法沉郁，风骨奇峭，刊落庸琐，务求浓厚，连江叠巘，洒洒不穷。信士流之雅作，绘事之妙诣也。评者谓其画，远攻李唐，足任偏师；近交沈周，可当半席。"伯虎的画，人们都认为要比他老师好，据说曾有人问周臣，为什么不及学生，周臣答得十分妙："只少唐生数千卷书。"这是说在文学修养上不如伯虎的缘故。文学、绘画本属孪生姊妹，文学修养当然有助于艺术表现力。周臣的话是极有见地的。伯虎十分尊崇老师的画，他在《题周东村画》中说：

> 鲤鱼风急系轻舟，两岸寒山宿雨收。
>
> 一抹斜阳归雁尽，白苹红蓼野塘秋。

色彩绚丽，动静相宜，可以想见周臣山水画面之美。

得遇名师，当然是人生事业的极大幸运。在周臣、文林、沈周等前辈的指导下，伯虎学习绘画是十分刻苦的。他从周臣那里继承了李成、范宽和南宋四家的传统，对元代赵孟頫、黄公望、王蒙等的画法，也进行过苦心钻研。在成天写生临摹、泼墨挥毫的同时，这个英俊少年也满怀着对未来的憧憬。未来是什么呢？改换家庭商贾的门第；或是使一家大小过上富裕的生活；或是自己竟蟒袍玉带，位列朝班？他也觉得模模糊糊的，说不上来，他有首《画鸡》诗，很好地体现出他的少年上进心：

头上红冠不用裁，满身雪白走将来。

平生不敢轻言语，一叫千门万户开。

少年伯虎除了画画，兴趣最浓的就是读书了。必须指出的是，少年伯虎最爱读的书并不是科举课程的"举业之书"，而是被时人视为"无用"的古文辞。当时，应付科举考试的八股文被称为"时文"，与此相对，古代文学作品便被称作"古文辞"。为了谋取功名，一般读书人多钻研时文，而忽视古文辞，认为古文辞不但没有用处，而且对举业有妨碍。这就像《儒林外史》中周学道骂魏好古的："'当今天子重文章，足下何须讲汉唐？'像你做童生的人只该用心做文章，那些杂览学他做甚么？"但是，真正有志气、有才气的文人，虽说为了出路不得不钻研时文，但在内心深处却看不起它，认为只有古文辞才是真正的学问。伯虎孜孜攻读的，正是周秦两汉魏晋六朝隋唐五代宋元的古文辞。这时候，一个怪杰突然跳进了他的生活圈子。此人就是祝枝山。

祝允明（1460—1527），字希哲，号枝山，长洲人。33 岁中举，后会试多次，皆不得一第。后来补官广东兴宁知县，历官应天府通判。这是一个极富传奇色彩的人物，一生诗酒狎妓，沉迷酒色。他在《口号三首》中曾坦率地承认"日日饮醇聊弄妇，登床步入大槐乡"。卖诗文所得钱，多用来饮酒买醉，以致死后无钱下葬。祝枝山比唐伯虎年长十岁。当十五六岁的唐伯虎以第一名考入苏州府学，初次引起世人注意时，二十五六岁的祝枝山正因提倡古文辞而名声大振，他隐约地感觉到少年伯虎的万丈才华，认为这个少年"其中屹屹有一日千里气"，于是主动屈尊前来造访，不料伯虎少年气盛，白眼相向，不予理睬。出身名门的祝枝山阅历丰富，当然理解正在成长着的身体和精神大抵会使少年产生一种强有力的感觉，这种感觉使他们显得朝气蓬勃而又有点不可一世。于是，祝枝山一再拜访，结果每次都碰壁，扫兴而归。后来，也许是为祝枝山的诚意所感动，或者是为祝枝山的名声所吸引，最大的可能是喜好古文辞的同声相应，同气相求，伯虎终于也伸出自己的手。有一天，他忽然送了两首诗给祝枝山，表露了自己的心迹。这两首诗现已不可得见，据祝枝山在《唐六如墓志铭》中说，"乘时之志铮然"，大约是抒写少年豪气一类的内容。对此，年长的祝枝山表现出充分的理解，他也写了答诗。在答诗中，他劝伯虎还是"少加宏舒"为好。他说，世上万物凡变高，就会变得细小，因此没有听说华山的顶峰可以建造城市；只有苍天既高远又包含一切，因此为万物所宗仰。伯虎阅后，觉得惺惺相惜，两人以此开始了持续终身的友谊。

祝枝山与唐伯虎的结交不如说是在"古文辞"的大纛下的集合。祝枝山不仅自己力攻古文辞，而且吸引了不少志同道合者，其中有都穆、文徵明、唐寅、杨循吉、徐祯卿、张灵等人。其中需做特别介绍的是徐祯卿。徐祯卿（1479—1511），字昌谷，祖籍琴川，后徙家吴县。《明史》本传称他为"吴中诗人之冠"。弘治十八年（1505）举进士，因身材瘦小，未能选入翰林院，任大理寺左寺副，后因囚犯走失，贬职为国子监博士。正德六年（1511）病死于北京，年仅33岁。徐祯卿早期诗标格清妍，词采婉约，有"文章江左家家玉，烟月扬州树树花"之句，评者以为"沉酣六朝，散华流艳"。中进士后，交游李梦阳、何景明，"悔其少作，改而趋汉魏盛唐"。名列前七子之中，影响之大仅次于李、何。王世贞评其诗说："徐昌谷如白云自流，山泉泛然，残雪在地，掩映新月；又如飞天仙人，偶游下界，不染尘俗。"徐祯卿又是前七子中的理论权威，所著《谈艺录》为李、何拟古理论的代表作，清代王士禛《渔洋诗话》还将其与钟嵘《诗品》、严羽《沧浪诗话》并提，认为是他最推崇的三部"古人论诗"之作。无疑，徐祯卿在文学上对于唐伯虎的影响是很大，他们的交谊也很深厚。徐祯卿有几首寄给唐伯虎的诗，都写得情真意挚，如《唐生将卜筑桃花之坞，谋家无赀，贻书见让，寄此解嘲》长歌抒怀，结尾叹道：

唐伯虎，真侠客。

十年与尔青云交，倾心置腹无所惜。

击我剑，拂君缨。

请歌鹦鹉篇，为奏朱丝绳。

胡为扰扰苍蝇之恶声？

我今蹭蹬尚如此，嗟尔悠悠世上名。

的确是金石知己的肺腑之言！到弘治八年（1495）、九年（1496）间，包括祝允明、文徵明、唐寅、徐祯卿等四人的"吴中四子"开始出名，其时祝允明三十六七岁，唐寅、文徵明二十六七岁，徐祯卿十六七岁。也就在这时期，画家以沈周为首，加上文徵明、唐寅、仇英的"吴门四大家"开始出名。其时沈周年近七十岁，仇英约三十岁。这真是一个星汉灿烂的江南才子群！

这个江南才子群活跃在 15 世纪中叶的苏州。苏州的自然环境很优美，北滨大江，南临太湖，河流纵横，拱桥相望。西南郊的虎丘、寒山寺、横塘、石湖，是唐宋以来许多诗人歌咏的胜地；灵岩山有吴宫和西施的遗迹，天平山怪石参天，上方山塔影穿云，太湖则烟波浩渺，岛屿连绵，其中最著名的是洞庭东山和洞庭西山，两山不仅古迹多、风景美，而且名茶佳果著称于世。这当然是适合江南才子群成长的自然环境。同时，由于苏州地区经济的迅速发展，有不少工商业者或是附庸风雅，或为美化环境，或为交际应酬，不惜用重金购买书画，这就使得当时的书画家能够摆脱封建统治者的豢养而靠自由出卖书画来生活。如文徵明有所谓"生平三不肯应"之说，就是不卖画给藩王贵族、宦官和外国人。这反映了他对欺压人民的贵族、宦官和带有侵略野心的外国人的鄙视，但也说明他能自食其力，有恃无恐。唐伯虎更自豪地直言不讳："闲来写就青山卖，不使人间造孽钱！"明白无误地说明了艺术品已经走向商品化，走向了市场。苏州地区社会经济的发展对于艺术家的生活和思想产生了巨大影响，这当然是适合江南才子群成长的社会环境。

生活在 15 世纪中叶的苏州的江南才子群是极有特点的，他们狂人林立而又从不文人相轻，诗酒歌筵而又提倡自食其力，热热闹闹，风流潇洒，欣赏聆听着盛况空前的虎丘山曲会，徘徊在月落乌啼、渔火闪烁的枫桥，醉卧在淅淅春雨轻敲篷舱的太湖画舫，狂呼豪饮于市楼栉比的金阊银胥……

唐伯虎就是他们之中的一员。

三

不炼金丹不坐禅，饥来吃饭倦来眠。生涯画笔兼诗笔，踪迹花边与柳边。

——《感怀》

唐伯虎生活的年代正当明代中叶，当时的封建统治已十分腐朽；国家大权实际操在宦官手中，贿赂公行，朝廷大臣在虐政下也朝不保夕。土地又高度集中，租税奇重，造成农民的极端贫困，各种农民起义的规模逐渐扩大。如在宪宗时河南的刘通、石龙等起义，有精兵四万。起义失败后不久，刘通的余部李胡子等再起，聚众至百万人。武宗时期直隶人刘六、刘七等起义，自北京附近转入山东、河南，转战湖北、湖南一带，几乎倾覆了明朝的统治。同时，外侮也从未平息。如英宗正统十四年（1449），西北瓦剌族入侵，明军遭到惨败，英宗被掳。世宗时，东南沿海则有倭寇不断侵扰。明代的工商业原有很大的进展，但以皇帝和宦官为首的明朝统治者，对新兴的工商业势力，采取了严酷的压制和疯狂的掠夺。在这样的历史背景下，也就产生了一批狂士。

狂士，是名士的支派，大概是中国封建士大夫阶级的特殊产物，一般都与时代和个人身世、遭遇有关。魏晋时代政治黑暗，就出现了一些扪虱挥麈、放浪形骸的狂怪之士。如阮籍"纵酒昏酣，遗落世事"，曾沉醉六十日不醒；阮咸与酒友们以大瓮盛酒，围坐畅饮，有时群猪上来争饮，阮咸也不在乎；嵇康自称头面要个把月才洗一次，也不喜欢沐浴，甚至小便也能忍则忍，懒得去解。类似这样的惊世骇俗之言行，不一而足。明中叶以后，很有一批佯狂傲世的人物，如唐伯虎和他的朋友们；稍晚一点有徐青藤，狂悍得经常自残；再晚一点有昆山的顾炎武和归庄人称"归奇顾怪"，还有吴中的顾呆也怪得出奇；再晚一点则有金圣叹，满腹牢骚，狂歌当哭，以致腰斩吴门。以上同为狂士，却有种种不同，有的为忧国而狂，有的为个人不遇而狂，有的则恃才傲物而狂。像唐伯虎和他的朋友们的狂放不羁，虽与明中叶的黑暗政治有关，但更多的是个人有志不得伸，不容于士林，加之惊人的自负，因而养成这种不拘小节、佯狂傲世的作风。

也许是幼年居身屠酤，耳闻目睹了下层社会的许多不平事，伯虎从小就对古时的"布衣之侠"鲁仲连和朱家怀有深深的敬意。战国齐人鲁仲连义不帝秦，为各国排难解纷。西汉鲁人朱家，拯危救困，任侠关东。伯虎认为他们"其言足以抗世，而惠足以庇人"，自己愿意成为他们门下一卒，所悲叹的是世间没有这样的侠士。由于少年贫困，伯虎索然寡欢，但内心又燃烧着一股炽烈的火焰，使他又不安于寂寂无闻。生性诙谐豪放的他，就更加放诞不羁了。赵翼《廿二史札记》称"吴中自祝允明、唐寅辈，才情轻艳，倾动流辈，放诞不羁，每出名教外"，说的就是活跃在景色秀丽的苏州的伯虎及其朋友们的荒唐行径。

伯虎在府学里不仅是一个"不务正业"的学生，而且还是一个"无法无天"的浪子。无独有偶，伯虎的同学中有一个同乡少年张灵，也是市民出身，两人意趣相投，可称难兄难弟，莫逆之交。据《明史》《列朝诗集小传》等书记载，张灵字梦晋，文思敏捷，词采斐然，善画人物，又喜古文辞，受到祝允明的赏识，罗致门下；为人却喜欢喝酒，好交朋友，佻达放纵，不合时俗。有一天，伯虎在虎丘设宴，张灵乔扮乞丐去撞席，高谈阔论，吟诗作赋，目中无人。同席的人惊讶不已，奇怪怎么一个乞丐竟有如此才华？还有一次，伯虎曾与张灵一丝不挂地站在府学泮池中以手击水相斗，呐喊叫嚣，进行水战。当时督学方志厌恶古文辞，知道伯虎致力于古文辞，想惩罚伯虎，张灵知道后很忧郁，伯虎说："他不知道你，你有什么可忧呢？"张灵说："独不闻龙王欲斩有尾族，虾蟆亦哭乎？"可见二人相知之深。

后来，张灵由于太放浪形骸了，被官府革斥了秀才的名号，他却不以为然，仍旧诗酒癫狂。传说有一天张灵在豆棚下举杯自饮，有人拜访他，他不予理睬，自顾喝酒。那人怒气冲冲地找到伯虎，诉说张灵如此无礼，伯虎却笑笑说："你这是在讥讽我呵！"在历史上，张灵虽不及唐寅名气大，但他们如影随形，在当时是以一对才子狂生并称的。

张灵还具有一种表现才子人格的舍生忘死的痴情，即对待佳人，不仅仅是一种倾倒于美貌的感情，更是一种刻骨铭心的知己之情。清初黄周星作传奇小说《张灵崔莹合传》、乾隆间钱维乔作戏曲《乞食图》、无名氏作《十美图》、汾上谁庵作《画图缘》、刘清韵作《鸳鸯梦》等就记述了张灵和崔莹的一个痴迷凄绝的恋爱故事，这故事还牵扯上张灵的好友唐伯虎。

故事说张灵和妙龄少女崔莹偶然遭遇，一见倾心，情意缠绵。不巧当时宁王朱宸濠图谋反叛，将崔莹选为歌伎，送往京城，张灵听到这一消息后，五内俱焚，悲不能抑，寝食皆废，相思成疾，竟然命归黄泉。待到朱宸濠的叛乱被平定，崔莹等人都放归家中时，崔莹才得知张灵的死讯。于是，她专程前往吴县，在张灵的墓前设酒祭奠，泣不成声，自缢身亡。张、崔死后，一天夜里唐伯虎梦见张灵对他说："君以为我是真的死了吗？死的是形骸，不死的是性灵，我既然是一世才子，死后岂能像他人那样泯灭呢！"

我认为，虽然张、崔姻缘像伯虎三笑姻缘一样，多半属流传很广而子虚乌有的传说，但对于理解15世纪中叶的江南才子群是值得重视的资料，尤其是上述张灵托梦那段话，可视为唐伯虎、张灵辈真实思想的流露：生命就是性情。活在人世间无法和意中人相亲相爱，朝夕相处，那还不如索性死去，让自己的真情永远依傍着意中人。丧失躯体，获得爱情的永生，这就是生命的价值！

关于伯虎少年时代和朋友们逾越名教、超逸流俗的故事是很多的，至今被人津津乐道。

传说有一天，唐伯虎与朋友们浪游大醉，酒兴未尽，身上却没有酒钱了。于是大家都脱下衣裳，典当在酒店，换得酒食豪饮至晚。伯虎又乘兴涂抹山水数幅。第二天早上，伯虎将画卖脱，得钱后将典当的衣裳全部赎还朋友。

又传说伯虎曾和张灵、祝枝山等在雨雪天打扮成叫花子，敲着鼓唱《莲花落》，讨来钱便买了酒到野寺中痛饮，还得意地说："这种快乐可惜无法让李白知道！"

又传说盛夏的一天伯虎拜访祝枝山，正巧碰上祝枝山大醉，一丝不挂在纵笔狂草。伯虎用《诗经》的句子开玩笑："无衣无褐，何以卒岁？"祝枝山立刻用《诗经》句回答道："岂曰无衣，与子同袍。"

这还是伯虎与朋友之间的惊世骇俗的言行，至于对待权贵和俗客，他们似乎更加肆无忌惮。有一次，有富豪邀客人登山赋诗，伯虎装扮成乞丐，对他们说：

"诸位今日赋诗，能让乞儿作和吗？"富豪很惊诧，就开玩笑地答应了。伯虎索来纸笔，大书"一"字后就走，客人们大笑，追他回来。伯虎又写了"一上一上"四字后，请求离开。富豪说："我早就知道乞儿不能作诗啊！"伯虎笑道："我生性嗜酒，一定要饮酒后才能作诗，君能赐给酒吗？"富豪就让人倒满一杯酒，对他说："你如果能够赋诗，就让你尽醉，不然，就要受到责罚。"伯虎又大书"又一上"三字，客人们拍手笑着起哄："这就叫作能作诗吗？！"愈加逼迫他写。伯虎又书"一上"二字，人们都俯仰大笑。伯虎上前说道："我早就想喝酒了，难道我真的让先生们评判我会不会作诗吗？"于是举酒一饮而尽，拿起笔来续成了一首七言绝句：

> 一上一上又一上，一上直到高山上。
>
> 举头红日白云低，四海五湖皆一望。

客人们都大吃一惊，邀伯虎入席，尽醉而归，大家竟然不知道这乞儿是什么人。

唐伯虎最喜欢用他的才华和机智作弄威严的官吏。有一次，他与祝枝山浪游维扬，纵情舞榭歌台，没有钱用了。两人商量，认为盐运使权势大，收税甚多，于是装扮成玄妙观化缘的道士，穿上道服，到官署化缘。盐运使一见大怒，呵斥道："你们难道不知道御史台之威严如寒霜肃杀吗？道士算什么东西，敢就这么来官署？！"唐、祝两人答道："明公以为贫道是讨饭吃的吗？不是的啊。贫道所结交的都是天下的贤豪长者，即使像我们吴地的唐伯虎、祝枝山等，都肯与我们交友。明公不嫌弃的话，我们愿意表现菲薄的文才，请公命题。"于是，盐运使收敛威严，随即手指牛眠石，命两人以此为题赋诗。唐、祝不假思索，立即写成七律一首：

> 嵯峨怪石倚云间（唐），抛掷于今定几年（祝）。
>
> 苔藓作毛因雨长（唐），藤萝穿鼻任风牵（祝）。
>
> 从来不食溪边草（唐），自古难耕陇上田（祝）。
>
> 怪杀牧童鞭不起（唐），笛声斜挂夕阳烟（祝）。

盐运使读完诗，笑着对两人说："诗写得不错，你二人意欲何为呢？"两人答道："明公轻财好施，天下知名。现在姑苏玄妙观坍塌，明公如果能捐俸修葺，名字一定会永传不朽。"盐运使听了很高兴，就给长洲县和吴县颁下征召，使出资五百两作为修葺费。两人得到征召文件，就连忙乘船回吴，具备名片拜谒二县的县令，假说是玄妙观的道士托他们来打通关节，果然得到了五百两纹银。后来盐运使知道上了当，大为懊丧，但也无可奈何了。

这个故事出自《自醉言》，是荒漫无据的小说家言，但我认为那种逾越名教、蔑视礼法的奇言怪行，那种潇洒脱略、天马行空的生活方式，那种以荒唐行径嘲弄荒唐现实的深刻本质，就是明中叶江南风流才子群流芳后世的原因所在，也是唐伯虎狂士形象的不朽魅力所在。

如果我们冷静地考察，就可以看到唐伯虎狂诞的目的荦荦大者有以下三端。

其一，如果说，道家炼丹，佛徒打坐，目的是追求生命的长度，是为了长寿，那么唐伯虎的风流放诞的目的则是追求生命的密度，是为了享乐。伯虎历来不信道、佛长生之说，《言志》诗曾明白地说道："不炼金丹不坐禅。"《说圃识余》记叙了这么一个故事。

有一天，有个术士求见，对伯虎夸耀炼丹术的妙处。伯虎说："先生既有此妙术，何不自己使用，而为什么要送与别人呢？"术士说："此术虽是我所有，而仙福却不易得到。我阅人多矣，而仙风道骨，没有谁比得上先生。现在先生有些福，而遇到我有此术，合而为之，没有办不成的事。"伯虎笑道："这样就容易了！我有空房在北城，很僻静。我只出仙福，先生担任修炼，炼成金丹后两人分用，岂不是好？"那个术生还不明白伯虎是在奚落他，就拿出一柄扇子求诗。于是伯虎一挥而就：

> 破布衫巾破布裙，逢人便说会烧银。
>
> 君何不自烧些用？担水河头卖与人。

术士才如梦方醒，惭愧而去。伯虎《花下酌酒歌》更坦率地宣传及时行乐：

> 九十春光一掷梭，花前酌酒唱高歌。
>
> 枝上花开能几日？世上人生能几何？
>
> 昨朝花胜今朝好，今朝花落成秋草。

花前人是去年身，去年人比今年老。

今日花开又一枝，明日来看知是谁？

明年今日花开否？今日明年谁得知？

天时不测多风雨，人事难量多龃龉。

天时人事两不齐，莫把春光付流水。

好花难种不长开，少年易老不重来。

人生不向花前醉，花笑人生也是呆！

诗句平易通俗，动人心扉，其中有些句子已经成了人人常说的"口头禅"了。《唐伯虎轶事》还记载伯虎看到春去花落，则"大叫恸哭"，"遣小伻一一细拾，盛以锦囊，葬于药栏东畔，作落花诗送之"。这恐怕就是《红楼梦》中"黛玉葬花"一节的原型和素材，通过曹雪芹先生的生花妙笔，震撼着一代代少男少女的心灵。但是，考察唐伯虎的风流放诞，透过一派杯觥交错、花月啸谈，我们见到的只是一种巨大的悲哀。明中叶资本主义经济在苏州地区迅速发展，儒教礼制逐渐被冷落，这种思想解放的局面带来了人的觉醒。唐伯虎意识到自身的存在价值，也就愈益热恋宝贵的生命，而愈益感受死亡的悲哀。他曾用自白式的口语写了一首《七十词》，可视为对生死问题的反思：

人生七十古稀，我年七十为奇。前十年幼小，后十年衰老；中间止有五十年，一半又在夜里过了。算来止有二十五年在世，受尽多少奔波烦恼。

这是大白话，又是大实话。显然，这种反思是成熟而痛苦的。既然人生短促，无论贤愚善恶还是贵贱美丑都难免一死，那么还有什么必要计较事业声名呢？还有什么理由来控制、压抑血肉之躯的欲望呢？因此，唐伯虎诅咒服食坐禅，采取了诗酒风流的态度，亦即放弃了对生命长度的追求，转而追求生命的密度，他的风流放诞是为了享乐，其享乐观又由悲哀的理论积淀而成。

其二，伯虎为了远祸全身。明中叶朝政腐败，宦官当权，出现了极端黑暗的专制政治。出身小店主家庭的唐伯虎意识到周围环境危机四伏，感到极端苦闷和压抑。他曾在《题子胥庙》中一抒感愤：

白马曾骑踏海潮，由来吴地说前朝。

眼前多少不平事，愿与将军借宝刀。

这大概是伯虎浪游杭州之作。俗话说："庐山烟雨浙江潮。"钱塘江潮确是大自然的奇异景象。传说那滚滚的浪潮，是春秋时名将伍子胥的英灵，骑着白马，驱使着海族兴波犯岸，以舒泄他屈死的悲愤。伯虎由历史上的冤屈，想到了"眼前多少不平事"，意欲去除邪佞。

然而，牢骚尽管发，文人才士的力量毕竟难以改变黑暗龌龊的现实。于是，伯虎选择了放诞佯狂，用纵酒作慢形之具，来躲避政治上的灾害和人事上的纠纷。在这方面，伯虎是一个成功者，正德九年（1514），建藩江西南昌的宁王朱宸濠慕伯虎才名，征聘他到南昌。伯虎在宁王府觉察到朱宸濠有反叛的企图，便假作癫狂，使朱宸濠认为他失去了利用价值，脱身回到了苏州。五年后，朱宸濠起兵反叛被平定，伯虎居然没有被卷入旋涡，逃避了杀身之祸。

其三，伯虎风流放诞的第三个目的是自我超越，有利于艺术创造。风流放诞的生活方式与超尘脱俗的精神追求之间原来就存在某种微妙的联系。唐伯虎是文学之士，又是职业画家，他对"真"境的追求是必然的，他必须努力摆脱世情的牵累。从这个意义上说，风流放诞是唐伯虎追求超越的意境美的渡舟。因此，他自称"龙虎榜中题姓氏，笙歌队里卖文章。跐跌说法蒲团软，鞋袜寻芳杏酪香"，干脆和妓女为伍，与和尚说禅；他常常乘醉泼墨，听曲挥毫，"头插花枝手把杯，听罢歌童看舞女"；他"常坐临街一小楼，惟乞画者携酒造之，则酣畅竟日"，过着市民艺术家的生活。所以，行家以为他工于画美人，是因为"其生平风韵多也"。他也许丝毫感觉不到自己的放浪形骸。他觉得重要的是，艺术能够使他得到创造的乐趣和满足，从而使生命显得美好充实。

不过，风流放诞也许只是伯虎性格外露的一面，就其潜在的内质而言，伯虎其实是一个感情极为细腻含蓄的人。我们只要试看他撰写的《祭妹文》和《唐长民圹志》，柔情哀思，如水银泻地，而又入情入理。在府学读书时，他曾作有一首《怅怅诗》，表露了这个风流少年复杂而敏感的情思：

怅怅莫怪少时年，百丈游丝易惹牵。

何岁逢春不惆怅，何处逢情不可怜。

杜曲梨花杯上雪，灞陵芳草梦中烟。

前程两袖黄金泪，公案三生白骨禅。

老后思量应不悔，衲衣持钵院门前。

阎秀卿《吴郡二科志》评论此诗预示了唐伯虎的人生道路，"允与其事合，盖诗谶也"。这种看法是颇为主观的，我不敢苟同。相反，我认为此诗写得比较幼稚，他写自己为每一个春天惆怅，为每一次恋情伤感，在惆怅和迷惘中，他渴望着幸福，寻觅着欢乐。此诗呈现了一颗少年的多情心灵，坦率真挚，却又带几分拘谨羞涩，与世所艳称的唐伯虎的风流放诞大异其趣，表现了唐伯虎内心世界的另一面。

第五章　桃花坞

桃花坞，中有狂生唐伯虎。狂生自谓我非狂，直是牢骚不堪吐。

——尤侗《桃花坞》

一

一身之中，凡所思虑运动，无非是天，一身在天里行，如鱼在水里，满肚子里都是水。

——《朱子语类》第九十条

的确，在中国历史上，受到命运的严重打击后，"发愤著书"而终于"立言垂世"者历代不乏其人，前于唐伯虎的如墨翟、孔子、司马迁、贾生、柳宗元，后于唐伯虎的如李贽、顾炎武、王夫之等，但这条道路对于唐伯虎来说，如镜花水月，一场春梦。其中原因，邵毅平先生在《十大文学畸人·唐寅》一文中指出：

首先，就其天性而言，唐寅终究只是一个才子，而不是一个学者，他可以在治学立言上表现自己的聪明才智，却无法借此安身立命。其次，唐寅少年时代的努力读书，虽不知所用，却怀着希望，因而是一种积极进取、充满乐趣的行为；失意后的发愤读书，虽已知所用，却怀着绝望，因而乃是一种消极退缩、充满悲凉的行为。在这样的心情下治学，其结果也是很难乐观的。再次，在一个功利社会中，当"三立"中"立言"不是作为前二立的补充而是作为前二立的替代时，往往成为失意者谋求心理平衡的借口，唐寅此时"立言垂世"的愿望，正有着若干酸葡萄的成分，所以只能冲动一时而不能坚持长久。

这当然是很中肯的议论，但我认为还有一个重要原因邵先生没有论及，这就是环境的影响。本书在第二章就叙及，15世纪中叶在苏州活跃着一个江南才子群，如沈周、周臣、唐寅、祝允明、文徵明、仇英、徐祯卿等人，他们都不是学术长才，而是一批艺术怪杰。更耐人寻思的是，他们每个人都是诗画全才，才华横溢。他们之间或是情同手足的亲密朋友，或是意气相投的师弟关系。一个人选择一定的事业目标，走上一定的生活道路，除开时代和个人等因素外，总与师友分不开。诚如郭沫若在《历史人物》中说的，师友"是一种重要的社会关系，在一个人的成就上是一个极其重要的因数"。无疑，这些江南才子所处的经济、政治地位相似，又都精于书画，同声相应，同气相求，在对时政和生活的态度方面，在理想的追求方面，必然互相影响。总之，有了上述这些复杂的原因，"发愤著书"和"立言垂世"对于唐伯虎来说只可能变成昙花一现的空想了。

生活的剧变使得唐伯虎头脑中两年来急剧热化、膨胀的科举仕进的欲望彻底破灭，从痛苦和绝望中复苏而选择的"立言"之路又满是荆棘，难以走下去。于是，经过久久的思索，他进一步抛弃了"立言垂世"的想法，选择了"自适""适志"的生活方式。唐伯虎的这种选择当然不是突如其来的越世高谈，其思想基础便是本书第二章所叙述的以"及时行乐"为核心的人生观。唐伯虎考察祸福无常的人生，想到生命是如此的短暂而偶然，如此的珍贵而又美好，他愈益热恋宝贵的生命，就愈益感受死亡的悲哀，就愈益放纵血肉之躯的欲望，于是便放弃对生命长度的追求，转而追求生命的密度。他认为只有及时行乐，才算不虚度此生。

一生细算良辰少，况又难逢美景何！

美景良辰倘遭遇，又有赏心并乐事。

不烧高烛对芳尊，也是虚生在人世！（《一年歌》）

一年三百六十五日，细细算来，宜人的天气、美丽的景色、佳妙的心情和快乐的事情聚合在一块儿的日子有几天呢？只有夜以继日饮酒弦歌，才不算辜负啊！这种"及时行乐"的思想，唐伯虎少年时即已有之，现在经历人生的惨痛教训，就更加坚定了。他想：《左传》虽然说"太上立德，其次立功，其次立言"，自己却身遇诬陷，如洁白的玉璧蒙受了玷污，为社会所抛弃了。虽然有颜回一样的操行，但终究不能取信于人。而做一番际会风云的事业，又有什么途径可达到呢？想要立言垂世吧，恐怕如同扬雄写《剧秦美新》、蔡邕依附于董卓、李白受累于永王之幕，柳宗元被攻击为王叔文之党，徒然增添垢辱而已。唐伯虎终于大彻大悟了：

人生贵适志，何用刿心镂骨，以空言自苦乎？（见《唐伯虎全集·骨台山人序》）

"适志"，也就是顺应自己的天性。唐伯虎天性豪侠，又嗜声色，现在既然已跳出"三不朽"的传统模式，已经痛感生命的短促，那就干脆明明白白地承认，彻底完全地履行。他有一首《焚香默坐歌》说得好：

焚香默坐自省己，口里喃喃想心里。

心中有甚害人谋？口中有甚欺心语？

为人能把口应心，孝弟忠信从此始。

其余小德或出入，焉能磨涅吾行止？

头插花枝手把杯，听罢歌童看舞女。

食色性也古人言，今人乃以为之耻。

及至心中与口中，多少欺人没天理。

阴为不善阳掩之，则何益矣徒劳耳！

请坐且听吾语汝，凡人有生必有死。

死见先生面不惭，才是堂堂好男子。

十足的才子气魄！十足的天性文字！"存天理灭人欲"的理学思想在唐伯虎

眼中直如破屣，怪不得袁中郎评为："说尽假道学！"

古时候有位修行的严尊者，问赵州和尚："一物不将来时何如？"——怎样才能做到抛弃一切，两手空空？赵州和尚回答："放下著。"现在，唐伯虎把立德、立功、立名等封建士子的思想重负全都放下了，他感到了一种前所未有的轻快，豪迈地说："大丈夫虽不成名，要当慷慨！"

然而，从打算"立言垂世"到决定采取"自适""适志"的生活方式，在身心都需要一个调整阶段，唐伯虎选择了远游。

从古及今，每一个知识分子都相信：每一片风景，都是一种心境。花开花落，鱼跃鸢飞，大自然无限丰富的形态，随处都可能成为转换人们心境的媒介。那些流动飘逸的云水、小窗梅影的月色、绮丽华滋的春光、荒寒幽寂的秋景，都能使置身其中的人受到感动，都与人们的生命绝不是不相干的存在。无论是烟云空蒙，还是啼鸟处处；无论是登高山观日出，还是涉大川送夕晖，都能沐浴灵魂，澡雪精神，陶冶性情，都是医治心灵创伤的良医圣药。现在，唐伯虎就将这次远游视为一次精神之旅。

古时候有句俗话："南人乘船，北人骑马。"指的是北方多平原旷野，而南方则江河密布。唐伯虎远游的主要交通工具当然还是一叶扁舟。这次"翩翩之远游"的行踪很广，游览了湖南的南岳，江西的匡庐，浙江的天台，福建的武夷，并观大海于东南，泛舟于洞庭、鄱阳。他的朋友徐祯卿曾写有《怀伯虎》七律一首：

> 闻子初从远道回，南中访古久徘徊。
>
> 闽州日月虚仙观，越苑风烟几废台。
>
> 赖有蔾筇供放迹，每于鹦鹉惜高才。
>
> 沧江梅柳春将变，忆尔飘零白发哀。

诗中也概括地写出唐伯虎的游踪。唐伯虎此次远游，最使他自豪并且最为人所乐道的是"九鲤乞梦"。九鲤湖在福建仙游县北，景色幽美。相传汉元狩年间何氏兄弟九人炼丹于此，炼成，各乘一鲤仙去，因名。徐经的玄孙徐霞客有《游九鲤湖日记》，生动地描写了九鲤湖的景色：

平流至此，忽下堕湖中，如万马初发，诚有雷霆之势，则第一漈之奇也。九仙祠即峙其西，前临鲤湖。湖不甚浩荡，而澄碧一泓，于万山之上，围青漾翠，造物之酝灵亦异矣！

并且徐霞客也记载"是夜祈梦祠中"，可见九鲤祈梦是明代人的好尚。唐伯虎浪游至仙游，夜宿于九鲤湖畔，梦见仙人送给他一担墨。这当然是文业终生的象征。所以当时朋友称羡，后世文人亦传诵，所谓"鲤仙赠墨妙江东"，指的就是这件事。又传说唐伯虎祈梦九鲤时，梦中有人示以"中吕"二字。唐伯虎醒后对人说起，都无法详解。几十年后，唐伯虎访问同邑的阁老王鏊，见到王的墙壁上有首苏东坡的《中吕满庭芳》的词。唐伯虎吃了一惊，说："这就是我梦中所见啊！"读到其中有"百年强半，来日苦无多"句，唐伯虎很惶恐，不久他真的去世了。终年五十四岁，也可说是"百年强半"。我总觉得这传说玄而又玄，不大可信。

又传说唐伯虎坐船游黄州，观赏了东坡赤壁后，深夜醉步踉跄地归船，路上碰到巡逻的士卒，被认为犯禁而被扭送见指挥使。指挥使不认识唐伯虎，盘根究底地审讯他。唐伯虎大笑，答以诗云：

大雪寻梅好写诗，隔江友家泛金卮。

因观赤壁两篇赋，不觉黄州半夜时。

城上将军原有令，江南才子本无知。

贤侯若问真消息，也有声名在凤池。

诗中"招供"了犯禁原委和自己的身份，于急难狼狈中仍不失才子的潇洒本色。

远游似乎是中国封建文人的一大传统。不过，大多数文人（包括李白、杜甫、苏轼等）的漫游，是为了打开仕途的通道。在封建社会想要当官，首先要获得一定的社会声望，最好有大人物帮忙游扬，这样再通过科举，才能较顺利地得到官位。唐伯虎已经是赶出仕途外，跳出"三立"间，自然与此无涉。他这次历时约一年、足迹遍东南的远游，主要目的有两个。

一是借青山绿水来淡化仕途上的失意感。因为对社会失望之后，便以自然为人生幸福的补偿形式了。对于一个政治失意者来说，有时候只需要在极平凡的一树一石、一花一鸟中，就可以觅得一小块精神止泊之地，作为他生命的最后依托。唐伯虎有首《烟波钓叟歌》就是这种思想的形象表达：

太湖三万六千顷，渺渺茫茫浸天影。

东西洞庭分两山，幻出芙蓉翠翘岭。

鹧鸪啼雨烟竹昏，鲤鱼吹风浪花滚。

阿翁何处钓鱼来，雪白长须清凛凛。

自言生长江湖中，八十余年泛萍梗。

不知朝市有公侯，只识烟波好风景。

芦花荡里醉眠时，就解蓑衣作衾枕。

撑开老眼恣猖狂，仰视青天大如饼。

问渠姓名何与谁，笑而不答心已知。

玄真之孙好高士，不尚功名惟尚志。

绿蓑青笠胜朱衣，斜风细雨何思归。

笔床茶灶兼食具，墨筒诗稿行相随。

…………

一个须发皆白的渔翁，无视朝市公侯，八十余年来都生活在茫茫湖上，更妙的是笔墨诗稿随身携带，时有长篇短句！这样的渔翁在现实中其实是不存在的，显然是作者理想的化身。

中国封建文人的漫游有一种共通的审美兴趣，他们总是对往古这个时间的维度敞开怀抱；而已经消逝的往古犹如幽灵似的穿透眼前的自然景物，展现在烟霭茫茫之中。在历史的回首中，满眼风光，有多少春日鸟啼的日子，多少秋天空阔的景象。而这风景的世界里，又有多少悲欢的故事，多少生灭与存亡。就是在这种怀古情绪的支配下，唐伯虎骑着毛驴，登上庐山香炉峰，仔细辨认着摩崖石刻中古人的题咏，"读之漫灭为修容"；经过子陵滩时，聆听着满山樵斧声，眺望着纷飞的鸬鹚，遥想起严子陵这位"汉皇故人"；游览辋川时，于白日苍松、清风明月之间，细细体味王摩诘的"尘外想"；面对着浩渺的空间和悠长的时间，他感到个人、家庭、仕途等真正是如同尘芥！在《游镇江登金山、焦山》中，他写道：

> 孤屿峻嶒插水心，乱流携酒试登临。
>
> 人间道路江南北，地上风波世古今。
>
> 春日客途悲白发，给园兵燹废黄金。
>
> 阇黎肯借翻经榻，烟雨来听龙夜吟。

金山位于镇江西北的大江边，以绮丽称世。自古以来，流传着"金山寺里山，焦山山里寺"的民谚，就是讲金山小巧，整座山被佛寺包围。焦山浑厚，寺院深藏在山中。金山寺为东晋时创建，初名泽心寺，唐以后改为金山寺，枕江而筑，气象万千。唐伯虎携酒登临，远望脚下乱流激起的层层雪浪，环顾身边被兵火破坏的佛寺，想到了南北道路和古今风波，产生了一份浸肌浃骨的个人心灵深处的感动。于是，在诵经和江涛的交响声中，在神秘的香烟和幽微的琉璃灯火的交融中，唐伯虎追忆自己逝去的父母、徐氏妻子及妹妹的音容，想到如镜花水月般的功名，想到系囚缧狱的屈辱，觉得一切都是空的。他甚至想向和尚提出就此出家，夜夜倾听那孤寂而壮阔的江涛。

二是出于研习丹青、师法造化的需要。唐伯虎失意之初立下的发愤著书的愿望早已灰灭，他选择了靠诗文书画谋生的市民艺术家生活，正如他自己所说的："予弃经生业，乃托之丹青自娱。"这样，观察自然、写生山水、师法造化就成为他必修的功课。

唐伯虎的绘画创作，山水画占主要地位。他从周臣那里继承了李成、范宽和南宋四家的传统，对元代赵孟頫、黄公望、王蒙等的画法，也经过苦心研究。前人评价他"青出于蓝"，认为他虽然取法宋元诸家而能有所发展，在技法上能融会贯通，自成秀润、缜密、流丽的风格和面目。无疑，唐伯虎这次漫游名山大川，广泛地体验了丰富的社会生活，深刻地观察了雄丽的自然景色，对其绘画艺术是影响至巨的。

漫游中，唐伯虎以一双极富色彩的眼睛看世界，对于大自然中春光明媚、绚丽滋润之境，有一种深刻的自觉的感应。如以下小诗：

红杏梢头挂酒旗，绿杨枝上啭黄鹂。

鸟声花影留人住，不赏东风也是痴。

色彩绚丽，轻灵流转，我们参看他传世的画作《山路松声图》《青山伴侣图》《骑驴归思图》等，即可体会到唐伯虎那种来源于现实生活的敏锐的色彩效应。

在流连山水之中，唐伯虎也渐渐学会用真正内行的眼光，亦即用读画的眼光和读诗的眼光来观察山水，如他在游览齐云岩时，感觉到"霜林着色皆成画，雁字排空半草书"；在旅滨长江时，观察出"寒梅向暖商量白，旧草吟春接续青"。像以上这些诗句，是地道的艺术家的诗句。用读画和读诗的眼光来欣赏山水，实际上已经相当于用一种哲学的眼光看山水，亦即将中国艺术精神，融入山水审美的境界了。

总之，这次漫游对于唐伯虎日后在绘画上打破前人陈套，尤其是变化南宋院体风致，是很有作用的。我们欣赏伯虎的山水画，不论峰峦水口、树石林泉和点缀的人物、屋宇等，都画得现实具体，使人看了，感到可游可居。尤其如代表作《江南农事图》，以异乎寻常的工细笔法，描绘了初夏时节南国农村的自然景色和种种农事活动，上边题诗："四月江南农事兴，沤麻浸谷有常程。莫言娇细全无事，一夜缫车响到明。"说明唐伯虎对农民的生活有一定的了解，并怀有一定的感情。这正是师法造化的结果，和前人一些"足不出里闬"一味摹古的山水画是不同的。

二

闲居嗒嗒醉呜呜，转觉微情与世疏。

——徐祯卿《赠唐居士》

也许是因为大半年的监狱生活的摧残，也许是长期营养不良，也许是这次浪游旅行的劳累，唐伯虎回到家中就病倒了，缠绵病榻，数月之后才渐渐痊愈。

病愈后，唐伯虎鬻画卖文，维持生计。他这样做的直接目的有两个。一是他天性醉心艺术，笔墨丹青是"自适""适志"的最好手段。二是苏州不仅风物宜人，而且工商业，特别是丝织业发达，商贾聚集，有些商人富可敌国。这些商人为了美化精巧的园林，附庸风雅，也就肯花高价购买字画。从某种意义上说，这也带动了一般市民对艺术品的爱好和收购。于是苏州产生和会集了很多艺术家（特别是市民艺术家），成为当时全国屈指可数的最大的字画市场。唐伯虎出卖字画，能够自食其力，"不使人间造孽钱"，维持一家生计。

这时候，舆论已经逐渐往同情他的一边倾斜。诚如他在《题浔阳送别图》中所感慨的："是非公论日纷纷，不在朝廷在野人。"一般老百姓本来就喜爱唐解元万丈才华，钦佩唐解元的满腹学问，现在慢慢知道他所受的冤枉后，都同情他，为他说话，买他的字画。相反，对诬陷他的都穆，虽然得做高官，但大家还是鄙薄和厌恶。加之这时唐伯虎的字画已渐臻佳境，他书学赵孟頫，而能自出机杼，特别是行书妩媚俊逸，为世所称；绘画路子也很宽，山水、人物、仕女、花鸟，均不同流俗，高视阔步于一时。因此，向他求购书画的人不少，有时还感到应接不暇，不得不请老师周臣代笔。这种自食其力的砚田生涯，唐伯虎一直坚持到离开人世。

在这段时期，唐伯虎的家庭成员发生了一些变化。

唐伯虎原配徐氏，徐氏亡故后曾续弦，出狱后"夫妻反目"，续弦离去。这次浪游归来后他又娶妻沈氏。这就是祝枝山《唐伯虎墓志铭》中所谓"配徐继沈"之"沈"。因文字资料缺乏，我们已不可得知沈氏的基本情况，只知道她排行第九，人称沈九娘。然而伯虎诗词流露出，和沈氏是感情融洽的。《感怀》诗云"镜里形骸春共老，灯前夫妇月同圆"，"月同圆"自然是美满的象征。《偶成》则直接描述了这对贫贱夫妻的生活：

科头赤足芰荷衣，徙倚藤床对夕晖。

分咐山妻且随喜，莫教柴米乱禅机。

"随喜"是佛教用语，谓见人做善事而心中欢喜。唐伯虎用在这里，有些随遇的意思，是说要妻子随遇而安，不要为柴米生计发愁而扰乱了平静的心绪。看样子，沈氏是一位贤惠温顺、多少有点安命的女人。

唐伯虎与沈氏生有一女，后来嫁给横塘王家村雅宜山人王宠的儿子王国士。

唐伯虎与王宠是诗文朋友，又成了儿女亲家，真可以说是翰墨姻缘了。

就在唐伯虎与沈氏婚后不久，唐家唯一的命脉、他与弟子重"骈肩倚之"的侄儿长民夭折了。这对于人丁不繁的唐家是一个沉重的打击，伯虎挥泪写下了一篇词短情深的《唐长民圹志》，其中志文译成白话，是说：

长民只有十二岁，颖慧而淳笃。在父母面前注意礼貌，从来不做出仰着脸跋着脚的样子。读书一定至深夜，而兴致还很高，好像想读到天明似的。有疑问时就走来问我，此外不到别的地方去。我常常心里想："唐氏累世积德，所做善事历历可数的已有五代了。前后街坊，都称我家为善士。苍天一定会保佑，使唐氏振兴。"及至我领解南京，不久因口舌过失而遭废弃与打击，然而还是寄希望于这个孩子。现在不幸长民死去了，又将依靠谁呢？难道是我凶穷恶极，败坏世德，而天要剪灭我的后人吗？但是，我束发行义，过着清贫的生活，兄弟和睦，没有不良的言行，仰对白日，下见先人，都无愧于心。苍天啊，您察听不聪，夺去了我的孩子，这真是为善不得好报啊！

最后，伯虎吮笔泣血命词："冤哉死也斯童！兄弟二人将何从？维命之穷！"这一年是正德三年（1508），伯虎三十九岁。

伯虎出狱后的五六年间，是他整个生命历程中的一个调整期，对他旺盛的生命力而言是一个恢复期。这种生活是平淡无奇的，诚如他在《睡起》诗中所描述的：

纸帐空明暖气生，布衾柔软晓寒轻。

半窗红日摇松影，一甑黄粱煮浪馨。

残睡无多有滋味，中年到底没心情。

世人多被鸡催起，自不由身为利名。

心情不好，当然昏睡终日。这就如同江河流到平旷处，流速也变慢了，姿态也平庸了，而前面纡曲处，将有岩蠹立，暗礁错落，江流将会变得急湍飞花，巨响惊雷，狂怪奇险，气象万千哩！

三

姑苏城外一茅屋，万树桃花月满天。

——《把酒对月歌》

弘治十八年（1505），唐伯虎三十六岁。这年，他打算在桃花坞筑建桃花庵别业。

苏州自古以来文风极盛，据说是因为苏州城像只文具盘，文房四宝兼具：砚台是宋公祠的方基，墨为葑门内钟楼（又称方塔），玄妙观弥罗宝阁前的半月形石水槽是水盂，定慧寺巷内的双塔是两支笔，双塔寺三间平房为笔架，于是造就了不少文才。桃花坞就在这文具盘的北边，地处阊门内北城下，宋朝时候曾是枢密章的别业。由于地土的原因，这个地方的桃花生长得十分繁盛，唐伯虎将卖画的钱建造了些亭阁，特别造了一座"梦墨亭"，纪念鲤仙赠墨之梦，请好友祝枝山题写了亭额。又添种了桃树，三四年后蔚然成林，每逢江南三月，群莺乱飞，这里"千林映日莺乱啼，万树围春燕双舞"。桃花千树万树，如云如霞，欲烧欲燃，使人怦然心动，流连忘返，充满了浪漫气息和唯美色彩。

筑建桃花庵需要相当大一笔钱款，款自何来呢？当然是卖字鬻画所得。明代中期是中国历史上资本主义萌芽的时期，这个时期的社会形态有其显著特点。其中最突出的表现，就是在东南沿海一带的城市中，商业和手工业高度发展，金钱的力量逐渐地冲击侵蚀着国家的政治力量和传统道德观念，要求平等，要求尊重个性、尊重人的正常欲望，成为相当普遍的社会思潮。同时，字画的商品化经营机制也已在东南都市特别是宁、苏、杭、扬等城市确立，于是就产生了一些为以前"高雅"的文士所不齿的市民艺术家。唐伯虎的家庭本属于市民阶层，与商业经济有着密切关系，他本人又从小受到封建礼法的歧视，长大后又罹受科举冤狱，因而很容易对传统的价值标准、社会规范产生怀疑，从而站到与传统观念相背离的立场，加入市民艺术家的行列。字画在迂夫子眼中，是"无价之宝"，只赠予知音，不卖与商客。而在市民艺术家眼中，字画则是商品。他的朋友徐应雷在《唐家园怀子畏》之五中写道：

不买青山隐，却写青山卖。

物外有知心，人间徒问画。

就写出了字画的买卖关系。人间俗子只知道用钱来买画，尽管艺术家寄会心于物外，却仍然对艺术女神是那样痴迷，那样一往情深。

为什么唐伯虎要建造桃花庵别业呢？这动机是出于一种什么样的生活态度呢？他有一首脍炙人口的《桃花庵歌》可视为对这些问题的回答：

桃花坞里桃花庵，桃花庵里桃花仙；

桃花仙人种桃树，又摘桃花换酒钱。

酒醒只在花前坐，酒醉还来花下眠；

半醒半醉日复日，花落花开年复年。

但愿老死花酒间，不愿鞠躬车马前。

车尘马足富者趣，酒盏花枝贫者缘。

若将富贵比贫贱，一在平地一在天。

若将贫贱比车马，他得驱驰我得闲。

别人笑我忒风颠，我笑他人看不穿。

不见五陵豪杰墓，无花无酒锄作田。

这首长诗写得痛快淋漓而又明白如话，它告诉我们：建庵是为了及时行乐，老死花酒，死而无怨，这是一种非功利的人生态度；"摘桃花"与"写青山"一样，都是指写生作画，作者醉卧桃花丛中，做一个纯粹的艺术家，充满了艺术气息和唯美色彩；"酒盏花枝"傲视"车尘马足"，反映了作者背时傲俗的生活态度。这首长诗无异于一篇宣言，唐伯虎宣告自己已获得彻底解脱，他将要不惜以标新立异、惊世骇俗之行，追求个性自由了！

由于桃花庵景色幽美，唐伯虎又豪爽好客，这里自然成了他与朋友们聚会之所。袁袠《唐伯虎全集序》说："（伯虎）筑室桃花坞中，读书灌园，家无儋石而客尝满座，风流文采，照映江左。"祝枝山《唐伯虎墓志铭》说："治圃舍北桃花坞，日般饮其中，客来便共饮，去不问，醉便颓寝。"从这些记载，可以想见当时桃花庵中高朋满座、文采风流的情况。经常参加聚饮的有徐祯卿、文徵明、王宠、钱仁夫、周臣、王鏊等，都是当时江南的一流名士。其中，来往最多、最不拘形迹的是祝枝山。

祝枝山三十三岁中举后，会试多次，皆不得一第。后来补官广东兴宁知县，又做过通判之类的小官。这时他已回苏州，卖诗卖字，也加入市民艺术家的行列。祝枝山比伯虎年长十岁，绝顶聪明，《明史》说枝山"五岁作径尺字，九岁能诗，稍长，博览群集，文章有奇气。当筵疾书，思若涌泉"，当然是一位不折不扣的才子了！然而枝山的尊容却令人不敢恭维，六指头、络腮胡子，斜眼再带近视，整日腰间系着一个单照。所谓单照，类似现今的眼镜，就是用一片圆形水晶，四周镶上铜框，下面装上小柄，遇到"视而勿见"的时候，一眼开一眼闭地隔着单照瞧上一瞧，便能"一目了然"。祝枝山与唐伯虎一样迷花好酒，同是江南才子，亲密朋友，却一丑一俊，相映成趣，故而民间传说中唐祝逸事最多。徐应雷有《唐家园怀子畏》五首，其中之二、之三就是记的桃花坞聚饮：

盛暑断不出，门外有车马。

公卿排闼入，裸体松竹下。

名士故逃名，谁与共明月。

夜半闻叩门，知是祝希哲。

在大热天，他们在桃花庵松竹荫下歇暑，官吏来慕名求画，就裸体相见。多么高傲！到夜深了，谁来与唐伯虎一块赏月呢？桃花庵响起了叩门声，唐伯虎一听就知道是老祝。多么默契！这是一种"真名士、自风流"的生活，江南才子们如鱼得水，乐此不疲。他们聚会在一起做些什么事呢？

第一件事是肆意畅饮，杯觥交错，长啸高谈，然后在酩酊大醉中，乘着醺醺然的醉意进行超尘脱俗的精神追求，吟诗作画。这种文酒之会源于东晋王羲之等人"一觞一咏"的兰亭雅集，原本是江南文士的特产。唐伯虎有首《雨中小集》，记叙了聚会的进行过程：首先请仆人穿着烟蓑雨笠，持请柬去请客人来参加聚会。客人到齐后一边蕉窗听雨，一边剥蟹饮酒，作诗论画。座中有村学究，也有老和尚，酒宴散后已是夜深，大家才"夹堤灯火棹船回"。今存唐伯虎及其师友集中，尚有不少以桃花庵聚会为题材的诗歌，如唐伯虎《社中诸友携酒园中送春》《雨中小集》《桃花庵与希哲诸子同赋三首》，王鏊《过子畏别业》，王宠《九日过唐伯虎饮赠歌》《唐丈伯虎桃花庵作》，袁袠《桃花园宴》等，可见盛况一斑。

唐伯虎是个生性爱花的人。他爱花，更爱月下之花。他觉得如水的月色倾泻在鲜艳缤纷的花枝上，具有一种梦幻般的情境。他曾效连珠体作了《花月吟》十一首，七律八句，每句都有"花"字、"月"字，却又流转自如，显示了很高的文字技巧。如第一首：

> 有花无月恨茫茫，有月无花恨转长。
>
> 花美似人临月镜，月明如水照花香。
>
> 扶筇月下寻花步，携酒花前带月尝。
>
> 如此好花如此月，莫将花月作寻常。

桃花庵不仅有千树万树红灼灼的桃花，唐伯虎还在庭前种了半亩牡丹，花开时，花香蝶舞，流光溢彩，唐伯虎就邀祝枝山、文徵明等人赏花饮酒，从早到晚，吟诗作画。及至暮春花落，唐伯虎面对地上缤纷的落英，不禁痛哭流涕，叫小童将花瓣一一细拾，盛在锦囊里，葬于药栏东畔。对于这种"前无古人"的惊世创举，吴门画派的始祖沈周写了《落花诗》三十首以纪盛，伯虎也写了三十首和诗，其中说："春尽愁中与病中，花枝遭雨又遭风。鬓边旧白添新白，树底深红换浅红。"原来，唐伯虎把花与人紧密地联系在一起了：人罹愁病，花遭风雨；头上白发，树底落红。难怪他在为落花而痛哭，要怜芳骸而葬之了。我认为，这种畸人怪行，只是从世俗观念看是畸形异态，从思想深层看是正常而健康的。著名的现代日本画家东山魁夷在散文《一片树叶》中说：

> 无论何时，偶遇美景只会有一次。……如果樱花常开，我们的生命常在，那么两相邂逅就不会动人情怀了。花用自己的凋落闪现出生的光辉，花是美的；人类在心灵的深处珍惜自己的生命，也热爱自然的生命。人和花的生存，在世界上都是短暂的，可他们萍水相逢了，不知不觉中我们会感到一种欣喜。

这段话很精警，发人深思。东山魁夷的"欣喜"与唐伯虎的"悲哀"，在本质上是息息相通的，东山魁夷是唐伯虎真正的异代异国知音！

喝醉了酒，就会做出一些酒气醺醺的事情。有时，唐伯虎乘着酒兴，骑着一匹白色的骡子，在月光下嘚嘚嘚嘚地走过阊门木板吊桥，赶到虎丘，是去凭吊吴宫的遗迹，还是探寻云岩寺塔的清梦？只有他自己知道。传说，有一次吴县县令要收采虎丘春茶，命令衙役带着差牌，严督云岩寺僧照办。衙役索得很苛刻，寺僧无法应命，衙役就将住持捆到县衙。县令大怒，打了住持三十大板，将住持押在各要道号令示众，以示惩戒。云岩寺的和尚很惶恐，无计可施时想到了县令很看重唐伯虎，就集积了银钱，求唐伯虎帮忙。唐伯虎谢辞了银两，乘醉出游，走到示众的住持跟前，在他颈上的木枷上戏题一绝：

皂隶官差去采茶，只要纹银不肯赊。

县里捉来三十板，方盘托出大西瓜。

县令出来巡查，见到后询问，住持说："唐解元所题也。"县令大笑，连忙将住持释放了。

当然，唐伯虎及其朋友的聚会，除了寻欢作乐的目的外，也进行艺术商品的生产。他们都是在全国范围内很有声望的画家文士，要买他们的字画或是求他们字画的人很多。唐伯虎的名气更大，求他作画写字的纸和绢堆积如山，画的价值自然也更高一些。他们都是新型的市民艺术家，前代文人画家那种高雅安静的书斋作画环境似乎与他们无缘，他们习惯于在酒酣耳热、狂呼高啸之际乘兴挥毫，或是几个人合作一幅画，或是互相题跋。他们认为醺醺的醉意有助于超尘脱俗，有助于思想出格、腕指出奇，有助于艺术精神的探索。事实上，关于他们"乘醉涂抹"的记载是很多的。我认为，这是唐伯虎热衷于经常举行文酒之会的原因，这也是唐伯虎在《把酒对月歌》中理直气壮地宣称"我也不登天子船，我也不上长安眠。姑苏城外一茅屋，万树桃花月满天"，从而表现出一种"有恃无恐"的意味的原因。艺术的商品化使这些市民艺术家挺直了腰杆，白眼公卿，自顾自地醉眼蒙眬地在桃花坞中踯躅……

第二件事是和女人的过从交往。旧时代的文人士子常常在酒宴歌席与一些歌儿舞女檀板丝弦，酬酢过从，在放浪形骸的掩饰下，满足醉生梦死的淫欲，或排遣颓唐消沉的情绪。这是封建社会绵延两千年的"时尚"。更何况明中叶以后，由于资本主义势力的萌芽和发展，出现了一股注重人的自然要求，并在某种程度上轻视有关封建道德的思潮，肯定情欲、追求个性的呼声犹如石破天惊，风靡全国，响应四方。当时，朝野上下竞相谈论"房中术"，恬不知耻。方士因为进献房中丹药，一夜飞黄腾达，为世人所艳称。许多文人士大夫也赤裸裸地追求声色。如屠隆任青浦县令时，成天饮酒赋诗，以"仙令"自诩，后来他因为与西宁侯宋世恩夫妇纵淫，被罢免官职，之后仍然大张声势，宴客娱乐。正如张翰《松窗梦语》所说："世俗以纵欲为尚，人情以放荡为快。"在这种摧枯拉朽的性放纵的快感和满足中，人们惊讶地发现了人类的天性，一种无法抑止的天性；发现了人自身的价值，一种无可替代的价值。稍晚于唐伯虎的文坛领袖袁宏道就公然主张，人生在世应当尽量满足自己的生活愿望，自由自在地发展个性。他给龚惟学的信中，谈到人生的几种"真乐"，如"目极世间之色，耳极世间之声，身极世间之鲜，口极世间之谭"等。为了这样的"真乐"，可以不惜荡尽家资田产，"一身狼狈，朝不谋夕，托钵歌妓之院，分餐孤老之盘，往来乡亲，恬不知耻"。一个人这样去生活，才能做到"生可无愧，死可不朽"。何况苏州为东南一大都会，俗尚豪华，宾游络绎，画舫笙歌，四时不绝。垂杨曲巷，绮阁深藏，花事之盛，历来以苏扬（扬州）并称。更何况唐伯虎是有名的风流才子、顾曲周郎，在烟花巷陌中他是不乏知心的。在一夫多妻制的封建社会，这与他对徐氏夫人及沈九娘的深挚爱情，似乎并不触忤。

　　除文徵明性情淳厚、行为方正、终生不狎妓外，江南才子大多好色迷花，就连丑陋的祝枝山也有不少风流艳事。乾隆年间沈起凤创作的《才人福》传奇，就叙述祝枝山为了得到意中人沈梦兰，居然扮成道士，手持木鱼，口念"化婆经"，在光天化日之下，到沈府门前募艳，想把梦兰小姐骗到手，结果因扰乱治安罪，被官府拘禁起来。后来还是皇帝下诏调他进京识别古碑，他才得以脱离牢狱之灾，如愿以偿地和沈梦兰成婚。唐伯虎与女子的交往更多，他书画用印文是："龙虎榜中名第一，烟花队里醉千场"，认为与妓女为伍和领解南京一样，都是平生幸事。王敬美认为，唐伯虎的仕女画造诣极高，在钱舜举、杜柽居之上，原因是"其生平风韵多也"。我们试观赏其传世的《王蜀宫妓图》《秋风纨扇图》《宫妃夜游图》《簪花仕女图》诸作，其中美人神采映发，骨肉停匀，极态穷妍，纤毫无憾，充满了难以言传的风韵。唐伯虎不仅善画美人，而且善写美人，如《妒花歌》就是一首形神俱佳之作：

> 昨夜海棠初着雨，数朵轻盈娇欲语。
>
> 佳人晓起出兰房，折来对镜比红妆。
>
> 问郎花好奴颜好，郎道不如花窈窕。
>
> 佳人见语发娇嗔，不信死花胜活人。
>
> 将花揉碎掷郎前，请郎今夜伴花眠！

着雨的海棠，当然艳丽妩媚，佳人折来，欲与海棠比美，这是第一转；也许是有意逗趣，郎君竟说人不如花，这是第二转；佳人妒意顿起，将花揉碎，气恼地请他"今夜伴花眠"，这是第三转。寥寥十句诗，一波三折，其中有叙述，有对话，将一个活泼美貌的少妇写得栩栩如生，灵气生动，实在是古代诗歌中不可多得的美人佳作！我也同意王敬美的说法，唐伯虎能将美人娇态写得这样好，"盖其生平风韵多也"。

"生平风韵"大概包括两方面，一是情事，二是狎妓。唐伯虎情事最著名的当数"三笑姻缘"，本书将专章叙述，以飨读者；南京情事已于第三章述及，其余皆漫灭不可查考了。但从《唐伯虎全集》中一些诗词如词《一剪梅》、曲《皂罗袍》《步步娇》《江儿水》等作品考究，他还是情有所系的，如《一剪梅》：

> 雨打梨花深闭门。孤负青春，虚负青春。赏心乐事共谁论，花下销魂，月下销魂。　　愁聚眉峰尽日颦。千点啼痕，万点啼痕。晓看天色暮看云，行也思君，坐也思君。

刻骨铭心的忆念，一往情深的相思，个中之人呼之欲出了。

至于狎妓，唐伯虎当然是老手，"烟花队里醉千场"即是实供。江南的妓女，常以苏扬并称。进一步细分，则有"苏帮善文，扬帮善武（舞）"之说，虽不尽然如此，但苏州妓女工诗词，善弹唱，柔情绰态，气质高雅，倒确属寻常之事。这一点，则大大地迎合了江南才子们的爱好。文徵明最了解唐伯虎，他有两首寄给唐伯虎的诗,一则说:"人语渐微孤笛起,玉郎何处拥婵娟?"夜深人静了,传来清寂的笛声,此时你又在哪家拥抱着心爱的女子呢?二则说:"落魄迂疏不事家,郎君性气属豪华。高楼大叫秋筋月,深幄微酣夜拥花。"秋天气爽,你在酒楼狂呼豪饮,到夜晚就在帷幄深处与女人眠宿,这应当是唐伯虎生活的真实记录。

苏人最喜爱竞渡游山,因此狎妓大多数在这两个场合进行。竞渡多在山塘,从四月末到端阳后十余日,画船箫鼓,云集纷来,观者倾城,鬓影衣香,雾迷十里。有些妓女购楼台于近水处,几案整洁,笔墨精良。春秋佳日,妆罢登舟,极富烟波容与之趣,一到天暮,则系缆登楼,灯烛饮宴,宛如闺阁。唐伯虎《寄妓》诗结句说,"明日河桥重回首,月明千里故人遥",大概就是记述的这种风情。

妓女们游山,一般不愿涉远,故常集于虎丘。虎丘本不高峻,上又有云岩禅寺、致爽阁、望苏台等轩阁亭榭可供休憩,往往丽妓一至,游观者类似现在的"追星族",如蜂接踵,以至于虎丘上下万头攒动,自晓至晚,川流不息。唐伯虎《登吴王郊台》有句云"吴儿越女齐声唱,菱叶荷花无数生",再现了当年的风流盛事。

唐伯虎狎妓之作多见于他的小曲之中。在古代中国,特别是明代,有一桩怪事,女人最性感的地方不是乳房、不是胯间,而是那一双三寸金莲。男女情挑时,往往从小脚开始,只要金莲被男人一握一捏,女人立刻春情荡漾,不克自持。因此明人兰陵笑笑生《金瓶梅词话》第四回里,西门庆在王婆家勾搭武大的老婆潘金莲时,便是从脚下手,"去她绣花鞋头上只一捏,那妇人笑将起来";明代风流小说《刁刘氏演义》里,风流浪子王文利用替刁南楼妻子刘氏看病把脉的机会,向刘氏调情,也是从脚下传情,"二人的脚尖碰在一起,就各颤了几颤"。唐伯虎有一首《排歌》更是毫无顾忌地描写了三寸金莲在男女交欢时扮演的"举足轻重"的角色:

第一娇娃,金莲最佳,看凤头一对堪夸。

新荷脱瓣月生芽,尖瘦纤柔满面花。

从别后，不见它，双兔何日再交加？

腰边搂，肩上架，背儿擎住手儿拿。

把三寸金莲带来的枕畔风情，描绘得淋漓尽致，其中一些助淫动作写入词句，真是今人所难以想象之事。这种"实录"也只有唐伯虎才写得出来！

像唐伯虎这样的才子，生性风流，免不得和妓女逢场作戏，这同道学先生的规行矩步无疑是大不一样的。我们在这里不想对唐伯虎的风流恋妓多加考叙，也不拟对这种"时尚"多加批判。我们认为，值得指出的有两点，一是伯虎不仅用赞美的笔触描写那些风尘女子的美貌和风月场合的热闹，同时还以充满哀怨的笔触写出了她们的爱的深度。如妓女徐素病故，唐伯虎作了首催人泪下的《哭妓徐素》：

清波双佩寂无踪，情爱悠悠怨恨重！

残粉黄生银扑面，故衣香寄玉关胸。

月明花向灯前落，春尽人从梦里逢。

再托生来侬未老，好教相见梦姿容。

对于这名妓女的病故，唐伯虎是那样的伤心，不仅梦见她的倩影，而且托愿来生相见。因此，对唐伯虎与娼女等下层女子的酬酢交往，不可一概以狎邪艳情视之。二是唐伯虎在锦绣丛中、温柔乡里总保持一种禅意，这或许是他晚年礼佛念经皈依佛家的萌芽吧。我认为下面的一首《题画》诗是大可玩味的：

绮罗队里挥金客，红粉丛中夺锦人。

今日匡床卧摩诘，白藤如意紫纶巾。

昔日在美人队里出尽风头的狎客，今日成了手执白藤如意、头戴紫纶巾的维摩诘了。据《维摩诘经·善权品》所述，维摩诘是毗耶离（吠舍离）城富有的、文化水平极高的居士。在佛学义理上，他"深入微妙，出入智度无极"，神通道力不仅压倒二乘，也高于一切"出家"的大乘菩萨，释迦牟尼遣大弟子及弥勒佛等往问其疾，竟皆辞避而不敢前往。后维摩诘以称病为由，与释迦牟尼派来问疾的文殊师利（智慧第一的菩萨）论说佛法，"天花"乱坠，"妙语"横生。在生活行为上，他有妻名无垢，子名善思，女名月上。他居住大城闹市，而不是僻

野荒寺；他"虽为白衣，奉持沙门"；"虽获俗利，不以喜悦"；"虽有妻子妇"，
"常修梵行"；虽"现视严身被服饮食，内常如禅"；"若至博弈戏处，辄以度
人"；"入诸淫种，除其欲怒；入诸酒会，能立其志"。也就是说，他结交权臣后
妃，参与宫廷政治；在生活上积累无数的财富，鲜衣美食，淫欲游戏，无所不
为。这种风流中的禅意、禅意下的风流当然使疏狂自许、蔑视礼法的唐伯虎心驰
神往了。

对于出狱归家后这十余年间的生活，唐伯虎在《言怀》（二首）中作了恰如
其分的总结，其二云：

笑舞狂歌五十年，花中行乐月中眠。

漫劳海内传名字，谁论腰间缺酒钱？

诗赋自惭称作者，众人多道我神仙。

些须做得功夫处，莫损心头一寸天。

才华横溢而人人艳羡，风流疏狂而不失素志，这种懒散自适的生活他真愿意
一直过下去，醉卧在如云蒸霞蔚的桃花丛中，终老此生。

《郑板桥评传》（节选）

在武汉大学读研时，书良在攻读汉魏旧籍之余，即以诵读郑板桥诗词自娱，当时阅读的底本是上海古籍出版社本《郑板桥集》，天头地脚标记的全是读后感悟。甫毕业，1983 年在广西人民出版社出版了《板桥诗词撷英》，这是一本板桥诗的选注，承夏承焘大师题签。这以后书良即开始了《郑板桥评传》的撰写，其撰写方法是以传主生平活动为经，以其诗文为纬，以诗证史，以史证诗，并结合实地踏勘。于是 1989 年由巴蜀书社出版了国内第一部郑板桥传记，责任编辑黄坦坦。这以后中南大学出版社于 2011 年出版《陈书良说郑板桥》，天地出版社于 2019 年出版《郑板桥画传：三百年前旧板桥》，文本都依据巴蜀版《郑板桥评传》，不过大量增加了插图而已。此处选载的是《第二章　故园风雨古板桥》《第四章　十载扬州作画师》《第五章　花枝有恨晓莺痴》《第六章　雍正举人乾隆进士》四章。

第二章　故园风雨古板桥

一、不幸的"麻丫头"

呜呼！二歌兮夜欲半，鸦栖不稳庭槐断！

——《七歌》之二

从繁华热闹的扬州坐船沿运河往北行约两百里，就来到了兴化县。这里地处苏北里下河腹部，地势低洼，四面环水，交通不便，当时人口约十万，堪称穷乡僻壤。郑板桥四十岁前绝大部分时间是在兴化县城度过的。可以说，这里是他的思想和艺术产生的摇篮。

相传兴化春秋时属吴，战国时属楚，为楚将昭阳食邑，故又名"楚水""昭阳"。五代吴杨溥武义二年（920），由海陵析地置"招远场"，旋改为兴化县，取兴盛教化之意。南宋绍兴元年（1131），抗金农民军领袖、渔民出身的张荣、贾虎等四义士，从山东梁山一带率义军辗转战斗至兴化，在城东二十余里的得胜湖建立水寨，大破金兵，"得胜湖"由此得名。元末，封建政权日趋腐朽，蒙汉统治集团变本加厉地盘剥人民，泰州人张士诚领导农民、盐民在兴化起义。他挫败了元军进攻后，以高邮为都城，国号大周，据有苏、杭等大片地区。后来，他逐渐蜕变为封建割据力量，迁都平江，称吴王，还一度投降了元朝。元败，张士诚与朱元璋火并，张士诚覆灭。

对张士诚其人、对他的得失成败，本书不拟探究评价。在元末的种族歧视和阶级压迫的政策下，兴化各阶层人民出于民族和阶级的仇恨，几乎人人参加或同情这支反元起义军。张士诚兵败后，朱元璋登上了皇帝的宝座。一方面，支持过张士诚的人，必然对朱元璋政权抱着敌对或畏惧情绪；另一方面，朱元璋将兴化视为张士诚的"老巢"，对兴化人很不放心。于是，明廷在洪武年间施行移民政策：把兴化土著居民迁到天津郊区，又将苏州阊门一带居民迁到兴化。郑板桥的祖先就是这时由苏州迁到兴化的。

兴化东城外万寿宫旁建有"书带草堂郑氏宗祠"，郑板桥这一支郑氏的堂名为"书带草堂"。郑板桥《和学使者于殿元枉赠之作》云："剪取吾家书带草。"据《莱州府志》，汉代经学家郑玄在高密（今属山东）读书时，庭院的井边长有一种草，叶子好像薤菜，很长且坚韧，郑玄用之捆扎书籍。后来人们就称这种草为"郑公书带草"。那么，郑板桥究竟是否为郑玄后裔呢？有可能。因为东晋时，北方士族大量南渡，如齐梁文论家刘勰的先世就是由山东东莞来到京口（今镇江）定居的。但是，我认为郑板桥之所以云"吾家书带草"者，是因为旧诗词中习见的"攀附风雅"。我的根据是：第一，郑板桥《沁园春·恨》云"荥阳郑，有慕歌家世，乞食风情"，《道情十首》云"我先世元和公公"，俨然以唐白行简《李娃传》和元石君宝杂剧《曲江池》中主人公郑元和的后世自居。又唐代诗人郑谷以《鹧鸪》一诗出名，时人称为"郑鹧鸪"，板桥又曾用"鹧鸪"印，以郑谷自况。"吾家书带草"当同属此例。第二，史籍上没有山东侨民流寓兴化的记载。第三，郑板桥较严肃的自叙材料《刘柳村册子》《板桥自叙》中都没有自己是郑玄后裔的记载。如果确是郑玄后裔，郑板桥是会扬扬得意地写上一笔的。所以，我们不可据"剪取吾家书带草"一句，孤文单证，就将板桥视为郑玄后裔。

兴化"书带草堂"郑氏始祖郑重一，于明洪武年间居兴化北城内之汪头。家族繁衍，人世沧桑。后世有居城内的，大多是贫寒的知识分子和贫民；有居乡间的，大多靠务农捕鱼为生。"兴化有三郑氏，其一为'铁郑'，其一为'糖郑'，其一为'板桥郑'。"（《板桥自叙》）郑板桥所属的东门城外古板桥一支，介于城乡之间，生活是很清苦的。郑板桥《范县署中寄舍弟墨》云："东门系之苗裔，泰半衣败絮，啜麦粥，处于颓垣破壁中。"这是当时郑板桥一支贫困生活的真实写照。

郑板桥是郑重一之第十四世孙。他曾祖名新万，字长卿，是庠生。祖父名湜，字清之，是儒官。父名之本，字立庵，号梦阳，是廪生，品学兼优。生母汪夫人，继母郝夫人。叔父名之标，字省庵，很爱郑板桥。叔父仅生一子，名郑墨，字五桥，是庠生。郑板桥没有同胞兄弟，只有这个堂弟，彼此感情很好。

郑家有祖产田八十亩，仅能维持温饱，有时还不免要借债。直到后来立庵经岁科两试一等前列，得廪生，每月可向官府领得廪膳，郑家生活才渐渐好转。从郑板桥与堂弟郑墨的信中可以知道，郑家有段时间还有过三百亩田产，雇用过佃户、女佣，板桥做秀才时曾从家中旧书籇中找出不少前代家奴的契券，可见郑家的境况曾经振兴过。但在郑板桥出世时，家道衰落，已从中小地主降为"破落地主"，家境又特别困难了。

康熙三十二年十月二十五日（1693 年 11 月 22 日）子时，正当"小雪"，郑板桥出生于今江苏省兴化县城。根据《尚书·洪范》"爕友柔克"，郑板桥的祖父和父亲为他取名爕，字克柔。爕，委顺也。老实的立庵先生希望儿子做个随和平顺的人。兴化的民间习俗，以"小雪"前后的十月二十五日为"雪婆婆生日"。瑞雪兆丰年，这当然是个好日子。对于与雪婆婆同时降临人间，郑板桥终生感到很快慰，他曾刻印——"雪婆婆同日生"，记录了这一祥兆。

不过，郑板桥日后的性格恰恰与"爕"字的原意相左；郑板桥降临的地方，也不是繁华都市，而是穷乡僻壤，具体地说，是个周围二三百步的小岛夏甸。兴化城东与得胜湖之间，方圆几十里中，一万多个小洲立于水上，大则二三亩，小则十余步，人称"万岛之乡"，当地人又叫"垛子"。夏甸就是一个较大的"垛子"。

郑家原有茅屋两间。所谓"郑家大堂屋"包括的瓦屋三间、厢房三间、厨房一间，是郑板桥做官后才修建的。郑宅位于兴化东城外的古板桥西，护城河水蜿蜒流淌，人们用木板架在护城河上，做了座桥，称板桥。（见咸丰元年《兴化县志》）郑板桥时常从这座桥上经过，也时常站在桥头观赏城东幽美宜人的风景，故而以后他即以"板桥""板桥道人"自号。

说到名号，有趣的是，郑板桥小时叫"麻丫头"。因为依兴化民间风俗，生了儿子怕夭折，往往取个"丫头"的小名；并且为了"贵子"不致引起阎王爷的注意而被勾销，名字往往起得很鄙俗低贱，如"瘌丫头"之类。郑板桥脸上有几颗淡淡的麻子，所以立庵先生就叫他"麻丫头"。郑板桥一直很珍爱父母贻赐的令名，他在书画作品上常钤上"麻丫头针线"的闲章。丫头是假的，针线自然就是书画了。

立庵先生是个品学兼优的廪生，在家先后教过几百名生徒。他见儿子天资聪颖，内心非常高兴，从小就对郑板桥悉心教育。郑板桥三岁时，立庵先生就教他识字；五六岁时教他读诗背诵；六岁以后教他读四书五经，要求抄写熟记；八九岁时教他作文联对。有些文章引述传说郑板桥为先生改诗"二八女多娇"事，似乎郑板桥幼年曾从师学习，我认为是不可信的。按《板桥自叙》云："板桥幼随其父学，无他师也。"很明确地说明"无他师"。由于立庵先生是设馆授徒，所以，郑板桥肯定也随馆学习。立庵先生设馆的地点无文献可征，但郑板桥题画有"余少时读书真州之毛家桥"之说，可能说的就是立庵先生的设塾地。按真州即仪征，距兴化约二百华里，毛家桥在县城东北三十五里，距兴化不过百余里。

幼年的郑板桥除了随父亲学习外，还常在外祖父家聆听外祖父汪翊文的教导。汪翊文奇才博学，隐居不仕，大概是个很狂放的人。郑板桥自称"文学性分得外家气居多"（《板桥自叙》），他的性格、气质肯定受了外祖父的影响。

郑板桥的叔父之标很爱郑板桥。叔父仅生一子，名墨，字五桥。郑墨是郑板桥二十五岁那年才出生的。郑板桥无同胞兄弟，只有这个堂弟，他们常一块儿玩耍，感情很深。以后，郑板桥到山东做官，郑墨在兴化主持家计，弟兄常常通信，讨论学问，商议家事。

郑板桥的生母汪夫人，在郑板桥三岁时就去世了。她在病重之际，听到儿子夜啼，还挣扎着起来照顾儿子。郑板桥三十岁时在《七歌》之二中写道：

我生三岁我母无，叮咛难割襁中孤。登床索乳抱母卧，不知母殁还相呼！儿昔夜啼啼不已，阿母扶病随啼起。婉转噢抚儿熟眠，灯昏母咳寒窗里。呜呼！二歌兮夜欲半，鸦栖不稳庭槐断！

"登床索乳抱母卧，不知母殁还相呼"，这一惨痛的细节，非亲历者不能写出。"灯昏母咳寒窗里"，也是作者儿时睡眼惺忪常见的情景。末两句写庭院中的槐枝折断，鸦鸟也难以栖身，隐喻失母的孩子无依无靠。三岁丧母，这是郑板桥心中很大的惨痛，诗文中屡有提及，如《得南闱捷音》"何处宁亲惟哭墓"即是。

汪氏病殁后，立庵先生又娶了继室郝氏。郝氏是个善良的女子，在郑家十年，勉力操持这个家庭。郑板桥在《七歌》之三中缅怀继母，回忆儿时因为少吃了点饭就躺在地上又哭又闹，弄得满脸污垢，郝夫人为他换衣洗衣的情景。可惜大约在郑板桥十四岁时，郝夫人也病逝了。"无端涕泗横阑干，思我后母心悲酸"，郑板桥又一次失去了母爱。

继续给郑板桥以母爱的是乳母费氏。费氏原是郑板桥祖母蔡夫人的侍女，一直在郑家做女佣。这是一位典型的善良、勤劳的中国劳动妇女。郑板桥生母死后，她负担起抚育郑板桥的责任，成了郑板桥生活和感情上的支柱。康熙三十五年（1696），郑板桥四岁时，兴化发生大水灾，全县大饥。郑家养不起婢仆，但由于平日待人忠厚，几个奴仆出于感情，甘愿继续为这个家庭操作。同时，他们又必须各想办法，维持生计。费氏每天三顿回家吃饭，仍旧来郑家操劳家务，照顾郑板桥祖母蔡夫人和郑板桥。早晨，费氏给郑板桥穿戴完毕，就背着郑板桥出门，穿过一条两百步长的竹巷，到东城门口，用一文钱买一个饼给他吃，然后再做其他的事。平时如果费氏弄到一点鱼肉之类的好菜，也是先让郑板桥吃，再叫自己的儿子吃。康熙三十七年（1698）和三十九年（1700），兴化又两次发大水，日子越来越艰难。费氏的丈夫要带妻子到远处谋生，费氏不敢对郑家讲明，又舍不得离开郑板桥，一连几天暗暗流泪。她把蔡夫人的旧衣服拿出来洗净补好，买了十几捆柴草放在厨房里，又把缸里的水挑满。一天凌晨，她做好饭菜放在锅里，就不声不响地走了。郑板桥早晨起来，不见往日站在床边帮他穿衣的乳母，便急忙到费氏房里去，只见空无一人。当他揭开锅盖，发现为他做好的一碟菜、一碗饭时，八岁的郑板桥不禁痛哭起来。他所依靠的乳母，又像他的母亲一样，突然被命运之神攫走了。在儿童的心目中，走与死一样，都是消失了。过了三年，费氏回来，继续在郑家做女佣。第二年，费氏的儿子费俊做了八品提塘官，多次要把母亲迎回去供养，但费氏不肯抛下无人照看的板桥，宁愿待在郑家做工，也不去儿子那里享福。费氏与板桥一起生活了三十四年，享年七十六岁。

她病故后，板桥沉浸在深切的回忆和哀悼之中，写了一首《乳母诗》：

平生所负恩，不独一乳母。

长恨富贵迟，遂令惭恧久。

黄泉路迂阔，白发人老丑。

食禄千万钟，不如饼在手。

费氏对失母幼儿的爱抚，无疑表现了一种善良、高尚的情操，这位普通劳动妇女的美德对郑板桥潜移默化的影响是"功德无量"的。郑板桥后来有强烈的人道主义精神，为官清正，能体恤百姓以致为灾民请赈而罢官，与费氏的教诲和影响是分不开的。

从个人遭遇上说，郑板桥的童年生活也许是不愉快的。一个打击紧接着一个打击，生离、死别与饥饿，交织成一张网，笼罩了他整个童年，给他留下惨痛的回忆；但也给予了他许多积极有益的影响，培养了他吃苦耐劳的品质、顽强不屈的性格和关心民生的思想。

二、少年意气

东邻文峰古塔，西近才子花洲。

——郑板桥题郑宅门联

郑板桥的少年时代正处于康熙中朝，这个时期向称"盛世"。通过对各族人民，尤其是对汉族人民的血腥镇压，清政府的统治较稳定了，从而经济日趋繁荣，社会日渐安定。但是，民族矛盾和阶级矛盾并没有缓和下来，只是被一些虚假现象暂时掩盖着罢了。这个时期，清朝统治者对思想的控制已达到极端疯狂的程度。他们拜孔庙，祭孔陵，追封死了两千多年的孔丘为"大成至圣先师"，竭尽全力来提倡和表彰唯心主义的程、朱理学，把它推崇为官方的正统哲学。康熙帝曾说，孔孟以后，以"朱子之功，最为弘巨"，下令把朱熹的牌位从孔庙的东庑抬入正殿，尊为"十哲之列"，使之成为继孔、孟之后最大的封建权威。康熙帝又亲自主持编辑《朱子全书》和《性理精义》，重新把朱熹的《四书集注》作为科举考试命题和写作八股文的依据。他还树立和豢养了一大批所谓"理学名臣"，以充当思想统治的帮凶。

郑板桥崇奉儒家"修身、齐家、治国、平天下"的信条，想为国为民做点好事，加之康熙时推行的"怀柔"政策，士子多从科举中求得出路，所以，他在少年时代主要仍是读四书五经，作八股试帖。

所谓四书，是指《大学》《中庸》《论语》《孟子》；所谓五经，即《诗》《书》《礼》《易》《春秋》。四书五经是儒家经典。治经是中国儒生的传统，但各个时代其内容又有所不同。两汉诸儒重训诂，宋元学者重义理，明人承宋元余绪，离开书本，高谈心性。康熙时也盛行这样空洞的学风。读书人不读书，不懂又要装懂，于是从经书中拣选几句话，便连篇累牍地写起文章来。

所谓"文章"，在明清时代有特定的含义，即八股文、试帖诗。这是封建科举制规定的必修课。明清时取士以八股为主。什么叫八股呢？就是每篇文章由破题、承题、起讲、入手、起股、中股、后股、束股八部分组成。八股文的题目主要摘自四书，甚至把四书中本来有固定内容的句子割裂成全无道理的题目，所论内容也要根据朱熹的《四书集注》等书来发挥，断断不能各抒己见。试帖诗即五言排律八韵，也不讲内容，只要切题、合平仄、不走韵就行了。要作好八股和试帖，就要熟读四书五经。八股和试帖这样形式死板的文体，当然是束缚人们思想、维持封建统治的工具。

要通过科举制度做官，首先就要自己的八股、试帖中式。被县考录取称生员，社会上又叫秀才。只有取得秀才资格，才可以参加乡试（省考）。乡试合格，俗称举人。举人可上京会试。会试中了叫贡士。贡士才能参加殿试。殿试及第称进士，前三名通常称状元、榜眼、探花。这是封建社会知识分子梦寐以求的目标。郑板桥是醉心科举的。这只要看他中进士后作的《秋葵石笋图》诗"我亦终葵称进士，相随丹桂状元郎"，何等神气十足；只要看他书画常钤的印章"康熙秀才雍正举人乾隆进士"，何等自负自傲，即可得知。此外，兴化仅明中叶后，就出了三个宰相——高谷、李春芳、吴甡，其中李春芳还是状元宰相。"乡先贤"的事迹也必然深深激发了郑板桥的功名欲望。正是因为这些原因，四书五经、八股试帖成了少年郑板桥的主要功课。

　　然而，郑板桥没有成为《儒林外史》中的范进一流"禄蠹"，而是成为"扬州八怪"之一，这是受生活环境和生活道路等多方面因素影响的。另外，研究其生活环境和生活道路，又有助于我们进一步理解其思想性格的形成。

　　板桥的家乡兴化是个风光秀丽的水乡，诚如他在《贺新郎·食瓜》中所描述的："吾家家在烟波里，绕秋城藕花芦叶，渺然无际。"这里不仅风物宜人，而且在这片土地上，流传着许多神秘的传说和美好的神话。传说中，兴化是块"真龙宝地"，东城是龙头，西城是龙尾。郑板桥的出生地夏甸，民间传说就是当年夏禹王治水往东海置放镇海神针时留下的马蹄脚印。郑宅西边烟波浩渺的得胜湖，传说张士诚曾在那儿大摆水上八卦阵。这里的人也特别富于浪漫想象。明初的施耐庵著有《水浒传》，写了梁山英雄月黑风高劫富济贫的传奇故事。明嘉靖二十六年状元李春芳（1510—1584），自号"华阳洞天主人"，是吴承恩撰《西游记》的积极合作者。在那部书里，牛魔猪怪，升天入地，孙猴子一个筋斗就能跳到十万八千里外。陆西星（1520—约1601）相传是小说《封神演义》的作者。在那部书里，哪吒闹海，子牙擒妖，最后将中国道教中大大小小的神仙逐一加封。这一切，都有助于人们打破思想枷锁，增长浪漫想象，在思想上出格，在艺术上创新。

　　除此以外，大自然还以其特殊的方式陶冶着艺术家的心灵。兴化是旖旎水乡，尤其是郑宅所在的东门一带，更是环境幽美。明代宰辅高谷所点"昭阳八景"，这儿就占了六景：龙舌春云、胜湖秋月、东皋雨霁、两厢瓜圃、木塔晴云、十里莲塘。高谷曾写有《龙舌春》，描述了龙舌津的景色："龙舌津头龙雾生，飏风垂碧挂春城。漫从巫峡朝为雨，忽傍吴山晚弄晴。"东城内有东岳庙、天后宫等名胜和纪念范仲淹、韩贞的范公祠、景范书院、韩公祠等古迹。古板桥在东门外沿着城墙由南往西拐弯处的护城河上，哗哗的护城河水流入郑宅前的车路河。河对岸，文峰古塔高耸云天。距古板桥三四百步就是明代"后七子"之一宗臣读书及墓葬所在的百花洲。历代文人对此地有很多题咏，郑板桥也写过《宗子相墓》一诗纪胜："寥落百花洲，老屋破还在。远水如带环，东风吹野菜。"相传郑板桥还曾在郑宅门口写有一副楹联："东邻文峰古塔，西近才子花洲。"

在对景物的陶醉中又略带自豪，才气十足！

这时，大自然的一个骄子——竹子，闯进了郑板桥的生活，它成了郑板桥最熟悉、最亲切的终生之友。郑板桥从它那儿得到慰藉，它使郑板桥成就了令名。兴化县的竹子并不多，但古板桥一带是例外，郑宅的周围是丛丛青竹。从古板桥向北进城，必须经过一条两百步长的竹巷。巷内，家家以竹为业，所以就叫竹巷。郑板桥从襁褓时代起，每天早晨，就被乳母费氏背着，穿过竹巷，到城门口去买烧饼吃。从童稚到少年，日日夜夜见惯了竹林的芳姿，听惯了竹林的低语，能不在心坎上刻下深深的印迹吗？关于竹子是如何陶冶这位艺术家的，日后，他在《题画·雨后新篁图》中曾记叙说："余家有茅屋二间，南面种竹。夏日新篁初放，绿荫照人，置一小榻其中，甚凉适也。秋冬之际，取围屏骨子，断去两头，横安以为窗棂，用匀薄洁白之纸糊之。风和日暖，冻蝇触窗纸上，冬冬作小鼓声。于是一片竹影零乱，岂非天然图画乎！凡吾画竹，无所师承，多得于纸窗粉壁日光月影中耳。"这段文字写得声情摇曳，情趣盎然，任何转述翻译都是完全不必要的。从其中可以看出，确实是古板桥的竹子启发了郑板桥的绘画灵感。

古板桥多竹，毛家桥也多竹。丛丛绿竹激发着郑板桥挥毫泼墨，寄情遣兴。《题画·为马秋玉画扇》云：

余少时读书真州之毛家桥，日在竹中闲步。潮去则湿泥软沙，潮来则溶溶漾漾，水浅沙明，绿荫澄鲜可爱。时有鲦鱼数十头，自池中溢出，游戏于竹根短草之间，与余乐也。未赋一诗，心常痒痒。今乃补之曰：风晴日午千林竹，野水穿林入林腹。绝无波浪自生纹，时有轻鲦戏相逐。日影天光暂一开，青枝碧叶还遮覆。老夫爱此饮一掬，心肺寒僵变成绿。展纸挥毫为巨幅，十丈长笺三斗墨。日短夜长继以烛，夜半如闻风声、竹声、水声秋肃肃。

为什么郑板桥爱画竹呢？因为在中国人的传统美学思想里，竹子具有虚心劲节、坚贞不屈、生命力强和平易近人的性格，而这种性格是能激起郑板桥思想深处的共鸣的。从少年时代起，郑板桥就开始画竹。我们完全可以想象，和晦涩暗淡的八股试帖相比，画笔下的竹笔给他少年的心灵带来了何等的清新之气啊！

在郑板桥十六岁左右，立庵先生要他随邑人陆震学作词。同时的学友还有方竹楼国栋、顾桐峰于观等。任乃赓的《郑板桥年表》和一些论著都将郑板桥从陆震学词定为二十岁时，是据《七歌》之七"十载乡园共游憩"，从作歌之三十岁上推十年。此外别无证据。但郑板桥二十六岁离家教馆，即与陆震分别，"十载"应从二十六岁上推十年才是。陆震，字仲子，一字种园。他的远祖陆容曾任明朝的外交官，兴化城中央四牌楼上有"辽城汉节"一匾记其功绩。《兴化县志·文苑》云，陆种园"少负才气，傲睨狂放，不为龊龊小谨"。陆种园虽然很穷困，但"淡于名利，厌制艺，攻古文辞及行草书"。他具有一种真正的隐士风度，甘于淡泊而又富于幽默感。他很喜欢喝酒，有时没钱买酒，就把写字的那支大笔抵押在酒店赊酒来喝，等到有人要请他写字时才代他赎回来。他还很愿意帮别人的忙。郑板桥从陆种园学词时，正当可塑性很强的少年时代，无疑，种园先生的这种性格给予了他极大的影响。

陆种园"诗工截句，诗余妙绝等伦"（《兴化县志·文苑》）。郑板桥从其学词是很幸运的。种园先生先教他学婉约派柳永、秦观的词，接着又要他读豪放派苏轼、辛弃疾的词。通过对这些不同艺术风格的领略，板桥觉得苏轼像舞台上的"大净"，而秦、柳是"小旦"，各有千秋，他有意使自己的词写得既婉丽又豪宕。

郑板桥对陆种园先生是很尊敬的。他三十岁时，写了《七歌》诗，前六首咏叹父、母、叔、妻、子、女的不幸，最后一首满怀深情地记叙了他的老师陆种园先生：

种园先生是吾师，竹楼桐峰文字奇。十载乡园共游憩，壮心磊落无不为。二子辞家弄笔墨，片语干人气先塞。先生贫病老无儿，闭门僵卧桐阴北。呜呼七歌兮浩纵横，青天万古终无情！

这首诗记叙了他们师生学友的情谊，结尾无可奈何地对当时封建制度下埋没人才的现象发出浩叹。据《兴化县志·文苑》云，方竹楼有"书宗王内史，画近李将军"的自负，顾桐峰"居乡唯与李鱓、郑燮友，目无余子"。方、顾二人的确是一时之英才。郑板桥五十岁时，在自刻的《词钞·自序》里，特别提到陆种园先生，并且还附刻了陆的词作为纪念。

大约在二十岁时，板桥成为兴化县的秀才。

第四章　十载扬州作画师

一、卖画扬州

写来竹柏无颜色，卖与东风不合时。

——《和学使者于殿元枉赠之作》

为了摆脱因立庵先生去世而日益蹇困的家境，郑板桥决定不设教馆，而以卖画为生。后来，他在山东任上写的《署中示舍弟墨》追叙说："学诗不成，去而学写。学写不成，去而学画。日卖百钱，以代耕稼；实救困贫，托名风雅。"他卖画的目的是解决生计，这是很明确的。而前面已简略谈到，卖画的主要市场是距兴化约两百里的扬州。

扬州，在封建时代是繁华的代名词。它自古以来就是一场梦，对于文士画人来说，它更笼罩着五颜六色的理想光环。唐代诗人张祜《纵游淮南》诗云："十里长街市井连，月明桥上看神仙。人生只合扬州死，禅智山光好墓田。"面对笙歌沸天的扬州，觉得死也要死在这里。明末别具一格的散文家、史学家张岱的《陶庵梦忆》说，扬州清明日"惟西湖春、秦淮夏、虎丘秋，差足比拟"。而那些地方"皆团簇一块，如画家之横披"，唯有扬州"鱼贯雁比，舒且长三十里焉，则画家之手卷矣"。纵横的河道，是这写意长卷上空灵的曲线。小秦淮从新城西南角的"埂子"开始，流过扬州旧城小东门和大东门外的两座吊桥，流过沿河栉比的青楼乐户，挟带着令人沉醉的弦管之声，沿着城墙一路北去，经过水关外的红色板桥，折转进入西郊的胜地。这时，画舫、花影、月光和残脂剩粉都流滑在粼粼的水面上。河岸弯弯曲曲，各种奇形怪状的太湖石仿佛给这条彩带镶上了乳白色的荷叶边，更增添了它的韵致。在旧城西北角，小秦淮与北向的西市河及花山涧水合流，投入瘦西湖的怀抱。

　　瘦西湖是扬州这图画长卷的中心。它本身就是一件稀世的艺术珍品。从红梅怒放的梅花岭向西，沿湖有吹台、月观、凫庄、小金山、红桥、平山堂等名胜。王士禛的《冶春绝句》其一云："红桥飞跨水当中，一字阑干九曲红。日午画船桥下过，衣香人影太匆匆。"瘦西湖就是这样，画艇穿花柳，鬓影杂粉香，充满了浪漫气息。

　　扬州不仅有绮丽的自然风光，而且有精巧的人工园林。清时有人对江南名城曾这样评论过："杭州以湖山胜，苏州以市肆胜，扬州以园亭胜，三者鼎峙，不可轩轾。"（牛应之《雨窗消意录》甲集卷三）扬州园林历史悠久。汉高祖刘邦的侄子刘濞在这里做吴王时，曾在雷塘之畔筑有钓台，后来刘宋时的鲍照在《芜城赋》中追慕过它的盛况。隋炀帝曾经屡次来到扬州，在此大造离宫别馆，著名的有江都宫、显福宫、临江宫等。这些宫馆既有崇殿峻阁、复道重楼，又有风轩水榭、曲径芳林，穷奢极欲，著称于世。清初，郑板桥卖画时，扬州有王洗马园、卞园、员园、贺园、冶春园、南园、郑御史园和筱园等八大名园，其他园林则数以百计，从北郊到平山堂，就有"两堤花柳全依水，一路楼台直到山"的美誉。

　　扬州不仅风物宜人，而且盐商聚集，有些商人富可敌国。如果将扬州比作一辆华丽的马车，那么盐商则是踞坐其上的意气飞扬的主人。据说乾隆帝有一次游瘦西湖，指着一处秀丽的景色对侍从说："这里像燕京的琼岛春阴，可惜就差一座白塔。"当时，八大盐商之一的江春得知后，花了一万两银子贿赂侍臣，取得了白塔的图样，然后"鸠工庀材，一夜而成"。第二天，乾隆帝看见白塔，大为惊异。这位天子老倌得知其原委后，也感叹说："盐商的财力真了不起啊！"

　　这些盐商为了美化精巧的园亭，附庸风雅，也就肯花高价购买字画。于是，扬州就成了当时国内最大的字画市场。艺术家都聚集在这里，有声有色地活动在"淮左名都"这个舞台上。他们或在名园游艇中流连，或在青楼酒馆中买醉；或沉思，或狂放，寻求着艺术的灵感。

　　郑板桥"十载扬州"结识了很多画友，李鱓、金农、黄慎等都与他过从亲密，对他的创作、思想乃至性格都有极大的影响。这期间，统治阶级给予郑板桥的只有冷眼和诽谤。他所感到温暖的，就是这些在贫困中的艺术家"相濡以沫"的友谊。

李鱓和金农都大郑板桥七八岁，这时都有相当名声了。他们常常和郑板桥一起饮酒游玩，切磋书道画艺。李鱓，号复堂，气度恢宏，为人爽直而沉默寡言，一望而知见过大世面。他是郑板桥的兴化同乡，早年在古北口御前献画，康熙皇帝叫他担任过侍从。不过，和郑板桥相过从时，他已被逐出宫廷，天天喝酒画画，有时烦闷起来，甚至将已画好的画撕裂。他的花鸟画得很精妙，诗也写得好。贺园凝翠楼是他与郑板桥、冬心等常常流连的地方，楹联"出郭此间堪歇脚，登楼一望已开怀"，就是他所撰。

金农，字寿汀，浙江仁和人，满脸络腮胡子，矮墩墩的身材，充满了旺盛的生命力。他有一双深蓝色的眼睛，衣上满是灰尘，又爱好收罗古董，很多朋友都开玩笑说他是唐人传奇中的"胡商"。他曾从大学问家何义门学习，学问很好。据说一次有个盐商请他吃饭，席间以古人诗句"飞红"为酒令。那个盐商说了句"柳絮飞来片片红"，一座哗然。金农为之解围，说这是古人的诗句，并随口编了四句诗："廿四桥边廿四风，凭阑犹忆旧江东。夕阳返照桃花渡，柳絮飞来片片红。"大家以为金农博闻强记，佩服得不得了，那个盐商也很感激。金农不仅才华横溢，而且有强烈的民族意识和以布衣终老的气节，这些都使郑板桥倾倒。

黄慎，字恭寿。这位来自福建的画家曾从上官周学画，他昼思夜想突破老师的画风，创立自己的风格，这样痛苦地思索了几个月。后来，他见到了怀素的草书真迹，那飞动的笔势和连绵的线条，使他叹息，使他陷入沉思。一次，他在街上行走时，忽然若有所悟，急忙向街旁的店铺借来纸笔作画。果然画面体现了怀素的笔致和墨色，迥然不同于往日的画境。黄慎不禁拍案大笑："吾得之矣！吾得之矣！"街上的人都以为他疯了。

郑板桥和这些不同凡俗的朋友，常常聚集在茶楼酒馆，吟诗作画。扬州有"茶肆甲天下"之称，当时的茶馆，多集中在北门桥一带。酒楼多集中于红桥附近，供应有通州雪酒、泰州枯酒、陈老枯酒、高邮木瓜酒、五加皮酒、宝应乔家白酒、绍兴老酒、高粱烧酒等南北名酒。郑板桥和朋友们最爱到六安山僧茶叶馆聚会。那馆是六安山的和尚们开的，用的是自己种的茶。板桥曾为这个茶馆写了一副对联："从来名士能评水，自古高僧爱斗茶。"

这些狂客，就是十几年后活跃在江苏扬州地区的一支新兴的绘画流派——"扬州八怪"。清初，"四王"摹古画派居于"正统"地位，他们以黄公望为远祖，以董其昌为近宗，因循抄袭，造成"人人大痴，个个一峰"的局面。无疑，郑板桥和他的朋友们是与之大相径庭的，他们给画坛带来了清新之气。

俗话说："腰缠十万贯，骑鹤上扬州。"这句话源出于何处，已不可考。王十朋注苏轼《于潜僧绿筠轩》"世间那有扬州鹤"句引李厚注云："有客相从，各言所志。或愿为扬州刺史，或愿多资财，或愿骑鹤上升。其一人曰：'腰缠十万贯，骑鹤上扬州。'盖欲兼三人者之所欲也。"（据《太平寰宇记》卷一二三）郑板桥既没有权势，又没有金钱和升仙术，他能在扬州得到什么，他的感受如何呢？他曾写有《扬州》七律四首，记叙了他彼时彼地的观感，兹录于下：

画舫乘春破晓烟，满城丝管拂榆钱。

千家养女先教曲，十里栽花算种田。

雨过隋堤原不湿，风吹红袖欲登仙。

词人久已伤头白，酒暖香温倍悄然。

廿四桥边草径荒，新开小港透雷塘。

画楼隐隐烟霞远，铁板铮铮树木凉。

文字岂能传太守，风流原不碍隋皇。

量今酌古情何限，愿借东风作小狂。

西风又到洗妆楼，衰草连天落日愁。

瓦砾数堆樵唱晚，凉云几片燕惊秋。

繁华一刻人偏恋，呜咽千年水不流。

借问累累荒冢畔，几人耕出玉搔头？

江上澄鲜秋水新，邗沟几日雪迷津。

千年战伐百余次，一岁变更何限人。

尽把黄金通显要，惟余白眼到清贫。

可怜道上饥寒子，昨日华堂卧锦茵。

诗中描写了扬州的畸形繁华，在外似客观的叙述中，带有主观的批判色彩。尤其是"尽把黄金通显要，惟余白眼到清贫"两句，充满了愤懑和不平，这也是这位贫穷的青年画家对于炎凉世态的痛苦体验。

我们翻阅郑板桥在扬州十年期间所写的诗文，发现他的思想较以前有了一定的深度。

首先，是他的诗文表现出的兴亡之感。扬州的古迹很多，如隋堤、廿四桥、雷塘、竹西亭、平山堂等，郑板桥都亲临凭吊。隋大业十四年（618）三月，隋炀帝在江都被缢。唐武德五年（622），隋炀帝被葬于雷塘之北。罗隐诗中"君王忍把平陈业，只换雷塘数亩田"就是指的这个地方。后来，炀帝陵渐渐地荒圮了，已不为人所知。甚至连这样的地方，郑板桥也"携手玉勾斜畔去"（《赠张蕉衫》），唱一曲动人的挽歌。他目睹着这些荒凉的角落，想象着它们昔日的繁荣。历史的烟云、人事的更替翻腾脑际，他有了新的发现：

任凭他铁铸铜镌，终成画饼。（《瑞鹤仙·官宦家》）

待他年一片宫墙瓦砾，

荷叶乱翻秋水。

剩野人破舫斜阳，闲收菱米。（《瑞鹤仙·帝王家》）

应该说，这是板桥思想认识的升华。

其次，是他对为富不仁的反感和对人才落拓的不平。郑板桥当时是"落拓扬州一敝裘"，面对扬州这个"有钱能使鬼推磨"的世界，他是很反感的。他最看不起那些听命于金钱，俯首向豪富的人。"尽把黄金通显要，惟余白眼到清贫"就是这种愤慨心情的流露。几十年后，在给乡友的信中，他还时有感触，借题发挥："学者当自树其帜。凡米盐船算之事，听气候于商人；未闻文章学问，亦听气候于商人者也。吾扬之士，奔走蹙蹀于其门，以其一言之是非为欣戚，其损士品而丧士气，真不可复述矣！"

基于这种感情，他对那些落拓的才士惺惺相惜，为他们呼喊不平。新昌人潘西凤，字桐冈，精于刻竹，处境很困窘。郑板桥在《赠潘桐冈》中说：

……天公曲意来缚絷，困倒扬州如束湿。空将花鸟媚屠沽，独遣愁魔陷英特。志亦不能为之抑，气亦不能为之塞。十千沽酒醉平山，便拉欧苏共歌泣……

其实，这也是郑板桥自己的生动写照。他没有什么名气，也就没有人为他捧场；画的画又寄托遥深，品格甚高，也就不为俗人所了解；加之笔墨恣肆狂诞，一反"四王"规矩，这就更招人非议了。总之，在这段时期，板桥的字画是不受重视的。正如他后来所承认的："十载扬州作画师，长将赭墨代胭脂。写来竹柏无颜色，卖与东风不合时。"（《和学使者于殿元枉赠之作》）是个晦气的青年画家。

二、壮游

老夫三十载，燕南赵北，涨海蛮天。

——《满庭芳·村居》

这一时期，板桥除往来于兴化、扬州卖画以外，还常常到外地去游览。从前，他受着生活的羁绊，在兴化、扬州、真州转来转去，也转不出这块狭窄的天地。对此，他颇感苦闷和凄凉。雍正元年（1723），郑板桥三十一岁时，友人顾万峰赴山东常使君幕，他写了两阕《贺新郎》送行。在词中，除了勉励好友酬报知己、为民勤职外，还表示了自己不安于里的情怀。如其一的前半阕云：

掷帽悲歌起，叹当年父母生我，悬弧射矢。半世销沉儿女态，羁绊难逾乡里。健羡尔萧然揽辔，首路春风冰冻释，泊马头浩渺黄河水，望不尽，汹汹势。

于是，从三十二岁到三十五岁，板桥游历了庐山、长安、洛阳、邺城、乌江，然后在北京住了相当长一段日子，后来又客居通州。至于板桥为什么要进行这一番漫游，我认为理由有两个。其一，为了打开仕途的通路。在封建社会想要当官，首先要获得一定的社会声望，最好有大人物帮忙游扬。这样再通过科举，才能较顺利地得到官位。郑板桥《送都转运卢公》云"吹嘘更不劳前辈，从此江南一梗顽"，说明他还是知道"吹嘘"之妙的。后来他的入仕，也是得到了慎郡王的帮助。其二，游历是他的一大癖好。《板桥自叙》云："板桥非闭户读书者，长游于古松、荒寺、平沙、远水、峭壁、墟墓之间。"这当然也与他从事艺术、师法造化有关。

雍正二年（1724）初秋，郑板桥第一次远足，目的地是江西庐山。行前写七律《感怀》：

新霜昨夜落梧楸，班马萧萧赋远游。

半世文章鸡肋味，一灯风雨雁声秋。

乘槎东海涛方壮，射虎南山气更遒。

颜白衰亲阙甘旨，为儿犹补旧羊裘。

这首诗三、四句脱胎于杨万里《晓过皂口岭》："半世功名一鸡肋，平生道路九羊肠。"板桥用"文章"替换了"功名"，明显是未入仕时所作。鸡肋者，指科举一途，进取不易，舍弃又不能。五、六句语气突变，用"乘槎东海"和"射虎南山"的故事，缀以"涛方壮""气更遒"六字来寄托自己对这两种人物的羡慕和赞颂。末两句是说自己没有"甘旨"奉养白发衰亲，反而连累她为自己补衣，以委婉深情作结。

庐山，在江西九江之南，飞峙长江边，紧傍鄱阳湖。相传周朝有匡氏七兄弟上山修道，草庐为舍，故又名匡山，或匡庐。庐山多险绝胜景，瀑布更是名传天下。其中仙人洞石松横空，五老峰昂首天外，含鄱口势吞沧海，大天池霞落云飞，白鹿洞四山回合，玉渊潭惊波奔流，有"匡庐奇秀甲天下山"之称。苏东坡曾写诗道："横看成岭侧成峰，远近高低各不同。不识庐山真面目，只缘身在此山中。"郑板桥来到这里，对景挥毫，把苍山、云海、银瀑、墨松尽收笔底。现存的郑板桥画卷中，除《双松图》《甘菊谷泉图》《南山松寿图》等寥寥几幅外，大多是兰、竹、石。但是，我们就从这些仅存的图卷中，也可以看出郑板桥对于山水画的素养和功力，这当然得力于早年壮游的"搜尽奇峰打腹稿"了。

庐山不仅奇岩绮丽，云烟变幻，而且寺庙极盛。东汉明帝时，就是中国佛教中心之一，有三大名寺（西林、东林、大林），五大丛林（海会、秀峰、万杉、栖贤、归宗）。历代释道多前来叩拜。在这里，郑板桥结识了无方上人。无方，江西人，后来北游燕赵，曾在燕京西郊的瓮山寺住锡。他的心胸异常寥廓淡泊，对任何世俗事务都无所挂牵。他的品德也很高洁，平常穿着补丁衣，说话充满了禅机。"初识上人在西江，庐山细瀑鸣秋窗。"（《怀无方上人》）郑板桥与无方上人是在"飞流直下三千尺，疑是银河落九天"这样的人间仙境相逢的。他们的交谊很深。郑板桥曾为他画竹画兰，十年后，即乾隆元年（1736），郑板桥还写过《赠瓮山无方上人二首》《瓮山示无方上人》《怀无方上人》等诗歌，寄托其怀念倾慕之情。当时，他们遇到一位笔帖式（掌理翻译满、汉文书的小官）保禄。保禄赠联云："西江马大士，南国郑都官。"将无方比作马祖禅师（唐僧道一），把板桥比作唐代都官郎中郑谷。郑谷是唐末诗人，以《鹧鸪诗》得名，人称"郑鹧鸪"。唐末诗僧齐己赞他为"高名喧省闼，雅颂出吾唐"。因为板桥与之同姓，又在清新通俗上有相似之处，所以，他对保禄的比喻很满意，以后就刻了"鹧鸪""都官"两印，常加钤书画。

这里，顺带讨论一下郑板桥是否游历过洞庭湖。因为《板桥词钞》中有八首《浪淘沙》词，题为《和洪觉范潇湘八景》，写的是潇湘夜雨、山市晴岚、渔村夕照、烟寺晚钟、远浦归帆、平沙落雁、洞庭秋月、江天暮雪等洞庭一带的八景，所以有些人认为他于庐山之行中曾南下到过洞庭。我认为这种说法孤文单证，是不能成立的。第一，洪觉范是宋代僧人，他所作《潇湘八景》后世代有赓和，很多人（如元代马致远等）都未到过沅湘而有和作，《潇湘八景》已成为封建文人常用的诗词套目，郑板桥此作当亦是这种文人游戏。第二，有人举出郑板桥有诗《为黄陵庙女道士画竹》，证明其到过洞庭。黄陵庙即二妃庙，本在湖南岳阳。但前已指出，很多释道都云游到庐山，无方上人与黄陵庙女道士均属此类，不足以因此得出郑板桥到过洞庭的结论。第三，郑板桥没有其他诗文记载或追忆曾到过沅湘。据上，我认为郑板桥庐山之行，庐山而已，没有到过湖南。

游览庐山后，郑板桥又北上，游览了长安、洛阳、邺城、乌江、易水。长安旧殿，西风陵阙，铜雀荒台，乌江浊浪……都强烈地拨动着他的心弦。在旅途中，郑板桥不仅饱览了大好河山，驱散了心中积郁，而且吊古抒怀，沉浸在历史的惊涛骇浪之中。这些怀古之作，大都词出己意，寄托遥深。有些诗如《铜雀台》还闪耀着人道主义的光芒。这次旅程是以燕京作结的。当时是雍正三年（1725），郑板桥三十三岁。他在燕京住了两年多。

燕京，清朝政治、经济、文化的中心，这里不仅有红墙绿瓦砌成的紫禁城，而且街上到处都可见蒙古人、旗人、回人、藏人和洋人。如果说扬州的景色是绮丽的话，那么燕京的景色可用"壮阔"二字来概括。卢沟晓月、金台夕照、琼岛春阴、太液秋风、蓟门烟树、紫禁巍峨、居庸叠翠、西山晴雪……一切都显得那么典雅庄重，伟大开阔。这是锦绣中华的中心啊！它比扬州更能激起郑板桥的用世雄心。他热切地向往着自己将来能做一个"京官"。

也许是由于好友李鱓的推荐，也许是扬州同乡的传扬，也许是他自己不同流俗的气质和带有鲜明个性的字画所具有的魅力，郑板桥在燕京交游广泛。他有时住在寺庙里，有时住在朋友家中，除了和文士、画师、和尚、歌伎来往外，还和羽林的禁卫、将军的子弟游玩。当然，卖画仍是他谋生的主要手段。

燕京是整个清朝的缩影，聚集着利禄之徒和庸俗之辈。郑板桥的朋友杭世骏曾说："自吾来京都，遍交贤豪长者，得以纵览天下之士。大都绛章绘句，顺以取宠者，趾相错矣。其肯措意于当世之务、从容而度康济之略者，盖百不得一焉。"（《道古堂文集》卷十五《送岷江知晋州府》）这是杭世骏对燕京的观感。无疑，郑板桥的看法是"英雄所见略同"的。但是，他性如烈火，没有杭世骏那样的涵养，就发而为"使酒骂座，目无卿相"了。此外，燕京是院画的中心，程式化的"四王"画风统治着画坛，更容不得板桥那种歪脖子跷腿的狂怪笔墨；加上经常与板桥一块儿游玩的那些禁卫军官的子弟，因父兄出入宫廷、官场，对上层的黑暗，包括那些头面人物的丑闻秽行都有所了解，大家都风华正茂，携手同游时，每每放言高论，激浊扬清，臧否人物。这样，郑板桥就招致了"狂名"，干谒的门径也就阻塞了。庸俗的社会风气要把人的真挚的个性都磨去了，这是使郑板桥最难堪的。他在《自遣》中愤激地抗议："啬彼丰兹信不移，我于困顿已无辞。束狂入世犹嫌放，学拙论文尚厌奇。"诗中说，我约束清狂的性格来对待世事，还被人嫌恶为"放荡"；我佯装笨拙，不露聪明地评论文章，尚且被人厌弃为"新奇"。这当是对那些诬蔑之词的还击。阮元的《广陵诗事》载郑板桥曾借韩愈解嘲的话，刻了一方印"动而得谤，名亦随之"，亦可参证。郑板桥原有的寻求事业的雄心和热情，被北京强劲的风沙吹得大减。这时，他对仕途表示灰心厌倦，写下了著名的《燕京杂诗》：

> 不烧铅汞不逃禅，不爱乌纱不要钱。
>
> 但愿清秋长夏日，江湖常放米家船。
>
> 偶因烦热便思家，千里江南道路赊。
>
> 门外绿杨三十顷，西风吹满白莲花。
>
> 碧纱窗外绿芭蕉，书破繁阴坐寂寥。
>
> 小妇最怜消渴疾，玉盘红颗进冰桃。

当然，愤激之词并不说明郑板桥已绝意仕进；但是，他在这组诗中鲜明地表示了他的鄙弃和追求，表示了他对家乡的思念，抒写了闲居的情趣。正由于他不奉道，不信佛，不爱官，不要钱，所以追求高雅的精神生活。全诗写得很潇洒，又略带自负。诗中出现的"小妇"，当是郑板桥在京的相好。惜无旁证，只得存疑。

郑板桥第一次旅居燕京，四处碰壁。他既不善于"朝扣富儿门，暮随肥马尘"，讨人家的残羹剩饭；也不甘于默默无闻，布衣终世。在一片诽谤声中，他思水道弯弯的江南，思念荷红藕碧的家乡，思念倚门而望的妻儿。这时他写的《花品跋》就带着这种情绪的投影。跋甚短，兹录如下：

> 仆江南逋客，塞北羁人。满目风尘，何知花月；连宵梦寐，似越关河。金尊檀板，入疏篱密竹之间；画舸银筝，在绿萼红蕖之外。痴迷特甚，惆怅绝多。偶得乌丝，遂抄《花品》。行间字里，一片乡情；墨际毫端，几多愁思。书非绝妙，赠之须得其人；意有堪传，藏者须防其蠹。雍正三年十月十九日，郑板桥郑燮书于燕京之忆花轩。

"衣裳检点不如归"，郑板桥终于踏上了南下的归程。总结这次旅游，郑板桥自己承认"落拓而归"。

雍正五年（1727），郑板桥客于通州。通州辖境相当于现今的江苏长江以北泰兴、如皋以东地区，俗称南通州。据《刘柳村册子》，知郑板桥与通州李瞻云及其父亲有来往。

从雍正二年（1724）到雍正五年（1727），郑板桥的足迹来往于淮北江南、秦陇赵燕。远游使他的艺术得到了社会应有的认识和评价，远游使他交到了新的朋友，远游也使他增长了见识。他将所见所闻，结合学习经史的心得，对现实得出了更深刻的认识。这一时期，他写出了《悍吏》《私刑恶》这样切中时弊的力作。《私刑恶》揭露了胥吏用私刑逼"盗"追赃，并且牵连无辜的残酷行径。"本因冻馁迫为非，又值奸刁取自肥"，客观、真实地叙述了百姓被逼为"盗"的原因。对此，作者是满怀同情的。但他对封建制度又有所回护，认为"官长或不知也"，表现了思想深处的矛盾。

如果说《私刑恶》还是借谴责历史上的魏忠贤而针砭官吏私设公堂、迫害良民的罪行，《悍吏》则直接针对现实，写出了阶级对立的情况，思想意义是很深刻的：

县官编丁著图甲，悍吏入村捉鹅鸭。

县官养老赐帛肉，悍吏沿村括稻谷。

豺狼到处无虚过，不断人喉抉人目。

长官好善民已愁，况以不善司民牧。

山田苦旱生草菅，水田浪阔声潺潺。

圣主深仁发天庚，悍吏贪勒为刁奸。

索逋汹汹虎而翼，叫呼楚挞无宁刻。

村中杀鸡忙作食，前村后村已屏息。

呜呼长吏定不知，知而故纵非人为！

这首诗，郑板桥选取了悍吏下乡搜括的场面来刻画，揭露了悍吏残酷压榨百姓的罪恶，抨击了县官的伪善，代老百姓呼喊了痛苦，爱憎分明。尤其是他提出了"长官好善民已愁，况以不善司民牧"的观点。他已猜测到，在当时的社会制度下，不管官吏是清还是贪，老百姓都不得安生。显然，作者继承了杜甫和白居易批判现实主义的优良传统，这是极其可贵的。但是，郑板桥对"圣主"还抱有幻想，有意回护，又反映了时代和阶级的局限性。

三、天宁寺读书

劳劳天地成何事，扑碎鞭梢为苦吟。

——《晓行真州道中》

雍正六年（1728）春天，郑板桥三十六岁，寄寓在兴化天宁寺读书。

郑板桥之所以到天宁寺读书，不外乎有这么几个理由。其一，天宁寺环境安静，能摆脱家庭琐务，潜心攻读。其二，寺庙的斋饭较便宜，适合这个穷秀才的经济能力。其三，板桥一生爱与和尚交朋友，天宁寺中亦当有与其友善者。

他读书的目的是集中精力攻读经书，研习制艺，准备乡试。由于清统治者采取"恩威并用"的政策，加强科举制度，笼络知识分子，于是以考中举人、进士为荣，也就成了社会风气。前面已分析过，郑板桥是自始至终热衷于科举的。他在这个时候，寄寓天宁寺攻读经书，就是很自然的事了。

不过，颇出人意料的是郑板桥对八股文的态度。八股文格式严谨拘板，内容限制狭窄，无论对个性、对感情的抒发以及形象思维，都是很大的束缚，因此，往往为一些古文学家所不齿。明末清初思想家、学者顾炎武谓八股之害甚于焚书。他与黄宗羲等人痛矫时文之陋，主张治学"经世致用"，弃虚崇实，力挽颓风。郑板桥生性豪放狂宕，对古文如《左传》《史记》又极热爱，且钻研极深，按理说他应该拥护顾、黄的主张，反对八股。但事实上他对八股文有特殊的爱好。《板桥自叙》云："明清两朝，以制艺取士，虽有奇才异能，必从此出，乃为正途。其理愈求而愈精，其法愈求而愈密，鞭心入微，才力与学力俱无可恃，庶几弹丸脱手时乎？"简直把绳索当宝贝，把鸩酒当甘露！在郑板桥的行囊中，时刻不离的两本书，一本是徐渭的《四声猿》，另一本就是方百川的制艺文。方百川是清代成就最高的八股文家，也是青年郑板桥崇拜的对象。天宁寺读书时期，除了读经书外，练习作八股文仍然是板桥的主要功课。

读书生活既紧张、艰苦，又乐在其中。可惜板桥当时的感觉，没有在诗词中留下痕迹。我们只能从现存的《四子书真迹序》中揣想其大概。

在天宁寺读书时，板桥经常和同学陆白义、徐宗于聚集在一起谈诗论文。夜深了，残灯如豆，冷风将破庙走廊中的落叶吹得沙沙响，同学们谈得起劲，都不愿意离开。有时，月明如昼，他们在寺前的小坪里谈论，谈到兴头上，还拔剑起舞，骑在门外的石狮子背上，议论起军国大事来。三十几岁的热血青年，虽然身无半文，但是都雄心勃勃，要以天下为己任。

为了比赛记诵经文的生熟，他们到兴化正街的纸坊买来很便宜的方格纸，默写经文。板桥每天写三五张或二三十张不等，用了一个多月，默写了《论语》《孟子》《大学》《中庸》各一部。郑板桥所默写，"语句之间，实无毫厘错谬"。这足以说明他的诵读之辛勤和纯熟了。

郑板桥不仅能默写经书，而且对于读经有不同时俗的看法。他认为读书的要义是"处而正心诚意，出而致君泽民"。无疑，郑板桥的这些议论是针对当时只攻理学、不读他书的理学之徒而发的。他认为"讲理学者，推极于毫厘分寸，而卒无救时济变之才"。雍正年间，南京孔庙的围墙被风雨摧倒数丈，郑板桥借题发挥，说是因为"金陵城中龌龊秀才满坑满谷"，"辱被圣门"，孔子才"毁墙以示驱逐之意"。明末顾炎武曾坚持反对理学家不读经学原著而抱着几本语录空谈的做法；郑板桥反对"简而为提要"，抨击"龌龊秀才"，在某种程度上说，是继承了顾炎武等人的传统。此外，郑板桥读经书，还有一个高出时人之处，就是他不但钻研经义，而且把经书当成文学作品来学习。《板桥自叙》云："有时说经，亦爱其斑驳陆离，五色炫烂。以文章之法论经，非《六经》本根也。"这倒是和南朝刘勰的《文心雕龙》宗经之旨有共同之处了。

值得一提的是，郑板桥的书法在这个时期发生了较大的变化。在这以前，板桥主要是练习正楷，并且是那种千人一面的"乌、方、光"的馆阁体。从《四子书真迹序》看，这时已将真、隶相参，杂以行草，初步具有了"六分半书"的面目。傅抱石先生指出："这不但在当时，是一种大胆的惊人的变化，就是几千年来也从未见过像他这样自我创造形成一派的。"

明至清初的书法家们，崇尚晋、唐以来的法帖，谓之"帖学"。其中如祝允明、文徵明、王宠、董其昌、张瑞图、黄道周、倪元璐、王铎等，将个人的气质与古人的面目融合起来，潇洒出尘，千变万化，继承、发展了宋元的书法传统。清代前期，"帖学"没落。统治阶级极力推崇董其昌、赵孟頫的书法，臣下也就投"一人"之所好，造成了一种庸俗、恶劣的"馆阁体"书风。当时科举考试的试卷上的字要求"乌""方""光"的小楷。于是，人人都练习这种行行匀整、字字光圆的书体，千人一面，书法艺术也就产生了衰亡的危机。乾隆年代是清政权文字狱最猖獗的年代。一般学者为全身远祸，大都钻进烦琐的考据圈子里，兼之清初以来，金石学大为兴起，汉、晋、南北朝碑刻出土较多，书法也就直接受到影响，在清代的书苑形成了一股"碑学"的波澜。

郑板桥和高凤翰、丁敬、金农等人，就是最早开启学古碑风气的。郑板桥《署中示舍弟墨》诗云："字学汉魏，崔蔡钟繇；古碑断碣，刻意搜求。"并在一幅大中堂上录南北朝书论云："蔡邕书骨气洞达，爽爽如有神力；邯郸淳书应规入矩，方圆乃成；崔子玉书如危峰阻日，孤松单枝；张伯英书如武帝好道，凭虚欲仙；梁鹄书如龙虎震，剑拔弩张；萧思活书如舞女低腰，仙人啸树；钟繇书如云鹤游天，群鸿戏海，行间茂密，实亦难过邪！"可为学碑确证。这样改革的结果，金农从隶书入手，以《国山碑》和《天发神谶碑》为基础，用秃笔和重墨为之，古朴奇拙，号称"漆书"。郑板桥则创造了"六分半书"，雄浑峭拔，与金农同时驰骋书坛，各具千秋。

什么叫"六分半书"呢？傅抱石先生在《郑板桥集序》中说："大体说来，他的字，是把真、草、隶、篆四种书体而以真、隶为主的综合起来的一种新的书体，而且又用作画的方法去写。"此说最得正解。"分书"，即隶书，又称"八分书"。顾名思义，"六分半"即使书体介于隶、楷之间，而且又隶多于楷，这样就不足八分。这当然是"无古无今独逞"的了。

郑板桥为什么要创造如此狂怪的"六分半书"呢？这是受他"删繁就简三秋树，领异标新二月花"的美学思想的支配的。他在《四子书真迹序》中说自己的书法既没有黄庭坚的劲拔，又看不起赵孟頫的滑熟，于是就"师心自用"，创造了这种书体。后来，他六十八岁时，撰《刘柳村册子》，承认"板桥书法以汉八分杂入楷行草，以颜鲁公《座位稿》为行款，亦是怒不同人之意"。

"怒不同人"，是要有自己的风格。艺术最可贵的是有个人风格，而这是需要经过痛苦的、如痴如醉的探索的。相传板桥一度苦于自己的书法不能创新，夜里睡在床上还琢磨笔法，不知不觉地用手指在妻子的背上乱画。他的妻子惊醒后埋怨道："我有我的体，你有你的体，人各有一体，你尽在我的体上画什么？"这种无意中巧合的话，对于郑板桥来说，无异蕴含禅机的当头棒喝。就这样，他坚持"郑为东道主"，创造了"六分半书"。这当然是个极不可靠的有趣味的传说，但是郑板桥在书法上摒弃旧的习俗，创立个人的风格，是经历了痛苦的"脱胎换骨"的过程，却总是可信的。

这种"脱胎换骨"，就是在天宁寺读书期间。

四、穷途挣扎

明年又值抡才会，愿向秋风借羽翰。

——《除夕前一日上中尊汪夫子》

由于扬州卖画的不景气，以及漫游的花费和夫人的多病，郑板桥的家庭生活又一次陷入困顿中。就在这落拓烦恼的时候，他谱写了《道情十首》。这时是雍正七年（1729），他三十七岁。

道情渊源于唐代的《九真》《承天》等道曲，以道教故事为题材，宣扬出世思想。南宋时开始用渔鼓和简板为伴奏乐器，因此也叫"渔鼓"或"鼓儿词"。明清以来流传甚广，题材也有所扩大，在各地同民间歌谣相结合而发展成许多种曲艺，演唱者也不一定是道士了，郑板桥的家乡就有很多人会唱道情。郑板桥《道情十首》是流传极广、脍炙人口之作，外似通俗平淡，但他"屡抹屡更"，惨淡经营，十四年才定稿，由门人司徒文膏刻板后，不胫而走，和尚乞儿在唱，樵夫道士在唱，诗人墨客、王侯卿相也在唱。不仅当时风靡，而且流传至今。鲁迅先生在《怎么写》一文里，对《道情十首》也给予了好评。

有些人颇觉奇怪，郑板桥为什么会在那样苦闷、奔波的环境下，沉浸到如此苍茫、淡泊、静谧的境地？其实并不矛盾。如果说，郑板桥三十岁左右所作《七歌》是呼天抢地，长歌当哭；那么，三十七岁时所作的《道情十首》则是悲极的缓解，是穷途的自我解脱。何况《道情十首》是在十四年漫长的人生旅程上不断地琢磨与凝练的结晶，随着年岁的渐长，经过无数的变故和挫折，郑板桥的出世思想也就日益浓厚。《道情十首》正是这种思想发展的轨迹。现将《道情十首》移录于此：

枫叶芦花并客舟，烟波江上使人愁；劝君更尽一杯酒，昨日少年今白头。自家板桥道人是也。我先世元和公公，流落人间，教歌度曲。我如今也谱得道情十首，无非唤醒痴聋，销除烦恼。每到山青水绿之处，聊以自遣自歌。若遇争名夺利之场，正好觉人觉世。这也是风流事业，措大生涯。不免将来请教诸公，以当一笑。

老渔翁，一钓竿，靠山崖，傍水湾；扁舟来往无牵绊。沙鸥点点轻波远，荻港萧萧白昼寒，高歌一曲斜阳晚。一霎时波摇金影，蓦抬头月上东山。

老樵夫，自砍柴，捆青松，夹绿槐；茫茫野草秋山外。丰碑是处成荒冢，华表千寻卧碧苔，坟前石马磨刀坏。倒不如闲钱沽酒，醉醺醺山径归来。

老头陀，古庙中，自烧香，自打钟；兔葵燕麦闲斋供。山门破落无关锁，斜日苍黄有乱松，秋星闪烁颓垣缝。黑漆漆蒲团打坐，夜烧茶炉火通红。

水田衣，老道人，背葫芦，戴袯巾；棕鞋布袜相厮称。修琴卖药般般会，捉鬼拿妖件件能，白云红叶归山径。闻说道悬岩结屋，却教人何处相寻？

老书生，白屋中，说黄虞，道古风；许多后辈高科中。门前仆从雄如虎，陌上旌旗去似龙，一朝势落成春梦。倒不如蓬门僻巷，教几个小小蒙童。

尽风流，小乞儿，数莲花，唱竹枝；千门打鼓沿街市。桥边日出犹酣睡，山外斜阳已早归，残杯冷炙饶滋味。醉倒在回廊古庙，一凭他雨打风吹。

掩柴扉，怕出头，剪西风，菊径秋；看看又是重阳后。几行衰草迷山郭，一片残阳下酒楼，栖鸦点上萧萧柳。撮几句盲辞瞎话，交还他铁板歌喉。

邀唐虞，远夏殷，卷宗周，入暴秦；争雄七国相兼并。文章两汉空陈迹，金粉南朝总废尘，李唐赵宋慌忙尽。最可叹龙盘虎踞，尽销磨燕子春灯。

吊龙逢，哭比干，羡庄周，拜老聃；未央宫里王孙惨。南来薏苡徒兴谤，七尺珊瑚只自残，孔明枉作英雄汉。早知道茅庐高卧，省多少六出祁山。

拨琵琶，续续弹，唤庸愚，警懦顽；四条弦上多哀怨。黄沙白草无人迹，古戍寒云乱鸟还，虞罗惯打孤飞雁。收拾起渔樵事业，任从他风雪关山。

风流家世元和老，旧曲翻新调；扯碎状元袍，脱却乌纱帽，俺唱这道情儿归山去了。

道情写得情景如画，韵味无穷。前六首反映了当时的民间生活，分别写渔翁、樵夫、道人、头陀、书生、乞儿，我们于其中不难发现郑板桥自己、父亲立庵公、老师陆种园先生、无方上人等的形象。后四首写历代兴亡，反映了作者对封建统治阶级内部互相倾轧、争权夺利的丑恶是有所认识的。这十首道情充满了出世思想。郑板桥在《瑞鹤仙·官宦家》中说："霎时间雾散云销，门外雀罗张径。"在《念奴娇·孝陵》中说："蛋壳乾坤，丸泥世界，疾卷如风烛。"与《道情十首》的思想是一致的。但究其本心，郑板桥并不是真正想出世，只是因为生活的艰难，人事的枉屈，不能照自己的理想去"立功天地，字养生民"，只得退而期与渔父、农夫没世罢了。

这个时期，除了偶尔外出游览和回兴化小住外（如在天宁寺读书），郑板桥的居住中心仍是扬州。扬州成了他的第二故乡。他常和一些书画朋友在虹桥、瘦西湖、平山堂一带游玩。其中位于蜀冈中峰大明寺西南角的平山堂，更是登临纵目的极佳处。北宋庆历八年（1048），欧阳修转知扬州，筑堂于此，作为游宴之所。因为从这里望去，唯见江南诸山拱揖栏前，若可攀跻，故取名"平山堂"。郑板桥《赠潘桐冈》云："十千沽酒醉平山，便拉欧苏共歌泣。"正是他当时生活的生动写照。

雍正九年（1731），郑板桥三十九岁时，与他甘苦与共的徐夫人病殁了，这给予他精神上莫大的打击。第二年，郑板桥就要参加南京的乡试，用数十载寒窗的苦功与命运搏斗了，而命运却抢先一步夺走了他的妻子，这是使他终身有剜心之痛的。他在五十岁任范县县令时还刻了一印——"常恨富贵迟"。我们结合他的《贫士》诗："待我富贵来，鬓发短且稀。莫以新花枝，诮此蘼芜非。"不难理解他的"恨"蕴含了对妻子的一片深情（详见第五章）。

办理妻子的丧事花了些钱，字画又卖不出去，这年冬天，郑板桥的家境极其艰难。他只能裹着亡妻生前补缀过的破裘御寒。除夕前的辞年祭祖，也只好供上一瓶白水。眼看明年乡试之期迫近，盘缠无着，借贷无门。但是，倘若放弃这个机会，那么他数十载的辛苦又所为何来，他"致君泽民"的抱负又何由得展？希冀和痛苦折磨着这位穷秀才。

恰好这时汪芳藻担任了兴化县令。据《兴化县志》卷六《秩官》载，兴化在雍正九年一年中换了三任县令：沈濂、王士瑾、汪芳藻。汪芳藻"凡语言文学皆足以振励风俗"，民望、政声都很好。于是，郑板桥写了《除夕前一日上中尊汪夫子》，向汪县令求援。诗中坦率地叙述了自己穷酸的境况，恳切地呼吁："明年又值抡才会，愿向秋风借羽翰。"汪芳藻慧眼识英才，赠给了郑板桥足够的银两。县令赠银，对于板桥来说，不仅是物质上的支持，也是一种精神上的勉励。郑板桥终于雄心勃勃地踏上了去南京乡试的征途。

第五章　花枝有恨晓莺痴

一、朦胧的追求

颠倒思量，朦胧劫数，藕丝不断莲心苦。

——《踏莎行·无题》

郑板桥对爱情的追求开始于少年。他与一位表姊妹青梅竹马，两小无猜，产生了爱情，然而却无情地被封建主义的家长包办婚姻扼杀了。郑板桥后来常常回想那种初恋时特有的风味和情调，陷入了凄凉、痛苦的追忆。他在几首词中为我们留下了一位"盈盈十五人儿小"的年轻貌美的恋人形象。由于这些旧事只是偶尔从他记忆的深处翻腾，零星孤立；且郑板桥措辞含蓄闪烁，故意藏头露足；加之关于郑板桥的生平史料甚少，于其初恋更付阙如，所以这里只能作一些初步的探索。

《踏莎行·无题》云：

中表姻亲，诗文情愫，十年幼小娇相护。不须燕子引人行，画堂得到重重户。　　颠倒思量，朦胧劫数，藕丝不断莲心苦。分明一见怕销魂，却愁不到销魂处。

上片写与表姊妹童稚时共同游戏的情景。下片的"朦胧劫数"，即糊里糊涂的厄运，实质上是指封建的家长包办婚姻。他们绝望后，都非常痛苦："分明一见怕销魂，却愁不到销魂处"，语意矛盾而又缠绵悱恻，表现了这对少年恋人复杂、迷茫的感情。

这种感情以后常常令郑板桥细细回味，对往事倍加珍惜，对近况则悔恨交加，进入一种微醺的境地。如《贺新郎·赠王一姐》：

竹马相过日，还记汝云鬟覆颈，胭脂点额。阿母扶携翁负背，幻作儿郎妆饰，小则小寸心怜惜。放学归来犹未晚，向红楼存问春消息。问我索，画眉笔。

廿年湖海长为客，都付与风吹梦杳，雨荒云隔。今日重逢深院里，一种温存犹昔，添多少，周旋形迹！回首当年娇小态，但片言微忤容颜赤。只此意，最难得。

细玩上引两词，处处可互作印证。"王一姐"即"中表姻亲"，"竹马相过日""小则小寸心怜惜"即"十年幼小娇相护"，"放学归来犹未晚，向红楼存问春消息"即"不须燕子引人行，画堂得到重重户"，"今日重逢深院里，一种温存犹昔，添多少，周旋形迹"即"分明一见怕销魂"。可知二词实写同一位恋人。

有人以为"中表姻亲"指郑板桥的舅舅之女，并引《板桥自叙》："板桥外王父汪氏，名翊文，奇才博学，隐居不仕。生女一人，端严聪慧特绝，即板桥之母也。板桥文学性分，得外家气居多。"认为"王一姐"为"汪一姐"之误，"不知是刊刻之误还是作者故弄狡狯"（曲辰《从四首词看郑板桥的初恋》，《书林》1982 年第 4 期）。

我认为，指"王"为"汪"误是没有根据的。中表，指同姑母、舅父、姨母的子女之间的亲戚关系。"王一姐"不一定指汪姓舅父之女。郑板桥的姑表、姨表中很可能有王姓表姊妹。她的丽影常常浮现在中年后的板桥的记忆中：

盈盈十五人儿小，惯是将人恼。撩他花下去围棋，故意推他劲敌让他欺。

而今春去花枝老，别馆斜阳早。还将旧态作娇痴，也要数番怜惜忆当时。

（《虞美人·无题》）

作者看到零落的花枝，想到从前在花下与恋人的游戏，发出不堪回首的嘘唏。总之，"东风恶，欢情薄"，纯真的爱情在封建社会里是最容易遭到摧残的。这些寄寓着无限切肤之痛的词作，记录了郑板桥初恋的秘史，也反映了封建礼教的罪恶。

二、徐夫人

落日无言秋屋冷，花枝有恨晓莺痴。

——《客扬州不得之西村之作》

康熙五十四年（1715），郑板桥终于和徐氏结了婚，这年他二十三岁。从这一年到雍正九年（1731）徐夫人卒，是郑板桥一生极不得意的时期，即《板桥自叙》中说的"初极贫"的时期。他先是设塾真州江村教书，后又到处浪游；卖点字画，也是"卖与东风不合时"，生意萧条；常常是"爨下荒凉告绝薪，门前剥啄来催债"（《七歌》之一）。应该说，徐夫人是与他患难与共的。他们生有二女一子，可惜的是其子犉儿不幸早岁夭亡。

有人认为板桥不爱徐夫人。（见前引曲辰文）我以为板桥对徐夫人的感情是很深的。他在诗词中虽没有描述徐夫人的容止，但常常在描绘全家穷困生活的同时，不经意地向人们洞开一窗，展示了"贫贱夫妻"的情谊。他有首《贫士》诗云：

……归来对妻子，局促无仪威。谁知相慰藉，脱簪典旧衣。入厨燃破釜，烟光凝朝晖。盘中宿果饼，分饷诸儿饥。待我富贵来，鬓发短且稀。莫以新花枝，诮此蘼芜非！

其中情事在他三十岁所作《七歌》中屡有反映。例如：

千里还家到反怯，入门忸怩妻无言。（其五）

我生二女复一儿，寒无絮络饥无糜。……清晨那得饼饵持，诱以贪眠罢早起。（其六）

因此，《贫士》诗完全可以看作郑板桥的自叙，它描述了郑板桥与徐夫人艰难与共、真挚情深的婚后生活。另一首诗《闲居》则反映了与徐夫人的日常生活情趣："荆妻拭砚磨新墨，弱女持笺索楷书。"在《哭犉儿五首》中，郑板桥对自己与徐氏爱情结晶的夭折，表示了深沉的哀痛："啼号莫倚娇怜态，逻刹非而父母来。"深厚的父爱是与对妻子的感情有内在联系的，这也从侧面反映了他对妻子的爱情。总之，郑板桥与徐夫人的婚后生活是既和谐，又辛酸的。

正由于他们患难同心，所以对于徐夫人之殁，郑板桥颇感凄伤。雍正九年（1731），也就是徐氏病殁那年，他作有《客扬州不得之西村之作》：

自别青山负凤期，偶来相近辄相思。

河桥尚欠年时酒，店壁还留醉后诗。

落日无言秋屋冷，花枝有恨晓莺痴。

野人话我平生事，手种垂杨十丈丝。

有人认为此诗是怀人之作，并怀疑郑板桥在西村有艳遇（陈东原《郑板桥评传》）。我以为实在是冤枉。此诗前四句抒写了对西村的怀念，五、六两句写目前处境：惨淡的落日默默无言，屋宇显得格外凄冷；花枝似乎蕴含着怨恨，传来的莺啼又仿佛带着一片痴情。景物依然，令人有人去楼空之感。联系写作背景，这种描写突出了郑板桥悼亡后悲痛凄婉、空虚落寞的心情。此外，如次年游杭州，作《韬光庵》诗，有"我已无家不愿归"之句；中举人后作《得南闱捷音》，有"无人对镜懒窥帏"之句，也都从不同角度表达了郑板桥对徐夫人的悼念。

雍正九年徐夫人殁后，郑板桥娶了位继室郭夫人。不过，看来他对郭氏很淡漠，除了《潍县署中寄舍弟墨》第二书、第三书提及外，诗词文中均无表示。

三、饶五娘

梅花老去杏花匀，夜夜胭脂怯冷。

——《扬州杂记》，载《西江月》

乾隆二年（1737），即徐夫人殁后六年，郑板桥娶饶氏。时郑板桥已四十五岁，饶氏十九岁。关于这一段姻缘，文集、年谱及野史杂记均未载及，致使《郑板桥集》中不少诗词出现疑点。1983 年第 2 期《文物天地》上揭载上海博物馆藏《郑板桥扬州杂记卷》，提供了这一姻缘的原委。现在，我们先介绍这一文献，再参证以板桥诗词，弄清郑、饶结合的概况。

《扬州杂记卷》，纸本，纵 18.1 厘米，横 158.3 厘米，钤有"板桥""郑""燮"等印及褚德彝收藏印。据考证，此件是郑板桥真迹，为郑板桥于乾隆十二年（1747）丁卯在济南锁院所作。记述他在扬州的杂事共四则，事件互不相涉。关于郑、饶的风流韵事的一段文字跌宕生动，旖旎动人，兹全录于下：

扬州二月，花时也。板桥居士晨起，由傍花村过虹桥，直抵雷塘，问玉勾斜遗迹，去城盖十里许矣。树木丛茂，居民渐少，遥望文杏一株，在围墙竹树之间。叩门迳入，徘徊花下。有一老媪，捧茶一瓯，延茅亭小坐。其壁间所贴，即板桥词也。问曰："识此人乎？"答曰："闻其名，不识其人。"告曰："板桥即我也。"媪大喜，走相呼曰："女儿子起来，女儿子起来，郑板桥先生在此也。"是刻已日上三竿矣，腹馁甚，媪具食。食罢，其女艳妆出，再拜而谢曰："久闻公名，读公词，甚爱慕，闻有《道情十首》，能为妾一书乎？"板桥许诺。即取淞江蜜色花笺、湖颖笔、紫端石砚，纤手磨墨，索板桥书。书毕，复题《西江月》一阕赠之，其词曰："微雨晓风初歇，纱窗旭日才温。绣帏香梦半朦腾，窗外鹦哥未醒。蟹眼茶声静悄，虾须帘影轻明。梅花老去杏花匀，夜夜胭脂怯冷。"母女皆笑领词意。问其姓，姓饶。问其年，十七岁矣。有五女，其四皆嫁，惟留此女为养老计，名五姑娘。又曰："闻君失偶，何不纳此女为箕帚妾，亦不恶，且又慕君。"板桥曰："仆寒士，何能得此丽人。"媪曰："不求多金，但足养老妇人者可矣。"板桥许诺曰："今年乙卯，来年丙辰计偕，后年丁巳，若成进士，必后年乃得归，能待我乎?"媪与女皆曰"能"，即以所赠词为订。明年，板桥成进士，留京师。饶氏益贫，花钿服饰拆卖略尽，宅边有小园五亩亦售人。有富贾者，发七百金欲购五姑娘为妾，其母几动。女曰："已与郑公约，背之不义，七百两亦有了时耳。不过一年，彼必归，请待之。"江西蓼洲人程羽宸，过真州江上茶肆，见一对联云：山光扑面因朝雨，江水回头为晚潮。傍写"板桥郑燮题"。甚惊异，问何人。茶肆主人曰："但至扬州问人，便知一切。"羽宸至扬州，问板桥在京，且知饶氏事，即以五百金为板桥聘资授饶氏。明年，板桥归，复以五百金为板桥纳妇之费。常从板桥游，索书画，板桥略不可意，不敢硬索也。羽宸年六十余，颇貌板桥，兄事之……

这段文字记叙了雍正十三年（1735），郑板桥在扬州卖画，虽处穷困落拓之境，但不乏访古寻幽之兴。玉勾斜，在扬州城西北十五里的雷塘附近，是历史上著名的荒淫君主隋炀帝和许多宫女的葬地，又名宫人斜。历来诗人墨客，多有凭吊之作。郑板桥的《广陵曲》云："隋皇只爱江都死，袁娘泪断红珠子。玉勾斜土化为烟，散入东风艳桃李。楼上摘星攀夜天，斗珠灼灼齐人肩。雷塘水光四更白，月痕斜出吴山尖。晓阁凉云笛声瘦，碎鼓点花撒秋豆。长夜欢娱日出眠，扬州自古无清昼。"就是记述到玉勾斜吊古撼怀。不料在这个恬静的乡村，竟得遇一位惜才钟情的少女，两情相谐，订下终身。后来虽遭波折，但饶忠贞不贰，又得义士相助，才子佳人终成眷属。这段遇合极具传奇色彩，郑板桥自述更是东风得意，精彩非常。

从上文知，郑、饶的结合，虽年龄悬殊，但双方互敬互慕，是情投意合的。验之诗文，亦不乏佐证。

郑板桥四十四岁中进士，景况渐渐好转，而又喜获娇娥，所以他常常带着适意的心情描写他们的爱情生活。如：

楼上佳人架上书，烛光微冷月来初。

偷开绣帐看云鬟，擘断牙签拂蠹鱼。（《怀扬州旧居》）

小妇窃窥廊，红裙扬疏篱。

黄精煨正熟，长跪奉进之。（《赠梁魏金国手》）

小妇便为客，红袖对金樽。（《雨中》）

闺中少妇，好乐无猜。（《止足》）

无疑，诗中的"小妇""少妇"都是指饶五娘。在一首题为《细君》的诗中，郑板桥还以轻灵的笔触，描绘了饶氏楚楚动人的肖像：

为折桃花屋角枝，红裙飘惹绿杨丝。

无端又坐青莎上，远远张机捕雀儿。

对于天真俏皮、活泼艳丽的少妇风情，郑板桥是十分欣赏的。

乾隆九年（1744），饶氏生下一子。《潍县署中与舍弟墨第二书》云："余五十二岁始得一子，岂有不爱之理？"又云，"可将此书读与郭嫂、饶嫂听，使二妇人知爱子之道在此不在彼也。"《潍县寄舍弟墨第三书》云："又有五言绝句四道，小儿顺口好读，令吾儿且读且唱，月下坐门槛上，唱与二太太、两母亲、叔叔、婶娘听，便好骗果子吃也。"上引家书中的"吾儿"即指饶氏所生的儿子。郭氏置于饶氏之上，是因为郭是郑板桥续弦的正室夫人，而饶是如夫人。"二太太"可能分别是郭、饶之母。

《扬州杂记卷》的发现，是很有价值的。它不仅提供了郑、饶美满姻缘的原委，而且对程羽宸其人其事亦有交代。郑板桥集中《题程羽宸黄山诗卷》《怀程羽宸》等诗对程感激涕零，这种关系也在《扬州杂记卷》中找到了根据。

四、与娼女等下层女子的酬酢

遥怜新月黄昏后，团扇佳人正倚楼。

——《追忆莫愁湖纳凉》

旧时代的文人士子常常在宴席上与一些歌儿舞女檀板丝弦，酬酢过从，在放浪形骸的掩饰下，满足醉生梦死的淫欲，或排遣颓唐消沉的情绪。这是所谓"时尚"。当然，郑板桥也未能免俗。更何况扬州自古是声色繁华之地，诚如他在

《沁园春·西湖夜月有怀扬州旧游》中说的："十年梦破江都，奈梦里繁华费扫除。更红楼夜宴，千条绛蜡；彩船春泛，四座名姝。"郑板桥在扬州居住前后十几年，在烟花巷陌中他是不乏知心的。从现存资料看，郑板桥在扬州、燕京和海陵都有出身下层的情人，和一些风尘女子结为"尊前知己"。当然，《郑板桥集》中既有蔑视封建礼法和恪守爱情坚贞之诗，也不无某些耽吟香艳、风流自赏之作。如《满庭芳·赠歌儿》《贺新郎·有赠》等词作均属后者。兹录《柳梢青·有赠》于下，以见一斑：

> 韵远情亲，眉梢有话，舌底生春。把酒相偎，劝还复劝，温又重温。　　柳条江上鲜新，有何限莺儿唤人。莺自多情，燕还多态，我只卿卿。

看来，郑板桥与这个女子，已达到圆满结合的境地，我们在这里不想对郑板桥的风流恋妓多加考叙，也不拟对这种"时尚"多加批判。我们认为，值得指出的是，郑板桥不仅用赞美的笔触描写那些风尘女子的美貌，同时还以充满同情的笔触反映她们的哀愁，对她们飘零的命运表示不平。《雍正十年杭州韬光庵中寄舍弟墨》云："谁非黄帝尧舜之子孙，而至于今日，其不幸而为臧获，为婢妾，为舆台、皂隶，窘穷迫逼，无可奈何。非其数十代以前，即自臧获、婢妾、舆台、皂隶来也。"他认为，身份低贱的人，不是血统低贱，他们也应有"黄帝尧舜之子孙"的权利。基于这种思想，他对下层女子深表同情，如《玉女摇仙佩·有所感》云：

> 绿杨深巷，人倚朱门，不是寻常模样。旋浣春衫，薄梳云鬟，韵致十分娟朗。向芳邻潜访，说自小青衣，人家厮养。又没个怜香惜媚，落在煮鹤烧琴魔障。顿惹起闲愁，代他出脱千思万想。　　究竟人谋空费，天意从来，不许名花擅长。屈指千秋，青袍红粉，多少飘零肮脏。且休论已往，试看予十载醋瓶齑盎。凭寄语，雪中兰蕙，春将不远，人间留得娇无恙，明珠未必终尘壤。

他从处于沉沦困境的青衣小婢女，想到自己遭受的不平，并屈指千秋，推想到"多少"才人的"飘零肮脏"，从而产生了一种平生知己的深切共鸣之感，并发出了"春将不远"的安慰之语。

正由于这样，所以有些下层女子不仅爱郑板桥，而且能够有助于他的事业。

风尘女子在《郑板桥集》中唯一的留名者是"招哥"。按《寄招哥》云：

十五娉婷娇可怜，怜渠尚少四三年。宦囊萧瑟音书薄，略寄招哥买粉钱。

《刘柳村册子》云："《道情十首》作于雍正七年，改削十四年，而后梓而问世。传至京师，幼女招哥首唱之，老僧起林又唱之，诸贵亦颇传颂，与词刻并行。"由此看来，招哥是推广郑板桥作品的"首唱"之功臣了。所以，我们认为，对郑板桥与娼女等下层女子的酬酢交往，不可一概视为狎邪艳情，而应该深入探究，得出公允的结论。

第六章　雍正举人乾隆进士

一、一枝桂影功名小

忽漫泥金入破篱，举家欢乐又增悲。

——《得南闱捷音》

《刘柳村册子》云："板桥最穷最苦，貌又寝陋，故长不合于时；然发愤自雄，不与人争而自以心竞。"为了在困顿中燃起希望之火，在汪芳藻的资助下，雍正十年（1732）壬子秋，郑板桥到南京参加乡试。据《明史·选举志二》，顺天（北京）乡试称北闱，江南（南京）乡试称南闱。清时沿用。南京正是南闱，即清时江南科考举人之地。这是郑板桥第一次南京之行，除了参加科举考试外，他还畅游了南京的名胜古迹。

南京，战国楚置金陵邑，秦称秣陵，三国吴称建业，晋称建康，明称南京，清改为江宁府，不过人们习惯上仍称为南京。据说蜀汉诸葛亮观察南京形胜，长叹道："钟山龙蟠，石头虎踞，此帝王之宅！"三国吴，东晋、宋、齐、梁、陈，五代南唐、明初均建都于此。这些历史陈迹，当然加深了郑板桥的兴亡之感。他写了《念奴娇·金陵怀古词十二首》《满江红·金陵怀古》《种菜歌》等诗词，吊古伤今，评议历史人物的得失，寄托了自己的思想感情。

这正是清统治者独裁统治最黑暗的时代。雍正七年（1729）五月，以吕留良作品富于民族意识，曾静受吕留良著作影响而游说陕督岳钟琪起义，事败而兴狱。清廷剉吕留良尸，尽诛其族。同年，广西举人陆生楠以注经主封建、立储君、论兵法、论炀帝而获罪正法。同年，雍正帝刊布《大义觉迷录》。雍正八年（1730）十月，庶吉士徐骏以诗文获罪处斩。这些事件，使在清廷怀柔政策下逐渐平复了心灵创伤的汉人，又都不寒而栗起来。历史上，南宋遗民怀宋厌元的心情，在清初的士大夫阶层得到了极大的共鸣。郑板桥崇敬南宋遗民画家郑所南。郑所南笔下的露根兰花，只有根，没有土，一种国土沦亡的愤慨形诸笔墨。郑板桥理解这种心情，他认为"兰竹之妙，始于所南翁"。他也姓郑，于是刻了方印章"所南翁后"，以郑的后人自许。应该说，他在南京的怀古诗词，正是曲折地表示了对明朝沦亡的惋惜。

在南京，他凭吊过孝陵，凭吊过方孝孺与御史大夫景清的祠堂，也凭吊过福王宫。《念奴娇·金陵怀古词十二首》中的《宏光》云：

宏光建国，是金莲玉树，后来狂客。草木山川何限痛，只解征歌选色。燕子衔笺，春灯说谜，夜短嫌天窄。海云分付，五更拦住红日。　更兼马、阮当朝，高、刘作镇，犬豕包巾帻。卖尽江山犹恨少，只得东南半壁。国事兴亡，人家成败，运数谁逃得！太平隆、万，此曹久已生出。

"宏光"即"弘光"，是明末福王朱由崧的年号。福王的父亲朱常洵是明神宗的第三子，神宗很爱他。有人说神宗"耗天下之财以肥之"。李自成攻破洛阳，杀朱常洵，其子由崧逃。崇祯十六年（1643）袭福王位。崇祯亡，马士英、阮大铖等拥立福王于南京，号弘光。当时大臣张慎言、吕大器等说："福王由崧，神宗孙也，伦序当立；而有七不可：贪、淫、酗酒、不孝、虐下、不读书、干预有司也。"后来事实证明，福王果然是个昏君。清顺治二年（1645）五月，清军攻破南京，福王政权覆灭。"国事兴亡，人家成败，运数谁逃得！"郑板桥追咏弘光，感慨是很多的。

如果说这首词鞭挞了马、阮等人的卖国罪行，隐约对明亡表示了悼念之情，那么《种菜歌》和《后种菜歌》则在歌颂明末忠臣的骨气和节操中，明确表示了自己的景仰。常延龄是明开国勋臣常遇春十三世孙，曾参与南明抗清斗争，因弹劾马士英、阮大铖而被解职。明亡后在南京种菜，隐居不仕。郑板桥叙述了常延龄"时供麦饭孝陵前，一声长哭松楸倒"的孤忠后，直抒胸臆：

> 人心不死古今然，欲往金陵问菜田。
>
> 招魂何处孤臣墓，万里春风哭杜鹃。

悼亡明，赞孤臣，怀古伤时之情跃然纸上，显然，"欲往""问""招魂""哭"的主语都是作者自己，这样的笔触是很大胆的。

此外，板桥还作有《白门杨柳花》《长干女儿》《长干里》等诗歌，记叙了南京的风土人情。

考试的结果，板桥终于取得了举人资格，他写了《得南闱捷音》，记录了当时那种悲喜交集的心情：

> 忽漫泥金入破篱，举家欢乐又增悲。
>
> 一枝桂影功名小，十载征途发达迟。
>
> 何处宁亲唯哭墓，无人对镜懒窥帷。
>
> 他年纵有毛公檄，捧入华堂却慰谁？

这一份迟来的功名，虽然因父母妻子都不能共享欢乐而颇觉凄然，但毕竟给他在困顿中带来了一点希望。

此行，郑板桥还顺便游览了杭州。任乃赓先生的《郑板桥年表》把它系在试前。王锡荣先生的《郑板桥交游行踪漫考》辨正为试后。王认为："第一，清代秋闱一般在八月初九日开考，十一日考第二场，十五日考第三场；而板桥游杭时间从所作诗词看，似乎在八月半之后（如《西湖夜月有怀扬州旧游》有'飞镜悬空，万叠秋山，一片晴湖'之句）。第二，在临近考试之前，到数百里外做匝月游，除时间不允许，也不会产生那种兴致。第三，诗人《雍正十年杭州韬光庵中寄舍弟墨》有'愚兄为秀才时'之语，当为已经考中举人的口吻。所以我确信，板桥在杭时已经知道自己考中举人，故其时为秋试之后决无可疑。（乡试九月放榜，板桥可能在杭州闻报。）"我认为言之有理，故从王说。

郑板桥此次游杭，住处是北山的韬光庵。从灵隐山云林寺左首的罗汉城西行，攀登着曲曲折折的石磴，就来到了韬光庵所在地、风景如画的巢枸坞。相传唐代高僧韬光在此结庵说法。韬光庵东端有金莲池，为韬光引水种金莲之处。庵内的老僧松岳道行很高，已经有十年没有出山了，对郑板桥招待得很周到。郑板桥画了好些画送给他。

俗话说："庐山烟雨浙江潮。"钱塘江潮确是大自然的奇异景象。宋代词人周密说："浙江之潮，天下之伟观也。……方其远出海门，仅如银线；既而渐近，则玉城雪岭，际天而来。"那滚滚的浪潮，传说是春秋时名将伍子胥和文种的英灵，驱使着海族兴波犯岸，以舒泄他们屈死的悲愤。当然，杭州之行最令郑板桥激动的是观潮。根据现有诗文的考察，他似乎有两种矛盾着的观感。

一种是远望江潮所产生的消极出世思想。韬光庵顶上的石楼方丈，是看日出和观江潮的好地方，亭柱上有唐代宋之问（一说骆宾王）的"楼观沧海日，门对浙江潮"诗联。郑板桥在观海亭中饮茶远眺，他看到"钱塘雪浪打西湖，只隔杭州一条线"。脚下远处隐隐约约地传来涛声和喧闹声，是闹哄哄的人世。身边却一片寂静。海岳和尚又"饮我食我复导我，茅屋数间山侧左；分屋而居分地耕，夜灯共此琉璃火"。于是，在诵经声中，在神秘的香烟和幽微的琉璃灯火中，郑板桥追忆自己逝去的父母、妻子、儿子的音容，觉得一切都是空的，发出了"我已无家不愿归，请来了此前生果"的喟叹。（上两处诗均见《韬光庵》）

另一种是近观江潮所产生的积极入世的激情。的确，钱塘江潮的雄姿和巨吼，弄潮儿矫健的身手，给人带来的是气势磅礴、雄心万丈的豪情，对此，郑板桥写了《观潮行》《弄潮曲》等壮丽诗篇，《观潮行》想象丰富，意境开阔。从潮涨潮落、云起云飞的壮观中联想到自己一生的艰难郁塞，字里行间回荡着一种不平的豪气。《弄潮曲》则再现了钱塘少年弄潮时惊心动魄的场面。按周密《武林旧事》云："吴儿善泅者数百，皆披发文身，手持十幅大彩旗，争先鼓勇，溯迎而上，出没于鲸波万仞中，腾身百变，而旗尾略不沾湿，以此夸能。"郑板桥此诗一波三折，有声有色：

钱塘小儿学弄潮，硬篙长楫捺复捎。

舵楼一人如铸铁，死灰面色晴不摇。

潮头如山挺船入，樯橹掀翻船竖立。

忽然灭没无影踪，缓缓浮波众船集。

潮平浪滑逐沙鸥，歌笑山青水碧流。

世人历险应如此，忍耐平夷在后头。

开头四句写篙手和舵手一动一静的两种姿态，接下去写弄潮的惊险场面，"忽然"句一抑，然后笔锋一转，写弄潮的胜利。郑板桥可能从惊涛骇浪中想到了人生的坎坷和险恶，从"忍耐平夷在后头"想到了自己战胜困难而搏来的科举胜利。全诗歌颂了坚忍的战斗精神，具有强烈的感染力。

郑板桥杭州之行，还游览了"淡妆浓抹总相宜"的西子湖，写了《沁园春·西湖夜月有怀扬州旧游》等诗词。

二、读书焦山

抱书送尔入山去，双峰觅我题诗处。

——《送友人焦山读书》

雍正十一年（1733）秋，郑板桥客居海陵。这一年，他的叔父省庵先生去世了。

按照清朝的规定，乡、会试均为三年一次，会试在乡试的第二年举行。板桥于雍正十年（1732）壬子考中举人，翌年逢癸丑会试，而他没有应试，可能就是时值"居忧"。古代的礼节规定，父母死了，儿子要为之守丧，不治外事，叫"居忧"。因为郑板桥父亲早病故了，只有这个叔叔，而且"有叔有叔偏爱侄，护短论长潜覆匿"，省庵先生平日待郑板桥很好，所以郑板桥为之执"居忧"之礼。

关于板桥客居海陵的目的，我认为还是卖画。因为既决定不参加癸丑会试而参加丙辰会试，则温习功课尚非眉睫之急，而当前的生计倒需要着力操持。海陵即泰州，又称吴陵，在扬州东约百里。《泰州志》（道光刊本）云："泰州，春秋时吴地，汉置海陵县。唐武德三年置吴州，更县曰吴陵。七年州废。县复曰海陵，属邗州。"这座古城风景优美，有小西湖等游览名胜。按郑板桥《词钞》中有《贺新郎·有赠》，写"旧作吴陵客"，在"雨洗梨花风欲软，已逗蝶蜂消息，却又被春寒微勒"的时候，在海陵的一段情事。那段情事已不可考，但从节序上可以肯定，那次不是雍正十一年秋的客居。雍正十一年秋客居之前或者之后，郑板桥还曾客居过海陵。

雍正十一年客居海陵，郑板桥寄宿在弥陀庵。按《泰州志·寺观》："弥陀庵……在南山寺东南。兴化郑燮有诗。"住持弥陀庵的梅鉴上人酷爱诗文，他穿一身破旧僧衣，天寒霜逼也懒得补缀，却只一个劲地要郑板桥题诗写字。这种闲散的气质与郑板桥很相契。唯其如此，郑板桥为他写了两首诗。其中之一《别梅鉴上人》云：

> 海陵南郭居人少，古树斜阳破佛楼。
>
> 一径晚烟篱菊瘦，几家黄叶豆棚秋。
>
> 云山有约怜狂客，钟鼓无情老比丘。
>
> 回首旧房留宿处，暗窗寒纸飒飕飕。

这首诗与一般留别诗不同，毫无伤感的情调，也不显得缠绵浓郁，具有一种闲淡平静的美，这当然是主客双方思想情绪的反映。

既然决定要走科举的路，就必须定下心来，集中精力读书。于是，在雍正十三年，郑板桥四十三岁时，读书于镇江焦山，准备迎接丙辰的朝廷会试。这也是他进入中年后的第二次专心读书时期。上一次是七年前在兴化天宁寺。

镇江在历史上是有名的江南古城，有"天下第一江山"之誉。南宋词人陈亮词云"一水横陈，连岗三面，做出争雄势"，可作为镇江地形的鸟瞰。最著名的风景区是沿江夹峙的三山——北固山、金山、焦山。金山以绮丽称世，北固山以险峻擅名，而焦山则以雄秀见长。

焦山位于镇江东北的大江中，山高七十多米。古代山上十分荒凉，只有砍柴人才到这里，故称樵山。东汉末年焦光三次拒召为官，隐居在此，世遂改称焦山。焦山面对象山，背负大江，竹木繁茂，树木葱茏，宛如碧玉浮江，故又名浮玉山。山路旁的悬崖上有宋代石刻"浮玉"两个大字。山上有定慧寺。寺始建于东汉兴平年间，唐时玄奘法师弟子法宝寂来山创建大雄宝殿，宋代改称普济禅院，清康熙四十二年（1703）始称定慧寺。站在寺前可以看到惊涛拍岸，听到潮声潮湃。自古以来，流传着"金山寺里山，焦山山里寺"的民谚，就是讲金山小巧，焦山雄浑。当然，形容最妙的是后来乾隆皇帝所作《游焦山歌》："金山似谢安，丝管春风醉华屋。焦山似羲之，偃卧东床袒其腹。此难为弟彼难兄，元方季方各腾声。若以本色论山水，我意在此不在彼。"

郑板桥也是意在焦山。他从象山搭舟，来到这座四面环水的孤山上，寄宿在焦山双峰之阴的别庵。庵内除佛殿和小客堂外，还有花树一庭，小斋三间，环境幽雅，别有一番情趣。郑板桥曾写了一副楹联："山光扑面经新雨，江水回头欲晚潮。"抬头望，经过一阵新雨泼洗，焦山苍翠欲滴，秀色夺目；俯首看，江水一反常态地由东向西，说明晚潮即将到来。这副楹联贴切地描摹了造化的绮丽和壮观。

这次学习，内容十分广泛，可谓经、史、子、集通观博览，但重点仍是研读四书五经，练习作八股文，为丙辰的会试做准备。这时的郑板桥已沉浸到作八股文的乐趣之中，这只要引录一下他在学习间暇远足仪真时给郑墨的信即可见一斑：

……先朝董思白，我朝韩慕庐，皆以鲜秀之笔，作为制艺，取重当时。思翁犹是庆历规模，慕庐则一扫从前，横斜疏放，愈不整齐，愈觉妍妙。二公并以大宗伯归老于家，享江山儿女之乐。方百川、灵皋两先生出慕庐门下，学其文而精思刻酷过之；然一片怨词，满纸凄调。百川早世，灵皋晚达，其崎岖屯难亦至矣，皆其文之所必致也。吾弟为文，须想春江之妙境，挹先辈之美词，令人悦心娱目，自尔利科名，厚福泽……（《仪真县江村茶社寄舍弟》）

信中的董思白、韩慕庐、方百川、方灵皋都是明、清的八股名家。在焦山，郑板桥给郑墨写了好几封信，除谈学习制艺的心得外，还教导郑墨治学要有重点，要精读一部分书。如《焦山别峰庵雨中无事书寄舍弟墨》云："吾弟读书，'四书'之上有'六经'，'六经'之下有左、史、庄、骚、贾、董策略、诸葛表章、韩文、杜诗而已。只此数书，终身读不尽，终身受用不尽。"无疑，这是很有见地的。

《题自然庵画竹》云："静室焦山十五家，家家有竹有篱笆。画来出纸飞腾上，欲向天边扫暮霞。"焦山读书期间，郑板桥也没有放弃对书画的钻研。他深深地爱上了满山修竹，在他眼中，这些修竹也像苦读中的自己一样，有一番凌云的抱负。焦山西侧沿江一带，全为峭岩陡壁，其间有宋、元、明历代游客的题名、题诗刻石。从字体来看，有正、草、隶、篆各种书法，琳琅满目，美不胜收，因此焦山又有"书法之山"的美誉。郑板桥整个地陶醉在焦山这座硕大的书法陈列馆之中了。宋代爱国诗人陆游踏雪观《瘗鹤铭》的石刻，使郑板桥赏玩不已。全文为："陆务观、何德器、张玉仲、韩无咎隆兴甲申闰月二十九日，踏雪观《瘗鹤铭》。置酒上方，烽火未息，望风樯战舰在烟霭间，慨然尽醉。薄晚，泛舟自甘露寺以归。明年二月壬午，圜禅师刻之石，务观书。"忠愤之气，萧然之致，千古不灭。至于《瘗鹤铭》则更使郑板桥如醉如痴，为之颠倒思量了。

《瘗鹤铭》确是稀世国宝。相传东晋大书法家王羲之平生极爱养鹤。有一年，他到焦山游览，看到山上有一对白鹤，长得十分可爱。数年以后，他再游焦山时，发现这对白鹤已经死了，心里十分悲伤，于是挥笔写下了这篇《瘗鹤铭》表示悼念。《瘗鹤铭》原刻在焦山西麓岩石上，后因岩石崩裂，坠入江中，清康熙五十二年（1713）镇江知府陈鹏年邀人从江中捞出此碑刻的残石五块，仅有八十一个完整的大字，十一个残缺字，但仍可见字体潇洒苍劲，别具一格。在书法发展史上，《瘗鹤铭》是隶书发展成楷书这一演变过程中的著名石刻之一。郑板桥在《署中示舍弟墨》诗中说自己"字学汉魏，崔蔡钟繇。古碑断碣，刻意搜求"。他的"六分半书"隶、楷结合，肯定从《瘗鹤铭》中得到了启示，汲取了营养。后人也曾指出，郑板桥"书法《瘗鹤铭》而兼黄鲁直，合其意为分书"。（李玉棻《瓯钵罗室书画过目考》卷三）

镇江地区多山，西南诸峰，林壑尤美。其中招隐山被宋代著名书画家米芾称为"城市山林"。郑板桥常来这里游玩，写有《满江红·招隐寺》纪游。上片云："转过山头，隐隐见松林一片。其中有佛楼斜角，红墙半闪。雨后寻芳沙径软，道傍小饮村醪贱。听石泉幽涧响琮琤，清而浅。"明白如话而又形象地将旅途所见描摹了出来。

在郑板桥看来，招隐山不仅外形美，而且有内涵美。招隐山原名兽窟山，晋宋之交戴颙隐居于此，故名招隐山。戴颙对诗、画、雕塑、音乐都有很高造诣，但不愿为官。每当春夏之际，他带着酒和柑子，独自坐在绿荫下，倾听黄鹂歌唱，创作出很多婉转清脆的乐曲。所谓"双柑斗酒听黄鹂"即指此。无疑，戴颙的狂放性格和诗、书、画全才，是很能使板桥倾慕的。山上还有梁昭明太子萧统的读书台。离山不远还有米芾墓。米芾是宋代四大书法家之一，他以招隐山一带为题材的山水画颇负盛名。郑板桥对米公亦很神往，他曾在《燕京杂诗》中写道："但愿清秋长夏日，江湖常放米家船。"一寄千古渴慕之情。

江村与焦山隔水相望，那儿是郑板桥曾经教馆的地方。郑板桥自离开江村后，劳碌奔波，无缘再去，但他时常回忆那里的朋友和淳朴的生活，也常和旧日的学生书信往来，《客扬州不得之西村之作》一类诗词就表达了他对江村的思恋。在这次焦山住读期间，在学生许既白的邀请下，郑板桥重游了江村。他们坐在茶社的水阁上，烹龙凤茶，烧夹剪香，听友人吹《落梅花》的笛曲。郑板桥写有《再到西村》，慨叹"送花邻女看都嫁，卖酒村翁兴不违"，依依不舍地祈求"好待秋风禾稼熟，更修老屋补斜晖"。

三、乾隆进士

牡丹富贵号花王，芍药调和宰相祥。我亦终葵称进士，相随丹桂状元郎。

——《秋葵石笋图》

乾隆元年（1736），郑板桥第二次进京，参加丙辰会试。经过殿试，结果考中了二甲第八十八名进士。（《清朝历科题名碑录》初集）康熙秀才、雍正举人、乾隆进士，历经二十多年的岁月，历经了多少人生的磨难，才成就了这样的"正果"。郑板桥得意扬扬地画了一幅《秋葵石笋图》，并题诗云：

牡丹富贵号花王，芍药调和宰相祥。

我亦终葵称进士，相随丹桂状元郎。

他四十四岁了，与群芳争艳的青春时代已经逝去了，但终葵在秋天不也随着丹桂一起扬吐芳香吗？

考取进士后，郑板桥在北京耽搁了很久。因为清时翰林院设庶常馆，选新进士之优于文学书法者入馆学习，称为翰林院庶吉士。三年后（亦有提前者），举行考试，成绩优良者分别授以翰林院编修、检讨等官，其余分发各部任主事等职，或以知县优先委用。郑板桥要参加庶吉士的选拔，还有一些礼节性的参谒、拜会等活动，要花费很多时间。这时候，郑板桥出仕的欲望达到了顶点。后来，他在《潍县署中寄舍弟墨》中透露："余本书生，初志望得一京官，聊为祖父争气，不料得此外任。""初"，就是指的这个时候。

前次到北京，没有一个明确的目的。既是为了争取当权者的游扬，也是为了卖画，还是为了游览。这次考中进士后，盘桓京师的唯一目的就是求官了。然而，郑板桥丑陋的面容、狂傲的性格和横溢惊座的才气，都是进入仕途的大忌。于是，他想学习韩愈进行"干谒"。《读昌黎上宰相书因呈执政》即云："常怪昌黎命世雄，功名之际太匆匆。也应不肯他途进，惟有修书谒相公。"

所谓"干谒"，就是向权要献上诗文，请求延誉，争取尽早做官。干谒之风，唐代盛行。李白、杜甫、韩愈等大文豪都未能免俗。程千帆先生《唐代进士行卷与文学》有精辟考述。只就郑板桥要效仿的韩愈说，《旧唐书》本传记载他"举进士，投文于公卿间。故相郑余庆颇为之延誉，由是知名于世"。《昌黎先生集》中也保存了好几篇献文时写的书信，而且这些书信都只载有献文的篇数，而没有写明其题目，以致后人无法确知韩集中哪些文章曾经进献过权要，成为文学史上的"终古之谜"。

必须指出的是，郑板桥的干谒，并不是屈志辱节地求官，而是基于"大丈夫不能立功天地，字养生民，而以区区笔墨供人玩好，非俗事而何"（《潍县署中与舍弟第五书》）的思想，企图"得志则泽加于民"，一展抱负。郑板桥所崇拜的韩愈就说过："故士之行道者，不得于朝，则山林而已矣。山林者，士之所独善自养，而不忧天下者之所能安也。如有忧天下之心，则不能矣。"这也是封建社会正直的知识分子入世的一般思想，是封建时代知识分子充满了内心矛盾、痛苦的悲剧。

现在能见到的郑板桥的干谒诗是《呈长者》两首：

御沟杨柳万千丝，雨过烟浓嫩日迟。

拟折一枝犹未折，骂人春燕太娇痴。

桃花嫩汁捣来鲜，染得幽闺小样笺。

欲寄情人羞自嫁，把诗烧入博山烟。

其羞于自荐而又不得不自荐的心情溢于言表。但是，由于雍正帝刚死，乾隆新立，朝廷党派之争相当激烈，郑板桥毫无政治背景，当然他的干谒活动不会取得积极的效果。他终于在一年后"惭予引对又空还"（《送都转运卢公》），怏怏地回到了家乡。

郑板桥在北京滞留一年左右，除中式和干谒外，其交游踪迹亦应简单叙述一下。

首先，访无方上人于瓮山。无方是十年前在庐山与郑板桥初识的，乾隆元年（1736）时已在瓮山住锡。据清吴长元《宸垣识略》云："瓮山在京城西三十里玉泉之东……乾隆十六年赐名万寿山。"即今之颐和园万寿山。板桥到瓮山与无方叙旧，作有《赠瓮山无方上人二首》，其中一首云：

一见空尘俗，相思已十年。

补衣仍带绽，闲话亦深禅。

烟雨江南梦，荒寒蓟北田。

闲来浇菜圃，日日引山泉。

除无方外，郑板桥还去卧佛寺访青崖和尚，去法海寺访仁公，在两处都作了很多诗、画。按《宸垣识略》云："法海寺、法华寺在万安山，二寺前后互相连属，相传为弘教寺遗址。本朝顺治十七年修建，改今名，有御书联额。"下有按语："法海寺在宛平县西四十里，旧名龙泉寺，明正统中建。"即现在石景山翠微山麓模式口村的法海寺。卧佛寺即西山北部、寿安山南麓的十方普觉寺，殿内供有元至治元年（1321）铸造的铜卧佛一尊，长5米余。郑板桥《寄青崖和尚》"山中卧佛何时起"即指这尊铜佛。

其次，郑板桥在北京期间和书画界中人有些交往。乾隆元年（1736）秋，为了安抚汉族士人的反抗情绪，乾隆帝在保和殿亲试博学鸿词。金农和郑板桥的同乡杭世骏同时被保举进京。结果杭世骏取为一等，授翰林院编修。金农则未应试而返。他本来就不想做官，不过是借此行看望燕京旧友，玩赏、收购燕京书肆的古玩、字画罢了。他们一定和郑板桥在京有些游宴。可惜至今找不到什么文字记载。有记载的是和图牧山的交往。牧山，名清格，满洲人，部郎，善画，学石涛和尚。郑板桥有《赠图牧山》《又赠牧山》诗。其中，《又赠牧山》中云："十日不能下一笔，闭门静坐秋萧瑟。忽然兴至风雨来，笔飞墨走精灵出。"叙述作画从构思到触发灵感，再到画出神韵的过程，非个中人不能道。此外，郑板桥还和国子正侯嘉、中书舍人方趣然、诗人胡天游等交游，有诗作记其事。

四、待宦

莫以梁园留赋客，须教《七月》课豳民。

——《将之范县拜辞紫琼崖主人》

乾隆二年（1737），郑板桥由北京回到了扬州，一直到乾隆六年（1741）第三次入京前，他都是在扬州和兴化度过的。在此以前，郑板桥在扬州的住处经常变更，他曾在大盐商汪边璋园子里住过，在盐商兼藏书家马曰琯家住过，在城北竹林寺和一些寺院中也住过。这次回扬州，新中了进士，他的画名、书名、诗名、狂名再加上科名，可以说是远近闻名了。他就定居在李氏小园。郑板桥《怀扬州旧居》题下注云："即李氏小园，卖花翁汪髯所筑。"按钱祥保《甘泉县续志》卷十三云："勺园在北门外，种花人汪希文宅也。希文吴人，善歌，乾隆初来扬州卖茶枝上村，与李复堂、郑板桥友善；后构是地种花，复堂为题'勺园'额，板桥为书'移花得蝶，买石饶云'联句。有水廊十余处，湖光潋滟，映带几席，为是园最佳处。今绿杨村茶肆迤东，即其故址。"可知李氏小园即扬州城北的勺园。郑板桥处于这样幽美宜人的环境中，又新娶了年轻美丽的饶氏，生活是颇为适意的。后来，他在山东任上写有《怀扬州旧居》：

楼上佳人架上书，烛光微冷月来初。

偷开绣帐看云鬓，擘断牙签拂蠹鱼。

谢傅青山为院落，隋家芳草入园蔬。

思乡怀古兼伤暮，江雨江花尔自如。

表示了自己对勺园生活的眷恋。此外，郑板桥还写有《李氏小园》四首，对小园邻居的贫穷生活，表达了深切的同情。

刚回到扬州，郑板桥就遇到了好友顾万峰，他们一起游览了梅花岭史公祠等名胜，顾万峰写诗赠郑板桥：

……亦有争奇不可解，狂言欲发愁人骇。下笔无令愧六经，立功要使能千载。世上颠连多鲜民，谁其收之唯邑宰。读尔文章天性真，他年可以亲吾民。（《瀚陆诗钞·赠板桥郑大进士》）

在顾万峰眼里，郑板桥那种狂气和才气并没有变，只是由于中了进士，似乎加强了"得志泽加于民"的责任感。的确，考察郑板桥这段时期的交往和诗文，不难发现他更加关心国计民生了。这里举两件事即可说明。

其一，乾隆二年（1737）春夏间，高邮知州傅椿驾舟至兴化访郑板桥，他们"一谈胸吐露，数盏意周旋"，甚为相得。傅椿，号毅斋，满洲镶黄旗人，监生出身。《高邮州志》谓傅从雍正九年（1731）任高邮知州，至乾隆五年（1740）去职，十年任内，廉明勤干。郑板桥写有《赠高邮傅明府并示王君廷》，称颂了傅在乾隆元年（1736）救灾中的卓越贡献，并表明了自己对为官之道的看法："出牧当明世，铭心慕古贤：安人龚渤海，执法况青天……生死同民命，崎岖犯世嫌。"可知他是以"明世""安人""执法"作为做官的准则，并以傅椿这样的贤明官吏作为效法的榜样的。

其二，乾隆三年（1738）江南大旱，郑板桥随安徽布政使晏斯盛的学生拜谒晏，作有《上江南大方伯晏老夫子七律四首》。晏斯盛，字虞际，江西新余人。据《清史稿·列传》，晏是康熙进士，历官翰林院检讨，贵州学政，鸿胪少卿，安徽布政使，山东、湖北巡抚等职，"究心民事，屡陈救济民食诸疏"。大方伯是明清时对布政使的尊称。安徽布政使衙门设江宁，故称江南大方伯。在这四首上给清廷高级官吏的诗中，郑板桥是以积极干预时政的姿态出现的。如第三首结尾云："赤旱于今忧不细，披图何以绘流亡！"按《宋史》载自熙宁六年（1073）七月至熙宁七年（1074）三月大旱不雨，东北流民扶携塞道，羸瘠愁苦，身无完衣。"安上门小吏"郑侠一贯反对新法，于是借此机会，将旱灾归咎于新法，他命画工描绘灾民拴着铁链砍树、颠沛流离的《流民图》，找机会献给了神宗。神宗看后叹息不已，下了责躬诏，废除了方田、保甲、青苗等十八条新法。当然，从今天的观点看来，郑侠是站在大地主阶级的立场攻击进步的新法，然而，郑板桥用这个典故，是提醒晏斯盛，并希望晏能进谏皇帝，不要忘记江南嗷嗷待哺的饥民，表示了郑板桥急于加泽于民的襟怀。这种襟怀是那么急迫，以至第四首全诗向晏畅述了自己匡世救民的热望，"架上缥缃皆旧帙，枕中方略问新猷"，隐约地请求晏为自己吹嘘引荐。末二句云"手把干将浑未试，几回磨淬大江流"，跃跃欲试之情更是溢于言表了。

乾隆六年（1741）九月，郑板桥第三次进京。这次进京可能是奉吏部之召，也可能是自己去进行谋官活动。在北京，他结识了慎郡王，并受到特殊的礼遇。

慎郡王允禧，字谦斋，号紫琼道人，康熙皇子，乾隆皇帝的叔父。他与乾隆同年，当时只三十一岁。《清史稿·圣主诸子》谓："允禧诗清秀，尤工画，远希董源，近接文徵明。"沈德潜《清诗别裁集》谓："（允禧）勤政之暇，礼贤下士。画宗元人，诗宗唐人，品近河间、东平，而多能游艺，又间、平所未闻也。"允禧很敬慕郑板桥，他作了一篇五百字的骈文，要易十六祖式、傅雯凯亭送给郑板桥，表示仰慕之意。郑板桥到慎郡王府后，允禧亲自操刀割肉，送到郑板桥席前，说："昔太白御手调羹，今板桥亲王割肉，先后之际，何多让焉！"与郑板桥来往数次，允禧将自己的《随猎诗草》《花间堂诗草》送请郑板桥指正并求作序。郑板桥读后，欣然撰跋。在跋中，郑板桥说允禧"胸中无一点富贵气，故下笔无一点尘埃气。专与山林隐逸、破屋寒儒争一篇一句一字之短，是其虚心善下处，即是其辣手不肯让人处"。

可能是由于慎郡王的斡旋，很快，郑板桥就被选授山东范县知县。行前，郑板桥特地写有《将之范县拜辞紫琼崖主人》：

红杏花开应教频，东风吹动马头尘。

阑干苜蓿尝来少，琬琰诗篇捧去新。

莫以梁园留赋客，须教《七月》课豳民。

我朝开国于今烈，文武成康四圣人。

此诗第一次明确地歌颂了清廷的统治者，允禧也作有《紫琼崖主人送板桥燮为范县令》：

万丈才华绣不如，铜章新拜五云书。

朝廷今得鸣琴牧，江汉应闲问字居。

四廊桃花春雨后，一缸竹叶夜凉初。

屋梁落月吟琼树，驿递诗筒莫遣疏。

允禧除了表示对朋友的依恋之情外，更主要的是勉励郑板桥报效朝廷。后来，郑板桥还写过《玉女摇仙佩·寄呈慎郡王》《画兰寄呈紫琼崖道人》《与紫琼崖主人书》等诗文，表示自己的眷念和知遇之感，并在《刘柳村册子》《板桥自叙》中都感激涕零地记载了慎郡王的礼遇。所以，我们认为郑板桥的出仕得力于慎郡王，是极其可能的。

就这样，五十岁的郑板桥怀着对"圣世"的幻想和对慎郡王恩遇的感激，怀着"安人"、"执法"、解民于倒悬的理想，踏上了仕途。

《湖南文学史》（节选）

　　20世纪80年代中期，书良时任湖南省社会科学院文学所所长、研究员，即成立课题组，开始了《湖南文学史》的写作。1998年，由湖南教育出版社出版了陈书良主编三卷本《湖南文学史》，责任编辑崔裕康。全书共110万字，是全国第一部省区文学史。全国社会科学院系统为此召开了研讨会，《光明日报》《文艺报》均给予较高评价。该书将从先秦至鸦片战争的湖南文学发展分为五个时期论述，介绍了湖南文学的演绎流变，评骘了湖南具有代表性的作家作品，探讨了湖南文学的发展规律和走向。2008年，"湖湘文库"又将其古近代卷收入，仍名《湖南文学史》，陈书良主编，增订出版。此选《导论》系陈书良独立撰写，可窥全书大概。文本依据"湖湘文库"本。

导 论

一

研究湖南文学史的任务，是清理并描述湖南文学演变的过程，评价其作家作品，探讨其发展规律，预示其未来走向。然而，本书的"湖南文学"内容是什么呢？

本书所论的湖南文学，即指始于两千多年前的战国时代的楚国，而迄于辛亥革命前后的湘籍作家、作品所建构的湖南文学，它是中国文学的一个重要组成部分。自刘勰《文心雕龙·物色》云"屈平所以能洞鉴风骚之情者，抑亦江山之助乎"，首檗用地理条件所引起的民俗、语言的差异，来解释文学现象，历代多有探索和发挥。较著者有班固《汉书·地理志》、李延寿《北史·文苑传序》、王夫之《楚辞通释·序例》等。其中，李延寿说："江左宫商发越，贵于清绮；河朔词义贞刚，重乎气质。气质则理胜其词，清绮则文过其意。理深者便于时用，文华者宜于咏歌。此其南北词人得失之大较也。"言虽简略，而肯定地理不同引起文学差异，则意旨甚为明确。至近代更有刘师培《南北文学不同论》，把自《诗经》以至清代的作家作品划分为南、北两派。至于南北文学之消长及其相互影响，则归之于战争、交通等种种社会原因。

我们认为，文学与地理条件、风俗、语言都有密切的关系，所以不同民族的文学有不同的民族形式。至于在同一个国家里，由于地区不同而使文学具有一定的地方色彩，也是必然的现象。然而，决定文学发展的，不仅是地理条件，更重要的是社会生活。近四五十年来，学术界出现了关于三秦文学、吴越文学、荆楚文学、湖湘文学、岭南文学、关东文学等地域文学的研究，也有不少省区市正在撰写省区市文学史。无疑，这是文学史研究方面一个值得重视的倾向。我们认为，中国有三十多个省区市，并不是所有的省区市都能够写出有分量的省区市文学史，而湖南省却具备写湖南文学史的"资格"。我们的根据荦荦大者有以下三端。

其一，中国文学的浪漫主义肇源于湘水楚山。楚顷襄王十三年前后，屈原被流放到沅、湘一带；而当时沅湘的民歌以及音乐、舞蹈等艺术都极为发达，且具有鲜明的特色，这就为伟大诗人屈原的创作准备了极其优越、充分的条件。到楚顷襄王二十一年，秦将白起攻破楚都郢。屈原眼看自己一度兴旺的国家恢复无望，也曾认真地考虑过出走他国，但最终还是难舍故土，于悲愤交加之中，自沉于湖南汨罗江。屈原的《离骚》《九歌》《招魂》等悲愤沉痛、缠绵悱恻而又具有浓厚的浪漫主义色彩的诗篇就写作于沅湘一带。这些诗歌大量地采用了浪漫主义的表现手法，如在《离骚》中，诗人驰骋想象，糅合神话传说、历史人物和自然景象编织幻想的境界。其中关于神游一段的描写，诗人朝发苍梧，夕至县圃，他驱使望舒、飞廉、鸾皇、凤鸟、飘风、云霓为仪仗，上叩天阍，下求佚女，想象丰富奇特，境界扑朔迷离，场面宏伟壮丽，强烈地表现了诗人"上下求索"、追求理想的精神。屈原是我国历史上第一个伟大的爱国主义诗人，《楚辞》开创了中国文学浪漫主义的源头，与以《诗经》为代表的现实主义文学传统双峰并峙，对后世产生了无穷的影响。王夫之《楚辞通释·序例》说得好："楚，泽国也。其南沅、湘之交，抑山国也。叠波旷宇，以荡遥情，而迫之以釜歆戍削之幽菀，故推宕无涯，而天采矞发。江山光怪之气，莫能掩抑。"在湘水楚山奇丽的背景上，演唱着热烈婉转的歌诗，舞蹈着激情迸发的诸神，于是与北方文学《诗经》迥然不同的、全新的、富于生气和强烈感染力的诗歌风格，以及由此推衍的浪漫主义文风，当然源远流长，当然"衣被词人，非一代也"（《文心雕龙·辨骚》）。

其二，清以前的湖南文学虽然并不发达，但从清代以后，特别是近代，湖湘人文鼎盛，文学出现了蓬勃繁荣的景象，"清季以来，湖南人才辈出，功业之盛，举世无出其右"（谭其骧《中国移民史要》，复旦大学出版社 2021 年版）。据《中国文学辞典》（三秦出版社 1989 年版），近代以前，"湖南人物，罕见史传"，文学并不发达。该书共收历代文学家 1144 人，其中湘籍作家 11 人，仅占同期文学家的 0.9%。近代以来，湖南人才辈出，文学亦空前繁荣，此时期的湘籍文学家，跃至全国文学家的 9%，占全国上游。总之，从清初王夫之开始，经陶澍、贺长龄后，便形成了以曾国藩、左宗棠为代表的湖南经世派群体，涌现了魏源、曾国藩、何绍基、吴敏树、邓辅纶、王闿运、王先谦、宁调元、易顺鼎、谭嗣同、陈天华等一大批文学家；并且，继明代李东阳茶陵诗派之后，以曾国藩为主将的湘乡文派又一次崛起。这些饱含乡土特点的作家和文学流派造就了湖湘文化朴实、勤奋、进取的特点，强韧刻苦、经世致用、健于行的作风，以及鲜明的爱国主义思想、强烈的参与意识，哺育了以后湖南一代又一代文学人才的成长。而这些作家及其作品，在全国都颇具影响。可以说，从清季以来，湖南文学在中国文学史上是占有极其重要的地位的。

其三，对于中国现代、当代文学的发展，湖南文学厥功甚伟。"五四"风雷激荡，湖南遥相嗣应，便出现了反帝反封建的、用白话文创作的新文学。在湖南最先提倡文学革命和白话文的，是以毛泽东、徐特立、朱剑凡等为首的健学会。当时，长沙各学校相继出版了十多种白话文周刊，出现了许多新文学社团和新文学刊物。在这样的文化氛围中，文学得到长足的进步，湖南文学天宇群星灿烂。发人深思的是，随着革命形势的发展，湘籍作家周扬、丁玲、萧三、康濯、周立波等奔赴延安，将湖南文学独特的氛围、姿质、色彩带到了宝塔山下，而同样是湘籍人士的毛泽东无疑汲取了自己对于湖南新文学运动的亲身体验，高屋建瓴，作了《在延安文艺座谈会上的讲话》。从此，毛泽东文艺思想如灯塔照亮了中国社会主义文学的发展道路。这以后，经过马克思主义思想教育的湘籍作家周立波、康濯、蒋牧良先后回湘主持省文联、作协工作，通过他们的言传身教，湖南文学界逐步形成、发展成一支不可忽视的享誉全国的"文学湘军"。其中，嬗变之迹，历历可考。总之，湘籍作家对于现代、当代中国文学的发展起到了非常重要的作用。因为本书只叙述古近代湖南文学，所以不拟就此展开论述。

二

古近代湖南文学的产生和发展，大致经历了三个时期，第一个时期是古代湘楚文学时期，时间跨度为两千多年前战国时的南楚到明代。这一时期的文学代表人物有屈原、阴铿、李群玉、胡曾、周敦颐、王以宁、乐雷发、冯子振、欧阳玄、李东阳等。第二个时期，从清代到中日甲午战争，为湖湘经世文学时期，其文学代表人物有王夫之、魏源、曾国藩、何绍基、郭嵩焘、邓辅纶、王闿运等。第三个时期，从中日甲午战争到辛亥革命前后，为资产阶级文学时期，其文学代表人物有谭嗣同、陈天华、宁调元、易顺鼎等。

根据史料记载，从新石器时期到西周这一段历史时期，在湖南境内生活的居民，主要是三苗和杨越。到荆楚人入湘后，荆楚人与三苗、杨越相融合，才产生了既受荆楚人南迁带来的中原商文化的熏染影响，又具有浓厚地方性的楚文化和湘文化特色的湖南文化。

具体到文学方面，这段时期除沅湘间流传着一些民歌及民间传说外，尚没有见诸记载的文人创作。自楚汉时期屈原流寓沅湘、贾谊谪宦长沙之后，流波所及，始开湖南文学风气。尤其是屈原的辞赋，怀着对祖国、对人民的深厚情感，写下了许多描述湖南山水景物、风土人情、民间祭祀、神话传说的辞章，表现了古代湘楚人的生活和情感，在开创了一个与《诗经》风格迥异的南方楚辞、离骚文学流派的同时，也奠定了湖南文学的基石。屈、贾一直是古代湖南士子引为骄傲的文章和道德的楷模。然而，古代湖南文学却落后于中原和东南地区，显得非常冷清、沉寂，一直到魏晋时期，湖南才出现了刘巴、蒋琬等名见于经传的本土作家。阴铿是南朝梁、陈时期的著名诗人，也是湖南出现的第一个真正称得上有文学成就的诗人。他的五言诗风格清丽，俊逸高远，自成妙境，开初唐沈佺期、宋之问近体之风，成为李白、杜甫心仪的前贤。只可惜当时在本土湖南却曲高和寡，没有继响。唐代是我国古代诗歌的鼎盛时期，湖南文学也渐有起色，较著名的作家有诗人欧阳询、李群玉、胡曾、曹松、齐己，散文家刘蜕等。需要指出的是，当时著名诗人李白、孟浩然、王昌龄、杜甫、韩愈、柳宗元、李商隐等都曾流寓湖南，并留下了很多不朽之作，伟大诗人杜甫还客死在湘江的一叶孤舟上。宋元明时期湖南著名的文学人物有周敦颐、王以宁、乐雷发、冯子振、欧阳玄、李东阳等。也可能由于长沙是宋代书院教育的重镇，也可能由于周敦颐及朱熹、张栻在湖南薪火相传，弘扬理学，在这种巨大的感召力驱使下，湖南的文学创作存在着学者化的倾向。这似乎不仅反映了宋代的士风，而且与湖南士子的资质有关。这种崇尚学术功力、注重思想深度的倾向，对以后一代一代的湖南作家似乎都打上了难以磨灭的厚重的"胎记"。

　　第二个时期是湖湘经世文学时期，时间跨度为从清代到中日甲午战争。在这一时期，中国文学主潮逐渐由诗文转向小说，但在湖南别是一番风景。由于工商经济不太发达，湖南文学仍以传统的诗文为主。衡阳王夫之，就是清初诗文成就卓著的大儒。爱国忧时的民族正气和缜密深厚的学术功力，交融在其诗文中，直接启迪了有清一代的湖南文风。至鸦片战争前后，一些士大夫被西方侵略者的炮声惊醒，他们要求改革弊政，富国强兵。在学术思想上，他们反对宋学、汉学的厚古薄今、空疏无用、舍本逐末的学风，主张"经世致用"，以解决实际问题。在乡先贤王夫之"身之所历，目之所见，是铁门限"的理论隔代遥相倡导下，湖南文士得风气之先，经陶澍、贺长龄、魏源弘扬光大后，形成了以曾国藩、左宗棠为代表的湖湘经世派文学群体。他们以功业自许，以实务为先，写诗作文则提倡介入生活。也就在这一时期，湖湘文化走向成熟，趋于繁荣。在散文方面，出现了以曾国藩为领袖的桐城古文湘乡派，涌现了吴敏树、邓辅纶等一些著名作家，他们宗法桐城而不固守桐城义法，明确提出将"经济之学"纳入文学范畴，认为文章除了必须讲究义理、考据、辞章之外，还应当力矫空疏，经世致用。在诗歌方面，出现了近代宋诗派的代表人物何绍基、汉魏六朝派的代表人物王闿运等名家。他们都是门人弟子甚众，文采风流，盛于一时，交相辉映在三湘天宇，造成了当时中国诗坛的奇丽景观。在戏曲文学方面，由于城市的扩大，更兼湘军裁撤归里，军功将士与商贾豪富往往呼朋结侣，出入勾栏戏院，刺激了戏剧的繁荣，遂出现了张九钺、张声玠、杨恩寿等剧作家。

　　第三个时期是资产阶级文学时期，时间跨度为中日甲午战争到辛亥革命前后。甲午战败以后，腐败无能的清政府被迫签订了丧权辱国的《马关条约》，洋务派的"自强新政"破产，于是，以康有为、梁启超为领袖的中国早期资产阶级知识分子的维新运动兴起。1898 年的戊戌变法虽然很快流产，但是第一次对中国三千多年的封建君主制的有力挑战，极大地促进了人们的思想解放。这期间陈宝箴出任湖南巡抚，他锐意革新，"一意以开发风气为先务"，在谭嗣同、唐才常等的帮助下，推行了一系列"新政"，如创办时务学堂和武备学堂，聘请梁启超担任总教习，讲授西文、数学等自然科学，培养学通中外、体用兼赅的新式人才；设立南学会，并出版《湘学新报》……湖南遂成为全国最富生气之省份。诚如陈宝箴在《时务学堂招生示》中所说："湖南地据上游，人文极盛，海疆互市，内地讲求西学者，湘人实导其先。"反映到文学领域，辛亥革命宣传家禹之谟在《二十世纪之湖南》一文中，即号召人民学习"屈原以文章唤国魂，船山以学说倡民族"。在这一时期内，湖南的资产阶级和小资产阶级知识分子以诗文、小说作武器，进行反清、反袁爱国宣传，对推动革命做出了杰出的贡献。前期，维新派诗人谭嗣同的诗文洋溢着炽烈的爱国主义感情，喷射出慷慨的战斗光芒，气势磅礴，语言畅达，使传统的诗文倾向社会化、通俗化。此外，易顺鼎、皮锡瑞等都力求新路，擅一时之胜场。后期的著名作家有陈天华、宁调元、八指头陀、易白沙等。其中，"革命党之大文豪"（曹亚伯《武昌革命真史》）陈天华熟练地运用了人民喜闻乐见的说唱形式及浅显的白话文，写作了《猛回头》《警世钟》等作品，为辛亥革命起义做了舆论上的准备，论者认为"较之章太炎《驳康有为政见书》及邹容《革命军》有过之无不及"（冯自由《〈猛回头〉作者陈天华》）。宁调元为南社主要诗人，他诗学杜甫和龚自珍，诗风苍凉雄放，慷慨多悲，语言却明白晓畅，雅俗共赏。八指头陀也是这段时期的重要诗人，他的一部分忧国忧民之作呈沉郁凝重之美，而一部分描山绘水之作则具清新素雅之态，是中国文学史上不可多得的僧诗佳作。

三

我们撰写《湖南文学史》，其宗旨就是叙述湖南文学的发展历程，评骘湖南文学的名家名作，探索湖南文学的嬗变规律，揭示湖南文学的未来走向。

在写作中，我们努力争取做到三个突出。

一是突出湖南文学的地方特色。湖南文学史是中国文学史的一个重要分支，从一定的角度说，它可以说是中国文学史的补充，但绝不应该是中国文学史比照本省的复述。特定的历史地理及人文环境，给予了湖南文化特定的风貌。杜甫在《祠南夕望》诗中写道："湖南清绝地，万古一长嗟。"刘禹锡更明确地道出了湖南地理山水对湖南文学艺术的影响，他写道："潇湘间无土山无浊水，人秉是气，往往清慧而文。"湖南文学史应该具有自己的地方特色。基于此种考虑，有些在中国文学史上不太重要的人物、流派，在湖南文学史上却占有相当重要的地位。如元代的冯子振，在各种通行本《中国文学史》中都"名不见经传"，其实他在当时不仅是声名赫赫的潇湘才子，在全国范围也是一流的散曲作家。对于这样的历史人物的重新评价，"发前德之幽光"，相较于通行的各种《中国文学史》，就不仅仅是一个简单的详略问题了。

二是突出论述湖南文学史上的流派和承继关系。有些流派，如明代的茶陵诗派、清代的湘乡文派，在各种通行本《中国文学史》上都语焉不详，其实它们当时在全国都有相当的影响，我们在本书中都将依据各种材料，展开较深入的阐述。有些重要的承继关系，如宋元间欧阳家族在湖湘文事中的作用，近代王闿运诸门人的转相传授等，本书亦将叙及。我们试图尽可能地加强这种"纵"的叙述，突出地方文学史的体系性，以此向读者介绍"省情"。

三是突出介绍乡土文献和地下史料。近年来，由于检索工具的发达和地下史料的不断发现，丰富了文学史的材料。我们在写作中注意发挥地方优势，使地方文学史更具"厚度"和"乡土魅力"。如长沙窑出土的器皿上的釉下唐诗，其中多为《全唐诗》所不载。这些"《全唐诗》的弃儿"是当时流传于湖湘的歌诗，生动地反映了当时社会众生相；再如崇祯刊本《长沙府志》关于欧阳修入湘的记载，虽属孤文单证，但对于以后欧阳家族的介入湖南文事，确实能说明问题，当然弥足珍贵。这些，本书都将尽量吸收，爬梳整理，以丰富内容。

我省已故著名史学家杨慎之先生说过："历史女神克里奥是不会和现实去争'知名度'的，她有极大的耐心，去等待今天的现实成为明天的历史。"这是一种治史的清醒的眼光。治史难，治文学史亦难。比如对今天人物的评价，就要和对历史人物的评价，在学术上有始终如一的标准，尤忌有厚此薄彼之嫌。我们认为，其间最重要的是坚持历史唯物主义和辩证唯物主义的哲学观点。所谓历史唯物主义，就是要求我们在评介人物、论述问题时，要将其放在一定的历史环境和物质生活、生产条件下进行。所谓辩证唯物主义，就是要求我们在分析问题的时候，充分尊重客观事实，一切服从于科学性。这是我们的追求。当然，其效果肯定是未能尽如人意的。

湖南是祖国重要的内陆省份，素以人杰地灵著称于世。它有着悠久的发展历史、优良的地区文化和光荣的革命传统，在中国历史上占有重要的地位。历史证明，湖南的政治动向，不论是正面的还是反面的，都影响到全国大局，因而它常常被推上历史舞台的中心。而刘勰《文心雕龙·时序》说得好："故知文变染乎世情，兴废系乎时序。"也就是说，文章风格的变化，主要是受了社会风俗的感染，而文坛的盛衰则是和时代的递嬗有关的。反过来说，研究湖南文学史，就可以深刻认识湖南社会经济、政治、文化的历史发展，揭示规律，总结经验教训，给本省的社会主义物质文明、精神文明建设和进一步改革开放、建设和谐社会服务；而且必将进一步充实和丰富中国文学史，为更全面、更具体地了解整个中国和中华民族文化发展做出贡献。

《湘学史略》（节选）

　　《湘学史略》，陈书良主编，2015 年由中华书局出版，由中央文史馆馆长袁行霈教授赐序，责任编辑罗华彤。湘学研究是书良于 2013 年在湖南省文史馆提出的科研课题，以后省文史馆设立了湘学研究中心，并得到了袁行霈先生等领导、前辈的肯定。袁先生期望此书的出版"能成为各省地域学术研究的参照"。该书是开宗明义的第一部湘学史论著，由书良提出构想，各专家分章撰写后，由书良最后统稿。此处选录的《绪论》《第一章　屈贾流风与汉唐湖南学术》系书良独力撰写的篇章，亦曾多次讲演。

绪 论

一、湘学义界

近年来，随着地域文化研究的蓬勃发展，湘学研究以其鲜明的学术特征和深厚的历史传承而横空出世，成为当世之显学。

我们认为，尽管对湘学的概念众说纷纭，人各一词，但顾名思义，湘学应该属于学术的范畴。按《旧唐书·杜逻传》云："素无学术，每当朝谈议，涉于浅近。""学术"一词系指有系统的学问。梁启超《饮冰室文集·学与术》云："学也者，观察事物而发明其真理者也；术也者，取所发明之真理致诸用者也。"当然有一点"经世致用"的意味。他在《清代学术概论》中更进一步说：

> 学术思想之在一国，犹人之有精神也。而政事、法律、风俗及历史上种种之现象，则其形质也。故欲觇其国文野强弱之程度如何，必于学术思想焉求之。

据此，我们知道，学术思想是学术研究与实践的产物；而且经过相当长时间的演绎，带有系统性、传承性乃至地域性诸属性。这一点是很重要的，因为它直接规范着我们以后将要论述的湘学的载体，以及为什么说湖湘文化、湖湘学不能等同于湘学。

自抗战时期李肖聃先生出版《湘学略》以来，人们习惯于在"湘学"这同一标签下，作着内容不同的表述。这是颇为滑稽的文化现象。因此，在申述湘学概念之前，我们有必要略作梳理及评骘，对历史文献或流行词汇中的湘学含义，就其特定内容或指称重叠处，作一些辨析。

首先看湖湘学。明儒黄宗羲《宋元学案·武夷学案》有"湖湘学派之盛"一语，后人于是据此以为湘学即湖湘学，亦即湖湘学派。按所谓湖湘学（湖南学）是由南宋大儒朱熹及其弟子在《朱子语类》中提出来的，意指南宋绍兴年间形成的地域性儒家学派，亦即著名学者胡安国、胡宏、张栻等人在湖南的学术研究和思想传播活动。这当然实质上是指南宋理学在湖南形成的地域性学派。其学术传承是十分清晰的：在理学兴起之初，二程兄弟激扬于北方。赵构南渡，理学遂南传。后二程弟子、上蔡谢良佐传武夷胡安国，胡安国传其子胡宏，胡宏传绵竹张栻。胡宏隐居南岳二十余年，著《知言》六卷、《五峰集》五卷、《皇王大纪》八十卷。青年张栻往衡山从学，深得胡宏赏识。张栻后又主讲城南、岳麓书院，著《论语解》《孟子说》《南轩书说》等。他们的学术活动都在三湘四水之间，故朱熹及其弟子以"湖湘学"（湖南学）名之。湖湘学是大师手笔，当然非同凡响；然而如果将它等同于湘学，则颇觉其义欠缺。因为湖湘学的理学特色是由天道和人道统一建立的宇宙本体论，以形而上与形而下一体不分建立的宇宙本体论，强调体用合一。胡宏以为"性是气之本"，倡导否定"理欲两极对立"的人性论，主张恢复封建制和井田制，张栻则以为"太极即性与人性至善"，观湖湘学派诸大师宏论，程朱道学面目显示无遗。而逮及明末，王船山却大异其趣。船山远绍北宋思想家张载"理势合一"的历史观，完善了张载的学说，主张经世致用，奠定了船山学的学术基础；之后，又由魏源构建了其学术结构。遗憾的是，湖湘学恰恰没有包括船山学，没有延伸或泛指明到清中后期湖南的学术思潮，这就使得它在实质上与陈亮的永康之学和叶适的永嘉之学一样，是一个义界比较狭窄的宋代理学支派。

将湖湘学等同于湘学，虽其义欠缺，但我们认为积极因素是显而易见的。作为地域学派，湖湘学的代表人物均非湘人。二程固然是河南洛阳人，而谢良佐是豫人，胡安国、胡宏父子是闽人，张栻是蜀人，只是因为他们开宗立派的学术活动在三湘大地，所以冠以湖湘学派，称雄于南宋之世。这也是从侧面雄辩地说明了"湘中之学"并不一定非要是"湘人之学"。

其次看清季以来较为广义的湘学。如上所述，湖湘学也可以理解为狭义的湘学；于是，近世不少学者将湖湘学向上远绍北宋，向下延伸到清末民初，统名之曰"湘学"。如李肖聃写的《湘学略》实际上就是一部湘学简史，李氏的湘学内含从"濂溪学略第一"到"流寓学略第二十六"，依次评叙了周敦颐、胡安国、胡宏、张栻、朱熹、吴猎、胡大时、蒋信、王夫之、文炤、王文清、魏源、唐鉴、胡达源、贺长龄、贺熙龄、邹汉勋、邓显鹤、曾国藩、左宗棠、罗泽南、郭嵩焘、吴敏树、李元度、王闿运、王先谦、皮锡瑞、叶德辉、朱文炳、谭嗣同等人的学术成就。后之人论及湘学内含，同乎李氏者还有朱汉民《湘学原道录》（中国社会科学出版社 2002 年版）、王盾《湘学志略》（湖南人民出版社 2009 年版）、周柳燕《湘学》（湖南科学技术出版社 2010 年版）等，诸家实质上都奉李肖聃为圭臬，他们所认定的湘学代表人物不过是在李氏二十六学案的基础上有所增删而已。

我们认为，树立这种较为广义的湘学概念，其积极意义荦荦大者亦有三。

其一，谭嗣同《论六艺绝句》云："万物昭苏天地曙，要凭南岳一声雷。"杨毓麟《新湖南》中说"船山王氏以其坚贞刻苦之身，进退宋儒自立宗主，当时阳明之说遍天下，而湘学独奋然自异焉"[①]。在王船山关于理气、道器、心性、理欲、知行等传统的哲学范畴全新、透辟的唯物论论证启迪下，在其"实用"的理论武器辉耀下，清代中后期至民国初年出现了一大批湘学名家和人才群体，前者以曾国藩、左宗棠、郭嵩焘、王闿运、王先谦、张百熙、皮锡瑞、易顺鼎、叶德辉、杨昌济等为代表，后者主要有湘军集团、时务学堂和湖南史学家群体。在此历史时期，名家学者层出不穷，学术思潮汹涌澎湃。尤其是咸丰年间湘儒通过创立湘军，将"天下唯气"理论用于事功实践，其成就达到极盛，让南宋事功学派（应包括吕祖谦东莱的婺学、陈亮的永康之学和叶适的永嘉之学）黯然失色。这一时期的湖南学坛以经世为纲，以践履为本，以经邦济世、强国富民为价值取向，讲求实事、实功、实效，强调"致知""力行"。这是一段彪炳中国近代学术领域的学术思想大潮，将其纳于湘学而名世，当然不仅合乎中国学术史的实际，而且让后之湘人扬眉吐气、万丈豪情！

其二，湖湘学的一大特点是传承清晰、道统鲜明。如他们奉二程为祖师，谢良佐—胡安国—胡宏—张栻，可以说其间脉络，较然可睹。然而清则清矣，未免狭窄；明则明矣，未免偏颇。而李肖聃以及后来的王盾、周柳燕所列的湘学人

---

① 杨毓麟：《新湖南》，载《湖南历史资料》第 3 辑，湖南人民出版社 1959 年版。

物，就颇具兼容并蓄之妙。朱汉民《湘学原道录》虽然高揭道统大纛，却将二胡、朱、张、王船山、魏源、曾国藩、郭嵩焘、谭嗣同一一论列，一团和气，此道彼道，论者固了然于心，读者大多不求甚解。公允平和，不立门墙。

其三，打破了"湘中之学"和"湘人之学"的界限。前已叙及，湖湘学的主将胡安国、胡宏、张栻都不是湘人，但他们著述、讲学的衡山及岳麓书院、城南书院都在湖南，而且他们都长眠在湖南，将自己学术之根连带血肉之躯都融入了湘中之地。因此，湖湘学是实实在在的"湘中之学"。在这种观念支配下，很多学者都面临着艰难的取舍。如钱基博《近百年湖南学风》（岳麓书社 1985 年版）遍论清代中期至民初的学人，从汤鹏论到章士钊，就是不收录王先谦。对此，钱氏在"余论"中解释说：

或又问于余曰："王先谦与王闿运骈称二王，亦一时显学，成书数千卷，而著籍弟子且千人。吾子斐然有述，何遗此一老耶？"余应之曰："唯唯，否否，不然。昔王益吾先生以博学通人督江苏学政，提倡古学，整饬士习，有贤声。余生也晚，未及望门墙；而吾诸舅诸父以及中外群从，多隶学籍为门生者。流风余韵，令我低徊。然文章方、姚，经学惠、戴，头没头出于当日风气，不过导扬皖吴之学，而非湘之所以为学也。"

可知钱氏不收录王先谦的缘由，就是认为王氏所治非"湘中之学"。而以李肖聃为代表的较广义的湘学，则对于"湘中之学"与"湘人之学"有适当兼顾和整合。应该说，这也体现了近现代湘人学者的大智慧。

最后，我们认为，除了湖湘学与湘学的关系之外，对于湖湘文化与湘学亦要有清醒的辨析。因为近年来，往往有人认为两者二而一，一而二，混淆这两个概念。

前已叙及，湘学之"学"指的是具有学理意义的知识体系与学术思想。而湖湘文化则不然。按湖湘文化，首先应是属于文化范畴。《晋书·束皙传》云："文化内辑，武功外悠。"南齐王融《曲水诗序》云："设神理以景俗，敷文化以柔远。"可知文化的原意是指中国古代封建王朝所施的文治和教化之类的治国之术。后经历代演绎，意义渐趋丰富，从广义上来说，指人类社会历史实践过程中所创造的物质财富和精神财富的总和。从狭义上来说，指社会的意识形态，以及与之相适应的制度和组织机构。作为意识形态的文化，是一定社会的政治和经济的反映，又给予巨大影响和作用于一定社会的政治和经济。湖湘文化将地域和文化结合，则指湖湘地区数千年来物质文明和精神文明的综合。它不仅包括哲学、伦理、政治、法律、文学、艺术、宗教等精神文化内容，而且包括民风、民俗、民族心理等所谓"俗文化"，甚至还将饮食文化、服饰文化、建筑文化、历史遗存、江山胜境、湖南地区土特产等物质文化都包括在内。王盾在《湘学志略》中说：

> 湘学是特定时代的地域化学术思想，湖湘文化则是湖湘地区数千年来物质文明与精神文明的综合体。湖湘文化是湘学发生与发展的载体，而湘学则是湖湘文化在特定时代的内核。[①]

尽管我们不完全认同王先生的湘学概念，但王说透辟而中肯地指出了湖湘文化与湘学在特指含义和指称范围的不同，则是值得赞赏的。

我们认为，所谓湘学义界，系在李肖聃诸家的基础上，上溯至秦汉两晋隋唐，将宋以前的湖南学术称为古湘学阶段。按《文心雕龙·史传》云："虽湘州曲学，亦有心典谟。"《战国策·赵策二》云："穷乡多异，曲学多辨。"可知在六朝时，湖南就以学术擅名，并有异于中原学术。我们将宋以前较为漫长的湖南地域学术名之曰"古湘学"，应该说是于典有征的。我们的理由简而言之，有以下两点。

其一，朱汉民指出："如果追溯湘学的渊源，一方面可以追溯荆楚文化及湖湘之地的流寓学者的思想源头；另一方面，可以关注唐宋以后中国文化重心南移，从而追溯到两宋儒家的学术形态。"[②] 湖南原本楚地，楚文化敬鬼好巫、神秘浪漫。长沙马王堆汉墓曾出土《易经》《老子》等二十余种著作，说明这些学术著作曾流行于长沙一带。屈原既放，漂泊湖湘，其辞赋如《天问》等篇，就

---

① 见《湘学志略》，湖南人民出版社 2009 年版，第 3 页。

② 朱汉民：《湘学原道录》，中国社会科学出版社 2002 年版，第 21 页。

对天地、自然、社会、历史提出了上下求索的力行思考。其后汉文帝五年，贾谊谪居长沙，其《鵩鸟赋》则直抒胸臆，表达了他关于天道、造化、阴阳的原道观念。到了唐代，又有著名文人柳宗元、刘禹锡流放湖南。他们深受湖湘之地求索天地的原道气息感染，柳宗元在永州撰《天对》，根据屈原《天问》，试图回答屈原对天地自然、人文社会中的各种疑问，给两汉以来盛行的神秘主义的"天人感应"说有力的反击。刘禹锡在寓湘时期所写的《天论》诸文章中，提出了"天与人交相胜"的思想。他们均对以后两宋复兴儒学、重建儒学的道德形而上学产生了深刻的影响。

需要指出的是，屈原、贾谊、柳宗元、刘禹锡的主要身份都是文学家，然而，他们一来到湖湘，就在自己的作品中表现了与其他地域作家迥异的理性追求，他们潜心思考，深入探讨宇宙大本大原的天道，从而使得他们的作品甚至主要是文学作品具有学术内核。这样的学术内核当然启迪了好学深思的湘人的心智。因此说他们开启了数千年湘学，这是一点都不过分的。

其二，魏晋以后，湖南产生了为数不少的湘籍哲学家和史地学家。如罗含，有哲学著作《更生论》，其关于"天"的论述闪耀着朴素唯物论的光彩，是流传至今的湖南最早的一篇哲学著述。邓粲的《晋纪》《元明纪》《老子注》，车胤的《孝经注》，罗含的《湘中记》，唐代欧阳询的《艺文类聚》等，更是确凿无疑的湘人论著。这些在宋代以前的湘楚文化的结晶，在宋代以前的湖南地区的学者的论著，都可以看作湘学的地域文化基础和思想渊源。

正由于以上考虑，我们将宋以前湖南地区的学术名之曰"古湘学"。

我们注意到，近年，方克立主张将湘学的研究对象界定为"湘中之学"和"湘人之学"的适当兼顾与整合。湘中之学是指在湖南这块地方产生和传承的学问或学说，它既包括湖南人在湖南地域创立的学说，如船山学；也包括外省人在湖南地域创立的学术思想，如属于湘学范畴的湖湘学就是由二胡、张栻等外省人创立并发展的。同样，湘人之学也不尽在湘中，湖南人走向省外，走向国外，他们在学术上所取得的成就，明显地体现了湘学传统和湘学精神的，也应该包括在湘学之内。① 这当然是切中肯綮之论。

我们所论之湘学，系指广义的"湖湘地域之学"，具体指战国秦汉至清末在中华民族三千余年历史进程中，于湖湘大地滋生、传衍、发展，具有深深的湖湘地域烙印，并为外界所基本认同的湖南学术。诚如晚清学者戴德所云："三闾（屈原）以孤愤沉湘，元公（周敦颐）以伊尹为志。遂开湘学仁侠之大宗。"②

在战国至清末的较长历史时期，湘籍或非湘籍的学者所撰述、传播的各种知识、观念、学问，均具有湖湘地域学术意义，当然应该纳入湘学脉络中来。

要之，湘学滥觞于屈骚贾赋，肇源于王充张载，发轫于罗含"更生论"，衍生于濂溪"无极而太极"，孕育于胡氏父子"知言"，激扬于碧泉、石鼓、岳麓、城南诸学院，奠基于王船山"六经责我开生面"，构建于魏源"经世""师夷长技"之学，拓宇于道咸军兴与同光洋务，弄潮于晚清民国惊波骇浪，纵横驰骋、捭阖弛张，高标危立于中华学术文化的演进历程。

二、湘学的发展轨迹

从总体的发展情况来看，湘学可以分为六个发展阶段。

1. 古湘学时期——屈贾开宗，柳刘嗣响

在湘学史上，最早以独立的区域学术形态活跃于中华学术界，并获得相关命名的是南宋胡氏父子和张栻，胡、张创建的儒家学派被朱子之门称为"湖湘学"和"湖南学"，这当然是中国学术文化的重大演变与转型的成果之一。然而越湘学绝不是越世空谈，突兀而来。我们认为，从先秦到北宋的漫长历史时期，湖南文坛的著述具有湖湘地域学术意义，故称为"古湘学"。

屈、贾各自以其精妙绝伦的文学作品开启湖南文风，这是毫无疑义的。然而，屈贾诗赋作品中的学术内核，以后后世之儒特别是湘学代表人物对其蔚然成风的探索则不大容易引起注意。如屈原《天问》对天地、自然、社会、历史等

---

① 转引自王向清《湘学研究综述》，《哲学动态》2002 年第 9 期，第 37 页。
② 转引自朱汉民《对湘学学统的探析》，《湘学研究》总第二辑，第 10 页。

一系列充满怀疑与求索精神的质问，后来王船山《楚辞通释》，再后来许多湘籍学人对此作了深入而充分的学术探讨。

魏晋六朝时期的古湘学主要表现在史地学方面，史地学著作成批涌现，史地学学者亦辉耀史册，这是秦汉时代湖南学术界尚未有过的现象。

邓粲著有《晋纪》十一卷记述西晋历史，《元明纪》十卷记载王敦叛乱、败亡以及长沙之战等史事，他还著有《晋阳秋》三十二卷。这三种著作都见于《隋书·经籍志》，可惜在隋唐后即已佚散。此外，还有晋张方撰《楚国先贤传赞》十二卷、晋刘彧撰《长沙耆旧传赞》三卷、三国吴张胜撰《桂阳先贤画赞》一卷等，这些著作除片段散见于《三国志》裴松之注中，都已失传。

此外，这段时期还有一批有关湖南地理的著述，著者或为湘人，或为外籍人士，或籍贯不详，或佚名，较著者有罗含《湘中记》、徐灵期《南岳记》、杨元凤《桂阳记》、郭仲产《湘州记》等。

及至唐代，柳宗元、刘禹锡相继流寓湖南，两人都在湘山楚水之间生活达十年之久。柳宗元远绍屈原《天问》撰写《天对》，宣扬"天人不相预"的天道观。刘禹锡诵读了友人之作后，特地写了《天论》，亦认为天道和人道是有区别的，更提出了"天与人交相胜"的思想，带有突出的理性主义理论特征。对此，朱汉民认为：

如果我们进一步考察"唐宋转型"以来，在湖南从事学术研究与传播并产生了重大影响者，就要从胡、张的湖湘学进一步上溯至北宋的周濂溪，并进一步由周濂溪上溯至晚唐的柳宗元。柳宗元—周敦颐—胡、张湘学构成的学术脉络，能够充分展现唐中叶以来中国文化演变发展的基本进程与发展脉络，即晚唐的儒学复兴（柳宗元）、北宋的新儒学奠基（周敦颐）、南宋的新儒学集大成者（胡宏、张栻）。[①]

此外，唐代的类书，湖南作者已大放异彩。寓居潭州的朱遵度曾辑《群书丽藻》共一千卷，可惜已佚。长沙欧阳询编修的《艺文类聚》一百卷，百余万言，

---

① 朱汉民：《对湘学学统的探析》，《湘学研究》总第二辑，第 10 页。

保存了隋唐以前许多珍贵的文献资料，对于研究中国古代文化，整理、校勘、辑佚古籍，均具有重要价值。

2. 湘学的肇始期——濂学开山，二程传承

北宋时期的周敦颐为"湘学"的起始做出了巨大的贡献。他所开创的濂溪学是湘学的重要思想渊源。

周敦颐是道州营道（今湖南道县）人，出身于仕宦之家，十五岁时因父亲去世离开湖南，二十岁入仕，宦迹各地，曾任职于湖南郴县、桂阳、永州和邵州等。

他的早期著作《太极图说》依据阴阳哲学的原理，立足儒家的价值理想，提出了一个与佛学相抗衡的宇宙生成论，即由"无极"而"太极"而"阴阳五行"，以至"万物化生"的宇宙论哲学，并完整地论述了德行的完善过程，为日渐式微的儒学创建了新的阐释构架及宇宙论体系，正好契合朱熹等人自觉承担复兴和发展儒学的历史使命的理论需求。其晚期著作《通书》结合《中庸》论"诚"的思想，提出以"诚"为核心的道德理论体系，奠定了理学思想体系的核心——心性论，是宋明理学修身论的重要基础。

周敦颐的学术思想在当时并不为人们所推崇，其学术地位也远没有后世学者评价的那么高。虽然他的理学思想在中国哲学史上有承前启后的作用，但他被视为中国理学的开山之祖，首功之臣是他的学生程颢、程颐兄弟。

程颢、程颐是河南洛阳人。其父程珦钦佩周敦颐的人品和才学，令"二程"拜他为师。后两人成为北宋有名的哲学家、教育家，被后人尊奉为北宋理学的奠基者。他们将周敦颐的著作编订成书加以传扬，理学大师朱熹将周敦颐看作理学的开山之祖。宋代理学在中国的思想意识形态领域占据统治地位有七百余年，并成为湘学的主流。

所以，湘学的兴起与宋代理学的兴起是同步的，它反映了宋代重建儒学传统的大背景，同时也是中国文化重心南移的一种表现。王闿运所言"吾道南来，原系濂溪一脉；大江东去，无非湘水余波"（见周渊龙、莫道迟《王闿运楹联辑注》）虽然有抬高濂溪学地位、力压东南清流的自大成分，但也不无学理依据。

从理论和学派传承的角度来看，周敦颐的学说对"二程"产生了深刻影响；杨时、谢良佐为"二程"高弟，经此二人传承而形成的朱子学派和湖湘学派是南宋理学的两大主要学派，它们同出一源，在传承过程中相互融会；胡安国与杨时等程门弟子有广泛的学术交往，胡宏曾师事杨时和程门另一弟子侯师圣，朱熹也有得于谢良佐。可见，"二程"洛学南传而形成的两派都是通过程氏弟子或再传、三传弟子传承的，而这一切的总源头则是周敦颐创立的濂溪学，周敦颐是当之无愧的理学开山之祖。

尽管周敦颐学术思想的形成大多不在湖南地区，但他为"湘学"鼻祖，却是学术界公认的。南宋理学家真德秀在《劝学文》中说："窃惟方今学术源流之盛，未有出湖湘之右者。盖前则有濂溪先生周元公，生于春陵，以其心悟独得之学，著为《通书》《太极图》，昭示来世，上承孔孟之统，下启河洛之传。"（《真西山文集》卷四十）近世李肖聃的《湘学略》、杨东莼的《中国学术史讲话》亦持此论。

客观地说，湖南曾被称为"风化陵夷，习俗暴恶"之地，湖南的文化和教育在宋代以前非常落后，很少受儒家思想的影响。而周敦颐以后，湖南一跃而为"理学之邦"。

3. 湘学的形成期——胡张奠基，张栻传扬

南宋时期，湖南形成了时间最早、规模最大的理学学派——湖湘学（又称"湖湘学派""湖南一派"），使湖南有资格被称为"理学重镇"而扬名全国，也标志着湘学的真正形成。同时，一些学者纷纷到湖南讲学，如谢良佐高弟康渊流寓巴陵，朱熹两次到岳麓书院，陆九龄奔赴邵州，真德秀、魏了翁往来潭州、靖州，对湖南地区形成理学型的湘学产生了积极的作用。

湖湘学的代表人物是胡安国、胡宏、胡寅、张栻、胡大时、吴猎等，虽然他们大多不是湖南人，但他们主要的学术、教育活动均在湖南。当然，也有一些生于湖南、长于湖南的本土学者。他们组成了湖南学术史上第一个由有名望、有成就的学者组成的学术群体，大力推崇理学，经世务实，躬行践履，不流于空疏，却又显得有些保守。

胡安国是建州崇安（今属福建）人，年轻时入太学，接受"二程"学说。曾授太学博士衔，提举湖南路学事。晚年隐居湘潭碧泉，结庐讲学。有《春秋传》《时政论》《治国论》等。《春秋传》不拘于章句训诂，突出"尊王"的政治理论和"攘夷"的民族精神，与以复兴儒学为主要内容的民族文化复兴运动正相吻合，奠定了将心性之学与经世致用结合起来的"湘派"学风，成为元明两朝科举考试的必考之书，为理学的发扬光大做出了重要贡献。

胡宏是胡安国之季子，从其父研习儒学，与其兄师从杨时、侯仲良学习"二程"理学，一生谢绝为官，与父亲创办并主持碧泉书院，到各地讲学。有《知言》、《皇王大纪》和《五峰集》。他提出"性本论"，主张性体心用，反对以善恶论性，强调人欲和天理不可分离，其心性关系等方面的研究影响深远。

张栻是四川绵竹人。其父张浚为南宋名相，他奉父命至碧泉书院拜胡宏为师。官至吏部侍郎。曾在长沙创办城南书院，主持岳麓书院。有《易说》《癸巳论语解》《孟子详说》《奏议》等。他继承和发展"二程"学说，认为"理"是世界的本原，应寡欲、无欲才能去恶从善、常存天理，反对空言，强调行至言随。对孟子的性善论、周敦颐的主静说均有所发挥。他主持岳麓书院时，曾邀朱熹前来讲学，开千年立坛会讲之先河，树立了自由宣讲、互相讨论、求同存异的治学典范，使岳麓书院名扬天下，推进了理学的发展，造就了湘学的兴盛。

这一时期湖南还建立了以书院为中心的学术、教育基地，如胡氏父子创建碧泉书院、文定书堂、道山书院，张栻以岳麓书院、城南书院为研究和传播理学的基地，张栻弟子创建、主持湘乡涟滨书院、湘潭主一书院、衡山南岳书院等。这一庞大的书院群成为湖南理学的学术中心和教育中心，并在全国产生了较大影响，人才辈出的盛况是当时许多地区都难以望其项背的。黄宗羲评价说："湖南一派，当时为最盛。"（《宋元学案·南轩学案》）湘学的学术思想、学风特色通过书院办学积淀和传承下来，形成了比较稳定的区域学风，极大地促进了湘学的发展，并对湖南士人的文化自信、学术传承产生了极为深刻的影响。正所谓"谁谓潇湘，兹为洙泗；谁谓荆蛮，兹为邹鲁"（王禹偁《潭州岳麓山书院记》）、"使里人有必葺之志，学者将无落之心"（王禹偁《小畜集》卷十七）。

4. 湘学的缓滞期——船山蛰伏，湘学沉寂

自元朝建立至明朝灭亡，"湘学"处于沉寂状态。事实上，湘学的式微始于南宋末年。张栻之后，胡宏之季子胡大时继任湖南的学术领袖，他在思想、学术方面少有创新，湘学的发展呈现出松散的状态，兼之很少开展具有规模的学术活动，因此作为学派，它已名不副实，但其影响仍很深远。如岳麓书院、碧泉书院和文定书堂虽然没有杰出的学者主持，但诸生的向学之风已然形成，他们坚持修养身心，并将这种修养与捍守国家主权和保卫民族文化尊严联系起来，在南宋面临被元军覆灭的危险情势下，学子们纷纷投笔从戎。元兵攻陷长沙时，数百岳麓学子随李芾战死就是生动的说明。

元明两代没有产生形成期那样的学者群体，湘学逐渐走向衰微。一直到明末清初，杰出的唯物主义思想家王夫之继承南宋湖湘学的学术传统，建立了一个思想内容博大精深的学术体系，湘学才有卷土重来之势。

王夫之是湖南衡阳人，出身于小地主家庭，自幼聪颖好学，经史、诗文、声韵之学无不涉猎，尤其注重实学。他二十岁游学岳麓书院，明亡后曾积极参加抗清斗争，三十三岁后隐居衡阳石船山下，专心学术研究。其著述达百余种，四百多卷，代表作有《周易外传》《尚书引义》《读四书大全说》《诗广传》等。

他对理气、道器、心性、理欲、知行等传统的哲学范畴作了细致而透辟的论证，成为理学的总结者。他把学习宋代性理哲学和经世致用结合起来，为现实社会提供了"实用"的理论武器。此外，他肯定世界的物质存在性，认为世界的起源是实有而非虚无的。对于政治制度的认识，他坚持与时俱进，反对复古，主张根据时代的需要立论。在经学方面，他博采汉学宋学之长，摒弃门户之见，坚持是非之辨。在文学方面，他强调文学的社会作用及现实性，认为文学创作应突出个性和特色。

他在中国学术史特别是哲学史上有很高的地位，他的学说是近代启蒙思想运动的重要思想来源，对近代湖湘文化影响甚巨，对戊戌变法和辛亥革命产生过直接影响。钱穆在《中国近三百年学术史》一书中说："船山则理去甚深，持论甚卓，不徒近三百年所未有，即列之宋明诸儒，其博大闳括，幽微精警，盖无

多让。"

遗憾的是，他的思想并未在当世得到张扬，却似一颗熠熠生辉的明珠潜藏于深山暮霭之中，一旦重见天光，必然放射出夺目的光华。如谭嗣同所言："万物昭苏天地曙，要凭南岳一声雷。"（《论六艺绝句》）将王夫之的思想视为预示"万物昭苏，天将破晓"的第一声春雷。

清中叶以后，湖南学人提倡经世实学，主张消除社会弊端，改良社会现状，形成了一个专务经世之学的重要派别——湖湘经世学派。陶澍以其权位和名望，成为嘉道年间这一学派的领袖。

陶澍是湖南安化人，官至两江总督，是当时权位最高、最受朝廷倚重的湘籍名臣，有《奏疏》《印心石屋诗文集》《蜀輶日记》等。他尊崇湖湘学的经世致用思想，一生为官、治学均以经世致用为本。他拔擢和带动了魏源、贺长龄、汤鹏、邓显鹤等一大批湖湘弟子和曾国藩、郭嵩焘、左宗棠、彭玉麟、胡林翼等"同治中兴"名臣，对晚清湖湘学的兴盛和湖南人才的崛起产生了重大影响。

5. 湘学的复兴期——湘皋导引，魏源躬行

鸦片战争前后，湖南出现了一个在近代史上颇有影响力的人才群体，包括贺长龄、贺熙龄、魏源、邓显鹤、邹汉勋、严如煜等，学术上称为"经学主变派"。他们最早接受和宣传王夫之的学术思想，重经世，讲躬行，以追求"朴""实"的学风横扫理学的虚矫、汉学考据的琐碎、文章辞藻的浮华；他们的许多观念发生了明显的变化，从敬天、法古、重农抑商发展到顺人、通今、本末并重，从拒"夷"发展到师"夷"长技以制"夷"。在他们的努力下，"湘学"呈现出复兴的态势。

在这个群体中，邓显鹤最早意识到了王夫之思想的巨大价值。他是湖南新化人，曾任宁乡训导。工诗文，一生旁搜远揽，致力于湖南文献的编著，有《船山遗书》《周子全书》《资江耆旧集》《楚宝增辑考异》等千余卷。他的编著和他所倡导的忠义气节，影响了近现代诸多历史名人，如魏源、谭嗣同、曾国藩、毛泽东等，梁启超称誉他是"湘学复兴导师"。客观上，他对重塑湖南学人的精神人格起到了重要作用。

王夫之的著述和思想从产生到大行于世，经历了一百多年的冷落湮没时期，直到近代，才奇迹般地受到世人重视，其间一个重要的转机，就是邓显鹤慧眼识珠，多方征求船山遗著，整理刊布了《船山遗书》。王夫之的著作录于《四库全书》仅六种，存目两种。至道光中叶，其遗书绝大部分没有刊刻，少数已刊出的也由于稀少，为人们所罕见。邓显鹤最早意识到王夫之著作的巨大价值，共刊布《船山遗书》十八种一百五十卷，并编撰出第一份完整的《船山遗书目录》，使王夫之的思想成为风行全国的"显学"，光炳中华，泽被后代。

在这个群体中，魏源影响最大。他是湖南隆回人，五十一岁才进士及第。长期充当地方督抚的幕僚，道光七年（1827）入陶澍幕，经世才干得到发挥，成为海运、河工、盐政、币制改革的专家。因屡遭排斥，隐居著述，客死异乡。有《圣武记》《海国图志》《皇朝经世文编》等六百余卷。

他继承和发扬湘学重躬行的学风，反对离行之知。他的知行学说摆脱了纯伦理性色彩，包含着认识论的普遍意义。他尤其强调"变"，认为历史是进化的，应做到称古而不泥于古，与时俱进；但"变"的标准要遵循利民、便民的原则，否则就无须变革。

他的伟大之处在于让学问的研究成为社会改革的借鉴，即所谓经世致用。因而，在政治上，他提倡改革弊政，富国强兵。针对鸦片战争失败的主要原因，提出"师夷长技以制夷"的主张，即引进和学习西方先进的科学技术，以此抵抗外来侵略。他为此提出了改革吏治、开通言路、吸收外资、振兴工业、提拔人才、开启民智、严禁鸦片和增强国防等一系列救世治国之道。在中国历史大转变的时代，他的这些进步思想产生了重要影响，至今仍给人深刻的启迪。而作为中国第一批"睁眼看世界"的人，他加快了当时中国复苏的步伐，成为引领中国走向复兴的指路人。

6. 湘学的繁盛期——名家毕集，群贤会聚

中国近代出现了一大批湘学名家和人才群体，前者以曾国藩、左宗棠、郭嵩焘、王闿运、王先谦、张百熙、皮锡瑞、易顺鼎、叶德辉、杨昌济等为代表，后者主要有湘军集团、时务学堂和湖南史学家群体。此时名家层出不穷，群贤的影响力整体性地发挥出来，湘学发展到极盛阶段。

这些湘学名家大都强调实学与实用，范围涉及兴办书院、吏治、河工、海运、盐政和治军等。因此，这一时期"湘学"发展的最主要特点是吸取事功学派之长，通经学古而致诸用。湘学的把经世之学与讲求大本大原的天道性命之学结合起来、内圣与外王并重、讲求经世致用的突出特征得到发扬光大。

其中，湘军集团的核心人物曾国藩影响颇大。他是湖南湘乡人，二十八岁入仕，官至刑部、吏部侍郎；因组建湘军，大败太平军，加太子太保，封一等毅勇侯；后任直隶、两江总督等要职，谥文正。有诗文集、《经史百家杂钞》等一百八十五卷；主持刊刻《船山遗书》三百二十卷。

他是正统理学的传人，于朱熹受益颇多。倡导仁爱信恕的道德观念，标榜忠孝至上的人伦价值，恪守淡泊勤俭的立身准则，被视为中国传统人格的典范人物。同时，他讲求经世济时之道，以理学治国平天下。他注重从《船山遗书》中吸取思想资源，以求治国用兵之道。主张学习西方先进的科学技术，发起洋务运动，创办军事工厂、制造军舰和轮船、设立翻译馆、创建机械学校、选派学生赴美留学，促进了我国科学技术和教育事业的发展，以及人才群体的崛起。在对湘学核心内容的发挥上，他虽然缺乏胡宏批判世儒的理论勇气和船山对华夏民族前途的忧虑，却更多地体现了张栻那种忠君报国的精神，其人格力量极具感召力，影响也非常深远。中国现代两位领袖人物毛泽东和蒋介石都明确表示，平生服膺之人就是"曾文正"。

时务学堂是这一时期另一个著名的人才群体。它是 1897 年在长沙创办的一所新式学校，被视为近代维新派人才的摇篮。它的发起人谭嗣同，赞助者陈宝箴、黄遵宪、江标，提调（校长）熊希龄，中文总教习梁启超，中文分教习欧榘甲、韩文举、叶觉迈、唐才常，以及学生蔡锷等，都是当时维新变法的重量级人物。从政治立场上看，这个群体和湘军集团是截然相反的，前者要维护封建主义的政治秩序，后者则要重建和改造这一秩序。但是，由于共同的区域文化背景，它们又表现出一些相同的文化特征，如推崇实学、崇尚经世致用、尊崇理学的文化传统等。虽然维新人士在实学中也增加了西方的自然科学、社会科学的内容，接受和宣传进化论与平等民主的思想，但仍然表现出对儒家政治伦理的尊崇，并自觉接受理学的哲学形式的影响。不过，如果没有强烈的经世致用观和浓厚的政治意识，是不可能出现近代史上著名的时务学堂人才群体的。

谭嗣同是时务学堂中杰出的维新志士的代表人物。他是湖南浏阳人。光绪二十四年（1898），光绪帝宣布变法，他奉命进京，授四品卿衔军机章京。变法失败后，他英勇就义。他撰写哲学著作《仁学》的目的是寻找挽救国家民族危亡之道。他认为"仁"是万物之源，"以通为第一义"，具有不生不灭的特点。这意味着"仁"可以破名教、破生死、破亲疏，体现出具有平等、博爱和自由色彩的内涵。实际上，他是在对传统观念进行新的阐释，试图用民主对抗专制主义和三纲五常，以科学冲击为封建统治服务的俗学。更为难能可贵的是，他用自己年轻的生命挑战顽固的守旧势力，这正是践行经世致用的最好明证。

要之，湘学是一种极富特色的地域学术思想，从它经历的六个发展阶段可以看出，它不仅在中国传统思想史上有很大的贡献，而且对中国近现代社会革命和发展起到了相当大的作用。

三、湘学的思想文化来源及特点

大致而言，湘学的特点是因其思想文化来源而决定、制约的；而湘学的思想文化来源又因历史时期的不同，而主要呈现为道家文化系统和儒家文化系统。这两个文化系统，对于湘学而言，儒家文化系统是主要的。以下我们将就这两个文化系统进行考察。

一是儒家文化系统。因为两汉时期儒学虽然鼎盛，但是两汉儒学是一个自上而下的国家意识形态，是一种统一的儒学，所以这一文化系统在唐宋以前的湖南地区，基本上找不到明显而又突出的代表人物，当然并不能说其影响就不存在。直至北宋，中国出现了儒学地域化这样一个重要的学术史现象，亦即儒学演变为一个个具有地方特色、历史传承的地域学派。在这样儒学地域化及中国文化重心南移的大背景下，湘学应运崛起。于是，周敦颐具有浓郁儒道思想合流之濂溪学派的兴起，南宋时期湖湘学派的兴起，以及朱（熹）、张（栻）会讲于长沙岳麓书院，湖南才在传统主流文化中争得了有影响的一席之地，赢得了"荆蛮邹鲁""潇湘洙泗"的美誉。南宋后期的"理学名臣"真德秀《劝学文》对此礼赞曰：

> 窃惟方今学术源流之盛，未有出湖湘之右者。盖前则有濂溪先生周元公，生于舂陵，以其心悟独得之学，著为《通书》《太极图》，昭示来世，上承孔孟之统，下启河洛之传。中则有胡文定公，以所闻于程氏者，设教衡岳之下，其所为《春秋传》专以息邪说、距诐行、扶皇极、正人心为本。自熙宁以后，此学废绝，公一出书，大义复明。其子致堂、五峰二先生，又以得于家庭者，进则施诸用，退则淑其徒，所著《论语详说》《读史》《知言》等书，皆有益于后学。近则有南轩先生张宣公寓于兹土，晦庵先生朱文公又尝临镇焉。二先生之学源流实出于一，而其所以发明究极者，又皆集诸老之大成，理义之秘，至是无复馀蕴。此邦之士，登门墙承馨欬者甚众，故人才辈出，有非他郡国所可及。（《真西山文集》卷四十）

这段文字表明真德秀时已经承认湘学的传承系统。这一文化系统从宋代迄明、清一脉相传进而影响到近现代。该文化系统的精神特质是，有着大一统的国家观、经世致用的实学思想、强烈的社会责任感以及深厚的忧患意识等。

二是道家文化系统。道家文化的发源地是包括湖南在内的荆楚地区。湖南在周代为荆州南境，春秋战国时期属楚国。在当时，"楚人地南卷沅湘，北绕颍泗，西包西蜀，东裹郯淮"（《淮南子·兵略训》）。楚文化的覆盖面远远超过了现今的湖南大地。在如此强大的文化支持下，楚国有其不同于中原各国的典籍。《孟子》曾说："晋之《乘》，楚之《梼杌》，鲁之《春秋》，一也。"《梼杌》是楚国的史书，久已失传。又《左传》中谈到楚左史倚相能读《三坟》《五典》《八索》《九丘》，这些大概是记载楚国史迹、民间风俗及地理知识的书，也已失传。据史籍记载，儒家思想和道家思想的初级阶段即有所谓北学和南学。《中庸》有段话是很好的说明："子路问'强'，子曰：'南方之强与？北方之强与？抑而强与？宽柔以教，不报无道。南方之强也，君子居之。衽金革，死而不厌，北方之强也，而强者居之。'"联系到《庄子·天运篇》所载老子对孔子说"子来乎，吾闻子北方之贤者也"，隐以南方之贤者自居，即可知儒、道实源于南、北学。

前已叙及，长沙马王堆汉墓曾出土《易经》《老子》等二十余种著作，说明南学著作汉以前曾流行于湖南。

楚文化以后，自秦汉至唐代，湖南的文化形态应是湘楚文化，楚文化与湘楚文化的哲学支撑应是"南方之强"的黄老之学。湘楚大地的道家思想和中原的儒家思想，在中国古代文化思想史上，足以比美，相与为用。大抵儒家尚实际，道家尚虚无；儒家重现实，道家重幻想；儒家主理性，道家主意象；儒家赞人工，道家赞自然。道家文化的精神特质是彻底地追求精神自由，有着浓郁的诗性特征。这种思想特征的影响直至近现代。近代有些有识之士为了改造社会，践行维新或革命的理想，如谭嗣同等人慷慨赴死，甚至为了唤醒世人，如陈天华、杨毓麟等人不惜蹈海自杀。湖南具有这样难以为常人所理解之"轻生"行为的人较之其他地区为多，既可以追溯到先秦的屈原，也与道家哲学彻底地追求精神自由的思想气质密切相关。

湘学当然是宏大的、源远流长的中华学术的一个分支，然而，结合地域而论，结合学术发展史而论，它又有如下几个方面的特点。

一曰"独立之根性"。从某种意义上说，这是湖南先民的血性遗传。湖南开发较中原为晚，先民们的早期生活条件十分恶劣，所谓"筚路蓝缕，以启山林"，楚人祖先艰辛创业的情景可以想见。荆楚人并不在乎别人称其为"蛮夷"，反而宣称"我蛮夷也"，表示了对中原王朝的蔑视，显示了强烈的自我意识和独立精神。《左传·宣公三年》记载楚庄王率重兵逼近周天子都城洛邑，"观兵于周疆"。周定王惶恐不安，派大夫王孙满劳军。楚庄王接见王孙满时，竟然情不自禁地问起代表帝王权力的九鼎的大小、轻重。王孙满被楚庄王的权力欲和叛逆性吓得出了一身冷汗。楚人这种强烈的自我意识和独立精神在湖南这块热土上代代传承，经历数千年的漫长岁月而不息，逐渐形成三湘四水的士风民习，逐渐凝练成为一种独立不羁、无所依傍的文化精神；折射于学术，则为"独立之根性"。周敦颐、王夫之、魏源、曾国藩、左宗棠、郭嵩焘、王闿运等，他们的行事、性格中无不深深浸染着这种"独立之根性"。

湘学的这一特点是辛亥志士杨毓麟考察湖南学术发展史而总结、揭示的。杨毓麟说湖南学术"其岸异之处，颇能自振于他省之外"。如周敦颐"师心独往，以一人之意识经纬成一学说，遂为两宋道学不祧之祖"；王夫之"以其坚贞刻苦之身，进退宋儒，自立宗主"；郭嵩焘"谈海外政艺时措之宜，能发人之所未见，冒不韪而勿惜"，"至于直接船山之精神者，尤莫如谭嗣同，无所依傍，浩然独往，不知宇宙之圻埒，何论世法！其爱同胞而甚仇虐，时时逆发于脑筋而不能自已。是何也？曰：独立之根性使然也"。① 我们认为，杨毓麟的概括切中肯綮，"独立之根性"的确是湘学自立于千百年来学术之林的根本特性。

二曰勇于为国献身。伟大爱国主义诗人屈原虽不是出生在湖南，但彼时湖南属于楚国的南部疆土，屈原许多忧民爱国的诗篇创作于湖南，他以身殉国的壮举完成于湖南，他的思想和行为对以后湖南士风学风产生了很大的影响。随着南宋时期湖湘学的创立及其传播，屈贾的爱国主义传统进一步发扬光大。胡安国在向宋钦宗所上的《时政论》中就坚决主张抗金收复失地。其子胡宏在上宋高宗书中对朝廷步步退让痛切陈词。胡宏的弟子张栻曾亲身参与其父张浚北伐。南宋末年，元军南侵，在湖南安抚使李芾的率领下，长沙军民包括潭州书院、湘西书院、岳麓书院的数百学生义无反顾地投入守城战斗，最后矢尽粮绝，壮烈殉国。在明末的抗清斗争之中，岳麓书院山长吴道行痛感无力回天，最终绝食死于岳麓山。著名思想家王夫之则毅然于衡山举义兵抗清，失败后又埋首著述，以寄家国之仇，终身不做清王朝统治下的臣民。

进入近代，随着西方列强侵入中国，民族矛盾急剧上升，湖南士人为了挽救国家和民族的危亡，焕发出了一种百折不挠和勇于献身的奋斗精神。如戊戌政变时，谭嗣同本可逃过劫难，却甘愿受死，慨然表示："各国变法，无不从流血而成，今日中国未闻有因变法而流血者，此国之所以不昌也。有之，请自嗣同始！"② 以自己的鲜血唤起民族的觉醒，表现了大义凛然的爱国主义情操。在近代，为了警醒国人，湖南就先后有五位蹈海投江的烈士。1905 年底，为抗议日

---

① 杨毓麟：《新湖南》，载《湖南历史资料》第 3 辑，湖南人民出版社 1959 年版。
② 梁启超：《谭嗣同传》，载《谭嗣同全集》下册，中华书局 1981 年版，第 546 页。

本政府颁布《取缔清国留日学生规则》，陈天华在东京大森湾投海自杀；1906 年 5 月，为抗议中国公学遭清廷种种钳制，姚宏业在上海蹈黄浦江而亡；1915 年，为抗议丧权辱国的"二十一条"，彭超投湘自尽；1911 年夏，有感于广州黄花岗起义失败，杨毓麟愤而投英国利物浦大西洋海湾殉国；1921 年端午节，为了抗议北洋军阀专权，易白沙在广东江门投海自杀。

必须指出，湘学的爱国主义在古代是一种狭义的民族主义。所谓狭义是说它是站在汉民族的立场上，反对任何异民族的入侵。到了清末民初，湘学的爱国主义不再是狭义的而是一种广义的民族主义亦即真正意义上的爱国主义了。

三曰经世致用。所谓经世致用，实则体用结合，理论与实践相结合以经邦济世，这是中国儒家的一种优良作风，也是湘学的突出特征。如胡安国治《春秋》数十年，其目的是"康济时艰"；胡宏继承其家风，主张从事学术的目的是"明体"以致用。稍后的张栻更是把"传道以济斯民"作为宗旨贯穿岳麓书院的整个教学活动。在这种作风的影响下，湘学所培养出来的人才如吴猎、赵方、彭龟年、游九言、游九功等，都是具有实干精神、经邦济世的人物。

南宋以后，湘学的经世致用得到进一步发展。如清中叶乾嘉时代考据学盛行，学者们好钻故纸堆，不预现实；湖南的汉学家虽也讲考据，但他们能自觉将经史考据与通晓时务结合起来。如王文清治汉学，不囿于训诂，而是兼及兵、农等有关国计民生的实学。又如陶澍不仅是一位推行政治经济改革的名臣，也是一位倡导经世致用的大学者，他与魏源、贺长龄等人一起身体力行，不仅在盐政、河政、漕运的改革方面有很大的成绩，还形成了一个影响很大的经世学派，对后来的湘学发展造成了极大的影响。再如曾国藩在桐城派提出的"义理、考据、辞章"的基础上，加上"经济"二字，在理论上将经世致用的主张提高了一步。

在这种经世致用学风的熏陶下，近代以降湖南还产生了一大批干才，他们在政治、经济、军事、外交、科学、学术等方面都有不俗的表现，为世人所称道。

四曰实事求是、求真务实。按"实事求是"出自《汉书·河间献王传》，唐人颜师古解释为"务得事实，每求其真也"。湖南学人在这方面深得会心，在岳麓书院讲堂的上方就悬挂着一块"实事求是"的匾额。周敦颐《通书》阐述了

"诚"的思想，他说："诚者圣人之本。""大哉乾元，万物资始，诚之源也。"王船山继承和发展了周氏"诚"的思想。他认为"诚"就是客观存在，"诚者，实有者也"①；他还认为"诚"就是忠实于客观事物，即"忘乎己而一于理"②。魏源《海国图志》提出"以事实程实功，以实功程实事"③。曾国藩在《复夏弢甫》书中更提出："夫事者，非物乎？是者，非理乎？实事求是，非即朱子即物穷理乎？"④ 左宗棠对实事求是的体会尤为深刻，直到临终前他还在遗折中写道："上下一心，实事求是，则臣虽死之日，犹生之年。"⑤

总之，实事求是、求真务实不仅是湘学的明显特征，而且成了湖南学人的哲学观念，并且成为他们的生活准则。

五曰兼收并蓄、开放创新。在长期的历史发展过程中，湘学的明显特征还有兼收并蓄、开放创新。北宋理学的开创者周敦颐，立足儒学而又大量吸收、融合佛教与道教的思维成果，其思想体系从理论构架到范畴、命题，都有着对佛道之学的改造和利用，并能会通诸家而推陈出新。南宋时期，并非湘人的胡宏、张栻等学者以碧泉书院、岳麓书院为基地著书立说授徒讲学，在岳麓书院讲坛上，来自不同地域、不同学派的学者都能够放言高论，传播其学说。这种状况显示了湘学的博大胸怀。近代以来，以魏源、曾国藩、郭嵩焘、谭嗣同等为代表的一大批湖南学人面对危机四伏的社会局面，在继承传统文化的同时，清醒地意识到必须超越传统，积极向西方学习，"师夷长技以制夷"，实现国家的近代化。这些都是湘学兼收并蓄、开放创新精神特征的最好体现。

---

① 《船山全书》第二册，岳麓书社 1988 年版，第 313 页。
② 《船山全书》第十二册，岳麓书社 1988 年版，第 15—16 页。
③ 魏源：《海国图志》，中州古籍出版社 1999 年版，第 68 页。
④ 《曾文正公全集·书札·复夏弢甫》，光绪二年湖南传忠书局本。
⑤ 转引自杨东梁《左宗棠评传》，湖南出版社 1985 年版，第 84 页。

第一章　屈贾流风与汉唐湖南学术

湖南历史悠久，在湖南道县玉蟾岩曾出土四粒稻谷，说明湖南地域在旧石器时代便有人类活动，以后一直到春秋时期，湖南为远古越人、三苗人、濮人和楚人的活动地区。西周时期为楚国南部，属于荆州南境，春秋战国时期成为楚国属地。秦统一六国之后，实行郡县制，在现湖南地区设置了黔中郡、长沙郡。

刘、项灭秦之后，经过短暂的楚汉战争，刘邦取得了胜利，西汉建立。西汉施行州、郡、县三级行政制度，与封国并行。湖南境内设有桂阳郡、零陵郡、武陵郡和长沙国。王莽新朝曾废长沙国改立长沙郡，武陵郡改建平郡，零陵郡改九疑郡，桂阳郡改南平郡。东汉时恢复原郡名，但长沙不再立国而保留长沙郡。

汉末三国时期，湖南地区为蜀汉和东吴逐鹿之所，零陵、武陵郡属蜀，长沙、桂阳郡属吴。后零陵、武陵郡归入东吴版图，并增置南郡、临贺郡、衡阳郡、湘东郡、天门郡、昭陵郡六郡。

司马代曹，随后相继灭蜀、灭吴，西晋建立，天下复归一统，湖南分属荆州、广州。但西晋建立不久，便爆发了历时十六年的"八王之乱"，给予初建不久的中原王朝极大的打击，由此导致聚居在西晋北方的少数民族乘势而起，开始了五胡乱华的时代。

公元 317 年，西晋覆灭，司马南迁，东晋偏安江左，得以苟延残喘，时湖南分属荆州、湘州和江州。东晋灭亡之后，南朝宋、齐和梁前期，湖南分属湘州、郢州和荆州。陈朝时湖南分属荆州、沅州、湘州。

公元 589 年，隋文帝派杨广率五十万大军分九路伐陈，陈亡，至此湖南结束了长期与中原相脱离的历史，重新回到了统一的多民族大家庭中。由于隋炀帝杨广的荒淫暴敛和连年的对外战争，使隋文帝创立的政权仅存三十年就被唐王朝所替代。

贞观十年（636）唐太宗分天下诸州为十道。湖南所在州、县主要隶属江南西道。天宝十四载（755）安史之乱爆发，唐王朝进入了由盛至衰的动乱时期。为了讨伐叛乱，朝廷扩大地方官的军政大权，于是观察使、节度使乘机并起，形成地方割据势力。唐代宗广德二年（764），置湖南都团练守捉观察处置使，简称"湖南观察使"，驻衡州，管领衡、潭、邵、永、道五州。正式有"湖南"之名由此开始。

五代时期，起自河南、江西的马殷进入湖南，以潭州为都城建立楚国。后周太祖广顺元年（951），南唐取长沙，楚国亡，湖南军阀主政。宋太祖乾德元年（963），宋军取湖南，结束了湖南的割据独立局面。

湖南境内东、南、西三面环山，东为幕阜、罗霄山脉，西为武陵、雪峰山脉，南有五岭山脉。中部地区丘陵与河谷盆地相间。相对闭塞的地势，悠久的历史，使得湖南与中原及沿海迥异，具有鲜明的区域文明的特点，并由此缔造了绵延至今的湘学。

第一节　屈贾辞赋的学术内核

民国湖南耆宿王闿运去世时，湘士熊希龄曾撰有一副传诵一时的挽联，上联写的是：

> 楚学离中原而独行，读湘绮全书，直接三闾大夫，船山遗老。

这句话将"楚学""湘绮全书""三闾""船山"混而论之，玩其语意，当然不是指向文学而是更多地指向学术。熊希龄从王闿运出发，提纲挈领、一语中的，高度概括了湖南学术的历史渊源，既明确指出湖南学术有别于中原文明，又明白指出屈原是湖南学术的直接源头。

朱汉民先生认为，湖湘文化或者湘学有两个重要源头。其一，中原儒文化的逐渐南移，构成了湘学重要的价值内核。其二，可以追溯到荆楚文化以及贬谪湖湘之地的流寓学者的源头，这些人对自然宇宙的无穷想象、对自然之道的不懈追求，构成了湖湘学术重要的思想源头。① 而最先贬谪、流寓湖湘的著名文人便是

---

① 朱汉民：《湘学原道录》，中国社会科学出版社 2002 年版，第 21 页。

屈原、贾谊。其中尤其是屈原，不仅在湖湘的群山川泽中，创作了传诵千古的名篇，最终也怀沙自沉于汨罗江，与湖湘大地融为一体，成为湖湘文化的奠基者。

屈原（前340—前278），名平，字原，据学术界大致意见，为战国末期楚国丹阳（今湖北秭归）人。据《史记·屈原贾生列传》，屈原祖先和楚王的祖先一样，开始也姓芈，后来改姓熊；传到熊绎时，因功受封于楚，遂居丹阳。约公元前7世纪，楚武王熊通的儿子被封在"屈"这个地方，叫作屈瑕，他的后代就以屈为姓氏了。楚王的本家中，和屈氏家族类似的，还有昭氏和景氏，昭、屈、景是楚国王族的三大姓。屈原曾任三闾大夫，此职据说是掌管王族三姓事务的官员。

屈原精通历史、文学与神话，洞悉各国形势和治世之道。司马迁《史记·屈原贾生列传》就说他"博闻强志"，"娴于辞令"，二十多岁就做了楚怀王的左徒，曾是楚国兼管内政外交的重要官员，极得楚怀王信任。但他后来招来了楚国贵族大臣们的反对和嫉妒，昏聩的楚怀王听信谗言，渐渐疏远了屈原。公元前305年，屈原因反对与秦国订盟，被楚怀王逐出郢都，流落到汉北。楚顷襄王六年（前293），子兰指使靳尚到楚顷襄王面前进谗，使屈原第二次被流放到南方荒僻地区，此后便一直活动于沅湘一带，这里当时属于楚国南境，亦称南楚。楚顷襄王二十八年（前271），秦将白起攻破郢都，屈原自感报国无望又痛心宗国将亡，遂离开溆浦，在写下绝笔之作《怀沙》之后，于汨罗江投水而死，以自己的生命谱写了一曲壮丽的爱国主义乐章。

屈原是位诗人，从他开始，中国才有了以文学著名于世的作家。他创立了"楚辞"这种文体，被刘勰誉为"衣被词人，非一代也"。屈原的作品根据刘向、刘歆父子的校定和王逸的注本，有二十五篇，即《离骚》一篇，《天问》一篇，《九歌》篇，《九章》九篇，《远游》《卜居》《渔夫》各一篇。据《史记·屈原贾生列传》，还有《招魂》一篇。这些作品中出现了大量湖湘风物、地名、方言，应该多数是在流寓湖南时所作。

朱熹《楚辞集注》说："屈原既放，思君念国，随事感触，辄形于声。"屈原的作品大多抒发爱国思乡之情，表达了对宗国家乡的依恋和思慕，充满了忠君爱国的高尚情操。屈原的这种执着理想、经邦济世、报效宗国、忧国思乡的情怀，被后来的湖湘学人和士子所继承，成为绵延不绝的湖南文化和学术的重要精神内核。

特别值得一提的是屈原的著名诗篇《天问》。在《天问》中，屈原对于自然、天地、历史、社会提出了一百多个充满怀疑和求索精神的质问，这些质问，体现了求索天道真理的精神。如：

遂古之初，谁传道之？上下未形，何由考之？冥昭瞢暗，谁能极之？冯翼惟像，何以识之？明明暗暗，惟时何为？……阴阳三合，何本何化？圜则九重，孰营度之？惟兹何功，孰初作之？

从屈原的这些疑问中可以看出，他的心中充满了对宇宙起源、自然法则、天地变化、人文精神等一系列重大问题的怀疑和思考，这些疑问和深思，非常鲜明地体现了屈原对于天道真理的精神追求，以及希望获得天道启示的渴望。像这样有深邃学术内涵的诗篇是以前及同时代其他地方的诗歌所未曾有过的。明朝湘学巨擘王夫之深感屈原对天道的追求和领悟，他对此做出解释时说：

楚，泽国也。其南沅、湘之交，抑山国也。叠波旷宇，以荡遥情，而迫之以鉴嵚戍削之幽菀，故推宕无涯，而天采矗发。江山光怪之气，莫能揜抑。（《楚辞通释·序例》）

以上皆问天地幽明之故。原好学深思，得其所以然，为吉凶顺逆之原本，而为习而不察者诘，使察识而不自锢于昏昏之内也。……冲气以为本，阴阳以为化，天道人事尽于此也。（《楚辞通释·天问》）

对此，朱汉民做了很中肯的解读："王夫之认为屈原已经获得了对天道的感悟，他只是在以昭著的天道以启迪人间，他还说：'原以造化变迁，人事得失，莫非天地之昭著，故举天下之不测不爽者，以问懵不畏明之庸主具臣。是为天问，而非问天。篇内言虽旁薄，而要归之旨，则以有道而兴，无道则丧。'在屈原的《天问》中，已经包含着对道的理性精神。这一点，恰恰深刻地影响了包括王夫之在内的湘学传人。"①

　　屈原的这种对天道的执着精神，是与中原地区"天道远，人道迩"的儒家文化大异其趣的，应该说与三代及远古时期的宗教观念、神话传说，更是与楚文化的原始崇拜、巫术、神话等精神有着重要的渊源联系。春秋战国时期，湖南为楚地，深受楚国文化的各种各样鬼神、神话、巫蛊之术的观念和习俗的影响，也使人对天地充满了求索精神，对自然构成丰富的想象，形成了对宇宙起源、天地诞生的求索精神，并逐渐形成了探索求知的湖南文化和学术内核。屈原所写的辞赋，大多体现出这种由楚文化的神话想象、宗教情愫到对天地的上下求索，对宇宙的理性思考的演进；只不过，这种学术精神较为明显地体现在《天问》之中而已。

　　稍晚于屈原的西汉著名学者贾谊，也是湘学的重要思想源头。

　　贾谊（约前200—前168），世称贾太傅、贾长沙、贾生，洛阳（今河南洛阳）人，是西汉初期著名的政治家和文学家。

　　贾谊年少即以善诗属文著称当世。后见用于汉文帝，升任太中大夫，力主改革汉初分封制度，遭到当朝权贵周勃、灌婴等反对，外放任长沙王太傅，改任梁怀王太傅。后梁怀王堕马而死，贾谊深感自己失责，抑郁忧愤而死，年仅三十三岁。贾谊的主要成就是政论文，鲁迅在《汉文学史纲要》中曾说，贾谊与晁错的文章"皆为西汉鸿文，沾溉后人，其泽甚远"。贾谊所著文章五十余篇，刘向编为《新书》十卷，《汉书·艺文志》著录有赋七篇，明人沈颢、李空同、陆良弼等辑有《贾长沙集》。贾谊生平事迹最早见于《史记·屈原贾生列传》。

　　贾谊初到湖南，过湘江时曾写有《吊屈原赋》，开头便将自己与屈原相提并列，把二人相似的人生悲剧凸显在读者面前，"恭承嘉惠兮，俟罪长沙。侧闻屈原兮，自沉汨罗"。贾谊在赋中，写出了中国文人士子面对人生困境时忠君爱国、九死不悔的普遍选择，表达了绝不向困难、邪恶低头的坚强决心与高尚情怀。的确，贾谊继承和发展了屈原的楚辞精神，保持了湖南文化"上下求索"的精神

---

　　①　朱汉民：《湘学原道录》，中国社会科学出版社2002年版，第22页。

脉络。

值得注意的是贾谊对于道的探索意识。就在他任职长沙王太傅的时候，撰有著名的咏物抒怀的《鵩鸟赋》。据《汉书·贾谊传》载："谊为长沙傅三年，有鵩飞入谊舍，止于坐隅。鵩似鸮，不祥鸟也。谊既以谪居长沙，长沙卑湿，谊自伤悼，以为寿不得长，乃为赋以自广。"在百余字的小赋中，他借鵩鸟之口，深入思考了天地宇宙的变化无常和宇宙法则的必然趋势。他与屈原一样，从个人的不幸遭遇中，衍生出对天道演化和规律探索的强烈兴趣：

万物变化兮，固无休息。斡流而迁兮，或推而还。形气转续兮，变化而蟺。沕穆无穷兮，胡可胜言！祸兮福所倚，福兮祸所伏；忧喜聚门兮，吉凶同域。彼吴疆大兮，夫差以败；越栖会稽兮，勾践霸世。斯游遂成兮，卒被五刑；傅说胥靡兮，乃相武丁。夫祸之与福兮，何异纠缠；命不可说兮，孰知其极！水激则旱兮，矢激则远；万物回薄兮，振荡相转。云蒸雨降兮，纠错相纷；大钧播物兮，坱圠无垠。天不可预虑兮，道不可预谋；迟速有命兮，焉识其时！

且夫天地为炉兮，造化为工；阴阳为炭兮，万物为铜。合散消息兮，安有常则？千变万化兮，未始有极！忽然为人兮，何足控抟；化为异物兮，又何足患！小智自私兮，贱彼贵我；达人大观兮，物无不可。今夫徇财兮，烈士徇名。夸者死权兮，品庶每生。怵迫之徒兮，或趋西东；大人不曲兮，意变齐同。愚士系俗兮，窘若囚拘；至人遗物兮，独与道俱。众人惑惑兮，好恶积亿；真人恬漠兮，独与道息。释智遗形兮，超然自丧；寥廓忽荒兮，与道翱翔。乘流则逝兮，得坎则止；纵躯委命兮，不私与己。其生兮若浮，其死兮若休；澹乎若深渊之静，泛乎若不系之舟。不以生故自宝兮，养空而浮；德人无累兮，知命不忧。细故蒂芥兮，何足以疑！

屈原是在一系列对于宇宙自然的质问中，表达了对于宇宙天道的思考和探寻，而贾谊则直抒胸臆，表达了自己对于天道的探寻。他对天道、阴阳、造化、万物的探索，体现了他追溯宇宙大道和冥冥司命的内在冲动和追求。

与屈原的质问不同，贾谊将这种对于宇宙未知、天地无常的追问和思考，化为一种以"道"一以概括的思想体系。贾谊赋中的"天""道"是宇宙与天地之间法则的代名词，楚地本就是道家学说的诞生和兴盛之地，长沙马王堆汉墓出土的《道德经》就说明了这一点。贾谊必然深受熏陶，他认为"道"是宇宙的开始和法则。贾谊《新书》中的有些篇章虽不能确认为谪居长沙时期所作，但是对窥探其学术思想提供了有力的证明。他在《新书》卷八《道德说》中说："物所道始谓之道；所得以生谓之德。德之有也，以道为本，故曰道者，德之本也。"他认为"道"作为宇宙的本源和法则与具体器物不同，"道者无形"。而道体现在每个具体的人、物上面时即为"德"，由"德"再衍生出各种具体的法则，"德生理，理立则有宜，适之谓义"。而所有的规则、伦理、德、理、义，最后都归于宇宙本体的"道"。贾谊的"道"，不仅是自然的天道，也是伦理的人道。《新书》卷九《修政语下》借姜尚之口说："故天下者，非一家之有也，有道者之有也。故夫天下者，唯有道者理之，唯有道者纪之，唯有道者使之，唯有道者宜处而久之。"由于"德"由"道"而生，而"德"又派生出各种具体的法则和道德，因此，人道与天道本就是一体的。贾谊所说的"道"是天人合一的"道"。

此外，贾谊还有为数不少且颇具影响力的政论文，除《论积贮疏》中明言汉朝立国"几四十年矣"可断定是由长沙任上召回所撰，其余当然不能确定是否在湖南所作，其中尤以《过秦论》、《论积贮疏》、《陈政事疏》（《治安策》）最为著名，集中反映了贾谊的政治主张和哲学思想。

《过秦论》是贾谊政论散文的代表作，分上、中、下三篇。文章从各个方面分析秦王朝的过失，总结秦速亡的历史教训，以作为汉王朝建立制度、巩固统治的借鉴。其中，通过秦帝国地理位置的优越，兵甲的雄厚与统治的短暂形成鲜明的对比，得出秦亡在于"仁义不施"的结论。这与贾谊"故天下者，非一家之有也"，"故守天下者，非以道，则弗得而长也"的原道思想是一脉相承的。

《论积贮疏》是贾谊的名文之一，选自《汉书·食货志》，文题为后人所加，贾谊从缓和阶级矛盾、巩固封建统治的立场出发，不一味地粉饰太平，敢于正视社会现实，揭露时弊。他从太平盛世的背后看到了严重的社会危机，做了大胆的揭露，并提出了改革政治的主张。

《陈政事疏》（《治安策》）是贾谊被贬谪后的著名作品，西汉初期，中央与地方权力不平衡，诸侯王几度叛乱，再加上北方匈奴的骚扰和其他社会问题，汉帝国存在深深的隐忧。贾谊虽被贬谪，然其心念家国。因此根据当时情境和历史经验写了《陈政事疏》（《治安策》）。不仅文辞俊雅而被后人推崇，更可贵的是文中提出"建久安之势，成长治之业"的政治思想，后来的晁错、主父偃等人的策论在一定程度上是贾谊策论的延续。

屈原、贾谊被贬谪到当时蛮夷边荒之地的湖南地域，这是其个人的大不幸，而屈、贾的不幸恰恰是湖南文化和学术的大幸。屈、贾在湖湘大地颠沛流离，嗟叹吟诵，其探求真知的执着，忠君爱国的情怀，尤其是他们辞赋文章中蕴含的学术内核，深深印入了湖湘大地的文化图腾里，大大超出了文学的范围。屈、贾流风泽被三湘大地，哺育了一代又一代的潇湘士子。

第二节　文史并重的三国六朝文人群

魏晋南北朝时期，中国在政治上处于分裂状态，但文学、史学都开始摆脱自西汉以来的儒家文化控制，从其他学科中独立出来并初步走向繁荣，著名史学家与地理学家、文学家纷繁迭现。湖南也出现了一批较有成就的本土文士。其中邓粲的史书，罗含的地理著述及哲学散文，都取得了较大的成就，是这一时期湖南学术的代表。此外蒋琬、刘巴、桓阶等虽不以文史著称，但有文章传世。

秦汉时代，湖南尚未见有专门的史学和地学方面的著述传世，魏晋以后产生了第一批湘籍史地学家，他们撰写了不少史学和地学专著。其中应首推邓粲。

邓粲，生卒年不详，字长真，长沙人。据《晋书》卷八十列传第五十二"邓粲"记载，粲出身于官宦世家，父邓骞，东晋著名政治家，"为人有节操，识量宏远"，历任武陵（今湖南常德）、始兴（今广东曲江）太守，卒于大司马官位。邓粲少时以"高洁"知名，与南阳刘驎之、南郡刘尚公，皆"志存遁逸"，屡辞州郡辟命。晋孝武帝太元二年（377），因荆州刺史桓冲"卑辞厚礼"，遂出任荆州别驾。刘驎之、刘尚公等认为"（邓粲）道广学深，众所推怀，忽然改节，诚失所望"。邓粲笑着回答："足下可谓有志于隐而未知隐。夫隐之为道，朝亦可隐，市亦可隐，隐初在我而不在于物。"为后世士大夫依违仕隐之间提供了合理的理论根据。邓粲在任职期间政绩斐然，深受倚重。后患上严重的足症，不能正常朝拜和处理政事，请求辞职归隐，但桓冲不许，并准其躺着处理公务。晋孝武帝太元九年（384），桓冲病逝。不久，邓粲就以病为由告退，专门从事著述。

邓粲的著述主要是史学，代表作为《晋纪》十一卷，主要记述西晋历史。刘勰在《文心雕龙·史传》中说："《春秋》经传，举例发凡，自《史》《汉》以下，莫有准的。至邓粲《晋纪》，始立条例。又撮略汉魏，宪章殷周，虽湘州曲学，亦留心典谟。及安国立例，乃邓氏之规焉。"则指出邓粲史书的体例继承《春秋》，在中国传统史学的发展中起了相当重要的作用，并且指出其史书是"湘州曲学"，具有地域文化色彩，评价颇高。可惜此书在隋唐后即已失传。

邓粲还著有《元明纪》十卷，主要记述东晋元帝、明帝两朝的历史。据《晋书》邓粲本传，"粲以父骞有忠信言而世无知者，乃著《元明纪》十篇"，则是书主要阐述其父意旨。书中记述了王敦叛乱和司马承组织讨伐王敦，以及长沙之战等史实，弥足珍贵。可惜原书早已散佚不存，现存清代汤球和陈运溶的两种辑佚本。汤球的《邓粲晋记》分别辑自《太平御览》、《世说新语》及《北堂书钞》等书，共记史事四十九条；陈运溶本取材于《世说新语》《北堂书钞》《初学记》《太平御览》四书，共录史事四十五条，基本上按年代先后，将晋代起自西晋武帝，迄于东晋孝武帝的文人士子的旧闻逸事列于篇中。两书辑录的虽然只是《晋纪》的一部分，鳞爪不全，难窥全貌，但纪人述事，神情毕肖，条分缕析，具有较高的史学价值。

魏晋南北朝时，湖南还产生了一批最早的关于湘籍历史人物的著作。据《湖湘文化述要》① 中伍新福先生统计，综合性总传类，据《隋书·经籍志》记载，有《楚国先贤传赞》十二卷，晋张方撰；《零陵先贤传》，作者不详；《长沙耆旧传赞》三卷，晋临川王郎中刘彧撰；《桂阳先贤画赞》一卷，三国吴左中郎张胜

① 湖南省文史研究馆编：《湖湘文化述要》，湖南人民出版社 2013 年版，第 83 页。

撰;《武陵先贤传》,作者佚名。这些史籍原书均已佚失,现只能从某些典籍中见到部分内容。例如,《三国志》裴松之注中引用《零陵先贤传》多处;《水经注》《初学记》《艺文类聚》等载有《长沙耆旧传赞》和《桂阳先贤画赞》的部分内容;《后汉书》注、《北堂书钞》等有《武陵先贤传》多条引文,足见这些著作的史料价值。

个人别传有《桓阶别传》,作者佚名。《太平御览》"经史图书纲目"著录此书,并在诸多卷中引其文。清陈运溶《麓山精舍丛书》辑其佚文一卷。桓阶,三国临湘(今长沙)人,孙坚时举孝廉,官尚书郎。后入魏,迁尚书。魏文帝即位,拜尚书令,封安乐乡侯。

南朝萧绎所撰《金楼子》十卷,系梁元帝萧绎为湘东郡王时所作,以在藩时之别号名之;按湘东郡辖地为今衡阳市城区及衡阳、攸县、茶陵、炎陵四县范围,治所在临烝县(今衡阳),梁元帝为湘东郡王即在此,故《金楼子》也可归为古代湖南著作。原书已佚。今之清乾隆六卷本,系从《永乐大典》所收元至正三年(1343)本辑出,尚存十四篇。卷一为兴王篇、箴戒篇;卷二为后妃篇、戒子篇、聚书篇;卷三为说番篇;卷四为立言篇上、下;卷五为著书篇、捷对篇、志怪篇;卷六为杂记篇上、下,自序篇。书中资料丰富,于古今闻见事迹,征引周秦异书,今多佚亡。自述内容,亦可补诸书所未备。有《四库全书》《百子全书》等本传世。

魏晋南北朝时期,湖南出现了不少地理学方面的著述,据《隋书·经籍志》载,萧梁朝武陵人黄闵著有《神壤记》一卷,注云:"记荥阳山水,黄闵撰。"已失传。又撰《武陵记》一卷,原书已佚,《太平御览》有引文,《汉唐地理书钞》《麓山精舍丛书》亦有辑文。还撰有《沅陵记》,原书佚失,《汉唐地理书钞》保存有辑文七条。据《明一统志》载,萧梁朝武陵人伍安贫撰有《武陵图志》,原书已佚。《麓山精舍丛书》辑有《武陵记》一卷,亦称伍安贫撰。

此外,魏晋和南朝时也有一批有关湖南地理的著述,著者或为外籍人士,或籍贯不详,或佚名。例如,《南岳记》一卷,南岳名道徐灵期撰,《初学记》《北堂书钞》《艺文类聚》等载引其文;《桂阳记》,三国魏人杨元凤撰,《汉唐地理书钞》有辑文；《湘州记》一卷，晋郭仲产撰，《汉唐地理书钞》《麓山精舍丛书》有辑文；又《湘州记》四卷，南朝宋无名氏撰，《汉唐地理书钞》有辑本；《湘中记》一卷，南朝宋人撰，佚名，《麓山精舍丛书》辑有十六条；又《湘中记》一卷，南朝宋庚仲雍撰，《汉唐地理书钞》有辑文；《荆楚岁时记》一卷，南朝梁宗懔撰，《广汉魏丛书》《说郛》《四库全书》等均有载录；《荆州记》，晋武陵内史范汪撰，《史记正义》《北堂书钞》《太平御览》等载引其文，《麓山精舍丛书》辑此书佚文六则；《荆南志》二卷，南朝梁元帝萧绎撰，《太平御览》引其文，光绪《湖南通志·艺文志》按："引文有及今湖南山川者，则荆南乃指荆州以南，统荆湘而言之，此全楚地志之始。"

在这一批新涌现的史地学家中，罗含是其中的代表人物。

罗含（292—372），字君章，号富和，西晋桂阳郡耒阳（今湖南耒阳）人。祖父罗彦在蜀汉建兴时为临安太守，父罗绥，蜀汉延熙时为荥阳太守。含幼孤，依叔母朱氏成人。其生平事迹以《晋书》卷九十二《罗含传》较为翔实可靠：

> 罗含少有志尚，尝昼卧，梦一鸟文彩异常飞入口中。因起，惊说之。朱氏曰："鸟有文彩，汝后必有文章。"自此后，藻思日新。弱冠，州三辟不就。含父尝宰新淦，新淦人杨羡后为含州将，引含为主簿，含傲然不顾。羡招致不已，辞不获而就焉。及羡去职，含送之到县。新淦人以含旧宰之子，咸致赂遗。含难违而受之，及归，悉封置而去。由是远近推服焉。后为郡功曹。刺史庾亮以为部江夏从事。太守谢尚与含为方外之好，乃称曰："罗君章可谓湘中之琳琅。"寻转州主簿。后桓温临州，又补征西参军。温尝使含诣尚，有所检劾。含至，不问郡事，与尚累日酣饮而还。温问所劾事，含曰："公谓尚何如人？"温曰："胜我也。"含曰："岂有胜公而行非邪？故一无所问。"温奇其意而不责焉。转州别驾。以廨舍喧扰，于城西池小洲上，立茅屋，伐木为材，织苇为席而居。布衣蔬食，晏如也。温尝与寮属燕。含后至，温问众坐，曰："此何如人？"或曰："可谓荆楚之材。"温曰："此自江左之秀，岂惟荆楚而已。"征为尚书郎。温雅重其才，又表转征西户曹参军，俄迁宜都太守。及温封南郡公，引为郎中令，寻征正员郎，累迁散骑常侍、侍中，仍转廷尉，长沙相。年老致仕，加中散大夫。门施

行马。初，含在官，含有一白雀栖集堂宇。及致仕还家，阶庭忽兰菊丛生，以为德行之感焉。年七十七卒。所著文章行于世。

综合有关史实，罗含主要人生经历与性格可以概括为这么几点：出身于官宦之家，自小学而不辍，富有才华；及长，驰骋官场，主要依附桓温，大抵如意，历荆州主簿、宜都太守，官至长沙相、中散大夫；魏晋风度显著，性萧散淡泊，不慕权势、不贪钱财。罗含生平事迹，以《晋书》最完备可信，其他如《世说新语》亦有相关记载。

罗含是湖南第一个知名的地理学家，其地理著述有《湘中记》，见于《水经注》和胡三省注《资治通鉴》。《宋史·艺文志》著录罗含的《湘中山水记》三卷，应为此书。原书已佚失，《玉函山房辑佚书补编》《汉唐地理书钞》等均收录有部分条文。从这些散落的文字来看，大抵为文清新自然，骈散结合，具六朝山水游记神韵，亦以野史逸事入书，颇有文采。

罗含除《湘中记》外，尚有哲理散文《更生论》，是流传至今的湖南古代最早的一篇哲学著述。常见版本为收于大正藏第五十二册弘明集卷五本子。全文如下：

善哉，向生之言曰："天者何？万物之总名。人者何？天中之一物。"因此以谈今，万物有数而天地无穷。然则无穷之变，未始出于万物。万物不更生，则天地有终矣。天地不为有终，则更生可知矣。寻诸旧论，亦云万兆悬定，群生代谢，圣人作《易》，已备其极。穷神知化，穷理尽性，苟神可穷，有形者不得无数，是则人物有定数，彼我有成分，有不可灭而为无，彼不得化而为我。聚散隐显，环转于无穷之涂；贤愚寿夭，还复其物。自然贯次，毫分不差，与运泯复，不识不知。遐哉，邈乎其道冥矣。天地虽大，浑而不乱；万物虽众，区已别矣。各自其本，祖宗有序。本支百世，不失其旧。又神之与质，自然之偶也。偶有离合死生之变也。质有聚散往复之势也。人物变化，各有其往，往有本分，故复有常。物散虽混淆，聚不可乱。其往弥远，故其复弥近。又神质会期，符契自合，世皆悲合之必离，而莫慰离之必合，皆知聚之必散，而莫识散之必聚。未之思也。岂远乎？若者，凡今生之生为即昔生，生之故事即故事。于体无所厝，其意与己冥。终不自觉。孰云觉之哉？今谈者徒知向我非今，而不知今我故昔我尔。达观者所以齐死生，亦云死生为寤寐，诚哉是言。

《更生论》首先引向秀之言，认为"天"是"万物之总名"，而人只不过是"天中之一物"。这当然具有朴素唯物论的因素，体现了魏晋时代玄学逐渐兴起的时代思潮。所谓"更生"，即事物的发展变化。《更生论》主要论证人死更生，万物转生，宇宙往复无穷的道理。认为更生是人生、世界、宇宙循环往复的主要途径与生存方式，如果"万物不更生"，"则天地有终矣"。接着指出"有不可灭而为无，彼不得化而为我。聚散隐显，环转于无穷之涂，贤愚寿夭，还复其物，自然贯次，毫分不差"。人与自然，神形虽殊，变化不一，但本质一致，都有神（精神、思想）、质（肉体、物质）的区别。最后得出结论"达观者，所以齐死生，亦云死生为寤寐，诚哉是言"。于人生苦短的悲哀中也透露出一种达观自适的人生态度。后来北宋苏轼《前赤壁赋》"盖将自其变者而观之，则天地曾不能以一瞬；自其不变者而观之，则物与我皆无尽也"，应该酌取了《更生论》所言。

《更生论》写成后，罗含寄给时任长沙太守的孙盛，孙盛阅后写了一篇《与罗君章书》。一方面肯定《更生论》"括囊变化，穷极聚散"，是"好论"；但另一方面抓住《更生论》揭示的"变化"做文章，表达了较罗含更为进一步的观点。孙盛认为："形既分散，知亦如之，纷错混淆，化为异物，他物各失其旧，非复昔日。"[①] 他特别强调"化"字，高门豪族可能变化成部曲、奴仆和佃客，佃客、奴仆和部曲也可能变化为高门豪族，帝王将相均可起自寒微。这是代表当时"寒门""微族"的一种观点。这种观点虽然并非孙盛首倡，但也是对《更生论》的一种有益的拓展和补充，是具有一定的积极意义的。

除邓粲、罗含等人外，魏晋南北朝时还出现了一批湖南籍文士。三国时有刘巴、蒋琬、桓阶，两晋时有车胤等见于经传，他们的文章亦不乏学术意味。

刘巴（约170—222），字子初，零陵烝阳（今湖南桂阳）人。刘巴出身于官

---

① （清）严可均校辑：《全上古三代秦汉三国六朝文》，中华书局1958年版，第1133页。

宦之家，祖父刘曜，苍梧太守。父刘祥，江夏太守、荡寇将军。刘巴少时即闻名乡里，荆州牧刘表连辟及举茂才，皆不就。赤壁之战后，刘巴北诣曹操，被辟为掾。使招纳长沙、零陵、桂阳，恰逢刘备略有三郡，刘巴不愿意出仕刘备，逃到交趾（今越南）。刘备夺取益州（今四川），刘巴辗转到达成都，因诸葛孔明多次称荐，辟为左将军、西曹掾，后代法正为尚书令。据《三国志》本传，刘巴一生躬履清俭，不治产业，恭默守静，退无私交，非公事不言。刘备称帝，文诰策命皆刘巴所作。章武二年（222）卒。生平事迹见《三国志·蜀志》卷九及《零陵先贤传》等书，平生所作文章策命以严可均《全上古三代秦汉三国六朝文》卷四十刘巴卷所收最为完备。如其《为先主即皇帝位告天文》：

> 惟建安二十六年四月丙午，皇帝臣备，敢用玄牡，昭告皇天上帝、后土神祇：汉有天下，历数无疆。曩者王莽篡盗，光武皇帝震怒致诛，社稷复存。今曹操阻兵安忍，戮杀主后，滔天泯夏，罔顾天显。操子丕，载其凶逆，窃居神器。群臣将士以为社稷堕废，备宜修之，嗣武二祖，龚行天罚。备虽否德，惧忝帝位。询于庶民，外及蛮夷君长，佥曰“天命不可以不答，祖业不可以久替，四海不可以无主”。率土式望，在备一人。备畏天明命，又惧汉邦将湮于地，谨择元日，与百寮登坛，受皇帝玺绶。修燔瘗，告类于天神，惟天神尚飨，祚于汉家，永绥四海！

寥寥二百余字，既说明了天下群雄割据、国家无主的迫切形势，又对刘备上承天命、下安百姓的合理合法性作了充分论述，颇具政治家的眼光，行文之间又受《孟子》雄辩的影响。

蒋琬（？—246），字公琰，三国零陵湘乡（今属湖南湘乡）人，少以才闻名于郡县，刘备入蜀，被委任为广都（今四川双流）长。刘备称汉中王，蒋琬为尚书郎。后主建兴元年（223），诸葛亮奉命组建府署，蒋琬为丞相府东曹掾，后升参军。建兴五年（227），诸葛亮驻军汉中，蒋琬与长史张裔留成都统管府事。建兴八年（230），代张裔为丞相长史，加抚军将军，为诸葛亮伐魏提供坚强的物资保障，诸葛亮曾言“公琰托志忠雅，当与吾共赞王业者也”（《三国志·蜀志》卷十四）。建兴十二年（234），诸葛亮卒于五丈原军中，蒋琬升任尚书令，领益州刺史，迁大将军，录尚书事，主持朝政。当时，新丧主帅，朝野惶惧，蒋琬虽初总朝政，但镇定自若，"既无戚容，又无喜色，神守举止，有如平日"，因而民心迅速安定。后主延熙元年（238），蒋琬统率诸军屯驻汉中、加大司马，封安阳亭侯。后主延熙九年（246）卒于涪县（今属重庆）。蒋琬为官清正廉明，处事敏捷准确，政简刑清；为人则豁达大度、宽容平和。死后，后主刘禅赐其谥号为"恭"，人皆尊称蒋恭侯。其生平事迹见《三国志·蜀志》卷十四。所作诗文，清人严可均《全上古三代秦汉三国六朝文》有蒋琬集一卷，清代陈运溶辑为《蒋恭侯集》一卷，收入其所刊刻的《湘中名贤遗集五种》；据《隋书·经籍志》，蒋琬尚著有《丧服要记》一卷，应该是法治学、礼仪学、民俗学方面的著作，可惜今散佚不存。

《三国志·蒋琬传》载蒋琬所作《上袭魏疏》条分缕析，思虑周详，急切报国之心喷涌而出：

芟秽弭难，臣职是掌。自臣奉辞汉中，已经六年。臣既暗弱，如婴疾疢，规方无成，夙夜忧惨。今魏跨带九州，根蒂滋蔓，平除未易。若东西并力，首尾掎角，虽未能速得如志，且当分裂蚕食，先摧其支党。然吴期二三，连不克果，俯仰惟艰，实忘寝食。辄与费祎等议，以凉州胡塞之要，进退有资，贼之所惜，且羌、胡乃心思汉如渴，又昔偏军入羌，郭淮破走，算其长短，以为事首。宜以姜维为凉州刺史，若维征行，御持河右，臣当帅军，为维镇继，今涪水陆四通，惟急是应。若东北有虞，赴之不难。

不到二百字的奏疏中，既有对自己的深沉自责，又有对国家的拳拳衷情；既有对形势的全面客观分析，又有对未来的周到详细谋划。既符合奏疏的基本格式，又体现出作者的独特感受，是一篇研究三国军事史的重要文献。同时全篇骈散结合，错落有致，较好地体现了六朝散文骈散结合的特点。

桓阶，字伯绪，生卒年不详，长沙临湘（今湖南）人。据《魏书·桓阶传》，桓阶出身于官宦世家：祖父超，曾任州郡长官；父胜，为尚书，著名南方，仕郡功曹。桓阶初被太守孙坚举为孝廉，不久转尚书郎。孙坚击刘表死，桓阶不顾生命危险，亲自拜见刘表要回孙坚尸首。后曹操与袁绍战于官渡，刘表依附袁绍，桓阶则劝张羡曰："夫举事而不本于义，未有不败者也。故齐桓率诸侯以尊周，晋文逐叔带以纳王。今袁氏反此，而刘牧应之，取祸之道也。明府必欲立功明义，全福远祸，不宜与之同也。"于是，张羡乃举长沙及旁三郡以拒刘表，归顺曹操，从而奠定了桓阶在魏国的重要地位。后被曹操辟为丞相掾主簿，迁赵郡太守。因力劝曹操立曹丕为太子，得以荣耀终生。《魏书》称阶劝曹操曰："今太子位冠群子，名昭海内，仁圣达节，天下莫不闻；而大王甫以植而问臣，臣诚惑之。"累迁尚书，典选举。曹丕受禅，授桓为尚书令，封高乡亭侯，加侍中。桓阶病，曹丕亲临省问，徙封安乐乡侯，食邑六百户。及病革，即病中拜太常，卒谥贞侯。桓阶平时善于著述，处理政务之暇常撰文作书，去世后留有《桓令君集》。清代严可均《全上古三代秦汉三国六朝文》辑有《桓令君奏议》一卷。光绪二十六年（1900）清代陈运溶（芸畦）辑有《桓令君集》一卷，收入《湘中名贤遗集五种》，收文较为完备。

桓阶虽然所撰奏议语言典雅，格式规整，情理兼具，有一定的文学价值，但他是一位政治家，更讲究立场与权谋，如《奏请受禅》：

今汉使音奉玺书到，臣等以为天命不可稽，神器不可黩。周武中流有白鱼之应，不待师期而大号已建，舜受大麓，桑荫未移而已陟帝位，皆所以祗承天命，若此之速也。故无固让之义，不以守节为贵，必道信于神灵，符合于天地而已。《易》曰："其受命如响，无有远近幽深，遂知来物，非天下之至精，其孰能与于此？"今陛下应期运之数，为皇天所子，而复稽滞于辞让，低徊于大号，非所以则天地之道，副万国之望。臣等敢以死请，辄敕有司，修治坛场，择吉日，受禅命，发玺绶。

虽是程式文体，但坚定地站在曹魏的立场上，引经据典，连类譬喻，使时人看来"大逆不道"的事情也变得顺理成章了。如果不是从道德评价的角度来看，桓阶类似奏议还是有较强的逻辑推理能力的，继承了贾谊的策论传统，遣词造句也精练工整。

车胤（约333—401），字武子，晋南平（今属湖南常德）人。据《晋书》卷八十三列传第五十三本传，车胤曾祖车浚，为三国吴会稽太守，以郡饥求赈，为孙皓以欲树私恩罪所杀。父名育，曾任南平太守王胡之的主簿。但到车胤时，家境贫寒，常无油点灯，夏夜就捕捉萤火虫，用以照明夜读，所谓"萤窗夜读"即由此而来。车胤少有才名，据《晋书·车胤传》："太守王胡之名知人，见胤于童幼之中，谓胤父曰：'此儿当大兴卿门，可使专学。'"后以才学，桓温辟为从事，进主簿，迁别驾、征西长史，宁康（373—375）初为中书侍郎，封关内侯，累迁侍中，太元中领国子博士，迁骠骑长史，拜太常，进封临湘侯，寻为护军将军，隆安初除吴兴太守，辞疾不拜，加辅国将军丹阳尹。隆安四年（400），车胤被提升为吏部尚书。会稽郡世家子弟元显骄矜放荡，车胤与江绩"密言于道子，将奏之事，泄"，元显"逼令自裁，俄而卒，朝廷伤之"。所著有《车太常集》，严可均《全晋文》收入卷一三五，清人陈运溶辑有《车太常集》一卷，收入光绪二十六年刊刻的《湘中名贤遗集五种》，但不及《全晋文》完备。车胤是个政治人物，留下的文字主要是各种奏疏，如《上言庶母服制》，《全晋文》卷一三五载车胤太元十七年（392）上疏：

谨案《丧服礼经》，"庶子为母缌麻三月"。《传》曰，"何以缌麻？以尊者为体，不敢服其私亲也"。此《经》《传》之明文，圣贤之格言。而自顷开国公侯，至于卿士，庶子为后，各肆私情，服其庶母，同之于嫡。此末俗之弊，溺情伤教，纵而不革，则流遁忘返矣。且夫尊尊亲亲，虽礼之大本，然厌亲于尊，由来尚矣。《礼记》曰，"为父后，出母无服也者，不祭故也"。又，礼，天子父母之丧，未葬，越绋而祭天地社稷。斯皆崇严至敬，不敢以私废尊也。今身承祖宗之重，而以庶母之私，废烝尝之事。五庙阙祀，由一妾之终，求之情礼，失莫大焉。举世皆然，莫之裁贬。就心不同，而事不敢异。故正礼遂颓，而习非成俗。此《国风》所以思古，《小雅》所以悲叹。当今九服渐宁，王化惟新，诚宜崇明礼典，以一风俗。请台省考修经典，式明王度。

大概是他的上疏遭到冷落，太元十八年（393）他又再次上疏：

去年上，自顷开国公侯，至于卿士，庶子为后者，服其庶母，同之于嫡，违礼犯制，宜加裁抑。事上经年，未被告报，未审朝议以何为疑？若以所陈或谬，则经有文；若以古今不同，则晋有成典。升平四年，故太宰武陵王所生母丧，表求齐衰三年，诏听依昔乐安王故事，制大功九月。兴宁三年，故梁王逢又所生母丧，亦求三年。《庚子诏书》依太宰故事，同服大功。若谨案周礼，则缌麻三月；若奉晋制，则大功九月。古礼今制，并无居庐三年之文，而顷年已来，各申私情，更相拟袭，渐以成俗。纵而不禁，则圣典灭矣。夫尊尊亲亲，立人之本，王化所由，二端而已。故先王设教，务弘其极，尊郊社之敬，制越绋之礼，严宗庙之祀，厌庶子之服，所以经纬人文，化成天下。夫屈家事于王道，厌私恩于祖宗，岂非上行乎下，父行乎子！若尊尊之心有时而替，宜厌之情触事而申，祖宗之敬微，而君臣之礼亏矣。严恪微于祖宗，致敬亏于事上，而欲俗安化隆，不亦难乎！区区所惜，实在于斯。职之所司，不敢不言，请台参详。

前后两篇奏疏都是要求实行庶母服制，境况不同，言辞各异，皆特色鲜明。前者重在强调庶母之服由来已久，旧例陈规俱在，只要照章办事，"诚宜崇明礼典，以一风俗"，就可以"式明王度"。后者是在前篇没有取得预期效果后的激切上言，言辞激越，语调急促，而又论证严密，层层推进，可谓箭在弦上，气势逼人。"事上经年，未被告报，未审朝议以何为疑？若以所陈或谬，则经有文；若以古今不同，则晋有成典"，激切愤懑之情溢于言表。"职之所司，不敢不言，请台参详"，由于作者于制度典章谙熟于心，不卑不亢之中有一种志在必得之势，如老吏断狱，肃杀严峻。车胤奏疏大都如此。

第三节　寥落的唐代湖南学术

隋唐五代的湖南，虽然与全国一样历经了王朝的更迭和割据动乱，但所受的战乱影响较之北方要小，社会经济相对来说发展较快，农业土地得到新的开发，手工业生产技术不断提高（如长沙铜官窑生产的题有诗句的彩绘瓷器就是明证），商业交通较之秦汉六朝时期有新的扩展，与北方的联系和经济文化交流进一步加强，特别是始于隋朝的科举考试制度，在唐代及后来得到了继承发展，极大地促进了全国范围内的文化传播，促进了文明的发展。

这一时期产生了以刘蜕、欧阳询为代表的一批著名湖南本土作家，以及流寓在湖南的柳宗元、刘禹锡等流寓作家；欧阳询主纂的《艺文类聚》，及其他湘籍史地学家著作的问世；等等。他们为隋唐湖南学术写下了光辉的一章。

一、欧阳询主纂《艺文类聚》

欧阳询，字信本，长沙（今望城县）人，生于南朝梁敬帝太平二年（557）。陈宣帝太建二年（570），其父纥任广州刺史，后举兵攻陈，失败被杀，连坐全家，询因年幼幸免，为其父友尚书令江总所养。欧阳询相貌虽然丑陋，却聪敏过人，读书一目数行，颇涉猎经史著述，尤精《汉书》《史记》《东观汉记》诸籍。隋时，官太常博士。后因与李渊有交谊而仕于唐，累迁银青光禄大夫、给事中、太子率更令、弘文馆学士，封渤海县男，卒于贞观年间（627—649）。欧阳询工于书法，不仅是唐代第一流的书法家，其楷书独步天下，世称"欧体"，而且长于治史，并先后参与《魏书》《陈书》的撰修。

武德五年（622），唐高祖李渊诏欧阳询、裴矩、令狐德棻等编修《艺文类聚》，由于欧阳询负责总纂，并作序，故只署其名。此书工程浩大，历时三十七年完成，全书共一百卷百余万字，分人事、博物、天地三大类，四十六部，列子目七百二十七，以事居于前、文列于后的方式编排。各条之"事"，均摘自经史诸子等书，"文"则辑录诗赋作品。该书征收古籍达一千四百三十一种，这些隋唐前的古籍后世大多佚失。《四库全书总目提要》认为"于诸类书中体例最善……隋以前遗文秘籍，迄今十九不存，得此一书尚略资考证"。宋以后著作家"多引是集"。从史料角度来看，《艺文类聚》确实保存了隋唐以前许多珍贵的资料文献，对于研究中国古代文化，整理、集佚、校勘古籍，极具价值。现有宋刻本，明正德十年（1515）、嘉靖六年（1527）等刻本传世。清乾隆《四库全书》著录。

除欧阳询《艺文类聚》之外，还有一部大型类书的编辑也是唐代湘学的成果，即朱遵度所辑的《群书丽藻》。朱遵度，五代时人，青州（今山东益都）人，家富藏书，好学多通，人称"朱万卷"。后晋时，为避辽太宗耶律德光之召，携书南奔，流寓潭州（今长沙）。湖南学士每作文章，多向他请教典故始末，他则释疑解惑，应对裕如，时称其为"幕府书橱"。晚年徙金陵，终身未仕。据宋《中兴书目》载，朱遵度辑古今文章、著作为此书，全编分为六例：一曰"六籍琼华"，二百五十卷；二曰"信史瑶英"，一百八十卷；三曰"玉海九流"，三百五十卷；四曰"集苑金銮"，五十卷；五曰"绛阙蕊珠"，四十卷；六曰"凤首龙编"，一百三十卷。全编共一千卷，又别为目录五十卷，可称巨著。宋代王应麟《玉海》和陈振孙《直斋书录解题》均有著录。可惜其书南宋末已残，后佚。

这段时期的学术类著作，值得一提的还有书法理论，这方面首推欧阳询。欧阳询在长期的书法实践中总结出练书习字的八法："如高峰之坠石、如长空之新月、如千里之阵云、如万岁之枯藤、如劲松倒折、如落挂之石崖、如万钧之弩发、如利剑断犀角、如一波之过笔。"（《用笔论》）欧阳询所撰《传授诀》《用笔论》《八诀》《三十六法》等共计十八篇文章，存于《全唐文》，都是他自己学书的经验总结，比较具体地总结了书法用笔、结体、章法等书法形式技巧和美学要求。此外，书学论著还有怀素的《论书帖》和《自叙帖》。怀素是长沙人，生于唐玄宗开元十三年（725），李白《草书歌行》称赞怀素："草书天下称独步。"

二、具有民本思想的刘蜕散文

刘蜕，字复愚，自号文泉子，唐长沙人，生卒年不详。宣宗大中四年（850）进士。著名典故"破天荒"指的就是刘蜕。据《唐摭言》等记载：唐朝荆州（辖今湖南大部分地区）五十年来每年解送举人赴进士试，却从未有人及第，时人戏曰"天荒"。大中四年刘蜕以荆解及第，时人称为"破天荒"。当时的荆南节度使崔铉特地赏送刘蜕七十万贯钱以示奖励，名"破天荒钱"。刘蜕在答谢信中说："五十年来，自是人废；一千里外，岂曰天荒。"

刘蜕曾官任左拾遗，经常直言进谏，不畏权贵。懿宗咸通四年（863）八月，懿宗任命宦官吴德应为馆驿使，刘蜕以违反旧制请收回成命。帝以"敕命已行，不可复改"为由，不采纳。刘蜕上书说："自古明君从谏如流，岂有已行而不改者！且敕自陛下出之，自陛下改之，何为不可？"帝不听。十月懿宗任前宰相令狐绹之子令狐滈为左拾遗，刘蜕又上疏弹劾，斥责令狐滈借父亲的权势干预政事，"居家无子弟之法，布衣行卿相之权"，"滴上表，佯为引避，左迁詹事府司直"。第二年正月，令狐绹以淮南节度使的名义上书为其子讼冤，于是懿宗贬刘蜕为华阴令。但刘蜕不畏权贵、刚正不阿的品行为时人所称道。

刘蜕酷爱文学，他曾在其《文冢铭》中称："饮食不忘于文，晦冥不忘于文，悲戚怨愤，疾病嬉游，群居行役，未尝不以文之为怀也。"

刘蜕的作品据《新唐书·艺文志》著录有《文泉子集》十卷，已佚。今传本《文泉子集》六卷（又名《唐刘蜕集》）系明吴馡编，明天启四年（1624）吴馡问青堂刻本。《四库全书》收有《文泉子集》。

刘蜕以散文名世。晚唐文人多喜作华丽骈文，而刘蜕则以恢复古文为己任。他的散文在唐末独出一格，极少夸饰矫作词语，文笔古朴、奇奥，取法扬雄；多愤世嫉俗，见解精辟。集中有《山书》十八篇。刘蜕在序中曰："予于山上著书一十八篇，大不复物意，茫洋乎无穷，自号为《山书》。"

刘蜕深具民本主义思想，为文常嗟叹不遇，多愤激之词，同情百姓，这在其《山书》中得到体现。如其一云：

车服妾媵，所以奉贵也。然而奉天下来事贵者，贱夫。有车服必有杂佩，有妾媵必有娱乐。圣人既为之贵贱，是欲鞭农父子以奉不暇。虽有杵臼，吾安得粟而舂之？呜呼！教民以杵臼，不若均民以贵贱。

文中以"教民以杵臼，不若均民以贵贱"表达了作者的民本思想，并对封建社会的等级制提出了怀疑和否定，并且尖锐地指出"圣人既为之贵贱，是欲鞭农父子以奉不暇"，见解何等精辟！他对农民的深切同情跃然纸上。

又如《删方策》：

古之记恶，将以鉴恶。而后世为昏谀淫逆徒而将征于古，谓古不尽善，若以其涕泣以信其诈，罪己以固其恩，阴谋反复，从书以滋其智矣。然而记恶者将以惧民也。去善者不足惧，昔纣读《夏书》而尝笑其亡国。呜呼！恶既不足以鉴，则刊可也，古无其迹可也。

刘蜕此文就古代的方策（同方册）记恶是为了戒恶，生发开来，无情地揭露和鞭挞了后世昏谀淫逆之徒，指出他们记恶是为了使老百姓恐惧，而他们自己不仅不借鉴以为戒，反而变本加厉地行恶，因此不如删去更好。这正是对晚唐统治者腐败政治的讽刺和批判。集中《古渔父》四篇里有个这样的故事：

> 有置鱼于苇间，仰见鸣鸢集其上，乃冠木于器旁以惧之。明日，泽西渔者乃刻材泽畔。前日置鱼者目视而去，而三年不敢渔。其妻笑曰："始伪以绐（音代，欺骗）一器之鱼，学伪得盗一泽之利。"

开头的渔夫只是把刻着人形的木牌插在鱼器旁恐吓鹬鹰，后来的渔夫把牌插到了岸边，使原放鱼器的渔夫竟吓得三年不敢再来打鱼。难怪他的妻子要讥笑说："开头弄骗术的人可骗得一器之鱼，后来学骗术的可占到一片水塘的好处。"作者在此明显地借渔夫的故事辛辣地讽刺那些惯于玩弄骗术以售其奸的人和每况愈下的社会风气，古朴的文字中不仅饱含了愤世嫉俗之情，而且蕴含着深邃的哲理。

集中又有《吊屈原辞》三章，作者不仅在辞句上学屈原，在精神风格上也与屈原一脉相承，悲哀怨愤，感人至深。

清刘熙载的《艺概·文概》对刘蜕的散文作了中肯的评价："刘蜕文意欲自成一子，如《山书》十八篇、《古渔父》四篇，辞若僻而寄托未尝不远。学楚辞尤有深致，《哀湘竹》《下清江》《招帝子》，虽止三章，颇得《九歌》遗意。"

三、湘籍史、地著作

隋唐五代时期，传统史学和方志学在湖南有了初步的发展，依现有资料，较之其他省份，应该说还是占得先鞭的。

除前叙欧阳询之外，湖南还出现了一批湘籍史、地学家，撰修了一批全国性的或地方性史学和地理方志方面的专著，据《湖湘文化述要》中伍新福先生统计[①]，史学方面，见诸《通志》《唐书》《宋史》等著录的主要有：

《五代史初要》十卷。长沙欧阳凯撰。《通志·艺文略》著录。清光绪《湖

---

① 湖南省文史研究馆编：《湖湘文化述要》，湖南人民出版社 2013 年版，第 121、122、123 页。

南通志·艺文志》按："唐人所称五代史，谓梁、陈、北齐、周、隋。《隋书》之志，唐代谓之'五代史志'。此书盖五史之节本，故名初，略也。"原书已失传。《覃子史纂》，祁阳覃季子撰。柳宗元《覃季子墓铭》曰："推太史公、班固书下到今，横竖钩贯，又且数十家，通为书，号为《覃子史纂》。"可见覃季子著作曾传世。原书后佚。《唐书·艺文志》载，耒阳令萧佚撰有《牧宰政术》二卷。《舆地纪胜》载，澧州释大津撰《南海内传》四卷，《舆地纪胜》有引文。《宋史·艺文志》还载有《吴湘事迹》一卷，失撰人名氏。

　　隋唐时，湘籍和寓湘外籍人士编撰的有关湖南地理和方志类的著述较多。传世的，或《通志·艺文略》《唐书·艺文志》等著录或《太平御览》等有辑文的，主要有：《南岳小录》一卷，南岳道士李冲照撰。其书成于唐昭宗天复二年（902）。全编分三十四目，首叙衡山总览，次依目记山中五峰三涧、宫观药院、庙坛阁洞，附以道教活动传闻。收入《道藏》、《四库全书》和《丛书集成初编》等集本。《衡山记》，唐李明之撰。光绪《湖南通志·艺文志》著录。此书未见流传于世。《南岳记》一卷，天台山僧人章安撰。《天台山方外志》著录。《义陵记》，常林撰。据刘禹锡《武陵书怀五十韵并序》载引："常林《义陵记》云：初项籍杀义帝于郴，武陵人曰：'天下怜楚而兴，今吾王何罪乃见杀。'郡民缟素哭于招屈亭。高祖闻而异之，故亦曰义陵。"《潇湘录》十卷，柳祥撰，《唐书·艺文志》著录。又《潇湘录》十卷，李稳撰，亦见《唐书·艺文志》著录。《南楚新闻》三卷，尉迟枢撰，《唐书·艺文志》著录。"唐代丛书"存一卷。《太平广记》有引文。《湘中记》一卷，卢求撰。《宋史·艺文志》著录。《湘中山水记》一卷，卢拯撰。清光绪《湖南通志·艺文志》按："拯书即罗含《湘中记》之注，其书颇及隋唐以后事。"《零陵录》一卷，唐无名氏撰。《崇文总目》《通志·艺文略》均著录。《五溪记》，无名氏撰。光绪《湖南通志·艺文志》著录，《太平御览》和《麓山精舍丛书》有辑文。《武陵记》，鲍坚撰，《太平御览》有引文。又《武陵记》，唐王安贫撰。《酉阳杂俎》有引文。《湘潭记》，常奉真撰，《云仙杂记》有引文。《沅陵记》，无名氏撰，《太平御览》有引文。《湖南风土记》，无名氏撰，《太平御览》有引文。《麓山精舍丛书》辑一条。《岭南异物志》一卷,《南海异事》五卷,均为郴州孟琯撰。《唐书·艺文志》和《宋史·艺文志》著录。《九疑山图记》一卷,河南元结任道州刺史时撰。《宋史·艺文志》著录。《全唐文》载其记文一篇,作于永泰丙午年(766)。《长沙风土碑记》,河南张谓撰。光绪《湖南通志·艺文志》注云:此书为张谓"为潭州刺史时撰,前有碑铭,后有湘中记,载事迹七十件"。其书已失传,《全唐文》存《长沙风土碑铭并序》。《荆楚岁时记》二卷,京兆(长安)杜公瞻撰。《唐书·艺文志》录。

据清光绪《湖南通志·艺文志》载,唐代作者佚名的湖南地志还有《岳州图经》《道州图经》《邵州图经》《长沙图经》《湘阴图经》《茶陵图经》《衡山图经》《武陵图经》等,多见引于《太平御览》。

律历方面,道州何洛庭撰《律令要录》,《舆地纪胜》有引文;衡阳李宽撰《人元秘枢经》一卷,《宋史·艺文志》著录。

杂家、杂事类,以长沙刘蜕所撰《山书》最具代表性。一卷十八篇。《世善堂书目》著录。《全唐文》辑存十六篇。

此外,还有《化书》六卷,五代衡山谭峭撰。清光绪《湖南通志·艺文志》著录。《晓车志》一卷,唐浏阳欧阳元撰。《浏阳县志》和《湖南通志·艺文志》著录。

经学方面的著述,见诸记载的仅阴弘道所撰《周易新论传疏》及《春秋左氏传序》两种。

四、柳、刘流寓文章中的学术内涵

值得特别指出的是,在这个时期内,中国历史上和文学史上几位著名文学家先后流寓活动于湖南,而以唐代安史之乱前后较为集中。他们中有游览、漂泊来湘的李白、杜甫,有被贬谪来湘的王昌龄、柳宗元、刘禹锡,有贬谪岭南路经湖南的韩愈,还有直接调任湖南道州刺史的元结等人。湖湘大地的山川景物和风土人情为这些大作家提供了丰富的创作素材和养料,而这些外籍流寓作家又以其重要的创作为湖湘山河增辉,为文坛添彩。特别是柳宗元、刘禹锡两位文学家进入湖南后，各自以其深蕴哲理的论著促进了湖南学术的发展，并对宋代湖湘学的产生、发展产生了深远影响。

柳宗元（773—819），字子厚，河东解（今山西运城）人，故称柳河东。其少聪敏能文。贞元九年（793）与刘禹锡同登进士第，贞元十二年（796）登博学宏词科，始为校书郎，转为蓝田县尉。贞元十九年（803），迁监察御史里行。与刘禹锡一道积极参与以王叔文为首的"永贞革新"运动，升任礼部员外郎。永贞元年（805）秋，革新失败后，王叔文被杀，柳宗元被贬为永州司马。元和十年（815）柳宗元被召回京师，旋贬为柳州刺史，故又称柳柳州。四年后柳宗元病卒于柳州。有《柳河东集》传世。

柳宗元被贬谪在永州达十年之久，湖湘大地的求索精神深深浸润了柳宗元，他远宗屈原、贾谊，继续在穷根究底地追溯天道。柳宗元在流放湖南永州时，根据屈原的《天问》，作了《天对》，试图回答屈原对人文社会、天地自然的各种疑问。柳宗元通过这种一问一答的形式，阐述了他对天地生成、自然演化的思想观念，他认为宇宙是由运动不歇的"元气"构成的，他说：

问曰：遂古之初，谁传道之？上下未形，何由考之？冥昭瞢暗，谁能极之？冯翼惟像，何以识之？明明暗暗，惟时何为？对曰：本始之茫，诞者传焉。鸿灵幽纷，曷可言焉！黑晣眇，往来屯屯，庞昧革化，惟元气存，而何为焉！阴阳三合，何本何化？合焉者三，一以统同。吁炎吹冷，交错而功。圜则九重，孰营度之？无营以成，沓阳而九。运辕浑沦，蒙以圜号。惟兹何功，孰初作之？冥凝玄厘，无功无作。斡维焉系？天极焉加？乌溪系维，乃縻身位。无极之极，漭弥非垠或形之加，孰取大焉！

他以元气论来解释天地的产生、自然万物的演化，以解答天地自然这些根本的问题。柳宗元的天道观，主要背景是两汉时期盛行的天人感应学说，他提出的元气论是要说明天地自然的运行与社会人事的得失是没有必然联系的，即所谓"天人不相预"。但柳宗元在强调了元气的独立存在之后，还是充分肯定了人道的主观行为，他说：

变祸为福，易曲成直；宁关天命？在我人力。力足取乎人，力不足者取乎神。所谓足，足乎道之谓也，尧舜是矣。

他认为人道是一种无关天命的"人力"，亦即，它取决于人的意志性与理性，这种力量与具有神话色彩的"天""神"并无关系，"圣人之道，不穷异以为神，不引天以为高，利于人，备于事，如斯而已矣"。它们实际上只是人们应当履行的仁义等人文法则。"圣人之所以立天下，曰仁义。仁主恩，义主断。恩者亲之，断者宜之，而理道毕矣。"总之，柳宗元对于天人关系的探讨，深化了对天道与人道关系的认识。

此外，柳宗元在永州还写下了《蝜蝂传》《罴说》《三戒》《捕蛇者说》等深蕴哲理的名篇。例如，《三戒》，通过《临江之麋》《黔之驴》《永某氏之鼠》三篇寓言，辛辣地讽刺了当时那些得意忘形、外强中干、贪残肆暴的人物，指出他们必然灭亡的命运。请看《黔之驴》中的一段描写：

他日，驴一鸣，虎大骇，远遁，以为且噬己也，甚恐。然往来视之，觉无异能者；益习其声，又近出前后，终不敢搏。稍近，益狎，荡倚冲冒。驴不胜怒，蹄之。虎因喜，计之曰："技止此耳！"因跳踉大㘎，断其喉，尽其肉，乃去。

作者描写虎对驴试探了解的心理活动，从虎的畏惧、谨慎、喜悦、跳咬的几个步骤进行刻画，而写驴则从形声和技穷着笔，突出驴的外强中干的本质，从而揭示了深刻的人生哲理。形象生动，语言简洁。

与柳宗元一道登进士第，一道参加"永贞革新"，一道被贬谪到湖南的刘禹锡，是唐代著名诗人，也是杰出的学人。刘禹锡（772—842），字梦得，洛阳人，曾任太子校书、监察御史、屯田员外郎。永贞革新失败后被贬为朗州（今湖南常德）司马。宪宗元和九年（814）十二月，被召回京师，旋又被贬为连州刺史。后又历任夔州刺史、和州刺史、礼部郎中、集贤殿学士、苏州刺史等职。开成元年（836）迁太子宾客，故世称刘宾客。今传《刘梦得文集》（一称《刘宾客文集》）。"永贞革新"失败后的刘禹锡没有自甘沉沦，而是以积极乐观的精神创作了《采菱行》《桃源行》等仿民歌体的诗歌。刘禹锡在湘（主要是朗州）十个年头，写诗文近两百篇，数量相当多，质量相当高，其中一些可视为他诗文的代表作。

刘禹锡也有意向屈原学习，并继承屈赋探索哲理的传统。刘禹锡在《刘氏集略说》中说："及谪于沅湘间，为江山风物所荡，往往指事成歌，或读书有所感，辄立评议，穷愁著书，古儒者之大同，非高冠长剑之比耳。"其中"高冠长剑"系指戴高冠挂长剑的屈原。刘禹锡自谦地说自己不能与屈原相比，但仰慕他，有意向他学习。刘禹锡在政治理想、改革弊政、个性品格、经历际遇等方面有不少与屈原相似之处，尤其是刘禹锡贬谪之地朗州正是屈原流放的南楚故地，这无形中使刘禹锡在思想感情上与屈原产生了共鸣。屈原恋君忧国、疾恶如仇、敢于斗争、坚持高洁操守都给刘禹锡以巨大影响。

同时刘禹锡也继承了屈原的求索精神，深入思考天道，与柳宗元一起探讨了天人之道的问题。刘禹锡在读了友人柳宗元的《天对》后，也认为天人之道是不同的，他撰写了《天论》，分上、下篇，存于《刘梦得文集》卷十二中。在《天论（上）》中，他认为："天之道在生植，其用在强弱；人之道在法制，其用在是非。……天之所能者，生万物也；人之所能者，治万物也。""天道"是自然法则，天有天道，人有人道，道不同，用相异，天人之道不相交，亦即天道是非主观（人道）所能干预的客观必然性；"人道"是人文法则，它是人的是非准则，伦理道德。可见，刘禹锡的道论与柳宗元的是有相似性的，但是他并不认同柳宗元的"天人不相预"的观念，他认为天道和人道还是有相互统一的一面，天人之间可以"交相胜，还相用"。他说："大凡入形器中，皆有能有不能。天，有形之大者也；人，动物之尤者也。天之能，人固不能也；人之能，天亦有所不能也。故余曰：天与人交相胜耳。"在这里，他认为天人各有特质，各有所能与不能，因此肯定天人之间能够"交相胜"，他还以万物普遍法则的"数"来贯通天人之道。在《天论（下）》中，他说："大凡入乎数者，由小而推大必合，由人而推天亦合。以理揆之，万物一贯也。"由于"数"能够将天人贯通起来，这样就使人"能执人理，与天交胜"。由此可见，刘禹锡在关于天人之道的思考中，提出了"天与人交相胜"的思想，具有突出的理性主义理论特征。柳宗元、刘禹锡对天人之道的理性主义思考，在屈原探索天道的路上更进一步，是对湖南学术的极大丰富和拓展。柳、刘所论与秦汉时期的屈、贾之作应该都属于"湘地之学"，属于古湘学的范围。

《辛亥前夜的细节长沙》（节选）

这是一部近代史的著作，亦是书良所治专业以外的著作。书良出身于湖湘世家，幼年时即常听长辈讲述一些近代逸闻与掌故。本书抓住辛亥前十年这一时间节点，又聚焦长沙这一平台，围绕一些重大事件，再现各派政治力量的众生相，推演当时的历史发展大势。写作上则力求角度新颖，不乏深度。国务院学位办历史学科召集人、中国辛亥革命史研究会会长章开沅教授，阅稿后欣然作序，曰："陈书良教授是古典文学专家，他善于扬长避短，没有在近代史理论领域进行演绎，而是娓娓而道一些细节，有些还是鲜为人知的所在。用他的话来说：'历史遗漏了太多的细节，细节才能使历史鲜活起来。'"本书由湖南人民出版社出版，责任编辑彭现。此处选录的《第一章　彼时彼地——"前十年"的以前》《第三章　绅士》《第四章　白帜逶迤上麓山》就反映了本书的这一特色。原书插印了很多历史照片，有些还得之于珍贵的私家搜集，在此亦无法重现了。

第一章 彼时彼地——"前十年"的以前

一

1901 年，长沙。当时是清光绪二十七年，辛丑。

民谣说："浏阳河，弯过了九道湾，五十里水路到湘江。"波光粼粼的浏阳河，蜿蜒曲折，在长沙的东北面拐了一个大弯，汇入波涛滚滚的湘江。浏阳河的西岸，就是屋宇鳞次栉比的古城长沙。

长沙地处华夏腹地，是湖南省的省会。

长沙作为地名由来已久，《逸周书·王会篇》所载上献周天子的贡品中就有"长沙鳖"的名目。《逸周书》成于春秋之世，方物以地为名，可见当时长沙于神州宇内已是很有名气的地方了。以后，《战国策·赵策》有"长沙之难"的记载，湖北荆门发掘的包山 2 号战国墓的竹简中也有"长沙公之军"的记载。因此，晋代学者罗含《湘中记》就审慎地说："长沙之名始于洪荒之世，而以之为乡、为郡，则在后世耳。"

这里处于湘中丘陵与洞庭湖冲积平原过渡地带和湘浏盆地，城区则夹在湘江和浏阳河交汇的谷地，西边是雄壮的湘江，东边是秀丽的浏阳河。有人原其名，长沙者，是一片狭长的沙土地带。此说虽失之无据，但结合地貌来看，倒也贴切有趣。

至于作为治所，秦称"湘县"，汉称"临湘"，晋称"湘州"，唐宋称"潭州"。元符元年（1098），从长沙县南析置善化县，取"善邑"与"教化"之义。明清两朝长沙府辖 12 县州，长沙城为长沙府及长沙、善化两县的治所。清康熙三年（1664）两湖分藩，长沙即为湖南省城。

长沙的旧城墙为西汉长沙王吴芮修筑，砖土为基，明初改筑石基。清朝徐勇、洪承畴全然不念故主旧恩，将明吉藩城砖，拆下来加高加厚城墙。到了咸丰年间，太平军围了长沙城，在南门一带猛力攻城，掘地道放地雷轰炸，将晏家塘、魁星楼等处的城基弄得千疮百孔。后来经过骆秉章、刘琨等抚台前后重修，才复原貌。到1901年，从现存的天心阁照片看，长沙城还是颇为壮观的，周围二千六百三十九丈，广五里，长十里，当时有俗谚云："南门到北门，七里又三分。"应该是民间相当精确的丈量。全城原本有九个门，东边是小吴门、浏阳门；南边是黄道门；西边因便于水运，有德润门（小西门）、驿步门（大西门）、朝宗门、通货门四门；北边有湘春门、新开门。到1901年后，东北角又新开了经武门。旧时所谓城池，有城便有池，池就是绕城的便河，俗称"护城河"。城要高，池要深，叫作"金城汤池"，"固若金汤"，别人才不容易打进来。长沙绕城也有便河，我小时候还经常到湘春路外侧的便河边去游玩哩。

旧时长沙、善化两县将省城各据一半，据说明代长沙的藩王府很大，有"半城王府"的说法；又设有长沙卫，掌理兵事。城外疆土归长、善两县分管，城内却半属王府半属军卫。万历四十年（1612），城内出了盗案。长、善两县都没有权管，藩卫两处却互相踢皮球，于是才知道街道非划归地方官专管不可。这以后就将居民各编保甲，都受知县管制，藩卫不能干涉。地方则由长、善两县各管一半。到1901年时，大约由大西门进城，经永丰街、皇仓街、万寿街、万福街、息机园、石乐私巷、出东长街、入大官园，至落星田，抵浏阳门下，小吴门以上，南属善化，北属长沙。

那时候长沙城还没有通铁路，交通主要靠上接沅、澧，下通洞庭的湘江。市内交通还没有黄包车，主要靠坐轿子。一乘小轿，两个轿夫，健步如飞，吱吱呀呀地不要两个时辰就可以做一回"九门提督"，遍游长沙九门。当然这是绅士的生活。我的外祖父永湘公就经常坐着轿子，往来湖南大学和艺芳中学赶课。街道都是用麻石铺设，那石料来自湘江上游的丁字湾，我记得小时的童谣就有"丁字湾的麻石，五百年长一寸"的说法。盖房子则用铜官等地烧就的一色的青瓦，如果站在天心阁等高处瞭望，长沙城黑压压一片，"黑云压城"，间以炊烟袅袅，给人一种宁静厚重之感。

这在当时是华夏一座不起眼的中等城市。

然而，长沙在中国近代史的进程中突然能量大释放，石破天惊，散发出耀眼的光芒！

当时有一个传说，在 19 世纪、20 世纪之交，领玉皇大帝钧旨，很多星宿都投身于长沙这方圆百里之地，亦即旧辖 12 县州的长沙府域，故而真正称得上人杰地灵。政治家如郭嵩焘、瞿鸿禨、谭嗣同、唐才常、沈荩、黄兴、杨毓麟、刘道一、禹之谟、谭延闿、杨度，稍后一点如毛泽东、刘少奇、任弼时、徐特立、何叔衡、李富春、柳直荀、郭亮、蔡和森、李立三，龙虎风云，扭转乾坤；军界人士如曾国藩、左宗棠、胡林翼、孙武、马福益、龚春台、焦达峰、陈作新、何南薰、余昭常、黄钺，稍后一点如彭德怀、左权、黄公略、萧劲光、杨得志、张辉瓒、叶开鑫、鲁涤平，将星闪烁，凛凛生威；如果还要列出学界百工技艺的人才，如皮锡瑞、张百熙、王闿运、黄自元、王先谦、刘人熙、欧阳中鹄、叶德辉，稍后一点如齐白石、"黎氏八骏"、高希舜、田汉、周谷城诸人，则将是一个长长的名单了……

不过，本书所叙的缘起是辛亥前十年，1901 年，光绪二十七年辛丑。

二

其实，细细想来，1911 年以前的长沙，就已经"不同凡响"了。种种因素促成了辛丑（1901）至辛亥（1911）的演进。而如果还要向上考究，这"前十年"以前，这块土地的种种异象，就已经预示了这里"会出大事"。

现在且简略地回顾辛丑前围绕长沙发生的几桩大事。

先是湘军集团的崛起。

19 世纪的中国处在内忧外患之中。鸦片战争清朝战败以后，割地、赔款、开埠通商，鸦片流毒全国，人民灾难深重。湖南更因连年水灾，溃堤淹屋，哀鸿遍野，"长沙城内，乞丐沿途皆有"。因此，湖南各地先后有群众揭竿而起，奋起反抗。其中雷再浩、李沅发领导的会党起义，规模大，影响深，虽然最后被清军镇压，但是沉重地打击了清王朝的统治，推动了各地会党群众反抗活动的发展。

李沅发起义失败后不到一年，1851 年 1 月 11 日，平地一声雷，在广西桂平县金田村爆发了太平天国起义。这次革命历时 14 年，纵横 18 个省，将农民战争推向了最高峰。

因为湖南民众纷纷响应起义，故太平军视湖南为如鱼得水，在湖南四进四出，尤其是咸丰二年（1852）西王萧朝贵飞袭长沙，攻城 81 天，打得清王朝风声鹤唳，魄动魂悸。

说实在话，太平军前期的胜利进军与对手的孱弱有关。前期，清廷的镇压力量主要是绿营、八旗。绿营、八旗兵制，采取的是世兵制，弁兵父子相承，世代为业。由于长期无战事，营中多空缺，而各级军官往往虚报兵额，赚吃兵饷。清中叶以后，绿营中腐化不堪的现象已是非常严重，罗尔纲《绿营兵志》归纳为钻营、奉迎、取巧、油滑、偷惰、克扣、冒饷、窝娼、庇盗、开赌场、吸鸦片等弊病。至于武备废弛，更是相当严重。长沙硕儒王先谦《东华录》就记载，在皇帝检阅的会操中，绿营兵"射箭，箭虚发；驰马，人堕地"。"其能知纪律，陷阵冲锋者，寥寥无几。"这样一支既不能骑马射箭又不遵守军纪的军队，其战斗力可想而知，终于在太平天国战争中得到了总曝光。战争前期，农民军横冲直撞，绿营兵望风奔溃，被打得灵魂出窍，清帝国也变得岌岌可危。

1853 年 1 月，当太平军兵临武昌时，清廷诏令因母殁回籍守丧的侍郎曾国藩帮同办理湖南团练。先此，新宁县令江忠源、生员刘长佑也创立楚勇，与太平军作战。这样，曾国藩纠集彭玉麟、胡林翼，加上左宗棠、刘锦棠部，创办了清末最凶悍的地主武装——湘军。①

曾国藩、左宗棠发迹前都只是小地主，左宗棠的父亲还要开私塾教书以维持生计。我母亲的曾祖父刘长佑、族祖父刘坤一家中做过木材生意和豆腐作坊，两人都是生员；我的高祖父陈士杰也是湘军将领，曾做过山东巡抚，是苦读中举，家境尤为贫寒。应该说，他们都是读书人，走出书斋以前，他们都没有军事历

---

① 陈寅恪先生认为，湘军的基本力量约分为三支，一为曾国藩、胡林翼、彭玉麟部，一为左宗棠、刘锦棠部，一为江忠源、刘长佑、刘坤一部。

练，但作为中小地主阶级知识分子，他们有追求。一方面，对清末的衰落，对豪强兼并、官吏腐败的现象极为不满，希望能恢复和建立封建"盛世"时代的经济和社会秩序。另一方面，面对日益炽烈的农民反抗斗争和武装起义，他们又深感不安，担心起义会酿成全国性的暴动，危及封建统治。于是，他们以师友道义相激，投笔从戎，走出了书斋，终于爆发出人生最大的潜能。正如后来辛亥志士杨毓麟在《新湖南》中所说："咸同以前，我湖南人碌碌无所轻重于天下，亦几不知有所谓对于天下之责任。知有所谓对天下之责任者，当自洪、杨之难始。"

曾国藩冷静地评价了当时"见敌如鼠，见民如虎"的绿营兵："往往见惊逃溃而未闻有与之鏖战一场者；往往从后尾追而未闻有与之拦头一战者；其所用兵器皆以大炮鸟枪远远轰击，未闻有短兵相接、以枪钯与之交锋者。"（《曾文正公奏稿》卷一）因此，他们改弦易辙，其招募、训练、营制、战略战术方面都与绿营兵迥然不同，从而使湘军具有较强的战斗力。从 1854 年 2 月到 1864 年天京陷落，湘军与太平军前后进行了 10 年的战争。在这场生死较量中，湘军自始至终表现了其凶悍的反革命气焰，是镇压太平天国的一支劲旅，最终将轰轰烈烈的农民大起义扼杀下去。

湘军镇压太平天国，"中兴"清室的"奇迹"，也养成了湖南士人指画天下、物议朝野的倨傲强悍之风，因此延及甲午战争前后，湖南士人踌躇满志地抒发了这种以天下为己任的万丈豪情：

振支那者惟湖南，士民勃勃有生气，而可侠可仁者惟湖南。（《唐才常集》，中华书局 1980 年版，第 178 页）

万物昭苏天地曙，要凭南岳一声雷！（《谭嗣同全集》，中华书局 1981 年版，第 490 页）

湖南，天下之中，而人才之渊薮也……其可以强天下而保中国者，莫湘人若也！（《饮冰室文集》第二册，上海广智书局 1902 年版，第 66 页）

至于长沙，是湖南省垣，曾国藩、左宗棠、胡林翼的家乡都在这方圆百多里的府属 12 县之内，刘长佑、刘坤一虽僻处新宁，但刘长佑在岳麓书院潜心攻读 11 年，长沙当然也是他们的活动舞台。这以后关于湘军名臣的建筑如曾文正公祠、左文襄祠、刘武慎公祠、通泰街胡文忠公五福堂、营盘街杨岳斌公馆、苏家巷李朝斌公馆、局关祠魏光焘公馆、府后街曾国荃公馆等，一幢幢威严的建筑，遍布全城，夕阳下熠熠生辉随时扇动着湘人心底隐秘的骄傲的火焰。

更为可怕的是，在长沙的街巷，在三湘的乡野，一个简单的推理被老百姓窃窃私议：就像三个小孩打架玩耍一样，甲打得过乙，乙又打得赢丙，甲打丙当然不在话下；清王朝打不过太平天国，太平天国又打不过湘军，那么，假如湘军打清王朝呢？不要讲出口了！简直是新版《推背图》！

接着是百日维新。

1894 年 6 月 23 日，日本军舰在朝鲜半岛海域击沉中国运兵船"高升号"，中日战争爆发，史称"甲午战争"。让清王朝始料不及的是，清军一触即溃，节节败退，而日军挥师猛进，8 月 17 日，平壤失陷。淮军统帅卫汝贵出征后，其妻写信给卫说："望善自为计，勿当前敌。"卫汝贵果不负妻望，在平壤一开仗就弃城逃跑，狂奔三百里，七八天后才找到清军大队。后日本人于战利品中得此家书，视为奇闻，一度放入教科书中示众。8 月 18 日，黄海大海战，北洋水师惨遭巨创。9 月下旬，日第 1 军渡过鸭绿江，攻入中国东北，并连陷九连城、凤凰城。同时，日第 2 军在辽东半岛登陆，攻陷旅顺。11 月中旬，日第 1 军攻陷海城。以后日军又攻陷盖平，登陆山东半岛，踏破荣城。数月之间，清军海上、陆上皆一败涂地，李鸿章的淮军更是被打得七零八落。清政府无可奈何，企图重温"中兴名臣名将"的旧梦，起用声名赫赫的老牌湘军，挽回颓势。时任湖南巡抚的吴大澂更是满怀豪情，主动请缨破日。清政府遂重新起用湘军旧将魏光焘、陈湜、李光久、余虎恩等，参战湘军共超过二十营，并于天津设立湘军东征粮台，由藩司陈宝箴主持。12 月初，光绪帝又任命湘军大帅、两江总督刘坤一为钦差大臣，督办东征军务，节制山海关内外各军。吴大澂还在长沙设立"求贤馆"，延揽将才。湖南士人慷慨激昂，以为挫败"倭寇"非"湘军"莫属，湘军宿将后裔纷纷投笔从戎。一时间，湘军又成了清王朝的救星，全国上下都对其寄予了厚望。然而，时过境迁，湘军早已不是咸同年间的劲师悍旅，敌方也非复大刀长矛的太平军了。在近代化武装的日军的坚船利炮面前，才六天，湘军就被打得脾气全无。一战牛庄，二战营口，三战田庄台，兵败将逃，舰毁人亡，邸报飞传，朝野惊恐！一个面积不及中国三十分之一，人口不及中国十分之一的岛国，竟然将汉唐威仪康乾盛世的光环剥离得七零八落。清政府被迫求和，甲午战争最终以中国割地赔款而结束。

"世间无物抵春愁，合向苍溟一哭休。四万万人齐下泪，天涯何处是神州？"（谭嗣同）丧师失地继之以城下之盟，战败的奇耻大辱，使全国民众愤慨痛心。其对湖南士子心灵的撼动尤为独特，更是其他省区所没有的。

有学者指出，人们在遭受严重的挫折时，可能产生两种心理变化：一是消沉失望，厌弃人生；二是痛定思痛，在失败的刺激中迸发出新的更强烈的进取心，奋起救赎。因为地理、血统、移民等多种原因的结合，"楚俗剽悍"，湖南人自古以来即形成强悍刚烈的性格，"打碎牙，和血吞"，当然属于后者。原先以为自己可以拯救天下的湖南士人，这时心理产生了两个阶段的变化。起初是对战争的失败有一种沉重的负罪感，《湘报》九十四号就叹喟："甲午的败仗，实是我们湖南人害国家的！"后来，在原罪的强刺激下，更强化了拯救国家与民族的责任心和自信心，《湖南时务学堂缘起》一开始就宣言"吾湘变，则中国变；吾湘存，则中国存"，充满了"救中国从湖南始"的殉道气概。

于是，长沙的各界士绅长歌当哭，慷慨陈词。

痛夫西人讪我，诟我，病夫我，曰顽钝无耻，曰痿痹不仁，曰无教之国，何其悍然不顾平等之义至斯极也？（唐才常《论热力》）

中国不昌，吾死不瞑！（田邦璇语，见《自立会史料集》，岳麓书社 1983 年版，第 282 页）

悲夫！怨夫！……海水横飞，瓯脱瓦裂，束手待毙！（樊锥《开诚篇三》）

当时在长沙城内，无论维新派还是守旧派，在救亡图存这个问题上的认识都是一致的。如住在城北荷花池，当时任岳麓书院山长、日以"证史笺经"为务的王先谦，以守旧著称，也开谕生徒看《时务报》，说《时务报》"议论精审"，且"足开广见闻，启发志意，为目前不可不看之书"。他还给学生订阅了《时务报》，每两斋共阅一份，令管书斋长分发。

对于这种长沙城内氤氲的气象，唐才常的解释是很中肯的，他在《论热力》（下）中说："湖南于十八行省中，以守旧闻天下也，今乃遽然大觉，焕然改观……何前后之岐异至于如此？曰：昔之守旧也，非有他也，愤吾国之不强，而张脉偾兴也。今之求新也，亦非有他也，求吾国之必强，而赤诚相与忠爱缠绵也。"守旧派当然是忠君爱国的，因为爱国，王先谦们可以参加南学会，可以呕心沥血地创设宝善成制造公司；而一旦有人试图推翻君主，他们就对新派鸣鼓而攻，疯狂挣扎。当然，这是后话了。

记得甲午年间，黄庆澄《东游日记》把湖南民气比喻为"坚于铁桶"，说"虽可嫌，实可喜"。正是这种对大事小事都坚忍认真的民气，将湖南士子因甲午湘军战败的震醒，导向于具有资本主义性质的维新运动。

恰好这个当口，光绪二十一年（1895）10月，陈宝箴任湖南巡抚，与早此一年就任的学政江标密切配合，大力推行新政，以后加上黄遵宪、徐仁铸的陆续调入，湖南省政领导面目一新。

陈宝箴（1831—1900），字右铭，江西义宁人，举人出身。历任浙江，湖北按察使，直隶布政使。《马关条约》签订后，他深忧国是，曾上书痛陈时局利弊。故而他走马上任湘抚，即锐意革新，兴利除弊，慨然以开办新政为己任："兴矿务，铸银圆、设机器、建学堂、竖电线、造电灯、行轮船、开河道、制火柴，凡此数端，以开利源，以塞漏厄，以益民生，以裨国势。"（《湘学报》第32册，光绪二十四年三月十一日）湖南迅速成为"谈新政者，辄以湘为首倡，治称天下最"的省份（见吴宗慈《陈三立传略》）。陈宝箴也被光绪帝倚为"新政重臣"。

应该说，我家与陈家是有渊源的。外家曾祖、洋务派重臣刘坤一曾是陈宝箴的上司，陈宝箴的孙子陈寅恪教授与我的伯外公刘永济教授是生死之交，我的姨妈至今与陈寅恪教授的女公子来往甚密。两家往来，我曾在《论陈寅恪诗文中的长沙"旧巢"情结》一文中有交代（见陈书良《艺文考檠》，海南出版社2003版）。我从小住在长沙通泰街，我家斜对面就是陈府的旧地——蜕园，陈寅恪教授曾戏称"风水亦不恶"。此外我一生服膺陈寅恪先生的"独立之精神，自由之思想"的治学精神，此处不赘。陈宝箴当年拨银一万两创办的"和丰火柴股份公司"，俗称"洋火局"，就在现在开福区文昌阁、十间头一带，于民房群落中，少年时的我还寻访得到几段旧墙垣。前尘旧影，令人低徊。

就在维新运动前夕，两位草野之士从长沙东北的浏阳走到了时代大舞台的台前，他们就是谭嗣同和唐才常，世称"浏阳双杰"。

谭嗣同（1865—1898），字复生，号壮飞，浏阳人。其父谭继洵，官湖北巡抚。现在浏阳市内还保留有气象恢宏的大夫第。谭嗣同幼年从师欧阳中鹄，受其影响，对王船山的学术与气节非常推崇，对当时传入中国的自然科学也有着极大的兴趣。

谭嗣同从小失去母亲，其后母对他极为虐待，因而自幼"私怀墨子摩顶放踵之志"，悲天悯人。他少年时随父至兰州任所，时常纵马荒漠，逐鹰狩猎。有一次，他独自一人在雪野奔驰七昼夜，行走一千多里，在渺无人迹的山谷荒野疾驰，以致"髀肉狼藉，濡染裤裆"，亦毫无惧色。谭嗣同思想惊世骇俗。伊藤博文从英国留学归日，大倡优化种族之论，认为黄种人荏弱不堪，不及白种人远甚。他当政后，即实施"谋种"政策，凡欧美白人入其境内，辄鼓励日本女子与其野合，以改良种族。谭嗣同对此十分羡慕，但亦知此法断然难行于中国，他曾作诗叹谓："娟娟香影梦灵修，此亦胜兵敌忾俦。蓦地思量十年事，何曾谋种到欧洲？"附带说一下，三十年之后，何键离任湖南省主席前，断的最后一个案子是：下令枪毙了一个妇女，理由是她竟然嫁给日本商人为妾。那日本人已经撤侨回国，而他的中国"小妾"不仅有"通敌罪"，而且有辱中国女性的民族气节，所以罪不可赦。于此可知谭嗣同思想之激进。1896年3月，谭嗣同先后到北京、上海、天津等地，结识了"心仪"久之的康有为与梁启超，感到与他们的维新变法思想"十同八九"。

唐才常（1867—1900），字伯平，号绂丞，后改佛尘。从小生活在浏阳，与谭嗣同同师欧阳中鹄，读书禀赋惊人，有神童之称，曾以县、府、道三试冠军入泮（俗称"小三元及第"），性情忠厚。谭、唐两家隔街相对，论辈分，谭嗣同是祖辈，所以，唐才常称谭嗣同为"七丈"。后来，谭嗣同自己关进书斋撰写日后成为维新运动的重要理论著作《仁学》，唐才常则在两湖学院读书，在两年时间完成了十二篇论文，内容涉及国学、外交、军事、法律等，是"古文通而精，西艺广而深"的不折不扣的才子。

甲午惊雷打破了这两位年轻人平静的书斋生活。他们回到家乡，投入轰轰烈烈的维新运动中。

"天下兴兵诛董卓，长沙子弟最先来。"湖湘子弟的胆识，在于敢为人先。此时，长沙已聚集了一批积极拥护维新变法的士绅和学者，改革大师梁启超也移帜长沙。在江标的提议和赞助下，湖南创办了第一份新式报纸《湘学新报》（后改名《湘学报》）。后来，又由熊希龄召集士绅捐资，陈宝箴批准拨官款津贴，推唐才常为主编，梁启超、谭嗣同等为主要撰稿人，另办了《湘报》。《湘报》于1898年3月7日创刊，为湖南有日报之始，每日一大张，以"开风气，拓见闻"为主旨，内容分论说奏疏、电旨、公牍、本省新政、各省新政、各国时事、杂事、商务八类，宣传救亡之法，倡导变法改制，言辞十分激烈。

谭嗣同、唐才常、熊希龄等人还在陈宝箴的支持下，筹办了南学会。南学会集会的主要场所是天心阁。天心阁在长沙可说是无人不晓的地标式建筑，此阁始建于明代万历年间，初为观星象的灵台。当时的星象家认为这里地势高峻，地脉隆起，所谓"巽龙入脊，文治之祥也"，上应天心，为文运昌隆之祥兆，于是在城墙上建"天心阁"以应之。清乾隆十年（1745），著名的城南书院就建在天心阁下。此处地势很高，登阁可俯瞰全城，清末学者黄兆枚题联云："四面云山都入眼，万家烟火总关心。"当年参加南学会活动的唐才常触景生情，曾作七绝《登天心阁》：

湘江一碧水如油，万里云山古翠浮。

未必儒生逢世难，悲凉不是杞人忧。

前两句描述了长沙美好的自然景象，后两句像是一问一答，试问苍天"逢世难"，同时又自我回答"不是杞人忧"，充分表现了作者强烈的忧患意识。

南学会开讲时，经学大师皮锡瑞讲课，熊希龄亲自为其摇铃。当时顽固派气急败坏，曾作联丑诋为："鹿皮讲学，熊掌摇铃。"

此一段风流时世，尤其值得大书特书的是长沙时务学堂。

光绪二十二年（1896），巡抚陈宝箴得知谭嗣同等人倡导成立新式学堂，立即批准立案，并请两江总督刘坤一拨下厘银，亲自命名为"时务学堂"。次年八月招考，第一批投考者超过了四千人，从中录取了四十名。因为比京师大学堂（今北京大学）的成立还早一年，所以有学者认为时务学堂足当"中国近代第一所大学"之称。

陈宝箴委派熊希龄为时务学堂提调（校长），负责行政事务。黄遵宪介绍广东同乡梁启超任中文总教习，李维格任西文总教习。欧榘甲、韩文举、叶觉迈、唐才常等任中文分教习，王史等任西文分教习，许应垣任数学教习。这些教师不仅都是饱学之士，而且大多思想激进，是晚清变法的重量级人物。

时务学堂的教学内容熔中、西学于一炉，包括经、史、诸子和西方的政治法律与自然科学。功课分博通学和专门学，前者包括经学、诸子学、公理学、中外史志及粗浅的格算；后者包括公法学、掌故学和格算学。学生先学普通学，后学专门学，按日做课业札记，定期缴呈教习批改。师生们反复钻研今文经说的微言大义，日夕讲论维新变法的妙想宏图。当时在时务学堂学习的蔡锷，也曾回忆说："开学几个月后，同学们的思想不知不觉就起剧烈的变化，他们像得了一种新信仰，不独自己受用，而且努力向外宣传。"（《蔡松坡遗事》，见《晨报·蔡松坡十年周忌特刊》）

提调熊希龄为时务学堂题写了一副楹联，联云："三代遗规重庠序，九州奇变说山河。"上联点明重视教育、培育人才是中华民族的传统；下联既指帝国主义侵略中国，山河将为之变色，又指为拯救国家，必须改革变法。的确，时务学堂培养出来的学生，有的殉难于自立军运动，如林圭、李炳寰等；有的在反清革命活动中死难，如秦力山等；有的则成为中国近代史上叱咤风云的人物，如蔡锷。据梁启超在民国元年（1912）归国演说词中说："予在时务学堂虽仅半年，所得高材生甚多。自我亡命赴日，一班四十人有十一人随我俱去；后唐先生才常在汉口实行革命，十一人中死难八人！"自称"多泪善辩之人"、多愁善感的梁启超叹息说："（四十名学生）十余年来强半死于国事，今存五六人而已。"这

"五六人"中还包括后来知名的教育家范源濂、杨树达等人。

时务学堂原租赁小东街周桂午房产，停办后周桂午的儿媳将宅第租给湘潭人言某办起了"泰豫旅馆"。1922年8月30日，时任金陵东南大学教授的梁启超应湖南省长赵恒惕之邀来湘讲学，次日在乡绅李肖聃陪同下寻访时务学堂故址，在学生蔡锷住过的宿舍内伫立良久，百感交集，泣不成声。旅馆言老板请梁题词留念，梁挥毫题写了：

时务学堂故址，二十六年前讲学处，民国壬戌八月重游沩记　梁启超

抗战胜利后，湖南商会会长陈云章教授向周桂午后人买下小东街大片地皮，在时务学堂废墟上建起了三层洋房"天倪庐"和"松坡读书处"。恰巧言老板的儿子言泽坤与陈云章是湖大预科班的同学，陈云章用四十石米购得梁启超墨宝，现已将其镌刻在时务学堂纪念碑坊上。我自小追随世丈陈云章先生论学，多次参加时务学堂故址的雅集。现在云老已驾鹤西归，时务学堂百一亭俄罗斯红松木柱楹上还镌刻着我的题联："百代萦思，佳人屐齿，硕彦游踪，依约云龙风虎；一亭独眺，巷陌参差，湘波容与，销磨月夕花晨。"边款是："良昔于天倪庐追随云章世丈诸耆旧谈讌论学三十年，诚人生至乐也！今日过此，得无黄垆之叹乎？己丑春月　陈书良。"

至今，每当走过天倪庐，我的心头都掠过一丝淡淡的忧伤。

如果说戊戌变法的主角是广东人康有为和梁启超，那么谢幕的英雄非"长沙子弟"谭嗣同和唐才常莫属。说句不恰当的比喻，康、梁是戊戌变法的脑，谭、唐则是戊戌变法的胆！

戊戌变法失败后，逮捕维新人士的命令传来，谭嗣同送梁启超到日本使馆，由于不懂日文，只好与日人笔谈。谭嗣同写道："梁君甚有用，请保护之。"日人写道："君亦应留此。"谭嗣同一笑置之。其时，梁启超面如土色。谭嗣同毫无惧色地对梁启超说："吾已无事可办，惟待死期耳。"他说：

各国变法，无不从流血而成，今日中国未闻有因变法而流血者，此国之所以不昌也。有之，请自嗣同始！

1898年9月28日，35岁的谭嗣同与杨锐等6人在北京菜市口英勇就义。与

谭嗣同亦师亦友的胡七在《谭嗣同就义目击记》中详细描述了谭嗣同被捕前和就义时的情形，使人有身临其境之感。其中有这样两段文字：

刑部案发生，西后懿旨将下时，我们早一天打听得明明白白。当晚我跑到浏阳会馆送信说："懿旨一下，人马立即发动；人马一发动，你就插翅难飞！"谭先生听了这个惊人的消息，若无其事地把红漆枕头箱打开，里面藏着七封家书——他父亲寄来的信。他摹仿父亲的手笔，写好一封假信就烧掉一封真信，只留信封不烧，把假信套在信封里面，每封假信都写着父亲训斥儿子的内容。

我站在王麻子的屋顶上，那里黑压压挤满了看热闹的人，脸上都露出非常凄惨的颜色。头一刀杀康广仁，轮到第五刀，天哪！才轮到我们谭先生的头上。前清杀官员的刀和杀平民的刀不同，官越大刀越钝。那天用的刀叫什么"大将军"，一刀飞去，鲜血汩汩然冒出，脑袋还装在颈脖上哩。这不叫砍头，叫锯头，锯头比砍头的痛苦要添上几十百倍的。而对这痛入骨髓的惨状，第五个受刑的谭先生，一直是若无其事的样子。

谭嗣同被捕后，还用从地上拾起的一块煤屑，在狱墙上写下了一首千古绝唱：

望门投止思张俭，忍死须臾待杜根。

我自横刀向天笑，去留肝胆两昆仑。

诗中的"两昆仑"究系何指，论者多有歧解。梁启超认为"两昆仑"指康有为和大刀王五；有人认为指谭嗣同自言生也昆仑，死也昆仑；有人据古代谓仆人为昆仑奴，认为"两昆仑"指谭的两个仆人；有人认为"两昆仑"指大刀王五和拳士胡七，因两人都曾教过谭嗣同学习昆仑派武术。我认为，以上诸说均无典无据。"仆人"说虽涉及昆仑奴，然终落皮相，昆仑派武术更是荒谬可笑。

我也同意"昆仑"意指昆仑奴。然而我的根据不仅仅是裴铏传奇《昆仑奴》以及由此敷衍出来的元明杂剧，我认为从传奇、杂剧并不能钩稽出"昆仑"的语源属性。谭嗣同的"两昆仑"应出自敦煌佛曲《维摩诘经演义》。

谭嗣同在学术上出入孔佛，且佛学造诣极深，这在其重要著作《仁学》中即可体现。

敦煌佛曲《维摩诘经文殊师利问疾品演义》云："骨仑狮子前后引。"根据陈寅恪《敦煌本维摩诘经文殊师利问疾品演义书后》考证，"骨仑"即昆仑之谓，可知"骨仑狮子前后引"是说追随文殊菩萨前后左右的两个昆仑奴。这应该是谭诗"两昆仑"的语源。

根据唐释慧琳《一切经音义》卷六一，可知唐宋时代的昆仑奴是一群与"胡旋女""高丽婢"并称的外来人众。至于昆仑奴的属性，有两点似可注意。其一，临事不逃逸。宋朱或《萍州可谈》就说过，昆仑奴"性淳不逃徙"。其二，昆仑渡海。宋赜藏主编集《古尊宿语录》卷三八，记襄州洞山守初禅师语录云："昆仑渡海夸珍宝，波斯门下骋须多。"我认为，"去留肝胆两昆仑"句中所谓"去"与"留"者，皆就昆仑奴属性生发，一就渡海言，一就不逃逸言，字字皆有出处。显然，谭嗣同是"不逃逸"的"留"的昆仑奴，然而"渡海"而"去"的昆仑奴何指呢？我认为指的是唐才常。理由是：一是谭、唐两人终生为生死之交。当年梁启超向谭询及谁为友人，谭答以："二十年刎颈交，绂丞一人而已。"他在另一封信中，也说自己与才常"刎颈交也。其品学才气，一时无两。平日互相劝勉者，全在'杀身灭族'四字"。足见两人肝胆相照，生死以之。二是谭嗣同写此诗时，唐才常亡命日本。三是谭嗣同就义前两个多月在唐才常饯行的宴席上曾口占一绝《戊戌北上才常饯行酒酣口占》，全诗不存，残句为："三户亡秦缘敌忾，勋成犁扫两昆仑。"（见唐才质《戊戌闻见录》）这是谭嗣同将自己与唐才常喻为"两昆仑"的铁证。

此外，按佛曲的描述，文殊菩萨骑狮赴法场，就是用昆仑奴二人为侍从的。谭既将自己与唐比为昆仑奴，则意中的菩萨当然是光绪帝了。从主仆关系看，比喻还是贴切的。

以上见解，我在2003年访台时，曾向谭公的侄孙、台北中华仁学会会长谭恒岳先生谈及，他颇表首肯。

唐才常当然没有辜负死者的期望。维新运动后有自立军起义，而唐才常是第一主角。

百日维新开始后，谭嗣同受到光绪帝的重用，擢四品卿衔军机章京，参与新政。谭嗣同于是电邀挚友唐才常前往北京，共参新政。唐才常从长沙动身北上，甫至汉口，慈禧太后发动政变，"六君子"被杀的信息传来，唐才常极度悲愤，写诗言志：

满朝旧党仇新党，几辈清流付浊流。

千古非常奇变起，拔刀誓斩佞臣头！

决计用武装的办法来达到变法的目的。

1899 年冬，唐才常等在上海英租界成立正气会，后改名"自立会"。其中坚人物以长沙时务学堂学生和留日学生居多，其中不少是兴中会会员。

1900 年 6 月，八国联军大举侵华，义和团反帝运动不断高涨。唐才常利用这一时机，组织自立军。湖南是自立军力量最雄厚、活动范围最广、最活跃的省份之一。唐才常原拟在长沙设立联络机关。后因计划泄露，才改在汉口设立联络机关。7 月 26 日，唐才常在上海张园发起召开"国会"，容闳、严复、章太炎、毕永年等八十余人到会，推举容闳为会长，严复为副会长，唐才常为总干事。会议宣布"国会"宗旨为：第一，"保全中国自立之权，创造新自立国"；第二，"决定不承认满清政府有统治中国之权"；第三，"请光绪皇帝复辟"。这个宗旨首尾自相矛盾，反映了唐才常等人思想认识的模糊与局限。

自立军原为七军，其中秦力山统前军，驻安徽大通。因没有协调，秦力山军于 1900 年 8 月 9 日起事，孤军奋战，坚持六天后，不幸失败。

其他五路军的统领都是由湖南人担任，唐才常为诸军督办，统率全军。唐才常定于 1900 年 8 月 23 日发难，但被清军侦知，未及举事，即于 21 日晚被张之洞捕捉。同时被捕的还有林圭、田邦睿、李炳寰等。日本人田野桔次记述唐才常被捕时的情景说："唐君早有觉悟，坦然自若，无难色，军士入门，笑而受缚。其所学所志所养，亦可见一斑矣。"（《自立会史料集》，岳麓书社 1983 年版）

审讯时，唐才常主动"交代"，他说：中国的时局一天天恶化，我们是仿效日本社会推翻幕府的做法，以保皇上收复皇权；现在落在你们手上，要杀要剐随便。

审问官也为这些热血青年惋惜，于是把案件推给湖广总督张之洞去办理。审讯时，张之洞发现捆绑的竟是他在两湖书院的学生，不忍下手，便故意大声对属下说："你们抓错人了，唐才常我认识的，是一个有学问的儒生，这个人怎么会是他呢？"没想到唐才常并不领情，反而高声地说道："我就是唐才常！起义不成，唯有一死，我辈岂是苟且偷生之人！"

视死如归的唐才常和他的同志们最后血洒武昌，下令杀他的是恩师张之洞。临刑时他口占诗句是："七尺微躯酬故友，一腔热血溅荒丘。"像谭嗣同临刑时想到了"两昆仑"一样，唐才常此时也应该想到了战友谭嗣同。令人悲叹的是，唐才常和谭嗣同这两个儿时的朋友牺牲时都只有三十四岁。

自立军起义失败了，虽然它的宗旨有矛盾之处，但是它发生在民族危机空前高涨的历史条件下，具有明显的爱国性质。同时，它又是在戊戌维新运动失败，资产阶级民主革命方兴未艾之时，成为20世纪初进步人士由改良而革命这一重要过程的中介。虽然它失败的地方是汉口与大通，但因为其领导者与骨干都是"长沙子弟"，官府事后在湖南长沙等地追捕诛杀，三湘震动。所以家乡父老多设祭奠，白幡招摇，痛定思痛，愈益仇清。曾参加自立军起义的长沙学子杨毓麟，在1902年撰写的《新湖南》一书中写道："乃者，庚子实试行之，举事不成，奋为鬼雄，而'种界'二字刻入湖南人之脑中者，如压字机器之刻入纸背焉。"

俗话说："人在做，天在看。""看你做到天仓满。"

仇恨入心田，来春要发芽。

三

回顾辛丑以前长沙时世的异象，重要变化之一，是湖南长沙出现了资产阶级。

由于湖南经济的落后和地方官吏、士绅的顽固保守，使得轰动一时的洋务运动在湖南波澜不惊，从而使湖南近代工业远远落后于东南沿海诸省。直到甲午战争惨败，湖南士人才幡然醒悟，开始致力于创办民族工业，湖南近代工业才起步、发展。其荦荦大者如下。

1895 年 10 月，陈宝箴担任湖南巡抚，他在办实业新政中将目光首先投向了矿业。第二年春天，矿务总局成立，从此，湖南矿业走上有规模开采的轨道。

1897 年，湘鄂两省联手办起了"两湖轮船局"，取消官办，两省各招股银五万两，各购火轮一艘、小轮两艘，火轮行驶往返湘潭至汉口航线，小轮各在本省境内航行，客货兼载，营业极为兴盛。

1896 年，湖南士绅王先谦、黄自元、张雨珊等，在湖南巡抚陈宝箴的支持下，自筹资金创办湖南宝善成机器制造公司于长沙，开辟了湖南机器制造工业之先河。公司初为官督商办，王先谦任经理，因开办一年后亏损颇大，只得交由官办。巡抚院委派裕庆负责，加办了纺织、舂米、榨油及制造洋烛等项目。同时，一些民营企业也有所发展。

1897 年，裕庆分别于省城南、北两地设厂发电，两厂开灯有八百多盏，到厂登记挂号定灯的不下一千六七百盏，这是湖南最早的电厂。

有工商业，有较有规模的工厂和商号，当然也就有了资本家，如王先谦、黄自元、张雨珊等，尽管这些资本家有的亦官亦商，有的亦学亦商，但出现了资产阶级，且表现出一定的先进性，则是确然无疑的。例如，长沙北乡的朱昌琳。

长沙市德雅路 530 号，现为总参兵种部长沙干休所，东临湖渍渡，波光涟涟，古树蔽空，鸟鸣啾啾，地气颇佳。父老指点告曰：这是朱家花园旧址。

当年朱家花园的主人朱昌琳（1822—1912），既是富甲一方的巨贾，又是衣冠磊落的名士。朱昌琳天资聪敏，从小书读得很好；科举失意后谋划生计，起初是一家富绅的账房，后借资开设杂货店。道光二十五年（1845）丰收谷贱，他大量收购；次年水旱交作，谷价腾贵，他伺机抛出，因而致富。随后经营淮盐，又获厚利。左宗棠西征，朱昌琳见机开设茶庄，随湘军将湘茶销往西北，利国利民，"朱乾升号"也更加兴旺。光绪三年（1877），晋陕大旱，他应山西巡抚曾国荃、陕西巡抚谭钟麟之请，运米救灾。从来装米都用麻袋，朱昌琳却用心良苦，改用布袋。吃完米后可用袋布改制棉衣，使灾民受益。"朱乾升号"还兼营钱业，发行市票和庄票（巨额汇票）。光绪三十年（1904）湖南官钱局发生挤兑风潮，当局不可开交之际，就是请朱老板借给市票兑付，才度过危机的。一些现当代实业家的商战行为当年朱昌琳即已采用，可见其眼光之超越、手段之果敢。

更为难能可贵的是，坐拥巨资的朱昌琳不失胸怀天下的书生本色，他热心公益事业。光绪二十三年（1897），朱昌琳捐资十三万之巨，将湘江、碧浪湖和浏阳河凿通，历时 10 年竣工，这就是现今尚清波不减的新河。新河成为当年长沙北门外一个货运、商旅集中的码头。朱昌琳还建造了占地 27 公顷的私家园林——朱家花园。他本是一个性情风雅的读书人，所以园林布置得十分雅致，园内松苞竹茂，游丝袅空，平湖碧浪，叠翠成荫，成为长沙城北一个绝佳的去处。朱昌琳原本是个慈善家，好园子当然不愿一人独享，因此朱家花园是免费对游人开放的。这一点在当时绝无仅有，同时也可为现代城市管理者鉴。

民族资本家出现了，新兴的资产阶级出现了，才能有以后的立宪派，才能有惊天动地的辛亥革命。

然而，辛亥革命是一场暴力革命，以后又延绵一场接一场的国内战争，立宪派最后成了看客，暴力革命似乎成了推动中国社会进展的"华山一条路"，这难道不是立宪派的悲剧吗？

以上所叙，作为"辛亥前十年"的楔子，是辛丑以前的长沙的大事掠影。说是掠影，我在写法上还是注重细节的。我认为，现时有一种读史的愚顽，有意无意地低调处理历史细节，一遍遍重复那些自我合法化的逻辑，叫自己有意无意地相信那些以为应该相信的东西。中国有句成语，叫作"盖棺论定"。意思是说，人的一生就像一出戏，只有落幕后才能判断这出戏的好坏。然而，细细想来也不尽然。辛亥人物谭延闿已经死去了八十多年，各种鞭挞批判冷嘲热讽哄闹了半个多世纪，"论定"了没有呢？历史人物如此，历史事件又如何呢？如果让奸恶窃取令誉，让贤良背负恶名，天理何在？天道何存？于是，我试图避开那些高深莫测、千篇一律的教科书，转而注意父老口耳相传的逸事，注意那些没有让理论规范的细节。细节，就是历史的血肉。历史有细节才能鲜活起来。

可惜的是，近半个世纪以来，我们的历史论著及历史教科书，已经遗失了太多的细节。

清人袁枚说得好："双眼自将秋水洗，一生不受古人欺。"

第三章 绅士

一

1903 年，胡元倓留日归来，立志兴学，与亲友龙璋、龙绂瑞等商议，请龙璋叔父、刑部侍郎龙湛霖为总理，胡元倓自任监督，集资 2000 元，开办了湖南第一所私立中学——明德学堂。

就在第二年秋天，应龙绂瑞和胡元倓的邀请，一位翩翩公子莅校参观，他就是与陈三立、谭嗣同并称"湖湘三公子"之一、在长沙声名鼎沸的谭延闿。

谭延闿（1880—1930），字组庵、祖安，号无畏，湖南茶陵人。茶陵出循吏，最有名的是明代宰相李东阳。谭延闿的父亲谭钟麟历任陕西巡抚，陕甘、闽浙和两广总督等要职，可谓钟鸣鼎食之家、诗礼簪缨之族。谭延闿生于杭州，聪颖好学，5 岁入私塾，谭钟麟规定他三天要写一篇文章，五天要写一首诗，还要练写几页大、小楷毛笔字。当然，这位未来的民国四大书法家之首为了科举的需要，这时学的是赵松雪、刘石庵一路。11 岁时试着写制义文，光绪帝的师傅翁同龢一见称之为"奇才"，写信给谭钟麟道："三令郎，伟器也！笔力殆可扛鼎。"1893 年，13 岁的谭延闿到长沙参加童子试，考中秀才。因谭父年老多病，谭延闿在家侍奉其父，继续跟各地名师学习时文等。听家外祖父永湘公说，谭延闿文武备足，在"湖湘三公子"中不仅学问第一，武艺也是第一。谭延闿少年时曾随安化宿儒黄凤岐读书，黄既精章句，也精剑击，有一手硬功夫，叠起三尺高的砖，顺手一挥，能劈成两半。谭勤学之余，在校场苦练骑马射箭，武艺超群。所以后来他当上湖南都督后，开始那些骄兵悍将欺他是文人，心中不服，后来在小吴门外协操坪操练时，谭骑马打靶，连发十枪，都中红心，在场将士无不瞠目结舌，继而欢声如雷。这也是后话了。

1903 年，也就是胡元倓开办明德学堂的那一年，谭延闿参加清末最后一次科举考试，中试第一名会元，填补了湖南在清代两百余年无会元的空白。惊人之举还在后面，次年 4 月，他参加殿试，文章美轮美奂，石破天惊，原来要钦点为状元的，那也是中国历史上最后一个状元。只因慈禧太后触目惊心，心想刚刚杀掉了一个湖南的谭嗣同，又来一个姓谭的！同姓变成了一大忌讳，兼之当时天下苦旱，于是不问青红皂白，将状元改点了广东人刘春霖，授谭延闿为翰林院编修。这是长沙者旧都知道的科举奇谈。

到明德学堂参观时，谭延闿正是鲜花着锦、烈火烹油之时，他与龙绂瑞原本"少为昆弟之交"（龙绂瑞《武溪杂忆录》），与黄兴虽属初识，但觉得黄"魁梧奇伟，沉着厚重，两目炯炯有神，认为是一个有作为的人，前途不可限量，内心钦敬"（阎幼甫《谭延闿的生平》，《湖南文史资料选辑》第 10 辑）。当时明德学堂已招收两班学生授课，初具规模，谭延闿见了很高兴，当即捐助了经费 1000元，并答应年助英文教员薪金 1000 元。当然，父亲谭钟麟为顽固官僚，对兴学事不感兴趣，谭延闿是靠变卖夫人方氏陪嫁的金银首饰来资助明德学堂经费的。因此，舆论称他是急公好义，是一个"热心教育的绅士"。辛丑前后，湖南尤其是在长沙的确出现了不少大大小小的企业店铺，本书在第一章中已略作介绍，而随着这些企业店铺的出现、发展，亦出现了绅士。绅士的角色是十分独特的，在某些时候，绅士左右了官、绅、民三者之间错综微妙的关系。乔志强《中国近代社会史》说："绅既借官势以欺民，官也恃绅力以施治；民既靠绅势以行事，绅也恃民力以拒官。"辛丑以前，湖南的绅士俗称"乡绅"，形成的主要来源是军功官僚。如湘军将领自镇压太平天国后衣锦还乡，仅湘乡一县二品以上军功官僚绅士就有近两千家，可以想象，这些大员平时是如何一呼百应，进而合纵连横，左右政局的。湖广总督瑞澂在《奏特参籍绅挟私酿乱请分别惩儆析》中向皇帝诉苦说：

> 湘省自咸同军兴以来，地方官筹办各事，借绅力以为辅助，始则官与绅固能和衷共济，继则官于绅遂多遇事优容，驯致积习成弊，绅亦忘其分际，动辄挟持。民间熟视官绅之间如此侵越，亦遂借端聚众，肆其要求。于是哄堂围署，时有所闻。

辛丑以后，绅风为之一变。随着湖南民族资产阶级的出现，绅士主要已不是来自军功官僚，而是民族资产阶级的上层人物或代言人。据刘泱泱主编《湖南通史》近代卷第六章分析，湖南民族资产阶级的上层主要由两种人转化而来。

其一，由控制近代企业中官款的官绅转化为民族资本家。辛丑前后，在民族企业创办之初，垫支资本中官款占较大比重；这样一来，官方往往拥有任命或批准企业主管人的权力。这些人成为企业主管人的绅士大多有现任、曾任或候补的官职，他们主要不是通过投资和认股，而是借助对企业中官款的控制和官方的支持。如粤汉铁路公司开办时共集股本 200 万元，实收 100 万元，而谭延闿、胡璧、童光业、陈文玮等每人的投资却只有 5000 元至 10000 元，但他们是铁路公司的实际掌权者。又如矿务南路公司是一个大企业，而前任知府、候补道员蒋德钧在各处矿山的投资只不过 22500 元，但他身居总经理，得以控制全省矿山。再如本书提到的龙璋，曾历任江苏数县县令，虽然他在铁路公司中的入股数低于在其他厂、航企业中的投资，但由于他在铁路公司担任了办事员（公司共有办事员 5 名，是名副其实的公司高管），于是该公司的股份成为他转变为民族资本家的主轴之一。复如 1903 年，湖南巡抚赵尔巽奏准成立湖南全省矿务总公司，任命巡防营统领黄忠浩充任矿务西路公司总经理，黄仅入股 5000 元，却转化成资财雄厚的民族资本家的上层。

其二，由一批颇有声望的地主、商人，通过创办或投资近代企业蜕化成民族资本家。这部分人的代表有梁焕奎、朱昌琳、廖树衡等，他们靠自己的实业活动，不断扩大雇佣剥削的利润，积累资本逐渐完成了这一转化。朱昌琳在第一章已叙及不赘。如梁焕奎，基于 1899 年收买了官办的益阳板溪锑矿，并以此起家，1901 年派其三个弟弟分别留学日本、美国，专攻矿业，学习国外先进技术。更于 1908 年集商股 11 万两，正式成立"华昌炼锑公司"。随后又在新化锡矿山、安化廖家坪以及长沙等地设采矿场和生锑炼制厂，以及发电厂、自来水厂，并修建仓库、码头、简易铁路，购置火车、轮船，员工达万人，成为声名显赫的资本大亨。

以上是资本绅士产生的两个途径，需要指出的是有些绅士有时候交错选择这两个途径。如火柴工业是起步最早的长沙近代工业，其起始是光绪二十一年（1895），长沙地区遭受严重旱灾，巡抚陈宝箴拨工赈银 1 万两，委长沙士绅张祖同、刘国泰、杨巩筹办火柴厂，实行以工代赈。次年，三位绅士又私相筹集资金12000 两，另招商股 8000 两，成立了"善记和丰火柴股份公司"，厂址设在长沙北门外开福寺和迎恩寺之间，有工人 1000 余人，采用半手工半机械操作，制盒工序全部发厂外承包，年产火柴 1 万箱左右，每箱售价白银 12 两 8 钱，除销本省外，还销滇、黔诸省。火柴俗称"洋火"，所以长沙人往往将"善记和丰火柴股份公司"叫作"洋火局"，原址南起现文昌阁，北止现十间头，于民房群落中，至今还能找到几处和丰公司的断墙残壁哩。

这些绅士，实际上就是那个时代的湖南民族资产阶级上层。这个阶层在形成过程中，不仅控制了湖南所有较大的近代企业，而且与官府联系紧密。1903 年，湖南设立了半官半商性质的商务总局，1906 年又正式组织了完全商办的商务总会，这些机构的领导权全部控制在民族资本家上层的手中。如第一任总理（1906年 3 月—1907 年 3 月）郑先靖，曾任淮盐公所总董，是一大盐商。第二、第三任总理（1907 年 4 月—1909 年 6 月）陈文玮，原经营钱庄和绸缎，后又改办近代企业性质的大煤栈，1909 年后又投资办电灯公司，成为大商人兼产业资本家。接任的总理是龙璋，他为湖南的近代工业和航运业投入了大量的资本。这个民族资产阶级的上层，就是湖南立宪派的阶级基础。

光绪三十二年七月十三日（1906 年 9 月 1 日）清政府发出了"预备仿行宪政"的"上谕"。世界推着中国走，清政府此举当然是出于无奈，是王朝的自保行为，但毕竟有那么一点政体改革的味道，让有识之士看到了机会，于是立宪运动兴起，团体的筹组提上议事日程，代表湖南民族资产阶级上层利益的政治团体立宪派应运而生。

立宪派的代表人物是谭延闿和杨度。

二

谭延闿和杨度都是绅士，虽然杨度的人品和绅士气质远远不及谭延闿。

先说杨度。

杨度（1875—1931），字皙子，湖南湘潭人。幼年丧父，由伯父杨端生培养，自小便聪颖好学，才华横溢。与其弟杨钧、其妹杨庄均受学于湘中鸿儒王闿运。20岁中举人，中国近代大学问家梁启超在向老师康有为推荐杨度时说，杨度"才似谭嗣同，当以国士待之"。从此，杨度就以"国士"自许，作诗慨叹："市井有谁知国士？"所谓"国士"，古时系指国内才能或勇力出众的人。次年赴京会试，参加了康有为领导的"公车上书"运动。1902年自费留学日本，入东京弘文学院师范速成班旁听，其间与黄兴、杨笃生等创刊《游学译编》。当时他有感于时事，曾写了一首《湖南少年歌》，其中如：

中国如今是希腊，湖南当作斯巴达；中国将为德意志，湖南当作普鲁士。诸君诸君慎如此，莫言事急空流涕。若道中华国果亡，除是湖南人尽死！……惟持同胞赤血鲜，染得十丈龙旗色。凭兹百战英雄气，先救湖南后中国……

如黄钟大吕，铁板铜琶，慷慨悲凉，长歌当哭，极大地鼓舞了一代又一代青年志士，尤其是湖南青年。

梁启超曾赞叹说："昔卢斯福演说，谓欲见纯粹之亚美利加人，请视格兰德，吾谓欲见纯粹之湖南人，请视杨皙子。"（《饮冰室诗话》）唯杨氏坚持其反帝、反满主张，而又认为只有君主立宪可以救国。1905年，清政府派五大臣考察各国宪政。1906年1月，五大臣途经日本，因慕杨氏攻习法政之名，商请他撰写东西洋各国宪政情况的文章，以为将来归国汇报的蓝本。杨度于是年夏天撰成《中国宪政大纲应吸收东西各国之所长》和《实施宪政程序》两文。当年9月，清政府宣布"预备立宪"，就是慈禧太后在反复考虑了五大臣的建议后做出的决定。作为"枪手"，杨度对这一决定的做出是不无间接的微劳的。

1907年，杨度主编《中国新报》，写成著名的《金铁主义》，完整阐述了他的君主立宪思想，倡导责任内阁制，并要求清政府召开国会。是年夏，杨度同旗人恒筠等在北京设立"宪政公会"，又联络湖南立宪派领袖谭延闿，组建"湖南宪政公会"，积极进行立宪活动。辛亥革命后袁世凯以总统阴谋恢复帝制，杨度想利用袁实现其君主立宪，袁则利用杨鼓吹帝制，于是遂有臭名昭著的"筹安会"之设。袁世凯登基那天，杨度是以"文宪公"的爵位参加大典的，这一年他40岁。

袁氏失败，杨亦狼狈，有人甚至提出诛杀杨度。但杨度仍旧坚持他的"君主立宪论"，他反问别人：日本、德国、美国、英国不都是皇帝领导下的内阁制吗？他们能强大我们为什么不能仿效？他曾写了一首《百字令》词，作为政治上遭遇迭次碰壁的自我总结，也是他无所适从的心情的写照：

一亭无恙，剩光宣朝士，重来醉倒。城郭人民今古变，不变西山残照。老憩南湖，壮游瀛海，少把潇湘钓。卅年一梦，江山人物俱老。自古司马文章，卧龙志业，无事寻烦恼。一自庐山看月后，洞彻身心俱了。处处沧桑，人人歌哭，我自随缘好。江亭三叹，人间哀乐多少。

不久至依傍"海上闻人"杜月笙，吃喝嫖赌，样样精通，这时他见到了孙中山先生。因为早年杨曾执孙先生手为誓："吾主张君主立宪，吾事成，愿先生助我；先生号召民族革命，先生成，度当尽弃其主张以助先生。"（刘成禺《世载堂杂忆》）以后，杨度履行其诺言，最后据周恩来说他成了共产党人，对他的褒扬也就热闹了起来，论文、传记，以至小说、戏剧，闹哄哄的。卒年58岁。

身后是非谁管得？只是当时已惘然。

至于谭延闿，则遭到了历史的冷落，盖棺之论极不公平。国学大师章太炎曾为其作一挽联云："蝴蝶东飞，蝴蝶西飞，不管东飞西飞，依庄周说，蝴蝶总归梦里。先生来了，先生去了，无论来了去了，据穆叔言，先生常在人间。"有点扑朔迷离，闪烁其词。

谭延闿何许人也？借用古人常用的排此句法来描述，可以说谭延闿是一个政坛不倒翁，"药中甘草""水晶球"，一个伟大的宪政主义者，一个乐于助人的人，大才子，一个学历过硬的官吏，三任湖南都督、国民政府主席，一个饕餮家、美食制造者，一个忠于妻子的好丈夫，一个公益实行者，一个"颜体"的苦恋者，民国四大书法家之首，一个武术家、神枪手。我以为，谭延闿本质上是一个十足的绅士，一个中国政坛历史上为数不多的具有多面性才华的人物。无疑，这样的灵魂能够穿透尘封的历史放射出四射的魅力。可惜的是，由于半个多世纪以来"左"倾思潮对学术的影响，对谭诋毁堆砌，讳莫如深。谭延闿的评价与实际存在着巨大的反差。

例如，俗论认为谭延闿处世圆滑，是"药中甘草"，有"水晶球"之称，并常举下例。1923 年，孙中山在广州任大元帅，以谭延闿为内政部部长。一天，某湘籍国民党将领口称有机密大事要单独报告孙中山，在场的谭延闿与胡汉民便退入后室。那人向孙中山力言谭延闿不可靠，足足谈了一个多小时。孙中山未置可否，后室的谭、胡也都听得清清楚楚，谭延闿始终不温不火，面不改色。之后，胡汉民非常钦佩他的"休休有容"。难道这是圆滑虚伪吗？我认为这其实是温文尔雅，这就是修养！绅士的修养。

假作真时真亦假，无为有处有还无！

谭延闿为政的主张和督湘的功业在后节当叙及，这是略述其个人资质。透过形形色色、正面反面的文字记载，我的印象有以下三端。

一是血性男儿。谭延闿在家排行老三，原名廷闿，辛亥革命后更名为延闿，以示与清皇室势不两立。

谭延闿的生身母亲是丫鬟纳妾，每当吃饭时只能侍立桌旁，为全家人夹菜添饭，而不能同桌入席。1916 年，谭延闿的生母李太夫人在上海病故。此时，谭正值第二次督湘，湘督宝座动荡不稳，但他闻讯后，置官位于不顾，当即赶往上海奔丧。第二年，谭延闿扶柩归葬长沙，暂停厝荷花池。谭公馆房子很多，占地很广，在今荷花池、茅亭子一带，其中有谭姓族祠，谭延闿宅第位于族祠后进，按照族规，妾死后不能从族祠大门出殡，而只能从侧门抬出去。因此，族人力劝谭延闿不要坏了族规，有的人还挡在大门口阻止。谭延闿目睹此状，怒不可遏，一气之下仰卧在棺盖上，命杠夫起灵。灵柩抬到族祠大门口时，他大喝道："我谭延闿已死，抬我出殡！"族人见状，顿时面面相觑，鸦雀无声，只好让开大门出殡。由于母亲的遭遇，谭对封建习俗颇为不满，誓不纳妾。谭妻生了一子三女，很早便去世了，临终前嘱咐谭延闿，望他不再婚娶，将几个子女带好。时谭才 40 岁，对夫人的遗嘱却颇能信守，一直未娶，也不上青楼。据说有一次在广州，因长住旅馆，与一西方女子相识。该女慕其才名，想与之结为夫妻，被他谢绝。该女后来回国后还念念不已。

谭延闿在孙中山落难之际全力扶救，将所分家产田地变卖，"得价五万元，悉以捐献总理作为军米之助"，使孙大为感激，孙谭关系也更加密切。后谭夫人因难产病逝，谭悲痛不已，发誓"终生不复再娶"。孙中山想做媒将小姨子宋美龄续配于他，谭婉言谢绝说："我不能背了亡妻，讨第二个夫人。"于是拜宋老太太为干娘，与宋美龄兄妹相称。不管孙中山是"领袖发话"，不屑宋家的万贯家财，不顾宋美龄的年轻美貌，信守坚贞爱情，不趋炎附势，在近现代政坛是难有其匹的！后来到1927年，蒋介石追求宋美龄，遭到宋家诸人反对。蒋只得求谭延闿出面说情，终于促成蒋宋结合。谭延闿这一筹码，虽失之东隅，却收之桑榆。蒋介石后来东山再起，当上总司令兼军事委员会主席，投桃报李，推举了"畏三哥"为国民党政府主席，并且做主，将谭的女儿谭祥介绍给自己的爱将陈诚做夫人。因为谭延闿是一个血性男儿，重情义、守信用，扶危济困，所以人缘很好。胡元倓惨淡经营明德学堂，晚年常对言："我于死友中，最不忘者二人，一曰黄克强，二曰谭组安。"

二是书翰翩翩，风神千古。谭延闿会元魁首，进士出身，得授翰林院编修，当时礼部会试时，考官张百熙说："现得湖南一卷，写作俱佳。"他的学问应该是很好的。他曾撰有《讱庵诗稿》《组庵诗集》《慈卫室诗草》，文采斐然。

谭延闿最为人所称道的是其书法成就，他是民国四大书法家之首。

唐代颜真卿当然是中国历史上雄视百代的伟大书法家，然而其楷书自从被米南宫批判之后，一直遭到冷遇，宋、元、明三代没有出一个善写颜体的大家。清初基本上是董其昌书法的天下，直到清中叶刘石庵以及后来钱沣、何绍基、翁同龢等出，颜书才始得复兴。但清代书家多擅行草，篆隶也有些好手，楷书写得出色的就鲜见了。只有钱沣，学颜字气象浑穆，得其神趣；但横平竖直处时显板硬，不若鲁公之灵妙。这是因为在中国书法中，楷书是最能显示真功夫的，一点一画，稍有偏差，一望便知。

谭延闿弱冠时学赵松雪、刘石庵。当时翁同龢身为帝师，又是全国数一数二的大书法家，常人求其一字也难得。谭钟麟是个有心人，想让儿子学习翁的书法，遂利用与翁同龢书信往来、礼品互赠的便利，珍藏翁的每一书札，并在每一书札的眉头圈点评析，然后交给儿子临摹学习。天长日久，谭延闿专习颜书，终身痴迷不舍。他以《麻姑坛记》为日课，如 1929 年 4 月他在上海养病时，就临摹了 203 遍，可见用力之勤。他写颜字主张"上不让下"，"左不让右"。论者认为"先生临池，大笔高悬，凡'撇'必须挫而后出锋，凡'直'必直末稍停，而后下注，故书雍容而又挺拔"。他的颜楷，参以钱南园笔法，锋藏力透，气格雄健，挺拔之气跃然于纸上。其结构严正精卓，如贤者正襟端拱于庙堂，有种大权在握的感觉。从民国至今，学颜体的人还没有超过谭延闿的。他 40 岁以后居广州，于古法帖无所不临，极纵肆之奇，曾以行楷背临古帖诸如黄山谷、苏东坡、米南宫、赵松雪、文衡山、祝枝山、董其昌诸家，生平书学至此已臻化境。同为民国大书法家的于右任傲视同侪，也承认："谭祖安是有真本领的！"

我观看过谭氏的楷书中堂，确实气势夺人。以下两处手书胜迹，谨标举如次，以供读者履之所至，游观欣赏。

南京中山陵墓门前立着一方高达 9 米的奉安纪念碑——"中华民国十八年六月一日中国国民党葬总理孙先生于此"，3 行 24 个镏金大字，雄健庄重，气魄摄人。这是 1925 年谭延闿挥动如椽大笔所书，为民国历史以及现代书法史留下了厚重的一笔。

广州黄埔军校原军校大门已毁于战火，现校门由南海舰队于 1965 年重修，军校大门简朴庄重，洁白粉墙映衬得"陆军军官学校"校名横匾十分显目，这几个颜体大字就是谭延闿的手笔。

江山留胜迹，我辈复登临！

三是精擅食事。谭延闿不爱美人爱美食，他创立的谭家菜在湘菜发展史上是占据重要地位的。

概括地说，湖南谭家菜是一种由东家指导、受聘的家厨制作、受到邀请的客人品评，富于浓厚文化气息和艺术意味的系列宴席菜肴。早在 1899 年，谭钟麟在两广总督任上，就颇欣赏以"鲜、嫩、淡"为特点的粤菜风格。回长沙定居后，结合湘中物产和饮食习俗，在口味方面侧重"滚、烂、淡"，并以之作为烹饪"三字诀"指导家厨。由于谭家位高望重,酬酢尤多,以致"三字诀"成为湘中上流社会饮宴的风尚。谭延闿较其父更胜一筹,据李六如《六十年的变迁》所述,谭氏宴客的一份"烧菜心",需耗小白菜两担,虽未免夸饰,但仍可想见其食不厌精之程度。尤其是得到名厨曹荩臣兄弟后,在他的指导下,创作了一系列湘菜名品,其中特别突出的俱以其字"组庵"署名,如"组庵鱼翅""组庵整鲍""组庵豆腐""组庵麻辣子鸡"等。据谭延闿长子谭伯羽晚年在美国撰文回忆:"如此之鱼翅,唇舌融交,至今思之,犹口液欲流也。"光绪帝瑾妃的侄孙唐鲁孙在所著《中国吃的故事》中亦议论:"从前谭延闿家的厨师(人称谭厨)做的鲍鱼腴酥香滑,入口即化,最为好吃。"家外祖永湘公曾吃过"组庵整鲍",据他老说,吃整鲍不用刀叉,只是一双筷子而已,可知火工之透。20世纪早、中期,谭家菜一度成为中国烹饪一绝,在京、沪、宁等大都会出尽风头,海外的一些湘菜馆,至今仍不乏以谭家菜为号召的情形。

红牙檀板,绮筵玉樽,风流总被雨打风吹去。

三

谭延闿曾参加辛亥革命、北伐战争,位至国民政府主席、行政院长,是中国近现代史上一位有影响的风云人物。然而,众所周知,在他担任最高行政职务期间,大权都归于国民党总裁蒋介石,他不过是"橡皮图章",是蒋介石手中的一枚平衡权力的棋子而已。

我认为,真正能体现谭延闿的政治思想及施政主张的是其三次督湘。

1911年,湖南独立后,谭延闿任参议院议长、都督府军政部长,实际上取得了与焦达峰、陈作新同等的地位。焦、陈遇害后,谭延闿任湖南都督,1913年10月去职。1916年8月,由于黄兴推荐,黎元洪以大总统名义任命谭延闿为湖南督军兼省长。1917年9月去职。1918年7月,西南护法军政府委任谭延闿为湖南督军,1920年底辞职。以上谭三任湖南督军和省长,时间长达4年多。

诚然,谭延闿的三次督湘都在辛亥革命以后,似不在本书叙述范围;但是,我认为在军阀纷争的局势下,谭延闿自身并无强大的军事势力,而其竟能三次督湘，除了他的进士出身及显赫的家庭背景外，主要原因在于谭是湖南立宪派的首领。正因为这一点，可以从谭延闿的三次督湘看出立宪派的政治思想及施政主张。

这当然是一个不乏思想深度的推绎。

考察谭延闿三次督湘的业绩，从中抽绎其政治思想，我认为荦荦大者有以下四端。

其一，坚持民主共和的政治方向。谭延闿任都督后，基本上维持了焦、陈政权的原状，军政府的 11 名部局长，有 8 人没有变动，其中周震鳞作为革命派的代表，任筹饷局局长，大权在握。对于实现共和的有功人员，谭延闿均予以赞扬和肯定，承认湖南"此次首倡义军，系属焦、陈二督厥功甚伟"，并"派员以都督礼敬谨殡殓"（见宣统三年九月二十八日《时报》）。后来，他还派人在日本铸造了焦达峰、陈作新和杨任的铜像，建烈士祠以祀之。我在少年时就曾多次在湘春路小学的门厅里看到过这三尊铜像，冠服佩剑，比真人略高，很威严。同时，在人力、物力、财力上，全力支援武汉保卫战，并与尚未独立的各省联系，促其反正。他清醒地认识到，"必须决胜疆场，乃可以登同胞于共和幸福之中"，民主共和的实现，必须有武装斗争胜利作保障（见 1912 年 1 月 14 日《民主报》）。之后当袁世凯复辟帝制时，谭延闿义正词严，劝告袁世凯自行引退，还政于民（见谭伯羽《茶陵谭公年谱》）。张勋复辟的第二天，谭延闿即通电反对，严厉指责张勋"破坏共和，颠覆民国，举诸先烈艰难缔造之山河，四百兆休戚与共之生灵，沦为私产，视为奴隶"，号召"我汉、满、回、藏各族急图之"（见 1917 年 7 月 4 日湖南《大公报》）。这个电文，首倡全国北讨叛逆之举，表明其反对帝制的坚定态度。综上所述可知，谭延闿坚持民主共和是具有一贯性的。

其二，实行资产阶级的民主政治。谭延闿与革命派合作，在湖南积极推行资产阶级民主政治。在湖南政权建设中，实行资产阶级的立法、司法、行政三权分立。首先，建立了比较健全的立法机构——省、县两级议会，民主选举产生了省、县议员和国会议员。现在长沙市开福区民主东街湖南省总工会大院内有一幢工艺精细的砖混结构的办公楼，1.2 米高花岗石勒脚，半弧形窗洞，以花岗石作窗框，木质玻璃扇，具有浓郁的西方建筑风格，这就是当年的省咨议局。这里原是县学宫明伦堂，1908 年 10 月 14 日，议长谭延闿用略带茶陵腔的北方话，响亮地宣布省咨议局第一届会议开幕。以后谭延闿遂将之改为省咨议局，这里曾是湖南立宪运动的中心。其次，谭延闿建立了专门的司法机构，设地方检察、审判两厅，颁布《律师条例》，制定《湖南现行刑法》，初步形成由检察、审判、辩护组成的近代司法制度。再次，谭延闿开始在湖南实行资产阶级民主制度，倡言民主、自由、平等、博爱，允许言论自由、舆论监督，推动新闻事业。辛亥革命前，湖南仅有《长沙日报》几家报纸。谭延闿认为，"报馆的天职是监督政府，指导国民"，表示"延闿才薄，每有办不到或做错之事，深赖报纸匡扶"（见1912 年 11 月 12 日湖南《大公报》）。因此，自谭任都督后，湖南仅新创办的报纸就有《国民日报》《湖南公报》《大汉民报》等十多种，报界日趋活跃，呈现一派欣欣向荣的景象。最后，提倡新风，革除封建陋习。谭延闿鼓励妇女放足，他还厉行禁烟，成绩斐然，以至于英国专家来湘调查烟禁，也不得不承认湖南"确已将烟苗铲除净尽，毫无罂粟"，并将湖南归于"无鸦片种植省份"（见1913年 6 月 24 日《民立报》）。

其三，振兴实业，发展资本主义经济。民国肇建，舆论普遍认为民族主义与民权主义业已达到，唯民生一项尚须努力，于是从上到下，兴办实业的呼声高唱入云。湖南资本主义工商业历来落后，虽经清末湖南巡抚陈宝箴等大力提倡，仍落后于东南各省。谭延闿上任不久，便废劝业道，在民政司添设实业科，下设农、商、工、矿四课，民国元年元月，又将实业科升格为实业司。时值百废俱兴，湖南实业机构的设立，从无到有，由小到大，不仅为旧政权所不及，也为开发湖南实业进行了开创性的奠基。为抵制外国资本和商品的侵略和倾销，谭延闿与黄兴等发起成立洞庭制革股份有限公司，还成立了提倡国货会，谭、黄同为该会会长。湖南工业总会还设立工钱局以提倡工业，掀起了一个办实业的高潮。1912 年，谭委任辜天佑在长沙戥子桥工业学校开办湘军工厂，为湖南省生产五金用品的先导。1913 年春，又设立湖南军路局，以省方收入节余，建筑长潭军用公路，此为湘南建筑公路之始。诚如英国驻长沙领事基尔斯在报告中所说：
"自辛亥革命以来，发起工业企业得到很大的动力，几乎每天都有新公司注册。
其最大的目的是尽可能使湖南在工业上不仅不依赖外国，而且不依赖其他省份。"
（见汪敬虞《中国近代工业史资料》（第二辑），科学出版社 1957 年版）可见，
谭延闿发展资本主义工商业不仅有着反对帝国主义侵略的爱国意义，而且有着促
进国家民族经济发展的积极意义。

其四，推进教育事业的发展。谭延闿从兴办教育成名而进入政界，做都督
后，对成效显著的学校无论公立还是私立，都大加奖掖。他第一次督湘时，就给
予长沙最有名的四个私立学校周南、明德、楚怡、修业以官方津贴。谭对高等学
校的创办也是不遗余力的，光复后，美国雅礼会原在湘开办的雅礼大学向湖南当
政者商谈设立湘雅医学院及湘雅医院，由于开办费巨大，政学各界人士大多反
对，唯谭极力主张成立湘雅。1912 年，谭又将湖南实业学堂改名为高等工业学
校（湖南大学的前身），曾一次性拨款 50 万元，为该校向外国购买教学科研用
品，这种支持力度在当时国内各学校中是罕见的。由于谭延闿实行重视教育的政
策，辛亥革命前后湖南教育事业有了长足的进步，全省学校由 2192 所增为 2909
所，在校学生由 84696 名增为 123901 名，经费由 1700069 元增为 1943161 元。
（见 1913 年 4 月 26 日《长沙日报》）谭氏还注重培养高等人才，广送人员往东
西洋官费留学，仅 1912 年到 1913 年间，就选派官费留学生 581 名。

四

以上第三节所叙大多为辛亥以后之事，似乎超出了本书范围，不过借以探究
谭延闿的思想而已。

现在，我们的目光还是回到辛亥以前的长沙。

湖南立宪派形成后，立即为全国立宪运动的兴起产生了推波助澜的影响。
1907 年秋，湖南立宪派绅士熊范舆第一个上书请开国会。随后，浏阳人雷光宇
以全湘士民的名义上书，陈述开国会的必要。但雷光宇的请愿书被都察院扣压
了，于是，湖南绅、商、学界代表于 1908 年春、夏两季先后两次派请愿代表赴

京，催促都察院将请求开国会的请愿书送上去，从而拉开了全国请愿活动的序幕。在湖南立宪派的影响下，河南、江苏、安徽等地的立宪派纷纷派出请愿代表赴京，要求召开国会。需要指出的是，在全国性的请愿活动中，湖南代表都是骨干，并且留在北京的时间最长。

在全国立宪运动的冲击下，迫于大势所趋，清政府于光绪三十四年六月二十四日（1908 年 7 月 22 日）批准了宪政编查馆拟定的《各省咨议局章程及议员选举章程》，谕令"即着各督抚迅速举办，实力奉行，自奉到章程之日起，限一年内一律办齐"（《清德宗实录》卷五九三，第 12 页）。自此，各省立宪派暂时把请开国会的事搁置下来，都积极投入了各省咨议局的筹备工作。

1908 年 12 月，湖南巡抚岑春蓂命先设咨议局筹办处于长沙，借用府学宫明伦堂办公，派藩司庄赓良、臬司陆钟琦、学司吴庆坻为总办，湖南立宪派领袖谭延闿被任为会办，筹办咨议局一切事。接着又于长沙设立选举调查研究所，协助筹办处工作，研究调查选举之法，由立宪派人士黄忠浩主其事。此外，于各厅、州、县设立选举调查事务所，具体掌握选举调查各事宜。

宣统元年五月初一（1909 年 6 月 18 日），湖南各地选举投票正式举行，参加投票的选民共计 100487 人；8 月 6 日，遵照复选制要求进行了复选，选出议员 82 人，其中长沙府占 31 人。

议员数是按府县、按选民人数分配的，议员是选举产生的。真是开天辟地未有之事！

10 月 8 日，82 名议员在长沙召开省咨议局的预备会议，选举谭延闿为议长，冯锡仁、曾熙为副议长。1 月 14 日，咨议局第一届会议正式在长沙府学宫明伦堂开幕。会议选举了常驻议员及审议长，资政院议员等职。原定第一届会议会期为 30 天，因不敷议案之讨论，延长了 20 天，直到 12 月 2 日才闭幕。在第一届会议的 50 天中，共讨论巡抚（岑春蓂）交议案件 20 件，自提案件 16 件。结果巡抚所提 20 件议案通过 19 件，搁置 1 件，自提案则全部通过。

全部 36 件议案，除"改良监狱案"多少触及了一点政治体制改革以外，大多是经济类和文教类问题，由此可知，咨议局第一届会议的重点是发展经济和解决社会问题。再从湘抚关于增税一案被否决之事来看，显然，咨议局是由湖南立宪派所把持着的，或者说，是由湖南立宪派"控股"的。社会建设的进步，是有利于资本主义经济加速发展的，这自然是立宪派人所欢迎的。但社会的改良与建设，非有充裕的财力不可为。增加税收本不失为解决财政问题的一个正常途径，却遭到议员们的否决。立宪派与封建政权的矛盾由此从经济问题上的冲突而激化起来。

宣统二年（1910 年），省咨议局召开了第二届年会，着重讨论了如何解决财源的问题。讨论的结果是，议员们把矛头直接指向了清政府，决定向清廷争取地方税的比例，而不是由他们自己掏荷包纳税。此举当然是议员参政的强烈意识的表现，当然在一定程度上反映了全省人民反帝反封建的要求。

根据清廷下颁的章程，咨议局不过只是"钦遵谕旨，为各省采取舆论之地"，而且各省督抚对本省咨议局全部议案拥有裁夺权，可以说咨议局不过是一个点缀民主门面的摆设而已。但世界推着中国向前走，既然已经打开一点点门，各省立宪派也就纷纷挤入，在选举中空前活跃起来，湖南也不例外。立宪派领袖谭延闿当选为议长，其他议员也多为立宪派人士，湖南立宪派牢牢控制了省咨议局，省咨议局实际上成了立宪派参政的机构，湖南立宪派也极力利用省咨议局作为发展本身力量的工具。议会成立后，开演了如纠举督抚未经局议擅自发行本省公债、改变税法、增加本省负担等一出出好戏。从这些可看出，湖南立宪派是颇有参与政事的实质行动的，他们期望省咨议局能发挥其作用，以促进近代资本主义工商业的发展，也由此扩大他们的权力，在政治上发挥更大的作用。

正是这一对于权力的迫切要求与强烈欲望，促使湖南立宪派成为立宪运动中的左翼。

五

以后历史的发展，使这些立宪派诸绅士的功业到达了光辉的顶峰。这个顶峰就是前面已叙及的辛亥革命后的谭延闿三次督湘。

夕阳无限好，只是近黄昏。

谭延闿政权就是已经没有足够力量完全否定资产阶级革命的封建势力，同还没有足够力量完全推翻封建统治的资产阶级之间的妥协的产物。谭延闿等立宪派头面人物虽然脱胎于官僚士绅封建地主，虽然他们身上还带有封建胎记，但由于他们在兴办实业中攫取了财富，同资本主义生产方式发生了密切的联系，因此他们已经向资产阶级转化。他们是当时的有识之士，他们是绅士。

是清廷的假立宪和扼制保路运动加深了他们的愤懑和失望，于是他们便与革命党人结成联盟，从而促成了湖南光复的胜利。

然而，立宪派与革命派还是有分歧的。谭延闿等人致力的是"巨家世族、军界官长"主持的"文明革命"（子虚子《湘事记》，见《湖南反正追记》），希望以极小的破坏为代价，将清朝统治权力转移到自己所代表的开明官绅手中。而革命派如焦达峰则"惟以清室铁桶江山，不易破毁，仍主张采庚戌饥变之手段"（指1910年的长沙抢米暴动，详见第六章），准备发动一场大规模破坏封建统治秩序的下层群众的革命。（见《湖南反正追记》）这种思想认识上的分歧，往往表现为行动上的裂痕。

如双方在商议起事计划时，曾为是否杀黄忠浩（清巡防营统领）争议不休。革命派要杀掉忠于清室的黄忠浩，立宪派竭力阻止革命党人的暴烈行为，以"维持秩序，保全治安"为己任。他们还找到湘抚余诚格，"劝其反正，俯从民意，都督湘军"（《湖南反正追记》），制止焦达峰围攻藩署，声称"吾辈但取政权，不杀官吏"，"杀机不可逞"（《湘事记》军事篇二）。

《论语·子罕篇》中孔子说自己解决问题的思路是"我叩其两端而竭焉"，亦即推敲前后正反两方面的情况而拿出自己的主意。我认为，考察谭延闿的思想、主张，结合湖南光复后，他坚决派兵援鄂，以及传檄他省、促其反正，他颇有点孔夫子"执其两端"的精神，以立宪为宗旨，武力为辅佐。事成之后，走立宪的道路。

可惜中国缺失资产阶级革命的成功，也就缺失资本主义社会这一历史阶段。这也就有了八九十年后邓小平等领导人的"补课"的说法。

流血，流血，流血。千年功过。

怀共和之热忱，负"反动官吏"之恶名，谭延闿是悲情英雄。

第四章　白帜逶迤上麓山

一

辛弃疾词句说得好："渡江天马南来，几人曾是经纶手?" "吴楚地，东南坼；英雄事，曹刘敌。"大凡出现惊天动地的事情，弄潮者中一定有惊天动地的人物。

1906 年 5 月，长沙爆发了一场声势浩大的公葬湘籍英烈陈天华、姚宏业的斗争，领导这场斗争的是禹之谟和宁调元。

这场英雄葬英雄的史实，还洋溢着惺惺相惜的、动人的浪漫气息。华兴会起事失败以后，黄兴远走上海，又转赴日本，长沙的革命形势一度陷入低潮。清朝湖南当局为加强对青年学生的防范，以著名劣绅俞诰庆为长沙善化 48 堂学务处监督，在省城长沙"整顿学风"，开除进步学生，严禁集会结社。

1905 年 8 月，同盟会本部在东京成立后，顿时如长夜出现北斗，表现出强大的革命辐射力。而要在全国范围进行革命活动，就必须在各地建立庞大的、有系统的组织。按同盟会总章规定：本部下设支部，支部下设分会。黄兴由东京密函委托禹之谟在湖南成立分会，发展同盟会组织，推销《民报》，宣传同盟会的革命纲领。于是禹之谟和革命党人陈家鼎等着手成立同盟会湖南分会，禹之谟被推为会长。会址设在湘乡会馆内的惟一学堂，地址就在现在的新安巷、南阳街一带。

禹之谟（1866—1907），号稽亭，湖南湘乡人，现属娄底双峰县青树坪镇。出身于一个小商人家庭。少年时期，家境不甚富裕。父亲嗜食鸦片，母亲早亡，他 15 岁时曾在邵阳城里一家店铺当学徒，不到一年即被店主辞退。回家后，勤奋自学，喜读船山遗书，并研读《史记》《汉书》一类史籍，从历代兴衰史中追寻经世救国之道。他最爱读《史记·游侠列传》，私塾的同学状其气概，说他"提三尺剑，挟一卷书"，活脱脱一个现代游侠！他别号稽亭，按照当地的方言习惯，亲友叫他"稽猛"，也喊他"长毛"（对太平军的称呼）。对于同为老乡的"曾国藩大人"，他确实是颇有不屑的，"尝谓'胡（林翼）、曾（国藩）、左（宗棠）、彭（玉麟）好大喜功，误入歧途，皆由不善读书之过'，闻者多目为狂徒"（姚渔湘《禹之谟传》）。后寄寓名士张家为门客，复入营伍，担任文书一类事务，开始接触一些西方的近代政治学说和社会思潮，并结识一些社会名流，见识日博，爱国忧民之心也油然而生。

1894 年，中日甲午战争爆发，禹之谟毅然投笔从戎，参加刘坤一节制下的军队，襄办由山东、天津等处向辽东运输粮秣弹药的转饷任务。战后，因功得赏五品翎顶，并以县主簿双日候选，辞不就，而至上海潜心研究实业。受维新变法和自立军起义失败的震撼，禹之谟意识到反清革命的必要，从而摆脱改良思想的羁绊，走上了民主革命的道路。1897 年，禹之谟回到湖南，认识了谭嗣同，两人一见倾心，相谈甚欢，大有相见恨晚之意。禹之谟同时和唐才常及哥老会首领毕永年等多有接触，他对变法维新寄以同情。面对百日维新的失败，禹之谟的结论是"倚赖异族政府改行新法，无异于与虎谋皮"，和当时的热血青年一样，半为革命失败的潜逃，半为寻找救国的真理，他选择了东渡日本，在日本大阪、千代田等工厂实习操作，花很大力气学习新兴的应用化学和纺织业操作技术，走"实业救国"之路，在东京他结识了留日学生中的激进者，并参加了他们的许多活动；又接触了"革命排满"和民权思想。由于报国心切，禹之谟未及卒业便于 1902 年春携带纺织机械匆匆回国。他先在安庆设立"阜湘"织布厂，继于 1903 年在湘潭设"湘利黔"织布厂，是为湖南近代机织品的开端。次年，禹之谟将该厂迁至长沙荷花池，并创办实业工场，附设工艺传习所，招收青年学生，教以简易的应用化学和制造藤竹木新式家具的手工艺，并且他首倡雇用女工，移风易俗。虽然暗地里做革命工作，但是织布厂不仅仅是一个幌子，禹之谟是真的想发展这门技艺，走实业救国的道路。当时禹之谟的儿子禹宜三也随父亲和家人来到长沙，并被安排进厂学习操作，他在回忆录中清楚地记得当时的工序："先父当时教我继祖母贺氏用纱线学习结纵：织布用两页纵，织毛巾用四页纵，纵结好后，先父用酒精浸黄色舍利克片制成溶液，由我继祖母两手执一边纵，先父左手执一边纵，右手蘸溶液反复涂刷纵线。这样晾干后纵线经久耐用不生毛茸。"事实上，除了革命上的积极作用，织布厂也在湖南的工业史上写下了历史性的一笔。湖南人民出版社 2003 年出版的《湘潭经济史略》一书记载："湘潭近代棉纺织工业因近代民主革命斗士、湘乡留日学者禹之谟于光绪二十九年（1903）在湘潭县城创办湘利黔布局而开始起步。"《湖南省志》第一卷也记载："禹之谟在1903 年创立湘潭毛巾厂，是为湖南近代机织业的开端。"

1904 年，华兴会成立，黄兴起义失败避走上海，而禹之谟此时则成为湖南革命运动的实际领导者。

1905 年，禹之谟在长沙创办惟一学堂。这个学校在禹之谟被害后改名为广益中学，就是如今湖南师大附中的前身，现在附中图书馆叫作"之谟图书馆"，馆前还有禹之谟的塑像。此时的禹之谟，集工、商、学界的领袖地位于一身，他积极参与领导湖南各界粤汉铁路"废约自办运动"和抵制美货运动。因此，"绅商学各界之驻湘者，皆推重之"，湖南教育会、学生自治会、商会并推之为会长。这时的禹之谟经常和同志们在濂溪阁纵谈天下大事。濂溪阁位于长沙市开福区西长街，是文人雅士工商学子聚会研讨学术之所。清同治年间，湖湘学人为纪念北宋哲学家、湖湘学派创始人周敦颐，并研习他的学术思想，创建了濂溪阁，阁旁有濂溪祠和濂溪里。阁、祠今不存，但陈旧的老巷濂溪里尚存。

禹之谟自任同盟会湖南分会会长以来，切实执行同盟会总部交给的各项任务，积极宣传同盟会革命纲领，与党人覃振、樊植等组织《民报》发行网，"日持革命书报于茶楼酒肆，逢人施给，悍然不讳"（子虚子《湘事记》）；并集约各界人士在长沙天心阁开会，鼓吹"革命排满"；又动员其他党员在小吴门等处"开设酒店栈沽，结欢军人。以争取新军为革命力量"（金蓉镜《破邪论》）。各界人士由他介绍入会颇众。

再说另一位因时而生的豪杰宁调元。

宁调元（1883—1913），字仙霞，号太一，湖南醴陵人。他是辛亥革命时期的活动家，南社诗人。因为他两次入狱，过了数年铁窗生活，故又有"监狱诗人"的雅号。1913年"二次革命"时，牺牲于武昌。

当宁调元由少年步入青年的时候，中国正风雨如磐。八国联军入侵那一年，宁调元18岁。民族的灾难使他忧心如焚，他自觉地肩负起天下兴亡的重担。

1903年，宁调元离开故乡的渌江书院，进入长沙明德学堂师范速成班。当时，黄兴正在该班执教，倡言"排满"。宁调元受到影响，先后参加革命组织大成会和华兴会。他长于文章，富于口才，慷慨激烈，为班中的佼佼者。次年冬，回乡创办渌江中学，受到县令和守旧绅士的反对。他奔走于醴陵、长沙之间，上下交涉，终于将学堂办成。1905年夏，被派赴日本，留学于早稻田大学。

日本当时是中国革命党人的渊薮。在那里，宁调元不仅与"蓬午老师"黄兴重逢，而且和著名的革命党人陈天华结为好友。1905年11月，日本文部省公布"取缔规则"（《关于许清国人入学之公私学校之规程》），对中国留学生的活动多所限制。中国留学生认为这一规则"有辱国体"，发动罢课。12月8日，陈天华忧愤投海，中国留学生的情绪更为炽烈。宁调元是罢课斗争的积极分子，曾被选为文牍干事，起草了大量宣传品。作为陈天华的好友，他写诗痛悼：

警钟撞破几人闻？抵死图成救世军。

百兆同胞齐堕泪，八千代表竟无群。

宁调元的诗写出了对陈天华早死的痛惜，以及湖南革命志士们对陈天华的怀念。年末，宁调元和湖南同乡姚宏业等回到上海，与各省归国留学生一起创办中国公学。不久，宁调元惦念故乡的渌江中学，离沪返湘。他在为友人傅尃《纫秋兰集》题词中，发出了"诗坛请自今日始，大建革命军之旗"的呐喊。这时，他和禹之谟来往甚密，活动地点则在城南阁一带。据1929年刘谦所著《宁调元革命纪略》载：宁调元与"李洞天、陈汉元居城南之天心阁，日以鼓吹革命之事，更翕集禹之谟、邹价人等，组织湘会，到处演讲，风动一时"。又据岳麓书院末任院长王先谦于1914年所作《次韵止庵九日登天心阁》诗中句解云："禹之谟开学会演说，宁调元募刻《洞庭波》书，皆在阁中。"据考：宁调元当时的确是以自行募刻的办法，印发宣传革命的文稿，在天心阁初创了《洞庭波》

杂志。

公葬陈天华、姚宏业的斗争，就将由禹之谟和宁调元揭开序幕。

<h1 style="text-align:center">二</h1>

再回过头来，叙述这场斗争中的葬主陈天华与姚宏业。

在第二章中已介绍，陈天华作为革命宣传的"大炮"，其作品警世警人有巨大影响力；在为人方面，陈天华也是一个血性男儿。

1904 年初，陈天华和黄兴等人以运动员的名义回到湖南，不久创立了革命团体华兴会。他们联合哥老会首领马福益，准备在长沙发动起义。陈天华主动担负了游说巡防营统领廖名缙的重任。不料，起义机密泄露，黄兴、刘揆一等人先后逃出湖南，并派人通知陈天华迅速避难。陈天华得知消息，十分痛苦，他把衣襟理好，端坐在自己的寓所，动也不动，沉痛地说："事不成，国灭种亡，等死耳，何用生为!"决心向谭嗣同学习，以身殉国。后经友人再三劝说，他才束装上道，再次东渡日本。

陈天华投海是因日本驱逐留日学生事件引起的。

同盟会成立后，推动了全国革命形势的高涨。在东京，各省留日学生都建立了本省分会，并派人回国内建立组织，发展会员。东京留学界已成了海内外革命中心。清政府选派留学生，就不得不考虑对策了。于是其勾结日本政府，由日本文部省于 1905 年 11 月 2 日颁布了《关于许清国人入学之公私学校之规程》即《清国留学生取缔规则》。这个规则共十五条，其中规定：无论是官费生、私费生，到日本留学，都必须由清公使馆介绍；接收留学生的学校，一定设有留学生学籍、考勤及来往书信文件登记册；留学生必须住进学校的宿舍和公寓，不能住校外公寓；各级学校不能招收为他校因性行不良而被饬令退学的学生；等等。如按这一规定，所有留学生都将被清政府驻日公使与日本政府控制起来，来往通信、食宿都失去自由，特别严重的是所谓"性行不良"一条，清政府与日本当局随时将这顶帽子扣在留学生头上，从而使留学生失去学习的机会，这一点是极为毒辣的。当时留日学生界已看出其阴谋，指出："规则第十条性行不良一语，不知以何者为良不良之标准？广义狭义之解释，界说漠然。万一我辈持有革命主义为北京政府所忌者，可以授意日本，竟诬指为性行不良，绝我入学之路，其设计之狠毒，不可思议。"（见《新民丛报》，第三年第二十三号，1905 年 12 月）日本文部省次官木场也毫无隐讳地承认这一点："留学生之中，属于革命派者甚多，这次文部省颁布的规则，将使他们蒙受一大打击，殆无疑问。"（实藤惠秀《中国人留学日本史》中译本，生活·读书·新知三联书店 1983 年版）

清政府的卑劣行径，激起了留学生的极大愤怒，东京留学生界几乎全部卷入了反对"取缔规则"的行动。12 月 4 日，弘文学院留学生首先罢课，接着各校纷纷响应。7 日，东京和京都的留日学生共 8000 余人，实行了总罢课。

陈天华对留学生取消"取缔规则"的斗争极为关心。他与留学生一样，对日本政府"剥我自由，侵我主权"的行为极为愤慨，但认为全体罢课并退回国的办法并非良策。果不出其所料，留学生团体中，对待罢课和归国问题产生了原则分歧。先是留学生总会干事杨度不愿出面，把责任推给别人，秋瑾、宋教仁等力主全体归国，而汪精卫、朱执信则反对归国。

留学生中的分歧，引起了陈天华的忧虑。这时，日本政府借机污蔑留日学生的正义行动，在官方报纸大做文章，说留学生的行动是"放纵卑劣"。陈天华悲愤已极，决定"以身投东海，为诸君之纪念"，用自己的死，来唤醒留学生界，唤醒同胞，"使共登于救国之一途"。

12 月 7 日，陈天华在寓所里执笔作文，一直到深夜。第二天，他还与往常一样，神色自若，毫无异常，吃完早餐出门时，还向同室朋友借钱 2 元，朋友以为是去印刷所联系印刷事宜。一直到晚间，陈天华还未回来，引起了朋友们的惊异。深夜，留学生会馆门房匆匆来告：大森地方警察局发电到使馆，称海上发现了陈天华尸体。天未亮，宋教仁等便赶赴大森，在陈天华口袋里发现了一张"书留"（寄信凭单），根据这个凭单，在留学生会馆找到了他的一封长信，即他的万言《绝命书》。他在书中沉痛地呼喊："为了中华必须奋起斗争！"

陈天华的蹈海自杀，在留学生中引起了巨大的震动，宋教仁、秋瑾等组织了追悼活动。据日本学者永田圭介《秋瑾——竞雄女侠传》说：翌日（12 月 9

日），留学生们公推秋瑾为召集人，在留学生会馆中的锦辉馆召开陈天华追悼会。会上，秋瑾宣布判处反对集体回国的周树人（鲁迅）和许寿裳等人"死刑"，还拔出随身携带的日本刀，大声喝道：

> 投降满虏，卖友求荣。欺压汉人，吃我一刀！

陈天华的蹈海殉国，纯出于一片爱国赤诚，其动机是高尚的，行为是悲壮的。他殉国的消息传出后，即在海内外革命群众中引起巨大反响。孙中山当时在南洋，听到这个消息，"闻之哀悼不已"。香港劳动群众开追悼会于杏花楼，"各界临吊者千余人"（冯自由《〈猛回头〉作者陈天华》）。在日本，当宋教仁拿《绝命书》在留学生中诵读时，"一人宣读之，听者数百人，皆泣下不能仰"（宋教仁《陈星台先生〈绝命书〉跋》）。总之，由于陈天华的殉国，"人心愈愤激，大有与满洲政府势不两立之气……凡血性青年，皆起赴义不顾身之热诚"（曹亚伯《武昌革命真史》）。陈天华用牺牲自己生命来激励革命同志的做法，对革命事业的促进与发展是起了作用的。时间过去了 12 年，到 1917 年，又一代革命青年东渡探索救国真理时，19 岁的周恩来仍然怀念着这位蹈海的英雄，在一首诗中这样写道：

> 大江歌罢掉头东，邃密群科济世穷。
>
> 面壁十年图破壁，难酬蹈海亦英雄。

陈天华殉国还被编成戏曲、唱词，在人民中流传。

1906 年，浙江金华还出现了"《猛回头》案"，金华龙华会会员曹阿狗公开演唱陈天华的《猛回头》，被劣绅告发，金华下令将曹杀害，"广出告示，'严禁逆书《猛回头》，阅者杀不赦，以曹阿狗为例。'……然此告示一出，而索观此逆书之人转多，于是革命风潮乃又加是紧一度矣"（陶成章《浙案纪略·猛回头案》）。足见陈天华身虽亡但魅力不减。

无独有偶，姚宏业也是一位蹈水壮士。

姚宏业（1881—1906），原名宏业，后因慕朱洪武、洪秀全之名，改名洪业，字剑生，号竞苏，清长沙府益阳县人。1904 年春入长沙明德学堂师范班，同年 7 月留学日本弘文学院，不久进入大阪大学。粤汉铁路废约自办运动期间，他与同志组织路矿学校，以培养路矿人才。1905 年 10 月，经黄兴介绍加入同盟会。

姚宏业留日时，从日本维新史了解到明治维新的成功很大程度上得力于教育，便有志于兴学育才。粤汉铁路废约自办运动发生后，他说"铁路者，国脉也，无粤汉铁路，是无中国"，即与友人组织开办了一所路矿学校。后来他又认为："我排满以口，满排我以兵，危道也。"便要改学军事。所以，当时人评论说："识者听其言论，睹其举动，皆知为排满实行家也。"

1905 年冬，日本政府颁布《清国留学生取缔规则》，姚宏业与陈天华等倡议全体罢课归国。陈天华蹈海后，姚宏业归至上海，创办中国公学。他说："国民欲有爱国之思想，不可无自立之学校。负笈三岛（指日本）者日多，终非久计。故合各省公立一校，如早稻田、庆应义塾各大学之宏敞。藉雪外人蔑视我之奇辱，而激起一般人爱国自立之公心。"

中国公学成立，他被推为干事，与谭心休负责筹款。学生很快招收至 200 余人，分别来自 13 个省区，初具规模。姚宏业对公学寄予了无限的希望，认为它可以培养"真救时之人才"，可以"鼓铸强健文明之国民"，可以奠定中国未来民立大学之基础，可以破除省界，它的成败，实为"我中国民族能力试金石"。然而，守旧官绅对公学多方阻扼，各处筹款未至，诽谤之声已闻。姚宏业痛感"东京之现象既如彼，内地之悲观又如此，悲愤不可自遏之中，决心投黄浦江，以死唤起士民爱国之心"。

1906 年 4 月 6 日，姚宏业投江自杀。公学师生都以为他因事外出未归。过了几日，尸浮江面，校中诸人前往察看，才知道是他们所爱戴的干事姚宏业。后从姚宏业遗箧内发现了一封绝命书，一字一句，血泪俱下，现在展读，还足令人动容。

呜呼！我所最亲爱最希望最眷恋中国公学中之诸同事诸同学，我所最亲爱最希望最眷恋全国四万万同胞中之官之绅之兵之士之农之工之商，听者：吾今蹈江死矣，将永与君等别矣。但恐我死以后，君等或不知我死之故，因忍死须臾，与君等为一诀别之言。古人云：人之将死，其言也善。君等其听之！其听之！虽无才无勇无学无识如我者，亦勿以人废言也。

我之死为中国公学死也。同胞！同胞！欲述我舍父母弃妻子捐躯蹈江之苦衷，我请先言中国公学与中国前途关系之重。中国公学者，因内地学堂之腐败，不足以培养通才与列强共竞生存于廿世纪淘汰惨酷之秋，故创办此公学，注重德育，以谋造成真国民之资格，真救时之人才者也。此其关系之重一也。溯中国公学之所由起，盖权舆于留日学生争取缔规则之故。夫此次之争之当与否，今姑无论。然公学虽为振兴民族教育而设，究其要素，已含有对外之性质，盖彰彰乎不可掩矣。故中国公学不啻我中国民族能力之试金石也者，如能成立发达，即我全国之人能力优胜之代表也；如不能成立发达，亦即我全国人能力劣败之代表也，此其关系之重二也。中国自今以往有大问题焉，将糜无量大英雄大豪杰之心血之脑血之颈血之舌血之泪血以解决之，尚不知其能否，则省界之分是也。夫今日省界之分，初见端耳。铁路以分省界，故而不能修；矿山以分省界，故而不能开；学界又以分省界，故而屡起冲突，操戈同室。庄子曰："天下事创始也细，将毕也巨。"今日之冲突一笔一舌，将来之冲突一铁一血。夫鹬蚌相持，渔夫伺其旁，可惧也。夫惟中国公学镕全国人才于一炉，破除界域，可能消祸于无形，此其关系之重三也。今日中国人心无害有二：弱者既俯仰随人，无爱国思想，强者又妄诞无忌，野蛮招祸。往事无论矣，此二害不除，中国前途之祸未有艾也。而中国公学设在上海，为各国势力侵入焦点，我同学见外人之恣横，则可生其爱国之心；见教案之损失，则可消其野蛮之气，将来此等教育普及全国，则可以鼓铸强健文明之国民，此其关系之重四也。考各国学术之进化，莫不有民立学堂与官立学堂相竞争相补救而起，如美国之有耶路大学，日本之有早稻田大学之类，皆成效大著，在人耳目。今我中国公学，实为中国前途民立大学之基础，若日进不已，其成就将能驾耶路大学与早稻田大学而上之。而不然者，民气将永不伸，即学术将永不振，而中国亦将永无强盛之日，此其关系之重五也。有此五端，然则凡居中国土、为中国人者，其必以万众一心，维持我公学成立，扶助我公学发达，不待再计决矣。

且我同志等组织公学之苦衷，亦有可为四万万同胞一白者。人情所最畏者，祸耳。当客岁初归国时，蜚语四起，留学生居海上者，俱有头颅不保之虞。我同志为兴学故，弗顾也：人情所最思念者，室家耳。谁无父母，谁无妻子，客岁归国之同学皆归家一探问。而我同志为兴学故，旅居沪上，无一归者；人情所最不忍牺牲者，学耳。而我同志之留学也，又多半官费，且多寒家，自费不能留学，一不东渡，势必至于官费裁撤。而我同志等为兴学故，置裁撤官费而不恤，是不惟牺牲目下之学问，并将来之学问亦牺牲之矣。人情所最嗜好而终日营营者，权耳利耳。我同志等之组织此公学也，以大公无我之心行共和之法。而各同志又皆担任义务，权何有，利何有乎？而我同志等所以一切不顾，劳劳于此公学者，诚以此公学甚重大，欲以我辈之一腔热诚，俾海内热心之仁人君子怜而维持我公学成立，扶助我公学发达耳。乃自开办以来，学生已二百余，共集十三省人矣，学科虽未十分完善，然非中国内地学堂之所及，此则我之所敢断言者也。而海内热心赞助者，除郑京卿孝胥等数人外，殊寥寥。求助于官府无效，求助于绅商学界又无效。非独无效，且有仇视我公学、诽谤我公学、破坏我公学者。我同志等虽拮据号呼，然权轻力薄，难动听闻。噫！无米之炊，巧妇不能，中国公学之前途真不堪设想矣。嗟夫！嗟夫！岂我辈之诚心未足感人耶？岂我中国之人心尽死耶？不然，何以关系重大如我中国公学者，犹赞成者少而反对者多也。我性褊急，我诚不忍坐待我中国公学破坏，致列强以中国人为绝无血性之国民，因而剖分我土地，撕灭我同胞，而亲见此惨状也。故蹈江而死，以谢我无才无识无学无勇不能扶持公学之罪。

夫我生既无所补，即我死亦不足惜。我愿我死之后，君等勿复念我，而但念我中国公学，我愿我诸同学皆曰无才无学无勇无识如某某者，其临死之言可哀也，而竭力求学以备中国前途之用。我愿我诸同事皆曰无才无学无勇无识如某某者，其临死之言可哀也，而振起精神，尽心扩张，无轻灰心无争意见，于各事件不完善者补之，不良者改之，务扶我中国公学为中国第一等学堂，为世界第一等学堂而后已。我愿我四万万同胞之官之绅之兵之士之农之工之商皆曰，无学无识无才无勇如某某者，其临死之言可哀也，而贵者施其权、富者施其财、智者施其学问，筹划以共维持扶助我中国公学。即向来之仇视我公学、诽谤我公学、破坏我公学者，我亦愿其哀我临死之言，幡然改悔，将仇视诽谤破坏公学之心尽移于我既死之一伤心人之身，则我虽死之日犹降生之年矣。

嗟嗟！碧海无边，未尽苌弘之血；白人入室，难瞑伍胥之眸。我死后如有知也，愿此一点灵魂与我中国公学共不朽！

他殉身后，"国人感其义侠，输巨资者相续"，中国公学的基础终于奠立。

三

在不到半年的时间，陈天华、姚宏业相继投水，为国捐躯。他们两人不仅是学贯中西的时代精英，也是血管中奔腾着屈原血脉的湖湘子弟，因此，噩耗传来，在湖南各阶层爱国群众特别是青年学生中引起了巨大反响，长沙、善化两县学生为之震惊，沉浸在一片悲痛之中。宁调元闻讯，迅速从醴陵赶到长沙，同盟会湖南分会负责人禹之谟和革命党人覃振、陈家鼎等人立即组织各校学生自治会开会，禹之谟在会上的演说"极为动人，听者悲愤万状，群众高呼，革命声势惊天动地"。会议决定公葬两位烈士于长沙岳麓山，以激扬民心，反对封建统治。有人害怕官府干涉，禹之谟拔刀指天道："求一抔土葬烈士，于巡抚何？"旋即由学生自治会选派学界代表苏鹏到东京、上海，迎接陈、姚烈士灵柩回湘。

岳麓山是长沙名胜。晚清时期的长沙不过是以现今五一广场为中心的方圆二三十里的城市，从长沙市南的灵官渡坐"木划子"渡过碧波粼粼的湘江，从牌楼口上岸，便到氤氲葱茏的岳麓山了。

岳麓山号称南岳七十二峰之尾，虽不高，海拔只有约300米，却应了"山不在高，有仙则名"的老话，这里历来是风景绝佳之地。山上有云麓宫、麓山寺。麓山寺素有"汉魏最初名胜，湖湘第一道场"之誉，寺前有六朝松两株，"阅尽人间春色"，唐代大书法家李邕《麓山寺碑》更是跌宕纵横，极尽笔墨之妙。山脚则有千年学府岳麓书院，"惟楚有材，于斯为盛"，宋代经学家朱熹、张栻曾在此授徒讲学，绛帐弦歌。因此，这里也是首丘的上善之地，山上的墓地大多坐西朝东，丰碑高冢，白天睥睨着湘江的百舸争流和麓山的云蒸霞蔚，夜晚则领略着遥远的长沙市声和橘洲渔火。

正因为此，将陈、姚公葬于岳麓山，既是湖南革命力量的一次检阅，也是一次政治示威。湖南"当道及乡绅咸为惊异",他们闻讯百般阻挠,向巡抚庞鸿书鼓噪:"天华何如人,岳麓何如地?"长善学务处总监督俞诰庆亲自到各学堂"训话",攻击陈、姚主张革命并非爱国,"革命即是造反,造反即是大逆不道。陈、姚因革命而自杀,实为回不得家乡,见不得爹娘所致",并声言已接到巡抚部院谕示,绝不能听其埋葬岳麓山,署理湖南巡抚庞鸿书亦命臬司传禹之谟讯问,力图阻挠。面对淫威,禹之谟正气如虹:"今台湾、胶州、广州(湾)、大连等地皆为外人所占领不惜,独以中国人葬中国一土反不能容乎?"臬司哑口无言,对他不便作出处理。俞诰庆想通过陷害禹之谟来达到破坏公葬陈、姚的阴谋没有得逞。

关于公葬陈、姚的具体日期在各种有关文献中说法不一,计有如下数说:5月23日、5月29日、7月1日、7月11日。众说纷纭,而俱不实在。按皮锡瑞丙午年闰四月的日记(手稿,现藏湖南省社会科学院)云:"闰四月初一日(5月23日)早饭过河,见学生列队迎接,知为迎陈天华枢,今日必不上课。……"

又:"初五日(5月27日)……葬陈事,以绅士致渠帅(湖南巡抚庞鸿书字渠庵),有'天华何如人,岳麓何如地'之言,渠帅要办人,有'已捕三人'语,且已电奏。学生亦发电,又在天心阁议前日学堂人不往者,要逐其监督。……"

可以肯定,5月23日公葬陈、姚应无疑义。"初五日"日记所说的事,是说庞鸿书怒欲办人,且已捕三人,这三人可能就是送葬后留在现场筑坟竖碑而最后回城的十几个学生中的三人。这里的"前日"是"日前"的意思,就是说前几天。

1906年5月23日,禹之谟、宁调元和覃振、陈家鼎等组织学生及各界群众1万多人,当时长沙不足30万人口,出动1万余人是相当惊人的。从城内分两大队分从朱张渡、小西门两处过江前往岳麓山。"一队出南门在朱张渡过河,禹之谟同十几个教职员工抬着陈天华的灵柩领队先行,另一队在小西门渡河,宁调元同十几个教职员工抬着姚宏业的灵柩领队先行。"(彭重威《回忆禹之谟》)大家头戴草帽,足蹬薄底布鞋,身着白色制服,高唱哀歌,声势浩大,仪仗庄严,绵亘十里之外。"之谟短衣大冠，负长刀，部勒指挥，执绋者约万计，皆步伐无差，观者倾城塞路。"（转引自湖南史学会编《辛亥革命在湖南》，湖南人民出版社 1984 年版，第 370 页）在这种情势下，把守渡口拦阻灵柩的士兵，只得鹄立河边观望，不敢执行上司的命令。送葬队伍前面高举挽联祭幛，沿途还散发了许多传单和小册子，队伍最前面是禹之谟亲自写的一首感慨淋漓、抨击清廷的挽联：

杀同胞是湖南，救同胞又是湖南，倘中原起事，应首湖南，志士竟捐躯，双棺得赎湖南罪；

兼夷狄成汉族，奴夷狄不成汉族，痛满酋入关，乃亡汉族，国民不畏死，一举伸张汉族威。

送姚宏业烈士灵柩的队伍前面的挽联据说出自宁调元之手：

其所生在芳草美人之邦，宁赴清流葬鱼腹；

以一死作顽民义士之气，奚问泰山问鸿毛。

诗人笔调，自然典雅，不同凡响。

两支送葬队伍都带着庄严的神情，缓缓前行，绵延几十里，观者倾城塞路。学生们高唱哀歌，身穿白色制服，自长沙城中望去，从河东至河西的路上，岳麓山山上、山下为之缟素。长发披肩，瘦小但精悍的禹之谟向群众悲愤地演说陈、姚二烈士的生平事迹，参加送葬的人们，无不为之动容，民气为之大振，到达岳麓山后，举行了隆重的下葬仪式，禹之谟、宁调元等人发表了演说。

公葬当天，禹之谟的儿子禹宜三被父亲安排在大西门城墙上观看，有意要他受教育。事后禹宜三回忆说："父亲身穿白服，头戴拿破仑帽，腰间挂把日本长刀，站在码头上指挥送葬队伍过河，秩序井井有条，待到最后一批学生到达，才一起渡河过去。晚上父亲对我们说：今天的事，你们都看到了吧，这两个人就是想着宁为国民死而死去的，他们不愿意看到国家沉沦，等着做牛马奴隶，宁愿以死来震惊国民。所以应该受到崇敬，我们不顾艰难险阻，发动各界营葬，就是这个以死，无非要使大家懂得爱国。"

葬礼虽出乎意料地顺利，但反动当局并未善罢甘休。由于参加公葬的大多数是长沙各个学校的学生，因此，作为长沙和善化两县学务处总监督的俞诰庆，因为督学不力，被巡抚庞鸿书狠狠地教训了一顿，俞诰庆因此恼羞成怒。公葬结束后，长沙城内的学生，都从原路安然回到了自己学校，只有极少数参加培土和竖碑等工作的学生，回去得比较晚，俞诰庆就带了批军警抓去了三名学生。各阶层人民愤愤不平，禹之谟前往交涉也毫无结果。

为了营救被逮捕的学生，打击反动官吏的嚣张气焰，禹之谟吩咐学生密切注视俞诰庆的行动，终于在6月19日晚于樊西巷一家妓院抓获宿娼的俞诰庆。学生在盛怒之下，将他和妓女春苔一同押解到药王街镜中天照相馆，并将俞诰庆送给春苔的"十分春色无人管，一径苔痕带雨青"对联挂于两旁，"黥其面，裸其体，拍其照于土娼胯下，以叱其无耻"（曹亚伯《武昌革命真史》）。随后，禹之谟在西长街濂溪阁主持开有五六百人参加的集会上，当众揭发俞诰庆败坏学风、压制民主的罪行，他斥责俞诰庆说："身为长、善学务总监，应敦品笃行，整躬率属，应为全城学界树良好榜样才是，你俞诰庆竟做出这等禽兽不如的行为，这是湖南教育史上莫大的耻辱，实为士林败类。"最后向俞诰庆提出释放被捕学生的严正要求，俞诰庆只得俯首认罪，并答应立即释放在押学生。

这次公葬陈、姚和痛惩俞诰庆事件，是禹之谟等革命党人在同盟会湖南分会成立后所领导的青年学生和各界群众反对清政府的一次政治大示威，也是湖南革命势力与反动势力的一次正面交锋。毛泽东在《湘江评论》的《本会总记》中称之为"惊天动地可纪的一桩事"，并说："这次毕竟将陈、姚葬好，官府也忍气吞声莫可谁何，湖南士气，在这个时候，几如中狂发癫，激昂到了极点。"

此事之后，湖南当局极为震恐，"民气伸张至此，清政府危，而官绅之富贵不保矣"（杨世骥《辛亥革命前后的湖南史事》）！俞诰庆等人挟嫌报复，密告禹之谟为"革命魁首"，"专派送《民报》邪说，勾结军学两界谋起事"，必欲置之于死地而后快，指使地方劣绅出面，取缔学生自治会，另行组织"湘学会"。覃振、陈家鼎等革命党人相继离湘避风，禹之谟"却孑身留省，与会党首领龚春台、姜守旦、李经其、王胜等密谋发难事宜"。由于湘乡驻省中学经费日见窘困，禹之谟返回湘乡活动。1906年6月13日，禹之谟发动湘乡籍学生百余人前往会晤知县陶福曾，要求将浮收的盐捐移作办学经费，抗争浮收盐捐。陶福曾以"率从哄堂塞署"之罪，将禹之谟上告巡抚。8月10日，湖南巡抚庞鸿书以此罪名下令逮捕禹之谟，但因其在学生和群众中颇有威望，湖南当局不敢在长沙公开对其审讯，乃判定监禁十年。于8月25日深夜派兵押送常德，9月19日又移禁偏远的靖州执行，由著名酷史金蓉镜承审，并将其处终身监禁。

9月初，新任巡抚岑春蓂到湖南，他首先就关注禹案，此时萍、浏、醴起义风声正紧，岑春蓂欲从禹之谟身上打开缺口，乃立令金蓉镜严刑拷问，逼禹之谟招出湖南的革命党人。

靖州知府金蓉镜是著名酷吏，审时问："你做的是什么事情？"禹之谟答："救国保种！"又问："如何救法？"答："杀人放火。"问："你欲杀谁？"答："该杀者杀之。"

金蓉镜气急败坏，令狱卒大施酷刑，禹之谟自述其施刑场景道：

二鼓后，金牧亲持线香一大把，烧吾背，约二时之久，无可供。抬至戏厅，吊吾右大指及大脚趾，悬高八尺，数刻绳断，大指已经破烂，绳亦断。又换系在左大指悬之，再用香火灼吾背及膊，遍体无完肤。金牧即呼人拿梆子来，褫去余衣，跪于铁链之上，两手左右伸开，于膝后弯处横压一棍，两端入柱之孔，又以棍横于脚背弯处，板上三叠，计一尺高，使重压力尽在膝盖，胸前横起一棍，使不得移动。金牧即呼"打"！以荆条鞭背至九百。血耶？肉耶？余不得见！……自三更至五鼓，赤身跪压，加以鞭背，几遗矢溺，数兵扶之下架，脑虽未死，而四肢不知谁属。（《禹之谟及其遗书》，见《湖南历史资料》1960年1月）

一次刑罚下来，禹之谟已是断指割舌，体无完肤。然而无论什么样的酷刑终不能让禹之谟屈服。

禹之谟在牢房里，曾有朋友劝他服毒自杀，免得再受酷刑，他说："我不能这样死，大丈夫要死得光明磊落，我要到刑场上去死，让百姓看我的刑伤，唤起他们奋起斗争，我情愿像牛马一样被杀，也不当奴隶而生！"

在靖州监狱里，禹之谟给诸伯母书说："侄十年以来，不甘为满州之奴隶，且大声疾呼，唤世人无为奴隶……宗旨甚正，程度渐高，思想甚大，牺牲其身，

无所惜也。"在靖州狱留下《告在世同胞遗书》,大声呼吁:

我所最亲爱之在世同胞鉴:世局危殆,固由迂腐之旧学所致,亦非印版的科学所能挽回,故余之于学界,有"保种存国"之宗旨在焉。与若辈以摧残同种为段者,势不两立。于是有靖州之监禁,不百日而金牧提讯,所提不成论理之问题,无非受人旨意,阴谋秘计,横为成见。是以所答,动遭无理之驳诘,不能置辞。且曰:"尔辈牛马耳,人欲食则食之,有何爱焉。"禹之谟正告同胞曰:"身虽禁于囹圄,而志自若,躯壳死耳!我志长存,同胞!同胞,其善为死所,宁可牛马其身而死,甚毋奴隶其心而生!前途莽莽,死者已矣,存者诚可哀也。我同胞其图之,困心衡虑,终必底于成也!"禹之谟,四十一岁,丙午年十一月十九日。靖州狱中遗书。

不久萍、浏、醴革命军起事,巡抚岑春蓂急令金蓉镜绞杀禹之谟。

1907年1月5日,刑前,禹之谟斥金蓉镜:"我为爱国,愿意流血,何以将我绞杀?"金蓉镜气急败坏地说:"你辈素讲流血,今日偏不把你流血何如?"禹之谟哈哈大笑:"好,好,免得污坏我的赤血。"高呼,"禹之谟为救中国而死,救四万万人而死!"从容就义。时年仅41岁。

据冯自由《丙午靖州禹之谟之狱》一文载:"就义之先,虽拇指已断,字迹仍端好如恒。死时,指金牧曰:'我要流血,为何绞之?辜负我满腔心事矣。'观者多为感动。"无论是哪个就义的说法,总的是他死得无比壮烈、英勇。这是毛泽东称为"惊动天地可纪的一桩事"。

湘乡人陈荆曾化装进靖州监狱,取回禹之谟血书。

1912年1月,中华民国成立,黄兴请临时大总统追"赠之谟陆军左将军,恤其遗族,并予公葬岳麓山",以作永远的纪念。

禹之谟就义后,他的亲密战友宁调元挥泪写下《哭禹之谟烈士》二首:

雄演光芒百丈扬,湘南民气一时张。

昨朝凝望天心阁,觉有余音尚绕梁。

千古英雄巨浪东,壮心未展吐长虹。

石榴五月红如火，谁识思君泪更红。

辛亥革命，禹之谟归葬长沙，与陈天华、姚宏业一起长眠于巍巍岳麓山。五年前，他把烈士送上岳麓山；五年后，他亦归葬于此，与陈、姚墓为邻，一起静静地俯视这大千世界的风云变幻。当时，国民党元老仇鳌有挽联云：

具一副豪侠肝肠，不破坏不能完全，叱咤变风云，倡谋借白水盟心，十载同磨高祖剑；

剩几许英雄铁血，愈摧残愈有价值，精诚贯日月，归葬到麓山绝顶，万古重留大禹碑。

平心而论，禹之谟确实是个难得的干才，是时代的优秀人物。他出身于官宦之家，少有大志，博学能文，疾恶如仇，爱憎分明。1886年漫游江浙等省，广泛接触社会名流和帮会首领，研读西方社会政治书籍，开阔了视野，救国忧时之心勃发。1894年7月，中日甲午战争爆发。他愤然投笔从戎，担负饷械转运任务，襄办由山东、天津等地向辽东运送粮秣弹药。因为于战有功，两江总督刘坤一奏请清廷赏赐五品翎顶。他却视清廷翎顶如破屣，赴上海准备实施实业救国，计划在长江沿岸开办矿业，惜因各种原因未能实现。1900年，他东渡日本求学，除参加中国留日学生的革命活动外，以较多精力学习科学技术。1902年春，他先在湘潭建成织布厂，后迁长沙小吴门，带动当时湖南创设了不少织布机坊。他还办了著名的湘乡旅省中学堂和惟一学堂。1904年4月，为反对美帝国主义攫取中国铁路建筑权，湖南掀起粤汉铁路废约自办运动，禹之谟领导组织省工商各界集资百余万，收回了路权。1905年8月，中国同盟会在日本成立，受黄兴委托，他任同盟会湖南分会会长。由于他精诚爱国，勇于任事，又具有组织才能，深受各界推崇，被举为湖南教育会长和商会会长。可见禹之谟不仅秉革命之气，而且具经济之才。记得一位西方哲人说过，革命者难得既对旧事物具有猛烈的破坏力，又能建设新事物。禹之谟就是这样一位英年早逝的人杰。由此看来，仇鳌的挽联仅仅从"不破坏不能完全"方面落笔，未为的论，终落皮相了。

乙
编

序跋杂文

《文心雕龙》篇次原貌考

一

关于《文心雕龙》的版本问题，现存的最早记载是《隋书·经籍志·总集类》："《文心雕龙》十卷梁兼东宫通事舍人刘勰撰。"现存的最古版本是明嘉靖庚子十九年汪一元刻本。其他各本，包括现通行本，在卷数篇次上都和汪本相同。

从明清以来，很多研究者就发现了《文心雕龙》在篇次上的错误。如张刻本张之象序云："独是书世乏善本，讹舛特甚，好古者病之。"《适园读书志》卷十六载张钧衡跋云："据《序志篇》称'上篇以上，下篇以下'，本止二卷；然《隋志》已作十卷，盖后人所分。"刘永济《文心雕龙校释·物色》云："按此篇宜在《练字篇》后，皆论修辞之事也。今本乃浅人改编，盖误认《时序》为时令，故以《物色》相次。"范文澜《文心雕龙注·物色》云："本篇当移在《附会篇》之下，《总术篇》之上，盖物色犹言声色，即《声律篇》以下诸篇之总名，与《附会篇》相对而统于《总术篇》。今在卷十之首，疑有误也。"各家疑点虽不同，但肯定有错篇现象则是一致的。

《文心雕龙》体大而虑周，刘勰搦翰写作时一定有宏大周密的计划在胸，而这种计划性、条理性也一定会在篇次的安排上体现出来，刘勰是以此自许并希望人们重视这一点的。他在《序志篇》中说：

盖文心之作也，本乎道，师乎圣，体乎经，酌乎纬，变乎骚，文之枢纽，亦云极矣。若乃论文叙笔，则囿别区分，原始以表末，释名以章义，选文以定篇，敷理以举统，上篇以上，纲领明矣。至于剖情析采，笼圈条贯，摛神性，图风势，苞会通，阅声字，崇替于《时序》，褒贬于《才略》，怊怅于《知音》，耿介于《程器》，长怀《序志》，以驭群篇，下篇以下，毛目显矣。位理定名，彰乎《大易》之数，其为文用，四十九篇而已。

我们拿这段话对照通行本《文心雕龙》篇次，就会发现，上篇是合乎论述的。《神思》以下的二十五篇，篇次矛盾很多，显然有错乱情况。

为什么《文心雕龙》会有错篇现象呢？《文心雕龙》是一部千古罕匹的伟大的文论专著，但我们对它的研究是落后的，前人对它的价值是认识较迟的，唐代盛行古文运动，因《文心雕龙》是用骈体写作，所以"自韩退之崛起于唐，学者宗法其言，而是书几为所掩"（《孟涂骈体文》卷二刘开《书文心雕龙后》）。宋人更不重视《文心雕龙》。文坛领袖黄庭坚就认为《文心雕龙》所论"未极高"（《山谷书牍·与王立之书》）。《文心雕龙》之所以在宋朝遭此冷落，是因为宋人多爱理学，于文饰往往忽略。明代曹学佺《文心雕龙序》曰："文之一字，最为宋人所忌，加以雕龙之号，则目不阅此书矣。"唐宋这样不重视《文心雕龙》，元朝文化事业又受摧残，所以我们可以肯定，《文心雕龙》的刻本在明以前是非常少的。叶德辉《郋园读书志·集部·卷十》云："《文心雕龙》世无宋刻。"叶德辉是个大藏书家。他都没听说过宋刻，情况可想而知。由于刻本少，故流传多靠抄本；抄本则免不了辗转借用，拆帙分抄，颠倒遗漏，妄加改削。明代刻本多从抄本，而书商又多是浅人，所以造成了通行本这样的面目。

总之，前人对《文心雕龙》篇次的怀疑是有道理的。我们应该深入探讨，恢复它的本来面目，这对于了解刘勰的文学思想体系是颇有帮助的。

二

我认为，检验《文心雕龙》篇次是否错乱，有三个标尺。

一是上引的《序志篇》的那段话。这集中表现了刘勰安排篇次的意图，类似凡例和目录，是可靠的原始材料。

二是《熔裁篇》提出的三准论。即"履端于始，则设情以位体；举止于中，则酌事以取类；归余于终，则撮辞以举要"。刘勰所说的"情""事""辞"，刘永济先生在《释刘勰的"三准"论》（见《文学研究》1957 年第 2 期）中解释为"第一项系指作者有什么思想感情要发表成作品；第二项则是作品要说些什么事实和道理，才能表达出作者的思想感情；第三项则是要用怎样的体裁、怎样的词句去描写这些事实和道理，才能使作者的思想感情表达得分明易晓"。刘先生分析了《文心雕龙》中出现的不少术语，总结为"刘氏的三准论是他的创作理论的中心"。我认为，"三准论"确是刘勰创作论的一个准则。《文心雕龙》下篇是创作论，必然在篇次安排上也贯穿了这一准则。

三是范文澜先生《文心雕龙注》指出的写作凡例，即"文心各篇，前后相衔，必于前篇之末，预告后篇所将论者"。

以下，我想依据这三个标尺，探讨一下《文心雕龙》的篇次原貌。

三

现在通行本《文心雕龙》分十卷，篇次是《原道》《征圣》《宗经》《正纬》《辨骚》《明诗》《乐府》《诠赋》《颂赞》《祝盟》《铭箴》《诔碑》《哀吊》《杂文》《谐隐》《史传》《诸子》《论说》《诏策》《檄移》《封禅》《章表》《奏启》《议对》《书记》《神思》《体性》《风骨》《通变》《定势》《情采》《熔裁》《声律》《章句》《丽辞》《比兴》《夸饰》《事类》《练字》《隐秀》《指瑕》《养气》《附会》《总术》《时序》《物色》《才略》《知音》《程器》《序志》。

对照《序志》篇所说的："盖文心之作也，本乎道，师乎圣，体乎经，酌乎纬，变乎骚，文之枢纽，亦云极矣。"显然，作为"文之枢纽"的五篇《原道》《征圣》《宗经》《正纬》《辨骚》今本排列顺序是正确的。"若乃论文叙笔，则囿别区分，原始以表末，释名以章义，选文以定篇，敷理以举统，上篇以上，纲领明矣。"考《明诗》以下至《书记》以上二十篇，其中《明诗》至《哀吊》等八篇属于论文，《杂文》《谐隐》两篇介于文、笔之间，《史传》至《书记》等十篇属于叙笔，次序井然，显然是符合刘勰创作意图的。至于下篇二十五篇的篇次则大有问题了。

刘勰对下篇的写作体例，有八个纲要性的字："割情析采，笼圈条贯。"也就是说，用"情"和"采"（包括事义和辞采）对举定篇。现在我们以《序志》的"夫子自道"为前提，结合其余两个标尺，逐段勘定。

"摛神性，图风势，苞会通，阅声字。""神性"是指"割情"的文章，《神思》《体性》都论"情志"。今本次序未错。应该还包括《养气》，即《神思》《体性》《养气》。将《养气》提前的原因是：第一，《体性》末段云："才力居中，肇自血气，气以实志，志以定言。"预示了以后将讨论《养气》。第二，《养气》是专论"情志"方面的内容的，《风骨》是兼论"情志"（风）和"事义"（骨）的，《养气》应置于《风骨》前。并且，《风骨》一开头就说："诗总六义，风冠其首，斯乃化感之本源，志气之符契也。""是以缀虑裁篇，务盈守气。"指出"风"是"气"的外化表现，表明了对上篇《养气》的接续关系。"图风势，苞会通"指《风骨》《定势》《附会》《通变》等篇。《风骨》兼"割情"和"析采"，即兼论"情志"和"事义"，故排于《神思》《体性》《养气》之后，这是一个分水岭。从《风骨》以后，"情志"类和"事义"类两两对论。我认为，排列顺序应是《风骨》《附会》《通变》《事类》《定势》。《风骨》末段云："昭体故意新而不乱，晓变故辞奇而不黩。"预告了下文将论"附辞会义"的《附会》。"附辞会义"的"辞"是指"事"，亦即事义；《附会》属"事义"类，和它对论的是"情志"类的《通变》。按下去，"事义"类的《事类》对论"情志"类的《定势》。为什么《事类》要置于《附会》之后呢？《附会》末段云："并理事之不明，而词旨之失调也。""乃理得而事明，心敏而辞当也。"由以上可知，刘勰为了阐明"风骨"的"骨"，先论《附会》，而后才论《事类》；为了阐明"风骨"的"风"，先论《通变》，而后才论《定势》。刘勰的排篇意图是：

《神思》《体性》《养气》→《风骨》↗《附会》《事类》↘《情采》《熔裁》《声律》……　　　　　　　　↘《通变》《定势》↗

　　"图风势"的"图"是远图，从纵的方向阐发"情志"，包括《风骨》《通变》《定势》。"苞会通"的"苞"是横举，从横的方向包论"情志"类和"事义"类，即指《附会》《通变》和《事类》《定势》两对论文。

《情采》《熔裁》两篇兼论"情志"和"辞采",应排在《定势》之后、《声律》之前,现在通行本的排法是对的。《声律》以下诸篇就是专论"辞采"类了。

"阅声字。""声""字"指《声律》《练字》。今本《文心雕龙》排列顺序是《声律》《章句》《丽辞》《比兴》《夸饰》《事类》《练字》……这是错误的。我同意郭晋稀先生在《文心雕龙译注十八篇》中的意见,《练字》应提到《声律》与《章句》之间。理由是:其一,《声律》云:"声画妍蚩,寄在吟咏;吟咏滋味,流于字句;字句气力,穷于和韵。"刘勰认为,声律表现在字、句之中,所以《声律》之后,应接《练字》,然后才是《章句》。练字与声律是密切相关的。"讽诵则绩在宫商,临文则能归字形矣。"(《练字》)其二,《章句》的开头云:"夫人之立言,因字而生句,积句而为章,积章而成篇。"用第三个标尺检验,说明《章句》承接《练字》。又云:"篇之彪炳,章无疵也;章之明靡,句无玷也;句之清英,字不妄也;振本而末从,知一而万毕矣。"说明了练字走章句的基础;只有振本而后末从,只有先论好了《练字》,才能论述《章句》。

所以,"阅声字"正是指以《声律》《练字》两篇为代表的以下析采各篇,排列顺序应是《声律》《练字》《章句》《物色》《丽辞》《比兴》《夸饰》《隐秀》《指瑕》《总术》。

为什么《物色》要提前呢?范文澜《文心雕龙注》指出:"本篇当移在《附会》篇之下,《总术》篇之上。盖物色犹言声色。即《声律》篇以下诸篇之总名。"刘永济《文心雕龙校释》云:"按此篇宜在《练字》篇后,皆论修辞之事也。今本乃浅人改编,盖误认《时序》为时令,故以《物色》相次。"刘、范两位先生说得对,《物色》是析采之作,绝不会在《时序》之后。至于排列位置,我疑在《章句》之后、《丽辞》之前。从《声律》至《总术》一共十篇,都属于析采。其中《隐秀》《指瑕》两篇讨论修辞后的妍蚩问题,用《总术》一篇讨论合章总篇的手法。

"崇替于《时序》,褒贬于《才略》,怊怅于《知音》,耿介于《程器》,长怀《序志》,以驭群篇,下篇以下,毛目显矣。"由于我们上面已将《物色》做了合理的调动，所以，用这把标尺检验剩下的篇章，就变得十分合适了。它们的排列顺序正是《时序》《才略》《知音》《程器》《序志》。这五篇是总结全书和以驭群篇的。

综上所述，我们认为《文心雕龙》的篇次原貌应是：

上篇：

《原道》第一、《征圣》第二、《宗经》第三、《正纬》第四、《辨骚》第五、《明诗》第六、《乐府》第七、《诠赋》第八、《颂赞》第九、《祝盟》第十、《铭箴》第十一、《诔碑》第十二、《哀吊》第十三、《杂文》第十四、《谐隐》第十五、《史传》第十六、《诸子》第十七、《论说》第十八、《诏策》第十九、《檄移》第二十、《封禅》第二十一、《章表》第二十二、《奏启》第二十三、《议对》第二十四、《书记》第二十五。

下篇：

《神思》第二十六、《体性》第二十七、《养气》第二十八、《风骨》第二十九、《附会》第三十、《通变》第三十一、《事类》第三十二、《定势》第三十三、《情采》第三十四、《熔裁》第三十五、《声律》第三十六、《练字》第三十七、《章句》第三十八、《物色》第三十九、《丽辞》第四十、《比兴》第四十一、《夸饰》第四十二、《隐秀》第四十三、《指瑕》第四十四、《总术》第四十五、《时序》第四十六、《才略》第四十七、《知音》第四十八、《程器》第四十九、《序志》第五十。

这个篇次，仅属初探，但是已经显示出刘勰的周密的文学体系了。我相信，随着研究的深入，《文心雕龙》的篇次问题是会"大白于天下"的。"识在瓶管，何能矩矱？"质之高明，未知当否？

《文心雕龙》校注辨正

梁朝刘勰的《文心雕龙》是我国优秀的古典文论巨著，一向为文学家所重视。然而由于篇次错置问题，难得从理论上、总体上把握其结构。此外，由于字句误脱、篇章错乱、文意艰深，研究它的人常常碰到很多阻碍和困难。自清季以来，不少学者对它进行了字句的校正和疏释，为《文心雕龙》的研究扫除了一些障碍。但正如前人所说，校书如扑尘扫叶，难免旋扫旋生。《文心雕龙》的校注就是这样，今天仍有进一步校注辨正的必要。本书系按照"三准论"将其篇次重新排列。另外，在前贤对它校注的基础上针对一些聚讼纷纭、莫衷一是之处，略陈陋见。凡前贤鸿笔已举，概不复陈；而管见虽浅，聊作引玉之砖。希望能得到读者诸君的批评与指正。

《原道》第一

［文之为德也大矣］

范文澜注：按《易·小畜·大象》"君子以懿文德"。彦和称文德本此。

按："文德"一词多见于先秦典籍，除范引《易·小畜》外，尚见于《尚书·大禹谟》《诗·江汉》《论语·李氏》《左传》等，多表示政治教化，与军旅征伐对言。如《左传·襄公八年》："小国无文德而有武功，祸莫大焉。"本书《封禅篇》亦云："计武功，述文德。"显然，此"文德"与《原道篇》"文之为德"含义不同。章太炎《国故论衡·文学总略》谓"文德"之论，发诸王充《论衡·佚文篇》"文德之操为文"。读《佚文篇》，"文德"实指作者文章与内德互为表里，也非舍人所本。按解舍人此句，不必附会经典，文德即文章之功能。马融赋《琴德》、刘伶颂《酒德》、韩婴作《韩诗外传》举"鸡有五德"，用法皆同。稍后于刘的梁简文帝《昭明太子集序》云"穷以文之为义，大矣远哉"，亦与之大旨相同。

［与天地并生者何哉］

按：《左传·昭公二十六年》："礼之可以为国也久矣，与天地并。"陆机《文赋》："同橐钥之罔穷，与天地乎并育。"

［玄圣创典］

王利器笺校：《文选·班固·典引》："故先命玄圣，使缀学立制。"李善注："玄圣，孔子也。"《后汉书·班固传》载其文，李贤注云："玄圣，谓孔子也。"《春秋演孔图》曰："孔子母征在梦感黑帝而生，故曰玄圣。"

范、刘、杨诸家皆同王说。

按："玄圣"非孔子之专用词。古称有治天下之德而不居其位之人为玄圣。《庄子·天道》："以此处上，帝王天子之德也；以此处下，玄圣素王之道也。"《后汉书·王充等传论》："若夫玄圣御世，则天同极。"参上文"爰自风姓，暨于孔氏"，知玄圣即风姓伏羲。

［素王述训］

范文澜注：杜预《春秋左氏传序》："说者以仲尼自卫反鲁，修《春秋》，立素王。"《正义》："孔子自以身为素王，故作《春秋》立素王之法，……汉魏诸儒，皆为此说。"

黄叔琳注：《拾遗记》："夫子未生时，有麟吐玉书于阙里，文云：水精之子，继衰周而为素王。"

王利器笺校：《庄子·天道》："以此处下，玄圣素王之道也。"此彦和所本。

按：此条宜引《孔子家语》卷九："齐太史子舆见孔子。退曰：'天将欲素王之乎？'"又王充《论衡·超奇篇》："孔子之《春秋》，素王之业也。"又《定贤篇》："孔子不王，素王之业在于《春秋》。"所论"素王"，均较范、黄注引资料为早。又《庄子》之"素王"亦非指孔子，观注称"太素之王，其道质素也"可知。王氏引误。

［旁通而无滞］

黄叔琳校：一作涯，从《御览》改。

范文澜注引铃木云：予所见《御览》作涯不作滞。

按：当作滞。通、滞乃对言。《文赋》："及其六情底滞，志往神留。"

《征圣》第二

[是以子政论文，必征于圣；稚圭劝学，必宗于经]

刘永济校释：旧校"子""稚圭劝学"五字原脱，杨慎补。唐写本作"是以论文必征于圣，窥圣必宗于经"。当从。升庵所补非也。

按：当从唐本。杨慎所补恐臆据《乐府篇》："昔子政品文，诗与歌别。"及《汉书·匡衡传》："匡衡字稚圭，成帝即位，上疏劝经学。"

《宗经》第三

[义既极乎性情，辞亦匠于文理]

范文澜引赵万里曰：唐写本极作挺，御览六百八引作埏，以下文辞亦匠于文理句例之，则作埏是也。唐本作挺，即埏字之伪。

王利器笺校：埏为挺形近之误。《老子》十一章："挺埴以为器。"

按：《说文》："挺，长也；从手从延。"王念孙曰："挺，和也。老子挺埴以为器，河上公曰：挺，和也。埴土也。和土以为饮食之器。"又《荀子·性恶篇》有"陶人埏埴"。又有"陶人埏埴而生瓦"。注："埏，音膻，击也；埴，粘土也。"知挺、埏通用，不烦改字。

[譬万钧之洪锺，无铮铮之细响矣]

铃木云：闵本作钟。

按：钟是。此乃舍人叹世无知道者。六朝时有以洪钟巨响状道义之喻。如《世说新语·德行》："士元曰：仆生出边垂，寡见大义，若不一叩洪钟，伐雷鼓，则不识其音响也。"

《正纬》第四

[于是伎数之士，附以诡术，或说阴阳，或序灾异]

按：桓谭《抑谶重赏疏》："今诸巧慧小才伎数之人，增益图书，矫称谶记。"是舍人所本。

[无益经典，而有助文章]

范文澜注：《文选》注多引纬书语，是有助文章之证。

按：挚虞《文章流别论》："图谶之属，虽非正文之制，然以取其纵横有义，反复成章。"亦可为舍人语之参证。

《明诗》第六

[自王泽殄竭]

杨明照校注：殄，唐本作弥；御览五八六引作殄。

按：弥，简书作弥。殄，又作殀，其形甚近，每易淆误；此当以作弥为是。王利器笺校同杨说。

按：殄，《说文》："尽也，绝也。"与竭同义，疑原应作殄。不误。又班固《两都赋序》："昔成康没而颂声寝，王泽竭而诗不作。"舍人语本此。

[唯嵇志清峻，阮旨遥深，故能标焉]

汉魏本标作摽。

按："标"当作"摽"。《管子·侈靡》："摽然若秋云之远。"摽是高举之意。

[五言流调，则清丽居宗]

按：《文章流别论》："五言者……于俳谐倡乐多用之。"是为"流调"之证。

《乐府》第七

[钧天九奏，既其上帝；葛天八阕，爰乃皇时]

按：唐写本"既"作"暨"，应从。《原道篇》有"爰自风姓，暨于孔氏"。

暨爱对言。

《诠赋》第八

[结言捆韵]

刘永济校释：唐写本作"短韵"，是。短、捆形似而误。

按：当从刘校。陆机《文赋》："或讬言于短韵。"李善注："短韵，小文也。"《才略篇》亦云："季鹰辨切于短韵。"

[宋发巧谈，实始淫丽]

按：挚虞《文章流别论》云："前世为赋者，有孙卿、屈原，尚颇有古诗之义；至宋玉则多淫浮之病矣。"可作参证。

《颂赞》第九

[陈思所缀，以皇子为标]

汉魏本"标"作"摽"。

按："标"当作"摽"。见前《明诗》辨正。

《祝盟》第十

[张老成室，致善于歌哭之祷]

杨明照校注：按《礼记·檀弓下》："晋献文子成室，晋大夫发焉。张老曰：美哉轮焉；美哉奂焉；歌于斯，哭于斯，聚国族于斯。君子谓之善颂善祷。"郑注："善颂，谓张老之言；善祷，谓文子之言。"则此祷字当作颂，舍人盖误记耳。

刘永济校释：唐写本"成室"作"贺室"，"致善"作"致美"，是。

按："成室"乃指文子，"贺室"才为张老。唐写本是。改"贺室"后，"祷"字当改"颂"。

[礼失之渐也]

范文澜注：铃木云：王本同诸本，礼作体。

按："礼"当作"体"。因前有"肃其旨礼"，故此云"体失之渐也"。

《诔碑》第十二

［辞多枝杂］

杨明照校注：杂，御览五八九引作离。按离字是。枝，离叠韵连语。《法言·五百篇》："何五经之支离？"王延寿《鲁灵光殿赋》："支离分赴。"李注："支离，分散也。"《议对篇》："支离构辞。"并其证，支与枝通。

按：杂不必改离。《周易·系辞》："中心疑者其辞枝。"枝，言辞分散也。舍人屡用之与其他字构词，不特枝离。如《养气篇》："战代枝诈，攻奇饰说。"《论说篇》："故其义贵圆通，辞忌枝碎。"

《哀吊》第十三

［然履突鬼门，怪而不辞；驾龙乘云，仙而不哀］

王利器笺校："辞"唐写本空格。

按：怪而不辞，语殊不通。疑是怪而不乱。"怪而不乱""仙而不哀"均一正一反一抑一扬句法。"履突鬼门"乃怪语，"驾龙乘云"乃仙语。又《论语·述而》："子不语怪、力、乱、神。""辞""乱"形讹，《文心雕龙》有之。如《诠赋篇》"乱以理篇"。汉魏本、黄本均作"辞以理篇"。

［观其虑善辞变］

刘永济校释：唐写本作"虑赡"，是。

按：作赡是。《杂文篇》："夫文小易周，思闲可赡。"

《谐隐》第十五

［夫心险如山］

按：《庄子·列御寇》："凡人心险如山川。"

［虽抃推席，而无益时用矣］

刘永济校释：推疑帷误。范文澜谓："抃帷席，即所谓众坐喜笑也。"按范注说是。上文"凭宴会而发嘲调",故曰"帷席"。

按:推、帷形讹,是。唯"抃推席",语殊不通。疑有脱字。应为"虽抃笑帷席,而无益时用矣"。"抃笑"见于同篇"岂为童稚之戏谑,搏髀而抃笑哉"。

《史传》第十六

[人始区详而易览]

刘永济校释:按"区"下有脱字,天启本补"别"字。疑当是"分"字。

按:刘校是。当为"区分"。《论说篇》:"八名区分。"可作参证。

[录远略近]

刘永济校释:当作"详近略远"。《荀子·非相篇》曰:"传者久则论略,近则论详。略则举大,详则举小。"据此,则此文远、近二字当互易,盖涉下录远二字而误也。

杨明照校注同。

按:"录远略近"不误。是记录远古之事简略于近世之事意,重点在录远。如改为"详近略远",则与上文"追述远代,代远多伪"及下文"盖文疑则阙,贵信史也"不合。又刘知几《史通·烦省》云:"昔荀卿有云:录远略近。"二刘所据《荀子》,殆别本乎?

《诸子》第十七

[是以世疾诸混同虚诞]

范文澜注:混同,疑当作鸿洞。鸿洞,相连貌,谓繁辞也。

王利器笺校同范说。

按:《后汉书·皇后纪下论》:"贤愚优劣,混同一贯。"混,即混淆意。言辞意混淆虚诞也。

[吕氏鉴远而体周,淮南泛采而文丽]

按:"采"当作"采",且泛、采二字当乙,作"吕氏鉴远而体周,淮南采泛而文丽"。始能相对。

［斯则得百氏之华采，而辞气文之大略也］

刘永济校释：按此句疑有误，或当作"总辞气之大略也"。

范文澜注："文"疑是衍字。

按：刘校"而"为"总"无据。参照《体性篇》"触类以推，表里必符，岂非自然之恒资，才气之大略哉"，疑为"斯则得百氏之华采，辞气之大略也"，"而""文"均为衍字。

［博明万事为子，适辨一理为论］

范文澜注：适，疑当作述。《论说篇》："述经叙理曰论。"

按：范注误。适辨之适音"的"，专主意，适辨即主辨，与博明对言，刘宝楠《论语正义·里仁》"无适"之"适"即训"专主"。又周师大璞云王念孙《经传释词》卷九云，适从啻声。故古字或以啻为适，"适辨一理"即只辨一理。

《论说》第十八

［言不持正，论如其已］

杨明照校注从汪本、张本、胡本作"才不持论，宁如其已"。

刘永济校释：应作言不持论，不如其已。

按："才不持论，宁如其已"文意隐晦，刘校义顺，然疑原文误讹，失之无据。按《经传释词》："如"犹"不如"也。隐元年《公羊传》曰："母欲立之，己杀之，如勿与而已矣。"何注曰："如即不如，齐人语也。""言不持正，论如其已"，意为语言不能持正，论文亦当废弃。

《封禅》第二十一

［潬潬咳咳，梦梦雉雉］

按：此二句"咳""雉"二字殊不可解。《诗·小雅·采芑》："啴啴焞焞，如霆如雷。"朱熹注："啴啴，众也；焞焞，盛也。"《尚书·吕刑》："民兴胥渐，泯泯棼棼。""泯泯棼棼"是纷乱貌，是"潬潬""梦梦"均有出处。又孙诒让《札迻》指出《文心雕龙》引经语，多从别本。查《汉书·韦玄成传》引《小雅·采芑》作"啴啴推推，如霆如雷"。知"雉"为"推"误。疑此二句应为"浑浑沌沌，梦梦推推"，乃化经语而成。

《章表》第二十二

[乃各有故事，而在职司也]

杨明照校注：范注云："各有故事，而在职司。谓如汉志尚书类，礼类、春秋类、论语类各有议奏若干篇。又法家有晁错、儒家有贾山、贾谊等。诸人奏议皆在其中。"按此文之意，盖谓书奏送尚书者，则藏于尚书；送御史者，则藏于御史；送谒者者，则藏于谒者也。范注似非。

刘永济校释：御览"而"作"布"，是。

按：职司应指九卿中之御史大夫。《前汉书·百官公卿表序》：御史大夫"有两丞，秩千石。一曰中丞，在殿中兰台，掌图籍秘书……受公卿奏事，举劾按章"。是御史大夫专管章表。谣咏流传民间易失，故须辑录；章表藏于御史，不易失，故不须辑录。东汉亦然，故称故事。"各"，乃就谣咏与章表言。范注不妥。"而在职司"之"而"为转折词，乃言谣咏，章表"各有故事"，而章表在职司。应作"而"。刘校不善。

《奏启》第二十三

[说者，偏也]

范文澜注：疑有脱字，似当云"说者，正偏也"。

杨明照校注：按范氏谓有脱字甚是，唯作正偏，似与下"王道有偏，乖乎荡荡"不应；疑当作无偏。书洪范："无偏无党，王道荡荡"，足与此文相发。

[王道有偏，乖乎荡荡；其偏，故曰说言也]

杨明照校注：荡下黄校云："有脱字。"按黄说是也，其下疑脱"言无"二字，观上下文意可见。

王利器笺校：谢校"荡荡"下补"矫正"二字，今据谢补。

按：此二条疑应作"说者，正也。王道有偏，乖乎荡荡。说正其偏，故曰说言也"。《荀子·非相》："文而致实，博而党正，是士君子之辩者也。"注："党与说同。"是"说正"出处。

《神思》第二十六

[神思]

按：《文选·曹植·宝刀赋》："摅神思而造象。"

[陶钧文思，贵在虚静]

黄侃札记：庄子之言曰"惟道集虚"。

范文澜注：《庄子·庚桑楚》："……正则静，静则明，明则虚。"

按：不如引《荀子·解蔽》："心何以知道？曰'虚壹而静'。"《礼记·大学》："静而后能安，安而后能虑，虑而后能得。"因老庄之虚静，属消极意义。儒家之虚静，目的为"知道""能得"，属积极意义。舍人之虚静。是为"陶钧文思"，知神思之"道"，属积极意义，源出儒家而非道家。陆机《文赋》"罄澄思以凝虑"，可为虚静注脚。

[情饶岐路]

杨明照校注：汪本、余本、张本、两京本、续文选、梅本、凌本、合刻本、四库本、何本、王本兼作歧。按歧字是，岐乃俗体。

按：《集韵》："歧，足多指也。"《尔雅·释宫》："二达谓之歧。"旁注："道旁出也。"歧并非岐之俗体。此处应为歧。

[视布于麻，虽云未贵；杼轴献功，焕然乃珍]

黄侃札记：杼轴献功，此言文贵修饰润色。

按：陆机《文赋》："虽杼轴于予怀，怵他人之我先。"杼轴指构思，舍人则用以指神思。"布""麻"分指作品与现实。舍人意通过神思，可化平庸为神奇。正与上文"拙辞孕于巧义"相发。

《体性》第二十七

[平子淹通]

按：《世说新语·品藻》："世目殷中军思纬淹通，比羊叔子。"

[**辞为肤根，志实骨髓**]

范文澜注：肤根，根当作叶。

按：《附会篇》"事义为骨髓，辞采为肌肤"，《辨骚篇》"骨鲠所树，肌肤所附"，当作肌肤。

《风骨》第二十九

[**思不环周，索莫乏气，则无风之验也**]

索莫，元作索课，杨慎改为索莫，各本依。

王利器笺注：吴云"索课"疑是"牵课"之误。按吴说可存。《养气篇》有"牵课才外"语。

按：当为索课。索课为陈词，即牵课意。唐顾云《投郑员外启》："无一时暂废讨论，无一日敢忘索课。"

《附会》第三十

[**夫才量学文，宜正体制**]

杨明照校注：量，宋本御览五八五引作童。按童字极是，量其形误也。《体性篇》："故童子雕琢，必先雅制"，语意与此相同，可证。

按：疑原作"量才学文，宜正体制"。传写偶倒致误。《体性篇》"才有天资，学慎始习"，语意略同。

《定势》第三十三

[**势者，乘利而为制也**]

按：《孙子·计篇》："计利以听，乃为之势，以佐其外；势者，因利而制权也。"

[**圆者规体，其势也自转；方者矩形，其势也自安**]

范文澜注：此以天地为喻也。天圆则势自转动，地方则势自安静。

杨明照校注：按《尹文子·大道上篇》："圆者之转，非能转而转，不得不转也；方者之止，非能止而止，不得不止也。"

按：范说牵强。舍人"势"本出《孙子兵法》。《孙子·势篇》："任势者，其战人也，如转木石。木石之性，安则静，危则动，方则止，圆则行。故善战人之势，如转圆石于千仞之山者，势也。"

[**断辞辨约者，率乖繁缛**]

范文澜注：断，一作斲。

按：应作"断辞"。《征圣篇》："易称辨物正言，断辞则备。"

[**文之体指实强弱**]

刘永济校释：黄氏札记曰："细审彦和语，疑此句当作文之体指贵强，下衍弱字。"按此段引刘公干语而正之，公干原文已佚，陆厥《与沈约书》有"刘桢奏书，大明体势之致"语，体下疑脱一"势"字。此句当作"文之体势贵强"。指、弱二字衍，实又贵之误。

王利器笺校：徐引谢在杭云："当作'文之体指，虚实强弱'。"按谢说是。

按：因该篇下文称"文之任势，势有刚柔，不必壮言慷慨乃称势也"，故刘校"体势贵强"恐不当。疑为"文之体势，虚实强弱"。势，指音讹。

[**天下一人耳，不可得也**]

按：《庄子·天地》："始吾以为天下一人耳，不知复有夫人也。"

《声律》第三十六

[**故言语者，文章神明枢机，吐纳律吕，唇吻而已**]

黄侃札记曰："文章"下脱二字，"者"下一豆，"神明枢机"四字一豆，"吐纳律吕"四字一豆。

范文澜注：按"文章"下疑脱"关键"二字。

刘永济校释："文章"下疑脱"管钥"二字。

按：依黄、范、刘点豆，则"神明枢机"殊不通。（按：刘勰认为"辞令管其枢机"。）且"文章"下脱二字，亦无据。疑当为"故言语者，文章神明，枢机吐纳，律吕唇吻而已"。文章神明谓情志，枢机吐纳谓辞令，律吕唇吻谓音律。

《章句》第三十八

[六字格而非缓]

范文澜注引《说文》："格，木长也。"引申为宽。

杨明照校注："按格字于此费解，殆裕字之形误。"又引《广雅》"裕，宽也"，仍解格为宽。

按：格，《广韵》："度也，量也。"引申为局板约束，如《礼·缁衣》："言有物而行有格也。"因为六字句多采用三个二字节组成，嫌太整饬，中少游动之致，故曰"非缓"。缓，即优游意。如《哀吊篇》："结言摹诗，促节四言，鲜有缓句"。既"非缓"，则不可解"格"为宽裕。以后"格律诗"之"格"也有整齐、规度意。总之，"格而非缓"之"格"既非宽意，亦非错字。

《丽辞》第四十

[并贵共心]

纪晓岚评：贵当作肩。

杨明照校注：此为诠评上文"孟阳《七哀》云：汉祖想粉榆，光武思白水，此正对之类也"之辞。意即高祖、光武俱为帝王，故云并贵；想粉榆，思白水，同是念乡，故云共心，纪说误。

按：纪说不误。以并贵为高祖、光武并为帝王，用意太曲，且不通顺。统视原文，"并肩共心"是比喻之词，非必指七哀二句。又《正纬篇》"风化所靡，学者比肩"，《才略篇》"傅毅、崔骃，光采比肩"。

《隐秀》第四十三

[秀句所以照文苑，盖以此也]

按：据天津图书馆影印明曹学佺批梅庆生第六次校本作"隐篇所以照文苑，秀句所以侈翰林，盖以此也"。是。

《总术》第四十五

［若笔不言文］

黄侃札记："不"字"为"字之误。

刘永济校释：作笔果言文。

按：当作"若笔亦官文"，不，亦草书形误。

《才略》第四十七

［可略而详也］

刘永济校释："详"疑"言"误。

按：刘说是。曹植《与杨德祖书》："今世作者，人可略而言也。"

［孙楚缀思，每直置疏通］

范文澜注：直置不可解，置或指之误欤？

杨明照校注：按直置二字当乙，始能与下句循规相对。

按："直置"乃南北朝成词，庾肩吾《书品·宋炳》："放逸屈摄，颇效康许，量其直置孤梗，是灵运之流。"又江淹诗："直置忌所宰，萧散得遗虑。"直置似为直率之意。

［卢谌情发而理昭］

杨明照校注：按理昭二字当乙，始能与上句多风相对。

按："刘琨雅壮而多风，卢谌情发而理昭"，情发、理昭为当句对，不必与上句对。

《序志》第五十

［逐物实难，凭性良易］

按：《庄子·天下篇》："惠施逐万物而不反。"嵇康《赠秀才入军诗》："流俗难悟，逐物不还。"

《姜白石词笺注》前言

一

姜夔是南宋时期的著名词人。

姜夔（1155？—1221？），字尧章，一字石帚，别号白石道人，饶州鄱阳（今江西波阳）人。单从名字上看，他的家庭是非常崇古的。姜夔父名噩，当然不是噩梦或噩耗之"噩"，而应是取自扬雄《法言·问神》"虞夏之书浑浑尔，商书灝灝尔，周书噩噩尔"之"噩噩"，即"严正"之义。姜噩命子之名为"夔"，当然不是指为黄帝所诛杀的单足神兽，而是指虞舜的乐官夔。《尚书》记载，夔曾"击石拊石，百兽率舞"，故姜夔字尧章。因其词集名《白石道人歌曲》，历代刻本多名以《白石词》，所以历来习惯称呼他为"姜白石"。

白石的身世是颇为清贫的。因为其父姜噩绍兴三十年（1160）中进士以后，曾任湖北汉阳县知县，所以白石幼年随宦，往来汉阳二十余年。父亲病逝后，不得已寄居在已经出嫁汉川的姐姐家。二十多岁时，为谋生计，白石出游扬州、合肥，旅食于江淮一带。他在以后写的《除夜自石湖归苕溪》中曾追忆："少小知名翰墨场，十年心事只凄凉。"可见他少时才华出众，颇有文名（这也是他能立足"江湖"的原因），只是这段经历蒙染上"凄凉"的基调而已。

淳熙十三年（1186），白石约三十二岁时，在长沙结识了福建老诗人萧德藻。萧德藻人称千岩老人，时任湖北参议。这无疑是白石人生中一个至关重要的转折点。从事业方面而言，在此以前，白石交游的多是郑仁举、辛泌、杨大昌等汉阳地方文士。而萧德藻是当时的著名诗人，所谓"尤萧范陆四诗翁"（杨万里《进退格寄张功父姜尧章》），来往的多有当时的一流文士，酬酢之间，当然也惠及白石。以后白石以萧德藻介绍，又袖诗谒杨万里，杨万里许其文无不工，甚似陆龟蒙，并以诗送往见曾任副宰相的诗坛名家范成大。可以想见，与杨万里、范成大这样的大诗人交游，对白石的影响力是何等巨大。从家庭方面言，萧德藻深赏白石才华，将侄女许配给他，还带他寓居浙江湖州。于是自少年失父，漂泊江湖以来，白石终于有了自己的家室。尽管以后还是奔走江湖，但毕竟心底存在着温馨的归宿。家庭在白石心中的分量，我们可以从他以后的词作如"一年灯火要人归"［《浣溪沙》（雁怯重云不肯啼）］、"娇儿学作人间字，郁垒神荼写未真"［《鹧鸪天》（柏绿椒红事事新）］、"白头居士无呵殿，只有乘肩小女随"［《鹧鸪天》（巷陌风光纵赏时）］等充满温柔亲情的笔触中体味得到。

在湖州定居期间，白石辗转到苏州石湖谒见了从知州职务告病退居的范成大。范成大早就通过萧德藻读过白石的诗文，一见之下，惺惺相惜，结为忘年之交。后萧德藻因病随子离开了湖州，白石则迁居杭州，靠好友张镃、张鉴接济为生。张镃、张鉴是南宋大将张俊诸孙，颇富有，在杭州、无锡等地都有田宅。张鉴怜惜白石"因蹭场屋，至欲输资以拜爵"，"又欲割锡山之膏腴，以养其山林无用之身"，白石都辞谢不受。《齐东野语》载《姜尧章自叙》应该是关于白石生平的可靠的第一手资料，白石在文中谈到自己的生活经历，历数帮助过自己的人有"内翰梁公"、知枢密院事郑侨、参政范成大、待制杨万里、萧德藻、待制朱熹、左丞相京镗、丞相谢深甫、知州辛弃疾、侍郎孙逢吉、侍郎胡纮、杨冠卿、"南州张公"、太学博士吴胜柔、知府吴猎、员外郎项安世、徐似道、知府曾丰、郎中商飞卿、知州王炎、尚书易祓、参知政事楼钥、待制叶适之众，在文章末尾，白石满怀感激地说：

嗟乎！四海之内，知己者不为少矣，而未有能振之于窭困无聊之地者。旧所依倚，惟张兄平甫（张鉴），其人甚贤。十年相处，情甚骨肉。而某亦竭诚尽力，忧乐同念。平甫念其困蹭场屋，至欲输资以拜爵，某辞谢不愿，又欲割锡山之膏腴以养其山林无用之身。惜乎平甫下世，今惘惘然若有所失。人生百年有几，宾主如某与平甫者复有几？抚事感慨，不能为怀。

旁证材料则可举白石的友人陈造《次姜尧章饯徐南卿韵二首》其一云："姜郎未仕不求田，倚赖生涯九万笺。稇载珠玑肯分我？北关当有合肥船。"

无疑，这是一种江湖清客的生涯。

"姜夔刘过竟何为？空向江湖老布衣。"（乐雷发《题许介之誉文堂》）自陈起将白石诗歌刊入《江湖集》以来，白石就名列江湖，而对于江湖诗派，历来众口一词曰"诗格卑靡"。尤其是宋末元初的方回，直斥为："刊梓流行，丑状莫掩。呜呼，江湖之弊，一至于此！"（《送胡植芸北行序》）

其实，绵延于南宋中后期的江湖诗派，是一个以刘克庄为领袖、以杭州书商陈起为声气联络、以当时的江湖游士为主体的庞大的诗人群体。据考证，隶属江湖诗派的诗人有一百三十八人之多，是有宋一代参与人数最多的一个诗歌流派。江湖诗人情况复杂而各异，其中既有用诗歌干谒乞取金钱，如"书生不愿悬金印，只觅扬州骑鹤钱"（刘过《上袁文昌知平江》）、"更得赵侯钱买屋，便哦诗句谢山神"（危稹《上隆兴赵帅》）、"此行一句直万钱，十句唾手腰可缠"（盛烈《送黄吟隐游吴门》），也有如白石，纵然清贫苦涩，而一贯保持高雅志趣。我曾在《南宋江湖诗派与儒商思潮》（甘肃文化出版社 2004 年版）一书中详叙，有兴趣者可参看。

宋庆元三年（1197），白石四十三岁时，向朝廷上《大乐议》《琴瑟考古图》，建议整理国乐，希望能获得识拔，但未能引起重视。两年后，再上《圣宋铙歌鼓吹十二章》，只被获许破格参加进士考试，但偏偏又未考中。经此挫折，白石更加绝意仕进了。

白石长期仰仗张鉴等人资助，张鉴亡故以后，其生计日绌，但仍清贫自守，不肯屈节以求官禄。晚年又遭遇临安大火，住所被焚毁，不免颠沛流离，多旅食于杭、湖之间。后病卒于临安水磨方氏馆旅邸，幸得友人捐助，就近葬于马塍。马塍有白石生前最喜爱的梅屏，曾作词叹咏，能够一家相对，应该得其所哉了。

二

白石是中国文化史上不多见的多面性天才。除开他是南宋著名词人以外，他还是有宋一代首屈一指的音乐家，《宋史·乐志》将其载名史册。他曾在宁宗庆元三年进《大乐议》和《琴瑟考古图》各一卷，评议宋代雅乐，对其弊端提出整改意见。他还是一位演奏家，娴通音律，尤精古琴，晚年曾参考浙江民间风俗歌曲，创作了"越九歌"，又按七弦琴演奏伴唱的风格，写下了骚体《古怨》琴歌，抒发自己对山河残破、世路坎坷的愤怨；他能配合词作自创曲谱，《白石道人歌曲》所载十七首工尺谱，是至今传世的唯一词调曲谱，既是白石一生文艺创作的精髓，也为后人留下了可资研考演唱的丰厚遗产。白石书法造诣亦高，法宗二王，力追魏晋，陶宗仪《书史会要》卷六赞为"迥脱脂粉，一洗尘俗"；其《续书谱》是南宋书论史承上启下的系统的理论著作。他还是位文论家，《白石道人诗说》虽文字不长，却以"论诗及辞"为主，在宋代诗论发展史上具有重要的作用和地位，为后世所推重。他的诗歌风格高秀，有《白石诗集》传世，存诗一百八十余首，杨万里《进退格寄张功父姜尧章》云："尤萧范陆四诗翁，此后谁当第一功？新拜南湖为上将，更推白石作先锋。"可见当时已将其与诗坛四大家相提并论，以为是卓出的先锋人物。

我在上面泛叙白石多方面成就的目的，一则是在这本小册子前面介绍其人；二则遵循作家个性对其艺术创作的影响（亦即《文心雕龙》所说"体性"），找到深入理解白石词的切入点。

白石诗歌特别是其诗艺追求，就较清楚地透露了此一关捩的个中消息，其荦荦大者有以下三端。

其一，前已叙及，白石属于江湖诗派，江湖诗派总体上出入于江西诗法，更何况白石与江西宗主黄山谷同籍江西，当然对其更加顶礼膜拜，这是一方面。另一方面，当时天下竞习江西诗法的风气已流弊重重，有识之士都在不同程度上、从不同途径去设法挣脱江西诗风的笼罩，革除其流弊。于是，他们的时尚和定格就归结到"近体学唐"，"古体学选"。所谓"选"指的是《文选》的骈体诗，如高似孙就将《昭明文选》中的骈语俪对编成《选诗句图》，作为江湖诗友写作古体的津梁；所谓"唐"指的是晚唐体，几乎包含现在所说的中晚唐的大小诗人。白石就特别倾慕晚唐诗人陆龟蒙。因为陆龟蒙其人、其诗、其身世遭际，甚至包括所居之地，都与自己相类，所以白石一则云"三生定是陆天随，又向吴江作客归"，再则云，"沉思只羡天随子，蓑笠寒江过一生"，以异代知己自许，一寄千秋渴慕。白石这种有意识地在诗艺上向陆龟蒙学习所表现于创作实践上，就是舍弃粗放而讲究精致，同时也在崇尚高雅格调的文化趣味中别含清淡乃至荒寒意趣。窃以为，这是白石异于一般江湖诗人之处，亦是理解白石"清空""骚雅"词风的关捩之处。

其二，江湖诗派整体特点是"尘俗"，其中当然受了杨万里"死蛇弄话"和"生擒活捉"的影响。"诚斋体"的流利浅易、不乏机趣，极大地迎合了江湖诗人求变的心理，因而得到了他们的竭诚欢迎。但是，很多江湖诗人由于自身品格的卑下，造成了"尘俗"消极面的突出。白石则与此迥然异趣，他虽然佩服杨万里，但他向往的是"箭在的中非尔力，风行水上自成文"（《送〈朝天续集〉归诚斋，时在金陵》），向往的是诚斋那种自然、轻灵、活泼的艺术风格。他看到苏轼、黄庭坚遭遇很多俗人俗事，如黄庭坚的《陈留市隐》写一位陈留刀镊工，他有一个"乘肩娇小女"，但黄庭坚与苏轼一样并不惧怕、回避"俗"，相反，他们提出"以俗为雅"，虽然直接写俗人俗语，但经过提炼，仍然以"雅"出之。白石于此深以为然，在面对俗世百态、街谈巷语之时，往往凭借自己高雅的情怀、高深的学养，在笔下将它们提炼为盎然的诗意，变为雅驯可赏的诗句。白石写诗如此，写词又何尝不是如此呢？我们读到"柏绿椒红事事新，隔篱灯影贺年人"[《鹧鸪天》（柏绿椒红事事新）]，读到"白头居士无呵殿，只有乘肩小女随"[《鹧鸪天》（巷陌风光纵赏时）]诸句，感受到的便是一些既高雅透骨又妙趣横生的俗人俗事。这是白石的渊源有自处，也是白石的妙参造化处！

其三，"四灵"靠反对江西诗派起家，不讲究用典，所谓"得意不恋事"，而江湖则反其道而行之。白石是讲究用事的，《白石道人诗说》第十则云：

> 学有馀而约以用之，善用事者也；意有馀而约以尽之，善措辞者也；乍叙事而间以理言，得活法者也。

按诗歌用事是达意抒情最经济且巧妙之方法。由于复杂曲折之情事，决非三五字可尽，作文尚可不惮烦言，而在诗歌中却不太适宜。假如能于古事中寻觅得与要歌咏的情况有某种相同者，则只用数字而义蕴全呈。这样运用古事既能借用古人陈词抒自己怀抱，较为精练；又可以使读者多一层联想，含蕴丰富。白石作诗，深谙其妙。如五律《答沈器之二首》，不仅用语皆有所本，如"不系舟"出

《庄子·列御寇》，"野鹿""随草"出《诗经·小雅·鹿鸣》，"饥鹰故上韝"见《三国志·魏书·张邈传》中曹操喻吕布之语；且孙玄常《姜白石诗集笺注》认为，"按此诗用'大堤曲''白铜鞮''槎头'等语，皆襄阳故实"。五律《悼石湖三首》，第一首的"九转"出《抱朴子·金丹》，"巾垫角"出《后汉书·郭泰传》，"胡虏知音"指范成大使金时，金迎使者慕其名，至求巾帻效之；第二首的"大蛇梦"见《后汉书·郑玄传》及注，"露电身"出《金刚经偈》，"千首"出杜诗"敏捷诗千首"；第三首的"情钟痛"出《世说新语·伤逝》，指幼女之逝，其他如"伏枕""空堂"皆有所本。理解了白石关于用典用事的诗艺主张及实践，再试读他的词作，如《满江红》（仙姥来时）用《三国志·吴书·吴主传》孙权致书曹操故事，《汉宫春》（一顾倾吴）用《吴越春秋》勾践灭吴故事，就会觉得信手拈来，恰到好处。再如《月下笛》（与客携壶）下片句云："但系马垂杨，认郎鹦鹉。扬州梦觉，彩云飞过何许？多情须倩梁间燕，问吟袖、弓腰在否？"连用刘禹锡《咏鹦鹉》、杜牧《遣怀》、李白《宫中行乐词》及段成式《酉阳杂俎》故事，而声气流转，一气呵成。我以为，这就是前人所艳称的白石词的"骚雅"。而这种骚雅，应得益于他的诗艺诗法。

除诗歌以外，白石的书法与音乐，应该也能找到与其词作相仿佛、可旁通的艺术风格，只是不如诗歌明显罢了。

三

白石的诗歌、音乐、书法等诸方面成就虽丰，尤其是音乐方面无论理论抑或演奏，在有宋一代都臻一流，白石的名字在《宋史》未列《文苑》却载《乐志》即可说明，但若较之其词作，则都是难以企及的。

清人冯煦《蒿庵论词》云："白石为南渡一人，千秋论定，无俟扬榷。"用语虽值得商酌，但白石是南宋一代词作大家，则是无疑的。

赵晓岚《姜夔与南宋文化》（学苑出版社2001年版）指出，词在两宋，在词的地位、题旨、风貌上都存在着明显的区别。北宋词虽已十分繁盛，但仍被视为小道，即如苏轼以诗为词，较之诗而言，仍为小歌词。南宋则以之为安身立命之道。故而辛弃疾几乎只以词集传世，姜亦被认为其词高于其诗。词转为对社会、个人生活重大问题的看法和感受，不仅是以诗为词，使之脱离应歌、侑觞之作而已。赵文所叙，当然适合于白石词的评价。

白石词现存八十四首，依内容而分，其中忧时伤乱之作有十几首，羁旅穷愁、感伤身世之作有十几首，恋情词约二十首，咏物词有二十多首。

白石词的总体风格自南宋后即众说纷纭，有不同的解读。南宋亡后四十年，张炎《词源》出，对白石词推崇备至，云：

> 姜白石词如野云孤飞，云留无迹。……不惟清空，又且骚雅，读之使人神观飞越。

南宋大将张俊的诸孙张镃（功甫）是白石至友，而张炎乃张镃之曾孙，姜、张相知于前，张氏后辈称美于后，虽然难免囿于偏见，但绝对独具只眼。因此，自张炎提出"清空""骚雅"之说后，历代论姜词者，遂以此为姜词风格定评。

何谓"清空"？窃以为，借用张炎的话，"野云孤飞"当指"清"。孤飞的野云，脱离尘俗而孤高不群。"云留无迹"当指"空"。云卷云舒当然空灵一气。"清"指意象之清雅，而清雅的意象又与人的胸襟气度有关。"空"指境界之空灵，而空灵的境界又与意象的组合方式有关。何谓"骚雅"？窃以为"骚雅"乃《离骚》与《小雅》之结合，即志洁行芳之词品、比兴寄托之手法与温柔敦厚之情感的结合。说白石词风是"清空""骚雅"，是就其基调、主调而言，至于导致此一主调的词艺技巧具体如何体现，实在是一个极为复杂的问题。以下试就白石词作的内容，结合其词风略作介绍。

一、忧时伤乱，企盼统一

天崩地坼的"靖康之变"给宋朝文人士大夫以极大的刺激，悲愤、爱国、渴求统一成为时代文学的主旋律。朝廷的孱弱懦怯，民族的奇耻大辱，身家的颠沛流离，强烈地烧灼着这一时代文人的心灵。窃以为，反映到词作上，这种悲愤、爱国、渴求统一的表现方法及力度是因人而异的，张孝祥、辛弃疾的激昂慷慨之中，应该含有他们终生为之奋斗的抗金复国的人生道路及在这场民族灾难中建功立业的人生理想；而白石作为一个下层文人，四处漂泊，不遑宁处，不可能无视自己的社会地位和基本的生活问题而一味吟唱抗金救国的高调。而白石这部分忧时伤乱之作正是在南宋诗词爱国抗金的基调下的一种带有下层文人烙印的表现。这是白石独具特色处，也是白石忧时伤乱词作有别于张、辛之辈的价值所在。

白石二十二岁时所作《扬州慢》是其集中第一首词，在小序中，从"荠麦弥望""四顾萧条，寒水自碧。暮色渐起，戍角悲吟"的描绘中，作者提出了极为浓缩的"黍离之悲"四字。词的上片写战乱后扬州荒芜破败景色，下片设想如若杜牧重来，面对扬州荒城也会魄悸魂惊，突出表现昔盛今衰的感伤。细玩语意，白石词是以唐代王建、杜牧笔下的扬州之盛为今日扬州之衰的比照系的。而据洪迈《容斋随笔》等典籍所载，扬州虽盛于唐代，但在五代时几经兵火，早已"荡为丘墟"了。白石却有意跳过这段历史时空，将今日扬州之衰说成是"自胡马窥江去后"，而如若"而今"，杜牧"重到须惊"。这就巧妙地将扬州之衰归咎于金兵南侵，明确地表达了作者反胡抗金的民族情绪。类似这样忧时伤国之作还有《凄凉犯》（绿杨巷陌）、《忆王孙》（冷红叶叶下塘秋）等。

南宋统治者偏安一隅，不思恢复，尤其是屈辱的"隆兴和议"缔结后，宋、金间四十年无战事，小朝廷文恬武嬉，更将君父大仇置之脑后。当时有识之士都对朝廷的主和政策强烈不满，白石对此现实亦有清醒的认识和揭露。如《翠楼吟》题武昌安远楼，上片云：

月冷龙沙，尘清虎落，今年汉酺初赐。新翻胡部曲，听毡幕、元戎歌吹。层楼高峙。看槛曲萦红，檐牙飞翠。人姝丽，粉香吹下，夜寒风细。

南宋时武昌是宋、金对峙之边塞要地，楼名"安远"，究竟是备战下的"安远"，还是苟且中的"宴安"呢？俞平伯先生说得好："其时北敌方强，奈何空言'安远'。虽铺叙描摹得十分壮丽繁华，而上下嬉恬，宴安鸩毒的光景便寄在言外。像这样的写法，放宽一步即逼紧一步，正不必粗犷'骂题'，而自己的本怀已和盘托出了。"（《唐宋词选释》）窃以为，这就是"清空"的具体体现。又如《满江红》（仙姥来时），起因虽是为祭祀巢湖仙姥而作，但亦寄托了作者对偏安的愤慨。作者将湖神仙姥想象成一位能够"奠淮右，阻江南"的胜利女神，"却笑英雄无好手，一篙春水走曹瞒"，对偏安状况的不满溢于言表。

面对残破的河山和苟安的政局，当时大多数士人都对抗金英雄充满期待，渴望他们能大展经纶，取得北伐的胜利。白石也不例外。他歌颂范成大出使金国，不辱使命："卢沟旧曾驻马，为黄花、闲吟秀句。见说胡儿，也学纶巾欹雨。"（《石湖仙》）他敬慕辛弃疾的抗金业绩并寄以无限希望："我爱幽芳，还比酴醾又娇艳。自种古松根，待看黄龙，乱飞上，苍髯五鬣。"（《洞仙歌》）特别是与辛弃疾的唱和之作，慷慨激昂，与白石以往的词风迥异。如《永遇乐·次稼轩北固楼词韵》，辛词云"舞榭歌台，风流总被雨打风吹去"，白石以"数骑秋烟，一篙寒汐，千古空来去"相应，嗟叹此日欲做英雄而不得，空灵凄切。更用裴度、诸葛亮、桓温比辛弃疾，"有尊中酒、差可饮，大旗尽绣熊虎"渲染辛弃疾将兵的赫赫声威；"认得征西路"则迫切地呼喊出对北伐的期待；"中原生聚，神京耆老，南望长淮金鼓"更深刻表达出中原父老翘首南师收复失地的殷切心情。

陈廷焯《白雨斋词话》云："南渡以后，国势日非。白石目击心伤，多于词中寄慨。……特感慨全在虚处，无迹可寻，人自不察耳。"终身草莱的布衣身世，以及坚持清空、骚雅的创作追求，使得白石不可能写出辛弃疾、张孝祥、陈亮那样慷慨激昂、大声镗鞳的爱国词篇，而是从一个下层文人的角度，采取了一种含蓄、理性的方式来表达自己的忧时伤乱之情怀，从而使南宋爱国词作风格各异，多姿多彩。

二、羁旅穷愁，感伤身世

"万里青山无处隐，可怜投老客长安。"（《临安旅邸答苏虞叟》）白石的一生始终伴随着奔波之苦。据夏承焘《姜白石词编年笺校》，白石词仅五卷七十二首，所作之地即转换了扬州、湘中、沔鄂、金陵、吴兴、吴松、吴兴、合肥、金陵、合肥、苏州、越中、杭州、吴松、梁溪、吴松、杭州、越中、华亭、杭州、括苍、永嘉、杭州等二十三处，这种频繁的旅途奔波，显然不同于谢灵运、杜牧的吟风弄月，也不同于同是布衣而有山可隐的陆龟蒙与林逋，纵然青山绿水、月白风清，也有着众醉独醒、兴尽悲来的强烈的失落感、孤独感，诉之于词，带有极其浓重的天涯漂泊之感。如《点绛唇》：

> 燕雁无心，太湖西畔随云去。数峰清苦，商略黄昏雨。　　第四桥边，拟共天随住。今何许，凭阑怀古，残柳参差舞。

首二句以候鸟之迁状己之漂泊无定。"拟共天随住"是自己的愿望。可叹的是就连这样的愿望都不能实现，只能于秋风残柳中，领略人生黄昏的凄风苦雨。"数峰"两句是千古名句，卓人月《词统》评为"诞妙"，其实就是缘于作者对江湖之苦领会太深，致使不自觉地将自己的主观心情涂抹到客观景物上。类似这样的词作还有对生存目的的自问，"南去北来何事？荡湘云楚水，目极伤心"（《一萼红》）；感叹自己居无定所的命运，"叹杏梁双燕如客"（《霓裳中序第一》）；悲叹自己颠沛奔波之苦不为人所知，"算潮水知人最苦"（《杏花天影》）；困惑于自己的无枝可依，"绕枝三匝，白头歌尽明月"（《念奴娇》）。于是，飘零之感、迟暮之悲常常成为伤春悲秋的基调，如著名的《淡黄柳》：

> 空城晓角，吹入垂杨陌。马上单衣寒恻恻。看尽鹅黄嫩绿，都是江南旧相识。　　正岑寂，明朝又寒食。强携酒，小桥宅。怕梨花落尽成秋色。燕燕飞来，问春何在？唯有池塘自碧。

全词从听觉开始写萧瑟，由听觉到视觉再到触觉，由柳树到梨花，由飞燕到池塘，意境凄清冷隽，用语清新质朴。"怕梨花落尽成秋色"的一个"怕"字，道出了漂泊者的焦虑与不安，其实何尝是怕花落成秋，实乃心头有一片肃杀秋意。"唯有池塘自碧"营造出清空词境，将无尽的羁旅穷愁沉浸在碧水无言的寥落之中。张炎《词源》认为，像这样的词"不惟清空，且又骚雅，读之使人神观飞越"。

三、恋情之什

白石当然是个风流才子，他"体貌清莹，望之若神仙中人"，"或夜深星月满垂，朗吟独步，每寒涛朔吹凛凛迫人，夷犹自若也"。他不仅才华横溢，形貌出众，而且弹琴吹箫，娴于音律。周密《齐东野语》引姜夔自叙云："参政范公以为翰墨人品皆似晋宋之雅士。"这是时人的评价，引为自叙，未尝不是白石自诩。

既是晋宋雅士，则一定不乏红颜知己。白石恋情词涉及的对象有合肥情人、小红及湖州妓等，依夏承焘《姜白石词编年笺校》所列其有本事的合肥情词有《一萼红》、《霓裳中序第一》、《小重山令》、《浣溪纱》（著酒行行满袂风）、《踏莎行》、《杏花天影》、《琵琶仙》、《淡黄柳》、《浣溪纱》（钗燕笼云晚不忺）、《解连环》、《长亭怨慢》、《醉吟商小品》、《点绛唇》、《暗香》、《疏影》、《水龙吟》、《环珑四犯》、《江梅引》、《鬲溪梅令》、《鹧鸪天》（肥水东流无尽期）、《鹧鸪天》（辇路珠帘两行垂）共 21 首。窃以为其中某些篇章指为合肥情事，似觉牵强，但如果加上合肥情事以外的词作如《鹧鸪天》（京洛风流绝代人）等，恋情词在白石词中约占有四分之一。

我认为，白石恋情词的特点主要有二。

一是恋情的专一性。

需要说明的是，在中国漫长的封建社会中，夫妇关系之外的恋情存在是有其社会基础的。而文士与妓女交往及男子的泛爱倾向更有着长久的历史渊源。众所周知，文人与歌伎之间从来也不乏深情挚爱者，如同是宋朝文人，较早于白石的秦观、晏几道、周邦彦、柳永辈留下的很多缠绵缱绻之作，对象大多是歌伎，并且所涉及的对象往往不止一个，如柳永情词本事就有虫娘、心娘、佳娘、酥娘、秀香、安安、英英等，即可说明泛爱倾向之一斑。

白石却不然，其恋情词表现了难能可贵的专一。夏承焘先生曾首倡白石合肥情事说，据其考证，所遇者为勾栏中姐妹二人，妙擅音乐。合肥情事是白石一生关捩，夏氏首倡，其功甚伟。但吾友赵晓岚教授力主合肥姐妹之一人说，赵云："不错，其词中确曾写到'桃根桃叶''大乔小乔'等，但这并不足以证明他是同时爱上姐妹二人。如果仅据桃根、桃叶是王献之二妾而说明这点的话，那么，大乔、小乔各有所适，分嫁孙策、周瑜，又作何解释呢？而江夏韦皋和玉环两人之间的生死之恋，显然更与二妾之爱不相类；特别是词中屡屡描写、刻画的相思之情：'几度小窗幽梦手同携'（《江梅引》）、'淮南皓月冷千山，冥冥归去无人管'（《踏莎行》）、'谁教岁岁红莲夜，两处沉吟各自知'（《鹧鸪天》）等等，皆似两者之间的专一之情。依笔者之见，姜夔所恋对象，应是姐妹中之一人，只因是同时所遇，且颇多三人之共同活动、交往，在回忆往事时，多有此类描述也并不奇怪。"（见《姜夔与南宋文化》，学苑出版社 2001 年版）赵说义证兼赅，可备一说。试读以下诸句：

> 梦逐金鞍去，一点芳心休诉，琵琶解语。（《醉吟商小品》）

> 恨入四弦人欲老，梦寻千驿意难通。（《浣溪纱》）

> 春衣都是柔荑剪，尚沾惹，残茸半缕。（《月下笛》）

> 别后书辞，别时针线。（《踏莎行》）

> 人何在，一帘淡月，仿佛照颜色。（《霓裳中序第一》）

一位知音、知心、知己之女子呼之欲出。然而，因为各种原因，二人终究天各一方，白石只能借词作以宣泄这段刻骨铭心的相思。

二是叙情的尚雅。

"诗言志，词抒情"是旧时文人对体裁的习惯选择，而写词抒情走冶艳一路却始自花间，至宋，情词不唯冶艳，更时有露骨色相。晏殊然，周邦彦然，柳永亦然。只有白石，情词既缠绵悱恻又高洁典雅。之所以如此，乃在于其有意识地避免肉体描写，而意象清空，措辞骚雅，当然脱俗超群了。试读《小重山令》：

> 人绕湘皋月坠时。斜横花树小，浸愁漪。一春幽事有谁知？东风冷，香远茜裙归。　　鸥去昔游非，遥怜花可可，梦依依。九疑云杳断魂啼。相思血，都沁绿筠枝。

风流幽事化为了高雅纯洁的红梅形象。又如《琵琶仙》下片：

> 又还是、宫烛分烟，奈愁里、匆匆换时节。都把一襟芳思，与空阶榆荚。千万缕、藏鸦细柳，为玉尊、起舞回雪。想见西出阳关，故人初别。

用唐诗三则咏柳之典抒发自己的相思柔情。如上所叙，白石将自己那些缠绵悱恻的热烈恋情，加以"骚雅"化，化以梅、柳等美妙意象，恋情显得清空无迹，文辞虽缠绵却不失雅洁典重。就这一点而言，柳永、秦观辈是难以望其项背的。

四、咏物之什

白石存词八十四首，咏物词有二十多首，占四分之一。具体有：

咏梅词：《一萼红》、《小重山令》、《玉梅令》、《暗香》、《疏影》、《莺声绕红楼》、《鬲溪梅令》、《浣溪纱》二首、《卜算子》八首、《江梅引》。

咏荷词：《惜红衣》《念奴娇》。

咏柳词：《淡黄柳》《长亭怨慢》《蓦山溪》。

咏蟋蟀词：《齐天乐》。

其他：《洞仙歌》（黄木香）、《好事近》（茉莉）、《虞美人》（牡丹）、《侧犯》（芍药）。

应该说，白石的咏物都有寄托。一类是政治寄托。如众说纷纭的《暗香》《疏影》，自张惠言《词选》首揭"二帝之愤"，刘永济《微睇室说词》更以徽宗在北所作《眼儿媚》申证，令人信服。又如《虞美人》咏牡丹，引唐玄宗赏花故事，牵出安史之乱，最后影射宋朝现实。《齐天乐》咏蟋蟀，从历史反思到日薄西山的南宋政局，王昶《姚茞汀词雅序》所谓"其旨远，其词文，托物比兴，因时伤事"就是指这类咏物词。另一类是感情寄托。如《卜算子》八首借咏梅表达自己一生的凄凉心事，《江梅引》《鹧鸪天》等词借梅、柳宣泄自己刻骨铭心之合肥恋情，诚如夏承焘《姜白石词编年笺校》所云："（白石）集中咏梅之词亦如其咏柳，多与此情事有关。"

白石在宋代咏物词的发展史上是一个枢纽人物。五代《花间》即有咏物题材，皆就题咏本意敷衍。宋初沿袭，如林逋《霜天晓角》咏梅，梅尧臣《苏幕遮》咏草，名为咏物，实为写景。至李清照，咏物词竟占《漱玉集》之四分之一，仍属就物写物，鲜有言志。只有苏轼凌云才气，无所依傍，感物言志，开创了咏物词的新境界。其《水龙吟》咏杨花，寄托怀才不遇之慨；《卜算子》写孤鸿，抒政坛受挫之叹。以后贺方回、周邦彦承东坡余绪，于咏物一体都有所成就，但都属感物言志的范畴。

从白石开始，在靖康国难的巨变形势下，开咏物词言志之先。诚如蒋敦复《芬陀利室词话》云："词原于诗，即小小咏物，亦贵得风人比兴之旨。唐、五代、北宋人词不甚咏物，南渡诸公有之，皆有寄托。白石、石湖咏梅，暗指南北议和事，及碧山、草窗、玉潜、仁近诸遗民《乐府补题》中，龙涎香、白莲、莼、蟹、蝉诸咏，皆寓其家国无穷之感，非区区赋物而已。"确实，白石开以咏物托意之先，至宋末张炎、王沂孙、周密等人沿袭发展，家国之叹更为深重，将托物咏志一体发展到极致。总之，白石咏物词在词史上是具有承前启后的地位的。

四

正因为白石词具有独特的思想价值和很高的艺术魅力，所以后世整理者众多，其版本在宋人词集中可称首屈一指。夏承焘先生《白石词版本考》云："白石词刻本，可考者十馀，若合写本、影印本计之，共得三十馀本。宋人词集版本之繁，此为首举矣。"这既是姜集整理有利之处，又增加了姜集整理取舍之难。

据夏承焘先生考证，南宋嘉泰二年壬戌（1202）的钱希武刻本应是最早的白石词刻本。因为其时白石尚在，而刻印者钱氏又是白石的世交，故夏先生推论此为白石的手定稿。以后版本沿革的情况颇为复杂。大致来说，元、明两代三百年，白石词刻本因各种原因未能广泛传播。直到号称词学复兴的清代，白石词的"清空""骚雅"大行于世，自乾隆时期开始，有姜文龙等多种刻本问世。其中如乾隆陆钟辉刻本《白石道人歌曲》四卷《别集》一卷，张奕枢刻本《白石道人歌曲》六卷《别集》一卷，王鹏运辑《四印斋所刻词》本《白石道人词集》三卷《别集》一卷，都称善本。

除词作全集以外，将白石词入选的选本极尠。最早的有黄升《花庵词选》，其时距钱刻本问世后四十余年，选本中收白石词三十四首，并对各词小序加以删削。据张炎《词源》下记载，南宋时还有《六十家词》选本，惜乎已佚。现在我手中的《宋六十名家词》是明毛晋辑本，内有《白石词》一卷。还有明抄《宋元明三十三家词》《宋二十家词》中《白石先生词》一卷，此外，朱彝尊辑

《词综》、万树《词律》均收有白石词。

近现代以来，有多种笺注、辑评本问世，其中夏承焘《姜白石词编年笺校》（上海中华书局 1958 年版，上海古籍出版社 1981 年版），附有《版本考》《行实考》《白石道人歌曲校勘表》《各本序跋》《辑评》等，用力尤勤，是白石研究领域的雄关重镇。此外，笔者尚见到夏承焘、吴无闻《姜白石词校注》（广东人民出版社 1983 年版），刘乃昌《姜夔词》（中国书店 2001 年版），韩经太、王维若《姜夔词》（人民文学出版社 2005 年版）等，这些版本各具特色，给笔者的整理工作以很大的帮助。

回忆三十二年前，词坛泰斗夏承焘先生为避地震小住长沙，彼时我还是一个搬运工人，承夏老不弃，谆谆教诲，亲改论文。在夏老及诸前辈的关心下，我考取武汉大学研究生并走上教学、科研岗位，以后凡到北京出差，都要到朝阳门天风阁拜谒夏老，夏老多谈及白石词的问题，咳唾珠玉，至今难忘。这些往事也算是我与白石词的因缘吧。此书原文谨依据夏老《姜白石词编年笺校》本收录。校记、笺注、辑评、评析诸项，参照前修研究，融汇个人心得编撰而成。其中尤其是注释方面，同乎所同，一般不标举，然创业难而因仍易，饮水思源，敬意永驻。附录收有白石现存版本录要、姜尧章自叙、夏承焘先生《白石辑传》，供广大读者欣赏、学习、研究白石词之需。

最后，由于我学识陋劣，衷心地欢迎广大读者批评指正。

陈书良于长沙听涛馆书寓

2008 年 9 月

《说倭传》前言

一

2005 年秋天，我在日本九州游学，其间到福冈拜访了九州大学教授竹村则行。竹村兄是日本第一流的汉学家，我们在书香氤氲的竹斋里品茗纵谈，因其夫人周龙梅女史美慧贤淑，记得当时我曾书赠一联云："立身如竹，相伴有梅。"竹村兄莞尔受之，回赐他整理出版的中国清代小说《说倭传》，嘱我到马关春帆楼一游。

马关也称下关，在本州岛的最南端，春帆楼乃一两层木质小楼，其门前竖一长条形木牌，上书"日清讲和纪念馆"，素雅简明，居高临下，面朝波涛汹涌的大海。此间原本是座小旅馆，风景秀丽而已，为什么选择在这里作为中日和谈的场所，可能还是别有一番深意。据说时任日本首相的伊藤博文就是马关所属的山口县人，于河豚情有独钟，得志后经常光顾春帆楼大快朵颐，因他别号春亩，故将此楼取名春帆。这里不仅有闻名遐迩的河豚宴，而且能远眺波光粼粼的关门海峡，当年日本军舰冒着黑烟往来于海面，也许这正是要让中国代表看到的场景，它不仅显示了伊藤博文个人的胜利，更可以炫耀日本海军的军威。

旅店正门左侧，有一条小路，路口有指示牌，上书"李鸿章道"四字。1895年甲午战败后，3 月 19 日，全权大臣李鸿章偕其子李经方、美籍顾问科士达等及随员抵达马关，次日与日本全权大臣伊藤博文（内阁总理）、陆奥宗光（外务大臣）开始谈判。李伊会晤是两个东方俾斯麦的相会，他们都被称为如德国俾斯麦铁血首相的人物，但无疑在当时的世界，李鸿章的名声要响亮许多。可惜及至甲午一战，谁是真正的东方俾斯麦已经有了分晓。据《中国历史秘闻轶事》载文，在第三次会议结束后，李鸿章从春帆楼乘轿返回下榻处，途中遇日本"愤青"枪击，弹中左颊。李鸿章遇刺后，表现得很镇定，当他苏醒过来，看着浸满鲜血的血衣时，立即嘱咐随员将血衣保存好，不要洗掉血迹，并感慨地说："此血可以报国矣。"在李鸿章去日本马关谈判前，日本已完全破译了清政府的密码，而李鸿章却全然不知，谈判期间，李鸿章一直跟清廷保持着电讯联系，而联系的内容完全被日方掌握，所以，日方对清廷允许的谈判底线了如指掌。于是日方大胆放心地制定谈判策略，逼迫李鸿章就范，最终签订了条件极为苛刻的丧权辱国、割占中国领土台湾的《马关条约》。《马关条约》签订当年，日本全国财政收入为1亿日元，而《马关条约》的赔款却合3亿日元。中国方面的统计，则为2亿两白银的赔款、3000万两白银的"赎辽费"，还有每年50万两白银的威海卫驻军费。战后3年间日本就实际得到2.315亿两白银，合3.4725亿日元，大大超过1896年至1898年3年间日本全国税收26890万日元的总和。可见《马关条约》使日本一夜之间成为暴发户，并借此不义巨金进一步走上资本主义强国之路。

从正门步入会所，正中间是宽大而陈设简单的谈判会场，现在已用落地玻璃罩了起来。参观者只能透过玻璃罩，观看里面的摆设：一张长形大桌，将谈判者划分为两个阵线。桌子一侧为清政府代表，有一把软靠椅和若干硬靠椅。软靠椅是李鸿章的专座，硬靠椅则为其余人员的座位。桌子另一侧，为两把软靠椅及若干硬靠椅，自然是日本方面的座位。每张椅子旁，都立有木板，上书当年某某人之座及其官衔、品级和谈判的身份。

春帆楼前的那块石碑，就得意扬扬地刻写着"今之国威之隆，实滥觞于甲午之役"。就是在这里，签署了《马关条约》。"使行人至此，忠愤气填膺，有泪如倾。"日本从此走向富强，中国从此走向衰落。

二

《说倭传》是一部记述甲午战争全过程的小说，全书三十三回，起于朝鲜东学党之乱，讫于台湾军民拒日侵占斗争，其中重点描述了令人难以释怀的马关春帆楼会议。其背景当然是那段用血泪写成、用屈辱风干的历史。

日本明治天皇即位时，就狂傲地宣称要"开拓万里波涛，布国威于四方"，还制定了所谓"大陆政策"，为夺占朝鲜和发动侵略中国的战争做了长期准备。光绪二十年（1894），趁朝鲜东学党起义，日本出兵侵占了朝鲜。应朝鲜之请，清廷亦出兵朝鲜。6 月 23 日，日本军舰在朝鲜半岛海域击沉中国运兵船"高升号"，中日战争爆发，史称"甲午战争"。让清廷始料不及的是，清军一触即溃、节节败退，而日军挥师猛进。8 月 17 日，平壤失陷。18 日，黄海大海战，北洋水师惨遭巨创。9 月下旬，日第 1 军渡过鸭绿江，攻入中国东北；同时日第 2 军在辽东半岛登陆，攻陷旅顺。此后日军又接连踏破东北数城。数月之间，清军海上、陆上皆一败涂地，李鸿章的淮军更是被打得七零八落。清政府无可奈何，企图重温"中兴名臣名将"的旧梦，起用声名赫赫的老牌湘军挽回颓势。然而时过境迁，湘军早已不是咸同年间的劲师悍旅，敌方也非复大刀长矛的太平军，在近代化武装的日军的坚船利炮面前，才六天，湘军就被打得脾气全无。一战牛庄，二战营口，三战田庄台，兵败将逃，舰毁人亡，邸报飞传，朝野惊恐。一个面积不及中国三十分之一、人口不及中国十分之一的岛国，竟然将秦汉威仪唐宋风流康乾盛世的光环剥离得粉碎！清政府被迫求和，于是有了春帆楼之辱，甲午战争最后以中国割地赔款而结束。

丧师失地，继之以城下之盟，奇耻大辱使全国民众愤慨痛心。当时谭嗣同就长歌当哭：

世间无物抵春愁，合向苍溟一哭休。

四万万人齐下泪，天涯何处是神州！

而康有为、梁启超在北京联合十八省举子一千二百多人聚会，强烈抗议，慷慨陈词，公车上书，史无前例，朝野震动。这就是当时的时代背景。

鲁迅《中国小说史略》云：

光绪庚子（1900）后，谴责小说之出特盛。盖嘉庆以来，虽屡平内乱（白莲教、太平天国、捻、回），亦屡挫于外敌（英、法、日本），细民暗昧，尚啜茗听平逆武功，有识者则已翻然思改革，凭敌忾之心，呼维新与爱国，而于富强尤致意焉。戊戌变政既不成，越二年即庚子岁，而有义和团之变，群乃知政府不足与图治，顿有掊击之意矣。其在小说，则揭发伏藏，显其弊恶，而于时政，严加纠弹，或更扩充，并及风俗。

持"谴责"之旨，驭"讲史"之体，《说倭传》于是应运而生，也就不足为奇了。

三

然而，《说倭传》是一部十足的奇书。

这部书是日本友人竹村则行先生数年前在广州旧书肆购得，光绪二十三年（1897）香港中华印务总局出版，铅字排印本，每页十行，每行纵二十九字，署名"兴全洪子式撰辑"。这部小说过去仅见存于个别书目，从未单行出版，故亦未有人做过专门研究。阿英编《甲午中日战争文学集》说"兴全洪子式"即"太平天国干王洪仁玕之子"，然而证据阙如。按洪仁玕（1821—1864），广东花县人，洪秀全族弟，自幼受儒家教育，屡试不中，曾任塾师。1843年，洪秀全创立拜上帝教，他首先加入，并在广东清远发展教徒。金田起义后，曾应召去广西，因未追及起义队伍，遂折回广东。由于清政府迫害，1852年逃亡香港，结识瑞典传教士韩山文。韩山文根据其口述材料，写成《太平天国起义记》，记载洪秀全及拜上帝教的早期活动。1854年，洪仁玕由香港至上海，拟去天京，未遂，入墨海书院学习天文、历算。同年冬，洪仁玕又回香港入伦敦布道会，任宣教师四年，悉心学习西方资产阶级科学文化。1858年，再次离港北上，于次年4月辗转至天京。洪秀全破格封他为干王，总理朝政。针对太平天国时弊，他提出一系列改革措施，并写出《资政新篇》，主张向西方学习，发展资本主义工商业。《资政新篇》获得洪秀全批准，公开颁布，但未能实施。1860年，与李秀成、陈玉成等采取"围魏救赵"的策略，彻底摧毁了江南大营。1864年7月，天京沦陷，他即在浙江湖州护送幼主入江西寻李世贤部，以图恢复。10月，在江西石城被俘。他宁死不屈，在自述中痛斥"妖（清朝）买通洋鬼，交为中国患"的罪行。11月，洪仁玕在南昌就义。洪仁玕是一个传奇人物，也是太平天国的大知识分子，有思想，有著作，亦有西方背景。史籍上没有洪仁玕子女的记载，小说作者显系托名，让读者产生"有其人也，有其著也"的感觉。其时太平天国失败已约二十年，经过甲午战争，国人痛定思痛，对太平天国中人自然产生了理解和同情。这种心情尤以两广人为甚。这时将小说闪烁含糊地署名"兴全洪子式撰辑"，无疑增强了吸引力。

竹村兄在研读《说倭传》后，发现其中第十九回至第二十一回与小说的体裁、文笔大异其趣，伊藤博文与李鸿章大段问答几乎是全文载录了《中日议和纪略》。这份史料是中方整理的，原应藏于清廷。竹村于是赴北京中央档案馆查检，却不见其收入《清光绪朝中日交涉史料》中。《清光绪朝中日交涉史料》卷三十八第二千九百九十三号史料题为《呈递钦差大臣李鸿章与日本往来照会及问答节略咨文》题下注云："又与伊藤五次会议问答节略共订为一本，内多辩论紧要语。"而关于这一"问答节略"，史料中附记则赫然称"原阙"，亦即当年李鸿章的呈文并未在档案中保存下来。竹村大为诧异，又折返东京辗转寻觅，发现清廷所失官简却存于日本内阁文库（日本国立公文书馆）。果如所料，其中"辩论紧要语"竟然完全出现在小说《说倭传》中。

醉心中国文史且对中国人民一贯友好的竹村则行先生立即感觉到了《说倭传》的分量，为避免文献湮灭，他以一己之力影印了香港中华印务总局光绪二十三年版《说倭传》，后附影印日本内阁文库《中日议和纪略》。这就是现在我手中的日本花书院本《说倭传》。

耐人寻味的是，这份重要的春帆楼官简怎么会从皇家档案中消失，两年后竟然会混入小说《说倭传》中？作者"洪兴全"究竟是什么人？后来为什么又会流入日本内阁文库？三者之间是按什么线路传递的呢？

四

早几年，上海复旦大学骆玉明先生访日后对此发表看法。他说："反映马关和谈艰难过程和李鸿章顽强姿态的《中日和谈纪略》很快流播外界，恐怕与李鸿章本人的某种考虑有关——至少是他那一派人的有意行为。而《说倭传》的作者'洪兴全'虽不知为何许人，但小说的立场，除了表达甲午战争后国内日益高涨的爱国激情，也有为李鸿章辩护的意图，他多少应与李鸿章一派人有些关系。"骆说虽无据，但在情理之中。马关签约后，全国上下一片反对，朝廷内很多人借此弹劾李鸿章，致使他告假养病。这份李鸿章授意整理的纪略可能根本就没有传递给上级，可能是李鸿章本人出于某种考虑未交，也可能是他的对立面拖扣没有上呈，就像当时千余名孝廉上书"宜战不宜和"，结果被裕寿田扣压一样。晚清朝廷多有这样的荒唐事，早于此的李秀成自述，面对朝廷追索，曾国藩不就一拖再拖，一删再删，最后隐瞒过半篇幅，呈上一个面目全非的整理稿了事吗？如果原件根本没有呈交，那么条约签订两年后，只有李鸿章集团中人手中才有此材料。材料应该是先经过"洪"手，有意漏给民间，后流入日本内阁文库的。作者在《说倭传·序》中曾闪烁其词地说："种种实事，若尽将其详而便载之，则国人必以我为受敌人之贿，以扬中国之耻。若明知其实，竟舍而不登，则人或以我为畏官吏之势而效金人之缄口。呜呼，然则创说之实不亦戞戞乎难之矣！"《中日议和纪略》应该就是"尽将其详而便载之"的大实之事。

由李鸿章出面签订的《马关条约》是一份丧权辱国的卖国条约。条约签订后，李鸿章作为朝廷的替罪羊，"以一身为万矢之的，几于身无完肤，人皆欲杀"（梁启超《中国四十年来大事记》）。在这样的背景下，抛出这份秘档，让国人知道李鸿章是如何衰年出使，竭其所能，步步为营，顽强辩论，当然也就无异替李鸿章作了洗刷和辩解。如第二十回记述二月十五日午后二点半钟谈判开始，日方读完"停战节略"后，李即发问。

李云："现在日军并未至大沽、天津、山海关等处，何以所拟停战条款内竟欲占据？"

伊云："凡议停战，两国应均沾利益。华军以停战为有益，故我军应据此三处为质。"

李云："三处华兵甚多，日军往据，彼将何往？"

伊云："任往何处。两军惟须先定相距之界。"

李云："两军相近，易生衅端。天津衙门甚多，官又将何为？"

伊云："此系停战约内之细目，不便先议。试问所开各款可照办否？"

李云："虽为细目，亦须问明，且所关甚重要，话不可不先说。"

伊云："请中堂仔细推敲，再行作复。"

李云："天津系通商口岸，日本亦将管辖否？"

伊云："可暂归日本管理。"

李云："日兵到津，将住何处？"

…………

李云："所据不久，三处何必让出？且三处皆系险要之地，若停战期满，议和不成，则日军先已据此，岂非反客为主？"

伊云："停战期满，和议已成，当即退出。"

李云："中日系兄弟之邦，所开停战条款未免陵逼太甚！"

日方的停战要求竟是如此苛刻，要求大沽、天津、山海关等地的清军全部向日军缴械，天津至山海关铁路交日本军务官管理，且停战期间日本一切军费由中国承担。这些条件无疑显示日本仍在考虑军事、谈判双管齐下的方针，在战场上并不愿意停手，欲将北京置于日军的监视之下，然后再从容地商讨城下之盟。应该说，李鸿章盯住了要害，还是很有见地的。李鸿章在会谈上没有对日本先抵押三地让步，谈判陷入僵局。会谈结束后，双方同意三天后再谈。李鸿章回到住所，立即给总理衙门发去电报，表示日本以三地为抵押的要求坚决不能答应，并叮嘱要在大沽、天津、山海关一带严加戒备。总理衙门复电李鸿章："原冀争得一分，有一分之益，如竟无可商改，即遵前旨与之定约。"而中方密电码，早被日方侦破，由此，马关会谈大局已定。对于李鸿章在和谈中的功过，第二十一回出现了这样的对话：

李云："去岁满朝言路屡次参我，谓我与日本伊藤首相交好，所参甚是。今与尔议和立约，岂非交好之明证？"

伊云："时势彼等不知，故参中堂。现在光景彼已明白，必深悔当日所参之非。"

李云："如此狠凶条款，签押又必受骂。奈何？"

伊云："任彼胡说，如此重任，彼亦担当不起。中国唯中堂一人能担此任。"

李云："事后又将群起攻我。"

伊云："说便宜话的人到处皆有，我之境地亦然。"

平心而论，这样的对话于谈判情节无关紧要，之所以放进纪略并纳入小说，当然意在辩解。在第二十一回中，作者甚至还以貌似客观的口气说："按中堂订立此约，苦心孤诣，本系无可奈何之事，国人不谅苦衷，交章弹劾。"这是作者的观点，借说书人之口道出，当然也可视为小说的意图。这样，"洪兴全"不顾小说的体裁、风格，硬是将《中日议和纪略》全文公开在《说倭传》中，借以反映马关谈判的艰难过程和李鸿章的顽强姿态，用心可谓良苦矣！

此外，《说倭传》生动具体地反映出在和谈中日方的盛气凌人之态、中方的无奈与尴尬之举。例如，日方要中国让出台湾。

李云："台湾全岛日兵尚未侵犯，何故强让？"

伊云："此系彼此定约商让之事，不论兵力到否。"

李云："我不肯让，又将如何？"

伊云："如所让之地必须兵力所到之地，我兵若深入山东各省，将如之何？"

……

李云："赔款还请再减五千万，台湾不能相让。"

伊云："如此，当即遣兵至台湾。"

李云："我两国比邻，不必如此决裂，总须和好。"

伊云："赔款让地，犹债也。债还清，两国自然和好。"

李云："索债太狠，虽和不诚！"

这当然是一场城下之盟，双方的实力背景悬殊：清兵一败再败，北洋水师全军覆没，日军登陆攻占辽东及山东半岛且随时可能长驱入京。俗话说"弱国无外交"，这一场谈判要"不辱"实在是不可能的。至少，人们可以想，换了别人去谈，结果又岂能更好一些？就算是在这样悬殊的背景下，按之古今中外，像伊藤这样骄横凶狠，一味索逼土地钱款，寸分不让，真是要怎么做就有什么样的歪道理，也是极其罕有的，活脱脱的强盗逻辑，于斯极矣！难怪老迈的李鸿章再三叹息"太狠""口紧手辣""逼人太甚"了。据说次年，李鸿章受邀访问欧美，从美国归国途经日本横滨换乘轮船，他坚决不踏日本土地一步，让人在两船间搭设木板，以垂老之躯，从海上换轮而去。真可谓"一失足成千古恨，此恨绵绵无穷期"。

《说倭传》也从侧面真实反映了清王朝官场的衰敝和日本经变法后的强盛。中日第一次会谈时主要官员曾彼此相问年岁，当时中方李鸿章已七十三岁，而日方首相伊藤五十五岁，外相陆奥五十二岁。李鸿章为缓和气氛，提到十年前两人的会见，尽力表现出恢宏的气度。但是伊藤并没有理会李鸿章的高谈阔论，而是冷冷地说："十年前在天津时，敝人曾向中堂进言，贵国之现状，实有改进之必要。但尔后贵国晏然依旧，不图改进，以至今日，实深感遗憾。"十年前，一方是师，一方是徒；今天一方是胜利者，一方是战败者，李鸿章的高谈变成了可笑的反讽。提到十年前的相见，他只有低下高傲的头，不禁叹道："我国之事囿于习俗，未能如愿以偿。……今转瞬十年，依然如故，本大臣更为抱歉。自惭心有余力不足而已。贵国兵将悉照西法，训练甚精，各项政治日新月盛。此次本大臣进京与士大夫相论，亦有深知我国必宜改变方能自立者。"轮到今日被人取笑，其心酸自知。李鸿章感叹对手年富力强，于是产生了下面的对话。

伊云："日本之民不及华民易治，且有议院居间办事，甚为棘手。"

李云："贵国之议院与中国之都察院等耳。"

伊云："十年前曾劝撤去都察院，而中堂答以都察院之制起自汉时，由来已久，未易裁去。都察院多不明事务者，使在位难于办事。贵国必须将明于西学、年富力强者委以重任，拘于成法者一概撤去，方有转机。"

应该说，伊藤所云还是切中肯綮的，只是这一席话由胜利者讲给失败者听，多少带有一些讽刺意味。《说倭传》中有一首诗写得好："战事如同一局棋，丧师失地亦堪悲。最怜命使求和日，应悟当时国事非。"

五

《说倭传》后一部分重点写台湾被侵占的过程，英雄人物当然是刘永福。小说写刘永福率黑旗军与日帅桦山斗智斗勇，为保卫国家领土孤军奋战。其间浓墨重彩地描写了台湾人民热爱中华，耻于亡国，保卫家乡，尽掷家财，在战场上又以性命相搏，以至于刘永福败退后，"台民尚高展刘姓帅旗，未免先声夺人，初时半月之久，倭人不敢轻犯"。《说倭传》叙述了台湾一步步沦陷的过程，写得催人泪下。结尾第三十三回"淡仕途刘将军喜归故里，息烽火大清主乐享太平"，虽然结局一片清平，俨然盛世，但几乎全文附载了清廷与日政府的二十九条合约，将耻辱柱钉牢篇末。读者非常清楚，这是作者的苦心孤诣之处，在这样屈辱的条约桎梏下，中国何得"乐享太平"，中国何得自强？

《说倭传》虽然时有精彩之笔，如第四回写义犬为救邓世昌，勇敢跳海，最后与主人一同尽忠。又如写刘永福智勇兼备等，也有很多能突出人物性格的细节。但是作为小说来说，用人物形象、语言、情节等来衡量，《说倭传》是失败之作，应该说尚不及蔡东藩"讲史"一类，所以它在文学史、小说史上也没有地位，这是一方面。另一方面，由于其公开了尘封的秘档，并且将其置于中日战争的背景下向国人介绍了鲜为人知的神秘细节，因而颇具史料价值。这样血泪屈辱的文字，国人不可不知，不可不记。人为刀俎，我为鱼肉，中日两国，大小悬殊，然而仅仅十年，从被日人仰慕的上国沦为和谈席上乞怜之弱夫，国人当自省三思。

需要指出的是，甲午战争应该是中国近代史的关捩。甲午战败后，这个迅速发展的邻国，正是用中国的银两滋养成之强敌，给中国带来无尽的苦难。不要说以后的抗日战争，和直到今天也未能解决的钓鱼岛之争，以至台湾问题，都与其有关。马关之耻，春帆楼之恨，永远埋在了中国人的心中，流在民族的血液中。当年签订《马关条约》的"汉奸"李鸿章，在临终前留下一首遗诗曰：

秋风宝剑孤臣泪，落日旌旗大将坛。

海外尘氛犹未息，诸君莫作等闲看。

我认为，末两句借用作《说倭传》的出版初衷，还是颇为贴切的。中国近代迭遭外侮，对此，我感慨良多。书中清廷的"前敌指挥官"曾任两江总督的刘坤一（岘帅）是我母亲的堂祖父，我母亲的嫡曾祖父刘长佑则在云贵总督任上时，曾收编黑旗军刘永福，指挥三军大举入越，拉开了抗法战争的序幕。在甲午战争二十年前他即上奏，提出讨伐日本，消除侵略根源。我的父亲陈暄将军与日寇整整打了八年，曾参加台儿庄等战役。然而，就在我整理《说倭传》的今天，台湾尚孤悬海外，钓鱼岛问题仍然得不到圆满解决。这是足以发历史之浩叹的。我以为，作为爱国主义教育的资料，《说倭传》今天仍然具有出版意义。

本书以日本花书院影印本为底本，标点分段，简体横排，以飨读者。书末附历史人物小传，依在书中出场顺序排列，便于读者知人论世。学生梁文冰协助部分书稿的改正、录入，在此谨表示谢忱。囿于学识，舛误之处，尚祈教正。

陈书良于长沙听涛馆书寓

2012 年 8 月

《吴林伯学术论文集》序

一

先师吴林伯先生（1916—1998）是 20 世纪重要的国学家，是行走在社会和学术边缘的纯粹的学者。他凭借自己深厚的文史功底，纵横驰骋，将《文心雕龙》研究推向了一个新高度，在经子之学方面的建树亦为世所推重。吴先生生前寂寞，而今其朴学学术研究方法，以及特立独行的学术精神，正日益为海内外学术界所重视。武汉崇文书局此次推出《吴林伯学术论文集》，亦即先师已出版的专著以外撰写的学术论文的结集。

崇文书局领导命我作序，我不敢为，亦不敢不为。不敢为者，先师学术渊深，殿堂巍巍，小子何敢饶舌？不敢不为者，1977 年，邓小平拨乱反正，整顿教育，恢复了高考。1978 年，我以一个搬运工人身份考取武汉大学，与易中天兄一起成为吴先生的最早的研究生。以后吴门鼎盛，我们两人忝列“大师兄”。服其劳当然是分内之事，又何敢推辞呢？故就弟子所知，略叙先师学行及本集内容，以作绍介，以寄缅怀。

二

先师治学的特点是坚持朴学。

70 年代后期，武汉大学刚刚结束“文化大革命”动乱，百废待兴；这时，吴先生鲜明地提倡朴学。这也招致了一些人的非议和诘难，甚至还有人因此嗤笑我和中天。

“朴学”一词当然出自《汉书·儒林传》，诸儒注释，明明白白。而吴先生提倡之朴学，我认为内涵有二。一是强调从经学入手。这一点吴先生恪守他的本师马一浮先生的教导。1957 年春，马一浮先生至曲阜阙里朝孔，先生与同门高赞非请见，马一浮先生问曰："相别三年，汝治何学？"先生回答说："研精《论语》。"马一浮先生曰："汝得读书之次矣。"二是重在训诂，实事求是。先师认为"朴"之言实，实则不浮。如《文心雕龙义疏》是先师一生心血之最重要的结晶，其独创的义疏体例，就体现了朴学之风。他说自己撰述《文心雕龙义疏》是"属词比事，能研诸虑，观澜以索源，援古以正今，树骨于典训，选言于宏富，术极数殚，终焉守故，而理物日新，必超前辙"。试读《义疏》确实是以训诂为本，援古索源，下足了朴学功夫。

先师尝自谦云唐以后的文学书籍，他只读杜甫和鲁迅，实际上他博及群书，兼治佛道经典。有些人借机说他不准学生读唐以后诗文，是误解了他恐怕学生分心，强调先秦魏晋的良苦用心。其实先生是很通达的。1980 年末，我在吉林《社会科学阵线》上发表了一篇对李商隐《无题》诗的笺释，起初我还担心先生会不高兴，孰料先生读完论文后，说："你对义山诗'沧海月明珠有泪，蓝田日暖玉生烟'释为上句写女，下句写儿，都是悼亡常用，没有扯上那些莫名其妙的美学意象，这就对了。"他高兴地告诉其他老教授，还奖励我一套乾隆年间精印东柯草堂刻本《李义山集笺注》。

先师一生勤奋，著述甚丰。著作范围包括经学、诸子，以及《文心雕龙》研究，而以《文心雕龙》研究为重点。已成书稿包括《周易正义》等二十七种，其中《论语发微》《文心雕龙字义疏证》《庄子新解》《老子新解》《文心雕龙义疏》在先师生前和去世后先后出版。

先师生活俭朴，治学以勤，每日必健行数里，而后闭门读书，手不释卷。其《文心雕龙义疏》一百余万言，竟用毛笔小楷抄写，有七稿之多，积稿达两尺，此系我亲眼见之，当时心灵震撼。在 80 年代初期，他在给弟子赵仙泉的信中还说："暑假中，我在青岛开会，旅途很辛苦，但我在车船、旅舍，坚持重温《谷梁传》，不让时间白白浪费掉……"因我与中天兄都是受"四人帮"残酷迫害之一代人，经术浅薄，先生就多次以自己三十余岁始知学问之不易，而辞去南开中学教职，负书担囊，徒步行至乐山乌尤寺复性书院晋谒马一浮先生之事教导我们，"为山不亏一篑，穷理止诸自足"，宜"以高度韧性自励"，以期学有所成。

先师于学术之勤力，使其研究工作充满真知灼见，而这些真知灼见又散见于其著作之中。以先师最重要的著作《文心雕龙义疏》为例，其对"太极"为"太古"的训解，解决了近世学者受黑格尔学说的影响，牵强地将"太极"释为"绝对精神"乃至"上帝""造物"的讹误，旁征博引，还中国古代学者以"太极"作为时间至早的表述的实际。又如《辨骚》"酌奇而不失其真"之"真"，唐写本改"真"为"贞"，以求训正，使奇正对举。先师引《文选·古诗十九首》李善注"识曲听其真"曰"真，犹正也"，实不烦改字。再如《通变》"志合文则"，元本则作财。先师引郭璞《尔雅图赞》"时维文则"，判断文则乃陈词，其意即修辞之规律。凡此种种，不胜枚举，是先师著作闪光之处，亦是先师见大功力处，亦是先师勤奋所得处。

70 年代末师母谢世，80 年代后期先师又罹鼻疾，身心失调，而治学勤奋如故。他曾在《马先生学行述闻并赞》中说："不惧我书与粪土同损，烟烬俱灭；亦不惧君山复出，以为绝伦必传，好学修古，实事求是，鞠躬尽瘁，死而后已。"我认为，这也是先师高尚学者生涯的写照。

三

先师一生坎坷，以生许学，视权势为异途，弃名利如敝屣，一般校外的会议他很少参加，除教学以外，全部精力沉潜于撰写专著，很少写论文。因此崇文书局此次瑰集的十八篇论文是颇为难得的，也是颇具学术含金量的。

从这十八篇论文的内容来看，先师始终是从经学入手，坚守一家之学的。先师的"一家之学"，就是《文心雕龙》研究。在讨源方面，有《〈周易〉与〈文心雕龙〉》《孔子的语言艺术对刘勰文论的影响》《孔子文质观的发生及其影响》；在析流方面，有《检论〈文赋〉》《〈文心雕龙〉与〈诗品〉》《〈文心雕龙〉与〈文选〉》《中国古代文论家论作者修养》；在《文心雕龙》本体研究方面，有《〈文心雕龙〉正诂十二则》《试论刘勰文学批评的现实性》《试论〈文心雕龙〉著作年代及其主导思想》《〈文心雕龙〉诸家校注商兑》《评〈论"文心雕龙"的纲〉》《〈"文心雕龙"校注拾遗〉补正》；此外，还有《忆十力师》

《马先生学行述闻并赞》《老、庄异同论——为纪念先师熊十力先生诞辰 100 周年而作》《简论郑玄训诂成就及其影响》《两汉之学风并序》诸篇，弘扬朴学，传承师法。总之，这十八篇论文表现了先师洞彻的学术眼光、深厚的国学根底，闪烁着真知灼见，与先师的学术专著一样，具有深远的学术价值。

本书后附吴门诸弟子易中天、赵仙泉、陶然、方铭、陈书良的回忆文章，表达了对先师的景仰与缅怀。方铭教授撰《学术年谱简编》则钩稽先师平凡而伟大的学术经历，以为读者知人论世之助。

四

1981 年底，我回长沙供职。1989 年岁末，我接到先生从山东曲阜来谕，云："吾门好学、能文章者惟贤，师母谢世，贤挽辞悽切，人到于今称之。愚以七月南归，决不复出，将息影湖山，以读书为务，伴奂优游，聊以终身。盼与我一联，就贤与愚共学，愚尝师事马一浮、熊十力诸大师问故命意属词，当即交荣宝斋精装，悬诸座右以自励也。"读信之余，我体味出先师所处之逆境，几次捧诵，泫然涕下。然而，由于冗务种种，我竟至今没有交出先师之命题。这也成了我的终身之憾。此次崇文书局命我作序，算是略略补偿而已。

四十年来，师训一日不敢忘，师恩一日不敢忘。无论多么阔气的、名盖宇内的大师向我招手示意，我都谢辞行弟子礼，因为我的先生只有一人，那就是宜昌吴林伯教授。谨为序。

陈寅恪《论再生缘》流出海外之我见

一

《南方周末》2013 年 7 月 25 日载宗亮《陈寅恪〈论再生缘〉究竟何时流出海外》，探讨现代学术史上聚讼纷纭的公案。作者先是引陆键东《陈寅恪的最后20 年》：

1956 年 8 月 7 日，带着毛泽东与周恩来的嘱托，章士钊从北京乘火车南下广州准备赴香港。在等待赴港的这段时间里，章士钊专程到中山大学拜访了陈寅恪。章、陈两人会面，相谈甚欢。陈寅恪将近年所撰新著一一相赠，其中便包括《论再生缘》……9 月，章士钊抵达香港。……《论再生缘》油印本也由章带到香港。

后又发现《论学谈诗二十年：胡适杨联升往来书札》（安徽教育出版社 2001年版）中有一封杨联升致胡适的信函，云："周法高说，台湾收到过陈寅恪先生'论再生缘'一篇长文，讨论弹词，本是油印的。"由于此函时间为 1956 年 8 月10 日，作者据此得出结论："如果章士钊的行程没有被误植，且陈寅恪也确实是在 1956 年 8 月才将《论再生缘》赠与章氏的话，那么可以这样说，《论再生缘》在这之前应该就已经流出海外了，台湾方面可能是通过其他途径获得了陈寅恪的这部'感怀身世'之作。"

中国文化非常讲究缘分，细细想来，自己与宗文中涉及的陈寅恪、章士钊等先贤都有一定的夙缘。

首先，先伯外祖刘永济教授（武汉大学一级教授）是陈寅恪先生的挚友。两人诗词中表现深情厚谊之作很多，1961 年吴宓与陈寅恪先生的"暮年一晤"就是陈寅恪先生与刘永济先生书信商量，从行程到生活都做出仔细考虑与周到安排的。关于此次吴、陈会，陈寅恪致刘永济的信函由余英时先生"转赠"给美国普林斯顿大学的葛思特东方图书馆。这些情况我曾在《陈寅恪诗文中的长沙"旧巢"情结》一文中交代，感兴趣的读者可以参阅。（见陈书良《艺文考槃》，海南出版社 2003 年版）

至于章士钊先生，不仅是我的乡先贤，与刘永济教授是朋友，二人诗词中于彼此情谊多有记叙；而且 20 世纪 80 年代中期，我受命为中国社会科学院近代史所编辑《章士钊卷》，曾到北京金台路拜访过章的公子章可先生，也在史家胡同受到章含之女士的盛情接待。1998 年，我完成文学传记章士钊传，书名《寂寞秋桐》，由长春出版社出版，当时上海《文汇报》还逐日连载。2006 年，我受《湖湘文库》之委托整理《章士钊诗词集》，为使所收尽可能完全，又去北京史家胡同章宅拜访章含之女士，含之女士抱病化妆出见，对笔者的工作满含热望。如今《章士钊诗词集》已出版，而与含之女士却人天杳隔了。

正因为有这些因缘，接触到相关资料，我不敢苟同宗亮先生的推论。

二

不错，陆键东《陈寅恪的最后 20 年》提出 1956 年 8 月 7 日章士钊先生动身赴港，9 月抵港，陆著发言有据，但如据此推断《论再生缘》如经章手流出，绝不得早于 9 月，则粗心犯错了。

事实上，9 月前，章士钊还有过一次赴港之行。1956 年春天，章士钊受毛、周之托赴港，身携中共中央致蒋介石先生的信件，该信最后说："奉化之墓庐依然，溪口之花草无恙。"劝说蒋介石先生为祖国的统一大业做出贡献。章经广州到香港后，将信件交给了台湾派驻香港负责国民党宣传工作的许孝炎。兹事体大，许不敢怠慢，很快飞赴台北，向蒋汇报了与章会谈的情况，并将中共中央的来信转交。这一事件，堪称国共两党后期交往的大事，我反复问了随章赴港的含之女士，赴港是春天，交信则是 5 月。故我在《寂寞秋桐》中说是"1956 年春"（见《寂寞秋桐》，第 192 页）。章先生的学生白吉庵教授《章士钊传》（作家出版社 2004 年版，第 388 页）也说是"1956 年春"。袁景华《章士钊先生年谱》（吉林人民出版社 2001 年版，第 289 页）指出 1956 年春及同年 7 月，章士钊先生两次访港。我认为，袁谱是严肃而有据的。

需要指出的是，正是在 1956 年 4 月、5 月，章先生赴港前过访中山大学陈寓时，陈寅恪先生赠送了几册油印本《论再生缘》。此本系陈寅恪先生在 1954 年自费打印的。

陈书良整理的《章士钊诗词集》（湖南人民出版社 2009 年版）收有 1957 年 3 月番禺刘景堂编定的《章孤桐先生南游吟草》，其"广州集"中有《陈寅恪以近著数种见赠，〈论再生缘〉尤突出，酬以长句》：

岭南非复赵家庄，却有盲翁老作场。百国宝书供拾掇，一腔心事付荒唐。闲同才女量身世，懒与时贤论短长。独是故人来问讯，儿时肮脏未能忘。

此诗排列在《和寅恪六七初度谢晓莹置酒之作》前，显系在陈寅恪 67 岁生日，亦即 1956 年 6 月 25 日以前，可知在同年 4 月、5 月，章士钊先生已经得到几册油印本《论再生缘》了。

这样，章先生 5 月抵港，将其分送友人，以至 8 月 10 日，杨联升致胡适信中谈及台湾周法高见到此书，也就不足为怪了。

三

我认为，《论再生缘》的流出及出版脉络是相当清晰的。章士钊先生从大陆带去数册，在香港分送友朋后，至 1958 年秋天，余英时先生偶然在美国麻省剑桥发现，大受感动。据余《陈寅恪的学术精神和晚年心境》（香港《明报月刊》1983 年 1 月、2 月号）云：

我当时自信颇识作者用心，所以写了一篇《陈寅恪先生〈论再生缘〉书后》，发表在香港一九五八年十二月号的《人生》杂志上。与此同时，我又与香港的友联出版社接洽，希望该社能把《论再生缘》正式排印出来，以飨海外读者……为了谨慎起见，我特别请友联在出版时不要提及我的关系，只诡称在香港觅得即可。

余英时先生据以推荐的《论再生缘》油印本是否陈寅恪先生 1954 年自费打印的油印本并不重要，是否辗转于台北的油印本也不重要，重要的是无论是台北还是香港的翻印本，其根据还是章士钊先生带出的油印本。我一生服膺寅恪先生"独立之精神，自由之思想"的学术风骨。记得我在史家胡同章先生的书房，一再向含之大姐打听有无陈寅恪《论再生缘》油印本，含之大姐肯定地说："都送给港台朋友了，一本都没带回来。"艰难地向海外展示自己的学术成果，应是陈寅恪先生的惨淡用心；而章士钊先生惺惺相惜，对此表现了充分的理解。

四

陆键东《陈寅恪的最后 20 年》谈到《论再生缘》流出海外，说："中山大学一些有可能接触过该论文的人都受到审查。最后由唐筼（陈寅恪夫人）说出可能是章士钊带出境外方不了了之。"这应该是可信的。据牟润孙《敬悼陈寅恪先生》（转引自前引余英时文）说："后来听说，果然给他老人家招了祸。"可想见《论再生缘》流出海外当时给陈寅恪先生带来的政治压力。在这样的情态下，有古君子之风的陈夫人是不会把不属于章先生所为之事加于章的，此其一。其二，其时章负有最高政治使命，观其在《南游吟草》中对台湾的故旧如白崇禧、张群、俞大维、于右任等四十一位政要温情招隐的赠诗可知，章士钊先生是百无禁忌的。陈夫人据实将流出渠道说出，既对章无损，又保护了一些时受猜忌的学人，化弦箭于无形，的确是聪慧之举。

走近大师——回忆我受教夏承焘先生二三事

一

1976年对于中国人民来说是巨痛巨变的一年。经过"文化大革命"十年折腾，经济千疮百孔，人们也精疲力竭。这一年，共和国的创建人周恩来、朱德、毛泽东相继辞世，使广大人民群众沉郁、悲痛，近于绝望；更要命的是唐山大地震爆发，顷刻之间繁华都市被夷为平地，几十万生灵被夺去生命。首都的老百姓基本上都搬离住房，躲进了低矮简陋的地震棚。其中，本文要叙述的词学大师夏承焘夫妇也蜷伏在这样的地震棚中。只是十月金秋，粉碎"四人帮"以后，历史昭示中国即将巨变，多少给苦难深重的神州天宇涂上了一抹希望的亮色。这是就整个社会状态而言。

就我个人的情绪而言，则是掉进了人生的低谷。作为一个三十岁的青年工人，在常人瞧不起的区搬运站劳动，妻子是民办工厂工人，两人工资微薄，而且有一个襁褓之子嗷嗷待哺。十足的底层打拼之家。这当然是物质方面。

精神方面则极度郁闷。我是在岳麓书院出生的孩子，从小承蒙杨遇夫、王苏庵诸前辈的爱抚，而且自一直随侍外祖父读书。外祖父刘永湘是湖南大学古典文学教授，我的爱好就是古典文学，梦想着长大了以此安身立命。1966年高中毕业却遇上"文化大革命"，不仅废除高考，而且中国古代的优秀文化惨遭剿毁。1972年外祖父辞世，我不仅失去了疼爱我的长辈，而且失去了研治学问的老师，痛何可言，哀何可已！

于是，我就像一条游鱼，漫无目的地四处游动，在有限的工余时间求师问道，当时我追随问学的老师有何泽翰、易祖洛、彭靖先生三位。三位都是饱学之士，其中何老师地位略高一点，是湖南师范大学副教授。易、彭原是中学老师，遭受政治迫害后，赋闲在街道打零工度日。彭先生，字岩石，涟源人，原长沙一中语文教研组长。我因与其子崇伟兄是好朋友而得识岩石先生。岩石先生一见我，十分欢喜，每次都留饭款待，与我深谈。这是一位于诗词之道极有会心的学者，更兼古道热肠，有长者之风。他仔细了解了我的家庭情况，勉励我莫坠青云之志，莫废风雅之道，精进学问，以待时日。1977 年，我决定报考武汉大学研究生以后，岩石先生又几次为我一人讲解杜诗。那时他还是"戴罪之身"，当然，这是后话了。1981 年前后，易、彭都走上大学讲台，并被聘为省文史馆馆员，当然，这是更后话了。

还是回到 1976 年，进入 11 月，我觉得老师们都在忙碌着什么事，三两走动，手忙脚乱而又浮现出隐秘的喜悦。终于，彭岩石先生告诉我："夏承焘先生要来长沙了！此次是陈云章先生做东接待，我们几个人帮忙照应。"也许他看出了我的激动和期待，又小声地对我说："我会带你去拜望夏老的。"

难道就这样轻易地让我走近大师？我简直不相信自己的耳朵了！

夏承焘，字瞿禅，浙江温州人，这是十年动乱幸存下来的少数国学大家之一，被古典文学界公认为"一代词宗"。听说胡乔木极为推崇他，曾说，夏老师代表了当今中国词学的最高水平，夏老的水平有多高，中国的词学水平就有多高。

夏老愿意指教我这样的青年工人吗？

二

1976 年 11 月 28 日上午，夏承焘、吴闻夫妇乘一次特快到达长沙，陈云章带了何泽翰、彭靖等几位学者去车站迎接。一切都那么亲切和谐，然而由私家组织邀请、几个"戴罪之身"的学者抱团活动，在当时应该是非常少见的，这也表现粉碎"四人帮"之后，高压政策有所松动。

约莫三天以后的星期天下午，我休息在家，岩石先生带我去拜望夏老。记得那天岩石先生特地换上一件九成新的蓝布小棉袄，我却是毛衣外罩一件大号蓝劳动布工装，岩石先生皱了皱眉说："你怎么穿工作服呢？"

夏老下榻高升门，这里原是李肖聃先生的女儿李淑一的旧宅，李淑一是柳直荀烈士的遗孀，也是杨开慧的闺密，伟人曾有《蝶恋花》"我失骄杨君失柳"相赠。李退休后居住北京，陈云章先生就与她商量，将空房子借给夏老夫妇居住，并请好了一位女帮工。

岩石先生这几天天天随侍夏老，当然轻车熟路，我们上得楼来，夏老刚午睡毕，满脸笑容，摸摸花白的胡须，用温州口音问道："你就是刘弘度先生的伯外孙？快坐下讲话。"

夏老口中的刘弘度，就是我的伯外祖父刘永济，字弘度，武汉大学代校长，一级教授，其楚辞、《文心雕龙》及宋词研究，均为海内外所推重，可惜在"文化大革命"中被迫害致死。这些情况，岩石先生应该都对夏老谈及了。

我与夏老谈话时，岩石先生不断插话，当然都是帮我说好话，说我随先外祖刘永湘教授读书，现在虽身处逆境，但向学之心不改，等等。夏老的夫人吴闻女士始终陪着，淳厚地笑着。

这中间有两三拨人来看望夏老，都是手拿诗文稿，执弟子礼。夏老礼貌地打招呼后，吴闻夫人就笑眯眯地接过文稿，说夏老有空就看，现在没有时间相陪。这样送走了来客。岩石先生见状，拉我起来，准备告辞，谁知夏老交代岩石先生去陈云章老那里办事，说："书良就不要去了，我想与他聊聊。"岩石先生当然很为我高兴，他走后，就我与夏老夫妇聊天。夏老知道我喜欢宋词，很高兴，就问："那你的外公、伯外公是怎样教你学词的呢？"

我说："外公给我准备的是万红友的《词谱》和《词林正韵》，都是上海扫叶山房的。"

夏老连连点头，我又说："记得我读初一的时候，给伯外公写寄过一首词，老人家奖励我两本书，要我认真学习。一本是清初的刻本《花间集》。"

夏老又点头："《花间集》是学词的第一门径。书良，这就是家学，第二本书呢？"

"第二本书是姜白石词，用的是您的《姜白石词编年笺校》，中华书局版。"

夏老抚掌笑了："是吗？弘老也重视姜白石词。"他盯着我问，"那你读过没有呢？"

我小声地回答："我读过两遍半。"

这时，吴闻夫人端过新续的茶，说："那你说说夏老这本书好在哪里？"

于是，我从夏老主张的谱牒之学谈起，从书中白石词编年与辑传的结合与互证，从版本的搜集等方面，详细汇报了我的学习心得。那时我年轻，记性好。

夏老听得很专心，在我停顿时就说："接着讲。"不知不觉，我汇报了半个钟头，讲自己的学习体会，也将一些存疑之处求证于作者。

有些问题，夏老当场解答；有些问题，他却淡然一笑道："我也记不清了。"末了，他说："你既然这么喜欢姜白石，想没想到我这本书有哪些地方可以改善呢？"

我的声音更小了："夏老是笺校，以后您还可以作笺注。"

一直侧着头听我说话的吴闻夫人开心地笑了："书良将来做！书良，你做得好的！"

我那时年轻，不知进退，见二位老人高兴，就说："让我还读十年书，我才敢做笺注，但一定要用夏老的校本。"

夏老用手轻轻地一拍桌沿："一言为定。书良，书成后我为你题签。"当时的情景，我一辈子都记得。

2008 年，中华书局向我约稿，我毫不迟疑地报了《姜白石词笺注》。2009年，该书出版；十数年间，该书重印六次；2017 年，被评为"建国以来优秀古籍整理图书"。只是这一切，夏老都看不见了。我在前言中回忆了夏老对我的谆谆教诲，说："此书原文谨依据夏老《姜白石词编年笺校》本分六卷收录。……附录收有夏承焘先生《版本考》、《各本序跋》、姜尧章自叙、夏承焘先生《白石辑传》，供广大读者欣赏、学习，研究白石词之需。"读者不知道，这些话是我的青春之忆，也是我的青春之诺。

三

夏老在长沙住了三个多月，我经常陪他访古探幽，聆听教诲，乃至彭岩石先生一家除夕团年，请夏老夫妇，也要我作陪。我感悟最深的主要有两点。

其一，夏老不仅是古典文学专家，而且极富诗人气质。小住长沙时，我觉得他在精神上总是与屈原、王船山、贾谊、辛弃疾、姜夔等古人对话，这也就是往往面对寻常街巷，他表现出沉吟不语、黯然神伤的原因。例如："飞虎营，听鼓角，晓灯前。问我别来无恙，秋水酌瓢泉。"（《水调歌头》）"深灯绀绿，欲挽湘江环画阁。笑覆吟卮，屈贾前头琢小词。"（《减字木兰花》）在长沙三个多月中，夏老写了二十多首诗词，记载的大多是这种精神的"穿越"。记得有一天下午，长沙很阴冷，岩石先生与我陪他去水风井看船山学社，当时此处没有修缮，也没有陈列，夏老在寒风中徙倚竟至半个钟头。回到家中，稍坐，即吩咐铺纸，用他那娟秀而内敛的书法写了一首《减字木兰花》：

六经生面，岩壑书成关世变。宙合苍茫，江介相望有顾黄。风云叱咤，红紫河山环讲座。梦路扶筇，开卷光芒见祝融。

我告辞回家时，他将这幅法书送给了我。

其二，以天下为己任的情怀。

那时围绕夏老，陈云章、彭靖、何泽翰、易祖洛，马积高、羊春秋、柏原诸位耆旧常常聚晤，他们大多为"戴罪之身"，然而他们为"四人帮"的覆灭而高歌，为祖国命运而谋划，那种师友相激的道义，那种特立独行的风骨，常常令叨陪末座的我凛然敬畏。

我记得那时他们谈论最多的是"邓大人"复出，大学要撤出工宣队、恢复高考，等等；而且，夏老已加入北京著名教授向中央呼吁。

风乍起，吹皱一池春水。环顾国家百废待兴的局面，听着夏老他们慷慨激昂的议论，我内心升腾起要报名高考的愿望，而又为懦怯所压抑。终于，夏老和我谈心了。

我们围炉而坐，夏老说："听岩石先生说你不打算报名高考。"

我嗫嚅而言，说了三个理由：一、我父亲是国军军官，死于解放战场，1966年高中毕业时，我的档案就是"不予录取"。二、我只学过俄语，而且大多丢失掉了。三、我有妻室儿子，家累重，难以专心学习。

夏老语重心长地说："我们的教育已经落后人家几百年了，怎样才能振兴中华呢？一方面要把受迫害的老教授请回学校去，另一方面要将全国的英才录取进来。"这时，吴闻夫人笑着说："书良不站出来，你与张伯驹老他们呼吁有什么用呢？"

柏原先生说："你顾虑的，中央会考虑；你没有想到的，中央也会考虑。"这时，他即将就任省委统战部部长。

最令我感动的是，陈云章先生拄着拐杖到我家里来，在庭院中给我母亲鞠了一个九十度躬，说："你生了一个好崽哩！支持他高考吧，现在党的政策好，他应该响应。"

后来，我才知道，这都是夏老的建议："书良是背父所生，是个孝子，要他母亲支持才好。"

转瞬到了1977年春天，夏老夫妇要回北京了，临走，他不忘叮嘱我："邓大人恢复高考，不容易啊！年龄放宽了，成分不讲了，求贤若渴啊，你们优秀青年就要站出来。"

我说："我每晚进外语班学习，一定会参加高考。"

这时，夏老摸着胡须笑了："书良，一言为定。"

就在这一年，我考取了武汉大学魏晋隋唐文学研究生。后来，还登上了香港凤凰卫视的《77、78届高考名人榜》。

四

夏老回京后，住在朝内大街天风阁，我每到北京开会，就会去看望他。记得1980年，那时我研究生尚未毕业，广西人民出版社要出版我的第一本书《板桥诗词撷英》，于是我趁着到北京搜集毕业论文资料的机会，到天风阁请夏老题签。

那天，八十岁的夏老兴致很高，连连催吴闻夫人去买鱼做饭。为我的书题签后，三人围桌吃饭，夏老言语不多，总是笑眯眯的。彼情彼景，已成我心底温馨的回忆了。

今年，浙江古籍出版社推出了精装12册《夏承焘日记全编》，我惊喜地查到，夏老对我的记载竟有13处之多。如1980年"十月廿五日"：

下午陈书良来，示新词：蝶恋花　　庚申秋谒瞿丈于京师朝阳楼寓聆教，拜别适秋雨连绵，两老执意借伞，感而赋此。　　雾阁云窗尘外处。两老著书，扛笔五津据。贪听松风北海语，出门却对丝丝雨。　　伞盖叮咛携去路，客里京华，顿似故园土。瞻望秋山容正妩，栖栖愧少三都赋。

这应该是我在北京搜集资料期间的还伞即兴之作，不是夏老记载，我已记不得了。还有同年"十月廿八日"：

上午陈书良来，伴予访余冠英。留书良午酌，赠《阅读与欣赏》。

这却是我与夏老谈及研究生毕业去向，夏老热情地请余先生（时任中国社科院文学所副所长）向文学所推荐。（后来因妻子不能进京而作罢。）摩挲着《夏承焘日记全编》，唤回心底卅年人生，对于我来说，这是一本有温度的书。

夏老是 1986 年仙逝的。直至今天，中国词人如过江之鲫，却再没有出现一位公认的"词宗"。

跋

《听涛馆文存》是我的一本学术自选集。

缘起是我们湖南省文史馆为了弘扬传统文化，建设文化强省，决定编印"馆员文库"。馆领导李跃龙教授提议我编一本学术自选集。西哲有云："暮年礼赞人生，黄昏礼赞白昼。"若将"礼赞"训为总结，则从一生近七十种出版物中择其代表编辑，思往事，念故交，知昨非，识荣辱，"成如容易却艰难"，也算是白发江湖的安慰。

本书分为"学术专著"和"序跋杂文"两编，而以前者为主。

治学四十多年，我出版有专著三十七部。囿于篇幅，此处只能选其中九部之若干章节，以作汇报。其他如《寂寞秋桐——章士钊别传》（长春出版社）、《楹联总义》（海南出版社）、《诗词之美》（作家出版社）、《陈书良说齐白石》（中南大学出版社）诸作就只能忽略了。

我的读写生涯中，除开写书，还诂汉笺唐，整理出版了三十一部古籍。当年"书良古籍工作室"是湖南省教育厅批准的唯一以个人命名的工作室。在我整理出版的古籍中，《姜白石词笺注》（中华书局）被评为"建国以来优秀古籍整理图书"；《史记·经典直读本》（作家出版社）获得"伯鸿图书奖"。我的不少学习心得都散见于这些古籍的笺注中，可以说有些笺注凝集了我的心血和生命，"序跋杂文"编中所选四篇前言就多少反映了我在这条道路上艰难的跋涉。需要略作"言志"的是，我的著述中除了《湖南文学史》《湘学史略》，我的古籍整理中除了列入"湖湘文库"的《刘长佑集》《章士钊诗词集》《欧阳玄集》属于"遵命文学"，有经费支持外，其他六十余种出版物都是自己在学海中拼搏的产物。我不需要迎合人，只需要守住学术底线，挥洒学术追求，在读者中争取识者。满园春色凭他主，我守寒梅一树香。

至于所选几篇杂文，缘由是跃龙教授建议我在书末附录"学术纪年"，我自惭形秽而敬谢不敏，认为这几篇杂文多少可以看到我的师承及学术交往，故入选。

此外，我还写过一些论文、散文和诗词。论文结集出版过两本；散文集《旧时月色》出版时还请熊治祁兄赐写过序言。记得幼年时，外祖父教我："汝可学杜甫以为诗谱，可学白石以为词谱。"我写的诗词只抒书生情怀，无关家国宏旨，连同前所言论文散文，也就一概不收了。

书名《听涛馆文存》，听涛馆是我的书斋名。当年苏渊雷先生所赐名并书匾。

人生真是短促啊！余生也苦，余学也艰，这是一方面。另一方面，在人生的道路上，我又陆续得到一些海内鸿儒的扶持和垂青。从童蒙时代杨树达、徐桢立等耆旧的训导，到失学时期刘永济、夏承焘等大师的帮助，再到业师吴林伯教授的教诲。直至是编成书，蒙学兄唐翼明教授赐序、程章灿教授题签，使拙编生色，想来真可谓悲欣交集。在这样的心情下，我谨交代本书缘起及编书考虑，以为跋，略酬湖南省文史馆之雅意云尔。

壬寅三月书良于长沙听涛馆书寓

陈书良著述及古籍整理出版简目

（不含论文及参编书，得66种）

甲：著作

一、文学史、文化史类

1.《中国小品文史》

a. 湖南文艺出版社，1986 年

b. 繁体版，台北桂冠图书公司，2001 年

2.《湖南文学史》（主编）

a. 三卷本，湖南教育出版社，1998 年

b. 古近代卷本，湖南教育出版社，2008 年

3.《中国文学简史》（主编）

海南出版社，2006 年

4.《湖湘文化述要》（两主编之一）

湖南人民出版社，2013 年

5.《湘学史略》（主编）

中华书局，2015 年

6.《梦幻与践行》（主编）

民主与建设出版社，2015 年

二、学术著作

1.《六朝烟水》

现代出版社，1990 年

2.《云麓梦寻》

湖南文艺出版社，1997 年

3.《六朝如梦鸟空啼》

a. 岳麓书社，2000 年

b. 繁体版，台北桂冠图书公司，2001 年

4.《楹联总义》

海南出版社，2006 年

5.《艺文考檠》

海南出版社，2003 年

6.《南宋江湖诗派与儒商思潮》

甘肃文化出版社，2004 年

7. 听涛馆《文心雕龙》释名

a. 日本版，日本福冈中国书店，2006 年

b. 湖南人民出版社，2007 年

8.《六朝那些人儿》

中国青年出版社，2008 年

9.《六朝旧事随流水》

岳麓书社，2011 年

10.《江湖》

中国国际广播出版社，2013 年

11.《楹联写作十讲》

对外经济贸易大学出版社，2013 年

12.《格律诗词写作常识》

对外经济贸易大学出版社，2013 年

13.《陈书良说六朝》

民主与建设出版社，2014 年

14.《诗词写作与鉴赏》

对外经济贸易大学出版社，2014 年

15.《诗词之美》

作家出版社，2016 年

16.《楹联之美》

作家出版社，2016 年

17.《六朝人物》

天地出版社，2018 年

18.《写诗填词》

台北日出出版公司，2018 年

三、学术传记

1.《郑板桥评传》

巴蜀书社，1989 年

2.《唐伯虎传》

陕西旅游出版社，1993 年

3.《寂寞秋桐——章士钊别传》

长春出版社，1999 年

4.《唐伯虎评传》

台北桂冠图书公司，2002 年

5.《旧时月色》

湖南人民出版社，2002 年

6.《湖湘墓寻》（二人合作）

湖南人民出版社，2007 年

7.《陈书良说郑板桥》

中南大学出版社，2011 年

8.《陈书良说唐伯虎》

中南大学出版社，2011 年

9.《辛亥前夜的细节长沙》

湖南人民出版社，2011 年

10.《陈书良说齐白石》

中南大学出版社，2011 年

11.《唐伯虎画传》

天地出版社，2017 年

12.《郑板桥画传》

天地出版社，2019 年

13.《竹林悲风：嵇康传》

作家出版社，2018 年

乙、整理古籍

一、点校

1.《青楼梦》

岳麓书社，1988 年

2.《唐伯虎诗文全集》

华艺出版社，1995 年

3.《隋唐演义》

贵州人民出版社，1995 年

4.《王船山唐诗评选》

a.《船山全书》（第 18 册），岳麓书社，1996 年

b. 上海古籍出版社，2011 年

5.《六朝十大名家诗》

岳麓书社，2000 年

6.《曾国藩读书录》

a.《曾国藩全集》（15 册），岳麓书社，2008 年

b. 上海古籍出版社，2012 年

7.《梁启超文集》

北京燕山出版社，2009 年

8.《章士钊诗词集》

湖南人民出版社，2009 年

9.《欧阳玄集》（二人合作）

岳麓书社，2010 年

10.《刘长佑集》（主持）

岳麓书社，2011 年

11.《说倭传》

中国国际广播出版社，2012 年

二、**注释、翻译**

1.《板桥诗词撷英》

广西人民出版社，1983 年

2.《中国楹联鉴赏辞典》（三主编之一）

湖南文艺出版社，1991 年

3.《史记》（文白对照，主持）

宁夏人民出版社，1994 年

4.《唐诗三百首简注》

a. 海南出版社，1994 年

b. 对外经济贸易大学出版社，2013 年

5.《春秋左传》（文白对照）

新疆青少年出版社，1997 年

6.《眉山三苏》

岳麓书社，1998 年

7.《艺术诗文》（三主编之一）

海南出版社，2003 年

8.《郑板桥家书评点》（二人合作）

岳麓书社，2004 年

9.《幽梦影》

中国青年出版社，2008 年

10.《姜白石词笺注》

中华书局，2009 年

11.《史记》（文白双栏对照，普及本）（二人合作）

a. 中南大学出版社，2012 年

b. 作家出版社，2017 年

12.《南唐二主词笺注》（二人合作）

中华书局，2014 年

13.《御定全唐诗简编》（二人合作）

上、中、下三册，海南出版社，2014 年

14.《世说新语》（文白对照）

安徽文艺出版社，2015 年

15.《唐伯虎集笺注》（二人合作）

中华书局，2021 年

16.《全唐诗》（精华版）（二人合作）

4 册，陕西人民出版社，2021 年

17.《郑板桥小品文》

中州古籍出版社，2022 年

18.《姜白石诗集笺注》

崇文书局，2022 年